程荫 著

作家出版社

图书在版编目（CIP）数据

湮没与重生 / 程荫著 . -- 北京：作家出版社，2024. 8
ISBN 978-7-5212-2703-1

Ⅰ. ①湮… Ⅱ. ①程… Ⅲ. ①长篇小说 - 中国 - 当代
Ⅳ. ①I247.5

中国国家版本馆CIP数据核字（2024）第029668号

湮没与重生

作　　者：程　荫
责任编辑：兴　安　赵文文
封面绘画：章　毅
封面题字：溪　翁
装帧设计：+牛依河
出版发行：作家出版社有限公司
社　　址：北京农展馆南里10号　　**邮　　编：**100125
电话传真：86-10-65067186（发行中心及邮购部）
86-10-65004079（总编室）
E-mail:zuojia@zuojia.net.cn
http://www.zuojiachubanshe.com
印　　刷：河北京平诚乾印刷有限公司
成品尺寸：152×230
字　　数：470千
印　　张：37.25
版　　次：2024年8月第1版
印　　次：2024年8月第1次印刷
ISBN　978-7-5212-2703-1
定　　价：69. 80元

纪念反法西斯战争胜利70周年

纪念新中国成立75周年

目录

第一部　战争启示录

1912年，德占青岛，冬天。

迈尔·费力克斯中尉一面抽着烟斗，一面舒舒服服地坐在青岛的伊尔提斯兵营里写信。一个伶俐的黄皮肤少年轻手轻脚走进来，在烧得暖融融的壁炉里添上柴火，然后提着暖水瓶给迈尔中尉的绿茶杯里续上滚水。迈尔写了一半信，他不经意地抬起头，看见少年正背对着自己在窗台上修剪一盘蟹爪水仙，他半旧的长褂上面是一头乱糟糟的发茬。那个少年的德语水平只能简单对话，迈尔只好用生硬的中文惊诧地问："保罗，你的辫子呢？"保罗举着手里的剪刀在脖子后面比画着，恭顺地说："没有皇帝，不需要辫子了。"

迈尔中尉愣了一下，他转过身，威廉二世正从巨大的油画肖像里冷酷地俯瞰着他。迈尔中尉不禁在心里打了一个冷战，没有皇帝，那会是什么样的凄惨世界？他看向保罗的眼神里一瞬间浸染了怜悯和轻视。保罗嘴角含着一抹天真的笑容，专注地望着窗外飘雪的操场和浅灰色天际上若隐若现的黛青色群山。迈尔中尉就着精致的薄胎茶盏，像一个正统的中国人那样小口地喝茶。他蘸了蘸蔚蓝色的墨水，继续低下头写信。他那过于美丽的夫人和两个宝贝孩子在相框里冲着他甜笑。他们依然生活在夏天的德国乡村，有着美丽的波点衣裳和神气的小皮鞋，周围还有无穷无尽的绿地和可爱的小木屋。

迈尔中尉在给自己的小妻子和孩子们写信，他喜欢在信里将青岛描述成一个欣欣向荣的繁华世界。他坚信青岛在不久的将来可以媲美巴黎和伯尔尼，同时又兼具着东方那种滞重神秘的特殊格调。他准备在这封家书里附上几张新的照片，还有一本最新版本的《马可·波罗游记》。他特意请孙宝琦先生在扉页上用行草题了字，并沿用了当时山东巡抚的公章。迈尔中尉的大儿子艾瑞斯在一封封来自东方的家书影响下，自幼对中国的文明既向往又痴迷。每年一本不同版本的《马可·波罗游记》是他圣诞礼物清单中永远不变的第一项。迈尔中尉刚把信用他最喜欢的火漆封缄，就接到了埃里克舰长的电话，邀请他参加新年晚宴和舞会。

心情大好的迈尔中尉，用手撑着膝盖缓慢地站起身。他的风湿和痛风越来越严重，走路已经有些不便。同时，他还饱受慢性肠炎的折磨。过了新年，迈尔就想向上级递交申请，提前结束任命回到德国调个闲职，陪伴在妻子儿女的身边。他毫不介意地拐着腿绕开书桌往窗户前走，一边走一边笑着招呼保罗。保罗以为他要出门，赶忙把挂着的大氅和军帽摘下来。

迈尔中尉大笑着摇了摇脑袋，从保罗手里接过了剪刀，指着椅子让他坐下。保罗战战兢兢地将小半个屁股挨在椅子上，他的双手局促地绞在一起。迈尔中尉将一条白毛巾搭在他的脖子上，二话不说挥舞起剪刀，只听“咔嚓”一声，他已经剪掉了保罗脖梗后面一小撮参差不齐的头发。保罗吓得闭紧了眼睛，听任迈尔中尉在自己的脑袋后面施展魔术，不一会儿大腿的裤料就被他揪出两个汗津津的印子。

迈尔中尉一瘸一拐地吹着口哨，前后左右地欣赏着保罗的新发型。他像对儿子艾瑞斯那样，在保罗的脑门中间留了一撮翘起的发尖，又在两边修出延伸到耳垂的鬓角。保罗本来就生得长脸宽下巴，眉骨刚毅，嘴唇偏厚。以前，他剃光了前额，拖着长辫子，显得脑门和颧骨高耸，格外不精神。而现在，他的头发修得根根直立，棱角分明，显得既清俊又聪敏。

迈尔中尉的小曲还没吹完，忽然看见保罗的睫毛湿漉漉的，正用一种感激的目光害羞地望向自己。他轻轻地拍了拍保罗的肩膀，把一个沉甸甸的信封交给他。信封里面是迈尔中尉最近三个月的薪酬和双倍奖金，还有一句歪歪扭扭的中文："用生命去爱你的国家。"那种说不清的父爱和慈悲从家书里徐徐地流淌出来，落在窗外就化作了雪。

操场上，那些新的中国年轻警察正在训练。遥遥望去，每个人都像一个移动的雪人，一团团热气从他们的包裹着头巾的头顶冒出来。迈尔中尉并不喜欢像其他德国军官那样，要求中国人必须给自己鞠躬，更不会克扣他们的军饷和口粮。在他的心目中，所有的军人都应该被一视同仁，尤其这些中国的警察和士兵更值得被善待和珍惜。这些青年人非常地认真刻苦，甚至比那些德国青年还要坚忍和服从。保罗已经自觉地出去取了扫帚，认认真真地扫着地上的碎发。他偶尔艳羡地瞟一眼窗外的操场，那些孔武有力的年轻人在雪地里留下一排排整齐的脚印，他母亲亲手做的棉鞋此刻正无力地耷在脚背上，根本没法在积雪上留下那种带着履痕和钉孔的皮鞋印。

夕阳的余晖为军舰的甲板镀上了一层玫瑰金的荣光，那些因为晚霞而显得分外柔软的波光在军舰的四周荡漾着。迈尔中尉端着一杯黑啤避开了人群，静静地欣赏着1912年晚冬最后的一次落日和海面上被日光烘成暖橙色的积雪。那些蔚蓝色的海水在薄薄的银灰色冰排下涌动，发出隐隐的瓷杯破碎的声响。靠近棕黑色礁石的海域中，翡翠色的海水仿佛一片片凝固的森林。

英国的军舰再一次进行了友好的互访，他们的舰长此刻正带着几个亲信和德国舰队上的军官们疯狂地畅饮着啤酒和葡萄酒。英国舰长特意带来了擅长烹制煎鱼薯条和樱桃派的厨师，甚至还带来了一小支打着圆号和黑管的军乐队。迈尔中尉只身一人喝着黑啤，而其他那些军官都在总督的熏染下，带着自己的中国情妇。

那些精致小巧的东方女性，都有着包裹得异常烦冗的小脚。那些弯月似的小脚要么半藏半露地跷在镶嵌着层层滚边的裙摆下面，要么从飘飘曳曳的阔脚裤筒里面滑落出顶着大颗珍珠的缎面足尖。她们都梳着那种微微向后倾斜着插满了珠钗珍宝的厚重发髻，在她们雪白的前额上，散落着星星点点的碎发，她们在自己的脸颊和嘴唇中央涂着鲜红的胭脂，这些东方玩偶仿佛中世纪的欧洲贵妇，偶尔在苏扇闪亮的丝绣背后露出一点细碎的白牙。迈尔中尉觉得她们和日本妇人的装束十分相似。遗憾的是，那些日本女人热衷于把牙齿染黑，眼角涂红，并在她们短短的脖颈上面刷着厚重的白漆。这些中国情妇的德语往往非常流利，她们瞟向自己情人的眼神既微妙又亲昵，带着地方戏曲中常见的神态。每当夜色降临的时候，那些长而尖锐的红指甲都会在真皮沙发上留下难看的划痕。

迈尔中尉厌憎这些卑微的欢场女子，更鄙视那些挎着异国情妇的男人。他们用枪炮践踏了中国的土地，还毫不客气地猥亵了他们的女人。两个年龄大一些的妇人奴仆低垂着棕黄色的宽扁面庞，她们穿着蓝色粗布的右襟高领大袄，正在认真地拖着甲板。锃亮的甲板安静而诚实地倒映着那些三五成群的宾客，有一些穿着类似西装式的青灰色制服，他们是新成立的党派成员。迈尔中尉记不太清楚，这些怪异的知识分子不是公民党就是国民党。在他们充满了敌意的注视下，还有几个举止威严的老人，拖着辫子，留着长须。他们一丝不苟地披着披氅，穿着长袍马褂，那些古雅的朝珠沉甸甸地坠在他们的胸前，他们的每一道皱纹都在无声地排斥着洋人和新党。

还有一些少男少女，在他们的身上已经很难看到传统的痕迹。那些华丽的时髦服装和烫成长卷的黑发，标准的舞姿和礼仪，以及身上随时都洋溢着的莫名其妙的优越感和淡淡的自卑，都昭示着他们的留学背景。迈尔凝视着那些漂亮的青年男女，不知道为什么，他更希望在中国的年轻人身上看到那种复杂的、糅合的学问和气质，甚至还有那种隐忍的爆发力，那种没落帝国子民所罕见的品德——凌驾于任何苦难和羞辱之上的自尊。

德国猪肘和英国炸鱼的香气在喧闹的甲板上飘散，英国军舰的旗帜和德国军舰的旗帜在海湾的夜风中向着相同的方向飞扬，只有那首共同演奏的《自新大陆》，由于德国大提琴手的疏忽而滑落出一两个不和谐的音符。1913年的春天，在大洋寂静的冰面下耐心地蛰伏。

1910年，北平。

钱默之几乎是循着草药的香气找到胡同深处那座僻静小院的。他轻轻地叩动着铜狮子嘴里衔着的门环，在斜阳的余晖中耐心地等待着。钱默之望着铜狮子，忽然想起下午在西方文学史课堂上，他给学生们猜的古希腊谜语："什么东西早晨用四条腿走路，中午用两条腿走路，晚上用三条腿走路？"随着那扇黑漆木门轻轻开启，一张异常美丽的面孔突然浮现在他的眼前。钱默之盯着那双谜一样的眼睛，情不自禁地呢喃着："斯芬克斯？"少女的声音轻笑着回复他："人——婴儿只会爬，青年用双腿走路，老人只能拄着拐杖。"

钱默之疑惑地望向少女身后，少女往后让了一步，置身在淡金色的薄暮之中。她背着手亭亭而立，仿佛有意地藏起了一双羽翼。钱默之轻轻地晃了晃脑袋，为自己的失态哑然失笑，他有些尴尬地扶了扶新配的金边眼镜，问道："您好，请问林大夫回来了吗？"少女望着钱默之，落落大方地回道："师父今天不从药铺回，傍晚还要去一家出诊。请问您是哪位？"钱默之不敢直视少女美丽的双眼，他从怀里掏出一封信递过去，又晃了晃手中的包裹，说道："我母亲钱于氏，托我给林大夫送些云腿月饼和乌药材。哦，对了，还有一束兰草。”

少女接过了信，望了一眼信封上娟丽的簪花小楷，惊喜地说：“您是文佩夫人的大公子吧？我总听师父提起令堂，说令堂是她最好的闺中挚友，更是当代难得一见的才女。钱先生，快请进。”她侧过身，伸出手臂做出邀请的姿态，七分喇叭袖里露出一截纤细的皓腕。钱默之跟在她的身后，眼睛无法抑制地看着她蓬松的双发辫在月白色葛麻滚边短袄的圆摆下摇曳生姿。随着她轻盈欢快的步伐，单薄的衣襟隐约地凸显出少女纤弱的腰肢。少女的秀发似乎比其他姑娘的更为丰厚润泽，在阳光的照射下散发着金棕色的光芒。少女穿着居家的橄榄绿过膝日本绸短裤，一双修长纤细的小腿紧紧地裹在舶来的淡黄色丝袜里。钱默之暗中比画着，心中暗叹：“她的腿几乎和我的一样长！脚踝又是那样细……”

少女一边在前面带路，一边指着院子里种着的各种名贵药材，如数家珍地讲解着。钱默之随着少女走进客厅，他绕过灯影浮动的云母屏风，不禁愣了一下，只见迎面的墙壁上挂着两幅南北半球的航海图，左右两面墙壁都从上到下嵌满胡桃木的书架，按照欧式图书馆的样子整齐地摆满了书，另一面则是黑漆描金的龙纹药柜。长条紫檀书案上除了摊开的笔墨纸砚，还有一对针灸铜人。少女站在一副医用人体骨架的身后，挥舞着骷髅瘦骨嶙峋的手臂，顽皮地打着招呼：“钱先生，您好！我是塞斯博士，欢迎您的到来。”钱默之大步流星地走上前，郑重其事地握了握骷髅先生的手骨，寒暄道：“科学家先生，幸会，幸会！请容我在您的身旁小坐一会儿。”

少女从骨架旁探出一张狡黠的脸来，对着钱默之会心一笑，接着走到一旁给他沏茶。她琥珀色的瞳仁比一般汉人的眼珠更大更深邃，圆润地映照在淡蓝色的眼白里，仿佛夜船停泊在波光粼粼的湖心。她的眉毛和睫毛都是天然未经修饰的，浓密而匀称，恰到好处地在雪白的肌肤上勾勒出明艳而清冷的轮廓。她的面颊晕染着淡淡的潮红，微微鼓起的两腮和颀长的脖颈都是淡淡的肉粉色。她既拥有西方美学所推崇的桃心形嘴唇，又拥有东方古典所爱慕的鹅蛋脸。肉感和秀美糅合在同一张白皙的面孔上，随着她的表情变幻显露出时而天真、时而典雅的神采。

她眼波流转时，纤长的眼尾先是平垂，然后又微微上翘，仿佛洇染着浅浅的桃红。浓黑的睫毛在眼尾的末端拖得长长的，投下淡紫色的阴影，显得浅棕色的眼珠愈发地清透。可是最值得赞叹和歌颂的，是她明亮额头下，媲美达·芬奇草稿里《少女头像》中的鼻子。在少女挺括纤细的鼻梁左侧，点缀着一小颗精巧的蓝痣，仿佛神来之笔，使得少女多了几分冷峻空灵的气韵。少女左颊的酒窝和蓝痣交相辉映，仿佛月笼芍药，又仿佛烟笼寒水，娇美与清幽并存。

少女将一杯清茶放在桌上，自己端着茶杯大大方方地坐到另一边。钱默之依依不舍地收回视线，用一声轻咳掩饰着自己的失态。他礼貌地谢过了少女，从包裹里掏出一袋乌灵参、一袋云腿月饼，又举着一束零星绽放的"兰草"献给少女。少女望着"兰草"粗壮的枝条和上面可怜兮兮的小黄花，哑然失笑，她轻柔地摩挲着这束"兰草"，低声说："这是铁皮石斛……"钱默之尴尬地望着少女，少女微微一笑，说道："在我心目中，这是最珍贵美丽的'兰草'，谢谢令堂和您千里赐药。"少女站起身，将其中一枝缀满花蕾的石斛插在梅瓶中，她脖子上挂着的十字架在领口里若隐若现。

钱默之喝了口茶，起身认真地注视着航海图。航海图是法文版的，每一处都有手写的中文标注，字体虽漂亮却有些稚嫩。钱默之飞速地瞥了一眼泰然自若的少女，按捺着内心的惊讶继续往书架上看去。架子上除了常见的圣贤古书、药学医理、小说名著，竟然还有西方经典著作、社会学著作、科学史著作以及《圣经》。钱默之抽出一本《国富论》，问少女："这本书是你的，还是林大夫的？"少女指了指书架堆满了西方书籍的一侧，笑着答道："这些译本是我哥哥带给我的，那些中文书是林大夫的。不过，她要求我把架子上所有的书都读完。"钱默之沉默了一会儿，望着航海图又问："你会法文？"少女点了点头，毫不在意地说："我的外祖父是法国传教士。"

钱默之也点了点头，目光扫过了书架上归类为法国文学的《约翰·克利斯朵夫》和《茶花女》等名著，问道："你最喜欢哪一本？"少女指着一本书脊被磨破的《九三年》，说道："雨果先生的这一本和《红与黑》我都喜欢。"钱默之将《国富论》放回书架，低声地背诵《九三年》里的选段："大自然是无情的。它不肯在人类的丑恶行为面前收回它的鲜花、音乐、芳香和阳光。它用天赋的美丽和社会的丑恶的鲜明对比来谴责人类；它不肯收回一个蝴蝶翅翼或一只鸟儿的歌唱来宽恕人类；它一定要人类在杀戮、复仇和野蛮之中忍受圣洁的事物的目光；它要使人类无法逃脱温馨的宇宙无尽的谴责，也无法逃脱晴朗的蓝天的愤怒。"

少女轻声地接上他的话语："它一定要让人类的法律在令人目眩神摇的永恒景物之中，彻底现出丑恶的原形。人类尽管破坏、毁灭、根绝、杀戮，夏天依然是夏天，百合花依然是百合花，星辰依然是星辰。"钱默之的眼睛里闪烁着惊喜的光芒，他为少女续上茶，正要和她攀谈，却听见几声门环的脆响。少女欣喜地说了声："师父回来了，我去接她。"便起身快步走了出去，墨绿色的缎面软底绣鞋从钱默之眼前一闪即逝。钱默之整了整衣衫，正要出门迎着，却听见一个男子略带不悦的声音隔着窗纱透进来："你怎么能这么轻信人？林大夫不在，你独自一人和一个陌生男人共处一室，多危险！"少女嗔笑着答道："文佩夫人的公子怎么是外人？"

钱默之听见少女说的"不是外人"，不禁心里一暖，索性掀开门帘大步走出来。他冲着门外皱着眉的魁梧青年礼貌地欠了欠身，友好地伸出右手，说道："您好，我是钱默之。"那个青年板着脸上下地打量着钱默之，半晌忽然一笑，握住钱默之悬在半空的右手用力晃了晃，朗声说道："京师大学堂仕学馆的钱教授？我们见过，在月初的请愿国会同志会上。您当时的即兴发言，真是振聋发聩。"钱默之仔细地端详着眼前这位比自己高半头的戎装男子，见他身姿挺拔、剑眉星目，自带盛年军官的侠气。他短短的天然卷发修成时兴的三七分，一张清隽方正的面孔被晒得黧黑，脸颊上微青的胡楂显出几分桀骜。

钱默之谦逊地笑了一下，一面侧身礼让，一面说道："惭愧！董上士谬赞了！倒是董上士雄姿英发，令人见之忘俗！上次匆匆一晤，都未来得及向尚武兄请教对时局的真知灼见。不知您是否有空，借林大夫宝地小坐一会儿，煮茶共话？"董尚武苦笑着摇了摇头，对着钱默之抱了抱拳，说道："下官俗务在身，改天再专程请钱教授喝酒。"他将脸转向少女，面色瞬时柔和了许多，故作严厉地说："半夏，今天药铺上忙不忙？林大夫没回来，你就不捣药了？功课温习得怎么样了？"钱默之望向云蒸霞蔚中盈盈浅笑的少女，她的衣襟被染成了亮橘色，整个人仿佛镀上了一层金粉。

钱默之不着痕迹地往一旁挪了挪，替少女挡住渐起的晚风，温柔地问道："董姑娘，你在温习什么功课？"少女轻轻地点头答谢，挽住大哥的手臂说道："外面起风了，咱们进屋说话吧。"她偷偷冲着钱默之眨了眨眼，答道："我不姓董，姓姜，姜半夏的姜。他是我表哥，从小便最疼我。我想参加明年京师大学堂的统考。"钱默之细心地替她打着门帘，欣喜地问："姜姑娘想考哪个科？"姜半夏进了屋，一面给两位男士沏茶，一面认真地答道："我最想考医科，文科也不错。"董尚武半口热茶含在嘴里，强忍着笑说道："真不谦虚！京师大学堂的学子都是万里挑一的，你一个小丫头片子还没考上，就挑挑拣拣，小心落榜了哭鼻子!”

钱默之指着满墙的书架子笑着说:“姜姑娘涉猎之广、格局之大、眼界之宽，远在一般苦读学子之上。只是医科侧重西医，要考英文、数学和化学。不知道姜姑娘对这几门功课兴趣如何?”他平时执教中西方文学的相关课程，偶尔也要代课英文和几何。他暗中寻思道:“幸好自己正在苦修化学和物理，手中倒是有现成的课本和试卷。”董尚武拿起一块云腿月饼就着茶放进嘴里，淡淡地说:“舍妹自小便随祖父出入使馆街的六国饭店，英文、法文的交流写作都很娴熟。只是太过贪顽，不如沪上名媛们，人人至少讲得四五门西语。祖父曾聘请洋人教师在私塾里教我们简单的算术和科学，只是舍妹最爱曹公的几何，不爱罗氏的几何。”

钱默之出神地凝视着姜半夏落在白瓷茶杯上的纤纤玉指，才要说话，只听得帘外忽然淅淅沥沥地下起了小雨。他随手为董尚武和姜半夏续上了茶，说道:“本来是春风说剑，现在只好……”姜半夏索性支起窗棂一面向外望去，一面接过他的话:“只好夜雨谈兵了。”董尚武在一旁拊掌哈哈大笑，怜爱地责备道:“当心淋着，我看，你最应当上的是女子师范学堂，京师大学堂目前还没有女学生的先例。”钱默之赞许地说道:“令妹真是‘一枝彤管挟风霜’，令吾等愚夫汗颜。京师大学堂的教授们正在联名请愿，要求男女同校，不拘一格广纳人才。”

他将膝盖倾向端坐着的董尚武，言辞恳切地说:“我赞赏吕监督的思想，强国富民的根本是启民智、兴女权，即振兴女子教育。大学堂更应男女平等，为女子争取平等、自由和受教育的天赋人权。令妹有此雄心和志气，钱某人愿尽毕生所能，助令妹一臂之力，不仅要力争考入京师大学堂，还要选修医科和文科双学科。只是钱某人才疏学浅，还望董上士与令妹多多海涵。”董尚武皱了皱眉头，正要推辞，三个人却听见雨声里传来铜环叩击的声响。姜半夏从柜子里取出两把桐油纸伞，递给大哥一把，说了句：“您二位打这把，我和师父共用一把。”话音未落，自己拿着伞就往外跑。董尚武把伞搁在桌上，和钱默之一起追了出去。

姜半夏打开门，见家里的司机小严正给林大夫撑着伞，那辆熟悉的黑色小轿车静静地停在一旁。小严毕恭毕敬地鞠了一躬，叫了一声：“小小姐好！大少爷，雨大了，我来接您。”姜半夏深深地看了大哥一眼，客套地说：“严师傅好，让您受累了。”她扶住一脸倦容，正向小严点头致谢的林大夫，将钱默之介绍给她。林大夫没有说话，认真地打量着钱默之，脸上露出一丝笑意。董尚武瞪了小严一眼，说：“多事！军人怎么能怕日晒雨淋！”他笑容满面地站在一旁，在潮湿的夜色中露出一口雪白的牙齿。董尚武接过小严手中的伞，和钱默之一左一右，殷勤地为两位女士撑着。他扭过头，小声对小严说道：“去车里等我吧。”

钱默之和董尚武将女士们送进屋，对视一眼，异口同声地说道：“天色渐晚，钱/董某就不多叨扰了，林大夫夜诊归来，路途劳顿，早点歇息吧！”董尚武朗声大笑，亲昵地揽住钱默之单薄的肩膀，说道：“钱教授家住哪里？我送您！”钱默之正要推辞，姜半夏走上前笑着说：“您别和我大哥客气，他要是不送您，说不定拐弯就拐到某位红颜知己家里了。劳烦您一路护送他吧！”钱默之闻言一笑，不好再多推辞，便和董尚武一道上了车。

临别时，他再一次望了一眼姜半夏，见她擎着伞，含笑站在门外的台阶上。她的脸上尚有三分稚气，身形却发育得高挑苗条，仿佛暗夜里一束莹亮的光。董尚武坐在车里，脸上的神情便凝重了一些，他和钱默之一路闲聊着，偶尔对着窗外寂静的街巷出神。钱默之下车的时候，微笑着冲董尚武点了点头，董尚武用力地握了握他的手，笑着说：“代问嫂夫人好。”钱默之轻轻地抽出被攥得通红的右手，淡淡一笑，说：“钱某尚未聘娶，多谢董上士关心。”他清瘦的身影笔直地伫立在雨夜里，向后梳的大背头和身上雪青色的长衫很快便被雨水打湿。

小严在反光镜里看着，小声地问："车里还有把备用伞，要不我给钱教授送下去？"董尚武瞥了一眼钱默之身后朱漆剥落的窄小木门，冷哼一声，吩咐道："开车吧，直接回府。"小严不敢多言，安静地开着车。小轿车的尾气在雨中化为一团轻柔的水雾，将钱默之长身玉立的身影冲淡，渐渐地融入深沉的夜色之中。钱默之目送小轿车氤氲的尾灯消失在胡同尽头，这才独自走回清幽的小院。他回想起林大夫别有深意的审视目光，和董上士护妹情切的戒备姿态，不觉轻笑出声。南唐北陆的端妍丰润、秀骨天成，从今往后，都不如那一抹清丽傲雅的甜笑。他顾不得换衣服，湿漉漉地钻到书房开始翻箱倒柜，连夜将家里的化学、数学、物理和西语书籍教案找出来整理。

第二天，钱默之因为淋雨染了风寒。他忍了四五天，直到如愿以偿发起了高烧，这才带着一箱子的书和试卷去药铺抓药。铺子上的客人不多，林大夫给钱默之问了诊，又和他聊了好一会儿，这才给他开了方，让姜半夏给他抓药。钱默之故作不经意地说："姜姑娘，我今天整理办公桌，正好带回来一些教科书和之前的试卷。想起您最近在温习功课，便顺便带过来了，也不知道能否用得上。"姜半夏看了一眼给其他病人问诊的林大夫，浅笑着谢过了钱默之，将书箱收下了。

钱默之喝不惯中药，又挨过了好几天，风寒愈来愈严重。下课后，他还要加班改学生们的作业，只好等到夕阳西下，去林大夫家里看诊。林大夫给他布上针，钱默之顶着满头满脸的银针，平躺在临窗的位置。要过半个时辰才起针，他不顾虎口上晃晃悠悠的银针，偷偷将紧闭的窗棂推开，幸福地望出去。在镂刻的乌漆木窗外，姜半夏在院子里一面碾药，一面就着晚照的斜阳读课本。正是仲夏，远处天际泛起一层清透的青莲色，下面是雀头色的依稀山影，衬在缃色的一抹光亮中。

一小块晕染开的朱砂色缓慢地融入绿沉的草色里。在静谧的草色中，一双穿着鹅黄硬绸缎软底绣鞋的脚，正一下一下地踩着熟铁打造的长药碾子。在燥热的熏风里，姜半夏散着新洗的一头微卷长发，将课本摊在腿上，边读边用手在一旁比画。残阳的余晖拢在她的头顶，束成一圈温软的橘红色光晕。她静静地坐着，眉目宛然，面庞因为热气蒸腾，而染上薄薄的一层红釉。

钱默之索性坐起来，不顾满脑袋凌乱颤动的银针，将托着银针的脸努力地探出去。姜半夏的五官纤雅清媚，因为稚态而显得灵逸有余、韵味不足，而这却更让窗子里的钱默之心生无限的爱怜。她那饱满光洁的额，并不肯做时下流行的稀疏满天星刘海，而是天然地裸露着匀称的发脚，聚在她的眉心上方，合成一个雅致的发尖。他细细地端详开来，她的眉未曾描画，不是时髦的炭笔一拉，烟笼远山长，而是初绽的柳叶儿，让春风裁剪得娴丽。她的眼波偶尔不经意地流转，有着一咏三叹的婀娜，更胜却波光粼粼的秋水盈盈。

过了一会儿，姜半夏将一双腿从碾子上收回来，将一旁的陶瓷研钵和药杵放在面前，开始捣药。捣药的声音若有若无地绞在薄暮中，一点点地渲染开来。冰片和沉香的气息仿若縠纹，一圈一圈地弥散在消逝的光与上浮的影之间。她身着明黄色的缠枝纹短衫，里面衬着藕荷色的长裙，颜色融入了紫檀色的窗棂里，连身影也看似浮动起来。钱默之一面看，一面赞，一直到林大夫走上前唤他，才吓得赶紧躺平了。林大夫拉紧了窗，将钱默之掉在窗台上的银针捡起来。她默默地看着钱默之，半晌才为他起了针。

钱默之在夏末秋初的时候，依靠三次风寒、两次眼疾、一次手腕骨折，终于赢得了在林大夫家与他们共进晚餐的机会。一直到秋风乍起、秋雨渐凉，钱默之已经可以悬着一只伤手，每周到林大夫家给姜半夏补习功课了。董上士总是在钱默之来补课的时候，给林大夫送礼，陪姜半夏读书，最后留下来和钱默之一起吃饭。钱默之在林大夫家，迎来了庚戌年第一场瑞雪，又迎来了辛亥年的第一场春雨，和1912年的第一声枪响。姜半夏也在宣统三年的时候考上了京师大学堂的医科，同时选修了钱教授主讲的文科。

1912年，北平。

课堂上的学子们刚上完几堂大课，难免有些昏昏欲睡。几个顽皮的男学生一想起下面是乡音浓重的鲁老师教数学课，便纷纷在座位上发出哀号。罗斯贻用胳膊碰了碰姜半夏，用笔指着窗外小声说："快看，是钱教授骑车过来了！他今天竟然穿的是洋服，真是太儒雅、太风流了！"姜半夏顺着她的视线望过去，见钱默之穿着一身法兰绒杏色条纹西服，潇洒地骑在一辆黑色自行车上，在洒满金光的绿荫里穿行。他迎着众人惊赞的目光，顺着小道一路骑到教室外的走廊旁边。

钱默之将车随手往栏杆上一靠，捏着礼帽大步流星地走了进来。罗斯贻贴着姜半夏的耳朵，激动地说："里面还穿了同色的西装马甲，上面口袋里还插着手帕，太绅士了！快看快看，他的蓝色十字花袖扣露出来了！钱教授这稍微一打扮，可比公子哥儿们有风度多了！"姜半夏望着他微黄的清秀面孔和疏朗的眉目，只觉得儒雅和蔼，并不像罗斯贻说的那样轻浮。钱默之站在讲堂上，对着学生们认真地鞠了一躬，目光温和地扫视着台下的同学，说道："同学们好，今天鲁老师身体不适，我来代他上课。"

钱默之含着笑意的眼神在姜半夏身上稍微停顿了一下，继续说道："同学们有谁在修哲学课？"几个学生稀稀落落地举起了手。钱默之转身在黑板上写下行云流水般的几个大字——"我思故我在"，问道："请问哪位同学知道，这是谁的名言？"姜半夏犹豫着举起了手，钱默之冲着她点了点头，笑着叫道："姜半夏同学。"姜半夏从座位上站起来，回答说："是法国思想家笛卡尔。"钱默之走下讲台，将粉笔递给她，又问道："你愿意写一下原文吗？"姜半夏迎着他的目光，走到黑板前用漂亮的法语花体字写下"我思故我在"。

钱默之温润如煦的笑容近在咫尺，姜半夏只觉得双颊微醺。她的脚步有些虚浮，迎着同学们艳羡的掌声坐回座位上。钱默之凝视着姜半夏娟秀的笔迹，说道："同学们，你们知道怎么用数学向你心仪的知己表白吗？"几个顽皮的男同学笑着说道："我们知道怎么用情诗和金钱向女同学们表白，情诗浪漫，金钱现实，女同学们都喜欢。"柳如烟眉目含春地瞟了苏公子一眼，苏公子手指里夹着两张戏票，笑嘻嘻地冲着她抖了抖。钱默之笑而不语，在黑板的空白处写下一组坐标：$r=a(1-\sin\theta)$，继续问道："同学们，请问谁可以上来破解一下这个极坐标方程？"

刚才还相互打趣的学生们望着黑板都愣住了，大家不约而同地扭头看向学习最好的孙世仁。孙世仁苦思冥想地咬着笔，半晌沮丧地摇了摇头。钱默之继续写到"当$\theta=0°$时……为四截距的比值"时，孙世仁恍然大悟，一边举着手，一边往黑板前跑。他在坐标旁边按照定位画出了两个完全对称的抛物线，合在一起正好是一个完美的桃心形。孙世仁有些忸怩地掸着长袍上的粉笔末，小声地叹道："这道题的答案太浪漫了，钱教授。"

钱默之指着笛卡尔的名言，用低沉而富有磁性的嗓音娓娓说道："这道题的出题人，就是伟大的思想家、哲学家和数学家笛卡尔。我给同学们讲一个真实的故事吧，告诉大家，这个世界上最深沉的爱，是如何浓缩成这一句永恒告白的。笛卡尔在五十二岁的时候，在斯德哥尔摩的街头遇上了痴迷科学的十八岁公主克里斯蒂娜。公主被笛卡尔的思想、才华和气度所折服，笛卡尔进宫做了她的私人数学教师。随着公主的数学成绩越来越好，他们之间的纯粹、美好的爱情也萌芽了。知道真相的国王勃然大怒，将笛卡尔驱逐出境，并软禁了他最珍爱的公主。不幸的笛卡尔回到法国后，还染上了可怕的黑死病。”

钱默之滚烫的目光在姜半夏的脸上轻轻拂过，他轻咳了一声，继续说道：“出于对公主的一往情深，他连续给公主写了十二封信，但无一例外都被国王销毁。但这怎么能难倒天才的笛卡尔，在生命弥留之际他寄出了最后一封情书。国王拿到这封情书有些茫然，因为上面只有一个公式：r=a（1-sinθ）。虽然找遍了全城的数学家，但所有人都对这式子不明所以。于是放松警惕的国王也就把这封信交给了公主。等到公主解开谜题后，她的心都碎了，一颗代表着笛卡尔心意的心形曲线就在眼前。据说这封另类的情书，至今还被保存在欧洲笛卡尔的纪念馆中。这也就是笛卡尔凄美的爱情与著名心形曲线的由来。”

讲完这个凄美的爱情故事，教室里依然一片沉默。所有的学生都被这段真挚动人的情感深深打动，女学生们纷纷用手帕掩住嘴，耸着肩膀低声抽泣。钱默之等学生们的情绪逐渐平复下来，这才继续说道：“同学们，这就是数学里几何的魅力，不是曹操的‘对酒当歌，人生几何?’，而是用生命在谱写誓言，直到最后一刻。将忠贞不渝的爱情用最沉静的方式留给爱人，留给后世。我希望，同学们从此会爱上这门学科，从此会热爱科学。因为真理和真爱，才是最值得争取和捍卫的。今天的课就到此结束。祝同学们用最严谨刻苦的态度学习，用最浪漫真挚的情感生活。下课!”

那次代课后，钱默之便在校园里愈发出名，许多别的科系的女学生都以旁听“笛卡尔教授”的课为幸。钱默之只好在空闲的时候，独自躲在角落里，望着湖水看书。他见那绿绦如碧之间的一丸澄静，仿若姜半夏那青丝萦绕的面庞。“钱教授，您这是干吗呢?摇头晃脑、唉声叹气的，这塔怎么得罪您了?”一只白嫩嫩晃着金光的小手在他眼前挥了两下。钱默之苦笑着抬起脸，正对着柳如烟那双如蝶翼般无时无刻不颤动着的双眼。

柳如烟的未婚夫是教育厅厅长的秘书。她的年龄比其他同学都大一些，派头却比校长夫人还要足。她的头发抿了刨花水，像画报上的女星一样拢得一丝不乱，新裁了时髦的燕尾，刘海儿紧紧贴着精心勾挑描画过的眼梢。看人的时候，她免不得先垂下白腻的脖颈，再慵懒地扬起眼帘，抛出一个娇滴滴的眼神，如一汪被客棹搅起縠纹的秋水。在柳如烟的心里，钱默之样样不如自己的未婚夫，但是她最懂得，美人的魅力，是需要各种人物的痴迷来衬托的。

“老钱，我找你找得好苦！谁料想你竟躲在这里私会佳人！何其悠哉！咦？竟然是大名鼎鼎的密斯柳，是我唐突佳人了，惭愧惭愧！”钱默之不愿意陪柳如烟说话，他看见鲁老师气喘吁吁地老远跑过来，像一个挥舞着手臂的灰袍小水桶，觉得格外亲切可爱，便在淡漠和严肃中露出些许笑模样。

那小水桶走近了，鼻子上夹着玳瑁眼镜，凑到近前只顾着在那双蝴蝶翅膀之间周旋，又怎么还说得出话来。鲁老师直勾勾地瞅了柳如烟好一会儿，柳如烟笑得一对燕尾刘海分开来拢过去，用涂了厚厚口脂的嘴唇咬着帕子痴笑。“鲁老师，您到底是来找钱教授的，还是来观摩我的？”

钱默之听见柳如烟撒娇撒痴地说话，已经颇为厌烦。他见鲁志仁一副痴头痴脑的样子，连半点文人的端庄矜持都没有，心里更觉得堵得慌。他索性一个人溜回图书馆去看书，任凭那两个痴男怨女对着一池碧波发浪。钱默之翻看了一会儿上个月才颁布的《中华民国临时约法》，心里拿袁世凯和孙中山仔细地做了一番比对。然后，他又回过头去翻看溥仪的《退位诏书》，只觉得短短数十日，沧海桑田，让人不免又是恍惚又是慨叹。

午后天气晴暖，学生们大多在校园里三五成群地运动、谈心，图书馆里反倒显得稀稀落落。忽然，钱默之觉得一阵心悸，他莫名地抬起头，只觉得一阵头昏目眩。在暖融融的淡金色日光里，一个纤细修长的人影仿佛逐渐拉长的水墨，轻盈优雅地走了进来。

她的脚步是空灵的，仪态是端雅的，她撩起厚重的门帘，将羊脂玉似的手指探到沉默的空气里的时候，她的动作甚至是缓慢而迟疑的。当她轻盈袅娜地交替着脚步，优美和从容从那迈进来的足尖涌进凝固的时间中的时候，她是无可置疑的美的化身。她的美浑然一体、由内而外、未经雕琢，美而不自知。

她的外貌并不是当前社会所热衷和推崇的，那双微微倾斜着掠过白玉面庞的眼睛过于澄澈。略深的眼窝和过于浓密的睫毛显得她的眼睛自带淡紫色的阴影。琥珀色的眼珠比一般中国人的棕黑色眼眸要更加大而圆。在她的面庞上，看不见那种刻意半垂着眼帘，任由眼珠子从一侧眼角眨动着滑过，呈现出迷雾一样的媚态。

她那未经修饰的眉峰过于饱满丰润，不是那种纤弱悠长的，剃净了眉毛，而改用眉笔所涂描出的覆在刘海下的细匀的弧度。而最可恨的则是那玫瑰色的香唇，两瓣唇是妍丽的、娇嫩的，毫无掩饰地依偎在一起。唇尖清晰、下唇丰腴，是西方社会为之狂喜的桃心形嘴唇。

鼻尖和下巴却是忠实于东方古典美的，线条流畅、纤巧精致。她裸露的肌肤色泽柔和明丽，因为炎热的天气而泛着蜜桃色。她的容貌是不忠于这个时代的，仿如一句偈语：华枝春满，天心月圆。她既不肯用刘海来修饰白皙光洁的额头，也不肯用胭脂来伪造腮畔的朝霞。

每当她欢喜的时候，她的左腮就会旋出一个深深的酒窝，辉映着左唇畔露出的虎牙，焕发出别样的天真娇美。她的身段和肌肤也是无一不美的，与她的风流气韵糅合在一起，让铁石心肠的人也不禁为之动容。而她一派天真的神态和泰然自若的举止，更使得才思枯竭的人为之文思泉涌、诗情澎湃。

钱默之在心底细细地描绘着姜半夏的美，脸上的表情却依然专注甚至凝重。姜半夏来到他的对面，欠了欠身，轻声地说："钱教授好。"钱默之这才从书本上抬起眼睛，微笑着点头。姜半夏刚刚在对面坐下，钱默之便闻见一股少女特有的兰馨体香。姜半夏才要说话，两个同班的男生举着篮球也走了进来。他们有些拘束地站直了身体，对着钱默之深深鞠了一躬。

其中一个男生大大咧咧地坐在了姜半夏的身旁，高声说道："半夏同学，你听说了吗？世界上最大的邮轮，泰坦尼克号沉没了，淹死一千五百多人！太可怕了！"姜半夏飞快地望了钱默之一眼，低声说："是呀！真是太可怕了……"另一个更高壮一些的男生热忱地说："听说那些绅士都将生存的机会留给了妇孺，如果我们一起的话，我一定会保护你的，半夏同学！"钱默之在一旁忽然淡淡地说："绅士们，下午的历史考试准备好了吗？"

下课的时候，罗斯贻凑到姜半夏桌前神秘兮兮地笑，悄声说："今天可是苏公子的生日。他一会儿肯定要请上几个亲密的同学去吃饭，我猜他也一定会邀请你和如烟。你可一定要答应，然后让我也随着去。"罗斯贻见姜半夏垂头不语，心知她素来不喜这些，便又耐着性子摇着她的膀子软磨硬泡。

直到姜半夏抬起头，半是嗔、半是笑地瞅着她，罗斯贻这才松了一口气，嬉笑着在一旁看姜半夏在本子的空白处默写。果然，苏公子甩着衣襟走过来。他一边推着鼻子上的金边眼镜，一边俯下身子，探过脸笑着邀请半夏。罗斯贻搓着面颊在一旁偏着脑袋痴笑，他碍不过情面，便也大方地一道邀了去。

傍晚的时候，苏公子家里派了四辆车，将几个同学从学校一齐接上，送到了东兴楼。众人落了座，苏公子便唤手下的人去怡香院递条子。凉菜上齐了没多久，就见四个年长些的丫鬟，簇拥着两个妙龄少女蹁跹地走近了。罗斯贻和柳如烟最是耐不住性子，早就阴沉下脸，好奇地来回打量。却见其中一个少女年幼些，面庞尚有稚态。她的刘海儿蓄成月牙儿式，身段未足，举止自带天真。而另一个少女眼梢高高吊起，眉毛绞得细细地漾过去。她的眼角一侧有一小颗黑痣，衬着嫩生生的粉扑子脸格外娇俏生动。她的刘海儿修成燕尾式，遮着稍嫌偏高的颧骨。

两个姑娘都是南派的，穿着一身皂色，衣领高高地竖着，掩着面颊。她们都在鬓上斜插着一嘟噜茉莉，香喷喷的，显出几分得体的高雅妩媚来。那两个姑娘任由桌上的客人们调侃说笑，坐姿却十分矜持有礼，在一旁温言细语地哄着宾主尽欢。等宴席上了一半儿，苏公子便催着姑娘们唱曲助兴。那两个姑娘面嫩，借嗓子不在家推托了半晌，方才各自从佣人手里拿了琵琶和笛子，弹奏着唱小曲儿。

一席人听着吴侬软语，评弹小调，大为兴起，又嚷嚷着要听新兴的落子。柳如烟几杯酒下了肚，一双媚眼只顾着四处乱送。她在校园里太风流，未婚夫和她分手了，她需要在毕业前快速找到下一个可以娶她的有钱公子。她见众人都在和两个清倌起哄，心里不甘，便敲着筷子嘟囔着使小性儿，将丰满的身子在锦缎里乱撞。苏公子被撞得浑身酥麻，便回过头来靠近哄了几句。他见柳如烟一头秀发晃得蓬乱，酒气将脸蛋喷得嫣红，较平日更显得轻浮可爱，便揽着她圆润的肩头劝酒。

罗斯贻在一旁皱着眉头，轻蔑地哼了一声，两个清倌也用袖子掩了口窃笑。其他几位男同学正借着酒劲儿撤了屏风，和邻座的客人大谈国事。男士们的声调越来越高昂，谈到激愤处，难免涨红着书生意气的脸颊，大拍桌子。干肉条、葱烧海参、糟熘三白的盘子都弹得老高，落下来，汤汤水水地淌了满地。柳如烟见那两名烟花女子竟然也敢嘲笑自己，便撑着软绵绵的身子站了起来。

她一面满面含春地向四座的人劝酒，一面指桑骂槐地戳着笼子里的红嘴绿鹦鹉："哪里来的扁毛畜生？还真以为登上高枝儿了呢！在这儿一味儿地聒噪！"姜半夏本来就觉得这顿饭恶心乏味，连筷子都一直懒得拿起。她不顾罗斯贻苦苦哀求，正起身欲走，看见柳如烟如此尖酸刻薄，心里更是厌恶。

姜半夏看那年幼些的清倌面庞羞得赤红，瑟缩着身子躲在琵琶后面，眼睛里马上就要滚下泪来，着实可怜。她站起来笑着说道："如烟，我看你是真醉了，二位姑娘这么美妙的歌喉你不听，偏去听那鹦鹉学舌？你看它穿红着绿的，叫得正欢，却是个没脑子的，何必和它过意不去？二位姑娘辛苦了，快休息会儿，吃点东西吧！苏公子护花失职，还不自罚三大杯？"

满座的宾客只有柳如烟穿了绿底红点的束腰洋裙，大家见姜半夏骂得巧，心里都觉得痛快。苏公子闻言朗声大笑，二话不说，端起酒杯连干了三杯，又笑呵呵地忙着给二位清倌儿夹菜。那两个姑娘感激地望着姜半夏，双双起身，迎着姜半夏端起酒杯一饮而尽，姜半夏浅笑盈盈地回敬了一杯。只有柳如烟被驳了面子，紫涨着面皮气得说不出话，将长指甲狠狠地掐在桌布上。

姜半夏懒得再应酬，对苏公子祝了一句："生日快乐！"便托词要走。众人喝得正酣畅，也不怎么强留。她才走了没几步，就听身后柳如烟借酒盖脸，骂骂咧咧地说那两个姑娘撒气。其中那个年长的才唱罢《大西厢》，一口气儿又念又唱格外过瘾。她见柳如烟一边似笑非笑地骂，一边将一双嫩白滚圆的手肘暗暗地抵在苏公子的胳膊上。她的心里平添了几分轻蔑，干脆撂下脸，回敬道："姑娘教育得是，我们是什么身份的人？不过是生来命薄，没有爹娘疼爱，打小便落了火坑，任人调笑的玩物罢了。我们的本分便是伺候老少爷们儿，哄他们开心。"

她眼波一转，嗔笑着接着说："只是您是个有爹娘疼爱、吃穿不愁的洋学生。何苦自轻自贱，觍着脸硬往男人身上凑？那些茶室里留客的姑娘都知道遵着规矩，倒没见过您这样容易上手的！依我说，您这新派的学生，不是革命，确是革脸的！”那姑娘说完，心里自觉十分委屈，便坐下来捂着脸嘤嘤地哭。柳如烟被劈头盖脸地骂得一愣，半晌才晓得端起一碗乌鱼蛋汤泼过去。她转身蹬上鞋就往外跑，临出院门的时候差点撞上姜半夏。姜半夏下意识一扶，被柳如烟横着眼睛狠命地瞪了一眼，一把将她推搡到一旁。

姜半夏脑海里回响着那个清倌的话，不知哪里触动了衷肠。她的心里一会儿糊涂，一会儿明白，就在大街上轻飘飘地走着。忽然，她听见前面不远处有人敲锣，一边敲一边喊：“我找人，我成天看不见人，这地方尽是鬼！”前面的人群一下子散乱了，也有笑嘻嘻调戏的，也有装腔作势欲打的。有些头脸的便赶紧闪身躲开，唯恐避让不及，让他缠上。那个人敲着锣走在大马路上，惹得汽车里的司机们一劲儿鸣笛。也有见怪不怪的，凑在一旁嘬着牙花子看热闹。等那个人走得近了，姜半夏才看清，那是一个穿着破旧竹布长衫的老者，脸上架着的一只眼镜片碎了。

他驼着背，手里拎着个白纸灯笼，看上去颇有几分凄惨。每当遇到学生模样的年轻人，老者就举起灯笼凑过去，照着人眯起眼睛看，一边看一边大声地嚷：“你们这些青年革命者还不醒醒吗？国家就要完了！”姜半夏听了他的话，臊得粉面通红，恨不得找个地缝钻下去。那些青年却都嘻嘻哈哈的，似乎完全不在意。不一会儿，老者就走到了东兴楼的门前，被看门的拦着不让进，只得在外面跳着脚呼喊。才喊了没几句，他就被楼上雅间的客人兜头赏了一壶热茶。茶梗子挂在他碎了的眼镜上，他的头顶冒着热气，站在那里，样子十分狼狈。

姜半夏迎着满街的嘲笑声走上前，掏出绢子给僵着身子呆立的老者擦拭。她关切地问：“老人家，您没烫着吧？赶紧避避，否则吹了风容易着凉。您骂得对，我本来也是个糊涂的，现在却是被您骂醒了。这些人，大多是揣着明白装糊涂的。光靠您这么骂，他们是一辈子也不肯觉醒的。这世道兵荒马乱的，您还是赶紧回家吧！您家住哪里？我送您！”

那老者不错眼珠地盯着姜半夏看了一会儿，又举起灯笼反复地照，忽然咧嘴一笑，说道：“你是个根性纯净的，是个伶俐坯子！醒了就好，醒了就好！这灯笼送你，走夜路，难免撞到鬼，你要多加小心！”说完，他将手里的灯笼递过来，硬塞给姜半夏，转身就要走。一伙儿路过的大兵嚷嚷着肃清革命党，将老先生推倒在地。姜半夏气得冲过去和他们理论。其中一个军衔在身的年轻人见姜半夏牙尖嘴利、容姿可爱，不由得笑了。他转身以妨碍治安为名，将老者训斥了几句。他冲着姜半夏点了点头，就带着士兵们走了。留下姜半夏一个人搀起老者，杵在原地生闷气。

在回家的路上，姜半夏见家家户户虽然都高高地飘扬着五色旗，却依然有几个稚童口齿不清地哼唱着《卿云歌》。再看那街道上熙熙攘攘的人群，无论是拖着长辫，还是戴着礼帽，或是剃了日本头的，无一不是牵着脖颈、勾着脑袋、瘪着脸孔、目露戾气，都在麻木地拖着步子走。

姜半夏暗自寻思：“老人家说得不错，这些青白含混的身影现在看来，果然是七分像鬼，三分像人了。只是人生来又应该是什么样子呢？应该是英气勃勃、神采奕奕，面上带着几分欢喜，眼睛里充满好奇吧？只是满眼看去，莫说是成年人，就连孩童也都有几分老气横秋的架势，眼神里也总都是混沌的。而这又是为什么呢？”

姜半夏又想：“人老了，眼睛里会生翳。所以总是抱怨天气不好，雾蒙蒙一片，什么也看不真。那么现在到底是人们的眼睛老了病了，还是社会一直笼罩着阴霾？抑或是两者皆有之？”姜半夏想着想着，忽然觉得浑身发冷。她掏出镜子来对着照，见自己的一双眼睛还是清清亮亮的，这才放了心。人们见一个活活泼泼的女学生，手里偏要拎着一个惨白的纸灯笼，就不由得都往两旁让。姜半夏见这么一丁点儿的事情，竟然引来这么些人围观，那么多青灰的面孔上总算带了些神采。

她的心里又是好气又是好笑，心想："这些人的全部志趣便都在此了！早听老人们说，当年八国联军从河道钻上来的时候，便迎头见高处站满了人，各个都笼着手。男女老少相互搀扶着，直着脖子向下观望。那些洋鬼子开始吓得一愣，以为是上下一心，要关起门来打狗的。谁料想那些人只是耸着膀子看，并不出声。他们这才明白是看破城的热闹，或是把自己当成妖怪猴子来观摩了，甚至还有一些人端着梯子，给洋鬼子攀墙用的。也有拉人力车的，抢着推军官进城。或是争着举报拳团同胞，在鬼子面前邀功的。"

她望了一眼笼手围观的众人，又想："这些人或许是吃了不少清朝的苦处，更或是得了洋人些微的便宜了。谁料想洋鬼子进城后烧杀抢掠，尽是将平民撵到死胡同开枪乱崩的，或是抢了民女强奸后抱着照相的。即使这样，死前竟只怪罪朝廷昏聩无能，拳民无故滋事。仿佛他们的命运从来便不该掌握在自己手里，浮萍般沦落到如此处境，倒没有自己的半点责任了。无怪乎梁启超先生要在《新民说》里痛呼：'故有耻为君子者，无耻为小人者，明目张胆以作小人。然且天下莫得而非之，且相率以互相崇拜，以为天所赋与我之权当如是也。'"

姜半夏想到这里，更觉得心寒。她既哀其不幸，更怒其不争。既而又联想到自己，却又不知道何去何从。总是不能流俗了的！那些所谓的国家的气数、个人的命运，不过是蒙蔽百姓，宽慰自个儿的。我得把握住自己的未来！姜半夏在心里不断提醒着自己，渐渐地觉察到心底有个模模糊糊的影儿，仿佛在昭示着属于她的命运。

刚一转进胡同口，低头思索的姜半夏差点儿撞上迎面而来的人。她牢牢地护住白纸灯笼，才要道歉，那个人却伸出手来，将她即将落下的围巾搭回脖子上。姜半夏抬起脸，惊讶地看见钱默之正一脸笑容地凝视着自己。她忽然觉得脸颊发烫，低声地叫道："钱教授，您怎么在这儿？"钱默之看了一眼她手里的灯笼，说道："正巧路过。苏公子没送你回来？这个灯笼？"姜半夏将灯笼举起来，说道："我先回来了，这个灯笼是一位老者送我的。"

姜半夏一边客气地邀请钱默之去家里做客，一边给他讲灯笼的故事。钱默之犹豫了一下，说道："林大夫还没回来，你哥哥最近又不在，我去不方便。天晚了，我送你回去。那位老先生，是个智者啊！可惜大多数人都是愚昧的！半夏同学，毕业以后，你想做什么？"姜半夏一面用灯笼照着前面的路，一面若有所思地说："上学以前，我只想着学医救人。觉得如果可以将我们的传统中医和西洋人的医学结合起来，一定可以救治很多人。洋人的医院，比我们的医馆更科学，可以同时帮助上百个患不同疾病的人。如果我们可以有一座自己的医院，就好了！"

钱默之望着夜色中姜半夏那双闪烁着光芒的眼睛，有些失神。他被脚下的石子绊了一下，姜半夏本能地伸手扶了他一把。钱默之的脸也有些发红，他咳嗽了一声，童心未泯地踢走了小石头，说道："是啊，中国缺现代化的医院，尤其是妇产医院。我们的年轻女性，有很多因为生育而死去，太可惜了！半夏同学，你的理想特别崇高，我很佩服你！你有这么好的中医底子，一定不要荒废了，还没有人敢将中西医学结合起来呢！我希望你是第一人，第一任现代女医生，甚至，第一位女院长。"

姜半夏觉得自己的胸膛忽然被什么东西点燃了，一种陌生的澎湃力量充满了她。她看着钱默之被灯笼的烛光映成暖金色的侧脸，忽然发现钱教授有一双女子一样秀美温柔的眼睛。她将手背贴在滚烫的面颊上，问道："钱教授，我今天忽然觉得，只学医可能救不了中国人。您说，人的灵魂，是不是只有上帝可以拯救？我们还能做些什么，才能让沉睡的中国人都醒过来呢?"

钱默之突然想牵起姜半夏的手，让她触摸自己的一颗真心，触摸自己锁在心底的炙热灵魂。他将手探出去，悬在半空，然后轻轻地落在了姜半夏的头上。钱默之叹了口气，仰起脸，对着升起的月亮说道："你要学医，不要怀疑自己！因为你能做的，恰恰是千千万万同胞们做不好的，是千千万万同胞们需要的！不过，你是对的，学医，不能拯救世界，也不能拯救人们苍白的灵魂。半夏同学，我也在无数个失眠的夜晚问我自己，到底什么才能救中国人，才能救我们岌岌可危的国家？我目前能做的，只有教育兴国，让莘莘学子爱国爱民，实业救国、科技救国！你给我一点时间，好吗？我还在做一件事，等我做好了，便告诉你。"

姜半夏只觉得头顶一暖，钱默之那只骨节分明、修长有力的手，此时正爱怜地摩挲着她的秀发。姜半夏默默地感受着钱默之指腹上的薄茧和修剪得圆润整齐的指甲，一种淡淡的情愫在月光之下缓缓地流动。姜半夏只觉得自己的心跳声越来越响，她突兀地低下头，小声叫道："呀！鞋襻开了！"她孩子气地皱着眉，将一只脚向前翘起来，晃动着鞋襻松了的黑色巴黎小羊皮矮跟鞋。

钱默之忽然弯下腰，将姜半夏的脚抱在怀里，细心地把鞋襻扣上了。姜半夏收回脚，愣愣地盯着自己雪白袜子上扣得紧紧的鞋襻。钱默之满意地站直了身体，说道："小心地滑，好好走路。"姜半夏傻乎乎地抬起头，将灯笼塞进了钱默之的手里，强作镇定地说道："我到家了，钱教授，谢谢您！路上小心。"钱默之望着前面熟悉的门环，温柔地笑了，说道："快进去吧！把门锁好了。"

那日午休，姜半夏正伏在桌子上用德文翻译短句。她忽然觉得自己的辫子被人扯了几下，便含着恼意抬起头看。罗斯贻顶着新剪的短发，俏皮地冲着她笑，一边笑一边卷着姜半夏的发梢问："你最近怎么学习愈发用功了？难不成是为了追时髦，早点学先生们戴上金丝镜？你这头发一直不肯剪，我先前还觉得你陈旧。现在看久了，才知道还是你聪明。你看这一头长发，箍上发卡披下来是一个样子，拢在两侧盘起来再束成辫子又是一个样子。还可以绾成各种样式的发髻，插上簪子，装旧式淑女。"

姜半夏正翻译到容易出错的地方，她心里焦急，便伸出两只瘦白的胳膊笑着推罗斯贻，悄声说道："就知道拿我解闷儿取笑！前些日子又是谁嚷嚷着肚子疼，非让我帮她开方子来着？你是天字一号的大美女，行了不？我求你赶紧去迷倒你家苏公子吧！别总跑过来打扰我温习功课！"罗斯贻听了又羞又恼，攥着她一双细白的腕子不依。两个人正闹着，前桌的郑孝骞忽然转过脸来，一本正经地问："你们可知道袁世凯要祭孔了？"罗斯贻歪着脑袋，笑嘻嘻地反问："书呆子！他祭孔不祭孔关我们什么事？难不成还要学生们都通通站在一旁摇旗助威？"

郑孝骞板着面孔重重地摇了摇头，转过眼珠憧憬地看着姜半夏，又问："才女，你怎么看？"姜半夏沉吟着才要回答，却听见一声高喊："他是司马昭之心，路人皆知！只是康先生竟然也为他撰文叫好！当初维新还不是他提的？现在又要帮着宵小开倒车了！"三个人抬头一看，却是张伯墉抱着篮球和几个满头汗的男同学跑了进来。"我倒觉得未必，祭孔尊儒又不是坏事，传统的礼义廉耻在当今更要提倡。难不成共和了，就要抹杀掉几千年历史积累的一切？就应该一切向西洋、东洋、南洋看齐？清朝本来就是满夷治国，正是因为遵循着咱们汉人的儒术才换来四百多年的政权和康乾盛世，那时候大多数洋人还是半开化呢！现如今政权归还给了咱们，却要掉过头来学别人，我总是不明白！"

一直闷声不响坐在角落里的孙世仁，忽然跳起脚来冲着张伯墉大喊。他一只手里还捏着馒头，身形又瘦弱，难免惹得几个淘气的同学捂着嘴窃笑。教室后面角落里悠悠地叹了口气，却是许国璋半眯着眼睛打了个哈欠，从午睡中醒过来了。他晃了晃脑袋，慢吞吞地甩着压麻的胳膊说："欧洲大战都爆发了，咱们还在这里谈这些，不是井底之蛙是什么？既然是井底之蛙，不心甘情愿地餐风饮露，却都蹲在这里鼓着肚子乱叫。政府重视教育，培育你们还培育出过错来了？"

"若让我说，我觉得民国政府很不容易了，允许这么多党派和新媒体百家争鸣，又注重军事、文化和教育。还得委曲求全，四处斡旋，讨失地免赔款。你们一个个都自诩是人才，现在胶东由德国占领，东北和台湾由日本占领，怎么不见你们为国出力？曾子曰……""士不可以不弘毅。任重而道远，仁以为己任，不亦重乎！死而后已，不亦远乎！"众人听到"曾子"二字便齐齐地摇晃着脑袋朗声背诵打断他，不等背完便哄堂大笑："就知道你要绕回到这一句来！玉玺大人，我们背得不错吧？"

姜半夏嫌屋子里吵闹，便拿了笔和本子走到花园里。她顺着走廊一面欣赏初秋之色，一面默念德文。德文是这学期的选修课，她想让自己在法文、英文和中文之外，再学会一门语言。毕竟欧战爆发，学好德文，便可以听懂一些国际电台了。钱默之走过来的时候，正看见一树桂花迎着风徐徐地落下。日本枫的枫叶丛中露出姜半夏的小半张脸。她的下巴挡在书本后面，一双棕色的大眼睛似乎心有灵犀一般，忽然望向钱默之，眼底露出温柔的笑意来。

钱默之抻了抻新做的长衫，快步走过去，笑着说道："半夏同学，怎么一个人躲在这里用功？"姜半夏这才放下书，乖乖地叫道："钱教授好！"钱默之见姜半夏发辫上尽是落桂，便伸手要帮她拂去。他的手才伸出去，又觉得轻浮唐突，便转而落在书页上，指着一处德文请教姜半夏。她俯下脸，额发上的桂花便簌簌地坠到书页上。其中几粒桂花粘在了钱默之的手指上，滑腻微温、香气袭人。

钱默之一时竟有些恍惚，听不清楚姜半夏说的是什么。他窄瘦的面庞被熏风吹拂得有些发红，低头若有所思地看着地上。他的影子和姜半夏的影子离得很近，在花影里模糊成一团。姜半夏原本觉得秋风渐起，有些瑟瑟的寒意。现在，她却觉得钱默之的呼吸热烘烘地打到书页上反回来，带着茶叶的清苦气息扑到自己脸上，竟有几分微热了。钱默之一只手背在身后，想拿出来又忍住了。他指着回廊外一丛初绽的菊花，笑着说："这用德文怎么说?"姜半夏摇了摇脑袋，不好意思地说："还没学到呢。"

她的身后是几尾叶尖泛黄的湘竹，干枯的竹叶在阳光里皱成卷儿，发出细碎的破裂声。菊花的影子像梳着大拉翅的前朝宫女，在走廊里彳亍。落桂堆在姜半夏朴素的文明裙上，将藏青色的裙摆染上一层金箔。姜半夏一半的面颊掩在阳光里，仿佛映着霞光的初雪，而另一半则是落在寒潭里的半轮皎月里。钱默之终于将背在后面的手伸了出来，像变戏法一样变出一份散发着油墨清香的英文报纸。

"半夏同学，有件事情，正要请你帮忙。不知道你有没有兴趣在报社兼职?"钱默之将报纸递给姜半夏，用恳切的目光望着她，说道，"在《今报》报社里，不占用上课的时间。每周三个夜班。一下课就去，顶多四五个钟头就完事了。工资每日有五十铜圆。"姜半夏先是一喜，继而吃惊地反问："《今报》不是两年前就停刊了？再说夜班恐怕也不太方便。""是先生们新创刊的英文版《今报》。主要是针砭时弊的，还有一些海外的一手资讯。一些新派的人士也都愿意在上面登稿。"

钱默之见姜半夏仰起一张容光焕发的脸来，有些松动，便接着说道："我之前和你提过，要做一件事。现在，便是向你汇报我这件小事的时候了。你的英文和法文很流利，国文功底又好。可以帮忙整理稿件，翻译海外新闻，也可以投稿。不仅对学习有帮助，也方便接触很多新锐的思想。”钱默之说到这里，忽然一顿，他的面皮有些微红，接着又说，“至于安全问题，你不用担心。我也在那里兼职做副主编，正好可以护送你回家。”姜半夏专心地听着，笑容绽放在她雪白的小脸上。

钱默之也笑了起来，他热忱地望着姜半夏，说道：“我明天就为你引荐陈友仁先生。”他微黄的面孔中透出了几分拘谨，修长的脖子挺得笔直，消瘦平整的肩膀仿佛罗马雕塑半身像。他单薄的唇角露着几分天真的喜气，眼神里压抑着几分慌乱和期盼。他那一双洗得发白的袖管挽在腕子上，修长的手指骨节分明，倒像是从湘竹丛中托化出来的古代君子，带着满身的清高和正气。姜半夏忽然觉得心里一阵悸动，那双本来翘着的琥珀色眼睛匆忙地垂了下去，像敛了翅膀的粉蝶，轻轻地在花蕊中战栗。她的睫毛静谧地落下来，在阳光下呈现出黛蓝色的阴影，落在光洁匀净的粉腮上，仿佛一株夜色下缄默的蔷薇。

钱默之出神地看着姜半夏，只觉得心里生出了无限的欢喜。他俯下身，平视着姜半夏，说道：“其实，报社里还缺一位吕碧城那样的专栏女作家。我觉得，你完全可以胜任，让国人意识到青年女性的杰出力量。”姜半夏才要说话，两个人忽然听见预备上课的铃声响起。她只是笑着，缓慢地点了点头，郑重地叠起报纸握在手里。钱默之也点了点头，笑着说：“我去上课了。要好好学习，学习得好了，就离理想更近了。半夏同学，共勉！”他站起来，将一枚依然青翠的竹叶折下，揣在怀里。姜半夏和他一前一后向着各自的教室快步走去。

日子不知不觉地伴随着他们二人，从落叶斑斓的小径上徐徐踏过。那一对先是前后错着的肩头，也随着白日的缩短而逐渐地拉近了。偶尔，一双人影在月影下交织着，中间隔着一点距离，仿佛水墨画里的留白。秋雨浓的时候，比肩而立的影子上撑着伞，像新发的蘑菇，从枯叶覆盖的幽径上并着脑袋拱出来。秋雨淡的时候，并行的人影在金黄的道路上踟蹰，仿佛舒展的双燕衔着羽翼掠过波面。冬至时节，北平的初雪像豆蔻少女的额发，碎软而带着淡淡的木樨香气，还不及落下，就融化在薄暮那淡紫色的微光里了。偶尔也有那么柳絮似的一小团，娇羞地带着醉意抛在行人的怀里，悄无声息地依偎着，留下濡湿的一点印痕。

钱默之透过报社窗上的冰花，看着雪花温柔地回落。那雪的脚步在微风中轻盈宛转，仿佛无数小精灵穿着雪白的舞鞋，翩跹起舞。他转过脸，去看他生命中最可爱的精灵。昏黄的台灯下，姜半夏裹在暖杏色的夹袄里。她用一只莹白如玉的手扶着额头，嘴角含着若隐若现的浅笑和酒窝。她的另一只手里握着钢笔，在纸上沙沙地写着，电台里传来断断续续外文的广播声。钱默之将煮好的姜茶放在姜半夏的面前，姜半夏抬起头才要谢，钱默之已经回到了自己的座位上。姜半夏望了一会儿窗前钱默之笔直的背影，将电台的频道调了调，提起笔继续写下去。

钱默之撑着伞，携姜半夏步出报社的时候，夜已经深了。冻玉似的夜色带着醉人的酡红，漫天的飞雪仿佛溶溶的梨花摇落。满眼都是花团锦簇，还来不及凋零就已委地，一缕缕的暗香向着幽深的街巷飘散。两个人凑着脑袋絮絮地说着话，姜半夏披着钱默之的西式格纹外衣，一边轻声地说笑，一边将两只手凑到嘴前呵着取暖。钱默之摘下藏蓝色的羊毛围脖，绕成两圈裹在姜半夏的脖子上。他只剩下一件半旧的毛衣，毛衣有些紧，显露出青年男子肌肉的健康轮廓。

钱默之忽然捉住姜半夏冻得通红的小手，牵在自己的大手里。姜半夏的手安静地蜷缩在他的掌心里，过了一会儿才抽回来。她的手带着钱默之的温热，握在绯红的面颊上，眼底都是笑意。不一会儿，那双软玉似的手又向钱默之肩头探去，替他拂了拂厚厚的落雪。她柔腻的指尖从领口的皮肤划过，乖顺地落下来，覆在钱默之握伞的手上。钱默之大喜，转过身子扳住姜半夏的肩头才要说什么，就被两束耀眼的灯光直打在脸上。

二人都是一惊，望过去，见那两束灯光灭了，从余光中大步走过来一个挺拔的人影。姜半夏见那人面色沉郁，来不及细想，张口便叫："大哥！"董尚武并不理睬钱默之，大步流星地走到半夏面前，急促地说道："外婆病得很重，可能熬不过今夜。上车！我接你回去。"姜半夏听了，面色凄惶，一时间说不出话来。钱默之走上前，对着董尚武点了点头，将姜半夏脖子上的围脖拢了拢，在她耳边小声地说："跟董准尉回去吧！别留遗憾！"董尚武淡淡地看了钱默之一眼，将姜半夏拽到自己身边，放软声音说道："她一直念叨着你，弥留的时候只念叨着你娘和你。"

姜半夏只觉得脚下一软，眼睛里顿时升起一层水雾。她求助似的看向钱默之，又迷茫地望着董尚武。董尚武将她揽在怀里，往车的后座里塞。一边塞，一边说："每年你和你娘的生日，她都吩咐下人给你们煮卧了溏心蛋的长寿面。还要去买你爱吃的虎皮蛋糕回来，摆了你们的碗筷，一个人缄默地枯坐到深夜。"钱默之拍着车窗，对姜半夏大声说道："我去告诉林大夫，你别担心。"他的嗓音忽然有些沙哑，自言自语般地说道："我会等你。"

董尚武这才在钱默之的肩膀上拍了一拍，坐进车里紧挨着姜半夏。车子才启动，就又熄了火。董尚武摇下车窗，将大衣和围脖递给了钱默之。他警示般地深深打量了他一眼，就又摇上了车窗，吩咐司机开走了。钱默之只来得及看见姜半夏的一点侧脸，仿佛被眼泪打湿了，在董尚武冷峻的面孔后闪着濡湿的光亮。钱默之忧心忡忡地目送着小轿车向黑夜深处驶去，他忽然觉得，姜半夏背后藏着许多的谜，像神秘的宝藏，又像美丽的陷阱。

临近了院子，车还没停稳，董尚武便急匆匆地牵着姜半夏下车向里跑，一路上早有下人们举着灯在两旁恭候。姜半夏见灯火掩映的地方已经有了几分衰败，心里更觉哀愁。儿时的情景一幕幕地从雪地上浮现出来，带着暖月似的光晕。他们一直走到里院的主房，老远便听见几个女子的声气，轻声地抽噎。姜半夏恍惚地走进去，见姥姥床前围着满满的一圈人。其中几个少妇正掩了绢子低声地哭，见了她都是一惊。大姨弯下腰，附在姥姥的耳朵说道："娘，半夏回来了。"

大姨见姜半夏呆立在一旁，便将她向前推了推，自己退到一边饮泣。姜半夏这才看见锦被下微微显露着枯叶似的一小片儿人形，外婆的小半张干瘪的脸露在外面，喉咙里咯吱作响。她看了很久，才认出来这张灰黄衰败的脸。姜半夏张了张嘴，却发不出声音，眼泪哗哗地涌出来。她见几缕灰发粘在外婆翕动的鼻翼上，便伸手帮她捋到干瘪的耳朵后面。外婆骤然睁开眼睛，望着姜半夏，口里发出急促的喘息声。姜半夏望着外婆那双和母亲极为相似的眼睛，忽然趴在床上，紧紧地攥住她露在被子外面枯干的手，哽咽地喊："外婆！"

姜半夏的声音晦涩沙哑，外婆却听得极为真切，整个人都在剧烈地抖动。她的眼泪奔涌而出，紧紧地回握住姜半夏的手，不肯松开，看得众人跟着又落下泪来。外婆忽然抬起另一只手，去扯自己的脖子。姜半夏连忙去按她的手，却触到她脖颈上的一条细链子。她握着姜半夏的手去摸冰凉的项坠，嘴里咿咿呀呀地让她摘下去。姜半夏摘下来见是一个老式的铜钥匙，外婆将她枯枝似的手臂高高地举起，指着床角的柜子，示意她去开。

姜半夏用那钥匙转了两转，那柜门开了。她将里面的一个樟木的小箱子抱过来，给外婆看。那箱子没有上锁，里面是姜半夏和她娘儿时的小衣服、小袜子，还有小半夏偎依在她娘怀抱里的满月照。一块红绸子里包裹着的一条项链，坠着一块金丝镂空，外壳镶嵌着澳宝的怀表。里面是外公外婆的结婚照。外婆突然来了力气，将箱子接过来搂在怀里。她一面痴痴地看，一面哆嗦着手指挨个地抚摸着。姜半夏哭得几近昏厥，她在心底大声地喊："娘！娘！爹！爹！外公！外公！"童年时光一股脑地翻滚在脑海里，带着褪色的边沿，所有昔日的欢笑都化作了滚滚的热泪。

外婆忽然剧烈地张大了嘴巴，使劲地捯着气儿。她的喉咙里有一口痰卡着，晦暗的脸憋得青紫。她的脸往上仰着，似乎在找神龛里的圣母像，一丝释怀的微笑从她满是皱纹的面孔上展露出来。眼瞅着她的眼窝一下子凹陷了下去，鼻子和嘴巴外面的一圈也变得灰白了。外婆发出最后一声叹息，姜半夏把脖子上的十字架取下来，贴在她的嘴唇上。外婆用尽全身的力气亲吻了冰冷的十字架，满意地闭上了眼睛。大姨慌乱地一边哭喊，一边给她揉胸口。姜半夏帮她掐着人中，对着嘴吹气，按压着胸膛，又将一旁下人备着的老参汤端过来喂她。外婆的牙关锁得紧紧的，灌不进去。不一会儿，她心窝的热气就散了，手脚也瘫软了。姜半夏翻开外婆的眼皮，她的眼珠子也散了。

姜半夏婉拒了亲戚们的好意，坚持不在祖宅里过夜，董尚武通红着眼睛亲自开车送她。她回林大夫家的时候，雪已经停了。天正开始放晴，白雪在地上厚厚地铺了一层，碎瓷片似的泛着幽冷的光，踩上去咯吱地响。等她迈进了院门，院子外传出了动静，一个堆得雪狮子似的人影从不远处的胡同口挪了出来，向着远处慢吞吞地去了。

1914年7月，德国。

迈尔享受着和弟弟雷奥一起狩猎的时光。白金色的薄雾弥漫在墨绿色的森林里，金翅雀和红襟鸟的鸣叫声在清晨随着阳光而沸腾起来。落叶松、枞树和银杉树高大的身躯被潮湿的青苔覆盖着，它们的枝叶在天际交融。黄绿色的草甸仿佛泡过水的古董毛毯，踩上去绵软厚实。那些散发着特殊气味的野菌子在黎明时分破土，从几百年的树根旁迅速地举起娇嫩的伞冠。

猴群在树梢上空翻腾跳跃，哨兵在迈尔他们走近的时候发出尖锐悠长的啸声。森林在一阵忙乱的声响后忽然陷入寂静，只有啄木鸟单调而急促的笃笃声不断敲击着树木。那些美丽的鹿角、鲜艳的红色皮毛、钩在树枝之间的长尾巴，都躲藏在无边的沉寂之中。迈尔拖着依然有些不便的腿，将背在身上的猎枪拿下来，拉开保险栓。雷奥在他的身旁嘟囔着抱怨："你的腿都这样了，还让你上前线?！国王真是……"迈尔辨别着草丛中一闪而过的身影，举起食指按在嘴唇上，将雷奥按倒在他的身边。

雷奥亢奋地耸动着鼻翼，他已经可以看清那头母鹿浅褐色的身体和美丽的斑点，还有脸上警觉恐惧的神情。在他扣动扳机之前，迈尔的大手将雷奥的枪口抬高了几寸。枪响之后，草丛里觅食的鸟群惊恐地飞起来，刺猬、狐狸和野兔都四散而逃，远处传来狗熊和猞猁愤怒的咆哮声。雷奥指着冒烟的枪筒，愤怒地说道："你在干什么?！现在猎物都被你吓跑了！你被国王的征兵令吓昏了头吗?那是一只多么健壮的雌鹿!"

迈尔干脆翻过身，舒服地平躺在地上，坦然地望着雷奥，说道："你没看出来吗？她怀孕了，乳房和肚子都快垂到地上了。我们不能猎杀一位母亲，这是丛林的规则。"他将雷奥耳朵上夹着的烟卷摘下来，搓碎了丢在一旁，继续说道："还有，别在森林里吸烟，会引起山火。最后，永远不许对国王不敬！为他出征是我们的荣幸，我愿意为他战斗到生命的最后一秒。"

雷奥不忿地啐了一口，他的眼睛恋恋不舍地盯着地上摊开的烟草，用胳膊支起上半身，俯看着迈尔，挑衅地问道："那我们现在去干什么呢？挖个洞，去给难产的野兔或者松鼠接生？这可能是我们最后一次狩猎了，你不想收获多一些猎物带给孩子们吗？天知道，咱们还能不能再见到他们！”迈尔眯起眼睛，陶醉地欣赏着鸟群从几十米高的树冠之间飞掠，暂时遮蔽了蔚蓝色的天空。一直到光芒重新射入草叶和露珠上面，他才开口说道：“我们去猎熊，亲爱的弟弟，去找我们的老朋友。我们去年交过手，你记得吗？”

雷奥的身体难以控制地抖动了一下，他揪紧了手下被层层腐败树叶沤烂的土壤，一丝胆怯从他的眼睛里流露出来。他觉得喉头发紧，清了清嗓子，说道：“老爷子曾经说过，这一带已经很久没见过灰熊了。鬼知道那个大家伙从哪里来的！去年我们差点被他打死，我们就不能来一次轻松愉快的狩猎之旅吗？如果你喜欢，我们可以尝试打一只狐狸或者野狼。我不介意带野鸡和兔子回去，它们的肉更滑嫩好吃。”

迈尔亲昵地揽住他的肩膀，说道：“对，它是个孤独的勇士，据老人们说，已经一百年没有见过熊了。它一定走了很远的路。我们是猎人，只有强大的敌人可以证明我们的身份。我们需要挑战它、战胜它，这是对它最大的敬意。只有胆小鬼才会纠缠那些弱小者。记住，我们要敬畏自然，绝不做任何破坏平衡的事情。”

雷奥不耐烦地甩开他的手臂，站起来抖动着泥泞的双腿。他有一张英俊的面庞，比他哥哥迈尔要精神很多。这使他格外珍惜自己的身体，珍惜他引以为傲的资本。雷奥扛起枪，一声不发地跟在迈尔的身后。他的肚子里装满了怨愤，不知道是针对迈尔，还是针对狗熊，或是针对国王。森林里一切的美好都不存在，他只感觉到阴暗、潮湿、腐朽和危险。即使一只迷路的知更鸟落在他温热的枪管上，对着他毛茸茸的耳朵唱起了动听的求偶歌。

迈尔带着雷奥走向湍急的河流。淙淙的流水声急促而躁动，在寂静的森林里愈来愈响。他们走了好一会儿，眼前豁然开朗，忽然看见参天大树旁，逐渐延伸下去的河滩和布满乱石的银白色河水。那只大熊就住在河对岸的树洞里，它习惯下水捕鱼，或者就着流水洗澡。在这一片原始森林里，它没有天敌，也没有朋友。雷奥只觉得脚趾一阵痉挛，恐惧捏紧了他的胃，他的眼皮剧烈地跳动着。河的对岸美丽而宁静，鹳鸟将细长的红腿缓慢地探入水中，仿佛在为生命起舞。这种祥和的氛围比直视恐惧更让人心悸，雷奥将猎枪紧紧地握住，犹豫着不敢踏上通往对岸的石头。

迈尔握住他的手，扶着他向河心走去，石头下的水草软绵绵地漂荡在激起的浪花之间。迈尔小声地说："它就在附近，在观察我们。你跟在我的后面，无论发生什么，都要冷静。我会保护你的，我的好兄弟。不要害怕！这是你永远不要做的事情，去害怕你的敌人。"雷奥在心底咒骂迈尔，他憎恨失控，憎恶风险，他憎恶一切愚蠢的牺牲。雷奥忽然觉得一阵腥臭的恶风袭来，伴随着"呼呼"的低吼声。在他反应过来之前，迈尔已经和大狗熊绞在了一起，迈尔的猎枪被狗熊一巴掌扇了出去，落在雷奥脚下的湍流里。

雷奥震惊地望着眼前的一切，他不知道应该怎么办，是先捡起枪，还是先扣动扳机。迈尔和狗熊仿佛香肠里的肉馅，紧密地黏合着，血腥味从他们中间飘散出来。迈尔的声音扭曲着，从两团血肉之间挤出来："躲开，雷奥！回到岸上去！"雷奥忽然像个孩子似的哭了起来，他捡起了猎枪，颤颤巍巍地站在原地。狗熊忽然转过头来，冲着雷奥露出一口黄色的尖牙，它硕大的熊掌不断地拍打着迈尔。迈尔像一个钉子嵌入了它的肚子，他忍受着狗熊愤怒的袭击，不断地攻打着他柔软的腹部。

在狗熊筋疲力尽即将摔倒之前，雷奥终于找到了勇气。他端起猎枪，从河里冲过去，顶在狗熊剧烈摇摆的脑袋上开了枪。一阵喷着雪白脑浆和红色血雾的硝烟从枪筒里冒出来，狗熊庞大的身躯仿佛坍塌的小山，压在迈尔的身上。雷奥将迈尔从狗熊的怀里刨了出来，他受了严重的外伤，但是精神不错，两只手抓满了狗熊的皮毛和血肉。

雷奥和他一起把狗熊翻过来，看见它的内脏已经快露出来了。迈尔咧着嘴，用微弱的声音说："谢谢，我的好兄弟。我知道你会赢的，你战胜了它！"雷奥瘫坐在石头上，大口大口地喘着气。他抹了一把脸，将血水和泪水胡乱地擦掉，低声咒骂："去他妈的狩猎！"迈尔忍着剧痛，哈哈大笑起来，伸出血淋淋的双臂紧紧地拥抱了他。

两个人狼狈地抬着熊往回返，森林里回复了宁静和美丽。一场搏杀结束了，这原本是一件最平常的事情。雷奥吹着口哨，问迈尔："我们为什么要去打仗？"迈尔将狗熊沉重的屁股往上抬了抬，吃力地说："我们是军人，理应效忠国王，捍卫国家的尊严。"雷奥摇了摇脑袋，冷哼一声，说道："你从来不问原因吗？"迈尔再一次望了望高高在上的蓝天，说道："原因是国王考虑的问题，我只服从命令。国王的正义，是发动正义的战争。军人的正义，是尊重敌人，敬畏生命。"

雷奥将一只挡路的虫子踩得稀巴烂，烦躁地说："你不怕有一天，幸运之神降临在敌人头上吗？"迈尔顿了一下，淡淡地说："不，因为我不仅仅是军人，还是天主教徒。如果那是上帝的旨意，我欣然遵从。"雷奥大笑着，用一句话概括："好吧，愿上帝保佑！"他又吹起了口哨，猴群剧烈地晃动着树枝回应他，仿佛对胜利者的赞美，仿佛对侵略者的诅咒。

在险峻葱郁的山谷之外，通向乡村的田地仿佛绵延的巨幅挂毯。几株树冠繁茂的落叶树矗立在广袤的平原之间，将碧绿的麦田和金黄的菜花分割成漂亮的菱形块。绛紫色的积雨云裹挟着千万缕笔直的雨丝，正飘过一坡高似一坡的丘陵，留下硕大的移动阴影。丘陵上面那些垦种的花田仿佛巨大的彩色缎带，在雨水的滋润下焕发着柔润的光芒。而积雨云旁边依然有灿烂的阳光直泻下来，播洒在一小片澄澈的湖水之上。

雨后的天空蓝得非常通透。德国乡村的木屋散落在广袤的田园上，刷得雪白的粉墙和镶嵌在墙外的米字纹黑色木框，与高地上小教堂红色的尖顶高低错落地穿插在一起。村庄里每一户德式小屋的阳台和栅栏，都被五彩缤纷的花盆簇拥着，散发诱人的芬芳。窗外那一丛丛、一树树的绿光间或摊开，点缀着奶牛和骏马的牧场。牧场上，迈尔的长子艾瑞斯正带着妹妹艾瑞佳学骑马，而他美丽的母亲汉娜则将手肘支撑在窗子上，目光哀伤地望着两个戴着帽子的可爱小人，一边切着洋葱一边默默流泪。

她的丈夫迈尔正含着烟斗，将风湿复发的双腿搭在椅子上，懒洋洋地擦拭着猎枪。他后背上被熊抓破的伤口已经开始愈合，他不断地挠着那些干燥的血痂。雷奥则翘着两丛棕色的胡子，在壁炉旁眉飞色舞地夸夸其谈。她竭力不去听那些恼人的字眼，而战争、军饷、前线之类的词却源源不断地侵袭过来。迈尔刚从遥远的中国回家八个月，她害怕那些可怕的事情发生。忽然，一股焦煳味随着滋滋的声响扑面而来。汉娜惊呼着去端黄油土豆丝煎饼，而那些可怕的字眼依然不管不顾地透过层层油烟撕咬着她。汉娜看着烫得发红的双手和已经有些焦黑的饼子，无助地捂住面颊，抽泣起来。

当艾瑞斯和妹妹拉着小手回家的时候，他的父亲和叔叔已经围坐在插了蜡烛和鲜花的餐桌旁笑眯眯地等他们了。七岁的妹妹看到了只有在圣诞节才能吃到的烤鸡和熏肉，尖叫着扑到父亲的膝盖上，揽着他的脖子又是亲吻又是欢笑。叔叔则伸出了一只苍白细瘦的手，拽了拽艾瑞斯的帽檐，又在他肩膀上拍了拍，说道：“好久不见了，我的小绅士，你又长高了！”艾瑞斯即将迎来十二岁的生日，在十岁之前，他是整个城镇里最美丽的孩童，比任何小姑娘都要美丽。在十岁之后，美少年的身段已经初现端倪，所有的少女都希望他能在下一届戏剧节上扮演罗密欧。

说完他又拿起艾瑞斯的右手仔细地看：那只介于孩童与少年之间特有的手掌，骨节才开始抽条，柔软的手指白皙修长，指甲修得仿佛半透明的鹅卵石。属于童年的四个小手窝，依然躺在手背上，像藏着冬眠的小松鼠。小拇指旁有一个不太明显的疤，就像等待着野花和雏鸟来依偎的树茬，暗示着这里曾经有过一根幼小的副指。这根副指并不缺少眷顾，艾瑞斯的母亲总是格外怜爱地在睡前亲吻它。它甚至还获准与其他的指头一起滚拂过教堂里的钢琴。然而不幸的是，那根与众不同的小手指，在平庸和不凡的战争中，过早地阵亡了。在他三岁生日之前，他的母亲痛哭着，坚定地剁下了它。

艾瑞斯见母亲通红着眼圈，手上还端着面包和豌豆洋葱汤，便赶忙接过来往桌子上放。他预感到家里有极重要的事情即将发生，便用一双毛茸茸的紫罗兰色大眼睛，盯着叔叔这个不速之客看，他白皙的脸蛋上浮起了一层带着恼意的红晕。父亲为艾瑞斯倒了一杯葡萄酒，他浓密的胡子里滚动着深沉的笑声："来吧，我的小男子汉，尝尝爸爸的酿酒手艺。记住爸爸的话：热爱你的国家，热爱你的人民，热爱我们的天主。"迈尔将女儿艾瑞佳抱在膝盖上，艾瑞佳不断扭动的小身体将他红肿的膝盖压得火辣辣地疼。

艾瑞斯将手肘放在桌子上，双手十指交握，虔诚地闭上了眼睛，说道："好了，让我们来做餐前祷告吧！……今日亦然，直到永远。"艾瑞佳忽然端起了自己的小碗，盯着那只冒着热气的烤鸡，顽皮地笑起来，故意说错："圣诞快乐呀！"这童稚的错误逗得父亲和叔叔哈哈大笑。只有母亲忧愁地绞着秀气的眉毛，拧着手指祈求地望着供奉的圣母像。

艾瑞斯睁开眼睛，瞪了一眼正在揪父亲胡子的妹妹。艾瑞佳从爸爸的腿上爬下来，乖乖地坐在自己的小凳子上，一家人终于安静地做完了餐前祷告。艾瑞佳已经到了上学的年纪，母亲用一面旧国旗给她缝制了一个美丽的小书包。她喜欢得不得了，吃饭的时候也要抱在怀里。迈尔的膝盖因为以前在青岛患过严重的风湿而有些变形，他贤惠温柔的妻子在桌子底下轻轻地按摩着他的腿。迈尔小心翼翼地挑出熏肉里面的大块脂肪，自从得了慢性肠炎，他就不能消化油腻的食物了。

晚饭过后，迈尔找到艾瑞斯，问道："艾瑞斯，我们可以谈谈吗？我想和你进行一场男人之间的对话。"艾瑞斯将手中的书本放下，站起来说道："当然，爸爸。我们在哪里谈？"迈尔看了一眼窗外，拍了拍儿子刚开始长肌肉的手臂，说道："咱们去田野里散散步吧，月色不错！"艾瑞斯担忧地看着迈尔僵硬的步伐，想上前搀扶，迈尔大笑着摆了摆手，说道："别担心，我还得用它们独自面对战场呢！跑得越快的人，越容易牺牲。我没那么快，这让我有足够的时间思考。"

迈尔和艾瑞斯走在洒满月光的田间小道，遥望着远方隐约的群山。嘈杂的虫鸣和暴躁的蛙鸣里，夹杂着迈尔低沉的声音："艾瑞斯，我和你叔叔明天一早就要集合去前线了。"艾瑞斯有些不安地问："我们这次为什么要打仗？"迈尔放慢了脚步，摸了摸艾瑞斯的脑袋，说道："据说，最开始是奥匈帝国的大公，被一个塞尔维亚人打死了。坦白说，我都不知道塞尔维亚在哪儿。"艾瑞斯皱着眉，小声说道："那和我们德国有什么关系？"迈尔留恋地回头望了一眼摆满鲜花的窗台，窗帘里隐约可以看到他妻子忙碌的倩影。他干脆将艾瑞斯的头发揉乱，笑着说道："我是一个军人，我只服从国王的命令。你怎么不去问你的老师，或者去问神父？"

艾瑞斯随手将路边一束倒伏的麦苗扶起来，一边用手指梳理着头发，一边不悦地说道："老师教的那些理由太牵强了，我觉得我们只是想趁火打劫。为什么要粉饰那些理由呢？这场战争既不正义，也不荣誉。这关俄国和英国什么事？他们为什么也要卷进来？

神父是仁慈的，他反对一切暴力。”迈尔忽然停下脚步，将脸转向了自己的儿子，说道：“我们太渺小了，艾瑞斯。你还不知道，一个人在战争中，是如何微不足道。你看风起的时候，会为一粒尘埃转变方向吗？选择效忠，就不用选择痛苦地思考了。”艾瑞斯张开手掌，感受着晚风的温度和力量，自言自语：“风从哪里来呢？这一切真的是天主的旨意吗？”

迈尔的手指无意识地摩挲着胸前的十字架，他忽然想起在青岛的最后一晚，那时候英德关系好得“穿一条裤子”，在欢送宴会上，英国外交官们都喝醉了。那晚的夜色异常迷人，海风将月光吹散成一片片的银霜。沙滩的纹路和波浪的纹路融合在一起，海浪的声音和乐队的舞曲声交汇在一起。没有人会猜到，他们将在短短几个月以后向彼此宣战。他们在青岛的别墅挨得特别近，迈尔尝试不去想在战场上遇到老朋友的场面，他从来都是一个温柔正义的人。他的长官曾经骂过他：“我真希望你是敌人的狙击手，因为那样的话，你不会射杀我们任何一个军人。”

迈尔忽然搂住了艾瑞斯的肩膀，仿佛搂住了一个亲密的伙伴。他说道：“听我说，男子汉。你的父亲是一个勇敢的人，但是我从不滥杀无辜。或者说，我将尽最大可能不去主动杀人。我想，在战场上，这是我能为天主做的仅有的事。我会尽快回来的，战争不会太久，没有人忍得了漫长的战役。我向你保证，我会带着你的叔叔平安归来。我也需要你向我保证，你要好好照顾你的母亲，还有你的妹妹。我要你做一个真正的男人，将这个家挑起来。但是，不许耽误学习，不许对天主有任何的怀疑和不敬。记住你的理想，你以后要去汉堡上大学，然后做一个仁慈的教父，或者一个了不起的传教士。答应我，好吗？”

艾瑞斯将右手放在自己的胸口，对着父亲郑重地承诺：“父亲，请您放心。我会照顾好母亲和妹妹的。我会照顾好我们的家。我已经十二岁了，不是小孩子了。听说您的队伍里，已经有十五六岁的士兵参军了。我答应您，我会和妹妹一起，好好学习的。我们会成为您的骄傲，然后等您和叔叔凯旋。”

艾瑞斯忽然觉得眼睛里浮现出一层水雾，一只飞鸟从田间掠过，他悄悄地揉了下眼睛。迈尔用力地拥抱着艾瑞斯，在他的后背拍了拍，说道：“我在青岛认识了一个中国少年，比你大一点儿，也是一个懂事的好孩子。即使远在前线，我也希望你们一切都好。”艾瑞斯看着另一只飞鸟去追逐之前的那只，问道：“他叫什么名字?”迈尔说道：“我们都叫他保罗。”

睡觉前，艾瑞佳依偎在哥哥的膝头，怀里还依依不舍地抱着小书包。艾瑞斯将她的发辫一点点解开，她兴奋地摇晃着艾瑞斯的胳膊，说：“哥哥，再过几年，你也可以当兵上战场了！然后等我长大了，就到战场上找你们!”艾瑞斯握住妹妹白嫩的小肉手，说：“小姑娘，战争很快就会结束的。你还是好好上学，去做一个知书达理的好女孩吧!”

艾瑞佳忽然发起了脾气，她爬上自己的小床，使劲地跳跃着，说道：“我不是小姑娘，我是国王的好女孩儿！上学太没意思了！我要去战场上消灭那些法国佬、英国佬！德国的敌人，就是我的敌人！我要像父亲和叔叔一样勇敢，要狠狠地教训那些外国人!”艾瑞斯将她抱下来，在她肉嘟嘟的小屁股上拍了一巴掌，说道：“好了，别胡闹了。赶紧睡吧！爸爸才不是战争狂，等你学会了热爱生活，你就懂得尊重别人的生命了。”他在妹妹的额头上吻了一下，拉着她做起了睡前祷告，祈祷上天眷顾他们的父亲和叔叔。

清晨，在乳白色的晨曦中，父亲弯着腰亲吻了艾瑞斯的面颊。艾瑞斯睡眼惺忪地看着他，父亲正望向窗外，他已经穿好了蓝灰色的军装，军靴被擦得锃亮。迈尔凝视着窗外，那棵他在艾瑞斯幼时种下的樱桃树，枝条已经堵满了大半个木窗。要不了几个月，沉甸甸的紫红色大樱桃就会探进来。艾瑞斯搂着父亲的脖子，低声问道："您觉得，最快什么时候回来？"他发现父亲将胡须都剃掉了，整个人看上去既年轻又英俊。迈尔有些不好意思地笑了一下，说道："你母亲给我刮的。快起床吃早饭吧，你母亲和艾瑞佳已经在楼下等我们了。"

他搓了搓光滑的脸颊，继续说道："明年一开春我们就回来。我每个月都会往家里寄军饷，你平时要好好上学，要听施耐德神父的话，周末做弥撒的时候不要调皮。我会经常写信给你们的。"艾瑞斯和父亲击掌为誓，父亲突然发现，艾瑞斯已经和他差不多高了。母亲的裙摆在门外一闪而过，艾瑞佳噔噔噔地跑上楼梯，一下子跳到父亲的后背。她沉浸在父亲是个大英雄的喜悦中，并不懂得离别之痛。她背着心爱的小书包，把自己肉嘟嘟的小身体挂在父亲的身上，晃悠着一头金棕色的浓密卷发，哼唱着跑调的战歌。

德国村庄的清晨，总是笼罩在薄雾之中。这个清晨，几乎每个家庭都目送着他们的亲人逐渐地消逝在薄雾之中。没有人说得清楚，更没有人愿意去想，这薄雾的面纱需要掀起多少次，才能再次显露出他们的身影来。艾瑞斯为父亲牵着马，艾瑞佳在父亲的怀里欢笑。雷奥叔叔则骑着另一匹马，他的烟卷在薄雾里一闪一灭。雷奥昨天和自己的未婚妻睡在了一起，他离开的时候没有叫醒她。那些随着山坡起伏的砖红色屋顶和漆成乳白色的砖墙被薄雾打湿，模糊成一团团灵动鲜亮的色块，仿佛莫奈的油画。村民们从那些色块里三三两两地流淌出来，每一个家庭都在送别自己的父亲或者儿子。

汉娜紧紧地挽着自己英俊的儿子。她似乎在笑，笑容里却只有迷茫和哀伤。她戴了一顶汉堡女人才会戴的时尚宽檐礼帽，金棕色的浓密秀发垂到腰际。她的面颊和嘴唇都奢侈地涂抹着香粉和胭脂。她有一双罕见的紫罗兰色眼眸，此刻盈满了离别的泪水。艾瑞斯完美地继承了她俊美忧郁的双眼，而艾瑞佳则和爸爸一样，拥有一双日耳曼人的蓝灰色眼睛。她穿着一条结婚时托裁缝做的暗红色丝绒长裙，露出优雅单薄的锁骨和小巧圆润的脚踝。父亲每骑一段，便会俯下身亲吻母亲。她曾经是“巴伐利亚之光”，全东南部的男人都想和她结婚。艾瑞佳捂着眼睛，悄悄地张开手指从指缝里偷看。父亲下马时候跛脚的样子，刺痛了艾瑞斯的心。他曾在征兵登记簿上，看见父亲的体检结果被盖上了大大的“合格”。

离别的站台让人心碎。施耐德神父为每一位士兵祈祷，他们排成队单膝跪下，亲吻他的十字架。学校里的大孩子们被组织起来，演奏队踏着正步，旁边的男孩女孩们挥舞着小旗子高唱着歌曲。他们的父亲和叔叔即将登上列车，孩子们的脸蛋上都挂着泪珠，妻子们的身子已经大半伸进了车窗里。所有的车窗里都塞满了拥吻的人们，那些裙摆里跷起的小腿凌空排成一排，幼小的孩子们望着母亲悬空的身体放声大哭。只有艾瑞佳像一个可爱的小傻子，她将一束野花拆开，一枝一枝地投向窗口，大笑着鼓励那些年轻的士兵。薄雾里黑色的车身仿佛从无尽的虚无中驶来，又将驶向无边的寂静。

1914年，北平。

当时的北平，风靡一种异样的婚姻形式：那些权贵或者军阀热衷于不间断地娶妻生子。第一任妻子往往是传统贵族家的嫡女名媛，而第二位妾室则往往是商贾之家的庶女，到第三位妾室的时候，往往是当红的戏子，而第四位必须是大学里清白的女学生。那些歌星、舞星则是他们豢养的外室。

一些不入流的小报曾经流传过这样的笑话：男人们需要大老婆的社会地位和丰厚嫁妆，大老婆象征着权力。他们需要二老婆算账管钱，和大老婆明争暗斗，二老婆象征着金钱。当他们和权力生了孩子，被金钱榨干了身体，他们需要小老婆的纸醉金迷，小老婆象征着娱乐。当他们厌倦了庸俗的快感，他们需要新的小老婆来满足他们的面子和尊严，四老婆象征着知识。最后，他们乐此不疲地寻觅的，却永远不肯带回家的外室们，则象征着欲望。

男人们和权力生了孩子，把权力供在了神坛上，却和金钱一起算计着怎么推翻权力，霸占嫁妆。金钱的孩子无论多不情愿，还得叫权力一声妈。只要权力不死，他们赚的每一分钱都归她分配。而当欲望和娱乐入侵的时候，权力和金钱必将站在一条战线上。她们勾起男人对精神层面的渴望，把知识迎娶进门装点门面。知识虽然瞧不起欲望和娱乐，但是在权力与金钱面前，她的清高脆弱不堪。

在这种畸形的社会风气下，钱默之一共向即将毕业的姜半夏求了三次婚。第一次求婚的时候，姜半夏正在报馆加班。她写到世界上第一条民航客机航线，才要把台灯捻亮些，忽然见钱默之蹲跪在地上，紧张地一手撑着地板。姜半夏诧笑着以为他摔倒了，才要伸手扶，钱默之忽然从背后抄起一大捧卷在报纸里的花，一面咳嗽一面向姜半夏求婚。姜半夏半蹲在钱默之的面前，接过了鲜花。她在他凌乱的头发上温柔地揉了一把，绷住脸上泛起的笑意，沉吟着说了句："容我再想想，好吗？"

第二次求婚的时候，钱默之邀请了三五好友去家里做客。他一个人满头是汗地扎在小厨房里，剁馅剁得震天响。好半天，他才端出了一碗菜心豆干笋尖的小馄饨，只给姜半夏一个人喝。喝到最后，一枚金戒指"叮叮当当"地打着转儿落在了碗底。钱默之将自己的那枚金戒指紧紧地攥在手心里，硌得生疼。他掏出一封情书递给姜半夏，后面还附着一张为期百年的卖身契，食指蘸血牢牢地按上去。姜半夏轻轻地拉过钱默之的手掌，心疼地吹了一会儿，帮他把指头包裹得严严实实。她的嘴唇掠过他的耳垂，低声地问："百年之盟，你当真想好了吗？”

第三次求婚的时候，钱默之把最后一张考卷收了上来。他忽然清了清嗓子，双手杵在讲台上，面颊酡红、眼神清亮。他用古典英文吟诵了《她走在美的光影里》。他徐徐地走下来，温柔地背着一只手。他身着考究的古典蓝灰色格子西装，配了条温莎结的领带，揣着优雅的口袋巾，梳着潇洒的大背头，仿佛一位遗失在时光花园里的绅士贵族。钱默之走到姜半夏面前，将第一次求婚时的干花束和第二次求婚时的戒指与情书放在了她的书桌上，然后当着全礼堂同学的面稳稳地单膝跪地。窗外忽然升起了无数的红气球，每一个下面都系着中英文的字条：“半夏同学，请你嫁给我吧！”大半个校园的师生都在楼下起哄。姜半夏站起来，利索地把卖身契收了，抿着嘴笑。

已经被段总理派到西北边防军调任陆军次长的董尚武收到电报的时候，姜半夏和钱默之正在筹办婚礼。他派人快马加鞭地送来一封恐吓信，还有一把锋利的日本军刀，特意送给钱默之做贺礼。钱默之新买了一处小四合院，在书房里头悬军刀，淡笑着端坐，照了张相，回寄给董尚武。董尚武身在边陲，委托祖宅的司机小严将钱默之综合考察了一番。钱默之又将自己的工资单和房契地契拍了照，寄给了董尚武，房契和地契上全是姜半夏的名字。钱默之和姜半夏特意去了一趟照相馆，将结婚照上题了“百年好合”，寄给了他。最终，董尚武又托人送了一根金条，上面刻着字：“百年好合”。

他们打算在毕业典礼之后，在西什库教堂举行婚礼，因为那是姜半夏外祖父生前任职的地方，也是他牺牲的地方。姜半夏的表姐董采撷在姜半夏和钱默之结婚前，特意从欧洲回来，找姜半夏深谈过一次话。董采撷去年才在上海结了婚，另一半是法租界里的公职文员，一个浪漫多情的法国没落贵族。作为姜半夏的堂姐，她对钱默之表现出十二分的不满。因为他既没有显赫的家世，也没有丰厚的家底。姜半夏没有听从堂姐的规劝，那些名媛的婚姻更像是华丽的交易，而才从象牙塔走出来的姜半夏，只向往纯真永恒的真情。

1914年，金天方肃杀，白露始专征。半夏与钱默之新婚宴尔，正好得蜜里调油。钱默之将聘礼一半下给了姜半夏的祖宅，一半下给了对姜半夏亦师亦母的林大夫。姜半夏从林大夫家搬了出来，征得她的同意，在四合院里开了中医的私家诊所。她和钱默之依然保持着报馆的夜班工作，白天的时候，姜半夏给街坊四邻问诊抓药，钱默之则在大学里继续教书。钱默之做教授赚得月薪银圆有二百圆，在报社做副总编又有二百圆进项，比一般职工收入要高许多。董采撷虽然依然嫌他出身清贫，却也不得不承认钱默之一表人才、温文儒雅。

这一日傍晚，满树的涩柿子仿佛铜铃铛在屋檐前摇摇晃晃。姜半夏听见秋风渐起，便匆匆披上件罩衫跑到前院收药。才收了一小半，苇席上的白参和远志便都被风吹散了。她跑得心急，一跤绊倒在门槛上，还不忘护着怀里的白参。这时候，她听见门环叩得“咚咚”作响，姜半夏将苇席一卷，端到一旁，一面应声，一面掸着土跑去开门。钱默之从门缝里挤进来，一手捏着报纸，一手藏在怀里。他见了姜半夏狼狈的样子，先是一愣，赶忙跑过来扶她，笑着问：“这是怎么了？瞧这一身的土，跟个泥菩萨似的！”

姜半夏牵着他的手，转身往风里跑着说：“快，帮我收药！”两个人才收拾停当，正看着彼此灰头土脸的样子笑，就听院门被砸得“咚咚”作响。钱默之从怀里掏出一个盖着红戳的淡黄色油纸包，往桌上一撂。他担心有事，赶忙往外跑，一面跑一面回头说：“鲜花云腿馅儿的，特意托人从云南带回来，是新下的玫瑰！”姜半夏以为是邻居王妈来取九蒸九晒的芝麻丸，便随口叮嘱了一句：“芝麻丸已经封好了，你让王妈进来喝杯茶再走吧。”然后便紧盯着报纸上的头条，皱着眉惊呼：“德军攻占布鲁塞尔了?!”她长叹了一声，自言自语地说：“就怕他们趁火打劫，把战火烧过来，中国已经禁不起折腾了!”

忽然，姜半夏听院子里传来妇人撕心裂肺的哭声：“姜大夫在家吗？俺家孩子怕是不大好了!”钱默之的声音紧接着响起：“您这是做什么?!快快请起，把孩子抱进来吧，别冻着了!”姜半夏隔着窗子见说话的是一个身穿蓝布褂的敦实妇人，正抱着孩子往下跪。钱默之赶忙伸手搀住，接过了妇人怀里的孩子。半夏急匆匆地一面整理着衣襟，一面快步迎出来，请着妇人往屋里去。姜半夏仔细地打量着，那个婴儿是紫红色的一团，瘦瘦小小地缩在襁褓里。他的鼻翼上有些白斑，口唇紫绀，眼睛闭得紧紧的。只有太阳穴上还撑着一层薄薄的黄皮，下面微弱地跳着青筋。

姜半夏将手探进去，在孩子胸口处摸了摸。她又握住了一只皱巴巴的小手搭了搭脉，那妇人焦急地立在一旁，望着孩子抽抽搭搭地哭。“这孩子生下来就弱，也不怎么哭，看着跟小猫似的。后来好些了，也能吃奶了。前些天屋里漏雨，可能让他受了寒，发了高烧。后来俺带他去找张道士，喝了符水，总算把烧给压了下去。谁知道这两天，孩子奶也不吃了，总是梗着脑袋捯气儿，喘两下便吐。俺们瞧了几个郎中都说不好，听说您这里看得好，俺就把孩子抱来了。求求您，俺给您磕头，您是活菩萨，千万要救救他!”

妇人说着，扑通一声跪倒在半夏身前，伏身便拜，将脑袋磕得“梆梆”作响。等姜半夏和钱默之将她搀起来的时候，那妇人额头上已是高高耸起，青紫一片，向外渗着血迹。姜半夏红着眼眶将她扶到椅子上坐好，转身将那孩子抱在床上布针，又喊钱默之赶紧煮老参柴胡汤。钱默之在一旁急得直打转，懊恼地说：“今日的水怎么开得这么慢!”他偷眼去看那个婴孩，只觉得他的整张小脸都变得黑紫了。

姜半夏用银匙撬开孩子的牙关，将药汁顺着一点点灌了下去。紧接着，她在少冲、内关和合谷穴上用火针扎入，等脉象起来些，又在人中穴上狠狠地掐了一下。那婴儿终于一口气呼出来，眼皮抖了抖，放声啼哭。那妇人冲过来把他抢在怀里，亲着落泪："俺的儿，俺的儿！你总算醒了！"姜半夏顾不得擦额头上的细汗，劝道："他的心脏有炎症，是急症。我这里治不好，要赶紧送到洋人的医馆。"她转过脸又和钱默之说道："去胡同口请杨师傅跑一趟吧，他的车拉得又快又稳。"不待钱默之答应，她紧紧地握攥着妇人的手，说道："您等我给孩子备上毯子，咱们这就去医馆！"

那妇人脸色一变，躲到一旁立起了眉毛。她半是惊恐、半是厌恶地说："那鬼地方怎么能去？上次俺家柳姐儿去看病，那绿眼鬼竟然要剜她的肉！洋鬼子会挖俺儿的眼，盗俺儿的精！您是个大善人，俺只信您的医术！张道士说了，俺儿只要避开了这次的凶险，以后可以中状元的！"姜半夏眼见那孩子呼吸愈发急促，胸腔里发出风箱声，焦急得连拉带劝。谁知那妇人嗫嚅着，干脆往地上一滚，抻着脖子只管哀求："您行行好，救救娃！那些洋人都是妖怪化的，只会害人，怎么可能救人?!"

钱默之见姜半夏脸上又是尴尬、又是焦虑，便在身后轻轻地拽了拽她。钱默之一面请教姜半夏，一面配上十来味药材。他利索地包好了药，又抄上方子贴上。他把药包用红绳系了，递到妇人的怀里，姜半夏这才缓过来，将那婴儿的襁褓在胸口处松了松，说道："药洗过了，用炒熟的老姜做药引，煮成一碗汁，分两次喝下。倘若后半夜还不好，就赶紧送回来，我带他去医院！他这病，耽误了就……"钱默之在那个孩子滚烫的脑门上摸了一把，在心底重重地叹了一口气。

那妇人讷讷地站起来，垂着脑袋接过了药。她抱紧了孩子一扭身跑了出去，沉重的发髻坠得她的脖子一直往后仰。她临走时候，把一个缝着补丁的青布口袋撂在了窗台上。口袋的口开着，露出几个黄澄澄的小尖儿，散发着野菜和油渣的香气。姜半夏被钱默之牢牢地按在怀里，她抬起挂满泪珠的脸，哽咽着说："把月饼给她吧，别收她的东西，她连晚饭都没的吃了。"她冲着桌子上的月饼努了努嘴儿，钱默之抄起月饼和青布口袋就往外跑。

钱默之回屋的时候，姜半夏正托着下巴闷闷不乐地等他。钱默之望着姜半夏湿漉漉的脸蛋，心疼得紧紧搂住了她。他将姜半夏的额头抵在自己的下巴上，又将她那双冰凉的玉手埋在他的袖筒里。姜半夏轻轻地摩挲着他光滑结实的手臂，痛心地说："那孩子，就在这一夜了……"钱默之沉默不语地抱着她，将她在怀里轻轻地摇晃着，仿佛在哄一个小孩子。

姜半夏后悔自己没有坚持强拉着那个婴儿上医院，心底十分自责。钱默之等她渐渐平静下来，幽幽地说道："咱们不能替她做主，如果你硬要把那个孩子送到医院里去，他要是出了事，咱们百口莫辩。"姜半夏闷闷地说："现在是民国了，我以为……"钱默之在她的额头上轻轻地吻了一下，摇了摇头，说道："民智开启，是需要很漫长的时间的……"姜半夏只觉得窗外的秋风更加猛烈了，不禁躲在钱默之的怀里打了一个冷战。

钱默之和姜半夏心情都有些沉重，晚饭只胡乱吃了一些。姜半夏惦记那个婴孩，不肯睡觉。她歪坐在窗前打盹，脑袋枕着钱默之的肩膀。钱默之就着灯光在一旁赶第二天的稿子，将被子从床上扯下来，盖在两个人的身上。两个人紧紧地依偎着，钱默之刚要把写完的稿子收起来，就听见一阵紧似一阵的砸门声。他抓起一件长褂往身上一套，倒趿着鞋一边喊着："来了！"一边冲了出去。

姜半夏赶忙将灯捻亮，又把炉子里的红炭挑上来。她才把药锅端上炉子，钱默之就和那个妇人，伴着寒风钻了进来。那妇人一手紧紧地抱着孩子，一手死死地掐着孩子人中，跪在地上让姜半夏救治。姜半夏接过来，那个可怜的孩子早就凉了，小手里紧紧地攥着小半块云腿月饼。姜半夏明知道救不回来，依然又是按压、又是吹气地折腾了半天。那个妇人一直跪在地上磕头，先是给姜半夏，然后又给菩萨、太上老君等神仙磕。最后，她眼瞅着孩子像一个破布娃娃，胸部已经瘪下去了，这才死死地搂住了姜半夏的腿，哀号着说要上医院。姜半夏忙得浑身是汗，她将一双黏湿的手按在妇人颤抖的肩膀上，对着她惊慌失措的脸缓缓地摇了摇头。

等钱默之和姜半夏把瘫软成一摊泥的妇人送走，天边已经泛起浅浅的蛋壳青了，一抹橙红色的朝云浮在西山绛紫色的边缘上。钱默之脑海里一直萦绕着那孩子紫青色的脸蛋，他叹了口气走过去，从后面紧紧地揽住了呆立窗前的姜半夏。姜半夏凝视着晨曦里的第一束金光，钱默之凑上前亲吻她湿漉漉的脸蛋。姜半夏红肿着眼睛，喃喃地说："我想救人，可是谁也救不了。"钱默之爱怜地抚摸着姜半夏冰凉的秀发，才要说话，姜半夏忽然转过身，主动亲吻了钱默之的嘴唇。

等两个人渐渐地平复下来，姜半夏握着他的手腕，倚在他怀里，静静地聆听着钱默之略为急促的心跳。钱默之清了清嗓子，一边在姜半夏的后背用手指画着圈，一边说："半夏，只有教育才能救国救民。你看，咱们的国民，宁愿相信鬼神，也不肯相信科学。"姜半夏微微地摇了摇头，疲惫地窝在钱默之的怀里，轻叹："如果肉体都千疮百孔的，那些学识还能装到哪里去？"钱默之只能摇着脑袋苦笑。姜半夏自言自语："若是我们也有妇产儿科医院就好了。"钱默之在心底盘算了一下，吓得睁开了眼睛，说道："政府现在哪里顾得上这个？半夏，你已经做得很好了，我们的力量毕竟有限。"

二人絮絮地说了一会儿话，小鸟的喧哗也慢慢地落了下来。阳光透着窗上的竹帘暖烘烘地照进来，将柿子树的影子拓满了窗纸。

钱默之起床将窗推开，眯着眼叹了句："天气真好！"姜半夏也起来，一边洗漱一边说："我去做些早饭，你吃了再去上班。"前院忽然传来一阵清脆的车铃声，半夏听了会儿，嘴里嚷着："是二姐！"她站起来就要去开门，钱默之赶紧把衣服上的扣子都系好了。她跑出去才将院门打开，二姐董采撷的脚踏车已经在门外等着了。钱默之胡乱收拾了下房间，便迎了出来。

只见董采撷上身穿着印度孔雀绿薄呢子的短西装，头上斜斜地戴着雪白的法兰绒小檐卷帽。她在颈前系着条俏皮的棕色方丝巾，露出里面一点白腻的肌肤。下身是过膝的玻璃丝袜，套在羊皮小跟抹靴和斜方格的黄绿套裙里。她的嘴唇涂得十分性感，嘴角上还点了一颗小痣。她戴着鹿皮手套，手里还捏着一根咬了几口的法棍面包。董采撷用法语夸张地打着招呼："你好！"露出一口粘了口红的白牙。她从车筐里拿出一个写着法文的纸袋子，递给钱默之，说道："才从面包坊里买的羊角可颂，还热着呢！拿的时候小心点儿，里面加了黄油和橘子酱。"

钱默之和董采撷只见过几面，算不上熟识。他不习惯纯西式的做派，客套了几句便回到屋里沏茶。董采撷从后座拎下一个小旅行箱，隔着窗子叫他："别沏花茶，早上要喝红茶才可以配面包！有热牛奶吗？帮我来一份，谢谢！"满身香气的董采撷张开手臂，和姜半夏行了贴面礼，亲亲热热地挽着她手臂往里面走。姜半夏将董采撷请到椅子上坐下，看了一眼墙上的挂钟，赶紧到书桌上帮钱默之收拾稿子。

董采撷把箱子"砰"地放在地上，娇气地嚷着法语说道："好热的热浪！"姜半夏把稿子都装到钱默之的文件包里收拾妥当，这才半蹲在箱子前，一边打开，一边笑着说："二姐的巴黎口音越来越正宗了！""那有什么用？回到上海，还不是要讲上海话。"箱子里装满了五颜六色的新书，姜半夏兴奋地一本本掏出来看。钱默之端着一壶滇红和三个溏心的荷包蛋进来，抱歉地说："家里没外国茶，二姐将就些，喝点云南红茶吧！"

董采撷接过茶喝了一口，打趣姜半夏说："你从哪里翻出的老古董？高领斜襟的袄裙！这些书怎么样？我们街上新开了一家犹太人的书店。"姜半夏把两个鸡蛋都夹给钱默之，他又吃了一个可颂，拿着帽子和公文包，和董采撷招呼了一声，就出门了。姜半夏一边吃，一边问："二哥是不是快从早稻田大学毕业了？他打算什么时候回国？"董采撷将鸡蛋黄戳破了，用面包蘸着蛋液，说道："谁知道呀？听说他在那边忙着谈恋爱，女朋友谈了好几个。对了，他还给大哥介绍了一个日本女孩子。"

姜半夏惊讶地问："大嫂知道吗？"董采撷耸了下肩膀，说道："应该是知道的，大哥在西北，她也管不住。那个女孩子和大哥换过照片，也通过几封信了。她年纪小，哪里见过大哥那样英俊威武的男人！"姜半夏想起大嫂那张端庄大方的圆脸，生气地说："大哥也太过分了！怎么可以这样欺负大嫂，大嫂为人那么和气……"董采撷叹了口气，说道："那个女孩子非要和二哥一起回中国，说是要去西北找大哥。"她偷看了一眼气鼓鼓的姜半夏，添油加醋地说道，"听二哥说，那个女孩子长得特别漂亮，比大嫂小十来岁呢！"

姜半夏气得说不出话来，坐在一旁举着茶杯生闷气。董采撷犹自不知，她滔滔不绝地讲着巴黎女装的新时尚和沪上时髦女性的流行穿着。姜半夏听得直打瞌睡，勉强用手臂撑着，在一旁意兴阑珊地作陪。末了，董采撷说道："你若是不乐意和我去上海，我就让我的裁缝按照你的尺码，给你做几件衣裳。他的手艺好极了，上海滩再找不出第二家！上次尚芸嫂子从翡冷翠回来，带来的杂志，他依着样子都能做出来！"

她说得口渴，接连喝了好几口茶。过了会儿，她又撂下茶杯，说中国的茶到底不如英国的醇香，也没有鲜奶来配。姜半夏知道她的脾性，只是笑一笑。她在脑海里一会儿构思着晚上要上报的社评，一会儿又想起该熬秋梨膏了。董采撷接连推了她几把，姜半夏才回过神来。董采撷从坤包里掏出一封信，噘着嘴巴递给姜半夏，说："对了，大哥寄回家里的信里，还提到了你！"

董采撷把脸凑过来，低声说："大哥说，你给他写过信，说你想去欧战前线，帮英国、法国、俄国，与奥匈帝国、德国打仗?！我才从巴黎回来，哪有什么战争？你不要听那些政客危言耸听！一派胡言！"姜半夏一面看着信，一面辩解："不是上前线，是在后方做工帮他们打仗！我英文法文都流利，德文也学了一些，华工们急需真正的翻译。再说，我还会包扎和救助……"

董采撷在姜半夏额头上重重地一弹，恼怒地说："还敢说！你看看大哥的信！他在军营里被你气得半死！幸好我从巴黎回来了，他给我家里挂了电话，让我赶紧买车票来北平拦住你。你看看自己的小身子骨，你当战场是好玩的？你一个中国女人，去前线做什么？送死都没有你这样着急的！"姜半夏嬉皮笑脸地靠在她的身上，说道："咱们也算半个法国人吧?"董采撷拧着姜半夏的面颊，板着脸说："法国人都从战区撤回来了，有钱人都在往国外跑。钱默之知道你的想法吗?"

姜半夏见撒娇没有用，便收住了笑容，说道："我还没想好怎么和他说。二姐，这次大战，把欧洲许多国家都卷了进来。最近德国和美国宣战，中国才有机会加入了协约国。这一招'以工代兵、赴欧参战'，可以帮助中国在战后积极地树立国际地位。多几个朋友，总比全是虎视眈眈的敌人强。"董采撷想起这些年国家的动荡，一时无话可说。即便嫁给了法国外交官，她在上海也经常被外国人瞧不起。那些人当着她，公然讨论怎么从中国政府手里要钱要土地。他们轻蔑地看着她，认定中国人都没有灵魂、没有尊严、没有情感。

姜半夏见董采撷的眼睛里涌起一层泪水，便握住她的手，接着说道："外公是法国人，你不是还去过他的故乡阿讷西吗？我还有你在爱之桥上面的照片呢！你就忍心看那些小镇被德国人摧毁？"董采撷突然拍了一下桌子，打断了姜半夏的话，说道："你少拿外公压我，外公若在世，他才不忍心让你上战场！再说，他眼里众人皆是上帝的子民，无论哪国开战，都是自相残杀。"

董采撷忽然捂住脸，流着眼泪说道："放着好端端的日子不过！你一个姑娘家，非要去前线送命！我在巴黎见过疗养院里的伤兵，年纪轻轻便缺胳膊断腿的，以后战争停了，谁会管他们?！我今晚还来，得好好和钱默之谈谈。他再不管好你，你就要去犯傻了！"姜半夏掏出手绢递给董采撷，笑着说："别哭了，妆该花了，一会儿出去，两个黑眼圈吓着小孩子。"董采撷这才止住了哭，用手绢细细地擦着脸。姜半夏从里屋拿出雪花膏，帮她抹上，说道："你先别和默之说，我答应你，再好好想想。"

董采撷忽然破涕为笑，在姜半夏胸上戳了一下，说道："我偏不，我劝他赶紧和你要个孩子，看你大着肚子往哪里跑。"姜半夏羞得满面通红，不再理睬她，从箱子里胡乱拿出一本书来读。董采撷有任务在身，软硬兼施地规劝姜半夏。到了晌午，姜半夏煮了红豆饭，还做了董采撷最爱吃的蓑衣黄瓜、樱桃肉和毛豆米烧茄子。董采撷夹了几筷子菜，又回味起小时候厨娘高氏最拿手的金鱼鸭掌和嫩豌豆熘鸡脯。

姐妹俩吃完了饭，董采撷见姜半夏只字不提参加欧战，便放下了悬着的心。她推上脚踏车，吻了吻姜半夏的面颊，嘱咐道："狠心的小姑奶奶！大家都惦记你呢！一家人多走动，好歹彼此有个照应！"姜半夏心里一暖，"嗯"了一声，紧紧地抱住了董采撷。董采撷在姜半夏肩头揉了一把，笑着说："以后不许淘气了！要不你两个哥哥非得跑回来，把你绑起来。"姜半夏含着笑，点了点头。

姜半夏心里有事，便想到街上走一走。她顺着胡同一直走到了阜成门内大街，一抬眼便看见绿琉璃瓦的红墙影壁。一个老太太裹着头巾，坐在影壁下面，期期艾艾地喊：“头花欸，红头花欸，正宫娘娘才戴的重瓣儿大牡丹花儿欸！”姜半夏忽然觉得自己的头发被人拽住了，她抬起头，见一个头发稀黄的小女孩倒挂在一旁的树杈上。小女孩笑嘻嘻地晃悠着胳膊，将一大朵红绒头花往姜半夏头上插。

姜半夏还没来得及说话，就看见那个老太太蹿起来，一边费力地拽那个小女孩，一边嘴里喝骂着。姜半夏听着老人家语气，原来骂的是自己孙女儿。她怕小女孩摔倒，赶忙张开手臂到树下接，忽然听到身后有人喊她：“姜半夏？”姜半夏扭过脸去，见一辆银灰色福特停在了自己的身旁。车窗摇下来，露出小半张淡抹胭脂的嫩脸，淡漠地审视着姜半夏。另一侧的车门猛地一响，跑下来一个时髦的年轻男子，脸颊红红地站在姜半夏面前。

姜半夏惊喜地叫道：“孝骞？你从上海回来了？”郑孝骞嗫嚅着正要回话，那个年轻女子忽然从车窗里探出脑袋，用蹩脚的中文催促他。姜半夏皱着眉，小声问道：“日本人？”郑孝骞低下头，轻轻地说：“我才过门的妻子，研究古建筑的。”姜半夏抬起眼皮瞥了他一眼，咬着嘴唇没说话。卖头花的小姑娘忽然从树上爬下来，奶声奶气地说：“丧权辱国《二十一条》！日本人都是大混蛋！”姜半夏没忍住，“扑哧”一声笑了出来。那个年轻女子忽然走下车，用柔嫩的手臂挽住了郑孝骞，戒备地瞪着姜半夏。

姜半夏转过脸，望了一眼大门紧闭、戒备森严的历代帝王庙，质问郑孝骞：“你要带她进去？”郑孝骞垂下脑袋，羞愧地说：“我们俩都是研究古建筑的，她也有证件。半夏，建筑之美不分国家和民族，都是属于全世界的。”姜半夏愤怒地说：“你不能带她去那里，山东、蒙古……日本人想要的太多了，怎么连我们先祖的亡灵都不肯放过?”郑孝骞拘谨地抬了抬鼻梁上的眼镜，将脸偏过去一些，慢吞吞地说：“半夏，我只想做学问。国仇家恨太沉重了，我背负不起。你说恨日本人，可是你想，八国联军的事儿才过去多少年，我们难道要恨大半个世界?”

郑孝骞温柔地望向年轻女子，接着说道：“浅田云香为了我，一个人远离家乡。我是个男人，我不能辜负她。”姜半夏刚才还在想日本阻挠中国加入协约国的事，又想起大哥为了日本女人背叛大嫂，她狠狠地瞪了那个女子一眼，生气地推了郑孝骞一把，呵斥道：“中国人要是都像你这么糊涂，国家就完了！我们读了那么多年书，不就是为了报效祖国吗？你以前不是说过‘中国的青年，是有骨头的’吗?”郑孝骞被她推了一个趔趄，浅田云香赶忙心疼地扶住他。郑孝骞狼狈地理了理头发，小声嘀咕道：“你学医，就能救国了?”

小女孩指着姜半夏头上的大红头花，笑嘻嘻地说：“姐姐，买头花吧，正宫娘娘才能戴的。”郑孝骞嘲弄地说：“都民国多少年了，还正宫娘娘……”姜半夏爱怜地摸了摸小女孩汗湿的刘海儿，掏出一沓纸币塞给了她。小女孩骄傲地看着姜半夏头上的大红重瓣绒布头花，又斜瞟了一眼浅田云香发鬓上的珠花发卡，一边捂着嘴笑，一边嫌弃地说：“不懂规矩，还戴白花，难看死了!”郑孝骞在一旁叹了口气，搂着自己的新婚妻子一躬身钻进了轿车。

福特车掉个头，停在了帝王庙的宫门外。郑孝骞和浅田云香两个人下了车，手挽着手走了进去。小女孩轻轻地牵住了姜半夏的手，仰起脸看着她，好奇地问：“我奶奶说，那里只有皇上可以进去。老百姓哪怕是从附近路过，都要被砍下脑袋。姐姐，你知道那里面是什么样的吗?”

姜半夏半蹲在小女孩的面前，一面将兜里的糖剥给她吃，一面说道：“我也没有进去过。里面供奉的是三皇五帝和历代帝王，是中华民族几千年一脉相承下来的文明。如果不想让这条血脉断掉，我们不仅要捍卫我们的领土，更要捍卫我们的文化。这样，就算有敌人踏上了我们的土地，也没办法奴役我们的灵魂。”

小女孩嘴里含着糖，懵懵懂懂地说：“什么叫捍卫我们的文化？”姜半夏将嘴贴在小女孩的耳朵上，又说了几句话，然后握着小女孩的手，走到老太太面前。姜半夏把身上的钱都掏了出来，放在小女孩的掌心里，说道：“你要听奶奶的话，以后不许顽皮，要去上学读书！男孩子能做的事，女孩子一样可以做好。”小女孩握紧了小拳头，挥舞着说：“我要捍卫领土，要捍卫文化！”姜半夏把自己的地址告诉了老太太，说愿意供小女孩读书。老太太抹着眼泪，拽着小女孩就要给姜半夏下跪。姜半夏赶忙伸手搀扶，最后只好收了一大口袋的红头花、头绳和发卡。

钱默之在报社里等姜半夏，等了半天，只等来了一大兜子的头花、头绳。他一边随手扒拉着，一边笑着问道：“怎么买了这么多？”姜半夏一面在打字机上敲得当当响，一面将路上发生的事告诉了钱默之。钱默之抚摸着姜半夏的长发，说道：“你的头发好看，戴上红花倒有些像画报女郎了！你也别怨孝骞，他毕竟是有家室的人，总要考虑自己的家人多一些。再说，去历代帝王庙里研究古建筑，也谈不上出卖祖国。”

姜半夏想起董采撷的话，怕她真的哪天上门堵钱默之，便主动和他说了自己的想法。钱默之吓了一跳，愣了一会儿，忽然说道：“半夏，我饿了，咱们下楼去买两碗鸡丝面吧。”说完，他就披上外套，牵着姜半夏往外走。姜半夏一边吃，一边想着怎么说服钱默之。钱默之吃完了自己那碗，见姜半夏的碗里还剩下一半面条，便端过来吃掉了。钱默之吃完面，又买了一袋栗子，然后牵着姜半夏回到了办公室。

钱默之一边给姜半夏剥栗子，一边耐心地听姜半夏讲话。栗子剥完了，钱默之微笑着叹了一口气，问道："半夏，你真的想好了吗？你想去给华工们当翻译，还想在战场上救助伤员？"姜半夏将一颗栗子仁塞到钱默之的嘴里，认真地说："我想做我力所能及的。你说得对，弱国无强民。现在的中国，内忧外患，这是我们唯一一次扭转国际身份的机会。"她深吸了一口气，接着说道，"如果中国强大一些，我们的人民就不会这么贫苦，这么愚昧，昨晚的那个婴儿也许就不会死。"钱默之望着自己正在排版的报纸，忽然把钢笔一甩，说道："好吧！我和你一起去！"

几天之后，司机小严拿着电报，硬着头皮敲响了姜半夏和钱默之的院门。钱默之刚一开门，小严就从里面把院门反锁上，然后"搀扶"着钱默之连拉带拽地往屋子里走。姜半夏冷着脸迎出来，质问道："严师傅，您这是做什么？"小严把钱默之"请"在椅子上，对着姜半夏恭恭敬敬地鞠了一躬，干巴巴地说道："这是您大哥给您的电报。"姜半夏接过电报扫了一眼，只见上面冷冰冰的三个字："不许去。"她气得把电报拍在桌子上，坐在一旁的钱默之赶忙拽了拽她的衣袖，安抚地问小严："大哥除了这三个字，还说了什么？"

小严扯出一丝苦笑，对着姜半夏又是作揖又是敬礼，说道："您别生气，我胆子小。董次长已经吓唬过我了，说他已经在赶回来的路上。要是让您跑出这个院子，他就……"姜半夏绷着面孔，问道："他就什么？"小严瞟了钱默之一眼，吞了口唾沫，低声地说："他就打断钱教授的腿，哪条腿先迈出去，就打断哪条。要是看不清先是哪条，就都打断。"钱默之在一旁听了，只觉得两条腿忽然一冷，跟坠入寒冰似的，彻骨地疼。

姜半夏气极反笑，说道："这是什么混账道理！"小严逮住她的话，接着说道："对，董次长说了，战场上不是讲道理的地方，您不能指望着敌人和您说理。要是说理管用，那还要战争做什么！"

钱默之坐着侧过身，给小严沏了杯茶，递给他笑着问道："大哥说得很是，他还说了些什么？"小严叹了口气，学着董次长的样子，背着手，使劲地踱着步，大声喝道："你问问他们！就照我说的问！他们去战场上，是去用西文唱诗的，还是去教士兵们科学的？他们是禁得住子弹，还是抱得动尸体？你让钱默之告诉我，他拿什么护我妹子周全？"

小严逼视着钱默之，眼圈有些发红，他哽咽着一遍遍问道："你拿什么?！拿什么?！我妹子嫁给你，我不图她富贵，只图她平安！她是把一辈子给了你，但是可没把命给了你！她天真，她相信那些老混账的话，你也信吗？你信你自己去！凭什么拿我妹子的命陪你赌所谓的理想?！那些劳工是什么人？一个铜子就能卖掉自己的命，或者要了别人的命！你们拿什么和人家比？他们在烂泥里都能活，炮弹来了，敢拿你们去堵着！你们呢，北平的天容不下你？非得去万里之外送死？送死好说，告诉我，我去哪里才能把你们的尸体带回来?！我做军人，为了什么？往大了说，是为了国，为了民，可是我连自己的妹子都保护不到，还怎么做军人？"

钱默之听了小严的话，仿若五雷轰顶。滚烫的茶水洒在他的身上，他一点都没觉察。钱默之在心底喝问自己，这一次的决定，到底是对是错？他的额头冒出了一层冷汗，张了张嘴，不知道该说什么。姜半夏望着小严因为激动而涨得通红的面孔，忽然温柔地笑了。她从药柜上取了一瓶新炮制的加味逍遥丸，递给小严，说道："请您替我将这瓶药转交给我哥哥。他肝气郁结，需要按照上面的医嘱每日服用。"姜半夏重新给小严沏了一杯茶，说道："严师傅，这杯茶是我敬您的。感谢您这么多年照顾我的家人们，在我心目中，您从小看着我长大，也是我的好兄长。今天，我想请教您几个问题，可以吗？"

小严犹豫着点了点头，抢先说道："只要您不从我眼皮子底下溜走，让我干什么都行。我把前院锁了，后院也有人在外面封上了。董次长吩咐了，这个院子只准进、不准出，一切都要等他到了再说。”小严刚要乖乖地坐下，忽然想起一句话，从椅子上弹起来，说道：“董次长还让我问您：‘你们知道什么是生吗？我怕你们连生都来不及明白，就死了。’”钱默之悠悠地说道：“生，是在我们可以支配的时间里，认真地活着。”他不等姜半夏说话，一边摘着身上粘着的茶叶末子，一边给小严郑重地鞠了一躬。

小严吓了一跳，伸出手来扶起钱默之。钱默之说道：“您是半夏的兄长，便也是我钱某人的兄长。这一躬，应该的。”他牵起姜半夏的手，和她对视一眼，两个人冲着小严又鞠了一躬。钱默之说道：“这是我们夫妻俩托您转给大哥的。请您转告他，长兄如父，我们对他，有敬，更有爱。我是姜半夏的先生，这一次出国，也是我和半夏共同做的决定。她考学的那会儿，还是大清的宣统年间，上学没多久，就是民国了。我曾经问过她，为什么一定要学医科？她在申请书上写了八个字：不为良相，便为名医。她告诉我，无论是大清，还是民国，还是未来的什么政府，她要用医书去拯救吾国吾民，去爱天下苍生。”

姜半夏深情地凝视着钱默之，钱默之将外套披在她冰凉的手臂上，继续说道：“刚才，您问我的时候，我一直在想，我怎么敢带她去异国他乡，怎么敢带她上战场。我在国内是个所谓教授，有一点所谓的学问，可是无权无势也无财。离开故土，我身无长物，一无是处，是个手无缚鸡之力的废人。可是半夏她不一样，她所有的理想和快乐，都是去帮助别人，帮助更多的人，无论贫富贵贱，无论男女老少，甚至无论国人洋人。这一次，她坚信协约国是正义的，坚信这一次参战，可以在国际上为中国提升美誉。坚信参战可以为中国迎来真正的同盟，结束中国四分五裂的局面。”

钱默之的眼眶微红，眼睛里涌起一层雾气，他顿了一下，接着说："更重要的是，您说的那些劳工，或许他们为了钱，或许他们愚昧粗鄙。可是他们也是我们的国民，也有着热血与热忱。如果他们脱离了翻译，脱离了大夫，脱离了真正关心爱护他们的国人，远离故土，他们的生命和尊严还有谁愿意维护？难道说，他们的命，就只值那几枚铜子吗？我之所以同意陪同半夏一起去，是因为我是男人，是她的丈夫。我要用全部的生活去捍卫她的理想，用全部的生命去保护她。"

钱默之闭上眼，任由泪水滚落下来，一字一顿地说道："请您一定要转告董次长，她生，我后活；她死，我先死。这个世界，除了死亡，没有什么可以让我们分开。"小严一拳捶在钱默之的胸口，将他打了一个趔趄，哭着骂道："你凭什么让她死？你的命换不回来她的命！真的爷们，是不给自己的家人任何冒险的机会！什么狗屁理想，别以为多读了几天书，就知道什么是生活了。生下来、活下去，谁都没替谁活、替谁死的能耐！你知道老百姓活着有多难?!你红口白牙的，轻飘飘一句话，就让我们的妹子去万里之外赴死?!我告诉你，钱默之，别说董次长不让，就是我，也绝不会让你们踏出这个院子半步!"

姜半夏扶起钱默之，默默无语地走进里屋，留小严一个人在客厅生闷气。过了一会儿，姜半夏走出来，递给小严一张字条。小严看了一眼，见上面只有一句话："如何得到生命?"他摇了摇脑袋，眉头紧锁地问："这是什么?"姜半夏抿嘴一笑，说道："回给我大哥的话呀！您别问，直接告诉他就行。他要是实在不知道，就让他去问泰戈尔。"小严忍了半晌，继续问道："这名字可真怪！您刚才说，要问我什么来着?"姜半夏问道："您听，街上的那些孩子都在哭呢！我们国家的孩子们，什么时候才可以不受穷、不挨饿、不被打?"小严沉默地听了一会儿，怒骂道："我们的国家太他娘的软弱!"姜半夏的目光转向了窗外，淡淡地说："您瞧，起风了。"

1916年，法国。

清晨，迈尔上尉和一群赤裸着上身的士兵在工事里，用昨天的剩茶水刮胡子。雷奥在一旁将柴火掰成小片，塞入战壕里面的灶眼。“第一杯茶”是战场上的惯例，哪怕是从炮弹落下的坑洞里舀出来的雨水，哪怕水里还浸泡着战友的尸体。雷奥在教新兵们如何控制火苗的大小，既不能燃起烟雾引来敌人的注意，还得将雨水煮沸。值最后一轮夜班的士兵站着睡着了，他的战友把他的裤子扒了下来，在他的屁股上面画了一个抽象的裸女。迈尔上尉沿着九十米的战壕巡查，数着半夜激战后的伤亡人数。

人们蹲坐在战壕里，十几个人分一条长面包和一点培根肉。他们用自己的头盔在灶眼上加热培根，然后用面包蘸取上面的猪油。这是一顿丰盛的早餐，即使他们的脚下积满了黏稠的淤泥。他们必须不断地抽动着双腿，他们的靴子经常冻在腿上取不下来，士兵们的脚上长满了坏疽。雷奥和几个关系亲密的士兵聚在一起，用打火机烤衣服缝隙里的跳蚤虫卵。他们模仿着虫卵烤熟的“啪啪”声，兴奋地踩住了窜来窜去的老鼠尾巴。

侦察兵守在战壕的射击孔前面，用望远镜向前观望。经过一夜的激战，榴霰弹滚烫的子弹已经变得冰凉，密密麻麻地落在地雷爆炸落下的弹坑里。战场上满目疮痍，除了德国军队自己的铁丝网，英国军队的铁丝网上也挂满了尸体的残块和爆炸的内脏。他知道在数百米之外，英国军队的来复枪枪管还未完全冷却，狙击手依然在瞄准这边的战壕。远处是闪着银光的索姆河，宽阔的河面仿佛一面巨大的天空之镜。

“前线无鸟鸣”，他刚被送上前线的时候并不明白这句话的意思。一直到和他开玩笑的小伙伴在一声尖锐的“鸟鸣”之后，被一颗穿透沙袋的子弹射穿了脑袋。小伙伴滚烫的脑浆迸溅到他大笑着的嘴里，他在一瞬间懂得了这句话的含义。侦察兵以前是个裁缝，现在给伤员们缝合伤口。他的邻居们都在前线，国王曾经告诉过人民：“叶落的时候，我们的男孩子们就会胜利回家。”可是，国王并没有告诉他们，是哪一年的叶落。

今天轮到雷奥和一个年轻的新兵去后方取弹药和补给。他们的战马已经死光了，士兵们都在后悔没有在腐败之前把尸体吃掉。雷奥和新兵一前一后地走在湿滑的木板上，他们都惶恐地盯着脚下崎岖漫长的道路。木板路胡乱铺在陡坡上，踩起来“咕叽咕叽”地往下滑。陡坡两侧的洼地里堆积着厚厚的淤泥，闪烁着荧绿色的腐败光泽。雷奥和新兵用衣领紧紧地捂住了自己的鼻子和嘴巴，腐烂的恶臭黏在所有的毛孔里，比战壕里从不清洗的厕所还要令人恶心昏眩。新兵忍无可忍地吐了出来，呕吐物从他的衣领缓缓地流到了凹陷的胸口和紧缩的腹部。

雷奥大声地警告那个浑身颤抖的新兵，说道：“走稳一点！除非你想滚下去！别往两边看，勇敢一点，小伙子！你回来的时候就是中士了。”那个新兵不断地在胸前画着十字，他的脸上挂着“凝视一千米之外”的空洞眼神和一丝傻笑。雷奥努力地平衡着自己的身体，故作轻松地说：“你还记得前两天吧？英国佬被咱们的毒气弹熏跑了，咱们去他们战壕里还带了不少东西回来。”那个可怜的新兵目光空洞地投向远方，维持着痴傻的笑容。雷奥故意夸张地大笑，说道：“咱们还活捉了一个英国佬，他没戴防毒面具，把脑袋扎在了堆满了屎尿的马桶里！他倒是没被毒气熏瞎，但是被氨气熏晕了！哈哈哈！”

忽然，雷奥听见身后一声闷响，那个士兵从木板上滚落下坡，跌到装满了骡子、马匹和士兵尸体的沼泽地里。那个士兵尖叫着在泥沼中不断挣扎，越挣扎身体越往下陷。不一会儿，泥浆就没过了他的胸口，他牢牢地抓住一条马腿，尖叫声划破了安静的晴空。雷奥在他的脸即将湮没之前，用一颗子弹结束了他的尖叫和痛苦。最后，他的头盔停止了晃动，静静地浮在了沼泽的上面，旁边冒出了一串气泡。

侦察兵在望远镜里忽然看见二十来个黄绿色的、菱形的巨大钢铁怪兽从清晨的薄雾之中钻出来。迈尔上尉忽然感觉到远处传来一阵“轰隆隆”的巨响，紧接着，大地随着雷鸣一般的声响微微地震动起来，沙包随着震动“簌簌”地抖落下一股一股黄烟似的沙子。一种不祥的预感突然从心底涌现出来，迈尔上尉从面色惨白的侦察兵手里夺过望远镜，看见那些庞大的菱形怪兽已经开始碾过铁丝网前的水坑。它们的两侧装着宽大的履带，可以看见履带架上突出的炮架，仿佛一座座移动的碉堡。

雷奥刚从后方回来，正喘着粗气支使那些年轻士兵搬运炮弹和工兵锹。他敏锐地发现迈尔的脖子和耳朵变得紫红，这是迈尔高度紧张时候的身体反应。雷奥快步走上前，小声问道：“怎么了?”迈尔忽然大喊一声：“机枪手和迫击炮准备!”这时候，即使不用望远镜，士兵们已经可以清楚地看见那些庞然大物逼近的身影了。雷奥目瞪口呆地看着前方，失声问道：“这些狗娘养的东西是什么?!”迈尔上尉大声说道：“不要怕，小伙子们！让他们尝尝地雷的滋味!”

战壕里一片死寂，重机枪和迫击炮、榴弹炮都已经就位，准备在迈尔上尉的命令下开火。英国佬的机械怪物依然在快速地前进，数百名英国步兵紧贴在怪物的两侧跑步前进。忽然，伴随着一声震耳欲聋的爆破声，战壕外百余米的地方忽然掀起了数米高的泥土，仿佛凭空鼓起了一座坟墓。那堆巨大的泥土落下来，露出那个被炸成废铁的怪物和散落一地的尸体。

战壕里响起一片欢呼声，所有人都在等待其他怪物碾过地雷，或者被厚重尖锐的铁丝网缠住。其他怪物忽然停止了前进，英国军队似乎调整了战略，许多步兵从怪物两侧、后方拥上前，向着前方狂奔。地雷被接连地引爆了，两边的机枪几乎同时响起，密集的枪声在爆炸声中显得异常微弱，英国的步兵们纷纷倒在密集的火线下。那些死人和伤员相互叠在一起，附近的泥塘很快变得猩红。

英国士兵们的肉体依然在缓慢地蠕动着，变成一条宽阔平整的安全道路，所有的地雷都已经被触发，那些钢铁怪物轧在自己人的血肉上，向着德国部队的战壕加速前进。雷奥和其他士兵都被眼前的景象惊呆了，他们的机枪和迫击炮很难阻止那些钢铁怪物，他们已经可以看到怪物身上鲜艳的纹路和巨大的英军标识。迈尔上尉忽然冷静地喊道："冲出去！离那些怪物越近越安全！把那些英国佬从里面揪出来，或者把火焰喷射进去！"

一些士兵先冲了出去，迈尔上尉枪毙了一个惊慌失措往后方跑的士兵，其他士兵也纷纷地冲出了战壕。迈尔上尉在他们的后面也跳出了战壕，他大喊着："把他们消灭在我们这里，不要让他们突破防线！"士兵们听不清他在喊什么，他们只是尽可能地弯着腰，盲目地往前冲，祈祷着枪炮可以绕开自己。

老兵们尽量让自己夹在队伍的中间，他们尽量不跑直线，在离对方还有五十米的时候就开始匍匐前进。新兵们往往还没跑多久，就被流弹或者爆炸时产生的滚烫弹片杀死了。雷奥一直小心地躲在老兵们的身后，跟随着他们的动作行动。眼看着身边无数的士兵倒了下去，迈尔上尉大喊着说："不要管伤员！继续前进！"士兵们犹豫着，从战友们呻吟的身体上踩了过去。

在漫长的绞肉混战中，双方军队损失惨重。那些庞然大物可以同时伸出六七支炮管，当离得很近的时候，炮弹落下的声音是听不见的，只来得及看到一束刺眼的光。战场上充满了血液的腥味、尸体烧焦的煳臭和汽油泄漏后燃烧的刺鼻味道。两边的军队开始了近距离肉搏战，一个钢铁怪物被掀开盖子，德国士兵将火焰喷射器对准了里面，将英国士兵变成了往外爬的火球。迈尔大吼着说：“别用刺刀，会卡在肋骨里！”然后，他将工兵锹铲进了一个英国士兵的脖子，利落地掀掉了他的脑袋。

雷奥跟在迈尔上尉的身后，本能地用工兵锹和英国士兵厮杀。他的脑子里一片空白，没有恐惧也没有愤怒，他只是不断地搏击着、挪动着。他的一条胳膊疼得抬不起来，弹片从手臂上擦了过去，留下一条深深的血沟。他的头盔被其余的弹片砸瘪了一块，他现在看到的世界是黑色的，人体有着金色的轮廓。他的耳朵一直在嗡嗡作响，眩晕感笼罩着他，他的反应越来越迟钝。迈尔上尉不得不转身帮他，将他的后背留给了敌人。雷奥眼看着一个个子异常矮小的英国士兵用战壕刀刺向了迈尔，他还没来得及呼喊，就被战壕刺挑翻了。

雷奥醒来的时候，发现自己和迈尔都被绑成一团，丢在泥泞的弹坑中。他吃力地扭着脑袋，看见一个英国军官正居高临下地看着他和迈尔。旁边站着一个矮小瘦弱的士兵，那个士兵哭哭啼啼的，看上去只有十三四岁。英国军官用两根手指夹着一张照片，用生硬的德语问道：“你们是亲戚，哥俩？”雷奥努力地辨认着那张皱巴巴的照片，那是出征前他和迈尔一家的合影，迈尔一直放在军衣内侧的口袋里。迈尔和雷奥都没有说话，一辆军用挖掘机开了过来，挖起一斗混合着血液和破碎内脏的淤泥悬在弹坑上。

雷奥使劲地点了点头，他的脑袋依然又热又涨，脸上潮湿一片，分不清是泥水还是泪水。那个军官笑了，对着迈尔扬了扬下巴，继续问道：“你是上尉，对吗？为什么没有杀掉他？”他将旁边那个哭哭啼啼的小男孩拽过来，小男孩的头盔太大，晃悠着盖住了他的眼睛。“是因为这个胆小鬼一直在哭，所以你下不去手？可惜的是，就是这个胆小鬼把你的胃刺穿了。”雷奥这才看见迈尔的腹部被大出血染成了红褐色。他惊恐地望向迈尔的脸，看见一张苍白平静的熟悉面孔。

雷奥小声地问迈尔："我们该怎么办，他们会活埋了我们的！"迈尔轻轻地闭上了眼睛，露出一丝淡淡的微笑，摇了摇头说道："没什么，这一切都是暂时的。"雷奥惊慌地咒骂："什么叫暂时的?！狗娘养的英国佬！"迈尔忽然强忍着伤口的剧痛，提高了声音，说道："这个士兵还是个孩子，他不应该出现在战场上。我把我们部队的未成年人都退回去了，你也应该这么做，军官。"那个英国军官哈哈大笑着，说道："原来德国佬里面也有绅士！如果你们想活命，那就告诉我你们所知道的一切吧！军官，你先来。"

迈尔上尉深吸一口气，试图驱散因为失血过多导致的战栗和昏厥，断断续续地说道："自从上了战场，我就已经是死人了，您不能指望死人开口。"那个英国军官摆了摆手，挖掘机将斗里的泥浆抛了下来。雷奥忽然明白了"暂时"的含义，他拼命地挣扎着，躲闪着扑面而来的泥浆，大喊道："我可以告诉你们！快停下来！"他的眼睛被泥浆刺得生疼，鼻腔里都是腥臭的泥浆，他剧烈地咳嗽着，说道："拉我们上去！我什么都会告诉你的！"

迈尔吃力地扭过头，看着雷奥，露出一种怪异的怜悯神情。他忽然大声地说："继续吧，他什么也不知道。"雷奥疯狂地咒骂着他，一边哭泣一边哀求："想想可怜的汉娜，她还在等你回家！想想艾瑞斯和艾瑞佳，他们是多么好的孩子啊！"迈尔的眼睛里流下两道泥泞的泪水，他望向铅灰色的天空，咧着嘴笑了起来。他的嘴里都是血沫子，随着呼吸不断地往外涌，嘶哑着嗓子说道："尘归尘、土归土。生存还是荣誉？这是个问题……"

英国军官在弹坑旁蹲了下来，他指着雷奥说道："谁回答问题，我便给谁生路。"那个小男孩连滚带爬地跑到坑里，拎着雷奥身上的绳结，吃力地把他拽了上去。雷奥眼睁睁地看着另一斗淤泥抛向了迈尔，他的下半身已经被泥土埋上了，脸上沾满了腐臭的泥浆。雷奥号啕大哭着，在弹坑旁边费劲地蠕动着。英国军官扳起他的脑袋，强迫他看着迈尔，问道："你还想滚下去吗？大声告诉我！你们的部队一共有多少人？有多少道工事？前面还有多少地雷？……"

忽然，迈尔从泥浆中睁开一双蓝灰色的眼睛，凝视着雷奥，他用尽全力地怒吼道："不！雷奥！不许！"雷奥一边颤抖，一边结结巴巴地告诉英国军官他所知道的一切。迈尔清楚地听见了雷奥的话，他仿佛被抽干了全部的力气，垂下脑袋，蜷缩成一团，静静地等待着泥浆的降临。雷奥跪倒在地上，疯狂地喊："把他拉上来！"英国军官用刺刀在雷奥肮脏的脸蛋上划开一道口子，说道："他不会上来的，他拒绝成为一名叛徒。这是送给你的耻辱符号，不要告诉别人，你是他的兄弟。"

英国军官在泥土即将埋没迈尔上尉脖子的时候，忽然俯下身问道："你想留什么遗言吗？绅士。"迈尔上尉昂起头，吐出嘴里的泥浆，问道："那些钢铁怪物是什么？""坦克。我们管它叫坦克。"迈尔上尉笑了一下，露出一口雪白的牙齿，深深地望了雷奥一眼，重复说道："坦克。"英国军官继续问道："还有吗？留给你家人的话？"迈尔上尉艰难地摇了摇头，闭上了眼睛。

英国军官强迫雷奥眼睁睁地看着最后一斗泥浆，重重地落在迈尔上尉的头顶上。雷奥绝望地看着他的脑袋一瞬间淹没在泥土里，弹坑的泥浆缓慢地流淌着，和周围融为了一体，迈尔仿佛瞬间从地面消失了。英国军官用刺刀挑开了雷奥身上的绳索，雷奥瘫软在地上。他大口大口地喘着粗气，仿佛在感受迈尔最后那一刻的窒息感。英国军官冷漠地指着迈尔殉难的地方，对雷奥说道："从那里爬过去，爬回到你们其他的部队去。"

雷奥一点点地挪动着，从迈尔头顶的位置那里爬过去，英国军官在后面用刺刀一边捅他的小腿，一边呵斥道："快点爬！向你的兄弟问好！告诉他，你是一个不折不扣的耻辱！”雷奥哭得浑身直哆嗦，愧疚和疼痛席卷了他。忽然，他的身体顺着黏稠的泥浆一点点地坠下去。在下沉的过程中，他的脚似乎碰到了一个坚硬的东西。

雷奥踩着泥浆下面迈尔的头盔，继续艰难地向前爬行。他像一只身负重伤的肮脏狗熊，毫无尊严地拖着伤腿，将流着血的面颊紧紧地贴在冰凉的泥浆上。他偷偷地掏出一根烟卷，刚要塞到泥浆里，就听见身后“啪”的一声。雷奥惊恐万分地扭过脸，看见一个漂亮的打火机落在了他的身边。他望了一眼英国军官，双手颤抖地试了几次，终于点燃了那根潮湿泥泞的烟卷，将它垂直地插入了泥浆里。那个英国军官对着迈尔上尉阵亡的方向，脱下了军帽，举起手臂行了一个英国军礼。

1916年，德国。

丈夫走后的头两年，日子过得并不算艰难，人们依然沉浸在战争带来的狂热氛围中。汉娜早就习惯了独自料理农场，她和其他的妇女一起为战场上的士兵们缝制衣服。部队走后的第二年，妇女们逐渐开始进入工厂，学习纺织和制作弹药。

战火还没有烧到这个宁静偏僻的乡村，艾瑞斯和艾瑞佳在父亲寄来的书信中自由自在地成长着。作为家里唯一的男丁，少年艾瑞斯暂时没被列入征兵的计划之中。他在施耐德神父的教诲下学会了在画布上画油画，还担任了礼拜日的钢琴师。除了学习、读书和艺术，艾瑞斯最爱的便是充满生机和希望的大自然。

在他的画笔下，那些可爱的迷迭香顺着缓坡深深地陷进谷底。斑斓的野花与金黄的麦田杂糅在一起，明快艳丽的色彩让人迷醉。散发着柔光的流水，顺着起伏的丘陵静静地流淌。山谷和田原之间，是几株孤独矗立的大树，苍绿的叶子即将触碰蓝天的边际。阳光照耀的山坡上，是一垄垄嫩绿的葡萄藤，每一垄葡萄前都种着火红的玫瑰。

漫山遍野的原始森林深处，山涧在雨水丰沛的季节，逐渐汇聚成一面湛蓝的湖水。正午的阳光洒满了蓝绿色的湖水，湖心上面闪烁着一片片跳跃的金光。金光在岸边缓缓地凝固成白金色的浅滩，那里生长着无边无际的芦苇。金灰色的芦花不断地晃动着，仿佛一根根正在书写的鹅毛笔。几只肥硕的野鸭和娇美的天鹅，在芦苇丛附近优雅地凫着水，在平静的湖面上画出一道道温柔的弧线。

艾瑞斯最喜欢在蓝湖里面游泳。一阵微风拂过，静谧的湖水倒映着斑斑点点的绚丽景象，仿佛莫奈笔下战栗的微光和流动的色彩。一个晴朗的盛夏午后，艾瑞斯半裸着少年白皙修长的身体，在空无一人的湖水里游泳。此刻，他安静地漂浮在温暖的蓝湖中，仿佛希腊神话中的那耳喀索斯一般圣洁。远处传来隐隐的机器轰鸣声，听说政府在山区里正在秘密地加建一个军用机场，战机和运输机可以在翻越边界地区之前添加补给，也可以从机场随时紧急起飞偷袭百里之外的敌人。

他摊开四肢，平躺在湖光山色之中。他凝视着山坡上那条蜿蜒曲折的废弃山路，山路的尽头是陡峭的百米悬崖。有时候，艾瑞斯会在破晓之前，悄悄地翻过那座长满罂粟花的山坡，然后坐在悬崖的边沿，俯瞰着百米之下的海湾。他迷恋那种只属于黎明的绚烂天空和瞬息变幻的蔚蓝色海面。那些柠黄、淡紫、绛红、明兰和橄榄绿在海天之间不断地变换着，最终化为清透的蓝天。雪白的海浪与黑褐的礁石此起彼伏，数以万计的海鸟在破晓时分从峭壁上飞向海洋。

艾瑞斯上岸的时候，顺手捉了几条肥美的鱼丢在木桶里。他的心情不太好，因为上早课的时候，霍克老师宣布从今天起学校停课，所有学生从明天起都将参加青年预备队的培训。艾瑞斯是一个坚定的反战分子，他无法接受战争的阴影渗透到纯净的校园。施耐德神父在弥撒之后，面露忧伤地摩挲着他金色的卷发，说道："艾瑞斯，永远要保持清醒和理智。这是一个混乱的年代，你要坚守自己的信仰，天主与你同在！"

艾瑞斯甩着湿漉漉的头发，将衬衫和裤子套在身上。他的脑海里一直回响着神父的话："战争无论什么原因，都是罪恶的。天主只希望我们和自己内心的恶魔宣战，而不是被恶魔驱使向其他人开战。我的孩子，和我一同祈祷，希望天主可以原谅这些愚蠢贪婪的人吧！"艾瑞斯在心底暗暗发誓："我一定不会放弃信仰！没有信仰的人，就像失去明灯的游魂，迷失在黑暗里。我要做点燃灯火的人，哪怕要穿过漫长的黑夜。"

"咚"的一声，艾瑞斯的脑门一疼，林子里传来少年们嬉闹的声音。"谁？站出来！胆小鬼们！"他挥舞着拳头，愤怒地冲着晃动的树林喊道。细密的光斑随着树叶晃动，几个人影一闪，就不见了。等他追过去的时候，只看到洒落的光斑下几排凌乱的脚印。他绷紧了下巴，满不在乎地擦着额头上流下来的鲜血。他挺直了光滑结实的窄腰，迈着两条笔直的长腿向家走去。他裸露在外的小臂上，覆盖着一层淡金色的绒毛。随着身体摆动，他的衬衫上隐隐地撑出漂亮的肌肉线条。

靠近村庄的空地上，十五岁的蓝道夫正指挥着一群少年扛着木头枪操练。他冲着迎面走来的艾瑞斯扭过那张生满痤疮的长脸，将手放在嘴里吹出一声响亮的口哨："嘿，六个指头的小美人，过来参加我们的集训！"艾瑞斯讨厌这个喜欢捏小孩子屁股的青年，他目不斜视地继续向前走着。那些少年哄笑着，指着艾瑞斯漂亮的臀部，比画各种侮辱的手势。"好了，小娘儿们，今天的乐趣够多了！别再惹迈尔上尉的宝贝儿子了，小心上尉打爆你们的屁股！"蓝道夫甩着懒洋洋的腔调，挨个拧那些少年的屁股，又转过来冲着艾瑞斯露出懒洋洋的笑容。

艾瑞斯看见家里已经升起了炊烟，心里十分温暖。他推开门，母亲紧紧地抱住了他，在他的脸蛋上落下了无数个吻："哦，我的孩子，我真是太高兴了！你猜怎么了？这简直太难以置信了，你难道不觉得开心吗？"她兴奋地蹭着艾瑞斯的鼻尖，忽然惊呼道："我的神啊，你的额头怎么破了？这次是谁干的？"艾瑞斯见她的双眼明亮异常，苍白的面颊仿佛涂了腮红，迫不及待地问道："不小心摔的，您别担心！怎么了，是不是爸爸快回家了？"

"瞧我多糊涂！我的小艾瑞斯，你的父亲肯定快回来了，不过他还没有来信呢！你猜猜，今天的好事是什么？"她将手插在围裙里，故意在里面掂着硬币发出清脆悦耳的响声。她孩子气地踮起脚尖往后退，脑袋偏向一侧。"行了，别吵了！不就是接了一个裁剪衣服的活，换来几马克的报酬吗？一个上尉的妻子这样得意忘形，简直太丢脸了！"房间里传来艾瑞佳尖锐的叫喊声，和"砰"的关门声。

母亲对艾瑞佳的态度毫不在意，她捂着嘴，眼角笑出几条细碎的皱纹。她眨了眨美丽的绿眼睛，掏出几枚金光闪闪的硬币，一枚接一枚地数着。仿佛新年倒计时一样，她的声调越来越高。这是战争时期她最爱的游戏。父亲参军后，头两年还会每个月按时寄回军饷和信件，之后便逐渐地失去了音讯。一转眼，三年多过去了，母亲和艾瑞斯想尽一切办法维持这个家，齐声数硬币和寻找藏起来的硬币一直作为家庭欢聚的保留项目，带给了全家无数的欢乐。

"艾瑞佳，洗手准备吃饭了！你哥哥带了好几条鱼回来，我马上就去煎！"随着房门"呼"的一声拉开，一个梳着两条棕色辫子的圆脸蛋小姑娘，怒气冲冲地走到艾瑞斯面前，叉着腰说道："你去捉鱼了？蓝道夫说今天所有的男孩子都应该去参加集训，你怎么没去？你难道不想像爸爸和叔叔一样做个爱国的男人吗？"艾瑞斯看着眼前这张稚气的脸蛋，责备道：“你不该对妈妈无礼！蓝道夫那样的混蛋除了要耍嘴皮子，什么也不会！等你长大了，就不会有这些愚蠢的念头了！多读点书吧，小姑娘！”

“他们说得没错！你是一个没脑子、爱做梦的可怜虫！你永远也不会理解我们这样的爱国者！”艾瑞佳肉乎乎的短下巴因为愤怒而抖个不停，蓝灰色的大眼睛此刻瞪得滚圆，却因此显得迷茫。“好了，我亲爱的宝贝们，别吵了好吗？听我的话，你们拥吻下！”汉娜摊开双手，将两个小狗一样竖着头发的孩子揽到怀里，希望用甜蜜的吻融化他们。

“我受够了！这个家我是一刻也待不下去了！别拦着我，娘娘腔！”艾瑞佳使劲地跺着脚说道。“艾瑞佳，你要去哪儿？艾瑞斯快拦住她，别让她乱跑！”汉娜伸出细瘦的手臂，试图扯住艾瑞佳的裙摆。艾瑞佳一弯腰，从母亲的臂弯里溜了过去，又用脑袋撞开了艾瑞斯。她拉开门就要往外跑，却一头撞进一个陌生人的怀抱里。她抬起头，欢呼着说：“邮差先生！妈妈，艾瑞斯，快来啊，是邮差先生！”

汉娜牵着艾瑞斯站在门口的台阶上。她消瘦的面庞上焕发着期盼的光彩，礼貌地问：“战争快结束了，对吗？辛苦您了，请将他的信交给我吧。艾瑞斯，快去给邮差先生倒杯热咖啡！”邮差看着眼前这个雀跃着的小姑娘和依偎在一起满面笑容的母子俩。他尴尬地转过脸，将帽子摘下来紧紧地握着。母亲望着他胸口处别着的白色小纸花，脸色一下变得惨白。她眼睛里的神采熄灭了，对两个孩子说道：“宝贝们，你们先回房间。这位先生和我有几句话要谈。”

艾瑞斯嗅到了噩运的气息，他从邮差的身旁抱起艾瑞佳，快步地走回房间。“夫人，我十分抱歉，您的先生迈尔·费力克斯在索姆河战役中阵亡。这里是他的阵亡证明、勋章、津贴以及一些随身物品，请您查收。”他的语气缓慢而沉重，他将手扶在汉娜的臂膀上，准备把即将晕倒的汉娜搀回到客厅里。“您一定是搞错了，他的名字很普遍。这种事情经常发生，”她昂起头，笔直地站立着，脸上露出一丝虚弱的微笑，说道，“您一定是弄错了！”

“费力克斯夫人，我很遗憾！所有阵亡将士的登记照片都贴在死亡证明上，这一切都是经过反复核对的。他是一位勇敢的军官，您应该以他为荣。”汉娜接过死亡证明，照片上的迈尔·费力克斯正在对她微笑。她紧紧地捂住嘴，双眼浸满了泪水。忽然，汉娜瘫软在地，眼睛向上一翻，昏了过去。

艾瑞斯和艾瑞佳一直贴在门上偷听邮差的话。在听到父亲去世的消息时，艾瑞佳不断地发出尖锐的叫声，艾瑞斯将她的小脑袋按在自己怀里，任她哭闹，直到她渐渐地平息下来。艾瑞斯狠命地抹着夺眶而出的眼泪，跑出去扶起汉娜。他强忍着泪水，说道：“谢谢您，先生，请把东西都给我吧！”邮差将死亡证明拿给他的时候，明显可以感觉到这个坚强的少年在颤抖。他蹲下身来，平视着艾瑞斯的眼睛，说道：“你是家里的长子，不是吗？要照顾好你的母亲和妹妹。你们要勇敢地生活下去！”

父亲去世后的两个月，家里出奇地宁静。汉娜一如既往地操持家务，夜深人静的时候，她经常在圣母像前忏悔。艾瑞斯和艾瑞佳的关系也缓和了。他们每天清晨一起出门参加集训，傍晚一起回家吃饭。吃完晚饭，艾瑞斯会去教堂读“违禁”的课外书，而艾瑞佳则跑去参加少女团体活动。村庄里阵亡的男人越来越多，秘密机场上起飞的轰炸机越来越多，远方偶尔传来激烈交火的声音。

人们产生了一种狂热的扭曲心态。几乎所有人都坚信，战争越残酷，胜利的日期越接近。炮弹的巨响仿佛盛典前的焰火，仇恨在悲伤中升腾爆发。少男少女们纷纷地伪造年龄，审核官将小学毕业不久的孩子们送上了前线：德意志帝国必胜，暂时的磨难是上帝赐予的洗礼。艾瑞斯痛心地看着热爱的祖国沦落为卑劣的侵略者，他一头扎进了文学、艺术和宗教的圣殿，在文化与文明之中寻找力量。

当仲夏夜来临的时候，方圆百里的少男少女都来到了广场上，参加一年一度的民族舞比赛，比赛所筹得的善款将全部捐赠前线。舞会上，少年们戴上礼帽，穿上背带长裤；少女们梳起盘发，身着束腰长裙。少年们在自己的脸侧欢快地击掌，少女们在他们的身前飞速地旋转。尘土中起落的皮鞋，和晚风中飞扬的卷发，张扬着旺盛的青春。他们的身后是十七世纪的雕塑喷泉和起伏的石板街。管风琴的声音从明黄色的市政厅大楼里传出来。

艾瑞斯在喧闹的人群中寻找妹妹艾瑞佳，他焦急地跑遍了所有的街道和小巷。最终，在偏僻的小树林里，艾瑞斯看见艾瑞佳披散着一头凌乱的卷发，裸露着玫瑰色的双肩，仰面躺倒在地上。一张充斥着情欲的面孔，正向着她的身体伏下去。艾瑞斯愤怒地扑过去，挥拳将蓝道夫掀翻在地。艾瑞斯使劲地压坐在他的大腿上，用尽全身的力气捶打着。艾瑞佳将滑落的衣领拉起来，低声哀求道："哥哥别打了，蓝道夫后天就要去参军了，这一切都是我自愿的！"

艾瑞斯打得起劲，并不理睬。他一直打到蓝道夫放弃了反抗，蜷缩在地上大口喘气，才逐渐地收住了手。"别担心，她连屁股都没发育，我只是捏了几下。"蓝道夫啐了一口含着血丝的吐沫，懒洋洋地说道。他的一只眼睛肿胀着，用另一只眼睛斜睨着哭哭啼啼的艾瑞佳。蓝道夫大笑着说道："傻女孩！你以为献出了屁股，男人们就可以打胜仗吗？难道你想靠屁股去征服那些外国佬吗？"

艾瑞佳的眼泪应声而落，艾瑞斯将她搂在怀里，低声说道："别哭了！你不会有事的，我送你回家。"他在蓝道夫身上踢了一脚，骂道："我警告你，别再碰我的妹妹，否则我一定会让你后悔的！"蓝道夫用手背抹着鼻血，嘿嘿冷笑着说："我要上前线了，哪有时间后悔。你还是警告你的蠢妹妹吧！”艾瑞斯狠狠地瞪了他一眼，将自己的外套披在了妹妹的身上。艾瑞佳忽然抹了一把眼泪，从地上捡起一块石头，砸向了蓝道夫。

因为哭泣，艾瑞佳的双眼肿得像桃子，她的发绳落在了小树林里，卷发乱蓬蓬地堆着。艾瑞斯心疼地掏出手绢，给她擦脸，说道：“好了，别哭了。回家后我们好好谈谈，促膝谈心那种，好吗？你现在这个样子不能回家，妈妈会起疑心的。去爱娃家里好好地洗把脸，把头发梳好，就说你和我吵架了。我一个小时后去接你。”艾瑞佳哽咽着点了点头，她在哥哥的注视下，敲开了爱娃家的门。

艾瑞斯郁郁寡欢地走到家门口，忽然听到房子里传出隐隐的呻吟声和粗重的喘气声。他绕到厨房，从窗子翻了进去，顺手抄起一把菜刀，循着声音走向母亲的卧室。卧室的门虚掩着，他只看到母亲雪白的双腿钩着小鞋，正无力地搭在一个灰白头发的肥硕脑袋旁。那个丑陋的脑袋不断地发出“哧哧”的哼声，仿佛待宰的公猪。

艾瑞斯挥舞着菜刀冲了进去，将那个男人踹翻在地。那布满老年斑和皱纹的后背在挣扎中甩动着肥满下垂的屁股，刺激着艾瑞斯即将绷断的神经。艾瑞斯举起菜刀，满脸泪痕的母亲忽然爬起来，抱住了他的胳膊，苦苦地乞求：“艾瑞斯，别做傻事！我保证不会有下次了，你放过他吧！”母亲望着艾瑞斯通红的双眼，忽然尖叫一声，将赤裸的身体缩到了被子里面。

那个男子将衬衫胡乱地罩在脑袋上，提着裤子就要往门外溜。艾瑞斯一把拽下那件衬衫，露出一张熟悉的面孔。男人嚅动着肥厚的嘴唇，结结巴巴地恳求道：“艾瑞斯，请原谅我，我可以给你钱！千万不要告诉任何人，你会毁了你妈妈的，她可都是为了你们才这么做的！”艾瑞斯看见他丑陋的下体因为恐惧而缩成一团，浑浊的液体顺着他松弛的大腿流了下来。

艾瑞斯看着那一团痉挛的肥肉，忍住想要呕吐的冲动，在他的屁股上又狠狠地踹了几脚。他拿着菜刀，把男人脑袋上稀疏的头发砍下了一大片，声嘶力竭地吼道："滚！永远别让我看见你，永远！否则我一定剁了你！"艾瑞斯见他屁滚尿流地跑远了，这才扔下手中的菜刀。他淡漠地瞥了一眼坐在床上一面哭泣一面穿衣服的母亲。然后，他跑到厨房，将一大袋热气腾腾的面包、半扇腌猪肉和桌子上几十枚沾着面粉的硬币全部倒入了厕所，转身拉开大门就要出去。

母亲拖抱着他的双腿，将滚烫的泪脸贴在上面，不断地哀求："艾瑞斯，你去哪儿？"艾瑞斯感觉到那根被自己抛弃的副指，似乎被耻辱召唤了回来，在他痉挛苍白的手上雀跃不止。断指的幽灵在魔鬼的驱使下引诱着他，在他的耳畔蛊惑他去剁碎那个丑陋的面包店老板。然后，再去蓝道夫家里，把他也剁成肉泥。

艾瑞斯竭力地克制着自己的愤怒，他将母亲的手从自己的大腿上掰开，用冷冰冰的语气说道："我去接艾瑞佳回来。您先好好地洗个澡吧！"母亲瘫倒在地上，绝望地看着艾瑞斯的背影，自言自语："原谅我吧！不这样，我们会活不下去的。仁慈而万能的主啊，请您眷顾我们全家吧！我简直没有一点办法了！"她摇摇晃晃地站起来，用钩子去掏掉在厕所里的硬币。

艾瑞斯将艾瑞佳接回了家，然后直接跑到教堂。他跪在神父的面前，痛苦地望着马赛克彩窗前雪白的十字架。神父将手放在他被风吹乱的鬈发上，悲悯的声音在教堂空旷的圆拱下回响："我的孩子，不要被短暂的磨难扭曲心智。神是大爱。你要坚信，时刻坚信。你也要帮助那些因为软弱和仇恨而迷失的人。看看这个混乱的世界吧！人们相互杀戮、相互畏惧，都是因为内心的不安而受到利益的诱惑。"

艾瑞斯抽泣着，不断地亲吻着神父手上的十字架。神父继续说道:“个人的力量是如此地渺小。我们无法抵抗恶魔的驱使,只有相爱才可以相互救赎。永远记得我的话,勇敢而持之以恒地去爱。无论遇到怎样的困境,你必将在绝望的废墟中看到希望的升起。”艾瑞斯紧紧地攥着拳头,痛苦地问道:“人们为什么愿意牺牲尊严?”神父握住了他的拳头,说道:“因为生命比尊严更重要。”他望着庄严的圣母像,继续说道,“尤其是亲人和爱人的生命。”

穹顶彩绘的天使们微笑地俯视着下面的少年。忽然,四周彩色的玫瑰花窗因为一阵低鸣而微微地抖动起来,抖动随即变成了剧烈的震颤。一双双银翼向着十字架身后的大幅彩绘圣像逼近,撒旦的信使振翅而来,在大地上撒下愈来愈浓重的阴影。“轰炸机!俯冲过来了!他们要将这里夷为平地!”神父年迈的身躯忽然充满了力量。他飞快地冲上了阁楼,面对着扑面而来的敌机一遍遍地拉响了警钟。“艾瑞斯!危险!快回来!”神父看到在雨点般坠落的炸弹之间,艾瑞斯的身影仿佛离弦的箭,向着村庄的方向飞奔。

炸弹争先恐后地在地上砸出冒着硝烟的巨坑,将睡梦中的村庄燃烧成一片恐怖的火海。山区的军用机场已经火光冲天了,成群的轰炸机向着市区的方向前进。很多人来不及躲藏,只得在轰炸中哀号着狂奔。有些人身上着着火,跑着跑着就摔倒在地,有些人被炮弹炸成几截,残肢被气浪抛向半空中。

艾瑞斯在奔跑中不断地摔倒,他被冲击波震得头晕脑涨,耳朵里嗡嗡作响,什么也听不见。他在浓烟中努力地辨认方向,从残存的废墟里寻找自己的家。他家附近也落下了炸弹,玻璃被震得粉碎,一面墙壁上爬满了裂痕。幸运的是,他在卧室的床下找到了紧紧抱成一团的母亲和妹妹。她们尖叫着扑在艾瑞斯的身上,三个满身白灰的人在坍塌的天花板和碎玻璃上拥抱亲吻、欢笑哭泣。

万幸的是,轰炸只持续了半个多小时,伤亡并没有看上去那么惨重。除了几个倒霉的村民被炸死或者烧死之外,残疾、骨折或者内脏出血的人并不太多，还有两名年老体衰的长者由于惊吓过度而死于心脏病突发。艾瑞斯、母亲和妹妹帮着将伤者陆续地抬到教堂里。村子里只有两名真正的医生，其中一名是远近闻名的兽医。女士们自觉地组织成护理队，和医生们一起在教堂里忙碌着照顾伤员。

1917年，地中海。

甲板下继续传来“咚咚”的声响，那些声响因为愤怒和绝望显得格外暴躁。姜半夏恼怒地拽住擦身而过的伯纳德经理，生气地喊道：“你不能囚禁他们，我们是你们的盟友！”伯纳德经理转过头，轻蔑地说：“盟友?!”他指着不远处的码头，对姜半夏说道：“你看看那群打架的中国人，还记得刚才发生了什么吗?”姜半夏涨红的脸忽然变得雪白。她清楚地记得在即将撤掉渡板的时候，那个中国商人手里夸张地挥舞着一卷招募书，声嘶力竭地对着岸上的码头工和洋车车夫喊道：“每天二十大洋！面包洋妞牛肉汤！发四季衣服鞋帽袜子！不上前线上工厂！”

几个码头工和车夫犹豫着凑上前，商人使劲地拍了拍他们的后背，让他们转了转眼珠，又掰开他们的嘴看了看，便把他们的拇指按在印泥里，然后在招募合同上面摁下红印。招募书很快就填满了，更多的工人和车夫像潮水一样涌了过来，为了挤上渡板而疯狂地厮打。政府官员们目瞪口呆地望着眼前的景象，警察们掏出警棍一边殴打着闹事的人群，一边抢下记者们的相机飞快地丢到海里。渡板终于被撤回了码头，一个工人和一个车夫在扭打中同时掉入了大海，在漂满了鲜花和礼帽的海面上不断地挣扎。

姜半夏的眼睛里盈满了泪水，她眼睁睁地看着那几个中国人恐惧地抱紧了胳膊蹲在甲板上。两名船员把他们的辫子剪掉往海里一抛，然后将一桶一桶的消毒水从头到脚地浇下去。那几个中国人被冰冷的消毒水刺激得直打哆嗦，两名船员厌恶地跳到一旁，粗暴地用长柄毛刷在他们的脊背和胸口上刷洗。那几个中国人驯服地蹲在地上，安静地等待着“清洗工作”的结束。即使他们的身体上布满了毛刷留下的血印，他们的脸上依然带着谦卑的笑容。

姜半夏强忍着怒火，对伯纳德经理说道：“我国与贵国是签署过合约的！他们不是奴隶！为什么要这样粗暴地对待他们？你们没有权利把华工们关在下面！”“合约?！权利?！”伯纳德经理嘲弄地说，“尊敬的夫人，据我所知，在您之前抵达的几批中国华工，都是被英国和法国的公司这样输送到工厂和战场的。他们对航海一窍不通，如果放任他们自由活动，他们的幼稚和恐惧会给航行带来不少麻烦。而且……”

伯纳德经理转了一下眼珠，鄙夷地说：“而且他们不懂得卫生和礼貌，他们散发的猪猡气味会污染清新的海风。”姜半夏狠狠地瞪着伯纳德经理，她冷笑了一声，一字一句地说道：“您闻上去比狐狸还要骚臭，比狼还要贪婪无耻。您还记得法国惠民公司的‘亚伦号’吗？那一次法国政府付出了每人千元的赔偿，这些赔偿金都出自惠民公司。我想，英国政府更希望华工们到岸的时候健康、活力、忠诚，如果这艘船发生了暴动，或者绝食抗议，您是否准备好承担贵公司的名誉损失和经济损失?”

伯纳德经理绷紧了古铜色的狭长面孔，他压低了棕灰色的眉毛，鹰钩鼻的鼻翼夸张地翕动着，俯下高大魁梧的身躯逼近姜半夏，说道：“你们的政府利用五百多条人命，换回了山东的管辖权和免除支付德国庚子赔款的特赦。真是一笔划算的买卖！你刚才说，一个人一千元对吗？你不怕我用一千元买你的命吗？愚蠢的中国女人。”姜半夏毫不退缩地挺直了腰板，为了削弱性别劣势，她在上船之前便换上了男士衬衫和工装裤。

伯纳德经理的目光肆无忌惮地打量着姜半夏，认为她确实是个有魅力的东方女子。他扫视着姜半夏泛红的眼睑和快速起伏的胸部，然后又从胸脯收回来，凝视着她微微战栗的苍白双唇。伯纳德经理满意地收回了视线，嘲讽地说：“在欧洲，你这样打扮会被警察捉走的。你看看那些华工吧，中国的男人像女人一样柔弱，再看看你自己，像男人一样毫无女人味。”伯纳德经理意犹未尽地盯着姜半夏的双脚，有些遗憾她没有裹足成三寸。

姜半夏用手紧紧地抓着差点儿被海风吹飞的八片帽，冷冷地说：“作为一个优秀的商人，一条人命远没有一千元有价值，你不会做出这样低级的选择的。你似乎忘记了一点，英国的士兵们，也是被英国政府廉价出卖给了战争！他们的生命和尊严，和我们的生命和尊严一样，都将留给残酷的战争去践踏！”

姜半夏毫不畏惧地逼视着伯纳德，继续说道：“战争给你带来了巨大的财富，所以你无法理解高尚的抉择。但是更多的人，选择踏上征途，是为了他们的祖国，自由、荣耀和公正！这恰恰也是我和我的同胞们跋山涉水、忍辱负重，选择和侵略过我们的国家并肩而战的原因！而不同的是，我们是为了拯救您的国家！而不是我们自己的！”

伯纳德经理听完了姜半夏的慷慨陈词，忽然哈哈大笑起来。他抬起手，将姜半夏的帽檐往下一按，干脆地吐出两个字：“幼稚！”他将一只手臂撑在被太阳晒得发烫的船舷上，两条腿放松地交叉着站在姜半夏对面，说道：“我有点喜欢你了，你简直是个戏剧演员！如果你能活着走出战场，那时候再好好想想你今天说过的话吧！崇高者选择牺牲，生意人选择利益。我衷心地祝福你，崇高者！但愿这艘船上其他的人，都像我一样自私贪婪、精明胆小，这样他们可以活得更久一些，更好一点儿。”

伯纳德经理说完了，便转身吹着口哨离开了。他走了两步，忽然停下来，转过脸说道：“你的履历我看过，你会英语、法语，还能说一点德语，好像还是个医生。你这么值钱，我不会让你死在船上的。不过，我劝你安静一点，毕竟这艘船要在海上行驶两个月左右。”姜半夏快步地堵在他的面前，说道：“好！但是我需要看到我的同胞们和其他船员一样，可以在甲板上随意地走动，可以到餐厅大方地吃饭。如果您尊重我的同胞，您很快会意识到，他们将在战场上，给予贵国莫大帮助的。”

姜半夏忽然露出一个狡黠的笑容，她飞快地跑到船尾，几下便爬上了船舷，两只胳膊撑在上面，大声地说：“如果您做不到，我将在此跳海殉国。您还记得英法两国公使在接受各国媒体采访的时候，都是我为他们做的翻译吗？如果我死在船上，不仅我的同胞们不会善罢甘休，我想我国政府和四万万人民，也会重新考虑和贵国的关系。您的政府和媒体也会颜面无光。失去值得信赖和依靠的同盟，在战争中可是致命的。”

姜半夏作势要跳，深不见底、白浪滔天的海洋使她感到一阵眩晕。忽然，一双强壮的手臂箍住她的腰，将她一把抱起来使劲地掼在甲板上。伯纳德经理喘着粗气，恼怒万分地指着姜半夏，咒骂道：“疯女人！但愿德国佬给你好好上几堂课！你刚才差点儿死了，知道吗？永远不要用你愚蠢的脑子去打赌别人的行为，因为你没有后悔的机会！我才不在乎运输的是什么！沙丁鱼、黑奴、华工还是士兵！我要的是活的，因为死的一文不值！”

他跺着脚，大步流星地走了几步，又怒气冲冲地走回来。伯纳德经理将摔倒在甲板上的姜半夏抓起来，像老鹰捉小鸡那样倒提着脚踝举到船舷外。姜半夏惊叫一声，她的帽子悄无声息地掉入了海里，瞬间就被海浪吞噬了。她的脸因为愤怒和恐惧而涨得通红，那些往上翻涌的海浪在她的鼻尖下散发着浓咸腥冰冷的气味。惊涛骇浪猛烈地冲击着船体，发出雷鸣似的巨大声响。伯纳德经理大笑着，将姜半夏的发绳解开。他满意地看着她的头发像拖把一样倒垂着，很快便被海浪打湿了。

伯纳德经理低沉着嗓音说道："睁开眼睛看看吧，你知道下面的海水有多深吗？几百米而已，但是不用怕，你下去最多十分钟，就会因为寒冷而失去知觉。"他好整以暇地望了望铅灰色云层里耀目的阳光，继续说道："如果你运气很好，没有遇到鲨鱼或者巨大的章鱼，你的尸体会体面而有尊严地一直漂浮在海面上。白天的日光会非常温暖，并且有耐心地灼烤着你的皮肤。一直到你的上半面被烤成焦炭，而浸泡在海水里的另一半会胀大成青灰色的大肉泡。"

姜半夏往下望着数十米下奔涌的蓝灰色浪潮，她几乎可以看见骇浪下面巨大的阴影和被卷离海岸的腐朽木板。那些鬼影森森的巨型海草不断地晃动着，无数的冰冷眼神似乎正在期待着她的献祭。一种巨大的恐惧感忽然席卷了她，咸湿的海风将浑浊的泡沫冲刷到她的眼睛里。她紧紧地闭上了眼睛，同时抿紧了嘴唇，一声不吭。

伯纳德经理在她裸露的脚踝上面温柔地抚摸着，低声问道："乖巧一点不好吗？愚蠢的女人。从现在起，听我的命令。回答我！说：是的，先生！"姜半夏狼狈地抓紧了翻卷的衬衫下摆，因为充血，她的耳朵和脖颈变得通红，她的身体随着海风轻轻地摆动着，坚定地说："把华工们放出来，你坚持不了多久的。如果我不小心淹死了，你也会有麻烦。"伯纳德经理的手臂迸出了青筋，他紧紧地拎着姜半夏，大幅度地晃悠了几下。姜半夏艰难地睁开了眼睛，凝视着遥远的天际。

过了一会儿，伯纳德经理失去了耐心，把姜半夏提起来再一次丢在甲板上。他指着一个看热闹的船员大声吼道："还愣着干什么?！去给那些猪猡把门开开，让他们出来散步吃饭！赶紧下去开门！"他恶狠狠地问姜半夏："跳海？你会在活活呛死之前就被鲨鱼撕碎了，我可不想知道你内衣的款式和颜色！尤其是沾满了碎肉和血沫的内衣！你知道比自作聪明的女人更让男人厌恶的是什么吗？是用自己的愚蠢来威胁男人的女人！”

姜半夏瘫软在甲板上，大口大口地喘着气，仿佛一条晒干的咸鱼。她狼狈地绾着自己凌乱的头发，摇摇晃晃地站了起来。随着一阵海浪的袭来，她差一点儿砸向了坚硬的桅杆。她精疲力竭地倚在船舷上，凝视着伯纳德经理通红冒汗的鼻尖。姜半夏忽然微微一笑，伸出自己的右手，说道：“谢谢您，伯纳德先生。您做出了明智的选择。”伯纳德经理冷哼了一声，无视她举在半空的手臂，背着手大步流星地走掉了。

半夏惆怅地望着海上耸起的一排排白色浪尖，大海中仿佛浮现出上千座刹那间崛起又坍塌的神殿。在海浪的呼啸声中，隐约地回响着数万人穿越时空所吟唱的圣歌。庞大的灰色海豚族群轻盈地掠过数米高的波涛，仿佛远山逝去的淡影，只留下一道悠长的水汽和一条横跨海面的绚烂彩虹。那浩瀚无垠的海洋几乎是寂静的，一种从喧嚣中被完整地剥离出的沉静。姜半夏忽然觉得，自己在心灵的召唤下，找到了朝圣的漫长路程。她迫不及待地跑到甲板下面，去拥抱在那里陪伴和安抚华工的钱默之。

风平浪静的海上生活，使人们的精神逐渐地放松下来。伯纳德经理逐渐接纳了钱默之和姜半夏，他们偶尔会坐下来，一起聊聊当前的局势。绝大多数的华工们都在青岛经过了专业的培训，他们衣着整洁，尽量保持着安静和秩序。钱默之和姜半夏每天都会聚精会神地听广播，最近同盟国失守的阵地并不太多，奥匈帝国和德国的部队没有想象中那么凶悍，战火并没有大幅度地蔓延。船员们也在酒精的功劳下，和那些重获自由的华工冰释前嫌。华工们都来自中国北方，他们外形魁梧，内心热情善良，他们和英国船员们一起在甲板上工作，一起操练，一起扯着嗓子哼唱自己家乡的民谣。

一向健康的钱默之忽然病倒了。他晕船晕得厉害，稍微一动便呕吐。船上只有硬面包、罐头和捕捞上来的海鲜，钱默之的肠胃无法适应，最后吐的都是黄绿色的胆汁。每天，姜半夏都会对着房间的通风口反复地挤压新鲜的柠檬，然后用生姜煮水让钱默之喝下去，还在他的内关穴和鸠尾穴上扎上针灸。钱默之的身体慢慢地痊愈了，他经常陪着姜半夏在甲板上散步。华工们知道钱默之是大学堂里面的教授，还办过报纸，都非常尊敬他。钱默之和姜半夏索性在船上举办了一个小课堂，利用空闲时间，教华工们识文写字和简单的英文对话。

温和沉静的钱默之和利益至上的伯纳德经理不知在何时建立了一种默契，他们直率地漠视对方的存在，却也因此从不迸发任何争执。姜半夏作为唯一的女性，在他们的协调下，享有全船上最为至高无上的特权：优先吃饭、喝水、洗澡，拥有一小间独立的阅读室。她不用参加任何工作和操练，但是她选择和男人们一样，在繁重枯燥的劳作和训练中加倍地磨砺自己。在漫长的航行中，伯纳德经理逐渐地放下成见，开始用欣赏的目光打量姜半夏。

短暂的宁静时光，在一个浓雾弥漫的清晨幻灭了。船员们和华工们正在集体用早餐，执勤的瞭望员被凛冽的海风冻得打了一个哆嗦。他掏出怀里的烧酒几大口地灌了下去，一边埋怨着鬼天气，一边裹紧了身上的大衣。转瞬之间，厚重的雾气翻滚着，在紧贴海面的低空汇聚成了墨黑色的厚重乌云。伴随着滚滚的惊雷声，一场暴雨在瞬间倾盆而下。铅灰色的海浪城墙似的耸立着，顺着早已消逝的天际线汹涌澎湃地扑面而来。

巨大的轮船很快就被抛在百米高的浪顶上甩来甩去。船底不时地被海浪推到了半空，紧接着又被狠狠地砸在了汹涌澎湃的海面上。躲在船舱里的人们纷纷地摔倒在餐厅的地板上，像弹珠一样滚来滚去。船长紧紧地扒着钉在船板上的餐桌大吼："穿上救生衣！穿上救生衣！把舷窗都关紧了！别让海水灌进来！我去甲板上看看，那几个傻瓜别掉进海里！”咸腥的海水从窗户的缝隙里灌进来，迎面打在了船长的脸上。

船长声嘶力竭地吼完，狼狈地捡起了滚到角落里的帽子戴上。他拽着桌子腿摇摇晃晃地躬着身子站起来，一面大声地呼喊着在甲板上值班的船员，一面连滚带爬地钻出了餐厅。钱默之晕船的毛病又犯了，他面色青白地紧紧捂着嘴，胃里翻江倒海地折腾着。姜半夏头顶的舷窗被海浪击碎了，咸湿的海风裹挟着海浪的泡沫和碎玻璃，劈头盖脸地抽打着他们。钱默之抹了一把脸，他惊惧地发现，自己在海水的掩盖下，正肆无忌惮地流着畏惧的眼泪。姜半夏潮湿的长发凌乱地粘在苍白的面孔上，她的手紧紧地攥住钱默之战栗的小臂。

每当船身倾斜得太厉害的时候，海风所掀起的惊涛骇浪便会顺着破碎的舷窗倒灌进来。不一会儿，船底就积满了及膝深的海水，食物和餐盘在水里打着旋漂浮着，撞击着蜷缩在角落里的人们，尖叫声和咒骂声此起彼伏。“赶紧把窗户堵上！”伯纳德经理的声音含混不清地穿透舷窗飘了进来，他的两只手里各自拎着一名惊慌失措的年轻船员。他踢开餐厅的门，将两个头破血流的船员丢进来，大声地喊：“这两个伤员交给你们了！”姜半夏猛地站起来，尖声问道：“华工们怎么样了？”

伯纳德一面转身往外冲，一面吼道：“是一群勇敢的好小子！别担心！”钱默之跌坐在地上，指着破碎的舷窗喊道：“水！水漫进来了！”姜半夏马上回过神来，她跪伏在地板上，和钱默之一起抄起椅子就往舷窗里塞。一阵飓风刮过，瀑布似的海浪忽地涌了进来，将他们狠狠地冲刷到对面的墙壁上。被海浪折断的椅子腿狠狠地扎进了姜半夏的肩膀，又顺着海水疾速地漂到了另一边。钱默之呆呆地望着姜半夏肩头冒出的汩汩鲜血，吓得一边发狂似的呼喊着，一边使劲地扯过一块桌布绑在上面。他望着面色惨白的姜半夏，只觉得自己整个人也瘫软了。

姜半夏在床上苏醒过来的时候，舷窗外的蓝天已经彻底放晴了，淡金色的海风微微地拂动着乳白色的窗纱。钱默之紧紧地握着她的手，关切地说："没事了！你觉得怎么样？肩膀好些了吗？"姜半夏偏过脸，见自己的肩膀已经用纱布包扎好了。她尝试着抬了一下胳膊，笑着说道："肩膀没事，别担心。华工们都还好吗？船怎么样？"钱默之帮她垫高了枕头，说道："有一根桅杆歪了，破了几个窗子。大家都没什么事，几个船员受了点轻伤，都包扎过了。"

姜半夏放心地坐了起来，她接过钱默之递过来的热茶，喝了几口，望着窗外银白色的甲板。甲板已经被船员们再次擦得锃亮，被倾泻而下的阳光烤得微微发烫。几名船员正认真地捡起遗落在船板上的海草，然后顺着高高的船舷丢下去。几只羽毛凌乱的海鸥落在船舷上歇息，一队飞鱼银光闪闪地掠过海面，留下击打海面的"啪啪"声。那种慵懒而缓慢的时光，重新地回归到了这座孤岛似的轮船上。遥远的地平线依然朦胧，仿佛一道漫长而温柔的圣光，庇护着遗落在海天之间的幻境。

姜半夏呼吸着清新的海风，整个人觉得清爽了许多，只是肩膀还有些丝丝作痛。她正和钱默之相互依偎着低声说话，忽然看见船长脸色阴沉，快步地走上了瞭望塔。姜半夏的心里一悸，赶忙望向平静的海面，阳光在蓝绿色的海浪上均匀地洒满金粉。不一会儿，她看见海天之间模模糊糊地浮现出一层紫灰色的暗影。那阴影越来越宽广，越来越浓重，似乎正整齐地向着轮船逼近。

钱默之在一旁望着那些帆樯林立的怪影，失声惊呼："那是什么?!"姜半夏面色惨白地摇了摇头。船长脸色铁青地拿着望远镜，"噔噔"地几步跑下来，大声呼喊："全体集合！准备迎战！炮手就位！"钱默之紧紧地握住姜半夏的手，惊慌失措地问："是不是德军的舰队来了？"船长挥舞着手臂声嘶力竭地指挥着。伯纳德经理从休息室快步地走出来，强作镇静地喝骂："别害怕！我们是商船！冷静点儿！不到万不得已不要开炮！"

华工们围聚在钱默之和姜半夏身边，有些慌乱。钱默之和姜半夏对视一眼，没想到战争会如此仓促地降临。钱默之的腿肚子不断地哆嗦着，他清了清嗓子，高声说道："大家别害怕，可能是敌人的战舰，咱们是商船，不会攻击咱们的。"姜半夏强笑着，接过钱默之的话继续说道："对，大家别害怕，咱们帮着船员们一起做好应战准备。"她一面安抚着华工们，一面转身跑过去协助船员们。华工们见姜半夏脸上一点惧色都没有，便不再恐慌，赶忙分成几组，帮着船员们运送和安装炮弹。

那片深紫色的阴影从海天尽头疾速地推进过来，逐渐显露出舰队的轮廓，无声无息地铺展成巨大的扇形。正前方的海域布满了冰冷坚硬的战舰，仿佛从海底突然升起了一座座即将喷发的火山。钱默之的额头冒出了一层冷汗，他将一只冰冷的手臂紧紧地箍在姜半夏的身上，低声地问："你觉得，他们真的会开炮吗？"姜半夏努力地维持着脸上的笑容，说道："会。"伯纳德经理忽然向钱默之和姜半夏走来，大声说道："让华工们去领枪。"他顿了一下，接着又问："你们俩谁会用枪？"

伯纳德经理在钱默之的肩膀上重重地拍了一下，说道："你留下，帮我指挥华工们，让你夫人回到房间里。"钱默之身体僵硬地点了点头，对着华工们大喊："大家去那边领枪！每人一把，不要抢！"他的眼睛里泛上一层薄雾，松开搂住姜半夏的手，声音颤抖地说道："半夏，你回房间里等我，我一会儿就回去。"姜半夏看了伯纳德经理一眼，用英文冷静地说："默之，你一个人顾不过来。你在这边帮伯纳德经理，我去那边帮船长。"她一面说，一面转身往后跑，忽然扭过头，对着伯纳德经理喊道："我小时候学过打枪。"

一个年龄极小的船员哆嗦得太厉害，怎么也没法顺利地给自己的李恩菲尔德步枪上膛。伯纳德经理一脚踹在他的屁股上，破口大骂：“笨蛋！德国佬有什么可怕的！”那个可怜的小家伙好容易才把子弹装了进去，刚打开保险，忽然脚下一滑摔倒在甲板上。他不小心扣到了扳机，一发子弹猛地射在了对面的船舷上。尖锐的枪声和迸溅的火花吓得正在一旁埋头干活的华工们，全都一屁股跌坐在了船板上。

“轰隆”，伴着一声巨响，船体猛地一震，人们齐刷刷地摔倒在甲板上。船头一点点地离开了水面，不断地向上翘起。人们扒不住光滑的甲板，纷纷尖叫着往船尾滑落，像蚂蚁一样垒成一堆。透过船舷上的弹孔，姜半夏惊恐地发现船体下面正冒着浓浓的黑烟。她紧紧地抱住桅杆，焦急地望向钱默之。钱默之落在人堆上面，正顺着甲板努力地往前爬。船长在控制室里牢牢地握紧方向盘，高声下令：“船尾受损进水，关闭最后两道舱门！放鱼雷！敌舰马上进入射程，炮手准备射击！”

船体渐渐地停止了倾斜，钱默之浑身是汗地爬到姜半夏的身旁，将她和桅杆一起牢牢地抱着。他的嘴唇剧烈地颤抖着，眼泪再一次喷涌而出。姜半夏听着震耳欲聋的枪炮声，忽然说道：“他们的攻势慢下来了，不是德国舰队！应该是海盗！”她对着钱默之的耳朵大声地喊：“咱们训练有素、炮火猛烈，他们应该猜到我们不是普通的商船。”果然，过了一会儿，密集的枪炮声变得越来越稀疏，在滚滚的浓烟中，隐约可以看见不远处对峙的海盗舰队掉转了方向。钱默之被浓烈的硝烟呛得不断咳嗽，滚烫的空气将他惨白的面孔蒸得紫红。他沙哑着嗓子，望着前方乌黑翻滚的浓雾，低声地说：“他们真的要走了？”

姜半夏推开钱默之，焦急地说：“得赶紧排水！要不船会沉的！快叫华工们帮忙！”钱默之猛然反应过来，他拉着姜半夏的手，一起跌跌撞撞地往后面跑。随着船身逐渐地恢复了平衡，布满漩涡的海面慢慢地平静下来。海风吹散了浓重的硝烟，阳光重新汇聚在起伏的海浪上。轮船近乎滑行地驶向前方，将低悬在头顶的朵朵白云留在了身后。深蓝色的海水不再夹杂着巨大的棕色暗涌带，一种翡翠一样半透明的松绿色开始逐渐地掺杂进来。琉璃一样的湛蓝和冻玉一样的翠绿几乎剔去了所有的杂质和浪花，不均匀地糅合在一起。

海底的黑色礁石轮廓和温软的淡金色海沙渐渐地展露出来，甚至可以看见折射在海面下倾斜的光柱和五彩斑斓的小鱼。阳光被海风筛成温柔的金粉色，轻轻地落在镜子一样的海面上。淡蓝色的天空中飘浮着丝丝缕缕的白云，将细碎的倒影投入海底，与棕绿色的绵软海草缠绕在一起。姜半夏深深地吸了一口气，一种难以名状的泪水盈满了她的眼眶。她浑身湿漉漉地从甲板下面钻出来，狼狈地抻着紧裹在身上的衣服。钱默之按捺不住内心的狂喜，和华工们一起举起双臂大声地欢呼。姜半夏揉了揉被硝烟灼伤的眼睛，对着明媚的阳光露出喜悦的笑容。

姜半夏第一次看到法国的海岸风景：那些白金色海浪凝固成的月牙形海滩，那些散落在海湾里的黝黑色巨型礁石，还有那些绿褐色伸向浅滩的灌木丛，以及那巍然耸立的灰褐色绵长岩石带，和陡然直下挂满鸟类巢穴的悬崖，还有那在阳光下散发着玫瑰金色的乳白灯塔和灯塔下方缀满了火红色鲜花的小路。伯纳德经理的声音忽然在她的耳边响起：“还有更美的，悬崖的另一边是森林，森林的深处是一个神秘的小湖，湖边有成群的野鸭子和各种各样的林雀。如果没有战争，没有这些战壕和掩体，这里应该是最接近天堂的地方。”

随着轮船逐渐驶向海滩，岛屿上的风景越来越清晰。两个月以来，人们第一次如此靠近陆地，温柔的季风和舒缓的海浪，抚慰了长期漂泊的疲惫和焦躁。船员们和华工们一起在甲板上喝酒狂欢，水性好的人纷纷脱去了上衣和长裤，跳入浅滩，向着礁石遍布的海岸游去。然而，在轮船靠岸的一瞬间，喧闹的人群忽然沉寂下来，一种迟来的恐惧感忽然随着岛屿的气息漫卷而来。伯纳德经理走到姜半夏的身旁，低声地说："德军近期可能会从这里登陆。"

姜半夏回头看了他一眼，狐疑地说："华工们是不上前线的。"伯纳德经理面无表情地说："特殊时期。"他不等姜半夏说话，转身快步离开了，留下一句："我会向政府申请，给华工们翻倍工资的。"钱默之在一旁忽然觉得全身发冷，他紧紧地握着姜半夏的手腕，问："合同呢？咱们再拿出来好好看看吧。"姜半夏望了一眼聚在一起的华工们，他们正倒扣着铁桶，挥舞着自制的小旗子，在甲板上跳来跳去，在船员们的喝彩声中表演舞狮。她摇了摇头，深深地望了钱默之一眼，起身加入欢庆的队伍中去了。

姜半夏踏上沙滩，真切地感受到脚下柔软温暖却坚实的陆地。那种漫长的海上漂泊所带来的眩晕感依然没有消逝，她昏昏沉沉地扶着钱默之站在了岸边。华工们跟着他们摇摇摆摆地走下船，小声惊叹着岛屿的纯净与美丽。伯纳德经理和船长将众人送上岸，移交给等候在岸边的一位面目冷峻的中年军官。那名军官带着几名随从，和伯纳德经理等人寒暄了几句，便带领着手下和华工们，快步地回到位于高处的掩体中，俯瞰着海滩向他们训话。

那名军官的身材比一般士兵更加瘦高，浑身的精瘦肌肉将黄绿色的薄军装撑得紧绷绷的。他挥舞着长长的手臂，露出粗粝的褐色手掌，用沙哑疲惫的嗓音说道："欢迎！我是卢卡中尉，是这里的负责人。我将和你们一起，在这边土地上共同生活，共同战斗，共同打败敌军，共同赢得荣誉与财富。我将爱护你们，就像爱护我的士兵。我将保护你们的生命，就像保护自己的生命。"

他冲着正在翻译的钱默之点了点头，继续说道："我知道，命运已经给你们戴上了更为沉重的锁链，使你们和你们的国家处于更为严峻的形势。即使离开家园，磨难和凶险一路伴随着你们，你们的前后只有危机四伏的大海。你们历经苦厄、跋山涉水来到这里，迎接你们的却是战斗的消耗和死亡的阴影。”卢卡中尉紧紧地皱起棕褐色的浓眉，将一双绿褐色的狭长眼睛眯起来，露出一道犀利的目光。

钱默之胆战心惊地看着卢卡中尉，他的鼻梁又高又窄，中间的骨头明显地歪了一节，一道紫红色的伤疤突兀地横在左眼的下面。他的棕褐色面孔仿佛秃鹫一样尖锐、高耸，方方的腮骨在淡褐色的胡楂下面露出刚毅的轮廓。翘起的圆润下巴上面有一个深陷的小坑，中和了卢卡中尉脸颊过于粗硬的线条，让他的面容显得有些圆钝的亲切。

卢卡中尉将手搭在钱默之的肩膀上，继续说道：“你们来到这里，我便视你们为自己的士兵。我将爱你们，像爱自己的孩子；护你们，像护自己的生命。我将与你们并肩战斗到胜利的那一天，将与你们分享荣耀与财富！如果我们失败，我也将陪同你们到死神那里报到，在那里等待着和敌人们再战！士兵们，看看你身边的每一个人吧！他们将是你最亲密的兄弟，你的生死之交。我们会在这里同敌人交锋，我们必须战胜！”

钱默之紧张地攥紧了拳头，在卢卡中尉身旁小声地抗议道：“我们是华工，不用参与战争。”卢卡中尉并不理睬他，他陡然提高了音量，在陡峭的岩石上猛地跺着穿着军靴的左脚，喊道：“众神必将庇佑我们！那个最为残暴、狂妄的民族以为，一切都应归它所有、听它摆布，它想决定我们的命运、划定国土的界线，它想侵占他国的资源、屠杀其他的民族。我们今天在这里宣誓，无论是胜利还是死亡，我们都将勇敢地战斗到最后一秒，让它知道公平与正义、善良与真理，让它敬畏我们、屈服于我们，让它在我们的脚下战栗和哭泣！”

钱默之甩开卢卡中尉滚烫的胳膊，板着面孔继续翻译道：“远道而来的士兵们，即使我们肤色不同，我们的灵魂同样崇高，我们的生命同样尊贵。无论是奉献还是牺牲，我们的每一滴汗水、每一滴眼泪、每一滴鲜血，都将见证我们在这边土地上所付出的一切。历史将铭记我们的英勇与坚毅、无私与伟大，我们为世界上亿万人而战，我们为世界和平而战，我们无上光荣！众神将庇佑我们！”

华工们的脸上焕发出激动的容光，他们挥舞着手臂，跺着脚，发出有力的怒吼声。他们并不理解卢卡中尉的讲话，但是他们被卢卡中尉夸张的肢体语言和丰富的面部表情所震撼、感染了。参战的恐慌已经被英雄主义的激情冲淡了，丰厚的报酬、洋人的尊重，使得饱受欺凌的华工们突然感受到了自己的尊严与价值。他们挺起萎靡不振的瘦弱胸膛，和全体士兵一起，将目光投向一望无垠的大海，想象着自己在这里击溃敌军。他们将在这里和士兵们一起加固掩体、深挖战壕、维护炮台，然后协助从后方的城镇运输炮弹。

姜半夏被分到护士长艾梅丽的单间同住，和小护士们的集体宿舍离得不远。有时候，姑娘们嬉闹的声音在深夜传来，仿佛夜莺的歌唱一般。护士长艾梅丽生得娇小玲珑，她的一头金红色的短卷发衬在格外白皙的桃心脸上，一双碧绿色的眼睛分得有些开，显得又天真又妩媚。由于她待人极为和善，胸脯又耸得极高，士兵们有不少都暗恋她。岛上的居民们早已被遣散得差不多了，正规军也都提前撤退了，只余下了几支当地游击队给英国盟军运输补给和提供情报。每周二，高高瘦瘦的法国游击队队长雷蒙先生便会骑着自行车来看艾梅丽，给她带来新摘的玫瑰、烤黑麦面包和廉价的红酒。

一天午后，姜半夏和护士长艾梅丽趁着阳光明媚，将浆洗后的衣物一件一件地夹到晾杆上。忽然，床单的背后映出一个奇形怪状的大家伙，对着姜半夏和艾梅丽张牙舞爪地咆哮着。艾梅丽吓得一面尖叫，一面将抱着的木盆扣翻在怀里。姜半夏一把掀起床单，举起洗衣槌劈头盖脸地打下去。那个大家伙一下子绕过来，一把将被吓得花容失色的艾梅丽紧紧地抱在怀里。姜半夏追过来才要继续打，却发现原来是雷蒙先生。他的脑袋上戴着一个大毡帽，还在身上套了一件肥硕无比的小丑服。他热得满脸是汗，讨好似的举起双手缩在艾梅丽身后。

还没等艾梅丽和姜半夏回过神来，雷蒙先生又从衣架上偷了一件大号胸衣，罩在自己脸上，伸开手臂嘴里发出轰炸机的声音奔跑。艾梅丽气得追上去笑着打，不一会儿两个人就在一旁的草地上嬉闹着滚来滚去。姜半夏有些不好意思地看了一会儿，看艾梅丽那浑圆紧实的大腿从浆洗得发白的裙摆里跳跃出来，露出白色蕾丝裤袜的吊带，和上面蹭得斑斑点点的苔泥。艾梅丽转过脸来冲着姜半夏笑着求助，她裸露出来的雪白肌肤因为兴奋而变得粉红。

姜半夏见他们在草地上你追我逐玩得格外开心，便笑着挥了挥手，端着木盆离开了，回到房间里去搜德语的广播听。除了慷慨激昂的战时广播，她还搜到了一个平时播放天气预报和如何烤面包的生活电台，今天一直在反复地播一首民谣，歌词里反复地吟唱着“勇敢的蒲公英”。

姜半夏听了一会儿，只觉得平淡乏味，便望着窗外的景色发呆：天空的蓝色从地平线开始逐渐由浅变深，白云和浪花在海天交接处时而融合、时而分离，海面上洒落的阳光在海岸线凝聚成白金色的沙滩。泛着珠光的白沙沿着漫长的焦黑色礁石群勾勒，渐渐地渲染成绿褐色的灌木丛。在灌木丛的尽头向两边分开，一边是长满了参天大树的原始森林，一边是黝黑荒芜的悬崖峭壁。橄榄绿的营房就盖在了地势平缓的树林深处。后面那排独立的是姑娘们的，空地上晾着的蕾丝内衣和玻璃丝长筒袜飘荡在浆洗得发灰的床单之间，显得格外温柔多情。

晚饭后，姜半夏一面继续收听着广播，一面帮护士们整理药品，练习包扎和打针。艾梅丽还没有回来，窗外的景色染上了一层温柔的金蔷薇色，又悄无声息地褪却金色，留下薄雾似的淡紫，轻柔地弥漫在林间。夜深了，姑娘们叽叽喳喳的声音随着夜幕落下变成了窃窃私语。军营里的操练声隐隐地融到了海浪轻拍礁石的韵律里，蟋蟀和夜莺的小夜曲在银白色的月光中缓缓地流动。

姜半夏正沉浸在令人陶醉的夜色中，忽然听见有人在窗棂上轻轻地敲了三声。她赤裸着双脚跳下床，悄悄地将门打开，飞快地把钱默之拽了进来。两个人沉默不语地对视了会儿，微笑着静静相拥。钱默之身上的汗味和烟草味有些浓，半夏感伤地耸了耸鼻子，心疼得抱紧他。钱默之伏在姜半夏身上，近乎虔诚地凝视着她的肉体。姜半夏的胴体莹白皎洁、纤长有致，她的面庞上笼着薄暮透过窗纱所留下的阴影，烦冗的西番莲花枝在她的眉眼间萦绕。

她在欲望中浮沉，眼神却清澈得仿佛荒漠清泉。钱默之在她谜一样的双眼里，清楚地看见了自己，瘦骨嶙峋，幸福得像一个白痴。不知怎么，今夜她的肌肤雪白得发亮，睫毛战栗得仿若蝴蝶的触须。钱默之忽然在自己的脸上读到了潮水般的恐惧，而姜半夏的瞳孔也骤然缩小。那种甜蜜和痛楚忽然被理智击碎，“是探照灯！”伴随着一声惊恐的呼喊，窗外一瞬间枪声大作。纷乱的脚步声、喊叫声，姜半夏的嗓子里卡着一个名字，半晌说不出话来，在心里一遍遍地默念：艾梅丽。

钱默之和姜半夏胡乱地套上衣服，抓起立在墙角的枪，一边上膛一边往外跑。护士们尖叫着在走廊里相互冲撞，其中的一个姑娘傻乎乎地袒露着梨状的胸乳。她看见钱默之从姜半夏和艾梅丽的房间里钻出来，愣了一会儿，忽然紧紧地捂住了自己的眼睛，然后又赶忙捂住了胸脯。姜半夏被钱默之掩护在身后，裹在混乱的人潮里。她在惊恐中，只觉得两腿间潮湿冰凉。

终于，她找回了自己的声音，一边向树林飞奔，一边沙哑地大喊："艾梅丽!"树林里的枪声已经停息了，树梢上挂着几个巨大的白色降落伞，仿佛刺破的月亮。几个千疮百孔的德国士兵吊在降落伞下面，在晚风中扭曲着打转。姜半夏终于挤到了前面，她看见艾梅丽几近全裸地瘫坐在地上，怀里抱着血淋淋的情人。雷蒙先生的喉管被划断，一刀毙命。她的手徒劳地捂着他已经干涸的伤口，胸乳和小腹上印着几个新鲜的血手印，臀部被撞击出大片的淤青。她绝望地亲吻着雷蒙先生铅灰色的嘴唇，面孔浸满了鲜血。

一个德国士兵光着屁股，脖子上滑稽地挂着血淋淋的吊带丝袜，哆哆嗦嗦地跪在一旁。卢卡中尉用枪管抵着他的后脑，一边问话，一边扯着嗓子喊姜半夏过去翻译。德国士兵两只手颤颤巍巍地举着，含含糊糊地说着求饶的话。卢卡中尉转到他的前面，二话不说一枪打在了他的两腿中间。顿时，一声惨叫响彻天空。姜半夏毫无防备，她看见德国士兵青白的面孔骤然变得紫红，整个人猛地扑倒在她的脚下。她吓得惊叫着跳开，被钱默之一把搂住。艾梅丽忽然垂下头温柔地吻别了情人，冲过来夺过卢卡中尉的枪，从后面崩碎了那个士兵的脑袋。

那个士兵的一小片带着头发的头骨被子弹崩飞，擦着姜半夏的耳畔滚烫地掠过。他的鲜血和脑浆似乎还没来得及反应，过了一小会儿才汩汩地冒了出来。他那双惊恐的蓝眼睛茫然地望了望草地上的那片头骨，眼白猛地翻了上去，一层厚厚的血雾从眼底涌上来。他喃喃地喊了声"妈妈"，就瘫软地扑倒在草地上。姜半夏两腿一软，靠在钱默之身上瑟瑟发抖。那个头顶冒着热气的士兵，一只手僵硬地抠着她脚前的泥土，手指还在痉挛地抽搐。艾梅丽的脸上忽然显露出一种甜蜜凄凉的笑容，她的大眼睛深情地回望着自己的情人，又哀伤地望着钱默之怀里的姜半夏，颤颤巍巍地将枪口转向了自己。

姜半夏冲过去一把抱住了艾梅丽，将她裹在钱默之的外套中，紧紧地搂在怀里，钱默之在一旁猛地抽走了她手里的枪。艾梅丽裹紧了胸前的外套，徒劳地拉扯着下摆，想把自己的一切都深深地埋藏在大衣里。卢卡中尉跑过来，狠狠地一巴掌扇在了艾梅丽的脸上，怒吼："臭婊子！你杀了那个德国佬！你都看到了什么？说啊！"姜半夏的眼睛里噙着愤怒的泪水，替艾梅丽一个巴掌猛地扇回去，声嘶力竭地喊："够了！她承受得还不够吗?！你们军人保护不了我们，遇到敌人只会打自己的女人！"卢卡中尉和她几乎同时喊出了同样的话："敌人可能马上就要发动全面进攻了！"

艾梅丽忽然蹲下身，痛苦地哭号着，喷涌的眼泪混合着血水从她的指缝中间不断地流淌出来。她凌乱的金色长发在月光下流泻，散发着脆弱而美丽的光泽。姜半夏蹲在她的面前，用苍白的脸颊偎贴着艾梅丽布满了血污的面孔。她抱着艾梅丽的后背缓缓地拍着，她的黑发融入了她的金发中，仿佛波光粼粼的深渊。

钱默之静静地守在两个女人的身后，看着几个士兵把几个德国士兵和法国游击队长的尸体摞在一起抬走了，那条染得血红的吊带袜飘落在草地上，又被后面的士兵反复地践踏而过。卢卡中尉路过的时候，脚步顿了一下。他轻轻地拍了拍钱默之的肩膀，视线在艾梅丽和姜半夏之间绕了一圈，又望向远处海滩的方向。钱默之的表情埋在降落伞巨大的阴影里，缓缓地点了点头。

十来天后的清晨，姜半夏在乳白色的晨曦里穿过长长的浅绿色走廊。咸湿的海风从窗外灌进来，林鸟和海鸥的叫声此起彼伏。一个娇小的身影端着托盘穿过殷红的朝霞，步履匆匆地迎面走来，冲着姜半夏说："姜半夏，帮我把姑娘们叫到后院去，咱们得抓紧训练了！"姜半夏凝视着那双美丽的碧绿眼眸，欣慰地说："好！我这就去！艾梅丽，你今天看上去美极了！"艾梅丽清瘦苍白的面庞上涌起一层淡淡的红晕，她努力地挤出一丝微笑，说道："谢谢你，姜半夏。”

一会儿工夫，穿着护士服的姑娘们就像一群活泼的小鸽子，纷纷从宿舍里飞了出来。她们有的亲亲热热地挽着手臂，有的凑着脑袋窃窃私语。艾梅丽清了清嗓子，走到她们的面前，冷冷地说：“姑娘们，敌人随时会来，我希望你们可以做好准备！今天上午枪支分解安装和射击训练，下午和士兵们一起进行战场救护演习，小伙子们会在海滩上等着你们！”护士们发出一阵娇羞的哄笑。姜半夏在人群中望着连日阴雨后终于放晴的碧海晴天，若有所思地握紧了手中的步枪。

姑娘们叽叽喳喳地趴在滚动着露珠的草地上，瞄准着不远处的草垛，准备射击。在零零散散的枪声中，一个清脆的声音响了起来：“快看！那朵云多漂亮！”姑娘们纷纷抬起头，天边飘浮着一大朵深紫色的乌云，披着万丈霞光，在高空渐渐地盛开。“打雷了？见鬼，我才洗的床单，又要下雨了！”随着一声闷雷，另一朵睡莲盛开在天际。艾梅丽揉了揉眼睛，阳光有些刺眼。天空中似乎多了些银光闪闪的星星，从乌云的方向疾速掠过来。姜半夏忽然死死地拽住艾梅丽的胳膊，大喊：“快跑到树林里！轰炸机！快跑！”

一阵蜂鸣般的巨响忽然由远及近地推来，那些美丽的小银点越飞越近，越飞越低。轰炸机展开双翼伴着巨大的轰鸣声俯冲而过，大树和草叶被气流吹得伏地战栗：“轰！轰！轰！”姑娘们还没来得及钻入小树林，几颗炸弹被一连串地抛了下来。一阵令人耳聋的巨响过后，宿舍和小树林都被夷为平地，草地上留下一个个硕大的焦土弹坑。经过一片短暂的死寂，哭喊声渐渐地响起，姑娘们有的从抱成一团的姐妹身下爬出来，浑身是血地在空地乱跑；有的跌坐在弹坑旁吓得面色惨白，冲着挂在晾衣绳上的肠子尖叫；有的断了一条胳膊，望着落在别人怀里的手臂发愣。

姜半夏被强烈的冲击波震得昏了过去。她醒过来的时候，满眼是灿烂的金色，耳畔依然回荡着嗡鸣声。她发现艾梅丽的身子紧紧地覆盖在自己的身上，一头秀发披在了姜半夏的脸上。她被滚烫的土屑呛得不住地咳嗽，小心翼翼地抱着昏迷不醒的艾梅丽。姜半夏见她身上并没有明显的外伤，这才松了一口气，轻轻地拍着她的脸蛋呼唤："艾梅丽，醒醒，亲爱的！"艾梅丽满头满脸都是焦土和灰烬，姜半夏赶忙掏出手帕帮她擦拭。

艾梅丽的头顺着姜半夏的动作无力地歪向一旁，她薄如蝉翼的眼皮似乎动了一下，一声悠长的呻吟吐了出来。几道暗红色的血从她的眼睛里、鼻子里、嘴巴里和耳朵里缓缓地流出来。她的鼻翼忽然收紧了，脸色变得灰白。姜半夏胆战心惊地将手放在她的脖颈上，艾梅丽的脉搏终止了。姜半夏将手放在她的胸部，刚按压了一下，便放弃了。艾梅丽的肋骨被震碎了，插入了她的肺部。她饱满的胸部瘪了下去，仿佛一盘晃碎的乳酪。姜半夏把手帕盖在艾梅丽的脸上，血渍从艾梅丽的五官里缓缓地透了出来。

姜半夏心碎地放下了艾梅丽，抬起头茫然地四处张望。姑娘们死伤了大半，伤得轻一些的正在救治重伤的同伴，不远处的兵营也在冒着浓烟，而海滩上依然不断地升起巨型莲花般的蘑菇云。姜半夏忽然害怕极了，只觉得心脏在不断地下坠。她喑哑着嗓子冲着姑娘们大喊："没受伤的腾出几个人跟我去前线！德军登陆了！前线需要我们的救助！"她抹了一把脸上的泥土，继续喊道："受伤的姑娘们坚持住，你们要互相照顾好，等我们回来！留些靠前的病房和手术台给前线的重伤员！"

她飞快地捡起一支完整的步枪，背在身后，带着十来名小护士冲回医院拿担架、止血带、磺胺和吗啡。护士们拔腿跑到兵营，宿舍里空无一人。姜半夏从墙边顺手抓了两颗法国手榴弹揣在衣兜里，其他的姑娘们也都飞速地全副武装起来，和姜半夏一起向着海滩飞奔。姜半夏的心"怦怦"狂跳着，她迫切地想投入钱默之的怀抱中，只有他的气息可以安抚自己，让她从无边无际的恐惧中挣脱。

远远地望去，海滩上的情况比想象中更为惨烈：海面上德军的战舰被炸毁了几艘，气垫登陆艇漂散在密密麻麻的尸体里，近处的海面已经被鲜血染红了。两军的士兵们在浅海里肉搏，他们的后背留给岸上的机关枪扫射。绞在一起的士兵们不时被流弹击中，挣扎着扑倒在海里，被黏稠的红海一排排地吞噬。姜半夏带着不断饮泣和尖叫的姑娘们，爬上了制高点上的掩体，卢卡中尉正在焦头烂额地破口大骂。庆幸的是，钱默之和华工们都平安地在掩体里忙碌，帮着清理战壕和装备武器，同时还要照顾一些被抬回来的伤员。姜半夏坠入深谷的心脏忽然复苏了，顺手将额前的乱发掠到耳后。

将士们见护士们风尘仆仆地赶来，发出了一阵欢呼。卢卡中尉扭过脸，随口喊道："天使们，欢迎来到地狱！艾梅丽她们留在医院了？你们把那边几个重伤的先抬回去，然后赶紧回来！多派点人手！德国佬的火力太强了！"姜半夏从他身旁挤过去，冷冷地说："轰炸机已经炸过一轮了，艾梅丽和很多姑娘都被炸死了，医院在下一轮轰炸前还能将就着用。"卢卡中尉顿了一下，面无表情地继续说道："今晚连夜搭野战医用帐篷。"

卢卡中尉提高了声音，大声地喊道："别这么垂头丧气的！援军最快明晚就能赶到！你们一个个扛着枪干什么?!"姜半夏一边查看着伤员们的情况，一边淡淡地说："要不打死敌人，要不打死自己。"她的话音还没落，就看到前方一束异常耀眼的光束扑面而来，"趴下！保护电话！"卢卡中尉大喊一声，伴着一声巨大的闷响，掩体在一阵疯狂的震动中陷入了黑暗。通信兵声嘶力竭的应答声被闷在了轰然倒塌的棚顶下。

当再次醒来的时候，姜半夏只觉得自己的每一寸肌肤都被滚烫的空气所灼烧。剧烈的眩晕和疼痛使得她的声音变得遥远而陌生。

她感觉不到自己的身体，只能小心翼翼地一点一点地探出手，摸索着自己，先是左腿，然后右腿，再是腹部、左臂、右臂。在确定自己依然完整之后，她的声音微不可闻：“默之，默之，你在哪儿？”卢卡中尉的声音忽然响了起来：“没死的都给我报出名字！紧急发电！”

姜半夏抬起脸，才要说话，忽然眼前一黑，再次栽倒在地。一瞬间，姜半夏的脑海里出现了美丽的幻觉。她真切地看到一望无际的金色麦田，她正趴在那儿，裸露的小臂和小腿被阳光染得金黄而温暖。她清楚地听见蜜蜂嗡嗡地舞动着翅膀，晒得暖烘烘的稻草散发出微甜的气味，让她幸福得想要流泪。在蜂鸣中，她听到了异常清晰的两个字，在半空中不断地重复着：“半夏！”那两个字将她从昏迷中唤醒。她感觉到一只战栗的手正在轻轻拍打着她的面颊。

她缓缓地睁开眼睛，发现眼前一片昏暗，似乎有几个人的轮廓影影绰绰地围绕在附近：“半夏，你感觉怎么样？我在，别怕！”姜半夏的眼睛渐渐地适应了黯淡的光线，隐隐约约看到钱默之正紧紧地攥住自己的手。“她没事，顶多被掉下来的碎木板砸了下。炸弹离得远，要不咱们的内脏就都震碎了。”卢卡中尉的声音平淡地飘过来。姜半夏的手指微微一动，勾住了钱默之战栗的手。她想露出微笑，却控制不住地呻吟起来。浑身的剧烈酸痛仿佛浪潮，一波一波地吞噬着她。

“啪！”头顶上的灯泡忽地亮了，华工们也挖通了堵在掩体前面的碎石和泥土。在一片倾泻进来的光明之中，姜半夏还没来得及看清楚钱默之满是尘土的面孔，却惊恐地看见外面一条扭曲的灰色细线正沿着海滩蜿蜒而上。“德国兵！射击！通信员，站在那儿等着尿裤子吗?！发电报求援！”卢卡中尉一把推开慢吞吞的机枪手，自己匍匐在掩体前，瞄准着那条灰线拉动了枪栓。其他士兵也纷纷冲着德军的方向拉响了枪栓。

不一会儿，枪筒就变得滚烫，华工们一面用冷水给枪筒降温，一面将换下来的热水递给护士们。姜半夏强打起精神，与军医一起带着护士们给伤员们截肢，缝合伤口。那条灰色的细线在枪声中断开了，雨点似的子弹砸在了掩体前面不远处的沙地上，弹起一个个小小的沙坑。那条灰色的细线渐渐地变成一个个戴着头盔的德国士兵，在密集的火线掩护下冲上了高地。

透过弹坑，姜半夏看到那些同样布满了灰尘和血污、双眼淹没在仇恨和恐惧中的年轻面孔，以及面孔下方黑暗幽深的枪口。其中的一些面孔很快就被子弹轰得支离破碎，很快又有同样表情的新面孔填补上来。卢卡中尉的吼声在她的耳边响起："动起来！姑娘们！下面的战壕里都是我们的伤员！"护士们被吓得僵在原地，她们不敢离开掩体，那些德国佬已经攻破了远处第一道铁丝网，逼近了最靠近海滩的战壕。姜半夏咬紧了牙关，闭着眼睛跳到掩体旁边的坑道里，几乎是连滚带爬地往下面的战壕跑去。密集的火线在身后掩护着她，几个小护士也跟在她的后面跑了下来。

姜半夏她们几乎是飘着从高处的掩体一路顺着之字形的交通壕奔跑。在很长的一段时间里，她只能依靠着本能弓着腰身向前跑，子弹不断地掠过脸颊和身体，她的双腿因为紧张而酸软打战。在狂奔的时候，在枪炮的轰隆声里，她清晰地听见自己的牙齿和下颌骨剧烈抖动的声音。一直到她被几个叠在一起的绵软尸体绊倒，她才恍惚地想起她的责任。姜半夏开始在那些令人恐惧的尖叫声和呻吟声中摸索。硝烟使得空气呈现出半凝固的紫灰色，伴随着这种扼住喉咙的死亡气息和浓厚的血腥味道，仿佛死神正缓慢而庄严地张开他的灰色长袍。

忽然，随着一道耀目的白光和一声巨响，姜半夏还来不及反应，就被半个身子嵌在战壕上的新鲜尸体盖在了下面。巨大的冲击波将炙热的空气在战壕里纵向推开，姜半夏只觉得整个人似乎被震成了一地的碎片，她的意识也有些模糊。一直到黏稠的液体顺着她的嘴角流入嘴里，在一种温热的、混合着残渣的甜腥香气中，姜半夏迟钝地伸出手摸向自己的脑袋。一只苍白的手飞速地掠过来，从她的头上摘下小半个头颅和连着的小半截胸腔。那小半截尸体的脑浆依然热气腾腾地喷溅着。姜半夏转过脸，看见一个小护士惊惧的面庞，她终于跪倒在血泊里，痉挛地呕吐起来。

在之后的很长时间里，姜半夏只能听见一种令人头昏目眩的耳鸣声。那些远远近近的枪炮声，似乎淹没在神奇的野蜂飞鸣中。她不断地告诉自己，不要害怕，这不过是一个逼真的梦境。姜半夏终于摸索到了一个不断起伏的身体，一只手紧紧地攥住了她的胳膊。一个正处于变声期的士兵用沙哑的哭腔哀求她说："求求您，救救我吧！我的一个手掌残废了，耳朵也受伤了，肺部可能也被震坏了！我觉得我在咳血！求求您，把我抬回去吧！"

姜半夏和另外一名小护士为他做了紧急处理，姜半夏判断完伤情，低声地说："他的伤不太重，目前没必要送到医院去。"她们迅速地把他抬回到掩体下面的临时战地医疗救援站。"谁让你把他抬回来的?！他根本没有受伤，这个懦夫！"卢卡中尉凝视着担架上呻吟不止的年轻士兵，震怒地咆哮。姜半夏正在为他包裹着打穿的手掌，卢卡中尉一把扯断了纱布，面色铁青地抄起一把枪扔到他的怀里，恶狠狠地说："给我滚回去打仗！不要再玩弄这种打伤自己的把戏了！否则我会让你后背中枪！"

小护士被卢卡中尉吓得瑟缩着身子，为抽泣着蜷缩成一团的伤员乞求说："他的耳朵确实被弹片擦伤了，他的手已经握不住枪了……"卢卡中尉忽然温柔地俯下身，对着惊惧尖叫的士兵耳语："你尿裤子了，不是吗？临阵脱逃会被军法处决，你的家人会收到你的死因证明。像个真正的男人，回到战场上去吧，孩子！无论你活下来，还是战死疆场，我都会亲自送你回家，送一个真正的英雄凯旋。”姜半夏怜惜地摸了摸年轻士兵的面孔，温柔地说：“别害怕，你不会有事的，我们一起去。”她搀扶着浑身战栗的士兵，深深地瞥了一眼卢卡中尉，和小护士们一起向着那些曲折的战壕深处跑去。

伴随着德军军舰的炮轰和陆军的一次次冲锋，更多的士兵倒下去了。那些被迅速掩埋在尘土里的残肢，横七竖八地扭结在一起。伤员们的伤势都很重，很少再遇见伤势较轻的士兵。有几个德国的先遣敢死队成员已经跃进了战壕，他们的尸体和同盟军士兵们的尸体绞成了一团。最可怕的是，有些尸体相互撕咬着，手臂还掏进了对方的咽喉。死得最体面的是那些震碎内脏的，除了暗红色的血浆顺着眼睛、鼻孔和耳朵缓缓流出，他们的尸体依然完整而平展。浓重的血腥味、脏器发酵的臭味和尸体被炮弹灼烧的焦煳味，仿佛浓稠的液体，在凝固的空气中缓缓地流动。

掩体和战壕里的伤员越来越多，姜半夏和护士们冒着枪林弹雨奔波在工事和医院之间。随军的牧师握着那些重伤不治的士兵的手，为他们做祷告，帮他们合上双眼。德军的牧师也穿梭在两军的火线网之间，他们还来不及构建自己的战壕，只能用敢死队的尸体堆成一个个人肉沙包，来阻挡炮弹的冲击力和子弹的进攻。牧师们明明知道这些身着崭新制服的青年在一排排地送死，却依然用美好的天堂来安慰那些即将失去生命、惶恐不安的灵魂。

姜半夏和其他姑娘一样，双脚在混合着碎肉和鲜血的沙土中艰难地飞奔。有个小护士抬着伤员，不小心踩到流出来的新鲜肠子。她脚下一滑，正巧跌在了一具失去了头颅的新鲜尸体身上，将一只手插到了敞开的胸膛里。她惊惧地高声尖叫着，掏出冒着热气的血手，身后的伤员呻吟着滑落在尸体的脚下，被担架那头的姑娘温柔地揽在怀里。德军并没有将她们列为目标，流弹却不时地飞到她们的头顶、脚下或者胸口中，倒下的姑娘秀发在硝烟弥漫的空中最后一扬，仿佛折翼的海鸟，悄无声息地坠落在沙滩上。

在无休无止的杀戮中，姜半夏渐渐变得麻木。她用脚尖将那些碍事的尸体踢到一旁，心里盘算着哪些人先上手术台，哪些还可以再撑上一阵。她偶然回望海滩，发现战线早已蔓延到掩体。在暗红的底色中，深蓝色和灰绿色紧紧地绞成不断流转的漩涡，从高地瀑布似的流淌而下，涌入无垠的红浪之中。红浪的尽头被几个即将沉船的舰艇的阴影，分割成不同的区域。黯淡昏黄的太阳飘在硝烟之中，在炮弹发射的轰鸣中被震得摇摇欲坠。

姜半夏和其他医疗队的成员一样，手臂上紧紧地绑着明显的袖章，手里握着白底红十字的小旗子。战火间歇的时候双方会默许医疗队来救助或者收敛自己军队的伤员或者死者，也会允许教父在一旁为他们做祷告，安慰他们饱受磨难的肉体和灵魂。姜半夏记不清她一共找到了多少伤员，那些扭曲痉挛的躯体、恐怖的呻吟哀号声、那些紧紧地攥住她脚踝的漆黑手指、那些不小心踩上炮弹被弹飞的护士，在她眼前支离破碎。

她已经感觉不到恐惧和悲伤，她只是麻木地重复着自己的工作，在无数凋零的肉体上寻找生命的迹象。她的脚趾浸泡在血水里，又黏又湿。她的手臂被血浆包裹着，无助地望着一双双眼睛在她面前逐渐放大的瞳孔。她听见海浪声里传来死神挥动镰刀的声音，她看见数以万计的亡灵排着队走向染红的海滩。她的心底涌动着深重的叹息和哀求，伯纳德经理在临别时，曾经告诉姜半夏："我是商人，所以我理解这场战争。这一切都不过是一笔巨大的交易，而臣民的生命不过是用来牺牲的一点代价。"她在一杯混合着血水的剩茶里看见了自己，渺小、血腥、丑陋而恐惧，一名失血过多的伤员从担架上伸出手，抢过剩茶喝了下去。

夜幕的降临让德军的进攻变得越来越迟缓，疲惫的两军在漆黑的夜色里逐渐形成了默契。你来我往的枪炮声越来越稀疏，睡意弥漫在焦黑的阵地上，除了偶尔曳光弹尖锐的呼啸声和被照耀得惨白的堑壕，声、光、影都逐渐地凝固在海风和海浪中。德军似乎放弃了偷袭，他们庞杂的队伍在沉寂中安静地蛰伏着。两支部队中只剩下各自值班的卫兵们依然在轮番坚守着。蟋蟀的声音在海滩那稀疏低矮的灌木丛里嘈杂起来，甚至还有一只晕头转向的海龟，蹒跚地爬到德国兵的尸体旁，耐心地把柔软雪白的蛋掩埋在被血沁透的浅沙里。

战壕在缓慢地不断延伸，卢卡中尉针对炮弹那威力巨大的纵向冲击波一点点地调整了战壕的形状，不再笔直地等待着新鲜的尸体被震落下来。华工们已经渐渐地习惯了战火纷飞的环境，再不会有人因为枪炮声而惊慌失措、跪地磕头，或者疯狂奔跑。胆子大一些的华工甚至学会了基本的射击和刺杀，他们已经对退到后方的安全区域不再抱有幻想，因为只有不断地杀戮才是最好的防守。即使德军不会主动攻击华工，枪弹却不具备分辨军人和工人的能力。

钱默之的眼镜早已被震得粉碎，他是战场上极少数依然保有强烈恐惧感，却依然幸存的人。他每天依然不自觉地摸着自己的鼻梁，试图把没有镜片的眼镜架高一些，模糊的视线让他感到一种浓烈的未知的惊惶。在每一个沉寂的冷夜，他都会在一段段不完整的噩梦里惊醒，然后牢牢地攥紧姜半夏那双冰凉而血腥的手。姜半夏经常要在深夜里抢救伤员，她没有时间畏惧，更没有充分的睡眠用来做噩梦。

漫长而曲折的海岸线使得德军的人海登陆计划增添了几许希望和胜算，巨大的黑色礁石和陡峭的悬崖使得徒步翻越更加艰辛。志愿留下来的村民们组成了一支武装游击队，艰难地彻夜守卫着那些或崎岖或松散的角落。接连几天的暴风雨使得战壕里变得泥泞不堪，海水倒灌到浅滩上，一些德军士兵被海浪卷走了，他们的尸体在回归平静的海面上肿胀浮沉。每一次军舰发动进攻的时候，螺旋桨都会搅碎靠近的尸体。血色的海水引来成群的鲨鱼，后来海面上只剩下一大片密密麻麻的头盔，壮观地漂浮着。

战争的节奏被搅乱了，在那些地势低矮的堑壕里，积水浸泡着粪便和尸体，散发着浓烈的恶臭。排水渠被血肉模糊的碎肉和毛发堵塞了，寄居蟹因为营养过剩而大量繁殖。海风夹杂着蛆虫扑哧扑哧地落下来，比雨点还要密集的蛆虫蠕动着，寻找那些腐朽的尸体和新鲜的伤口钻进去。德军的尸体引来不少同盟军士兵的争夺，因为他们的军裤和军靴更加坚固耐用。溃烂的双脚和瘙痒的下体使得不少士兵决心跳出战壕，和德军士兵肉搏厮杀。掩体里的伤员们统统脱下了军裤，姜半夏和小护士们负责帮助清理伤口里的蛆虫，暴雨间歇的时候，一排排雪白的屁股对着阳光舒服地袒露着。

在一个宁静的夜晚，疲惫不堪的姜半夏正伏在钱默之的臂膀上小睡。钱默之端详着姜半夏的睡颜，忽然觉得十分陌生。他依然清楚地记得，那个少女恬静文雅的面容，还有馨香微凉的气息。他记得姜半夏丰茂的头顶那顺滑的光晕，和手指尖淡粉色的光洁指甲。而面前的姜半夏，发梢上粘着细碎的肉屑和干涸的血块，面颊已经开始苍白塌陷。她单薄的淡紫色眼皮因为疲惫而微微痉挛，衣服上沾满了伤员的呕吐物和污血。钱默之惊惧而失望地抬起头，月光稀薄得好像浸泡太久的草纸。

一层浅浅的黄绿色云雾从黑漆漆的暮色中飘然而出，带着几分诡异的美四散流溢。那诡异的云雾仿佛凭空生出无数触角一般，顺着堑壕的方向坠下去，留下几缕起伏不定的微光。钱默之定定地看了一会儿这奇特的景象，在心里惊叹不已。他想唤醒姜半夏，又舍不得。这些时日里，他总陷入无穷无尽的冥想。由于战场上的指令不外乎那么几句，华工们早已经不需要借助翻译。他的体力又不太好，总是不断地呕吐和腹泻。每当他艰难地站起来，便会觉得头昏目眩，地动山摇。他也尝试过帮助护士们救助伤员，但是他的手指粗笨，又极为厌恶那种内脏的腥臭。

他数来算去，自己在战场上最大的作用便是帮华工们写家书。只有在那片刻的宁静里，他才可以找回一个正统教授的体面和自尊，甚至有些同盟军的士兵们也不会读写，他还可以充当英文书信的撰写者。憔悴而迷茫的钱默之，不知道自己的家书应该写给谁，写些什么。年迈的父母依然在那闭塞而优美的山村里过着祥和的清闲生活。那里的山水柔美而澄静，少女们依然用自己绣的花鞋来包裹着小脚，战火在千百年来都很少涉足那里。钱默之难以抑制地怀念那种迟缓而重复的岁月，那种他曾经憎恶厌倦的平庸和世俗。他曾经发誓一旦走出来，便不要回去。然而现在，他却迫切地思念着、憧憬着，回归到那种亘古不变的乡愁之间，不厌其烦地耕读、繁衍。

近在咫尺的德军忽然从晨曦中冒出来，他们戴着恐怖的防毒面具，仿佛中世纪的收尸人。那些千千万万的灰绿色军装悄无声息地匍匐着前进，留下一具具扭曲的英军尸体伏卧在堑壕上。在望远镜里，那些尸体仿佛都经过了剧烈的挣扎，手指蜷缩着抓向自己的喉咙和胸口，双腿夹紧了身体拧成麻花状，脖子僵直地往前伸着，还有一些头怪异地扎进战壕底部的污水里，身体佝偻着缩紧，那些青紫色的呼啸的面孔和血红色的眼睛仿佛在一瞬间凝固。

只有一个人逃了回来，他赤裸着双腿，用浸满了尿液的裤子包裹着自己的大半张脸。他不断地抽搐着，发出破风箱一样的嘶啦声。卢卡中尉的脸顿时变得灰白，低声咒骂："混蛋！是毒气，我们没有面罩。西线的通道已经被敌军切断了。我们的舰队都聚集在公海上忙着拦截德国的军舰。"他倒吸了一口气，继续低声说道："没有支援，没有补给，我们的唯一任务就是拖垮登陆的德军陆战队，用尸体换尸体，赢得时间。"姜半夏的膝盖冰冷而僵硬，她的眼睛瞟到了一旁悄无声息的通信员。通信员的脖子被射穿了，他用腹部紧紧地保护着发报机，一大片弹片插了进去，发报机被震断了。

钱默之清楚地看见德军的军队戴着令人毛骨悚然的防毒面罩，正如潮水般涌来。那些不断射入掩体的子弹洞穿了礁石的岩壁。毒气并没有弥漫到半山坡的战壕里，那里是无穷无尽的绞肉搏斗。黎明即起，金丝一样的火线和滚烫的弹孔密密麻麻地充盈着他的视野，他更加真实地接近了死亡。卢卡中尉忽然在他的眼前猛地旋转了小半圈，然后往前一扑。姜半夏正在帮助那个劫后余生的伤员，他的双眼已经开始溃烂，棕褐色的排泄物顺着大腿往下流淌。她用身体接住了卢卡中尉，卢卡中尉紧咬着牙齿，捂着小臂，鲜血从手指的缝隙里汩汩地冒出来。

钱默之见身后的墙壁上嵌了一个不小的弹孔，沙土随着热气喷溅，血射在上面，过了一会儿才缓缓滴下来。他忽然两腿发软，眼前一片金黑，直挺挺地倒了下去。等他醒来的时候，卢卡中尉依然屹立在那里指挥作战，姜半夏依然和其他小护士一起给连成数排的伤员包扎。华工们正忙着把两军尸体上的头盔和军靴卸下来，然后用那些热气腾腾的肉体架机枪。有一些尸体已经被打碎了，残肢迸溅在最前面的德军身上。钱默之安安静静地吐了很久，他皱着眉头喝了一口水，吐得更厉害了。淡水需要翻过山岭，然后穿过丛林去潭水里打。四天前的雨水已经落满了苍蝇的尸体和鲜血，煮沸了之后还要留给伤员们。

一直到黄昏时分，德军才被压制住，退回到海滩上和低洼处的堑壕里。姜半夏和那些小护士们一起，从被灰烬和尘土覆盖的人堆里一点一点地走过去。她的脚小心翼翼地探过那些依然温暖的肉体，一不小心就会陷入一层层的尸体里，踩到那些软绵绵的残肢或者滑腻腻的内脏。令人感到恐惧和不适的空气中再也闻不到略带腥气的清凉海风，只有混合着烧焦的气味和浓重的血腥味，或许还有因为下体失禁混合残留毒气的怪异味道。那些从灌木丛里退下去的雪白海浪留下了令人作呕的血沫和碎肉，只有几只不怕死的海鸥还在红着眼睛叼着贝壳和残骸。

一声微弱的喘息声吸引了姜半夏，她凭借着本能跪倒在层层叠叠的温软肉体上。她伸出手臂逐一翻检探寻，用温和镇定的语气呼唤："别怕，我就在这里，我会带你回去接受治疗。"她顿了一下，继续说："你不会被留在这里的，也不会死，你的家人都在等着你。"一个相对洁净的面孔落在了她的视线里。那是一个安静的消瘦少年，有着棕红色的头发和淡淡的胡须。她轻轻地握住了他的手，那只手冰冷而僵硬。姜半夏忽然觉得不对，她的另一只手从他的背后绕过去，惊恐地发现那里有一个大洞，那些心脏、肺叶和其他什么东西绞成了一团，沉甸甸地落在她的手心里。她依然握着他的手，望着他和其他士兵一样干枯消瘦的身体，还有那双平静而微合的眼睛，在心里默默为他祷告。

一种极为微弱的细碎声响从士兵的身下传来，姜半夏凝神听了一会儿，轻轻地挪开了那个破碎的士兵。一只沾满了鲜血的小手忽然惊恐地缩了回去，留下汩汩的血水和颤巍巍的内脏。姜半夏毫不犹豫地插下手，牢牢地抓住了一个纤细的手腕。她顺着手腕从一旁的尸堆里拽出一个单薄瘦小的身体来。依然是被血污和硝烟涂满的一张面孔，只有一双惊恐的天蓝色大眼睛一眨不眨地望着姜半夏。姜半夏从那个枯黄的手腕上感觉到微弱但是稳定的脉搏。他依然算得上健康，除了一只脚被子弹打穿，又吸了一点毒气，从喘息中可以听出肺部里面开始积液。他年龄很小，看上去远未成年，胸膛单薄得像一只雏鸡。唯一的问题是，他的制服和滚落在一旁的头盔显示出，他是德国人。

另一位医疗队的成员赶过来帮忙，她冷漠地瞥了一眼吓得乱哆嗦的德国士兵，从一旁抽出一把刺刀就要扎下去。姜半夏本能地喊了声："慢！他还算不上士兵，他就是个孩子。""你打算救他？我们的士兵都救不过来，你疯了吗？他可能刚刚杀了我们的人！"那个护士抹了一把脸上的残血，恶狠狠地说着。姜半夏坚决地拖住德国士兵，说："他还是个孩子，我们的职责是救人，不是杀人。他这么小，连个小鸟都杀不死的。""你会后悔的，他迟早得死，你这个愚蠢的中国女人！"那个护士愤愤地喊叫着。姜半夏望着那双燃烧的眼睛，淡淡地说："那边还没检查完，不要浪费时间。"那个气势汹汹的女人在姜半夏的眼前挥舞着拳头，面孔因为愤怒而扭曲。

卢卡中尉望着姜半夏救回来的德国士兵，惊愕地愣了一会儿，提醒道："这个不是我们的人，是德国佬。"姜半夏一把掀开德国士兵的制服，指着他裸露的瘦弱胸脯说："您看，最多十四岁！他还是个孩子，他不该来参战。"卢卡中尉望着她狼狈不堪的样子，忽然转身走了，丢下几句冷冰冰的话："那是德国人的罪恶，我只负责我士兵的生死。你是医生，你可以选择救谁，但是不许动用我们的药物和氧气。"姜半夏近乎狂喜地抓住德国士兵的小手，用德语飞快地安慰着他。他一直因为畏惧和毒气而踌躇不已，身子竭力地弓着，呼吸得声嘶力竭。姜半夏用自己的干净衬衣为他包扎了伤脚，又把他放到通风的地方，她没有时间更好地照顾他，只能把自己的饮用水和口粮分给他。

奇迹发生了，正当姜半夏都渐渐失去了信心的时候，那个德国士兵一点一点地恢复了健康。他的呼吸渐渐地平和下来，脚伤也没有发生任何感染。他的胸口被毒气腐蚀的皮肤渐渐地愈合了，眼睛上蒙着的灰色雾气也一点点地褪去。在只言片语的聊天中，姜半夏知道了他今年还未满十三岁，是一个纯正的乡下少年。他还没有学会射击，他只能穿着过于宽大的军装跟在队伍的后面乱跑。他才刚刚学会骑单车，家里还有一个盲奶奶无人照料，村子里只剩下妇女和儿童了。姜半夏用了一颗水果糖骗来了他的真实姓名，他叫克里斯蒂安·米勒，还知道了他正在苦苦地暗恋自己好朋友的姐姐。

卢卡中尉忽然屈尊来到了德国士兵的面前，他皱着眉对姜半夏说："他看上去很健康，你打算怎么办？"姜半夏茫然地摇了摇头。卢卡中尉指着身后拄着拐杖的伯明翰说："我们的士兵只要恢复了战斗力就可以继续上战场，你知道，没有人可以运送伤员回家，他们必须还得继续打仗。我们不能留下他，让他自己回去吧。"姜半夏有些犹豫地说："他的肺部感染还没好彻底……""那是他自己的命运，让那些德国佬把这个孩子送回家，别在成年人的战场上白白当炮灰。战争早晚会结束，他还可以继续上学。"姜半夏惊喜地握住卢卡中尉的手，她感动得几乎要流下眼泪，说："谢谢您，您真是一个伟大的好人……"

卢卡中尉在送走德国士兵的时候，见他的制服破破烂烂，便语调生硬地叫住姜半夏，说："把咱们阵亡士兵的外套给他一件吧。"姜半夏感激地找到一件略大的制服，亲手套在了克里斯蒂安的身上，还帮他系好了扣子，真心祝福他说："愿主保佑你，孩子！"克里斯蒂安孩子气的面孔因为喜悦而焕发着神采，他不断地鞠躬感谢着姜半夏，又冲着卢卡中尉的背影笨拙地行了一个英式的军礼。姜半夏刮了刮他的鼻子，认真地说："不要留在战场上。你要说实话，告诉他们你的真实年龄。你要平安地回到家里，好好学习。"克里斯蒂安忽然单膝跪下，用那只伤残的脚摇摇晃晃地支撑着身体，抱着姜半夏号啕痛哭。

克里斯蒂安从掩体里一瘸一拐地往下走。那件制服对他来说太大了，海风从袖子里钻进去，吹鼓了他的衣衫。他像一只毛茸茸的雏鸟支棱着翅膀飞下山坡。或许是看见了自己的战壕，克里斯蒂安举着一只脚连跑带跳地加快了步伐，他的手里挥舞着头盔，淡金色的头发仿佛风中摇曳的稻草。姜半夏欣慰地望着他小小的背影，望着他近乎雀跃的身姿，望着他扑向了自己的队伍。姜半夏的笑容忽然凝结在了脸上，一种难以置信的惊惧与绝望席卷了她。伴随着一阵尖锐的枪声，克里斯蒂安被射杀在了距离战壕不足百米的地方。那个小小的单薄背影仿佛做着最后的腾飞，然后悄无声息地落在了地上。

姜半夏不断地战栗着，她忽然转过身，一把拽住卢卡中尉，咬牙切齿地说："你明知道会这样！是你让他穿上我们的制服的！是你害死了他！"卢卡中尉一把推倒了姜半夏，淡漠地说："是他的战友射杀了他！他本来或许还有机会活下去，是你又重新杀死了他。他已经熟悉了我们的一切，我不会让他活下去，可是我不想浪费子弹。你现在死心了吗？士兵们被救回来，只是为了继续杀人或者被杀。你没有责任拯救敌人，你应该拯救的是你自己的愚蠢！"姜半夏的眼角忽然瞟见克里斯蒂安落下的一支钢笔，他还没有来得及学会写更多的德文。钢笔的墨渍渗在旧制服的衬衫上，在寒风里孤零零地招摇。

卢卡中尉把钢笔拿起来，塞进姜半夏的手里。他拒绝把被弹片穿透的手臂吊在脖子上，因为那样有损一个将士的威严。他忽然弯下腰来，扳住姜半夏的肩膀，用近乎虔诚的声音说："他不应该平白送死，不是吗？这场该死的战争不仅让我们失去了亲人，也让德国佬失去了儿子。现在，我需要你去做一件伟大的事情。"

姜半夏的愤怒依然没有平息。她颤抖地紧捏钢笔，压抑着内心的厌恶，迟疑地问："什么？"卢卡中尉微微一笑，接着对姜半夏说："你只需要去灯塔上面，那儿有个广播站。然后你要用纯正的德语不断地说话，或者唱歌，让整个阵地听见。不管你用什么办法，我需要你用德语劝德国佬投降。你不觉得这样对所有人都是最好的安排吗？"

姜半夏还没来得及说话，钱默之的声音焦躁地响起："不可能！那样太危险了！她会成为德军的靶子的！你不能让她去送死，她只是一个翻译员！我们没有义务直接参与战争！”姜半夏望了一眼钱默之，对着卢卡中尉问道：“说什么呢？”卢卡中尉故作轻松地说：“你把自己当作德国女人，当作他们的妈妈、老婆、女儿。让他们再也不想待在这个鬼地方送死，明白吗？”姜半夏忽然冷笑了一声，揭穿了卢卡中尉的真实目的：“你希望我分散他们的注意力，然后让他们丧失战斗的意志力，不是吗？然后我们便可以打着慈悲的名义勇敢地开展屠戮，对吗？”

卢卡中尉忽然站直了身体，冷冷地注视着姜半夏，一字一顿地说：“这是战争，德国佬不会宽容我们。我们没有援军，最多撑不过一周。亲爱的天使，你来选择，将生的希望交还到谁的手里？我命令你，拯救代表正义的同盟军！不要忘记我们的背后是大半个即将沦陷的欧洲！”他的脸庞陷在蓬乱的头发和胡须里，一双眼睛深深地凹陷着。一种近乎狂热的慈悲从他消瘦的身体里迸发出来，他拼尽全力地举起受伤的手臂，挥舞着。

卢卡中尉定定地望着姜半夏，疲惫地叹了口气，接着说：“我们没有选择战争，是战争选择了我们。按照现在的情况，我们很可能看不到明天的黎明了。你看看这些年轻的士兵吧，他们多么想回到自己的家乡。如果德军投降，我会保证他们的安全。”他的脸忽然转向了钱默之，淡淡地说：“你保护不了她。你知道的，只要敌人杀上来，我们每一个人都会死。只是女士们会生不如死。”姜半夏深吸了一口气，走到卢卡中尉的面前，面无表情地说：“没问题，我现在就去，无论结局怎样，我会尽力而为。”

她深情地望着钱默之，绽露出一个无比温柔的微笑。钱默之紧紧地握住了姜半夏的胳膊，泪水忽然涌了出来。卢卡中尉从怀里掏出一把精致的德国鲁格P08手枪塞给姜半夏，说：“拿着，这是我的第一个战利品！枪把是镶金的，可别把它还给德国佬。你可以带两个伙计一起去，那个灯塔挺结实。我等你们回来一起烛光晚餐。”

姜半夏紧紧地握着手枪，汗水浸透了她的掌心。卢卡中尉忽然叫住了她，抬起她的手，在手背上面深深一吻，说：“上帝在我们这边，不要怕。我会让死神忘记我们。”

钱默之和胖头林一前一后地夹裹着姜半夏。通往灯塔的道路隐蔽而悠长，要经过一段暗道，再沿着陡峭的山脊攀爬到灯塔的背面。没有人说话，枪炮的声音一点一点地被遗落在身后。片刻的静谧均匀地笼罩着每个人，姜半夏贪婪地品味着这份近乎安详的宁静。她的手轻挽着钱默之的手臂，一切仿佛回到了婚礼的时候。炮火仿佛那一日的鞭炮声，她款款地步入殿堂。透过垂着法国蕾丝的头纱，她看到柔软芳馥的薄雾中，教堂绘满天使的穹顶、撒满花瓣的红毯和发出刺眼光芒的相机匣子。“咔嚓！”她甚至可以闻到手捧花里百合和鸢尾花的香气。

钱默之望着姜半夏，见她眼睛里弥漫起那种甜美又憧憬的迷雾，觉得心里有些揪得疼。他想不起来到底因为什么，自己会决定带着娇嫩的小妻子远渡重洋。他们来到一个陌生的国度和另一个陌生的国度开战，那种浓郁的英雄主义情结，此时尴尬地融化成阵地上血污泥泞的浅滩。

他曾经对姜半夏有过一丝怨尤，心目中的女神忽然沦落成狼狈不堪的女人，那种温软和宁静从姜半夏的身上消磨殆尽了。如果自己当初没有遇到她，也许他会娶一个传统的家乡少女。是不是他现在已经有了一儿半女，回到那个山清水秀的地方。他会远离尘嚣，过着安稳的日子。关于战争，钱默之无法违背自己内心深处的恐惧和厌恶。他忽然发现自己是一介文弱书生，而童年时候的英雄梦，早已褪色。

姜半夏的手臂无意识地摩挲着钱默之，她温软滑腻的肌肤慰藉着他惊恐不安的心灵。胖头林识趣地走在一旁。忽然，他的脚下一空，惊得大叫了一声，吓得钱默之紧紧地攥住姜半夏。原来，通往灯塔的小径在前方被炸断了一小段，余下的路面只可以勉强地容下一只脚，边缘的泥土和疏松的碎石不时掉下些碎渣。胖头林晃晃悠悠地贴紧了一旁的石壁，伸出一只臂膀护住姜半夏，嘴里一迭声地嘟囔："哎哟，吓死俺了！一不留神差点掉下去！钱夫人您可站稳了，这万丈深渊的，跌下去都没个囫囵身子！"

钱默之望着悬崖下面翻滚着尸体的海浪，强忍住翻涌的肠胃，只觉得一股寒气从脚底直升上来。他闭上眼睛，静了一会儿，对胖头林和姜半夏说："我们牵着手走，都将身体靠紧崖壁，一点点来，不要怕。"他可以听到自己的声音虚浮，仿佛从风里吹散过来的尾音。胖头林却大声叫好："好！同生共死！您夫妻俩是好人，还有学问！俺一个大老粗，和你们死在一起，不亏！"

姜半夏深深地望了他们二人一眼，微微一笑，将手一前一后递了过来。胖头林稳了稳心神，瞅准了扎实的地方一步一步往前蹭。姜半夏和钱默之跟着他的脚印一步一步徐徐前行，不一会儿，钱默之的衬衫就让冷汗打湿了。姜半夏心底知道钱默之畏高，见他脸色青白，双膝发软，心里十分歉疚。三个人不知道走了多久，终于一点点地挨到了平整的路面上。胖头林用手撩了撩后脖颈，咧嘴一笑，说："瞅把俺给吓得！四脖子汗流！您二位真是贵人，这么险的路有你们压阵，一点儿事儿没出！跟着你们，俺这心里踏实多了！"姜半夏听了赶忙连声道谢，钱默之的面色也缓了过来。他客气疏离地说了几句话，三个人便又迂回着往上走。

钱默之忽然想起，妻子的纤纤玉手刚刚被胖头林——一个屠户出身的粗鄙汉子牵过。他的心里有些不满，见道路平坦了许多，便负气疾步前行，将鞋底单薄的姜半夏甩在身后。又走了不一会儿，他们终于看见灯塔正矗立在断崖的尽头。断崖高高在上，探出海岸一大截，俯瞰着蜿蜒的海岸线。灯塔的顶端是红色的，衬着雪白的塔身，像一只矜持端庄的白天鹅守望着远方。德军似乎不屑轰炸这个小小的灯塔，抑或是希望借着这个灯塔来辨别位置。它安然无恙地矗立着，显出一副凛然不可侵犯的模样。三个人忽然觉得有些兴奋，便一路小跑着绕到灯塔背后，找到一扇小门。

借着小窗外飘洒进来的一点薄光，姜半夏三人小心翼翼地踩着陡峭的旋转木梯，一层层地爬到瞭望台。瞭望台前的小电台上覆着一层厚厚的灰尘和飞虫的尸体。装在灯塔外面的大喇叭也在风雨侵蚀中变得锈迹斑斑。透过灰蒙蒙的玻璃窗，可以看到硝烟下暗红色的海水，正不厌其烦地冲刷着尸横遍野的海滩。胖头林以前支了好些年卤肉摊，见不得眼皮子底下脏乱，便用袖子把小电台抹了几抹。他不小心把一个断了链子的纯金十字架蹭到了地板上，他偷眼瞅了瞅姜半夏和钱默之，悄悄地捡起来揣到怀里。钱默之见了他的小动作，皱了皱眉头，张了张嘴想说什么，又忍住了。姜半夏只是怔怔地望着桌子上十字架留在尘土里的印迹，眼神里泛起一层真切的痛楚，还有几许自责和茫然。

钱默之在姜半夏肩头上担忧地抚了抚。姜半夏望着窗外炼狱一样的景色，她的眼眶里盈满了泪水。对着话筒，她用德语嗓音颤抖地说："先生们，下午好！"在纷纷的炮火声中，她干涸沙哑的声音微不可闻。略显生疏的德语忽然像扎根在心里的藤蔓，瞬间裹紧了她，撕扯着那些尘封的回忆。她的眼前浮现一双金丝眼镜下温柔深沉的蓝眼睛，湛蓝澄净得仿佛前些日子的大海。她的外公曾经告诉过她，让她学习德语，是因为德语中封存着巴赫、歌德、黑格尔等大师的灵魂。那些流逝的伟大生命，都曾经拯救过无数的生命，以音乐、以文学、以科学。

姜半夏忽然觉得浑身发软，四分之一的法国血统在她体内翻江倒海。她用指甲狠狠地掐着自己的大腿，强迫自己去看随时有可能被轰炸成齑粉的掩体。她想起惨死的艾梅丽、那些鲜活美好的姑娘小伙和那些流离失所的法国村民，她在心中默念："外公，请您原谅我！上帝未能保佑那些良善的子民，我要保护您的祖国和正义，也要将我的祖国庇护在战争之外!”

她的声音遥远得仿佛一个即将破碎的梦，一点一点顺着扩音器飘落在空中：“先生们，我恳请你们倾听一个女儿、妻子的心声。想一想吧，你们有多久没有吃到妈妈亲手做的饭了？你们心爱的姑娘每天都在车站望眼欲穿地等你们回家。你们的小天使，他们肉乎乎的小手，多想搂住你的脖子，叫你爸爸！你们为什么要远离美丽的家乡？为什么要拿起武器，屠杀别人的儿子和丈夫？难道他们和你们不在一片天空下？难道你们祈祷的时候，是希望上帝保佑别人的性命可以被你们夺走?”

胖头林听不懂德语，只顾探着脑袋往窗外瞅。他看见那些灰扑扑的德国士兵似乎变得有些犹疑和迟钝，被棕褐色的英军抓住了机会开始反扑。他一时激动得手舞足蹈，大声喊叫：“钱夫人，您这是灌的什么迷魂汤？可真管用！这下这帮德国鬼子可是要见阎王去了！您瞅瞅，被打得可热闹了!”钱默之心里一急，狠狠地推了胖头林一把，低声喝止:“别说了！闭嘴!”胖头林没提防，一头撞在玻璃窗上。“哎哟”一声，他才要埋怨，见怀里的十字架金链子掉了出来，有些不好意思。他赶忙捡起来在一旁小声嘟囔，然后扒着窗台可劲儿看，不一会儿又激动得跳起脚来。

钱默之见姜半夏满面泪水、肩膀颤抖，苍白得仿佛随时都要昏厥过去。他这才觉得自己的小妻子回来了，不再是那个双手沾满鲜血、不知道畏惧的陌生女子，也不会抱着那么多陌生男人的身体毫不避讳。钱默之从背后伸出双手，将她的头轻轻揽住，让她靠在自己怀里。他弯下腰在她的额前轻轻一吻，刚想劝几句，话到嘴边，却化成了一声叹息，只是将她抱得更紧了。姜半夏的四肢冰冷，无力地瘫软在钱默之的怀里，她的嘴却无情地说着世界上最温柔的话语。

“糟了！炮！炮！炮！快躲！”胖头林一边带着哭腔大喊，一边转过身按着钱默之和姜半夏往地上趴。“轰隆！”随着一声巨响，姜半夏只觉得地动天摇。一阵眩晕过后，她睁开眼睛，见胖头林和钱默之将她挤在中间护在怀里。那扇小小的窗户被震碎了，神奇的是，那个简陋的小电台竟然还能用。姜半夏摇摇摆摆地站起来，她正对着坍塌裸露的小露台，迎着冰冷坚硬的海风，对着话筒清唱起来。她的声线清澈、优雅、哀伤而神秘，不太连贯的歌词和略微跑调的歌声，让连天的炮火有了片刻的沉寂：

门前有棵菩提树，生长在古井边
我做过无数美梦在它的绿荫间
也曾在那树干上刻下甜蜜诗句
无论快乐和痛苦常在树下流连
今天像往日一样，我流浪到深夜
我在黑暗中行走，闭上了我的双眼
好像听见那树叶
对我轻声呼唤
同伴，回到我这里，来找寻平安！
凛冽的北风吹来，直扑上我的脸
把头上帽子吹落我仍坚定向前
如今我远离故乡，转眼有许多年
但仍常听见呼唤
到这里寻找平安！

胖头林探出头去，惊恐地大叫了一声：“好家伙！这么大一个洞！钱先生，咱们脚板下有这么大一个洞，俺看这塔，再来这么两下保准得塌了！”被恐惧湮没的钱默之这才抬起脸，昏昏沉沉地往外一瞥。他看见窗户下面的塔身被轰开了一个大洞，只觉得自己整个人随着塔身在凛冽的海风里晃晃悠悠。一直到姜半夏把温暖的手掌伸向他，他才惊觉自己早已泪流满面。他像一个白痴似的，紧紧地抱住姜半夏，糊里糊涂地说："我刚才有些头昏，好像听见有人在唱歌，特别好听。"胖头林嗤笑了一声，大大咧咧地说："您没听出来？刚才唱歌的就是您夫人！"

姜半夏顺着空洞洞的窗口，望着远方沉寂的大海：夕阳仿佛一大颗丰润的泪珠，正一点点地坠向大海的深处。海面上的红色台阶缓慢地铺开，一直延伸到靠近海岸的地方。光明被黑暗吞噬，壮美最终化作凄艳。希望在这里沉沦，觉醒在远方初升。姜半夏终于找寻到了自己的使命，她绝不允许战火继续蔓延。血液中来源于传教士的悲悯和诰命夫人的果敢奇妙地融合在一起，使得她不再畏惧，也不再犹疑。在第二颗炮弹来临的时候，姜半夏正温和而坚定地发表着演讲。

在返程的路上，钱默之陷入了一种迷茫与忧伤的情绪中。他无法避而不见姜半夏身上所焕发出来的陌生光芒，而在这种光芒的照耀下，他显得格外渺小而卑微。战争将他所有的雄浑和壮志都化为了乌有，他所时常吟哦背诵的那些诗句和文章，都在真切的苦难和绝望面前变得苍白可笑。他那些被文学和历史所塑造的世界之美，都已经悄无声息地幻灭了。突然，他的脚被什么东西紧紧地扯住了。他以为是野草，本能地弯下身子要用手拆，却惊惧地发现一只灰白色的手正抓着他的小腿往外拽，那只手的旁边还挥舞着另一只握着枪的手。

在钱默之近乎癫狂地号叫声里，姜半夏猛地转过身，她看见一个德军侦察兵正半伏在钱默之的大腿上，拼命地和钱默之拉扯着一杆毛瑟 M1898 步枪。胖头林在一旁满头大汗地捶打着侦察兵，一边暴打一边骂骂咧咧地踹着。姜半夏不假思索，掏出手枪戳到德国士兵的后腰上一连打了好几枪，吓得钱默之和胖头林趴在地上瑟瑟发抖。

望着倒在地上不断抽搐的德军侦察兵，姜半夏只觉得自己半边身子被手枪的后坐力震得发麻。她还没有意识到自己竟然开了枪，迷茫地望着那个在血泊里不停蠕动的、几乎被打成两半的士兵。那个士兵忽然像一个受伤的甲虫一样蜷曲了身体，然后把脑袋伸出来，他长长地舒了一口气，面色惨白地咧了一下嘴角，哀求地说："烟……"姜半夏愣了一会儿，对着胖头林伸出手，说："烟。"胖头林木然地掏出一根劣质香烟，递到那个垂死挣扎的人嘴里。那个人小声地抽泣着，尽可能地翻转自己的身体。他把自己仅连着一点皮肉的下半身拉起来，他哀号着，在剧烈的痛楚中试图把打穿的伤口合拢。

忽然，德军侦察兵的香烟被冒着血泡的鲜血顶出来，他剧烈地抽搐着，眼睛竭力地往下看。一道苍白的伤口横在他的喉管上，不一会儿就喷射出迷雾一样的鲜血来。他绝望地用手挪动着软绵绵的双腿，上身靠着岩壁，捡起香烟塞到嘴里，脑袋一垂，死掉了。钱默之愣愣地望着手里沾满鲜血的小刀，一把丢到了胖头林的怀里，抱着脑袋蹲下去失声痛哭。胖头林哆哆嗦嗦地捏着刀柄把刀捡起来，嘟囔着说："这是我撬罐头用的……"姜半夏看着自己的双手，不敢相信自己用来救人的手，竟然开始杀人。她望了一眼涕泪交加的钱默之，闭上了眼睛，两行清泪从她的面庞上滑落。

1917年，法国。

姑娘们格外珍惜短暂的停火时光。她们拎着水桶，挽着臂膀，一路哼着歌走到深潭旁边打水、洗澡、洗衣服。姜半夏怔怔地望着水桶里的面孔，水桶里的女人正面无表情地回望着她：她额头两侧的发丝干枯凌乱，原本上扬的眼角和嘴角都被劳苦愁烦拽了下去。

那些悄然生出的细碎纹路，紧紧地扒住她曾经明媚的容颜。而她原先饱满带着红晕的面颊，也失去了水分和光泽。她抬手细细地抚摸着面庞，方才惊觉那种年轻滑腻的触感已经被风沙和岁月剥去了。她温软柔润的嘴唇也因为暴晒而爆皮干裂。

姜半夏这才真切地意识到，自己那带着玫瑰色氤氲的好时光，已经悄然逝去，永不复返了。她抬起手，摊开了手掌。她看见自己的掌心里布满了水泡和老茧。有些指甲断得极深，指腹上涂着血污和灰尘。姜半夏麻木地将流血的手指含到嘴里。她发现，她的心苍老得更加厉害，她已经完全无视岁月在她身上肆意留下的痕迹了。即使这些痕迹仿佛河床上的车辙，粗粝深邃、毫无章法。

姜半夏对着水中的自己，淡淡地笑了一下。那笑容使得她有些黯淡的面庞瞬间生动了许多：她的眼睛明亮，线条柔和，因为消瘦，酒窝似乎比从前更深了一些。那种钟灵毓秀的韵味和温婉娴雅的气息，并没有随着时光散去。她挽起袖子和裤腿，舒舒服服地走到水里，和那些赤身裸体的姑娘一起畅快淋漓地游泳。姑娘们雪白的乳房和浑圆的屁股，在墨绿色的潭水里若隐若现。成群的水鸟俯冲下来，在她们划动的胳膊和大腿之间捕鱼觅食。

姜半夏游了一会儿，觉得有些疲倦，便独自一个人回到岸上休息。灌满了清水的水桶整齐地排在了岸边，一只可怜的小鱼在水鸟的围捕下，晕头转向地跃入了桶里。她温柔地捧起了小鱼，刚要放生，就被一只掠过水面的水鸟凌空叼走了。姜半夏恼怒地咒骂着水鸟，忽然看见附近的草丛里钻出几只慌乱的野鸭。她对着水面上嬉闹的姑娘们吹了一声口哨，那些美丽的小脑袋纷纷警觉地扎入了水里。

姜半夏举着手枪，蹑手蹑脚地走上前，猛地拨开了草丛。两个挤在一起的小脑袋狼狈地对着姜半夏谄媚地笑，高举着手臂做出投降的姿势。姑娘们见姜半夏押着两个一脸羞愧的年轻士兵，纷纷从水里走上来，披上衣服凑上前围住他们。那两个小兵在一群少女的审判下，坦白了他们偷看姑娘洗澡的“罪行”。

姑娘们决定，对他们实施“最公正”的判决和“最仁慈”的处罚。姜半夏对两个愁眉苦脸的士兵抱歉地笑了一下，松开了手。姑娘们扒下了他们的军裤和军靴，将他们翻过去趴在地上。身体最为胖硕的雪莉脱下了湿淋淋的胸衣，露出她引以为傲的肥白胸部，然后骑坐在他们的大腿上。姑娘们托举着她的大乳房，轮流砸在了小伙子们紧绷的屁股上。那两个士兵嘴里鬼哭狼嚎地叫着，脸上却露出了幸福甜蜜的笑容。

姜半夏在一旁捂着羞红的面颊，一面笑一面偷看。她眼角的余光却扫视到潭水对面的岸上，远远地仿佛看见有人影晃动。那些人影纷纷摘下了德军的军帽，整齐地往后退去，仿佛在向姑娘们致敬和回避。姜半夏犹豫了一下，决定先不告诉狂欢的姑娘们。清冷的潭水在阳光下，溅起一道道转瞬即逝的彩虹。潮红的面孔和青春的肉体，在潭水的洗礼下迸发着旺盛的生命力。

战争的阴霾依然笼罩在这座美丽的孤岛之上，然而生活的美好总会找到黑暗的孔隙，从阴霾中短暂地挣脱出来，在残酷的现实中闪闪发亮。平凡生活之美属于每一个人，种族和国籍都不能剥夺它，也不能占有它。无论贫富贵贱，无论生死存亡，它都一视同仁。

在春风沉寂的夜晚，姜半夏做了一个冗长而真实的旧梦。在梦里，她穿越了千山万水，终于回到了遥远的童年。

1899年，清光绪二十五年，京师。

姜半夏清晰地记得，自己最后一次藏身于西什库教堂的配楼的那天。楼下是育婴堂，修女们教孩子们弹着跳音的老钢琴。漆成樱桃色的木楼梯踩起来吱吱作响。阳光洒下来，在拐角镀上满满一层的金箔。而不满四岁的小半夏，独自一个人趴在阁楼上，用手指着书上的字，一个字一个字地读。一直读到天窗里流淌下宁静的月色。

一阵强似一阵的喧闹声、马嘶声、咒骂声和喊杀声，透过彩绘的排窗和斑驳的木梁，打碎了童话书里的幻境。小半夏恐惧地紧紧攥住手中的覆盆子奶油挞，大声地念着书上的句子。她还认不全字，那些句子在她颤抖的嗓音里支离破碎。一位年轻的修女嬷嬷跌跌撞撞地冲上了阁楼，一把抱起了她。书从小半夏的怀里滑落，玫瑰花窗的玻璃外忽然升腾起了熊熊烈火。

修女嬷嬷怔怔地望着火焰里的教堂，在那些灰白相间的锯齿状的尖顶之间，那些铁铸的天使张开翅膀，垂下头颅。巨大的白色十字架和彩色天窗在火光中时隐时现，将斑斓的阴影映照在修女嬷嬷苍白绝望的脸上。小半夏的胃里一阵痉挛，她拼命地把奶油挞塞进嘴里，希望可以堵住泪水与尖叫。修女嬷嬷第一次没有因为她贪婪的吃相而责备她，只是不断地在胸前画着十字。她泪流满面地祈祷着，牵着小半夏的手摇摇晃晃地跑下楼梯。大堂里挤满了惊惧的孩童和哭泣的修女，老嬷嬷点燃了蜡烛，在烛影里一遍遍地弹着《平安夜》。

忽然，小半夏挣脱了修女嬷嬷的手，光着脚向外面跑去。她一把拉开木门，火光和热浪忽地涌了进来。成千上万的人穿着红色的衣裤，簇拥着骑马的喇嘛们，围在教堂外。尖锐的枪声骤然响起，倒下一片片红衫。小半夏冲着漫无边际的人影撕心裂肺地呼喊着："外公！外公！"她的嘴被追出来的修女嬷嬷紧紧地捂住了。修女嬷嬷一把将小半夏拽了回去，将大门销上，又和几个修女一起用桌椅和钢琴从里面顶住。一些年龄小点儿的孩子仰起脸，静静地望着小半夏。其中一个小男孩将落在阁楼里的书递给她，恳求地望着她。

小半夏渐渐地安静下来。她坐在地上，让那些更小的孩子围坐成一圈。她翻开书，开始诵读。读到不认识的字，她就求助于修女嬷嬷们，浑然忘却了被关在门外的恐惧和痛苦。不知什么时候，修女们和孩子们都横七竖八地在地板上睡成了一团。小半夏睁着眼睛，望着天花板上一块洇湿的斑迹。那块斑迹忽然开始有节奏地颤动，一股尘烟随着颤动抖了下来，落在了小半夏的眼睛里。

她扭过脸，发现紧闭的木门开始剧烈地晃动，两扇门之间的缝隙越来越大。一只椅子腿凭空插了出去，不一会儿，那座慌乱堆砌的屏障轰然坍塌。旧钢琴在静谧里发出“嗡”的一声哀鸣，猩红的天空“唰”地摊开了。醒来的修女们惊惧地圆睁着眼睛，将孩子们掩在身后。潮水一样的红衫冲了进来，她们的脸被烟火熏得黝黑，绝大多数还负着伤，看上去疲惫不堪。那些人从修女们的手中夺过孩子，紧紧地搂抱着、安慰着，脸上挤出微笑。有些妇女端着尿盆到处泼，一面泼，一面念念有词。另一些则将修女们的面纱拽下来踩在脚下，推搡着将她们挤到角落里。

更多的妇女则是直接扑向厨房。她们看上去饿坏了，拼命地往嘴里塞着食物。其中一位年长的妇人从柜子里翻到一块风干了的黑面包。她啃了一口，皱了下疏松的眉毛，张开嘴吐出了半颗黑黄色的门牙。她抬眼看到小半夏，便咧着嘴笑了笑。小半夏望着她嘴角涌出的面包渣和血沫，吓得直往后缩。那位妇人径直地走了过来，抬起枯瘦的手臂，冲着小半夏招了招，沙哑着嗓音说：“过来，来，小丫头，快来。”

小半夏扭过脸去找修女嬷嬷们，却看到她们被团团地围着。其中一些人的长袍被剥了下来，抛到地上。一个抱着胸饮泣的年轻修女忽然冲了出来，她连内裤都没有穿。她还没来得及跑，就又被揪着头发拽了回去，摔到地板上。一瞬间，小半夏求助的目光正好和她绝望的眼神交融在一起。小半夏深吸了一口气，她忽然萌发了一股莫名的勇气，想从人群外面捡起一件长袍，然后走过去帮她披上。可是毫无征兆地，一把剪刀“嗖”地蹭着小半夏的脸蛋飞了过去。

她惊诧地回过脸来，看到老妇人端着一口大铁锅“噔噔噔”大步流星地迈了过去。她将那个羔羊一样翻滚闪躲的可怜的小修女按住，用锅底的灰胡乱地抹在了她的身上，而那把剪刀已经将她披散在脊背上的棕色长发剃得七零八落了。小半夏忽地转身，朝着猩红的方向狂奔而去，她的身后隐约传来微弱的祈祷声音。

她跑得飞快，渐渐地，她的耳边只有呼呼的风声，雨不知道什么时候停了。教堂依然在燃烧着，尖锐的枪声时而密集时而松散。她的眼睛被汗水糊住了，什么也看不清楚。她竭尽全力，本能地躲闪着、奔跑着。她的脑子里一片空白，反复回荡着上午做弥撒的时候，管风琴那响彻教堂的旋律。

一辆独轮车猛地横在了她的前面，一个血葫芦一样的矮小士兵滑了出来，扑在了小半夏的身上，将小半夏冲倒在地。小半夏尖叫着，用力去推。士兵年轻的面孔被子弹洞穿了，他像一团破败的棉絮，“噗”地戳在地上，迸起的泥浆混着血水溅了小半夏一身。那个推车的士兵狠狠地啐了小半夏一口，将同伴的尸体一把拎了起来，夹在胳膊里，扶到了车上。他冷冷地瞥了一眼脸色青白的小半夏，推着车小跑着离开了。

小半夏强撑着，半坐了起来。她闭着眼睛干呕了会儿，鼻腔里充斥着硫黄的味道、木炭的味道、血腥的味道和汗臭的味道，死神的气息在空气中徘徊着。小半夏浑身猛烈地颤抖着，她从地上费力地捡起一根长矛，爬起来继续无助地奔跑着。她跌跌撞撞地跑进了一条胡同，又拐了几拐。她家的老宅子门外依然挂着暗红的长灯笼，里面的蜡烛摇摇曳曳地亮着。大门反常地洞开着，院子里面灯火通明，将影壁上的花纹映衬得格外清晰。

她安心地长呼了一口气，忽然觉得脚下变得特别绵软，她晕晕乎乎地跌倒在了大门外的台阶上。守在一旁的管家赶忙迎出来，将小半夏搀扶着送到里院。小半夏闻着熟悉的茉莉花和夹竹桃混合在一起的香气，忽然有些昏昏欲睡。她的鞋子在奔跑中蹭掉了一只，脚被一路上的沙砾磨得滚烫，现在踩在又湿又软的草地上，简直舒服极了。她舒舒服服地将脑袋枕在管家竹管似的胳膊上，一下一下地打着瞌睡。院外那些惊惧的场景仿佛已经变得遥不可及，淡得仿佛隔着绢纸窗户的西山的阴影。

管家将小半夏扶到里院，就近找了把椅子，将她端端正正地放在上面坐稳。里院的灯火有些晃眼，半夏揉着眼睛看了半天，才发现院子里满满的都是人，只是一点儿动静都没有。每个人都雪白着一张面孔，木然地或立或坐。草丛里偶尔飘来几声蛐蛐儿叫，然后又被一阵夜风淹没了。小半夏坐在孩子堆儿里，孩子们之间也不说话，也不打瞌睡。他们都缩着脖子，垂着手，像小大人似的。小半夏的爸爸和妈妈也没坐在一起。

除了外祖父不在，男人们都站在一边。其中几个有军衔的都穿着戎装，有官衔的就穿着朝服。其他的要不就是长袍马褂，要不就是西服马甲，每个人都一脸肃穆。女眷们一律素淡着脸庞，将头发一丝不苟地梳好，规规矩矩地叠着手坐在一旁。小半夏的妈妈将脸转过来，目光像最温柔的月色，在小半夏的脸上、身上流转了几圈。然后，她又把脸扭了回去，羊脂玉的耳坠扫过莹润的面颊。

外祖母坐在最里面。她穿着诰命夫人的朝服，戴着朝珠，稳稳当当地端坐在黄花梨玫瑰椅上。她仿佛一块单薄但是凝重的玛瑙玉片，深深地镶嵌在椅子里面，牢牢地和老祖宗传下来的尊贵与体面交融在一起。她的面孔绷得紧紧的，两小片儿嘴唇抿得几乎看不见。她的眼睛里一点困乏和胆怯都没有，威严地平视着。她的脖子挺得直直的，连着瘦削的脊背，仿佛拉满的弓。

她的胸前还挂着十字架，和朝珠安静地绞在一起。她的手上各托着一卷书，一边是圣旨，一边是《圣经》。她的手指上染着丹寇，一边的尾指戴着金镶玉的假指甲，一边的无名指上套着婚戒的银圈。小半夏不明白外祖母今天的装扮，她浑身酸疼，又乏又吓。她只想从这浸满露水和月光的小院里逃离，猫回到自己的小床上，暖暖地睡一大觉。正当小半夏悄悄地打着瞌睡的时候，旁边最小的表弟定韬“哇”的一声哭了，嘴里喊着：“蛤蟆，癞蛤蟆！”

小半夏一惊，惺忪地睁着眼睛，正瞥见一只漆黑的大蛤蟆从自己脚边一跳一跳地掠过。定韬挓着两只藕节似的手臂，趺趺撞撞地扑向最疼他的外祖母，噙着泪花嘟囔：“外婆，我要外公抱！”小半夏这才想起，满院子的男女老少，只唯独少了外公一人。而外婆这样装扮，兴许也是因为同样的原因。

外祖母嘴角紧绷的肌肉稍微松弛了些，将怀里的小人儿搂紧了，在后背上安抚地拍了几拍，便努嘴儿让下人连哄带劝地抱下去了。小半夏望着依然在熊熊燃烧的天际浮云和浮云托起的一弯冷月，莫名地感受到一种兵马喧闹中的泠然清寂。她忽然觉得，外公似乎真的离自己很远很远，远得仿佛隔了一座衰败的城池。

听说清兵是破晓才上门的。鸭蛋青的天际才刚刚褪去了藕荷色的火烧云，外祖母纹丝不动端坐着。门房递上一帧护片，她笼在袖袍里的手便从冷气里探出来，动作僵硬地接过扫了一眼，便吩咐了三个字：“进来吧！”小半夏远远地见院门外晃来一队红顶青袍的官兵。还没待看仔细，她便被姆妈捂着眼睛抱回了屋。其他孩童和女眷也都纷纷回屋避让。小半夏掀下姆妈的手，见打头的官兵给外祖母利索地行了一个跪拜大礼，恭恭敬敬地说着什么。姆妈还来不及埋怨，母亲便将支窗撂下，留下满窗棂的高丽纸。小半夏黏到母亲怀里，饧着眼睛，一迭声地唤着“娘”，不一会儿就沉沉地睡了过去。

再醒来的时候，小半夏隐约听见窗外飘来断断续续的法语声。

她一激灵从床上翻起来，嘴里喊着“外公”，便要往外冲。她被躺在一旁的母亲一把拽住，紧紧地摁在怀里。小半夏抬起脸，见母亲的脸上似乎泛着泪痕。她伸出温软的小手摸上去，只摸到冰凉湿濡一片。小半夏用脸蛋摩挲着母亲白腻的脖颈，深深地嗅着母亲幽幽的体香，喃喃地问：“娘，外公什么时候回来？”母亲半晌没有说话，一声轻微的叹息过后，一阵悠悠的歌声飘落在小半夏的脑顶上。

1918年，法属岛屿。

姜半夏再次醒来的时候，西什库教堂那冲天的火光依稀在眼前浮现。她愣了半晌，才看清楚霞光早已将海面染得赤红。那蜿蜒曲折的海岸线依然沉寂在夜色里，尚未苏醒。而漂浮在水面上的战舰残骸和阵亡士兵，将永远沉睡。由于英国舰队在本土海域对德国军舰的全线封锁，已经很久没有新的战舰入侵了。残留的德国军队逐渐登上了陆地，他们从远处的礁石丛攀上了悬崖，驻扎在深潭另一边的原始森林里，两军相距仅几十里。一开始，两军的运输机和轰炸机还不时往下空投补给或者炸弹。随着比利时防线被德军彻底攻破，欧亚大陆的主战场不断地扩大，战斗愈来愈白热化，这个孤独的海岛便被逐渐地遗忘了。

姜半夏从噩梦中醒来，浑身被冷汗浸湿。她独自一人拎着水桶来到水潭的岸边，望着潭面上不断晃动着的疲惫不堪的面容，怔了一会儿，撩起水往脸上和身上拍了拍。正当她起身准备离开，忽然看见潭水对面的树丛轻轻地抖动了几下。她端起枪瞄准树丛，见一对野鸡扑棱着翅膀跃出来，相互追逐着，偕着翅膀掠过潭面，将彩虹一般的倒影抛在澄净的水面上。姜半夏轻吁一口气，收起枪，拎着水桶往回走了几步，忽然猛地转身，见潭水对面一个德国士兵半蹲着身子，正在掬水痛饮，他仿佛感觉到什么，抬起脸惊恐地发现自己正对着枪口，慌忙高高举起双手，慢慢转身，让姜半夏看清他背上的炊锅。

姜半夏见那个德国士兵个子又矮又小，像一只笨拙的小海龟一样缩着脖子，胆怯地摇摆着胳膊。她不禁有些犹豫，慢慢地放低了枪口。那个德国士兵动作夸张地拍拍自己的身体，示意姜半夏他没有武器装备，然后又从背包里掏出一个罐头，对着姜半夏猛烈地摇晃。银色的罐头在阳光下发出耀目的光，潭面上跳跃着星星点点的碎钻，将肉香一波一波地荡漾过来。那个德国士兵对着姜半夏手舞足蹈地比画着，在地上挖了一个浅浅的坑，然后将罐头埋在里面，又在上面堆了几颗小石头。他在姜半夏的监视下，灌满自己的水桶，倒退着一步步远离水潭。姜半夏见他的踪影彻底消失在树丛里，又等了半晌，才小心翼翼地拎着水桶离开，那撩人的肉香味却丝毫不肯远去。

第二天，姜半夏到水潭里取水的时候，发现对面埋罐头的地方似乎多了几颗小石头。她狐疑地等了一会儿，缎子一般的云翳落在潭面上凸起的礁石上，被苔藓染上一层釉绿。透明的小鱼在浑圆的石头间隙穿梭，洁白的水鸟从半空俯冲下来，用嫣红的长喙把它们穿起来。它们橘红色的脚蹼仿佛红莲，摇曳生姿地生长在曼妙的水草中央。姜半夏一直不见那个德国炊事兵的身影，那股恼人的肉香味却藤蔓似的攀爬上来。

接连几天，潭水对面都悄无声息，那个埋葬着小秘密的地方却逐渐被小石头覆满。将近一个月过去了，在丰沛的雨水浇灌下，那堆鹅卵石的中央甚至长出几株单薄的雏菊花来，变成了几只知更鸟藏身的微型花园。饥肠辘辘的姜半夏几乎无法克制住内心的渴求。她甚至开始幻想着自己褪下鞋袜，让疲惫的双足浸在微凉的清水里，然后轻盈地涉水而过，在潭水中央慵懒舒适地漂浮在波光之间。

在奢侈的幻想中，姜半夏让潭水中的浮云拖动着自己黯淡无光的长发，最后心满意足地走上对岸。她挖开微型花园，取出那些珍贵的罐头，一边坐在青草地上沐浴着温暖的太阳，一边贪婪地吃着里面饱含油脂的肉。她甚至可以感觉到开启罐头的时候，手指被锋利的铁盒划破的锐痛，以及柔软的潭水拥吻干涸肌肤的温情，和阳光在正午的时候如何缓缓地变得灼烈。她那被盛夏的暖阳烘烤着的秀发，散发出稻草的芬芳。

可是没有什么比冰冷坚硬的枪柄握在掌心里，更让人觉得安心。近在咫尺的诱惑仿佛一个美丽的泡影，当你想接近的时候，她就开始摇摇欲坠。姜半夏的指甲狠狠地嵌进掌心里，她强迫着自己感知危险。原始的欲望被残酷地镇压在心底，她仿佛听到泡影破碎的同时，自己在枪声里支离破碎。她几乎真切地感觉到动脉血管的爆裂以及骨肉剥离的剧痛，还有亡魂所置身的寂静永夜。姜半夏决定将那些罐头视作异邦的铁皮鼓，即使可以发出扣人心弦的迷醉之声，却可能在靠近的时候震碎你的魂魄。

在随后的日子里，海岸上驻扎的德军变得越来越安静。即使每天晴空万里，双方飞机的身影却迟迟没有出现。两军的补给都已经很久没有投送，那些鲜艳的宣传单被饥饿的士兵们加在汤里煮烂增稠。每个人肚子里都有无数的字符，有德文的，也有英文和法文的，有诅咒自己的，也有劝诫敌军的。那些性感女郎的玉照碎片偶尔漂浮在清汤寡水上面，和玉米糊、碎冻肉以及烂树叶搅在一起，慰藉着毫无肉欲的年轻士兵们空虚的肠胃。

姜半夏决定在饿死之前铤而走险，她特意选择了一个临近黄昏的时间。当烈日变得温和平静，低垂在林影之上，散发着姜黄色的光芒，在葱翠的绿林镀上一层赤金色。明亮的霞光一径流淌到波面上，一只长眠在潭水里面的水鸟，它蓬松的白羽泛起晕红的涟漪，无数的小鱼环绕着她的尸体，仿佛在无声狂欢。那个德国士兵似乎消失了，微型花园生长得越发茂盛。姜半夏甚至可以看见几枚小小的鸟蛋安静地卧在花枝堆砌的巢里，它们的父母还没有回来。

姜半夏飞速地系紧袖口和裤腿，凫水而过。她将身影巧妙地藏在余晖笼罩的水波里，对岸空无一人。她打开保险，俯下身子，贴着树丛踮脚前行。忽然，她脚下一滑，惊得一身冷汗，却看见野鸡腐败的尸体正在落叶里发酵。成群的苍蝇铺在肮脏的翎羽上，在姜半夏的惊动下，苍蝇骤然飞起，“嗡嗡”地低旋，一股腐臭喷涌而来。

姜半夏忽然发现树林里安静得可怕。那些温柔的鸟类的低语，那些回巢时分升腾的喧闹，那些白鹭纤细的长腿轻触嫩叶的微声都消逝不见，有的只是满眼坠落的鸟类尸体。姜半夏望着腐水从低洼的空地正缓缓地涌入水潭，几只雏鸭翻腾着身体浮上水面，不一会儿就僵直了。她果断地撕下袖口，掩住口鼻，用手将微型花园刨开，翻出十几个崭新的罐头放在准备的空袋里，又在罐头下面发现几张叠得工工整整的小纸条。

她犹豫了几秒，顺手将纸条揣在怀里，迅速地把微型花园掩盖好。她怜悯地注视着小小的鸟蛋，心里静静地祈祷着，希望可以出现奇迹，然后头也不回地离开了。当姜半夏回到岸上，站在高高的滩石上拧干衣物的时候，她不经意地转身望去，忽然见到对面的树林上空，远远地冒出焦黑的浓烟，直指长空。直到斜阳恋恋不舍地撤去最后一缕晚霞，黑暗将树林的轮廓涂满，那道浓烟依然伫立在黄昏的暗影里，仿佛潘多拉魔盒打开后降下的天梯。

姜半夏走回营地，见炊烟袅袅、人声鼎沸，浑身的寒意才渐渐散去。她走到火堆旁边，烤着水淋淋的双手。钱默之走过来坐到她身边，错愕地问：“你这是去哪儿了？一身的水，赶紧去换衣服，担心着凉！”说完便脱下自己的外套披在她的身上。姜半夏脸色青白，一把攥住钱默之，把他远远地拉到一旁，从袋子里掏出一个罐头塞到他手里。钱默之对着依稀的月光看了半晌，忽然沉下脸低声问:“从哪里来的?这罐头是德军的!”

他拽过姜半夏身后沉甸甸的袋子,打开之后,只觉得浑身僵硬。姜半夏在他耳边低语了许久,见他牙关咬得咯吱响,只是一言不发地怒视着自己。她忽然心里一凉,向后退了一步,犹豫着伸手想牵着他,却被钱默之僵直着手臂闪开了。姜半夏惨然一笑,乞求似的凑过来,叹息了一声想去抱他。钱默之忽然想起,一些貌美轻浮的小护士,在潭水旁的小树林里和德国人偷欢,然后换取面包和罐头的传闻。

钱默之木偶一般垂下眼皮,他的脸色灰败,猛地抱紧了怀里的袋子,咬牙切齿地说:“你告诉我实话,我不怪你,这些罐头,到底是怎么来的?是一个德军,还是几个?你背着我偷偷做了几次?这种勾当,我万万料不到你会如此下作!”姜半夏脸上的血色忽地褪去,她难以置信地怔望着钱默之,又望着被他牢牢禁锢在怀里的袋子。她忽然觉得天旋地转,自己正如那些鸟儿一般,毫无征兆地跌进冰冷刺骨的深渊。

她又是恼怒又是绝望,见钱默之形销骨立地高耸着肩胛骨,仿佛冷冷注视她的秃鹫一般。她只觉得浑身酸楚,心痛不已。她张了张嘴,却发现自己已经被气得说不出话来。钱默之居高临下地看着她,见她浑身颤抖、摇摇欲坠,一副卑贱的可怜相,脸上不由一阵阵涌起厌恶和同情交织的扭曲神色。姜半夏委顿了一会儿,渐渐地缓了过来。她冷若冰霜地怒视着钱默之,从怀里掏出字条,摔到他的怀里,决然离去。走了几步她又转回来,狠狠地推了钱默之一把,从他怀里把袋子夺回去。

姜半夏将装满罐头的袋子抱在怀里,漫无目的地徘徊着,忽然觉得肩头被人轻轻地拍了一下。她惊得一抖,见是小安娜站在自己身旁。小安娜战战兢兢地缩着手,仿佛犯了错的孩子,抬起尖尖的桃心脸怯懦地望着自己。小安娜和所有人一样,愈发地消瘦,胸骨从宽大的领口一根根分明地戳出来。姜半夏心生怜惜地打量着，寒风里只见小安娜一双伶仃的细腿，在裤脚里空空荡荡地晃动着。她的脚背森白地拱着，像月光下伏着两只病弱的幼猫。

姜半夏伸出手，在小安娜金红色的短发上爱怜地摩挲着，只觉得手心里的露水微凉。她扯出一丝微笑，温柔地问："安娜，你吃过饭了吗？怎么溜出来这么远？"安娜没说话，伸出手指轻轻地拂在姜半夏的脸颊上。姜半夏这才惊觉自己面庞濡湿，不知何时，她的双眼被泪水淹没了。小安娜凑过来，紧紧地抱着姜半夏。姜半夏闭着眼睛感受着她身上传来的丝丝暖意，滚烫的泪水很快地打湿了小安娜的鬓发。姜半夏感受着小安娜凹陷的腹部，她从袋子里掏出一个罐头，塞到小安娜的怀里，温柔地直视着安娜错愕的面孔。

小安娜难以置信地捧着罐头，哭泣着不断亲吻姜半夏的面颊。当小安娜渐渐平静下来，姜半夏挽着她一起坐在地上。她慷慨地将罐头打开，看着小安娜叉着双腿，孩子似的大口大口地吞食着，然后心满意足地打着饱嗝儿，舔着空罐头不肯撒手。小安娜从罐头里依依不舍地抬起脸，望着姜半夏，忽然意识到什么，嗫嚅着说："对不起，你是不是还没吃饭？我太饿了！我太贪婪了，对不起！"

姜半夏微微一笑，神秘地拍了拍地上的袋子。小安娜惊呼了一声，又赶忙捂住了自己的嘴。她压低了嗓子，凑近姜半夏问："袋子里还有罐头是吗？你把德国人杀了吗？这些罐头你想怎么办？"姜半夏紧紧地握住小安娜的双手，神色凝重地说："安娜，你知道的，这些罐头远远不够分给大家的。如果就这样拿回去，我怕会引起内讧……"小安娜面色绯红，半跪着抱住姜半夏，感激地说："半夏，你别担心，我不会说出去的！你藏好了，我希望你活下去！谢谢你把这么贵重的东西分给我一份，我活不了多久了。我自己知道的，所以你别浪费了。"

姜半夏听了小安娜的话，震惊极了。她替小安娜理好额前的碎发，温柔地说："多么漂亮的傻孩子！怎么净说傻话！安娜，你会死的。但是不是在这里，也不是现在。你将会在你孩子的臂弯里长眠。那时候你的孙子们都在你的床前亲吻你。"小安娜的眼睛里重新燃起了希望，她将滚烫的脸颊紧紧地贴在姜半夏纤细的大腿上。姜半夏喘了口气，继续说道："我保证，不让你死在这里。但是你要听我说，这些罐头不属于我。没有人应该饿死在这里。可是得有人监管、分配。这个人，你我都做不了，我们需要卢卡中尉的帮忙。安娜，你现在回到营地，找到他，让他一个人过来，不要让其他人知道。"

小安娜见月光里的姜半夏，瘦弱单薄，她清淡得仿佛一道影子，却在丛林掩映的夜色中闪闪发光。小安娜忽然顽皮地笑了一下，从袋子里掏出一个罐头。她麻利地打开罐头，一大口一大口喂着姜半夏吃掉，然后捡起两个空罐头，一路小跑。她把罐头盒仔仔细细地埋到丛林边缘的空地里，然后摇摇摆摆地走回来，她揽着姜半夏的臂膀，笑眯眯地说："现在我可以安心地找卢卡中尉了！你在这里等我们！"姜半夏见她小病猫似的雪白脚丫上沾满了泥土，那双病态的大眼睛里燃起了一丝生机，心里宽慰了一些，便微笑着点了点头。她静静地端坐着，目送她轻飘飘地离开。

熟烂的牛肉仿佛一双温暖的大手，一寸一寸地慰藉着姜半夏已经痉挛许久的肠胃。她可以清晰地听见自己的每一根血管和神经正在兴奋地脉动着，发出细碎的蜂鸣声，和丛林耳语一般的风声交融在一起。一种由内而外散发的温暖和满足感充盈着姜半夏嶙峋的肉体，一种庸俗的快感在无限膨胀着。姜半夏舔舔嘴唇，感受着被油脂浸泡的喜悦和丰满。她举起手指，见每一根手指都幸福地冒着油光，闪烁着比星星和萤火虫都可爱万分的色泽。

她甚至毫不避讳地撩起衣襟，望着自己的小腹。她仿佛可以看见牛肉正在里面一层一层地铺满，奢侈地堆砌着洁白的脂膏。牛肉把令人厌恶的肋骨狠狠包裹在里面，然后建造出世界上最幸福最圣洁的神殿，一砖一瓦都热气腾腾，异香缭绕。姜半夏忽然觉得这些牛油在体内融化后，仿佛给自己生锈的感官上了机油。

那些过于安静的齿轮一点一点地唤醒，嘎吱嘎吱地转动。她听得见蟋蟀晃动触角，啮噬着昆虫翅膀的声音；看得见月光在嫩叶乳白色茸毛上滑动，然后跌落到草叶上；闻得见空罐头埋在新鲜土壤里飘散出的夹杂着腐叶和野蘑菇的香气；嘴里还可以把牛肉的余香品咂分解出详细的部位和调料……

卢卡中尉走过来的时候，姜半夏正枕着袋子酣睡。他的脚步惊醒了她，她拽着袋子就势往身边的草丛里一滚，只留出一截枪筒，黑漆漆地对着卢卡中尉和小安娜。姜半夏就着月色看清他们的身影，有些抱歉地走出来，低声说："对不起，我刚做了一个噩梦……"牛肉带来的饱腹感让她半透明的脸庞上浮现出一层稀薄的红晕。卢卡中尉瞥了一眼她紧紧攥着的袋子，问："安娜说，你带了一些罐头回来？"姜半夏沉默着，"唰"地一声扯开袋子，倒转过来。一个个滚圆的罐头争先恐后地倾泻而下，在草地上流转着诱人的星光。其中两个蹦跳着撞到卢卡中尉的脚下，发出沉甸甸的动听声响。

卢卡中尉弯腰捡起一个罐头，仔细地看着，小声惊呼："真有你的！半夏，缴获了这么多德军罐头！那些德国佬在哪儿？有多少人？"姜半夏皱着眉，把自己最近一段遇到的奇怪事情，完完整整地告诉了卢卡中尉和小安娜。然后她咬着嘴唇想了一下，又说："我怀疑德军的大部队并没有深入林地，应该还滞留在海岸附近。他们应该是严重缺乏淡水，所以冒险让少数人去寻找水源，并没有想惊动我们。不过，我觉得他们应该也遇到了很大的麻烦，他们的炊事员很久没有去水潭那里了。而且，我看见他们在海岸那边烧什么东西，烟特别浓，恐怕和那些死去的鸟有关系！"

小安娜忽然在一旁小声地说："会不会是德军找到了其他水源，

然后在水里下毒，想毒死我们？然后静静地等我们失去战斗力再冲上来？那些鸟因为喝了毒水，都死掉了？”姜半夏还没来得及开口，卢卡中尉狐疑地说：“这些罐头会不会有问题？”安娜脸一红，将脑袋垂得低低的。她看了一眼姜半夏，喃喃地说：“应该不会的，我刚才偷吃了一个，已经过去一个多小时了，如果有毒，我现在应该已经不在人世了。”

卢卡中尉深深地看了她一眼，冷静地说：“应该不会，这样下毒成本太大了，他们也很久没有补给了。而且没有什么比在饮用水里下毒更便捷的了，那些鸟又没有吃罐头。还有谁吃罐头了？”他的眼睛在姜半夏的莹润光洁的脸庞上巡视着，嘴角露出淡淡的笑意。姜半夏直视着卢卡中尉，坦率地说：“我也吃了，目前不觉得身体有什么异样。如果中尉不信任，可以多观察一晚。”小安娜在一边耸着肩膀，抚摸着小腹，小声地嘀咕着：“我愿意奉献自己，再尝试一遍。”

卢卡中尉被小安娜逗得差点笑出声来，他的嘴角轻轻抽搐了一下，接过姜半夏手中的袋子，真诚地说：“谢谢你，姜半夏！我祝你和安娜身体健康。明天清晨如果你们俩都平安无恙，从午饭开始，每天在汤里给大家分一个罐头！真该好好谢谢那个德国佬！明天去取点淡水回来，今晚让男孩子们抓几只老鼠，让它们好好游泳放松放松！安娜，你清点一下一共有多少个罐头，这件事情先不要传出去，一切交给我妥善处理。”

姜半夏欣慰地看着卢卡中尉，又和安娜飞快地对视一眼，微笑着说：“那就再好不过了！”走到一半的时候，姜半夏忽然又想起什么。她回头往阴影纵横的丛林里定定地望了一会儿，面露茫然地对卢卡中尉说道：“如果是饮用水被污染了，为什么我只看到死掉的鸟类，而没有生活在水潭里的鱼虾和岸边其他小动物？德军没有必要只毒死鸟群。”走在一旁的小安娜正在和快要穿透鞋底的脚趾作斗争，并没有仔细听姜半夏说话。她面色绯红地偷瞟了卢卡中尉一眼，将细瘦的脚趾缩进去，牢牢地抠住脚心，那两只脏兮兮的小病猫受惊似的拱起了瘦削的背脊。卢卡中尉一脸思虑地点了点头，一言不发，猛地加快了步伐。

小安娜咬咬牙，捡起一片宽阔的落叶塞进鞋里，气喘吁吁地小跑着紧跟在他的身后。回到营地之后，精疲力竭的姜半夏见众人正围坐在篝火旁边。火上热气腾腾地翻滚着一锅浓汤，瘦骨嶙峋的士兵们亢奋地大声调笑着一脸菜色的小护士们。小护士们喜气洋洋地依偎着他们，丝毫不介意他们的粗鲁。姜半夏惊恐地发现，一只直挺挺的鸟腿从缭绕的热气里若隐若现地伸出来，扑鼻的鸡汤香气四溢。火堆旁四处飘落着艳丽的羽毛，轻盈地随着炊烟盘旋迂回。还有几只光秃秃的小鸟被绑在树枝上，刷上黄油，架在火上炙烤。淘气的小士兵们将纤长浓艳的尾翎插在自己的头盔上，或者捆成一束送给心仪的姑娘，久违的歌舞让年轻人们闹成一团。

“不要喝汤！不要吃鸟肉！”“这些鸟不是毒死的就是病死的！”姜半夏和卢卡中尉几乎同时扯着嗓子喊出声来。姜半夏的眼睛忧心忡忡地落在挤坐一团的钱默之和其他几个中国人身上。钱默之冷冷地瞥过来，哼了一声，扭转过脸去。他直勾勾地盯着篝火，鼻翼一鼓一鼓地喘着粗气。姜半夏绝望地发现，一小堆灰白的碎骨头散落在熊熊燃烧的柴堆上面，被烤得“噼啪”作响。小安娜的脚被一小块尖锐的断骨扎破了，她捂着脚，坐在地上。她瞅着一地支离破碎的羽毛，伤心地落下泪来。

卢卡中尉嘶吼着问：“都谁吃鸟肉了？吃了多少？忽然死了这么多鸟，你们这群蠢猪也敢吃？”几个小护士轻飘飘地站起来，抽噎着说：“我们见附近有好多新鲜的死鸟，以为是饿死的，就捡回来想给大家改善伙食。刚才已经熟了一锅汤，被大家抢着喝光了，这是第二锅……”卢卡中尉绝望地绷着脸，将下颌骨咬得“咔咔”

响，顿了一会儿，又问："喝了多久了?！都谁没喝?！"

几个士兵架着腿晃悠着，懒洋洋地说："喝了四十多分钟了！还不是都好好地坐在这儿？那几个中国人没喝，他们来晚了。胖约翰他们几个也不知道刚从哪儿鬼混回来，还没顾得上喝呢！鬼脸肖恩他们四个人睡懒觉，过来的时候只剩下骨头渣了。就为抢最后一碗汤，我们刚还狠狠地干了一架！"士兵们满足地打着饱嗝，嘴唇上泛着幸福的油光。他们和护士们拥抱、亲吻，食欲和肉欲仿佛兴奋剂，青年们的脸上写满了贪婪。卢卡中尉丝毫不敢心存侥幸，他的队伍只剩下这些士兵了。

姜半夏忽然一把掀翻了滚烫的热锅，卢卡中尉一声断喝阻止了那些被热汤溅着的士兵，那些人正脸红脖子粗地暴怒着。姜半夏的声音疲惫不堪，她挥了挥手，指着一旁的空地说："没喝汤的请到那边休息一会儿。"在卢卡中尉目光的逼视下，一些人忽然感觉到了什么，他们迟钝地眨着眼皮，惊恐地转着眼珠，脸上嬉笑的神情在一瞬间崩溃了。另外一些人还在打着饱嗝，他们心满意足地挪动着脚步，低头看着自己微微隆起的小腹，眼神甜蜜而满足。终于有二十来个没有喝汤的士兵和护士稀稀拉拉地走到了空地上，他们用绵羊一样柔软茫然的眼神望着姜半夏和卢卡中尉。只有小安娜捂着脸一直哼哼唧唧地抽泣。

姜半夏的嘴唇掠过卢卡中尉的耳朵，她低沉的语音像蝴蝶的翅膀一样轻轻地翕动："做好完全隔离的准备，断绝一切污染源，我会彻夜守着他们的。"卢卡中尉一把握住姜半夏的手腕，说："不用你守着，如果他们被污染了，就已经是死人了。我们只要保护剩余的人。"姜半夏转过身，轻轻地叹了一口气，说："他们还活着，我不能放弃任何一个人，你要保证剩下的人不再被感染。"

卢卡中尉的手从姜半夏的手腕滑落，他的眼睛里忽然升起一层温暖的迷雾。他声音微颤地说："保护好自己，不要做任何没有把握的事。”姜半夏微微一笑，忽然迟疑地说：“等一下，麻烦你……”卢卡中尉清了清嗓子，淡淡地说：“不用担心，我向你保证，他会活得比我更久。”姜半夏“嗯”了一声，释然地说：“我希望你们每个人都活着，每一个人。”

卢卡中尉带领着空地上的士兵们把残渣和羽毛聚拢到一起，点起一把大火焚烧了。姜半夏默默地看着滚滚的黑烟，忽然明白了潭水对岸弥漫的黑雾。一直到灰烬被彻底地掩埋在厚厚的泥土下面，卢卡中尉都没有再说一个字。他的手背青筋暴露，清晨才用剃刀新修的面颊依然残留着长短不一的青色胡楂，一道隐隐的伤口因为紧咬着下颌骨而崩裂，流出暗红的血迹。

姜半夏帮那些疑似感染的士兵和护士进行了彻底的催吐，还用针灸封闭了他们的几处中枢穴位，甚至还用了一些防风祛邪的草药煮水强迫他们喝下。可是到了后半夜，依然陆陆续续地有人上吐下泻，浑身滚烫。姜半夏无意间掀开他们的衣服，发现他们的身上顺着关节对称地长出来瘀斑。那些还没有发病的人开始发出惊恐的哀号声，有几个人发狂般地想逃跑，从这个散发着死亡气息的地方远远地逃出生天。姜半夏安慰着已经开始惊厥抽搐的病人。他们的脸色逐渐变得黑绿，眼睛猩红外突，上面密布着褐色的血斑。他们的呕吐物和排泄物逐渐变成喷射状的水雾，腥臭的黑绿色浆液在他们失禁的瘦弱身体附近很快形成一摊摊干涸的污垢。

姜半夏疲惫地抬了下眼睛，见月光下几个士兵提着枪将他们围成了一圈，任何想逃出去的人都会被枪指着驱赶回来。另外一些人已经在附近挖出了一个一人深的大坑，正挨着被焚烧的动物骸骨。一个小护士才开始发出瘀斑，她的肌肤依然白皙，眼神明亮。她的手紧紧地攥住姜半夏，一边惊恐地哭泣着，一边试图挤出一个真切的笑容。她喘息着，尖声地问：“我们是不是会死在这里？是不是？您没有办法了，对吗？”姜半夏望着她，她柔嫩的嘴唇和可爱的耳垂都在剧烈地哆嗦着。姜半夏一言不发地摇了摇头，说："我不敢保证，亲爱的，但是我会尽力。"

那个小护士惨兮兮地笑了一下，忽然推了姜半夏一把，冲到枪口前。她背对着姜半夏，抬起瘦弱的手臂，将发辫解开。她晃了晃脑袋，及腰的淡金色直长发在银色的月光里闪闪发亮。枪管轻微地抖了几下，重新挑开长发，抵在了小护士的面孔前。姜半夏跑过去，一把抱住她。小护士泪流满面地扯开了前襟，露出雪白的蕾丝胸衣。她用一只手拨开自己的胸衣，露出雪白的乳房。

乳房上嫣红的细小乳头还没来得及发育完全，和淡粉色的乳晕融合成一片。她的另一只手轻轻地握住枪管，顺着枪管一点点去够那个士兵颤抖的手。士兵的年纪很小，手臂上还覆盖着淡褐色的体毛和雀斑。他的眼神流露出痴迷和软弱，呼吸越来越急促。小护士抹了一把脸上的泪水，笨拙地舔着自己的嘴唇，说："带我去你的床铺，我们一起好好地睡一觉。你一定很辛苦，不是吗？"

她竭力地挺着胸脯，那对完美如皎月的乳房在夜风中露出一层令人怜爱的寒粒子。姜半夏从未见过如此美丽的乳房，圣洁光明、柔软饱满。姜半夏别无选择，她只能紧紧地搂住小护士，然后对着那个士兵缓慢地摇了摇头。小护士在姜半夏的怀里战栗，她扭过脸来，试图看清楚姜半夏的表情。她的眼睛因为畏惧而泪光盈盈，有一种近乎天真的媚态。姜半夏的手落在她的秀发上，用最温柔的语气哄着她说："我们回去，我陪着你，好吗？"

忽然，小护士惊呼了一声，一支冰冷的枪管狠狠地戳在了她裸露的锁骨上。那个曲线玲珑的锁骨有一个可爱的小窝，窝里有一颗蓝黑色的小痣，痣的旁边是一片青紫色的瘀斑。随着瞳孔猛烈地收缩，一个厌恶冰冷的声音在耳边炸响："滚远一点，听清楚没？你要是再靠近我，我就开枪崩了你。"那个士兵紧皱着眉头，像驱赶一只牲口一样用枪管捅着小护士。

那双娇嫩白皙的乳房颤巍巍地闪躲着，仿佛雪白的乳鸽，或是迷路的乳兔。小护士绝望地瘫倒在姜半夏的脚下，她的衣服已经褪到了小腹。她那纤细紧绷的小腹因为痛哭而收缩着，可爱的肚脐无力地开合，她的美丽无法拯救她。姜半夏抱住她，用后背挡住了士兵们的目光，给她不断长出瘀斑的洁白身体穿好衣服，又帮她把长发编成了一条优雅的发辫。

小护士忽然剧烈地弓紧了后背，一边不断地呕吐着，一边手指脚趾痉挛着抽搐。姜半夏的衣服上溅满了墨绿色的呕吐物，她在小护士破败风箱一样的喘息里听见几个破碎的音节："我想……"她还没来得及凑过去听，就见小护士忽然蹿了起来。她的面孔隐隐开始泛绿，一双眼睛渐渐地露出红光。她直直地扑向了那个士兵，只听"啪"的一声，小护士棉絮一般柔软的身体被猛烈的冲击力弹到了地上。

姜半夏躬下身体，惋惜地撩开了小护士额前的淡金色碎发，柔软的额发下面是一张恢复了平静的面孔，在她淌着血沫的鼻子和嘴唇里，依然还有微弱的呼吸。她的一只乳房被子弹崩碎了，鲜血汩汩地冒着，一缕金发沉甸甸地落在血泊里。"谢谢。"姜半夏听见小护士呓语般的微弱声音。她长吁了一口气，雪白的牙齿微微露着，微微睁着的眼睛，感恩地望着那个面色煞白的士兵。姜半夏帮她合上了眼睛。她依然残存着美丽，没有完全被瘟疫吞噬。她那松弛的手臂垂在一旁，在被放下土坑的时候优雅地摆动着。尘土最终掩埋了她丰盈的乳房，还有安详的面庞。

姜半夏没有时间感伤，她在那些逐渐恶化的病人身旁穿梭，尝试着各种各样减少痛苦的方法。最早发病的人们已经不再挣扎，他们只是沉默地躺着。他们几乎没有呼吸，肚子越来越鼓，肚皮被撑得透明发亮。没有人死去，至少现在还没有。越来越多的人失去了力气和声音，他们在无边的黑暗里沉寂。

姜半夏心里很清楚，留给她的时间不多了，她已经开始觉得有些发昏和酸软。姜半夏走到守卫的士兵面前，严肃地说："请转告卢卡中尉，尽快找到附近所有活着的动物。无论什么动物都带给我，越快越好。"一直等到黎明破晓，一个士兵才抓着一只活蹦乱跳的青蛙跑过来。姜半夏仔细地检查着青蛙的身体，满意地点了点头，因为疲惫和焦虑，她的身体有些摇晃。

"半夏……"钱默之的声音忽然响起。她回过脸，惊讶地发现卢卡中尉拽着钱默之正站在自己的眼前。钱默之看上去已经很久没有刮脸，他破损的镜框和刀刃似的鼻梁在蓬草一样的胡须里突兀地戳着。姜半夏只觉得小腹一阵绞痛，她闭着眼睛忍了一会儿，睁开眼睛望着钱默之，问："你身体感觉怎么样?"钱默之咧着嘴露出一丝苦笑，说："我没什么事，你什么时候回来……"姜半夏有些恍惚，她听得不太清楚，便凑过去想靠近一些。钱默之忽然触电似的弹开，然后僵硬地笑了一下，若无其事地靠过来。姜半夏低头一看，自己的手腕上隐隐露出一块淤青。

她不知道这块淤青到底是小护士临终时候留下的，还是自己已经感染。她愣了一下，把到嘴边的话咽了下去，苦笑着转过身往回走。"等一下。"卢卡中尉的声音有些焦急，她只是微微偏了下脸，马上决然地快步离开了。卢卡中尉狠狠地握紧了拳头，迎面给了钱默之一拳。钱默之默默地垂着脸，身子佝偻着，忽然撕心裂肺地喊："半夏！回来吧！半夏！"卢卡中尉抛下他一个人跪在那里，姜半夏撸下无名指上因为消瘦而有些晃荡的戒指，轻声地说："你留着吧，我们回不去了。"钱默之愣愣地望着躺在泥泞中的戒指，想捡起来，又烫手似的缩回去。他抬起脸委屈地凝视着姜半夏单薄的背影。

姜半夏在发病的第一时间用针管抽取了青蛙的血液，毫不犹豫地注射在自己的静脉里。她清楚地感觉到自己的腹腔被撕裂，胸口灼热。浑身上下一会儿如坠冰窟，一会儿如燃烈火。在神志不清的过程中，她依稀看见病人陆续地死去，尸体被一层层叠放在土坑里。火油被浇在那些温热的尸体上，火焰吞噬了那些青紫色的躯骸。在燃烧的过程中，有些尸体因为筋骨的剧烈收缩而坐了起来，另外一些因为高温而腹膜迸裂，喷出绿水。

姜半夏陷入了无穷无尽的呕吐和腹泻之中。火焰熄灭了，一些完好的手臂和脚趾从漆黑的碳基物里探出来。她辨认着颅骨的形状，试图猜出每一具尸体的姓名。在彻底昏迷之前，她又为自己注射了大量的青蛙血液，甚至撕开了青蛙的大腿喝下剩余的血浆。她可以清晰地看见自己绿色的手指，和青蛙的尸体融为一体。她挣扎着爬起来，用针管不断地取出自己的血液，注射在所有病人的静脉里，然后如释重负地蜷卧在冰冷的泥土上。

一种慵懒的、温柔的、舒适的困倦席卷了她，她只觉得身体越来越轻盈，病痛和羞耻都在一瞬间褪去。姜半夏忽然觉得自己被世界上最柔软的云朵包裹起来，一道圣洁的光芒笼罩着她，她听见了一种神圣的召唤。姜半夏看见自己浮在了半空，她可以闻见一种檀香混合着蜂蜜的气息，越来越浓郁。姜半夏顺着那道光芒缓慢地走向光芒万丈的尽头，那里有几个影影绰绰的熟悉身影在等待她。她毫不迟疑地跑过去，无比轻盈、无比欢快，她看见了自己的外公、外婆、父亲和母亲。

她在光芒的尽头回到了童年的小院，外公和外婆在树荫里下围棋。天气有些炎热，外公摇着扇子给外婆扇着风，外婆偷偷地拿回了一颗棋子。父亲坐在阳光下仰着脸，他的脖子上围着雪白的毛巾，舒舒服服地闭着眼睛。母亲含着笑用肥皂泡沫涂满了他的下巴，然后小心翼翼地捏着剃刀刮下去。姜半夏才要冲上去搂外公，忽然听见窗户里有人咯咯地笑。

她越听越觉得耳熟，抬起头来，看见窗户被一双雪白的小肉手推开了。她看见了自己童年时的笑脸，一张稚嫩的孩童面孔一连声地呼唤着。那张熟悉而陌生的面孔忽然转向姜半夏，示威似的笑了笑。她的小腮帮子鼓鼓的，手里还捏着一小块蛋糕。姜半夏走上前，没有人理睬她。她大声地呼喊着，扑向了外公，然后发现自己从外公的身体里穿了过去。

姜半夏忽然清醒过来，一种难以忍受的剧痛唤醒了她。她的小腹冰冷、下坠，仿佛被缠绕着一点点扯断。她捂紧了自己的小腹，忽然觉得两腿之间一片湿热。在血泊中，姜半夏似乎看见了两小团软肉，模糊的、抽搐的、微弱的肉块在她的手指上蠕动了一下。

姜半夏恍惚间又回到了那个小院。院子已经长出了荒芜的野草，一小片院墙坍塌了，露出一蓬旺盛的月季。父亲弓着腰正在锄草，他的两鬓有些斑白，青灰色的长袍露出了棉絮。母亲从月亮门里走过来，手里牵着两个三四岁的孩童，一个男孩，一个女孩。他们一个手里拿着风车，一个手里举着糖葫芦。外公颤颤巍巍地拄着拐杖走出来，把两个孩子搂在怀里。

外婆的声音从里屋传出来："两个皮猴子还不赶紧进屋，外面那么冷。"姜半夏忽然觉得两个孩子看上去特别亲切，她不知不觉泪流满面地跑上前，拥抱两个孩子。两个孩子软乎乎的小小身体结结实实地撞过来。两个软嫩的小嘴亲吻着她。一个娇嫩的小嗓音轻轻地说："妈妈，你尝尝，甜不甜？"姜半夏的嘴里含着一颗山楂，眼泪打在了孩子们香软的面颊上。她抽泣着、微笑着，颤抖地抱紧了孩子们，喃喃低语："吓坏妈妈了，妈妈做了一个噩梦，你们不要离开妈妈，好吗？"小小的风车在噘起的小嘴吹动下呼呼地转动着。

姜半夏站起来，去拉母亲的手，愧疚地说："妈，辛苦您了。"母亲望着她，一动不动地凝视着，过了很久，才走过来。她一点一点掰开孩子们胖乎乎的小手，推搡着姜半夏，厉声地说："你怎么来了？快走，快回去！孩子们有我照看着，你不要担心。你不要再来了。”姜半夏委屈地辩白着，想挤过去看两个孩子。两个孩子号啕大哭地抱着姜半夏的腿，喊：“妈妈，别走！妈妈，留下来陪我们！”姜半夏跪倒在地，将脸埋在孩子们的身体上。母亲蹲下来，冷漠地抱走了两个孩子。外公举着锄头走过来，叹了一声，说：“快回去吧！”

姜半夏再次醒来的时候，那些疼痛感又无比清晰地回来了。她强忍着悲伤和痛楚，将手探向自己的底裤，触到了一片黏湿和冰冷的血液。她望着血迹下面苍白的手指和雪白的手臂，晃晃悠悠地站起来。她看见了那些垂危的病人，正呻吟着来回缓慢地走动。那些持枪的士兵们搀扶着他们，没有人脸色发绿，有的人甚至抱着罐头狼吞虎咽地吃了起来。姜半夏走了几步，忽然被一双结实的臂膀搀扶着，她一扭脸，见卢卡中尉脸上的划痕已经不见了。

“我睡了几天？”姜半夏淡淡一笑，问。“十三天。”卢卡中尉微微一笑，扶稳了她，继续说：“你的血液拯救了所有的人。”“你们应该去感谢那只青蛙。”姜半夏气息微弱地开着玩笑。卢卡中尉喂她喝下一大杯热水，抱起绵软的姜半夏，带她来到了临时墓地。姜半夏望着一个个整齐的木头十字架，问：“又添了不少人，是吗？”“是的，但是你让更多的人活了下去。”姜半夏摇了摇头，一言不发地靠在卢卡中尉的怀里。卢卡中尉摘下了望远镜，递给姜半夏，说：“只有这里才有真正的平等和和平。”姜半夏举起望远镜，潭水的对面也是一片密密麻麻的木十字架，整整齐齐、漫无边际，德国人的营地依然升腾着浓烈的黑烟。

姜半夏望着墓地里戴着两个花环的新十字架，心有触动地挣扎着走过去。两个十字架下面的泥土依然松软湿润，木头上面刻着“奇迹”和“重生”。卢卡中尉轻轻地拉着姜半夏坐在墓碑的旁边，伤感地说：“是双胞胎，太小还看不出性别。”姜半夏潸然泪下，伏倒在墓地上，像一只伤痕累累的母兽。过了许久，她抬起头，轻声地说：“谢谢你。”卢卡中尉抚摸着她瘦削的脊背，叹息了一声，说：“我让他们留下了一些血浆，给德国佬送过去吧。”

姜半夏惊讶地望着他，他微微一笑，疲惫地说：“他们也没有留下多少人了。在你昏睡的这些天，我想明白了一些事。战争是政客发动的，军官负责送平民的孩子上战场，然后政客的孩子才会拥有更多的土地和资源。我们的孩子负责死亡，他们的孩子负责扩张。让那该死的战争见鬼去吧！”姜半夏指着不远处一个小小的十字架，读着“克里斯蒂安·米勒”，她温柔地笑着，眼泪滴落在卢卡中尉的手背上。卢卡中尉淡淡地说：“他穿着我们的制服。”姜半夏轻轻地说：“平等、和平……”钱默之远远地望着他们，低声自语：“谁的孩子？半夏，孩子是谁的……”

一个月后，正当那些幸存下来的德国士兵和卢卡中尉的士兵一起搭建营地的时候，几个在海边洗澡的小护士挥舞着手臂奔跑过来，她们半裸的身体滚动着晶莹的水珠。那些士兵一起起哄，胆大地跑过去举起她们欢呼。一个小护士顾不上护住湿漉漉的身体，大声地喊：“船！船！有船！”士兵们欢呼着奔向海滩，望着远处轮船的身影。卢卡中尉在望远镜里看见一艘美国的商船正驶在附近的公海上。姜半夏跑向灯塔，冲着商船打着灯语，商船一点点开远了。

又过了几天，失望的士兵们又发现了一艘商船。这一次是比利时的货船，被灯语吸引过来。卢卡中尉和德军军官相互对视了一眼，深吸了一口气举着白旗，牵着手走了过去。船长派了两名船员走下来，惊讶地望着两队憔悴不堪的残兵，用生硬的英语说：“你们怎么还在这里？战争结束了。”卢卡中尉和德军军官僵硬地望着船员，焦急地问：“战争什么时候结束的？”“三个月之前，你们没有听到广播吗？对了，德国军队必须无条件向最近的协约国部队投降……”卢卡中尉忽然对着姜半夏灿烂地咧嘴笑了，说：“上帝在我们这边，死神已经忘记我们了。”

德军军官望着卢卡中尉，松开了牵着的手，苦笑着举起了白旗。他的士兵们在他的授意下卸下武装，上缴武器，神情淡漠地跟在了卢卡中尉的军队后面。卢卡中尉带着所有的人登上了货船，姜半夏的手被沉默不语的钱默之握住。那枚戒指被套在了她的无名指上，她毫无反应地站在那里，目光久久地凝视着那片逐渐消失的墓地。姜半夏最终转向了冉冉升起的旭日，轻轻地默念：“奇迹、重生。”卢卡中尉擦拭着手中的枪管，将一束离岸前新采的野花递给了她。

当货船即将驶向英国的时候，飓风降临了。一支桅杆断裂了，砸向了甲板上的姜半夏和钱默之。卢卡中尉飞跃过来，扑在了姜半夏的身上，他的后脑被桅杆戳了一个洞。桅杆上的白布蒙在了他的身体上，他的脚最后抽搐了几下，伸直了。姜半夏握紧了他的手，吻了吻他冰冷的额头，低声说：“上帝与你同在。”她把白布掀起来，把卢卡中尉放在自己的膝盖上。他的眼睛依然睁着，温柔地凝视着天空。

飓风减弱了，港口的轮廓在层层叠叠的金色云彩里逐渐清晰起来。姜半夏对着卢卡中尉的耳朵，温柔地说着话语。一直到所有人都上岸，他还躺在她的大腿上。迎接凯旋的乐队演奏着澎湃激昂的乐曲，姜半夏帮卢卡中尉闭上了眼睛，一束干枯的野花在海风里摇曳着。他战胜了战争，却没有等到和平。

卢卡中尉的遗体被隆重地抬下船，姜半夏似乎看到他的眼皮在颠簸中微微一颤。她望着陌生人泪流满面的狂热模样，那些亲吻他灰白手背的年轻少女，忽然想起他在等候登船时曾经说过的话：“你知道吗？我从没有想过战争结束以后，我会做什么，因为我的生命只有在战争中才有价值。我是孤儿，小时候因为营养不良而长得特别瘦弱，所有人都可以欺负我。后来我偷了市长情妇家里的闹钟，被关进了监狱，我每天都和老鼠、臭虫一起生活。一直到战争越来越激烈，我被赦免了。条件是参军，一直战争到死。”

姜半夏闭上了眼睛，她看见卢卡中尉凌乱的胡须里那一抹凄凉的笑容：“我在战争中学会了苟活之外的一切，可是我从不认为我在捍卫那些无耻的人，他们命若草芥、无可救药。我是在捍卫我的重生和尊严。我畏惧回归那种冗长而痛苦的和平，所有人都会仇视我、鄙夷我，即使我毫无过错。我敬慕战争，因为它充满了野蛮和原始的规则。人们服从命令、奉献生命，每时每刻都在生死一线之间博弈。你看看那些身负重伤或者落下残疾的士兵吧，他们在战争的年代，是保家卫国、战胜死亡的英雄。而当和平年代降临一段时间以后，他们不过是一无所有、妻离子散的残废。而我，我不知道当这一切结束的时候，我的宿命会是如何。”

姜半夏碾碎了野花的花瓣，扬起手将它们和着泪水送给了海风。那些早已湮没在彼岸的悬崖上依然耸立着成百上千的十字架。她要海风护送他回归，陪伴那些永远寂寞的灵魂。那里同样埋葬着她的青春、热情、理想、孩子和即将逝去的爱情。钱默之在一旁冷冷地望着她，在嫉妒中他隐隐地感觉到一丝快感，这种快感让他不禁微笑起来。

他扭过头，近乎慈悲地拂去了胖头林腮帮子上的一抹炉灰。胖头林正提着袖子揩眼泪，见钱默之温柔如水地凑过来，对着自己露出欢喜的笑容，不禁吓了一跳。钱默之见姜半夏的脸上依然满是泪痕，不觉又是厌恶、又是怜爱，忍了忍掏出手绢递给她。姜半夏置若罔闻地怔望着海面，卢卡中尉的血在她的身上一点点干涸，就像晚霞浸染的浪波。

上岸的时候，姜半夏忽然悄无声息地握住了钱默之的手。钱默之心里一动，才要动情，却觉得手心里一硬，姜半夏的手指忽而抽离了。钱默之攥着掌心里的戒指环，眼泪忽然不停地淌下来，恨恨地说："你爱他？"姜半夏苦笑着摇了摇脑袋，说："我没有爱上谁，我只是不爱你了。战争结束了，一切都结束了。"钱默之冷笑数声，脚步虚浮，跌跌撞撞地疾步离去。姜半夏回头望着风平浪静的大海，小腹绞痛不已。她的脑海中忽然浮现出密密麻麻的十字架，以及一声声婴儿啼哭。

1918年，德国。

当人们都觉得日子简直艰难得过不下去的时候，战争以一种使他们有些难堪的方式结束了，德国战败了。可是紧接着，人们那有些惆怅的心灵又飘荡起喜悦来，那些离家的军人马上就要回来了！那天，天刚蒙蒙亮，启明星的眼睛还未撩上薄雾的面纱。

扶老携幼的人们早已在平日空寂无人的月台上等待。当火车的汽笛响起的时候，人群迸发出一阵阵高亢的欢呼，引得附近的公鸡此起彼伏地打鸣。"哦，我可怜的孩子！你是这么瘦，不过没关系，我会很快让你胖起来的！""哦，我的天哪！你的腿呢，你的腿呢？我可怜的孩子把他的双腿都留在战场上了，哦，上帝啊！那些该死的外国佬！"

婶子们的嗓门尖锐极了，她们穿得过于鲜艳而显得不合时宜，许多人因为激动而昏倒。那些才结婚或订婚的姑娘却文静许多，她们只是跷着一只纤细的小腿，倒在爱人的胸膛前交换绵长而醉人的深吻。

随即精心打扮后的容颜在小伙子们黝黑的掌心里显得异常娇俏迷人。而帽子最新颖、声音最清脆、裙角在奔跑中几乎要抚上白嫩臂膀的少女们却是月台的焦点。她们的嘴唇因为亲吻每一位未婚的少年军人而红艳艳地嘟着，而那些少年郎瘦削的颊骨不由分说地被甜香的胭脂染得猩红可爱。他们被这些撞入怀里的梦寐以求的少女体香弄得神魂颠倒，醉酒一般摇摇晃晃，拥抱着歌唱欢笑。

“嗨！这是谁家的小公主，如此迷人！”一个跛脚的军人一面用被炮火熏哑的嗓子赞美着艾瑞佳，一面出其不意地一把将她高高举了起来。小姑娘先是吃了一惊，继而“咯咯”地欢笑，搂住这个军人的脖子，亲热地吻着他黧黑的面颊：“雷奥叔叔！雷奥叔叔，你好吗？我们都很想你！”

母亲和艾瑞斯这时才从那张覆满胡须的面孔中，认出那双和父亲一样灰蓝色的眼睛。他们也凑上去，一一拥抱着雷奥叔叔。“欢迎回家！”艾瑞斯的母亲一面用手绢擦拭着眼睛，一面凝视着每一位跳下列车的士兵。她的心里不断呼喊着：“或许下一个就是迈尔，上帝保佑，或许下一个就是迈尔！”然而她望穿秋水的姿态并没有等来奇迹，列车终于再次鸣响了汽笛，“轰隆轰隆”地向远方驶去。

雷奥叔叔很快融入了这个有些寂静的三口之家。传闻说他的未婚妻跑到大都市做了流莺，而他自己却从没有流露出半点不快。他的身材在战后一直维持着精瘦，而他即使剃净了胡须微笑，也会绽露出那种士兵特有的、丛林里野狼觅食一般的神情来。可是村子里孩子们最最喜欢的，便是雷奥叔叔压低了一边的眉毛，挑起眼梢，让牙齿在刀刻似的法令纹中间豁然发亮的笑容。因为那意味着，他答应要给大家讲一段战争的故事了。这些故事永远是夸张离奇的，总是说那些英国人像顶着稻草的竹竿一样僵硬愚蠢。而法国人则是被扔到锅里忘记捞起的面条，黏软而乏味。每次的战役都被他形容得仿佛妖怪打架，或者巫师作法术一样荒谬可怖，惹得那些孩童一会儿惊呼，一会儿大笑。

战争的结束并没有带来想象中的幸福生活。无论人们多么努力、多么勤劳，德国的经济依然以惊人的速度飞快地下滑。“这是多么地可笑！以前我们总发愁口袋里没有钱，总不明白那些钱为什么要离家出走！可是现在呢，看看吧！我们是多么富有啊，我的衣服衬里都是用纸币填满的，而我孙子昨天用纸币竟然垒了一个狗窝！”

老人们聚集在一起，他们自嘲着、打趣着，希望以此排解恶性通货膨胀所带来的苦闷。“生存，生存，生存！”所有人的脑子里都只有这一个念头，没有人去想那些肥美多汁的烧鹅，也没有人去想那些漂亮的花衣裳，更没有人去想那些遥远而缥缈的事情。譬如未来，譬如梦想，除了那才满十六岁的艾瑞斯。学校早已经关门了，可他依然坚持着每天在傍晚的时候去神父那里读书，直到凌晨才肯回家休息。

雷奥叔叔并不是个甘于屈服命运安排的人。他对村庄的战后重建和照料艾瑞斯一家感到异常枯燥。通过一段时间的观察，雷奥叔叔认定艾瑞斯是一个非常正直诚实、勤恳单纯的少年。他在战场上所缴获的足以让所有年轻人为之疯狂的子弹壳、肉罐头和性感女郎海报，艾瑞斯却从来不会对此表现出些许的兴趣。“嗨！我亲爱的侄子。我有样东西想让你看看，不过你要答应替我保密！”

雷奥叔叔终于在严冬降临的时候下定决心，神秘地拉着艾瑞斯来到冰雪雕砌的河畔。雁灰色的天空静如凝烟，在金色麦穗一样的阳光下覆盖着的白雪，暄软芳馥，仿佛是粉润莹洁、滑不溜秋的玉石，虽未经雕琢，却丽质天成。浑圆的雪景将丘陵、丛林梳洗得匀匀净净，清清薄薄地上了一层神秘的釉色，内敛深远，丝毫不显张扬。

雷奥叔叔反复地扫视着四周，终于从怀里掏出一个小巧的蓝丝绒首饰盒。随着“啪”的一声轻响，盒子在打开的瞬间流溢出一缕缕璀璨动人的光芒。那是一串雕刻精美的十字架金项链，而最夺目的却是上面所镶嵌的那块宝石。那是怎样的一块瑰宝啊，雷奥虽然每天悄悄地端详无数遍，却依然被它举世无双的色彩所迷醉。“艾瑞斯，我敢担保，你一准儿没有见过这么漂亮的小东西！天哪，它是多么地可爱，简直是上帝的馈赠！你知道它叫什么吗？它叫澳宝，那些英国佬和法国佬从澳大利亚花大价钱买回来，作为上层社会最珍贵的象征！澳大利亚可真是个好地方，那里走着走着，不是被金子绊个跟头，就是被澳宝硌了脚板！”

他贪婪地将那串项链捏起来，顺着光线缓缓转动。而那双黯淡的蓝灰色的眼睛，被那些闪烁着、变幻着、交叠着、荡漾着的流光映得清澈通透。那块宝石仿若名师雕刻打磨后的水晶，散发着耀眼的光泽。艾瑞斯点了点头，用手指轻轻抚过项链上的宝石，微笑着说：“雷奥叔叔，它确实非常美丽！您很幸运！”

雷奥叔叔见艾瑞斯并没有流露出那种预料中的渴望，便闭着眼睛将鼻子凑到澳宝上，起劲儿地嗅着，就像遇到了一支上好的雪茄一般陶醉。“我亲爱的侄子，你知道我闻到了什么？财富，财富！你过来闻闻，这才是财富的味道！”他亲昵地揽过艾瑞斯的脖颈，在他柔软的金色额发上亲了一口，“艾瑞斯，听我说，我们去澳大利亚，就你和我俩人。咱们去挖两年澳宝就收手，那时候咱们会成为富翁的！你不是想考大学吗？那可需要不少的钱呢！只要两年，两年，我保证那时候你可以去做任何想做的事情！”

他那枯瘦的两个指头仿佛催眠师晃动的钟摆，而那双被澳宝擦亮的眼睛也仿佛念着蛊惑的咒语，使得艾瑞斯渐渐地沉溺在编织已久的梦境中。说服母亲比想象中轻松得多，毕竟没有女人可以在这样美丽的珠宝面前说“不”。艾瑞佳则对哥哥表现出了从未有过的依恋，在艾瑞斯离家之前，她几乎每时每刻都缠着哥哥。

而一想到艾瑞斯即将去地球的另一端，或许会和爸爸一样杳无音信，她就泪眼涟涟。她将自己的玩偶小熊慷慨地送给了哥哥，并在上面绣了一颗硕大的爱心，上面写着：“送给我最爱的哥哥艾瑞斯——等你回家的妹妹，艾瑞佳。”母亲却一反常态地坚强起来，她总是含着笑，每天打扮得娴静姣好，和往常一样勤快忙碌。

直到离开的前一夜，她才来到艾瑞斯的房间，将他搂在怀里，反复摩挲着。她的眼角噙着泪珠，嘱咐道："我的小艾瑞斯，明天你就要和雷奥叔叔一起去远方了。你要时刻多留心眼、提防别人，别做危险的事情。赚了钱别寄回来，自己照顾好自己。听我的话，如果那边的生活更好，你千万别惦记着我们，千万别回来！"

她将家里仅有的行李箱，小心翼翼地摊开在床上。里面有一个父亲做的相框，里面是他们全家的合影；一个奶奶传下来的咕咕钟；两套父亲的旧西装，还有几件新缝制的衬衫和长裤。她揩着朦胧的泪眼，笑着自责："瞧瞧我，多丢人！一点钱都掏不出来！"之后，她握着艾瑞斯的手，跪在床上，久久地祈祷，祈盼上帝可以偏宠自己的孩子。

送艾瑞斯和雷奥叔叔的时候，母亲几乎将厨房里所有的食物都塞到麻袋里，让他们带走。那些干奶酪、培根肉、老面包和鲜豌豆所散发出来的香气，在阳光的烘晒下简直可以磨灭人的意志。让雷奥叔叔觉得更为可笑的是，这个脸蛋光鲜的愚蠢小女人还把蜡烛、火柴、锅、碗、刀叉、香皂之类的琐碎东西也塞到了他们的行李中。更为可气的是，由于神父的拜访，艾瑞斯收获了满满一藤箱的书籍。而那个小白痴竟然决定将它们都带到澳洲去！作为一个枪林弹雨里走出来的体面人，雷奥叔叔明智地将猎枪和匕首藏进了艾瑞斯的行李箱内侧。"妈妈，艾瑞佳！我两年后就回来接你们，两年，我保证！等我的来信！"

1919年3月，德国汉堡。

汉堡城之雄浑壮丽，即使在战争的阴霾下也难污其颜色。阿尔斯特湖泛起的粼粼波光，将教堂的尖顶镶嵌上金边的霓裳。各式各样的桥梁仿佛落叶交叠于碧波之上，归雁振翅在云翳之间，光阴沉淀在尘世之外。青铜骑士所镇守的区政厅格调隽雅，姿容素润。而赭石色的仓库城古拙斑驳，峥嵘毕露。艾瑞斯沉浸在整座城市所弥漫着的古老而悠远的文艺气息中。那晚风中响起的钟声浑厚沉郁。海浪理着云鬓，挽着衣袂，踏着钟声素袜而舞。而那些浮雕和塑像上所记载的人物，则永恒地缄默于生生不息的海浪之际。

苍穹之巅，肃穆而淡漠的帝国之鹰居高临下地俯视着拥挤的人群。衣衫褴褛的人们不分男女老少都麻木地走着，他们拥有同样衰败的面容。雷奥叔叔在看到港口停泊的邮轮时，那跛着的脚步简直和波尔卡一样俏皮讨喜，两撇精心修剪过的小胡子也跳跃起来：“小艾瑞斯，看看吧！多漂亮的大家伙！简直就是一座漂浮着的城市！”

“嘿！老伙计，你看上去气色可真不错！这个小家伙就是迈尔的儿子？长得可真惹人！你要的护照和难民签证都在这里，这是两张船票，赶紧收好！”一双布满青筋的大手亲昵地搭在雷奥叔叔的肩膀上，粗大的指节让焦油常年浸染得枯黄干瘪。“嘿！你这小子真他娘地守信誉！”雷奥叔叔惊喜地转过身，一把将那个颧骨高耸、眼窝深陷、姜黄头发的高个男子紧紧抱住，彼此热烈地捶打着后背。

那男子瘦得像一把收拢的大伞，身上挂着松松荡荡的风衣。“艾瑞斯，快叫约克叔叔！他可是我和你爸最好的兄弟！这次没他帮忙，我们可离不开这个被诅咒的国家！”“约克叔叔您好！”艾瑞斯彬彬有礼的腔调逗得约克叔叔笑得咳折了腰。过了会儿他才直起身擦着眼睛骂：“雷奥你这个混蛋，我们会带坏这个小天使的！你不怕迈尔晚上找你算账？”

他接过雷奥叔叔递过来的一盒雪茄，颤抖着手腕抽出一根塞到嘴里，推开火柴，闭着眼睛轻轻咀嚼着尾梢。他接连吞了几大口唾沫，才舍得睁开眼睛，怜爱地抚摸着雪茄盒：“真是好货色！我说伙计，你可真行！”说着就将细瘦伶仃的头颈凑过来点燃雪茄。艾瑞斯见他扁薄的嘴唇皮儿上浮起一层混着烟丝的残渣，而那暗红色的火星所烧出来的气息也是腐朽而腥臭的，不由觉得十分恶心。

“嘿，小家伙，你怎么背了这么多东西！这麻袋里是什么？鼓鼓囊囊的！”那气息扑面而来，艾瑞斯厌恶地向后退了一步。约克叔叔却根本不计较，伸手抢过去就向里面掏。“上帝啊！都是吃的！你们乡下人的命可真好！城里人已经有不少饿死的啦！我说，小家伙，你可得把这些吃的藏好了。别让人看见，否则他们连你的小命都撕了吃掉！”约克叔叔难以置信地将手指抽出来，凑到鼻子前嗅着，他压低了嗓子，惊喜万分地念叨：“是培根！可真香呀！好久没有闻到这么油汪汪的香气啦！”

艾瑞斯只觉得衣角被人轻轻地扯了扯。他回头一看，原来是个八九岁的小姑娘，她纤弱的心形脸蛋上面顶着一头金灿灿的齐颈卷发。她眨巴着圆溜溜的翠绿眸子，舔着嘴唇细声细气地说：“小哥哥，我家里还有三个弟弟，都已经饿得没有力气说话啦！我给你唱歌，你送我些吃的好不好？”说完她就偏着小脑袋拍着手，脚下还跳舞似的蹭着，绕在艾瑞斯身旁唱起了：“少年看见红玫瑰，原野上的玫瑰。”她的声音像小奶猫一样柔软人的心。

艾瑞斯禁不住将手伸向约克叔叔手中的麻袋，想掏出些吃的送给她，却被雷奥叔叔捏住了手腕。雷奥叔叔俯下身，眉毛凶恶地压下去，龇着白森森的牙齿，沉着嗓子恐吓那个小姑娘说：“我说，小丫头，别在这里玩儿，我们可没什么吃的给你！”约克叔叔反倒有些过意不去，拍着他的肩膀笑着骂：“别和一个小丫头计较，给她点面包打发掉就是了！”随即又招手冲那小女孩笑着说：“来来，我给你一个面包，你快回家吧！”

约克叔叔手心里捏着一个小小的面包，在小姑娘面前晃来晃去，而那小小的面包则散发着温暖而甜蜜的麦子香气。眼睛里盈满了惊恐的小姑娘，努力将手背在后面，悄悄地咽着口水，似乎不知道该不该拿。艾瑞斯见她的小脸蛋仰得高高的，嘴唇陶醉地翘着。她的小手不知不觉高高地举了起来，够到那个小面包转身就要跑。“等一下！”艾瑞斯见她拖着的裙子脏兮兮的，像耷拉的鸟翅，忽然觉得鼻子一酸，将她唤住。

小女孩犹豫着，转过身来，一双大眼睛警惕地望向他，果断地将小面包塞到嘴里。艾瑞斯从麻袋里掏出大把大把的食物，爱怜地说："小妹妹，你把这些装到围裙里，带给你的弟弟们吃吧！"他的眼睛让湿漉漉的雾气熏得通红，而耳朵也因为寒冷和激动变得绛紫，使得他整个人看上去和一只善良的小兔子一样。

那个小女孩难以置信地看着他，随即绽开阳光一样的笑容。她跳起来搂住他的脖子，在那白皙的脸蛋上吻了一口，将那些吃的尽数裹进自己的裙摆里。生怕他改变主意一般，她欢呼着、跳跃着，一溜烟地跑开了。"哦，上帝啊！你这个蠢货究竟干了些什么！你想让我们陪你喝西北风吗?！你这个脑子里都是糨糊的小混蛋！"

雷奥叔叔目瞪口呆地看着这一切，他梗着忽然暴起了青筋的脖子，扬起巴掌就给了艾瑞斯一记响亮的耳光，抽得毫无戒备的艾瑞斯一个趔趄。如果不是约克叔叔伸出臂膀拦着，他那攥紧了的拳头简直要狠狠地捶上艾瑞斯的胸口。艾瑞斯被打蒙了，他的耳朵嗡嗡作响，而脸颊也肿胀发烫。

有一瞬间，他眼睛里那燃烧着的怒火，简直像即将喷薄的火山。不知为什么，那火焰渐渐地熄灭了，只留下浓浓的轻视和冷漠，仿佛夜晚那沉寂的湖水。艾瑞斯嘴角挂着轻蔑的笑容，而雷奥叔叔却是一副万分懊悔的样子。他双手揽着艾瑞斯的肩头，格外诚恳地道歉："艾瑞斯，对不起！我刚才太冲动了！你没有挨过饿，不知道那有多可怕！我是想保护好你，你这样善良会害死自己的！来吧，我亲爱的孩子，原谅你可怜的叔叔吧！看在上帝的分上，我们以后是要好好相依为命的！"

他苦着脸，又是诅咒又是发誓，直到艾瑞斯终于点头原谅他才肯罢休。上船的时候，艾瑞斯见那个小姑娘躲在人群里吐着舌头冲他笑，而她手里扬着一把锃亮的小匕首，正是雷奥叔叔平日里爱不释手的那把英国货。艾瑞斯和她挤了挤眼睛，那个甜笑着的小卷毛一眨眼工夫就又不知道钻到哪里去了。

牡蛎味儿的海风将阳光筛得细碎柔软，镶着金边的云彩从海天交际处一朵一朵地盛开来。艾瑞斯将四肢摊在被太阳烤得温暖的甲板上，捧着书看得津津有味。偶尔蹿起的飞鱼和海豚溅起雪白的浪花，惹得角落里撑着洋伞的淑女们一阵细微的尖叫，将小巧玲珑的脑袋倚靠在绅士们的胸膛上。最开心的要数那些三等舱的孩子，他们在滑溜溜的甲板上翻着跟头，露出脏兮兮的小肚皮，比赛谁的跟头翻得最多最好。顶小的那些则含着手指咂嘬有声，挤在一团羡慕地痴望着。艾瑞斯正读到精彩绝伦的地方，忽然眼前一团红色的火焰扑将过来。那是一个看上去和艾瑞斯差不多大的姜红头发调皮少年，嘴里大呼小叫地曳斜着身子。

他几个跟头就扎到了艾瑞斯的怀里，又撑着艾瑞斯的胸口站了起来。他笑眯眯地拽起艾瑞斯，皱着鼻头望着他说："嘿，你好呀！兄弟！我叫红头发迪克！"艾瑞斯一点儿也不恼火。他捡起书，用手拍了拍，迎着姜红头发脸蛋上跳跃着的雀斑，笑着答："你好，红头发迪克！我叫艾瑞斯！"那个小调皮鬼忽然扭过头去，扯着嗓子冲那些正笑得前仰后合的孩子喊："嘿！你们这些笨蛋，你们输了！他可是个不折不扣的小子！"那群更小些的孩子里忽然窜出一个娇嫩的小姑娘，她的长裙子两边高高挽起，系成两个傻乎乎的结。她赤着两条细白伶仃的小腿，拼命捯腾，抡着双手就要揽艾瑞斯的腰。

艾瑞斯见她那双机灵的大眼睛和扁着的小嘴，就觉得又可爱又好笑，忍不住伸手在她的头顶上抚了抚："又是你呀，小鬼，今天偷到什么啦？"那小家伙嘟着脸蛋，攒着小眉毛，颇有几分不爱听的架势，拧着身子不理睬他。红头发迪克在一旁乐不可支，揪着小家伙的领子，笨手笨脚地逗弄她："艾瑞斯兄弟，这是我的小妹妹芮芮，今年年底就十二了！她可是个不折不扣的调皮鬼！她一直在夸你，惹得我们都对你好奇极了！我说你肯定是个小伙子，他们偏猜你是个小姑娘扮的！所以我们就打赌啦，你可千万别在意！”艾瑞斯淡淡一笑，毫不介意地说：“没什么，我也有一个妹妹，和芮芮一样可爱淘气！嘿，芮芮，你看上去可不像个快十二岁的小姑娘，显得小多啦！那兜兜里藏了什么？还说没有拿别人的东西，都露出来啦！”

芮芮莫名其妙地低头看了看，笑嘻嘻地从围兜里掏出一个扁圆的陶瓷小盒子。她把小盒子紧紧地抓在手心里，显摆给艾瑞斯看。她翘着嘴角得意扬扬地吹嘘：“这个宝贝可不是别人的，是我爸爸给我的！他在中国工作了很久，给我和哥哥带回来了很多漂亮的小礼物！我最喜欢这个啦，他说这个是中国女孩子们化妆用的胭脂。很甜，比任何糖果都甜！”芮芮说着，便将那个光润素雅的小盒子拧开，用小指头在里面蘸了一点儿香喷喷的嫣红脂膏，自己舔得干干净净。她又意犹未尽地将指头伸了进去，再蘸了点儿，犹豫地皱着小鼻子，半晌才强作大方地凑到艾瑞斯面前：“你吃吧！我请客！”艾瑞斯闻着沁人心脾的香气，将那点儿胭脂舔掉，那味道确实甜美滑腻得让人唇齿生津。

“红头发迪克、芮芮，中国可是一个让人神往的地方！我现在看的这本书就是讲中国的，写的是七百多年前一个叫马可·波罗的意大利人在中国的见闻，你们想看看吗？书里的中国简直是一个神话的国度，让人入迷极啦！”红头发迪克和芮芮都有些腼腆地笑了。迪克搔了搔头皮，轻轻地在艾瑞斯肩膀上推了一把：“你可真是文绉绉的！自从爸爸没了，我和芮芮就辍学啦。后来那个蠢女人竟然和一个鞋匠跑了，就剩我和芮芮每天自由自在的，其实日子也不错！”艾瑞斯见他们兄妹俩挺着小胸脯的样子，心里一酸，觉得自己实在太幸运了。他轻轻叹息着，将兄妹俩紧紧地拥抱住，眺望着融为一色的天海之交，一字一顿地，冒出雷奥叔叔常常挂在嘴边的那句话："等我们到了澳洲，一切都会好的！相信我，一切都会好的！"

之后的日子如同云霄里的百灵鸟，少年们不知疲惫地歌唱着、憧憬着，是那么地欢快和轻松。艾瑞斯简直觉得自己是被诸神眷顾的孩子一样，再也不用面对着那群乌烟瘴气的叔叔伯伯，为他们端茶倒水，听他们插科打诨，看他们酗酒赌博。他每天都可以和红头发迪克、芮芮一起消磨暖洋洋的海上时光。艾瑞斯在阳光灿烂的日子里，教红头发迪克和芮芮文法和阅读；在阴霾惆怅的日子里，用炭条在纸上素写无忧无虑的少年少女；在暴风雨降临的日子里，像真正的男子汉一样伫立在呼啸的海风中舒展胸怀、大声吟诵。风云瞬息万变的海上生涯，仿佛一场冗长而繁复的洗礼，让艾瑞斯渐渐地褪去稚嫩和青涩，逐渐流露出坚毅和沉稳的风范。

在一个风轻云淡、暖日生烟的午后，艾瑞斯正盖着书在甲板上小睡。忽然，他觉得手边一湿，睁眼就见一只歪着小脑袋的海鸥一步一摇地在船舷上踱步。而它红红的小嘴里正叼着一条裹着露珠的、翠绿的树枝。艾瑞斯简直不敢相信自己的眼睛，那树枝所散发的勃勃生机，使得他忽然怀念起泥土的气息。他将手搭在额头上，极目远眺，只见地平线上有一抹淡淡的墨色，而那一抹墨色随着时间的推移渐渐地呈现出厚重的轮廓来。数不清的海鸟从那一抹墨色处振翅高飞，在碧色的天海之间添上雪白的羽翼，仿佛一位舒展开胸怀的天使。"大陆！大陆！澳大利亚！澳大利亚！"不知是谁先呼喊的第一声，甲板上很快便挤满了人。几乎所有的人都在踮着脚尖、抻着脖子，人们疯狂地挥舞着臂膀，高声呼喊："澳大利亚！澳大利亚！"

人们相互亲吻着、拥抱着，有的人甚至激动地用手绢揩着眼角。是呀，这个熟悉而陌生的国家，将是他们新的家园，那里承载着他们的梦想。而那没有被硝烟浸染过的大地，将种植下他们的希望，并在他们的精心呵护下，繁衍出葱翠而茂盛的新生。雷奥叔叔也从烟雾缭绕的船舱里钻了出来，他那让烧酒熏得通红的眼睛里饱含着渴求和欲望。“嘿，小艾瑞斯，我们马上就要发财啦！这船上的滋味可真不好受！晃得我脑仁都要成糨糊啦！澳宝！我们来啦！”他的手臂粗鲁地勾在艾瑞斯的脖子上，兴奋地撸着他柔软的金发。而一旁红头发迪克将芮芮高高地举在肩头，将自己的旧帽子远远抛向洒满欢呼的海浪。

1919，法国巴黎。

授勋的日子迟迟未到，姜半夏和华工们都在焦急地等待着归国的航船。钱默之恢复了一些元气，积极地游走斡旋着，有了几分往日的体面。姜半夏一直自己独住，恍惚间总会想起那些娇嫩花蕾一样的少女，那些没完没了讨论着男孩子的姑娘。一天深夜，姜半夏被雷鸣声惊醒，她赶忙起身关窗子，忽然看见窗外黑乎乎的树影里似乎站着一个人。姜半夏装作不知，抻腰关好窗户，又拉紧了窗帘，赶忙从枕头下掏出手枪。她轻手轻脚地挨着窗边侧身蹲下来，一道闪电打下来，那个身影清晰地拓印在窗帘上。

姜半夏平心静气地打开保险，冷冷地对准了那个黑影。忽然，她看见那个人伸手敲了敲窗子，他的动作格外熟悉。在雷雨声中，一个熟悉的声音颤抖着响了起来：“半夏，是我。”姜半夏听见钱默之的声音，忽然觉得浑身一软，手枪掉在了地上。她怔怔地望着那个身影，一言不发，以为他等不到回应就会离开。钱默之沉默了许久，低声说：“你睡吧，我守着你，你怕雷。”姜半夏的眼泪忽然从指缝里涌出来，她紧紧地捂着嘴巴，不肯哭出声音。一直到后半夜，雷雨渐渐地止住了，钱默之的身影晃晃悠悠地倒了下去。

姜半夏再也忍不住，冲出去把他抱了回来。一直回到房间里，她才发现钱默之正用一双眼睛黑漆漆地望着她，嘴角含着笑。他的一只手痴痴地拽着她的胳膊，孩子气地说："不许再抛弃我了，我离不开你，你心真狠。"姜半夏见他胡子拉碴，浑身上下都是雨水泥水，皮肤白得发僵，她的心里又是生气又是心疼。她本来想板着脸孔不理他，终于还是心软了，长长地叹了一口气，说："你这又是何苦？"钱默之干脆把手脚全都缠绕上来，裹得紧紧的，他把脑袋埋在她怀里，说："真香，嗅不到你，我整夜整夜地失眠。"姜半夏一点一点地剥落他的手脚，悠悠地说："我是再世为人，回不去了。"

钱默之每天都形影不离地跟在姜半夏后面，姜半夏只当身后多了一条影子，从不搭理。渐渐地，那些华工都有些不落忍，三三两两地硬着头皮凑过来当说客。钱默之胸有成竹地使着苦肉计，茶不思、饭不想，一到夜晚便跪在姜半夏的窗前。姜半夏似乎打定了主意不为所动，每天云淡风轻地安睡，然后起床绕过了钱默之去吃早饭。一直到授勋的晚宴，姜半夏才勉为其难破例和钱默之坐在了一起。在晚宴即将结束的时候，姜半夏忽然觉得自己的手被若有若无地触碰着。她稍一偏脸，便见钱默之满面凄苦，哀求地望着她，仿佛眼睛湿漉漉的乳狗。

1919年，地中海。

姜半夏在归国的邮轮上，望着华工们欢呼着往海面抛下帽子和手帕，只觉得恍惚极了。船下送别的人群已经看不大清楚了，一切似乎都是数年前正要驶离威海卫港口的模样。她觉得自己只是短暂地小睡了一会儿，一切不过是一场冗长真实的噩梦。姜半夏低下头，望着自己的双手，那双手依然雪白、纤细，却布满了薄茧和伤痕，还有那些被海岛烈日晒伤的痕迹。姜半夏眨了眨眼睛，迷茫地望着无名指上红色的勒痕，一只银色的素环忽然被套在了上面，严丝合缝地盖住了紫红色的烙印。姜半夏抬起脸，钱默之单膝跪在甲板上，他牢牢地抓紧了她的手指，恳求地说：“半夏，我们重新开始吧，忘掉这一切，我带你回家。”

轮船在海上漂泊了十来天，姜半夏渐渐地原谅了钱默之。人生只有短短的数十年，她已经经历了一次濒死和一次新生。她把钱默之的胆怯和自私看作一个常人的本质，看淡了也就不再介意了。只是有时候，当风平浪静的时候，姜半夏宁愿独自一个人站在船首，静默地望着远方，沉迷于大自然惊人的魅力。这个午后格外地温暖潮湿，厚厚的积雨云仿佛堆叠在半空中的蘑菇丛，挨着高高的桅杆缓慢地移动着。阳光偶然从蘑菇的伞裙缝隙里射下来，洒落成耀眼的金丝。海鸟不安地鸣叫着，扑打着湿漉漉的羽翼，姜半夏心想，暴风雨又要来临了。

和往常不一样的是，海面上忽然形成一团团飞速旋转的漩涡，阳光的斑块波光粼粼地转动着。还来不及惊诧，一束束细长的风柱就吸卷着海浪蜿蜒而上，一直延伸到蘑菇云最厚重的地方，仿佛长龙一样急速地摆动着。几个正在甲板上打牌的华工扯着嗓子大喊：“龙吸水，龙吸水，快躲开！要不就给吸天上去了！”甲板上的船员们迅速地组织起来，一面通知船长紧急转向，一面帮助甲板上的人穿上救生衣，疏散到船舱里面去。钱默之跌跌撞撞地爬上来，攥着姜半夏的手往下跑。他的意志力还没来得及恢复，身体不自觉地痉挛着，姜半夏的手臂被他拽得青紫。她不断小声地安慰着他，仿佛面对一个懦弱的孩子。

姜半夏从舷窗往外看，浑浊的海水夹杂着海带和泥沙不断地翻涌，幽深的海底仿佛弥漫着无边无际的黑雾。钱默之惊呼一声，惨淡着面孔哀哀戚戚地说：“我们怕是要葬身于此了。”姜半夏一手抱紧钱默之，一手紧紧地抓住床沿，他们的身体随着海水的拍打和挤压，在船舱里剧烈地摇晃。一阵天旋地转之后，姜半夏忽然瞥见舷窗外远处从黑雾中耸起的一座巨大的暗礁。

她惊惶地拽着钱默之往外跑，一面跑一面大声地呼喊："有暗礁！有暗礁！快告诉船长！！打满舵，全力右转向！快！"她跑了没几步，就狠狠地摔在了甲板上。船尾被龙卷风抛上了半空，又被狠狠地抛下来，砸在了海面上。她和钱默之顺着倾斜的甲板不断往下滑，有那么一瞬间，她拼命地抓住了一个绑在船舷上的救生圈。可是一个船员滑稽地套着两个救生衣，毫不犹豫地掰开了她的手。他大喊一声："船要沉了！妈妈，保佑我吧！"抱紧了那个救生圈，跳了下去，一下子就被巨大的漩涡吞噬了。

几条龙卷风继续向前急奔，海浪渐渐地平息下来。姜半夏焦急地抬起头，却看见不远处的海面下有一团影影绰绰的漆黑，她嘶哑着嗓子，绝望地喊："暗礁！！！"终于，轮船开始缓慢地调整了方向，加足马力向右前方驶去。钱默之抬起一张灰扑扑的脸，望着一片狼藉的甲板。他惊惶绝望的脸上挤出了一点笑容，刚要说话，就听见船底传来一声巨响。

他和姜半夏伴随着一阵猛烈的撞击，一起掉入了冰冷的海水。姜半夏和钱默之虽然都穿着救生衣，依然被汹涌的海浪不时地卷入海水之中，他们挣扎着在海浪里扑腾，很快就喝了不少咸涩的海水。姜半夏听见一阵恐怖的巨响，原来是暗礁正在挤压碾碎船侧的钢板。越来越多的船员从甲板上跳了下来，几乎要折成两半的船体忽然燃起大火，一些来不及逃生的船员和华工惨叫着被裹进了火海。

忽然，一名船员在他们的身旁大喊："快往外游，船要沉了！会把附近的一切都吸进海里的！"钱默之忽然打起了精神，拼命地往外游。他游了一会儿，才忽然想起姜半夏还落在身后。他回过头，见那艘船只剩下一根烟囱孤零零地露在了燃烧的海面上。姜半夏抱着一块船板漂浮在一旁，正去捞附近的一个不会水的华工。

钱默之游回去，面上讪讪地笑了一下。姜半夏没有理睬他，却挪了下身子，将一多半船板让了出来。那个华工终于也扒上了船板，船板随着海浪起起伏伏，不时下沉。三个人不一会儿就冻得浑身麻木，嘴唇乌紫。海面上那参天的火焰渐渐地熄灭了，只剩下无穷无尽的黑暗，冰冷而纯粹。姜半夏渐渐觉得有些困倦，钱默之抽出手来不断地拍打着她冰凉的面颊。姜半夏清醒过来，将三个人的袖子褪下去紧紧地系在了一起，绑在船板上。

不知道过了多久，钱默之从昏睡中醒来。他见那个华工面朝下漂浮着，便伸出手去翻。他发现那个人面目肿胀，口鼻里都是黑红的血块，已经断气多时了。钱默之不断地惊叫着，姜半夏昏昏沉沉地睁开眼，在那个华工的颈动脉上摸了一会儿，默默地解开了他的袖子，任由他一点点漂远了。钱默之忽然一把搂住了姜半夏的肩膀，哆嗦着干涸的嘴唇，低声地问："怎么了?!"

姜半夏听见身后一阵呼救的声音，和海浪翻滚的声音。她一扭头，就见那个漂远了的华工忽然被什么东西猛地拖了下去，附近几个船员大声地呼喊："鲨鱼群！鲨鱼群！"其中一些胆子大的船员从船板上掰下木条或者铁皮，对着蜂拥而至的鲨鱼一阵乱捅。有些负伤的鲨鱼很快被其他鲨鱼撕咬分食了，另一些循着血腥去扑杀那些有外伤的船员。

姜半夏一把按住了惊恐万状的钱默之，低声说："别出声，别乱动，闭上眼睛。鲨鱼视力很弱，我们不动弹，它们未必觉察得到。"钱默之强忍着恐惧与厌恶，最后看了一眼染成红色的海水，牵着姜半夏的手紧紧地合上了眼睛。钱默之慢慢地忘记了身旁发生的一切。在彻骨的湿寒之中，他似乎感觉到脚下逐渐坚实的土地。随着孤寂而凌乱的脚步声，他一点点看见了迷蒙之中淡蓝的远山和山脚下农庄上浮起的薄雾。他的脚下是长满了青苔的小径，那种野花初绽的清香和田野焚烧秸秆的焦煳气息时轻时重。钱默之望向群山之外，那里一片苍茫，仿佛有一顷碧波，又仿佛隐现城池。他想要前行，却又畏惧无垠的新世界；他想要退后，却不甘心旧的平庸。

姜半夏在灼热和干燥中醒来，恢复了平静的海面上只有零星的十来个幸存者。烈日炙烤着他们脱水的肌肤，有些陷入迷乱的人已经开始大口地吞饮着海水。姜半夏望着脸上黑红蜕皮的钱默之，望着他结满了盐粒的发梢，她动了动嘴唇，沙哑地说："默之，坚持住！我们没有偏离航线，一定会有船只路过的！我们一定要坚持住。"钱默之摇摇晃晃地举着脑袋，手指紧紧地握着姜半夏，不停地嗫嚅着说："对不起，对不起……"姜半夏似乎听见了，又似乎没有听，她只是怅望着奔腾不息的海浪。她扒住船板的手已经泡得灰白肿胀，指甲被冻得青紫。钱默之忽然回想起她曾经的风华，眼睛里不禁淌出了泪来。

再次醒来的时候，姜半夏只听见有人在不断地惨叫。她睁开沉重的双眼，看见甲板上一群人正按着一个可怜的幸存者。其中一个船长打扮的人背对着她，用烧红的木头去烫那个幸存者的小腹。她想起身，却发现自己被捆绑着放在了甲板上，而钱默之和其他幸存者也都被结结实实地绑了起来，丢在了甲板的另一边。而那个惨叫的幸存者身旁，还并排躺着几个受伤的幸存者，其中一些已经被包扎妥当。过了一会儿，那个船长模样的人走了过来，身后还跟着一个身材矮小的棕皮肤少年。他先是用蹩脚的日语，后来又想了想，结结巴巴地说起了马来语。姜半夏摇了摇头，直接用英语问："您会讲英语吗？"

那个身材魁梧的灰发船长笑了一下，用纯正的英语回答说："欢迎来到和平号，夫人。您是哪里人？这些都是什么人？"姜半夏瞥了一眼那个安静下来的幸存者，和桅杆上飘扬的骷髅旗，略带戒备地说："感谢您的救助！我是中国人，和那些被您绑成一团的人一样，都是被征用的华工。其他那些人都是普通的法国船员，我们的轮船遇上了风暴和暗礁。"那个灰发船长用一双蓝灰色的眼睛凝视着姜半夏，说："没错，我们是海盗，请叫我布克船长。不过我们只劫财，不劫色，也不伤人性命。你们的船沉得太早了，我们只来得及打捞到一些不值钱的玩意儿。你们随身的钱和贵重物品也都被我们征收了，不过这些还不足以支付你们的船费。"

那个棕皮肤的少年忽然在一旁咧着嘴笑了起来，逗得那个灰发的船长也跟着大笑起来。他们笑了一会儿，见姜半夏严肃地抿着嘴，船长微微地躬下身子，轻轻地说："我们坚持无政府和无国界主义，这艘船上的船员来自世界各地。无论是战争中还是战争前后，我们都坚决不参战。不过战争确实帮助我们发了大财，就像那些混蛋政客和中立国一样。很抱歉，夫人，我根本不在乎你们的目的地是哪里。我们的航线是越过南回归线，驶向澳大利亚。我需要你们那些健壮的男士来充当临时船员。而您，只需要安安静静地做一位真正的淑女。记住，不要提任何要求，因为我不会满足你们任何的条件。"

姜半夏点了点头，镇定地说："那些受伤的人，我可以照顾他们，我会一点儿护理。"那个船长皱了皱眉，狐疑地说："可以，你现在先去和你们的人转达一下我的意思。"那个棕皮肤少年像个灵巧的猴子一样蹿到了姜半夏身旁，帮她解开了绳索，冲着她龇着一口大白牙直乐。姜半夏走到钱默之等人的身旁，见他们渴求地望着自己，赶忙向他们大概讲了讲当前的处境，然后和棕皮肤少年一起给他们松了绑。

钱默之揉着僵硬的肩膀，才要抱怨，见姜半夏瞪了自己一眼，赶紧闭上了嘴巴。姜半夏走到了那些伤员的面前，见那个脸色惨白的船员大睁着眼睛，正在胡言乱语。他的小腹缠满了纱布，里面渗出了鲜红的血迹。其他那些伤员的情况也不太好，有的被鲨鱼咬去了胳膊，有的在跳船的时候震出了内伤，还有的被螺旋桨打伤了脊背。

次日凌晨，那个用木炭消炎的船员忽然开始手舞足蹈，他的眼神明亮而富有神采，开始用法语滔滔不绝地讲着古希腊的神话。他转向姜半夏，温柔至极地说："丽莎，抱抱我，天知道我有多想你！"姜半夏打开了他的纱布，看见他的腹部已经变得灰白，出血的地方已经发黑坏死，她绝望地想："是坏疽病，他熬不了多久了。"姜半夏在他痴迷的目光中轻柔地环抱了他。他幸福地战栗着，很快就陷入了昏迷。一直到太阳升起的时候，那个伤员才彻底咽气。他的手指牢牢地攥着姜半夏，她不得不用温水一点点地摩挲着他冰冷的关节，从里面把自己发红的手腕挣脱出来。

就在一夜之间，一共有三个幸存者过世。有一个法国人、一个英国人和一个中国人。布克船长将他们的葬礼定在了午后。每一位死者都被涂满了棕榈油，用帆布包裹着，甚至还覆盖着各自的国旗。船长亲自为每一位死者都致了一段简短的告别辞，还让他们国家的人走上前为他们唱了一段国歌。最后，四名船员一起隆重地抬起了他们的尸体，优雅地抛向了深沉的大海。

姜半夏目光复杂地凝视着一脸肃穆的船长，钱默之凑过来低声说："真没想到，旧时代的贵族风度被一个海盗继承了！战场上的尸体都没有这样的待遇！"他抓住姜半夏的手，将一块奶油递给她，献宝似的说："半夏，你的脸晒伤了，多擦擦，很快就好了。"姜半夏摸了摸皴裂的面颊，淡淡地笑了一下，说："谢谢！"

姜半夏私下找到船长，直接问道："我们沉船的地方离中国海域并不远，您为什么不把我们交给中国政府换取赎金？"布克船长挑了挑浓密的眉毛，笑了笑说："你们出事的海域已经很靠近曼德海峡了，应该是龙卷风迫使你们远离了航线。我们需要直接下印度洋，然后穿越赤道，最后到达澳大利亚。青岛港因为日德战争一片混乱，目前依然归日本实际控制。"姜半夏想起巴黎和会和《九国公约》，心里仿佛刀割一样。她眨了眨眼睛，露出一丝自嘲的苦笑。

布克船长意味深长地看了姜半夏一眼，继续说道：“我们没有通行证，其他的港口需要贿赂太多钱才可以靠岸。以目前中国政府的局势来看，我不认为他们会为你们支付高昂的赎金。你们的政府宁愿你们作为英烈殉国，毕竟抚恤金要便宜太多。”姜半夏沉默了一会儿，点了点头离开了。布克船长在身后高声地说：“上次我们走的是另一条航线，要途经非洲。有些孩子染上了疟疾和霍乱，我需要你照顾他们。我会派人带你下去。”姜半夏的脚步稍微一滞，“嗯”了一声继续往前走。

海上漂泊的日子过了很久，海盗船终于在一个印度洋上的岛国靠了岸。那些海岛上的居民都已经和海盗厮混得非常熟悉，船还没停稳就有几个半大的孩子嘻嘻哈哈地攀爬着跑上了船。船员们掏出一些小玩意和零钱交换孩子们后背上的土产，随手把一些新鲜的热带瓜果递给了在一旁咽口水的华工们。姜半夏从潮湿的船舱中走出来，被强烈的光线刺痛了眼睛，一种熟悉的特殊香气从岸上飘了过来。船长和大副背对着她，正在清点一箱箱新收购的货物。当地的官员汗津津地站在一旁，身后还跟着两个背着土枪的壮汉。过了一会儿，那个身材羸弱、面色萎黄的官员哈气连天地走下了船。经过姜半夏身旁的时候，那股略带甜腻的清香变得更加浓烈。

钱默之颤巍巍地走过来，挽住姜半夏，一迭声地抱怨：“民风尚未开化，你看看这里的人！一个个衣不蔽体，容颜举止粗鄙不堪。”姜半夏正值生理期，只觉得浑身酸软、小腹冰凉。她一脸惨白地倚靠在晒得滚烫的救生圈上，倦怠得不想说话。钱默之在她身旁磨蹭了半晌，只觉得无趣，便和几个华工一起下船游荡。布克船长带着那个棕皮肤的少年走了过来，递给她一杯泡着大叶子的热水。姜半夏皱着眉头喝了一半，只觉得仿佛被无数双温柔的手呵护着、温暖着、摩挲着、慰藉着。一种说不出的异样的幸福感笼罩着她，使她情不自禁地想傻笑。这时候，船下传来了一阵嘈杂声，姜半夏迟钝地转过头。她看见一个胖壮的妇女身后跟着几个头戴红花的少女，正不依不饶地拉扯着钱默之等人，一群船员围绕在一旁哈哈大笑。

一个胆子大的少女走上前，对着钱默之撩起了单薄的上衣。她将一双格外成熟结实的乳房抵在了钱默之的眼镜上，吓得钱默之后退了好几步。另外几个少女抓着华工们的手蹭上来，紧紧地搂住他们往一旁的草棚子里拽。几个姑娘嬉笑着撅起圆滚滚的小屁股，互相挑逗地拍打着。那个妇女摊开手掌心，嘟着厚嘴唇用英文大喊："Money！Money！"她见那些男人僵硬着没反应，恼怒地捶打着他们的后背，又蹿上来抓挠他们的头发。姜半夏仔细地望着姑娘们头发上摇摇欲坠的红花，心里忽然一抽。她凝视着不远处漫山遍野妖娆的红雾和孩子们打闹时候露出的黑黄的牙齿，忽然恨恨地瞪向了布克船长。

布克船长哈哈大笑着解开了钱袋，一面漫不经心地往船下抛撒钱币，一面低声对姜半夏说："别像一个傻子似的看着我！是的，多美的罂粟花！我们走私烟土，或许还有药品和军火，那又怎么样呢？几乎所有的国家都暗地里向我们收购。我们是最公平的商人，从不厚此薄彼。喂！你再不管管你的丈夫，他就被那些娘儿们拖进去了！那些便宜的姑娘可不干净！"他抄起一根棍子，像驱赶羊群一样驱赶凑到身旁的姑娘们。他在扭捏的船员屁股上踢了一脚，将他踢到姑娘们的怀里，然后爆发出爽朗的大笑。

姜半夏倦怠地摇了摇头，摇摇晃晃地往船舱走去。钱默之被一个梳着两条金棕色长发辫的纯真少女牵着，走一步回一下头，他变得红彤彤的脸上半是羞涩半是气恼。那个少女轻轻地瞟了他一眼，她那小鹿似的大眼睛温润地扑闪着，野莓一样的嘴唇鼓嘟嘟地翘着，只用指尖轻轻地搭在钱默之的手腕上。钱默之最后望了一眼姜半夏纤细优雅的背影，犹豫地跟在细腰翘臀的少女身后，越走越远。姜半夏忽然转过身，从布克船长那里拿了一枚金币，高傲地抛下来，落在少女展开的裙摆上。那个少女回头灿烂地笑了一下，当着姜半夏狠狠地吻着钱默之傻张着的嘴唇。

和平号驶离了海岛，很快便接近了赤道。姜半夏每日除了照顾病号，并没有太多的事情做。她干脆趁着风和日丽的时候，窝在甲板上翻看布克船长的藏书。钱默之时不时臊着脸上来和她搭话，她也不怎么理睬。她对待其他华工和船员的时候却依然温声细语、面容和煦。她晒伤了的肌肤早已恢复如初，周身泛着暖融融的象牙白，总是随性地坐在那里，任由海风轻扬着如瀑的长发。

布克船长带着大副正在散步，见姜半夏正手捧着《国富论》看得分外认真。布克船长耐心而细致地欣赏了一番，只觉得姜半夏此刻的样子神似弗拉戈纳尔的名画，便不由自主地走上前打趣说："人天生，并且永远，是自私的动物。"姜半夏头也不抬，随口用亚当·密斯的另一句名言回答说："我们在这个世界上辛苦劳作，来回奔波是为了什么？所有这些贪婪和欲望，所有这些对财富、权力和名声的追求，其目的到底何在呢？归根结底，是为了得到他人的爱和认同。"

布克船长和大副相视大笑起来，布克船长指着那些挥汗如雨的船员，骄傲地说："你看，和平号上有黑人、白人、黄种人，还有棕红色皮肤的土著人，每个人都受到最为公正的对待和最为慈悲的救助。无论国籍和出身、贫富贵贱，都用辛劳的工作来换取丰厚的回报。既不祈求他人，也不怜悯弱者，我们比威尔逊更适宜建立国联，不是吗？"

姜半夏动作轻柔地合上书，随手绾起了长发，淡淡地说了一句："是的，我只希望国联不要打着和平的名义，走私军火和贩卖烟土。"她理了理褶皱的裙摆起身欲走，布克船长忽然一脸严肃地拦住了她，反问道："这个世界上永远不会有终结一切战争的战争，去他娘的以战止战！你还记得巴黎和会上的宣言吗?”姜半夏的眼神忽然变得格外清明，她站得笔直地凝视着布克船长，嘴角流露出一丝轻蔑的笑容，轻轻地说：“请你们记住，中国人永远不会忘记这沉痛的一天!”

越靠近赤道，气候越为炎热。昼夜被精妙地划分为均匀的十二小时，沿途的海景也别具风情。钱默之在心底算了算，见余下的行程已经不多了，而姜半夏对自己依然神色淡漠，他的心里不禁有些愤愤。夜深人静的时候，姜半夏一个人轻手轻脚地走上了依然温暖的甲板，静静地靠在船头往外看。刚才的噩梦依然萦绕在脑海里，战争的阴影依然在啮噬着她。

任何一点轻微的异动都会将她惊醒，她在漫长的漂泊中找寻自己的宿命，忽然想起外公曾经对她说：“你要相信，一切被湮没的，都将以另一种形式获得重生。”澄明的月光洒在静谧的海面上，在轮船的前面徐徐地展开香槟色的阶梯，近在咫尺却无可攀登；繁星点点的夜幕，在甲板的上空拖拽着嵌满钻石的十六世纪裙摆，浩瀚无垠却纤毫毕现。

钱默之缓缓地走上前，见姜半夏身着一身斜纹哔叽的长衣长裤，放松地躺在甲板上，正枕着手臂怅望夜空。她的脸庞莹润素净，浓密的长发略有些凌乱，眼神里有着许久未见的脆弱和迷茫。她的一条腿笔直地伸着，露出大半柔嫩滑腻的脚背，另一条腿随意地屈着膝盖，裤管里滑落出小半截线条优雅纤长的小腿。

钱默之只觉得心底微微一颤，浑身酥软。他素喜姜半夏如月射寒塘一般的冷艳逼人，更欣赏她如瓷器一般单薄剔透的体态和半是羞怯半是凛然的少女风范。只是在残酷的战争中，她的这些宝贵的优点被逐渐地湮没了，只剩下凌厉、壮阔、沉稳、缜密，或许可敬却缺乏可爱。钱默之满意地笑了一下，温柔地半蹲在了姜半夏的身旁，想俯身吻她。沉浸在冥想中的姜半夏吃了一惊，才要挣扎，见是钱默之，便不着痕迹地偏过脸躲开了。

钱默之的身体痛楚地一滞，苦笑着沉声说："别忘了，我们还是合法的夫妻。"姜半夏曼然浅笑，并不搭话，抬手将脸颊上被微风吹拂着的乱发拂了拂。钱默之见她有心敷衍，干脆从怀里拽出一样东西。他拉过姜半夏的手，把东西塞到了她的掌心里，然后紧紧地握着，放到自己怦怦直跳的胸口上。姜半夏用指腹摩挲了一番，心知钱默之把那枚金币还了回来。

她不禁又回想起当年二人新婚宴尔时，他也是如此每夜将她的手牵过去放在胸口，让她在自己的心跳声中入眠。姜半夏心里有些怅然，一会儿甜蜜，一会儿苦涩。她只觉得隔着坚硬的肋骨，那曾经熟悉的心跳声仿佛已是隔了千山万水。钱默之干脆躺下来，和姜半夏脸对着脸。他凝视着她微闭的双眼，陶醉地说："以前在校园里，我便总缠着你。因为我知道，我这一生再也不会遇到比你更美、更别致的女子了。你现在躺在这里，比当年更美了，也更别致。可是我却觉得自己在失去你。"钱默之见姜半夏的眼睫微微一颤，以为自己的话起到了作用，便用另一只手轻轻地揽上了她不足盈握的纤腰。

他不由分说地吻上了姜半夏的嘴唇，疯狂地吮吸着她的牙齿和舌头。他只觉得自己的内心柔软成一坛蜜水，而身体却滚烫坚硬仿若利剑。姜半夏羞愤难耐地推搡着钱默之，过了好一会儿才从他的身下挣扎出来。她喘息着退到一旁，珍珠似的耳垂变得通红，上面的牙印还沁着血珠。姜半夏恨恨地瞪了一眼钱默之，掩着被扯坏的衣领一言不发地往回走。钱默之跌跌撞撞地走过来，拽住姜半夏的手臂，赌气地说："你不用走，我走就是了。"

他摸到姜半夏的手腕上薄薄一层风粒子，又是心疼又是恼怒，褪下法兰西粗花呢开衫给她披上。钱默之凝神望着姜半夏珐琅色的西裤配上自己略显宽松的烟灰色开衫，露出一点鹅黄色的衬衫领子，更显出一种清俊风流的飒爽之气。他的心里又是一痒，咬了咬牙大步流星地走掉了。姜半夏缄默地停在他的身后，望着他逐渐远去的背影，心里泛上一种难以名状的酸楚。

忽然，一种绵密的、轻微的喁喁声，从浓郁的夜色中响起，仿佛海天之间所有的生物都被唤醒，都在窃窃私语，在叹息一般的涛声中发出亘古的回响。姜半夏惊讶地看见无边无际的萤火之光从海底涌上来，那种飘忽不定的银蓝色光带随着海浪的波动漂浮上来，仿佛凌空飞旋的天衣，曼舒广袖。那些璀璨夺目的繁星逐渐地失去了光彩，一瞬间海面比夜空中瑰丽莫测的银河还要庞杂壮美，还要神秘寥远。

目光所及的海平线都被一层层的雾气烘托着，那些极富生命力的荧光与海水融为一体，伴随着每一次浪涌倾泻下无边的光彩，仿佛消融的月光在轻盈地流淌。姜半夏痴迷地凝视着那些时而迸溅、时而消逝的浪花，在空气中留下一簇簇碧莹莹的冷焰。一群飞鱼忽然掠过水面，它们的身体浸染着荧光，在海风中划出了一道道波光粼粼的冷雾。那些陨落在大海的群星，顷刻之间升腾起万千的精魂，发出咏叹一般空灵的和声。一只座头鲸悄无声息地从船下浮起，仿佛一座夜光凝聚的移动小山。硕大的水柱落在半空，化为点点萤火射入海面。

“令人着迷，不是吗？仿佛一场幻象。这样的场景，只有大海可以赋予。但是没有人有资格掌握大海的规律。你哭了？”布克船长望着姜半夏在荧光中泪眼婆娑的侧影，疑惑地问。姜半夏别过脸去，淡淡地说：“太美了，令人震撼。我从没见过这么神奇的景色。”布克船长淡漠地瞥了她一眼，她惊人的美貌被梦幻一般的风景衬托得有些迷蒙。面纱一样的水汽在她脸上留下枝蔓似的淡影，散发着微弱的光芒。他清了清嗓子，咳嗽了一声，继续说道：“你还没见过落雪的大海呢，那种让人灵魂为之战栗的静美和肃穆，那种凝聚一切的力量；将万物变为雕塑，让时间和空间颠倒了秩序；那种轰然坍塌的巨响，你才会知道人的一生有多么卑微和渺小。”

姜半夏心底灵光一现，好奇地回望着布克船长，问：“您在海上多久了？”布克船长眯着眼睛，轻轻地笑了一下，略带伤感地说：“记不清了，从我记事起，我就跟着父亲在海上漂泊了。没有一天的大海是一模一样的，在海上所有的经历都永远不会重复。你看，无论是国联、国家还是君主，都不过是乌合之众的喧嚣，陆地上发生的一切不过是过眼云烟。只有在海域上才有真正的公平和公正。自由、自私、自立，是大海的三大法则，无论是鱼群、微生物还是船只，都必须服从。”姜半夏迟疑地点了点头，心潮不禁随着如梦似幻的海景澎湃起来。一种模糊的使命感不断地激荡着。那些喁喁的碎语声忽然变得恢宏起来，仿佛无数的先哲从全世界的角落里发出争辩。

那只座头鲸缓缓地沉下去，一个巨大的银紫色漩涡在大海之中逐渐地沉沦。布克船长关心地扭过脸来，皱着眉头说：“这里离澳大利亚已经不太远了。那里和中国没有建交，也很少有航线通往中国，倒是有三五千的华人从十九世纪开始就在那里淘金。你们下一步怎么安排？”姜半夏轻轻地摇了摇头，低声说：“还没想清楚。”

布克船长皱了皱眉毛，认真地说：“那里虽然有些蛮荒，但是和美利坚一样，一切都是崭新的。如果你真的想不明白，就先做一粒种子吧，要有旺盛的生命力。世界的战争虽然结束，你的国家依然没有安宁。而且在相当长的一段时间之中，都不会获得真正的和平，我不认为你们仓促回国可以解决任何问题。”姜半夏微微一笑，没有说话，迎着海风裹紧了宽大的开衫。

印度洋上藏蓝色的惊涛骇浪逐渐变得平静。硕大的落日下，层层叠叠的暖橘色堆积云平铺在熔金的海面上，如回光返照一般霞光万道、满目生辉。天际线一缕白光仿若云蒸霞蔚一般，飘忽不定。

随着和平号破浪前行，摇摇曳曳的海市蜃楼从那缕白光中升腾而起，一点点露出恢宏的映像。姜半夏望着漫长而曲折的白金色海岸线和星罗棋布的翡翠色海岛，以及徜徉在甲板上空躁动的海鸟群，心里思绪万千。钱默之踟蹰着走上前，嗫嚅着嘴唇想和姜半夏说话。

姜半夏一回头，正看见他清癯的面庞被镀上了一层染着暮气的暗金，眼神里也浮动着淡淡的凄惶。她只觉得心里一阵抽疼，终是软下身段，轻轻地挽住了他的手臂。钱默之难掩狂喜，紧紧地将姜半夏搂在怀里，语音有些变调地说："我已经想好了，等到了澳大利亚，我可以淘金、挖矿、种菜，还可以教那里的华人子女读书识字。你就安安心心地调养身体，什么都不用操心。我养活你。"

姜半夏轻轻地叹息了一声，迷茫地说："我们不回国了？那我可以做什么呢？"钱默之将她被海风涌向肩头的秀发收拢在胸前，深情款款地凝视着姜半夏，压低了嗓音说："做我的小妻子，日夜陪伴我；做我孩子们的母亲，把他们养育好。最重要的是，做我最纯真可爱的女学生，永远站在我的身后，和我携手到老。等我们这三五年攒够了钱，那时候中国的时局估计也安稳了。我带着你荣归故里，也带着孩子们认祖归宗。"

钱默之怜惜地反复抚摸着姜半夏纤细的手腕，接着说道："我要把你养得白白胖胖的，然后给你买最时髦的衣服和最滋养的面霜，让你永远做最风姿绰约的贤妻。如果你喜欢，我愿意和从前一般，为你画眉写诗、为你沐浴更衣……"姜半夏有些失望地强笑了一下，疲惫地倚靠在钱默之汗津津的衬衫上。

她取下他有些松散的金框眼镜，淡淡地说："默之，镜片脏了，我帮你擦擦吧。如果可以的话，我想早一些回国。我认真地想过了，这些年我积累了一些护理救助的经验，回去之后可以把传统的医馆改造成中西结合的诊所。这样的话，你在大学里依然做你的学问，做大教授。我们两个一个医治肉体，一个培育灵魂……”满腔柔情蜜意的钱默之见她神情寡淡、言语清冷，也觉得索然无味，两个人只得缄默地看着暮色深沉的大海。

两个人看似无比亲密地聆听着汽笛声响起，和平号早已经换上了英吉利的商船旗帜，毫不客气地停靠在了繁忙的码头。两名海警跳上了船，熟络地凑到了布克船长和大副的身旁，看着在一旁老老实实等着下船的华工们说：“老伙计，你怎么转行做‘贩猪仔’的生意了？这批货色还不错，个个都挺壮实。怎么还有一位女士？‘猪仔’是不可以带家属或者妓女登岸的。”姜半夏狠狠地瞪过来，布克船长一脸严肃地说：“他们是参战的华工，一直在前线拼杀，都是有协约国功勋的。至于这位女士，她在战场上救助了数百名伤员。”

两名海警迅速站直了身体，对着华工们行了一个标准的英式军礼。其中一位年轻一些的海警一脸崇拜地说：“他们是不是和‘刺客’William Sing一样？William可是我们澳新军团里最杰出的狙击手，他一个人击毙了两百多名土耳其人！他还干掉了他们的王牌狙击手‘雷子阿卜杜勒’。”另一名年长一些的海警勾着布克船长的肩膀，笑嘻嘻地贴着脸和他说了几句。布克船长淡淡一笑，低声说道：“货我都准备好了，价格我会给你再低一个点，我还给你们带了点小礼物。你和移民署的打个招呼，对这些人关照一些，他们的路费算在我身上。另外，后面还有一些法国船员，你帮我联系他们的总领馆，让他们领回去吧。”

那个年轻的海警兴奋地拉开上衣，露出里面洗得发旧的背心，笑出一口白灿灿的牙，说：“天使，可不可以请你在这里签名？我的哥哥也参加了世界大战，在土耳其的那场。”他忽然转过身，露出里面的平角内裤，只见左屁股蛋上龙飞凤舞地写着“William”，右边屁股蛋上写着“Sing”。姜半夏浅笑着，大大方方地俯下身子签上了自己的名字。她随手一撩吹落额前的秀发，直视着海警长满了小雀斑的脸蛋，微笑着说："以后如果再有人叫中国人'猪仔'，你知道该怎么办了吗？"海警闻着姜半夏身上丝丝缕缕的甜香，一张小白脸涨得绯红。他噼里啪啦地说："知道，我把他们的狗腿打断。我叫罗伊，罗伊·乔纳森，新南威尔士人。我今年十九岁，有一个哥哥还有一个妹妹……"

钱默之紧紧地攥着姜半夏的手，脸上的表情格外阴郁。他微微颤抖着灰白的嘴唇，厉声说："她是我妻子。"姜半夏在他绷直的手背上安抚地拍了一拍，递给他一个宽慰的笑容。她把笔还给年轻的海警，温柔地鼓励他说："我相信你会恪守你的承诺的，乔纳森先生。"布克船长和大副陪同着年长一些的海警说说笑笑地走过来，那名海警狠狠地拧了一把罗伊的小屁股，笑得络腮胡乱颤地说："还不赶紧下船干活儿，把皮带系紧点儿！"罗伊本来还想对姜半夏行一个吻手礼，现在只好捂着屁股跟在后面往船下走。

布克船长在钱默之和姜半夏身旁停住。他忽然回过身，认真地对钱默之说："你们会英文，和以前那些中国人不一样。金矿那里已经被瓜分得差不多了，种菜和开餐馆都不适合你们。我建议你们去库伯佩地镇淘澳宝，那里有我的老熟人，我会托人带话关照你们的。只要运气不太差，两三年就可以攒下不少积蓄，足够你们回中国继续维持舒适生活的。"他忽然伸手掂起姜半夏脖子上的怀表，指着上面如同日月同辉、繁星入海的澳宝，神秘地说："这种款式的怀表至少已经有三百多年了，这是我见过的最古老的澳宝镶嵌工艺。你要把它收藏好，这么值钱的宝贝会有无数人觊觎的。你和这里缘分匪浅，好好体会吧！"

姜半夏望着他沉静如水的浅灰色眼眸，忽然问道："你还上岸吗？"布克船长哈哈大笑着，摇了摇脑袋，决然地说："不，永远都不。"他指着怀表背面彩绘的《出埃及记》，眯起眼睛笑了笑，说："等到红海分开的时候。"姜半夏望着怀表上面再熟悉不过的中文

“和光同尘”和英文“世间万物皆有定时”，忽然心里涌起一种异样的情愫，仿佛刹那间时空回溯，怀表的嘀嗒声逐渐化为神秘的耳语呢喃。

钱默之板着一张晦暗的脸，对着布克船长冷冷地说了句：“多谢关照！”说完之后，他强搂着姜半夏便要下船。布克船长摘下帽子，回了一礼，淡淡地说：“拥有至宝，既是荣耀，也是灾难。如果你因为恐惧失去，而故意使得宝物黯淡，它早晚会落入敢于让它光芒万丈的人手中。”华工们有些紧张地跟在钱默之身后，七嘴八舌地问，姜半夏耐心地逐一安抚。钱默之在众人的簇拥下，逐渐缓和下来，一路温柔地呵护着姜半夏。姜半夏回头望去，布克船长依然伫立在船头凝视着她。

第二部　澳洲历险记

1919年5月，澳洲。

秋日捂在绵软的云朵里，偶尔垂下丝丝缕缕的光芒。因着秋色而五色斑斓的港口，和零零散散泰然自若的人群，使得曲线动人的港湾看上去简约而随性。有轨小电车叮叮当当地从悠闲待客的马车旁擦肩而过。明黄的泡桐叶徐徐飘摇而落，随着郁郁的秋风逐尘而去。“哥哥，这里真的就是天堂吗？”芮芮一边追逐着一群圆滚滚的灰鸽子，一边向兴高采烈的红头发迪克嘟囔。“傻小妞，这里可不是什么天堂。不过这儿可真不赖，很……很……”她的哥哥正和被风吹得乱蓬蓬的头发较劲儿，他翻着眼睛拼命想说出一个文雅的词儿来，最后只好悄悄地捅艾瑞斯的胳膊。

“很宽容友善。你哥哥的意思是说，澳大利亚看上去是个宽容友善的国家。”艾瑞斯双手满满地提着行李，微笑着在一旁帮腔。雷奥叔叔以及约克叔叔也罕见地浮现出柔和而欢喜的神情。约克叔叔会一些简单的英文，他比看上去要聪明些，所有的手续都是他打理的。而这一切只消耗了雷奥叔叔的几根雪茄和几瓶烧酒。他们要先坐火车去南澳的一个叫阿德莱德的小城市，再转马车前往令他们魂牵梦绕的澳宝故乡——库伯佩地，沿途前前后后大概需要一周的时间。前往阿德莱德的火车三天之后才进站，艾瑞斯一行人暂时找了一家便宜的简陋旅店住了进去。他们决定当掉一些衣物，换些澳币打点生计。

艾瑞斯不愿意和花言巧语的雷奥叔叔争辩。他把咕咕钟送给了芮芮，只留下了相框，以及两件轻便的衣服和三本最爱不释手的书籍。他将其余的衣物连同手工打制的行李藤箱，都信赖地悉数交给雷奥叔叔去典当。当雷奥叔叔步出当铺，吹着欢快的口哨，翻着手中簇新的票子时，前面一个低胸而活泼的女郎冲着他回眸一笑。那赤金的辫子搭在肩膀上，她那略噘着的两瓣嘴唇看上去多情极了。她用生硬的德语招徕着雷奥叔叔说："试试手气吧！"说完她就一拧腰肢，转身推门进入了一家热闹的小酒馆。

雷奥叔叔如同鬼使神差一般，强拉着约克叔叔和艾瑞斯跟了进去。他耸动着眉毛，欢快地搓着手心，低声说道："我们来赌一把，赚上点儿钱就走。我觉得我的运气来啦！"那个女郎隔着吧台一边儿调酒，一边儿递过来一个风骚的眼神儿。雷奥叔叔受了鼓舞，恳求着约克叔叔帮他翻译。他爽利地买了一扎啤酒，一边儿和约克叔叔豪饮，一边儿精神百倍地下注。一开始，他便赢了一局。

他将啤酒一饮而尽，兴奋地大喊："哈哈！我说什么来着，我的运气来啦！这赌博和打仗一样，凭的就是运气！哦，我可爱的小艾瑞斯，你干巴巴地坐在那里干什么？约克兄弟，帮我们的幸运天使叫一杯橙汁！不，再叫一扎啤酒，他可是个男子汉啦！"雷奥叔叔的五官简直要跳起舞蹈来，他神气地一口气儿拍出几张票子，像个文雅的绅士一样捻着小胡子，跷着二郎腿瞅着女郎那俯在吧台上的雪白胸脯，吼叫道："再来一局大的！"开局之后，他难以置信地望着赌桌，愤怒地喊道："这他娘的怎么回事?！竟然输了！嘿，小艾瑞斯你别垂头丧气的，像个小寡妇似的！再来！这局赢了我们就走！"

雷奥叔叔紧紧地盯着牌局，他的喉结仿佛被人扼住一样上下地滚动。随着滴溜溜转动的骰子在桌子上渐渐静止，他不甘心地尖叫道："哎呀！怎么又输了，这可真是莫名其妙！"雷奥叔叔那两只原本抵在桌角的拳头一下子狠狠地砸在了自己的大腿上。他的脸在刹那间几乎疼得痉挛了，他如同好斗的公鸡一样耸着肩胛再一次押下了筹码。接下来的几局几乎都以惨败告终，一扎扎的啤酒和口袋里的钞票一样逐渐见底。

艾瑞斯见雷奥叔叔已经喝得烂醉如泥，却还不忘记掏钱下注。他冷冷地瞪了一旁束手无策的约克叔叔一眼，便将打着酒嗝、胡言乱语的雷奥叔叔半拖半架地扛回了旅店。这时，洒着月光的夜色已经浸染了港口小镇的每一个角落。他们住的大房间里已经横七竖八地躺了十来个人。其中一个胸前文着老鹰的老人盘腿坐着，正把玩着一把精致的手枪。

他目光如炬地盯着艾瑞斯他们看，用生硬的德语低声威胁说："嘿，小家伙，我最讨厌醉醺醺的人！你和你身边这个呆头鹅赶紧把他带走。我才不管你们今晚睡在哪儿，只要你们敢进来一步，我就崩了你们！"艾瑞斯只好和约克叔叔一起把手舞足蹈的雷奥叔叔抬到了旅店后面的草地上，他们三个可怜的人披着外套，凄凉地听着远处猫头鹰的哀号，睁着眼睛熬过了在澳大利亚的第一个夜晚。

这样混乱无度的生活，不出意料地持续了好几天。一直到他们离开的前夜，雷奥叔叔依然黏在酒馆里，哀求着那个冷心肠的性感女郎让他赊账下注。艾瑞斯枕着手臂仰望着璀璨的星空，心中怅然若失。他一边帮梦中呓语着的雷奥叔叔抻了抻外套，一边苦笑着一遍遍地温习着在故乡的那些温馨片段。"嘿，小家伙！他不仅是个酒鬼还是个赌徒，不是吗？你把自己的钱也都垫给他了吧，他这样的人我见多了，和饿狼一样贪婪！"

老人胸前的老鹰文身从领口里探出一双冷冷的眼睛。他见艾瑞斯没有反应，干脆一屁股坐在艾瑞斯的边上，巍然耸立的鹰钩鼻从浓密的白胡须里钻出来。他警告艾瑞斯说："你尽早离他远一点儿，否则迟早会后悔的！"艾瑞斯淡淡地笑了笑，嘴里咀嚼着苦涩的草根，他无奈地说："我知道，可是他是我的叔叔，是我身边唯一的亲人！我不相信他还能相信谁呢？他是我的亲叔叔，无论怎样我都得照顾他！"

第二天清晨，当他们正要离开港口小镇的时候，火车的汽笛声仿佛让人重新燃起斗志的号角。雷奥叔叔眉飞色舞地要来揽艾瑞斯的肩膀，却被他不动声色地避开了。雷奥叔叔面露惭色，他尴尬地咳嗽了声，用双手狠狠地搓了搓脸。雷奥叔叔见约克叔叔还在一旁卖力地搬弄行李，他忽然掀开外套将贴身藏着的一沓钞票掏出来，飞快地塞到艾瑞斯手里，使着眼色让他赶紧收好。

雷奥叔叔见艾瑞斯虽然还是一脸漠然，却还是把钱接了过去，这才安下心凑过去帮约克叔叔挪行李。他故意大声地搭讪："嘿，老兄，前两天对不住，真是太辛苦你和小艾瑞斯啦！"约克叔叔一面撩起衣襟，胡乱地擦着额头上的汗水，一面不明就里地满口夸赞："也没什么，倒是把艾瑞斯累得够呛，他还是个半大孩子哪！不过艾瑞斯心善，你可真是有福气！"雷奥叔叔一边美滋滋地答应着，一边乐呵呵地冲着艾瑞斯翘胡子。

艾瑞斯将鼻子贴在冰冷的车窗上，从呵出的热气中遥望着渐渐变幻的景色。旅途的扉页，是那连绵起伏的丘陵蜷缩着、伸展着妩媚的身姿，在每一处转折都勾勒着一排排沉默的桉树。奶油一样松软芳馥的云朵虽然将阴影投射到丘陵之间，却又将阳光筛下来，种成一缕缕的光彩，直上天际。漫山遍野的金绿色草地是柔和而有序的，偶尔萌发的紫红色野花也丝毫不敢张扬，只是含蓄地点缀在发梢一般的田野边际。

圆滚滚的羊和奶牛如同割断项链的珍珠散落其间，而骏马则在涧流旁或颔首沉吟，或奋蹄奔腾。时不时地，还有那呆头呆脑的袋鼠们，它们纷纷地笼着手、梗着脖颈、拖着尾巴，肚子里揣着小袋鼠聚集在火车道旁围观。艾瑞斯固执地认为，这些林原的景色并不比德国的那样柔嫩葱翠、鲜活灵动。澳大利亚草原的颜色是刻意被调和得低沉厚重，连那静静流淌的河水都是稍嫌浑浊的，欠缺那种文雅沉静的姿态。

很多一战归来的士兵和各国难民都选择了留在城镇里学习手艺，他们将来是可以走街串巷地讨生活的。还有一些循规蹈矩的老城民或新移民获得了政府封赏的偏僻土地，因此而勤恳地垦荒耕耘。沿途上偶尔可以看到木匠们三五成群的身影，正时隐时现地穿插在农户们堆砌得齐齐整整的草垛间。列车不时地穿过漫山遍野的绿色甘蔗林和宽广无垠的雪白棉花田，甚至可以看见一些非洲裔的工人在其中裸露着健美的肌肉。每当夜色降临的时候，那些挂着简陋招牌的酒馆、画着艳舞女郎的妓院、题着金字大匾的中餐馆在铁道两旁散发着诱人的光彩。

随着昼夜的更迭，铁道两旁的景色也随之而渐渐变化。荒芜的戈壁滩上人迹罕至，漫不经心地罗列着大大小小的乱石。那些肆意生长的棕绿色植被，蓬乱而充满了野性的气息。间或闯入视线的是那交错耸峙着的峭壁、平坦如巨人刀削斧劈的平顶山脉和硕大如空中之城的玫瑰色岩石。成群的袋鼠和土狗矫捷的身影不时地湮没在那糅杂着赭石色和苍棕色的茫茫大地之中。

天空蓝得毫无杂质，无边无垠，飞卷着云絮，仿佛被丝绒时刻勤加擦拭的水晶球一样空灵通透，神秘幽远。最美丽的是偶然出现的盐湖。它们有些是最艳丽的泛着光的金粉色，有些则是沉淀着最神秘的蓝绿色。约克叔叔一点浪漫气息都没有，他冷淡地警告艾瑞斯说："小家伙，那些湖全是盐卤，臭极了！靠近了会让人发昏。如果你走下去，你的腿会烧掉一层皮！"雷奥叔叔笑眯眯地拍着艾瑞斯的脑袋，自认为幽默地说："美丽的东西都是危险的，无论是盐湖还是女人！"

艾瑞斯随着雷奥叔叔他们，在铁轨上度过了一大段枯燥而充斥着煤烟气味的旅程，汽笛的轰鸣和单调的风景让每个人都疲惫不堪。火车的车厢过于拥挤，荒漠的夏日格外炎热，每一个怀揣希望的人都一身汗臭，体弱的人们接二连三地病倒了。斗殴、谩骂和抱怨的声音先是逐渐爆发，后来又慢慢消亡，人们都在懈怠中保存着体力。窗外偶然出现的袋鼠尸体，和乌云一样扑打着窗户的苍蝇群，还有那些薄暮中站立在枯枝上的秃鹫，以及排山倒海一样的暴风雨，让车厢里经常陷入一阵阵的死寂。

偶然浸入车窗的还有几处小镇的风景。起伏的大地上有成片的热带果林、盛开着玫瑰的葡萄园、孤零零的教堂和零星散落的农舍，铁道边的小孩子还会一边欢呼着，一边跟着火车快跑一段。每当路过风景优美的小镇，车厢里的氛围便会活跃起来。人们会在月台上歇歇脚，从当地人手里买些新鲜的牛奶和面包，或者在即将发车的时候偷偷亲吻一下农家女儿晒得通红的面颊。

当炙热和枯燥即将消磨人们全部的激情和耐心的时候，铁轨上的日子终于接近了尾声。艾瑞斯和雷奥叔叔他们一起坐上了汽车，在剧烈颠簸的道路上一直坐到荒漠腹地。植被和动物的踪迹掩藏在连绵起伏的红沙褐土中。除了偶然飘落的雨水带来的一丝凉意，戈壁滩上终日晃动着滚烫的气流，将前方的风景扭曲虚化，或者浮现出几百英里外绿洲的影子。

人们不得不在夜晚降临之前露营。温度会在深夜骤然降下三四十度，篝火的余温却只能维持两三个小时。每个人都饥渴难耐，只有顺着植物根茎向下挖，才能得到零星的水源，或者搜集岩石上形成的露水。恶劣的环境和颠沛流离的旅程使得很多人坚持不住，中途选择离开，回归到城市的生活。只有艾瑞斯他们几个人坚持了下来，毕竟他们也没太多好失去的。

在一个昏昏欲睡的午后，司机马里奥冷静地停下车。他转过脸来，用平淡无奇的腔调说："诸位，库伯佩地镇到了。"艾瑞斯激动地望向窗外，窗外依然是斑驳惨淡的戈壁滩，偶尔没精打采地伸出几株风蚀虫蛀的枯枝和几丛灰褐色的荒草。这一片戈壁滩诡异得仿佛被上帝抛弃了一般，到处可见突兀的巨石和嶙峋的峭壁，还有无数个垂直的、孔径巨大的矿洞。

唯一让人赞叹的，便是那色彩瑰丽、变幻莫测的大地和壮美险峻得令人屏息的峡谷。汽车不远处有一块在风里叮咚作响、锈迹斑斑的铁牌，上面用英文写着："欢迎来到库伯佩地"。仔细看一会儿，才能看到紧贴着地面有一些半掩半露的岩洞。每一扇木门都紧闭着，寂静和神秘笼罩着这座传说中盛产澳宝的地下城市。

在库伯佩地的日子比想象中还要难过一些，这里的居民大多讲英语，对这些德国佬充满了敌意。艾瑞斯他们贿赂镇长的钱又远远不够买下那些好地段，他们甚至花费了好几个月才摸清楚这个鬼地方哪里有矿坑，哪里的地下已经被掏空，随时有可能塌陷。哪些地方可以把自己的家挖得稍微深远一些，哪些地方又必须格外小心不要挖破邻居的墙壁。

战争所带来的唯一馈赠，就是教会了人们如何又快又好地挖战壕。男人们欢快地袒露着自己布满伤疤的身体，在戈壁滩上不断地挖掘新的矿洞。矿工们不厌其烦地用小推车将澳宝矿石运送到双胞胎约那斯和迪姆那里接受称重和鉴定，即使他们给出的价格总是随着心情而变，他们的热情却依然不减。一夜暴富的神话在险恶的环境中对人总是有着致命的吸引力，更何况是在这充满战乱和饥荒的年代，每个人都幻想着拥有体面尊贵的未来。

妇女们逆来顺受地住进了矿道一样的新家。她们没完没了地打扫着不断从岩壁四周抖落的矿渣和粉末，炖煮着没完没了的土豆咸肉和豌豆浓汤。她们的青春和美貌在艰苦生活的磨砺下迅速褪色，每个女人几乎都面色苍白、营养不良、表情麻木。库伯佩地的夜生活和白天的生活一样既野蛮又乏味，女人们只能不断地生孩子。小孩子们很快学会了刨野草、抓蜥蜴和烤蚂蚁。为了防止他们失足掉下矿坑，或者被成群的土狗叼走，妇女们宁可把他们锁在家里，任由他们哭闹不休。

送水工每个月带着骆驼队将最近的河水运送到巨大的储水罐中，货郎和浪人不定时地赶着马车送来一些破旧的生活用品和简单的食物。有时候赶上雨季，暴雨连绵不断，或者赶上接连四五日的沙尘暴，库伯佩地小镇便真的变成了无人问津的地下城，孤零零地半掩在无边无垠的荒漠中。时间忽而飞逝，忽而拖沓，没有人在乎外面世界到底发生了什么。这里的生活原始、直率、一成不变。

艾瑞斯还未满十八岁，雷奥叔叔就迫不及待地拽着他一起占据了矿脉上的一个位置险峻的新矿坑，并接二连三地开发了几处新的小矿洞。由于德国人进驻库伯佩地小镇的速度过快，仿佛向着英国人的领地发动了新一轮的入侵，几场惨烈的火拼在所难免。最终，镇长兼神父霍克斯老先生出面平息了战争，将德国人安置在峡谷附近更为闭塞的巨石阵附近，双方才逐渐相安无事。夹在两个敌对国之间的，还有一小群中国人。无论是英国人还是德国人，都喜欢时不时暗自嘲笑或者作弄他们，因为他们身材矮小、皮肤黑黄，男人们的脑袋后面还拖着猪尾巴似的长辫子。

艾瑞斯其实很喜欢中国人。那些纤细、优雅而安静的东方人，男人们拥有金子一样的肌肤和细致谦逊的五官，温柔的含混的腔调。他们一些人固执地蓄着漆黑的发辫，另一些头发修得短短的，柔顺地伏贴着前额。正如他们的衣着，一些人固执地打扮成彻彻底底的西人装束，另一些则不合时宜地穿着华丽而陈旧的长袍。艾瑞斯近乎仰慕地聆听着他们偶尔演奏的神秘乐曲，悄悄地效仿他们走动时矜持而稳重的气韵。更为重要的是，发自内心地爱慕着他们之中唯一的女性。

艾瑞斯清晰地记得他与那位女性第一次的相遇。确切地说，是和她留在空气里的气息相遇。他永远不会忘记那样一个平庸而灼热的清晨，那些巨岩和峡谷从暮色中渐渐升起的壮丽景色，以及泯灭在雏菊与暖橙色晨曦中的灿烂群星。那种灌木丛被炙烤所发出的苦涩气息，被一种若有若无的馨香冲淡了。艾瑞斯几乎可以看见一个袅娜的、淡淡的身影，在凝固千万年的熔岩上面留下的温润印迹。时光的针脚随着日光在褐色大地上缓慢挪动，将巨大的阴影投掷在玫瑰色的山谷里。一切都无法抹去她戴着面纱、轻盈而忧郁的举止。

第二次相遇的时候，艾瑞斯只来得及看见她转过巨石的瞬间。他看见她的裙脚上面飞逝的一抹孔雀蓝，以及一小片白皙的脚踝。他闻见那种独特的令人头昏目眩的芬芳气息，仿佛莫奈的睡莲在静谧的湖水里散发着幽香。浅色的桐油纸伞旋转着融入明黄色的阳光中，那些跳跃的光斑在波纹似的热浪中闪烁。艾瑞斯的灵魂被抽离了，他似乎可以看见掩藏在赭红色巨石后面那蓬松柔软的发鬟，以及握在伞柄上面、百合花瓣一样娇嫩圣洁的手指。那是一位栖息在月白石里的神秘东方女性，她的呼吸可以使得干涸的万物得以复苏。

第三次相遇的时候，艾瑞斯还没来得及决定应该先脱帽，还是先伸手，是应该用德语，还是英语问候，那位年轻女性已经飘然而至。微风恰到好处地拂过，面纱被掀起来，蕾丝上的番莲花枝拓印在白皙清透的面庞上。她的眼眸在刺眼的阳光中散发着柔和的琥珀色光芒。艾瑞斯羞涩地凝视着她嘴角绽开的一丝浅笑，她的美稍纵即逝，再一次被掩藏在神秘的面纱下面。艾瑞斯记不清她的衣着，到底是烦冗而堆叠的翡翠绿，还是清冽而圣洁的珍珠白。而她随着笑容舒展的唇纹，仿佛仲夏的午夜，琴弦划过大提琴琴弦时被捣碎的月光。

艾瑞斯第一次和她交谈，是在一个猝不及防的午后。她的气息笼罩着他，像停驻的烟云。在那些窸窸窣窣的绸缎和亚麻摩挲的微响里，他的世界一片清明宓穆。骨瓷一样的手腕，半透明的指甲，轻柔地搭在他黏湿的手掌里，像初春的溪水滑过。艾瑞斯僵直着手臂紧紧地握住她的手，她纤细冰凉的指尖使得他的灵魂一阵战栗。令人惊讶的是，她的德语问候极为标准，带着东方口音特有的温软和疏离。艾瑞斯将另一只手伸在裤兜里狠狠地掐了一把。他躬下身体，礼貌地问候了她，把她的姓名深深地镌刻在自己的脑海中——姜半夏。他刚刚和雷奥叔叔发生了争执，此刻却笑得像个甜蜜的傻瓜。

艾瑞斯和雷奥叔叔的争执并不是因为那些矿镇上司空见惯的事情。既不是因为私藏了罕见的矿石，也不是因为独吞了换来的钱。雷奥叔叔的妓女朋友虽然都挑逗过艾瑞斯，艾瑞斯却从未和她们中的任何一个人说过话。艾瑞斯不能容忍的，也不是雷奥叔叔经常偷奸耍滑支使自己做那些危险的辛苦活儿。他并不计较自己的付出，因为雷奥叔叔是他的亲人。他只是痛恨雷奥叔叔从来不为明天考虑，他一直承诺的艾瑞斯的大学学费全部变成了空酒瓶和赌桌上的筹码。

因为繁重的体力工作和长期脱水，艾瑞斯患上了严重的急性肾盂肾炎。他只觉得腰部不断遭受着棒击般的钝痛，然后是更为剧烈的撕裂痛，让他在晕眩中感觉自己已经失去了下半身。他开始发高烧，整个人一会儿冷一会儿热，双手双脚不断地痉挛着，向腹部中心蜷缩。一种恐惧感袭击了他，包裹了他，让他逐渐产生了幻觉。他仿佛湮没在尘与土里，无力自拔。绝望的感觉仿若枯藤渐渐地攀爬蔓延，随之一点一点将凄凉渗透到他的骨子里。

时间凝结了很久，热浪扭曲了他的视觉，空气中的一切都在越来越疾速地舞动。终于有一只怪模怪样的蜥蜴从他鼻尖蹭过，仿佛滑稽的小丑，特意前来嘲弄他的无助。时间的蛛丝在烈日的灼烧下即将绷断。艾瑞斯在陷入昏迷之前，嗅到一股淡淡的气息，美妙而神圣得仿佛中世纪圣殿里的吟唱。那气息随着一抹不可思议的绿色沁入心脾，仿佛荒漠里的清泉，来救赎他困窘而枯萎的灵魂。在之后相当漫长的一段时间里，他只能在偶尔稍微清醒的时候捕捉到一些细枝末节，来弥补他千疮百孔的梦境。

他隐约记得圣母玛利亚曾用纤纤素手轻轻地拂过他滚烫的额头，他因为羞愧和欣喜而一阵阵战栗。圣母玛利亚用听不懂的天音在他耳畔时常低语，那声音是那么地澄静优雅，将他所有的痛楚迷茫一一熨帖妥当。而她的面庞和身影是那么皎洁隽逸，令人不敢逼视，仿佛巅峰云际那一轮苍穹之月，总是沐浴在圣洁的天光之中。艾瑞斯最盼望也最羞怯的，是她的手指如撩拨大提琴的琴弦一样在他身上触动，若有若无、若隐若现，让他从心底不由得迸发出神圣的颂歌。他迷恋着这样的沉沦，仿佛赖在天堂阶梯上的魂灵，竟是再也不肯回归到那切实而惨痛的人生之中。

有时候那指尖轻盈地舞动，仿佛播种的春风，让他的肌理上竟相生出一枚枚纤细的银针，使得他以为自己是一株茵茵绿地里的蒲公英，舒展着柔软而雪白的绒羽，即将随着少女的许愿而迎着朝阳徐徐升起，抛却一地琐碎而卑微的往事。然而一双粗糙而有力的大手碾碎了他的梦境。他一醒来，就在一双被痛苦煎熬的布满血丝的眼睛中，看到了自己羸弱而陌生的样子，充满了大梦初醒的迷茫和甜蜜。那双眼睛的主人似曾相识，法令纹深如刀刻，嘴唇薄而有力。那个人疾速地说着什么，而那语言是如此粗糙，摩擦着他的耳膜和神志。艾瑞斯很久才回想起这个人是自己的亲叔叔，而那熟悉的德语也逐渐串接起来，将他飘忽不定的灵魂钉回了布满凄楚和企盼的肉体之中。

那些语言混乱而没有逻辑，艾瑞斯只能捕捉到几个不断重复的音节，“你爸爸”“我们现在只有彼此了”“原谅我”“以后”……他一点也不愿意陷入回忆之中去，于是就饶有趣味地望向那双眼睛里的自己。他冲自己挤挤眼睛，揉揉鼻子，撇出嘲弄的唇角，直到那个苍白的小人逐渐淹没在滚烫的泪水之中。艾瑞斯顿时觉得索然无味，便径直摇晃着冲着自己的床走去。“我去睡觉了。”只留下雷奥叔叔一个人瞠目结舌。

他一边剧烈地咳嗽着，一边向着艾瑞斯的背影徒劳地伸出臂膀。他的胳膊在半空中停顿了许久，又无力地垂下，正如他那瞬间垮掉的面孔。接连几天，艾瑞斯都在炖咸肉或者烧土豆的香气中醒来，两个沉默的人都不肯搅动本已凝固的空气。只有单调的敲凿声和电钻涌起的层层尘土勇于割断无形的壁垒，在两道被拉得狭长的身影四周蔓延。

艾瑞斯终于知道是那位中国女医生姜半夏医治的自己，她温婉纯净的面庞和记忆中圣母玛利亚悲悯忧愁的脸庞重叠在一起，有着超然的圣洁和静美。那些令人惊诧的草药熬煮出的浓汤，纤细的银针，还有那种仿佛用动物骨骼所做成的刮板，里面燃烧着火焰的玻璃罐，仿佛都被施与了魔法。她只需将三根白皙微凉的手指轻轻地搭在自己的手腕上，便可以熟谙病情。然后，她用那些温柔的、安静的、神秘的、迷人的仪式将自己从痛楚和昏迷中解脱出来。

艾瑞斯在康复的那段时间里，总是用一种羞涩而甜蜜的崇敬眼神追随着姜半夏，仿佛在追寻一种古老宗教的化身。他深刻地意识到，另一种比宗教更让人沉沦和迷恋的情感，在他的心灵苏醒。一直到彻底痊愈，艾瑞斯总是时不时地陷入梦境，在梦境中他和姜半夏仿佛相识已久、从未离别。那些所有的隔阂都化为泡影，他们只是沉浸在自己的世界里，无边无际、永不停歇。

在梦境中，天际的云像极乐鸟那洁白而傲慢的翎羽，在夕阳的余晖中燃烧。那些滚烫的云像焰火一样迸裂，纷纷坠落在卵白色、赭石色和棕绿色混织的巨石和平原上，将炙热的阴影不断地烙在波浪一样起伏不定的线条和色块之上。随着天幕的低垂，流淌着秾丽色彩的无垠大地变幻着图腾一样野性而虔诚的图案。

在梦里，身着素白长裙的姜半夏正背对着艾瑞斯坐在峭壁上。她那有些过于丰茂的长发一半被巧妙地编成发辫，从额前绕过盘起来束在头顶，余下的一半则随意地披散在肩背上。她灵逸丰韵的发梢像一支柔软多情的中国毛笔，战栗地随着艾瑞斯的视线，徐徐地抚过她纤细的腰肢和饱满的臀线，又飞起来轻轻地掠过她在薄暮中熠熠生辉的姣美面颊。当夕阳拖着金红色的裙摆施施然离去，留下漫天玫瑰色的灰烬的时候，她转过脸来，微笑地望着他。

他狠狠地掐着自己的手心，感觉不到疼："原来是个梦吧，只是一个绚丽无比的梦。"艾瑞斯咬着嘴唇先是有些失落地想，随后却又释然了："是的，如果这仅仅是一个梦，那我便要勇敢些，好好去爱她。仁慈的主，我请求您，让这个梦长一些，再长一些，不要让我轻易地醒来。"他第一次微笑着，一步一步地，像一个真正的绅士那样，勇敢地走向她。他在她的面前单膝跪地，在她递过来的纤瘦白皙的手掌上，印上灼热绵长的深吻。

她的手掌顺从地伏卧在他的手上，像一朵不堪露水的百合花一般娇嫩，沾染着最后一抹斜阳的红晕。那温热细嫩的触感使得他的膝盖不断地打战，后背的肌肉也因为突如其来的幸福而有些僵直。她低垂的眼睑因为羞涩而泛着淡淡的桃红，微微颤抖的睫毛上覆着绵密的细碎露珠。她的唇瓣却微微地翘着，娇艳欲滴，仿佛藏匿在丛林深处无人采撷的野莓子。他像一只第一次独立探寻世界的小麋鹿一样，无法抵御诱惑。

他先是用湿漉漉的小鼻子轻轻抵着，接着便在芳馥香气的吸引下，鬼使神差地伸出舌头轻轻地舔了一下。那莓子令人惊讶地分成了两瓣，微微启露着，仿佛滑嫩的膏脂一样，似乎即将要在他呵出的热气中融化，而味道却更加香甜诱人。这只面颊熏红的小麋鹿见那野莓子的浆汁更加充盈，而果皮儿似乎一触即破，便乞怜一样笨拙地用鼻子蹭了蹭。浆汁果然便甘露似的随着果皮儿的缝隙缓缓流出，滋润着他干涸的双唇与迷茫的灵魂。

那果浆里藏着的小蜜蜂狡黠地露出一丁点尾刺，在小麋鹿虔诚而颤抖的唇上柔软地触碰着。先是湿漉漉的唇角，再是肉乎乎的下唇，最后一连串地进攻着艾瑞斯单薄的唇峰。艾瑞斯陶醉在她贝齿略带着恼意的温存下，尝试着用羞涩的舌头回应这挑衅的啮咬。艾瑞斯的舌头像一名落难的僧侣，沐浴着霞光，一路寻觅着、追随着，跪伏着女神的圣殿，最终那圣殿容纳了他。

她花蕊一样的小香舌，笼罩着金色的光晕。女神一样摩挲着他、温暖着他，用圣水饲喂他、沐浴他。圣水洗礼后的僧侣在女神的默许下，匍匐着开始了对圣殿的朝拜。纤尘不染的圣殿倒映在幽静的池水里，美得正如夕阳下红晕尽染的泰姬陵。触感却是温软纯净的，仿佛远离尘嚣的云端里那如梦似幻的仙境。

不知什么时候，艾瑞斯发现自己的身体像一尾银白的鱼。它跃上了沙滩，落入了海鸟纤弱却温暖的雪白怀抱，他的裸体正覆盖着她的。她流淌的发丝里偶尔涌动着暮色那多变的光彩，一缕缕的薄辉，夹杂着青灰、粉蓝和橙紫，在她澄澈的水波一样的面庞上扑朔游离。艾瑞斯时而觉得自己无比庞大，俯瞰着她那泛着珍珠光泽的柔软；时而觉得自己无比幼小，仰望着她那起伏曼妙的曲线。艾瑞斯停下来，不知道该怎么做，他的下体茫然地挺立着。

艾瑞斯低下头，为了下体的丑陋和无知而感到万分羞愧。直到一双细润柔白的手轻轻地捧住了他滚烫的双颊，一双泛着粼粼波光的眼眸接住了他的目光。那是他宿命里甘愿沉溺的海，时而清澈，时而璀璨，时而沉寂，时而澎湃。她的微垂的眼睑在暮色下呈现出一种带着薄雾的紫罗兰色，面颊上的玫瑰金渐渐褪去，唇瓣仿佛破茧而出的蝶，欣喜而羞怯地微微翕动着流光溢彩。艾瑞斯曾经以为拥有金色或棕色的秀发，蓝色或绿色的眼睛，才是真正的佳人。而当他眼前的世界只剩下纯粹的黑和耀目的白，他才明白，正如儿时的游戏那样，七彩的陀螺必将在旋转中流失一切光泽和颜色；而黑白双色的陀螺即使在暗夜里，也将随着舞动而迸发出五色斑斓的冶艳。

艾瑞斯一时间再次回到了童稚的年代。他不断地亲吻着紫罗兰的透明花瓣，又用指尖蘸着蝴蝶的双翼，将上面那裹满了金粉的露水东一道西一道地抹到自己的脸上。他又将淘气的脑袋钻进她那蔓草一样的秀发中，贪婪地嗅着、赖着不肯出来。忽然艾瑞斯觉察到她的胸乳正随着他孩子气的动作，时不时地轻轻触碰着他的胸膛。他撑起身子，俯下脸，好奇而渴求地观察着。那是怎么样的一种美呢？有些像一对扬着小嘴跪母的初生羊羔，或者是两个躲在百合花丛中的红裙少女，抑或是初雪覆盖的丘陵上，新发的两枝寒梅。

艾瑞斯将手指一根一根落在她的胸乳上，像落在琴弦上的雨滴，感受着那泛起的涟漪般轻微而优雅的旋律。艾瑞斯回想起童年时，在丛林里捡到的那枚洁白的鸟蛋。在他指头的轻敲下，一只有着小红嘴的、雪白而潮湿的雏鸟，一点点地磕破蛋皮，将温暖圆润的小脑袋无比信赖地搭在他的掌心里。而现在他的掌心里，正蜷卧着她萌芽不久的乳尖。它们是那样玲珑、美好、圣洁，同时又是那样充满了生命力。

在他滚烫的目光下，她似乎有些羞涩。她抬起一只纤长柔软的手臂遮住眼睛，一条雪白柔美的大腿也略抬起来，压着蚌壳一般紧紧闭合的两腿之间。这个介于女孩的稚气和女人的性感之间的姿势，使得她的身躯被巧妙地拉长，轻盈地呈现出古典油画所突出的微妙的曲线变化之美来，同时也使得她娴静优雅的气质在不经意间增添出几分天然的肉体冶艳。她的一半乳房掩映在手臂的阴影下，边缘的弧度轻盈地翘着，衬着手臂下一点顺服柔美的腋毛，仿佛稚童覆着刘海，鼓着粉嫩的腮。

另一边乳房的乳豆在微风的逗弄下耸立着醉人的嫣红，仿佛芭蕾舞女郎那样楚楚可怜地半卧在粉色的蓬裙里。她富于女性美的线条在腰肢和小腹那里轻巧地收拢下去，在微微散发着青黛色光芒的旷野中显得无比纤弱莹白。仿佛以山陵为织梭、河谷为布机、日月清辉为丝线，而虔心纺就的一段玉波似的白绫，清冷素美。一轮小巧的月影镶嵌其中，那是她的脐眼，正随着和缓的呼吸而在波心里微微荡漾。

而最让艾瑞斯窒息的则是她略微偏向一侧的臀部曲线。那大提琴琴身饱满光泽的轮廓上拂动着几缕润泽沉静的长发，仿佛撩拨心弦的琴音，让艾瑞斯的心灵干涸不已、充满渴望。世间的萤火纷纷落入了夜幕，夜色无比怜惜地将满是碎钻光芒的紫蓝色天鹅绒华裳披在她的身上。她那泛着淡淡玫瑰色的赤裸双足交叠在一起，仿佛是用东方的羊脂美玉所雕琢出的并蒂睡莲。

艾瑞斯想看清楚维纳斯此时的神情，便轻轻地将她抬起来的手臂拉下。他的手指从她纤软的睫毛上触过，引起一阵微风拂弄花蕊似的战栗。艾瑞斯的手迟疑着，向她花瓣一样的面庞抚下去。她濡软的芳唇听从了艾瑞斯的召唤，花冠似的翘起来，在艾瑞斯汗津津的掌心里印了一个若有若无的轻吻。艾瑞斯俯下身子，来不及看清她此时的动人神态，便将嘴唇和舌头都毫无保留地递给了她，直到她因为喘不上气而轻轻地推着他的胸膛才稍稍停顿。她的眼睛半是气恼半是爱怜地眨着，脸庞和嘴唇都红得不像话。看见艾瑞斯一脸的歉意，她微不可闻地叹息了一声，揽住他秀气的小脑袋，安抚似的轻轻按在自己的胸乳之间。

艾瑞斯枕在两团温软腻滑的细肉之上，闻着她胸乳上所散发出的摄人心魄的幽香，只觉得头晕目眩。他幸福得仿佛是在天国里遇到玛甘泪的浮士德，或是听从了诱惑初尝禁果的亚当，他的欲望终于无法抑制地引爆了。他的手指和舌头先是爱不释手地抚弄和品尝着她每一处诱人的部位；继而艾瑞斯的每一寸肌肤都仿佛生着手指和舌头一般，在贴近她的时候，不断地触碰吸吮；他的触碰和亲吻将她的全身都染上淡红的光晕，直到她的身体像上了釉色的骨瓷一样在暮色中焕发着令人眩目的蜜桃色光泽。

艾瑞斯试图将两个人的每个毛孔都天衣无缝地绞合在一起。他不知疲倦地让自己所有的毛孔，都在她鲜艳明媚的肉体上探索自己的归宿。而她则乖服得像个不知所措的小女孩儿，任由艾瑞斯在自己身上鲁莽任性地动作。艾瑞斯的动作停在了她幽闭着的双腿之间。当他有些霸道地将她秀美纤长的双腿分开，又剥开两瓣雪白可爱的臀肉之后，艾瑞斯忘记了呼吸。在那通常被神像雕塑师们用贝壳巧妙地覆盖着的地方，是一丛柔软的海草，而那含着珍珠的蚌肉正沁着海伦的泪水和蒙娜丽莎的微笑。艾瑞斯的手指才伸过去，就被海葵一样的触手吮吸住了。

艾瑞斯看着她微皱的眉头，不禁将手指缩回来。他焦急地轻声问："疼吗?"她淡淡地笑着，极轻地摇了摇头。她将脸转向一侧，粉红的面庞偎贴着丰茂的发窝。她耳畔的那颗小红痣浸在溶溶的月色里，像一只宛立水中的丹顶鹤。艾瑞斯在一只纤弱莹白的手的带领下，像一个真正的采珠人那样，屏住气，果敢地将身子扎入幽深神秘的妙境之中，捧着珍珠不忍离去。那只丹顶鹤先是被惊得身子猛然一抖、振翅欲飞，随后又渐渐地平静了下来。丹顶鹤追逐着月光所投下的阴影，随着一曲澎湃的清歌而翩翩起舞。

艾瑞斯在海伦的泪水中孤独地徘徊，像一个游吟诗人那样一遍遍地歌颂着她倾城的美貌，直到那位可怜的姑娘用无尽的泪水洗去他曾有的所有苦痛与忧伤。艾瑞斯心甘情愿地被束缚在蒙娜丽莎那含着哀怨的浅笑中，在那温柔多情、甜蜜无比的束缚里，他感受到一阵阵从未有过的幸福。艾瑞斯在她微闭的双眼里寻找着自己，自己的身影在她交错幽深的睫毛中仿佛丛林里迷路的少年。

他懊恼地认为自己不够雄健，便将那几乎要飘起来的白绫一把捞起来，束在自己的腰间。他让丹顶鹤紧紧地偎贴着他汗津津的面颊，那一枝双生的莲花也被迫分开了，柔韧舒曼地从他的两条结实的大腿上延伸过去，一左一右地绽放在他精瘦有力的后背上。她的美丽的小脑袋无力地向后仰着，一只乳房在舞动的黑发中时隐时现。另一只乳房则袒露在月光中，乳尖娇艳欲滴，散着花环一样的裙摆傲慢地挺立。艾瑞斯在她水汽氤氲的眼睛里，看到了几乎是男子汉的自己，身姿挺拔、矫健如豹。

艾瑞斯醒来的时候，正躺在她温软白皙的小腹上。他睁开眼，看见自己仿佛正舒舒服服地躺在一枚俊俏的埃及纸莎草船里一样，在星空下微微荡漾。他的湿漉漉的头发紧紧地挨着她湿漉漉的头发，她微凉的手指穿插在它们之间，正一下一下无意识地、温柔地梳理着。艾瑞斯像个婴儿一样侧转过身子，蜷卧在她的身上，耐心地将自己的金色毛发编入她的黑色毛发里。

他孩子气的举动逗得她轻轻地笑了起来。艾瑞斯仰起脸，静静地凝视着她舒展开的美丽笑颜。他直起身子凑过去，缓缓地伸出手，用指腹一遍一遍细细地摩挲着，眼里渐渐泛上泪来。“你爱我吗？”艾瑞斯认真地问她。她的笑容温婉极了，也娇羞极了，她轻轻地叹了一口气。艾瑞斯难过地捧着她低垂的面庞，再一次认真地问：“你，爱我吗？”

她将寂静和欢喜的眼神投入他哀求的双眼里。这一次，她依然用那一声叹息作为回答。不同的是，这一声叹息的前后都各缀着一个短促的音节，凑在一起分明是一句短句（中文的“我爱你”）。艾瑞斯恍然大悟地笑了：“原来爱在你们的语言里，竟然就是一声叹息啊！那你到底爱不爱我呢？我不敢猜。刚才的那句，是什么意思呢？”

她无奈地嗔了艾瑞斯一眼，嗫嚅着吐出一句无比清晰、无比动人的德语：“Ich liebe dich（我爱你）！”艾瑞斯欣喜若狂地拥住她，将她冰凉的身子裹在怀里。他把自己的衣服细心地披在她梨花一样微颤的雪背上，不断地轻吻着她雨丝一样清新芬芳的乌发。艾瑞斯将颤抖的嘴唇埋在她的秀发里，一字一顿地轻声诉说着："我爱你，非常非常地爱你！在遇到你之后，我过去所看重的一切仿佛都苍白失色了。"

他拈起她的一缕长发，系在自己的食指上，诉说着衷肠："你是我灵魂的归宿，是我的命运，是我生活的意义。我仿佛爱你爱了很久很久，和时间那样久，久到我几乎可以听见头发变白的声音。谢谢你，谢谢你也爱着我！我的灵魂和肉体都交付给你了。即使有一天你决定将它们摒弃，扔在烂泥里任人践踏，我也毫无怨言！因为这一切的一切，原本都是属于你的，我应该交还！等等，请你告诉我，你只爱我，只属于我吗？"

她像个天真烂漫的牧羊女那样毫不犹豫地抬起头，吻住他的嘴，笑着轻声说："是呀！当然是！"一瞬间，艾瑞斯眼里所有的光芒都熄灭了。他哀伤地笑着，深深地回吻着她。他的心在默默地哭泣："这果然是个梦！是一个贪婪无度的梦！我怎么敢真的奢望她爱我？她是那么地美，那么地高贵！感谢上帝，慷慨地赐予我这个美丽的梦，我真愿意死在这个梦境里，死在她温暖的胸前！让她像母亲那样环抱着我的脑袋，反反复复地说着她爱我，那样的话，我还有什么遗憾呢？"

艾瑞斯让疲倦的姜半夏搂住自己的脖子，抱起她走到悬崖的边沿坐下来。她的两条修长而紧实的小腿悬在空中。她偎坐在艾瑞斯并紧的膝盖上，头发顺着他和她赤裸的胸口垂下来，藤蔓似的拂动着她玲珑圆润的细白脚踝。艾瑞斯见她拢在发心的那一圈辫子松散了，便学着母亲给妹妹梳头的样子小心翼翼地替她解开，用手指细心地梳理着。那些发辫由于编得太久，蓬开后带着柔软的发卷，仿佛平静的夜色下，摇动着微波的碧海。他们一起仰望着星空，谁都没有说话。

星星有些过于繁密，仿佛那些璀璨的星星才是真正的天幕，光耀苍穹。而那些艰难地钻出来的，黯淡的碎鳞片一样的靛蓝色，则是没有生命的星辰的阴影，伤感地落在每一颗光芒的身后。不知什么时候，艾瑞斯忽然发现，那些闪烁的星星变成了树叶上跳跃着的明亮光斑。而被打亮的叶子像小精灵们的眼睛，散发着半透明的、黄绿色的微光。艾瑞斯在梦境中，似乎又和姜半夏一起回到了德国乡下的故园，他们似乎都回到了童年青梅竹马的时光。

自己正赤着腿坐在家乡那个小公园的大树的树杈上，树下靠坐着小睡的姜半夏。她穿着德国乡村常见的布裙，垂着两条长长的辫子。她的裙子上还摊着一本书，书页随着清风翻动，将几朵飘过来的鹅黄小花夹在扉页里。艾瑞斯蹑手蹑脚地爬下了树，他采了一朵绛红色的虞美人放在她微露的起伏的胸乳之间。她被他的动作惊醒了，浅笑着低下头轻嗅着花朵的浓郁芬芳。艾瑞斯伏下身子，将背在身后的手举过来，递给她一捧混着郁金香、三色堇和金盏菊的鲜花束，又在她左边面颊的酒窝上深深地吻了吻。她左边的一小粒虎牙微微地露出来，她轻轻地抿着肉嘟嘟的下嘴唇，狡黠而性感。他们一起凑着脑袋读那本书，那是一本歌德的《浮士德》，里面配着木刻版画的插图。

他们读倦了书，她绯红的面颊上那些叶子洒下的光斑已经变淡了，融化成旧相片里永不褪色的那种温软的昏黄。各种小鸟的叫声忽而沸腾起来，一只黑漆漆的大天牛舞动着嘴钳，从黄蒲公英花中间大摇大摆地穿过。她拎起园丁放在地上浇花用的管子，帮只穿着短裤的艾瑞斯冲凉。水花在阳光下被照得金灿灿的，在湿淋淋的草地上撑开一小段彩虹。

艾瑞斯把湿漉漉的短裤褪下去，害羞地用两只手紧紧地捂住下身。她温柔地将他的手拉开，用水帮他冲洗着金棕色的毛发，他的屁股因为紧张而绷得像一张小鼓。她跪坐在裙子上，探过身子，恶作剧似的用手指在小鼓上一弹。艾瑞斯终于放松下来，大笑着夺过胶皮管子，向她身上喷去。等他们再次安静下来的时候，两个人都是光溜溜的。他们像纯真的孩童一样，毫不羞涩地摊开腿对坐着。认认真真地数着对方身上所有的痣，大声地给每一颗痣都取了可爱的名字。

艾瑞斯摸着她沉甸甸的发辫，吻着她脸上的水珠问："你叫什么名字呢？我叫艾瑞斯，蓝色鸢尾花的艾瑞斯。我姓费力克斯。"她禁不住痒，一面偏着脸儿躲闪着笑，一面用百合花一样的手指浅浅地撩动着草叶上的露珠。她说："我叫姜半夏，半夏是仲夏的意思，姜半夏也是一味中草药。"艾瑞斯听了赞叹地说："是仲夏夜之梦的仲夏吧！你的名字真美，仲夏夜之梦，今夜不就是吗？你手绢上是不是还绣着合欢花！"她惊笑着说："你怎么知道的？那条绢子丢了呢，是不是被你捡去了？"

姜半夏一面说，一面索性拽过他的手，在他的掌心上一笔一画地写着"半夏"和"合欢"几个字。她见艾瑞斯看得头昏脑涨的，干脆笑着揽过他的脑袋，在他湿答答的脑门上响亮地吻了一下，逗他说："好啦，都印到你脑子里去啦！"艾瑞斯俊秀的脸蛋忽然涨得通红，他坏笑着扎进姜半夏的怀里，在她胸口狠狠地一吻。然后，他骄傲地抬起脑袋，大声说："我把'艾瑞斯·费力克斯'也印进去了！以后你再也不会忘记我了！"姜半夏安静地看着艾瑞斯的眼睛，淡淡地笑了："早就在那里了，小傻瓜！"

艾瑞斯醒来的时候，他看着自己黑漆漆的房间，恍惚了半晌。他伸手摸索了半天，方才意识到仲夏夜之梦已经曲终人散了。他抱着枕头，使劲地闭着眼睛，希望趁着困意赶紧回到梦境里。折腾了半天，艾瑞斯还是睡不着，只好枕着手臂瞪着起伏不平的天花板。天花板上晶莹的细沙一小片一小片地剥落下来，发出轻微的沙沙声。

艾瑞斯一面揉着进了沙粒的眼睛，一面胡思乱想："我可真是个罪人呢！我竟然在梦里对她做出那样的混蛋举动来！可是我真的爱她，无论是灵魂还是肉体。我根本没办法约束我的灵魂。他是忠诚的。不是忠于我，而是忠于她。难道我让自己不要去爱她，我的灵魂就会停止对她的爱吗？可是我的肉体呢？我的肉体应该遵从于我的灵魂呀？否则难道不是背叛吗？背叛自己的灵魂，这该是多么可怕？可是她呢，她多可怜！那么单纯，那么圣洁，我竟敢亵渎她，玷污她的美！即使在梦里，我也迫使她背叛了她的先生，这是多么可耻的罪恶啊！"

他绝望地抱紧了枕头，视线落在墙壁上蛋白石闪闪发亮的色带上，忽然又生出一丝希望："如果她爱我呢？假设，只是假设，她爱我呢？她是应该忠于自己的爱情呢，还是应该忠于自己的婚姻呢？如果一个人的婚姻里，没有了爱情，那么即使她的肉体忠于伴侣，那是不是也算背叛呢，对自己的灵魂和婚姻自身的双重背叛？上帝啊，我都在想些什么呀！人到底是应该屈服于理智和道德呢，还是应该屈服于精神和情感呢？"艾瑞斯从枕头下翻出那条手绢，展开来在上面的合欢花上吻了又吻，眼睛里的沙子怎么也出不来。他静静地流着眼泪，用手绢蒙住脸，嗅着她的气息躺在那里发呆。

1919年12月，澳洲。

姜半夏等人真切地感受到了蛮荒之地的恐怖：那些过于艳丽的凝固海浪似的风景和灼热的空气；还有厚重如城墙，可以在瞬间推倒一切的沙尘暴；还有那刺骨夜风中不断呜咽的土狗吠叫和土著人神出鬼没的踪影，以及老人小孩们扛着枪、拎着酒，满不在乎的神情。他们先是支付了过于昂贵的房屋租金，然后又发现在签订的租赁合同中需要承担莫名其妙的贷款。那些原本冲突不断的欧洲难民和澳洲逃犯，仿佛突然之间达成了默契，纷纷用冷漠的眼神和抗拒的态度迎接姜半夏等人。

最开始的三个月，姜半夏只得和所有华人一样，在那些深不可测的废弃矿洞和露天的山丘似的矿渣里面，淘寻不值钱的蛋白石碎片。当地人故意把那些警示标语连夜拆掉，华人们一不小心就会踏空。他们会掉入上百米深的矿井里，在微不可闻的哀鸣中轻易地失去双腿或者性命。一次，钱默之正和一个华工聊天走路，突然发现那个人悄无声息地消失在了脚旁。从那以后，他就只肯龟缩在别人的脚印后面，战战兢兢地苟活。一直挨到姜半夏治好了那个德国少年的急性肾盂肾炎，华人的地位才逐渐地提升了一些。毕竟之前矿镇上只有一名年老的兽医，他擅长用烈酒麻醉和消毒，然后割除一切他认为有问题的器官。

镇长最终出面划分了大峡谷附近的一小片区域给华人，那里的蛋白石矿脉似乎有些先天不足，只陆续地开采出一些低廉的蛋白石薄片，空留下很多废弃的矿坑。钱默之根本没办法挨近那些幽深的矿洞，他的眩晕症和恐高症越来越严重。他利用自己擅长书写的优势，帮助那些目不识丁的华工写信，也帮他们算账理财，以免被那些精明的商人算计了。姜半夏因为“奇迹般”地治愈了德国少年艾瑞斯，逐渐地吸引了许多人前来看病，那些人还赠送了一些生活用品给姜半夏。然而，总有一些坏小子会打华人的主意，戴上面具藏在巨石和灌木丛的后面偷袭他们，勒索他们微薄的收入和偶然挖得的澳宝。

羸弱安静的艾瑞斯似乎比每一个人更顺从地接受了新的生活。在每个寂静的夜晚，他都用一整段完整而纯粹的时光来托付给梦境。而每当梦醒的时候，他便继续缄默着重复那些繁重的工作。盛夏的阳光仿若成千上万的金色皮鞭，随着清晨的降临，徐徐地舞动在库伯佩地的群山和空谷之间，将那些巨大而起伏的绛紫和幽蓝色块涂上一层温暖的玫瑰金，然后在天际和山巅铺满金色的叶子；又在沙砾遍布、荆棘丛生的暗褐色戈壁滩上描绘着深浅不一的橘红色斑纹；仿佛一双神圣的巨手擎着太阳的火炬，缓缓地拂开尘封的苍茫大地，裸露出一根刻满预言的、来自上古的神秘图腾。

随着画卷的展开，矿区的空地上渐渐地沸腾起人们的欢呼声和马蹄躁动地踢打土壤的声音。盛装打扮的人群黑压压地围在临时清理出的赛道两旁，等待着木栅栏后的骑士们骑着赛马一跃而出。干燥的空气中传来久违的脂粉香气和锦缎罗裙摩挲肌肤的声音。赛场外除了浓妆艳抹、叽叽喳喳的女人们，就是零星地挤在女人堆里的老年人和在裙摆之间玩捉迷藏的幼童们。那些装点着孔雀翎毛和鸵鸟羽毛的阔檐亮色帽和堆砌着层层薄纱和珠片的迷你一片式压额帽，都在箱子底压了整整一年，终于可以小心翼翼地舒展着娇嫩的身体，随着炙热的风浪不耐烦地上下翻飞；而那些从货郎那里租来的、考究的丝绢手帕和镶金的蕾丝折扇，一会儿掠过被束身衣托起的骄傲胸脯，一会儿掩着娇艳欲滴的微启红唇。

忽然，随着一声清脆的枪响，赛马像海浪一样冲出栏杆。矫健的马蹄在赭石色的飞沙中若隐若现，恍若凌空奔腾。骑士们弓着身子，将头压得低低的，紧紧地拉着缰绳。观众的欢呼声和口哨声顿时涌起："嘿，我赌黑金跑第一！我押一澳币！""我赌伯爵！我押上五澳币，伯爵，我的美人儿，我的宝贝儿你可要争气！"钱默之寡淡着一张长脸，闷闷不乐地站在角落里。连日的挖掘工作使得他的肺里吸满了矿尘，他不断地咳嗽着，脸色憋得有些发青。胖头林杵在一旁，抻长了脖子拍着巴掌欢呼，挪着脚往人群里蹭。胖头林被膨大的裙摆上那些明黄嫩绿的裙边紧紧地夹着，他陶醉地嗅着女人们身上传来的习习香风。他的脸颊被栗色和金色的发丝轻柔地抽打着，哪里顾得上陪钱默之？

丁四贵作为唯一的华人骑手参加这次隆重的赛马节。他将又细又长的辫子在脑顶盘着，穿着长襟，扎着绑腿，虚抬着屁股骑着一匹头颅小巧、如覆薄雪的骃马。他生得瘦小干瘪，却天生适合骑马。他的身体灵巧轻盈，发出的哨声清脆多变。丁四贵以前在京城混迹天桥卖艺，免不得和牲口搭戏，现在拾起旧手艺来，显得格外游刃有余。他一起跑就位居第四，和第三名前蹄碰着后脚。那匹骃马奔跑时如同飞烟溯雪，尾大如瀑，格外潇洒。

“嘿！钱先生，我瞅着四贵儿这是要赢啊！哟哟哟，超过了超过了！这下子他家书里可有的吹了！小凤喜儿一准儿后悔没跟他！”钱默之把脸偏向了一旁，皱着眉躲开胖头林四处乱溅的吐沫星子。眼看着四贵儿一个鹞子翻身从马背上越过第三名骑手，稳稳地落坐在飞奔过来接他的骃马上面。紧接着，他又倒钩着马镫去够人群里的花帽，引来了女士们一片惊呼和喝彩。四贵儿得意扬扬地举着帽子，故意扣在了第二名骑手的脸上。他自己倒立在马背上，不断地拍打着马屁股。骃马扭着八字就把第二名的五花马挤在了边道上。

钱默之不耐烦地转身离开，留下胖头林一个人大惊小怪地呼喊着。闷热的空气、劣质的香水味和粗鄙的喧嚣，都让钱默之感到一种莫名的耻辱感。马场上忽然寂静下来，钱默之脚步虚浮地踱了数十步，忽然心有灵犀地回了头。一匹黑骏马高昂着尊贵的头颅，打着响鼻从马厩里面冲出来。它发狂似的追逐着四贵儿即将夺冠的骃马，直立起魁梧的身躯不断地踢踹着它。四贵儿惊吓得跳下马背，几步窜到了人群里。

那匹黑骏马傲慢地踢开了骃马，踏着舞步小跑到了五花马的身旁，用脖子亲昵地蹭着它。五花马并没有接受这份突兀的浓情蜜意。它的主人恼怒地鞭笞着它浑圆的臀部，紧紧地揪住它的鬃毛，强迫它继续奔跑。黑骏马用脑袋激愤地顶着五花马的主人，将他毫不客气地挑到了半空，然后热情似火地挺着硬邦邦的下身追逐着挤歪了围栏的五花马。人群中的哄笑声戛然而止，妇女们抱着孩子尖叫着往外跑，男人们挥舞着手臂，吹着口哨试图拦截住两匹失控的骏马。

胖头林气喘吁吁跑过来，拽着钱默之往后台跑。钱默之这才想起妻子姜半夏还在那儿等候着参加女子组的比赛。那匹凶悍的黑马凌空一跃，撞向了那些花枝招展的女人，一名少女被烈马踩在了蹄下。忽然，一名单薄高挑的金发少年冲了过来，对着继续狂奔的黑马张开了双臂，钱默之可以清晰地看见他一小片煞白的侧脸。胖头林直着嗓子大喊："跑呀！小子！不要命了？"

那个金发少年扑过去抱住了黑马，被挂在马脖子上甩来甩去，钱默之急得直跺脚。"蛟龙！停下来，对，做一个乖男孩儿……"钱默之听见妻子姜半夏那熟悉的声音响了起来。她一把掀开了面纱，牢牢地抓住了黑马的缰绳。然后，她微笑着轻轻地拍打着它的腹部，将面颊贴在它怒张的鼻翼旁，顺势护住了那个金发少年。黑马逐渐地安静下来，委屈地依偎着温柔的姜半夏。她从人群中要来了一小把糖果，摊在手心里喂黑马舔掉。那个金发少年蹲跪在地上，把那名昏厥的少女扶了起来。少女那亚麻色的发辫无力地搭在尘土里，毫无特色的脸庞还带着少女的痴肥。

姜半夏把平息下来的黑骏马交给四贵儿，蹲在少年的身旁为少女号脉。几个女孩子围上来，纷纷从怀里掏出嗅盐和糖水。姜半夏轻轻擦去少女脸上迸溅的污泥，将她的发辫整理了一下，对其他几个女孩子说："她只是有些轻微的擦伤。因为紧张和闷热，她有些低血糖。把她抬回去好好休息，一会儿就没事了。我晚一些来看她。"她的一小缕微凉的发丝落在了艾瑞斯的手臂上，缠绕着他滚烫的肌肤，他紧张地屏住了呼吸。

钱默之走来，扶起了姜半夏，冲着众人点了点头。姜半夏轻盈地跃上马背，回眸一笑，关切地问艾瑞斯："勇敢的小男孩儿，你还好吗？"艾瑞斯白皙的面孔瞬间变得通红，他紧紧地握着手臂。还没来得及回答，钱默之就牵着缰绳，和马背上的姜半夏温声细语地离开了。阳光从红伞上面倾泻下来，让她的身影仿佛一枚烫金的羽毛书签，徐徐地飘落在他深藏心底的札记中。

在赛马节比赛之后的仪式上，艾瑞斯站在台上，双手环抱着《旧约》，斜阳的光与影交错着雕饰着他的面庞。他望着台下的人们，那一双双喜悦却暗淡的眼睛千篇一律地散落着视线。他清了清嗓子，开始朗诵自己创作的神话：

> 她从海神的羽翼上托生而来，将第一缕阳光播种在海浪之上。风暴不曾夺走她的笑容，迷路的船员都在追随着她的目光。她的歌声里没有离伤，只有那璀璨的荣耀与梦想。他从月亮摇橹的地方，踏着星辉走来。他将誓言编织成花环，束缚着她梦的霓裳。海神诅咒着他们的爱情，用战火燃烧了天空。他指着山陵中埋葬的启明星，对着流云约下归期。而她在四季变换之中，将落寞站立成永恒。海神嘲笑着她的愚蠢，他的头颅已经祭奠了和平。她蜷卧在汪洋之间，惆怅和憧憬洒满了天穹。

艾瑞斯的嗓音在无垠的大地上荡漾着，没有人聆听他枯燥的诗歌朗诵，人们早已嬉笑着舞蹈，在混乱中随意调情。

艾瑞斯顿了顿，人群里似乎永远有一双眼睛在迎接着他。那双眼睛埋没在混乱之中，清澈如最初的晨星。那是一双含着笑意的眼睛，带着异域流光飞舞的神采。艾瑞斯的心潮澎湃着，他伸出双臂，高声呐喊：

> 千万年风雨的冲刷，改变了她秀丽的容颜。她沉默着，孕育了无数的生命。只是偶然，她的泪水坠落，凝结了丛林的落叶，定格了花雨的鸟鸣，拂落了卑微的爱情。

他深深地望着人群中那双璀璨如星的琥珀色眼睛，微微一笑，接着朗诵道：

> 如今，我们漫步在她的怀抱中。祈求着从她的眼泪里，解读希望与光明。你们叫那泪珠澳宝，双膝及地亲吻着她的馈赠。只有落魄的诗人，一遍遍为她传唱。让她心上的人，斩断地域的荆棘，一步步远离征程。如果我能遇到你，我的爱人，我将奉上人世间最美的泪水，让你的影子在爱的宫殿里结晶。

“他简直是个疯子！他除了整天写这种乱七八糟的东西，还会干什么？”一个轻佻的胖女人一面抛着媚眼，一面和身旁疯狂地摇着扇子的女人抱怨说。“疯子？那也是最漂亮的疯子！我才不管他整天写什么呢！只要他的胳膊肯揽着我的腰，我就会神魂颠倒。”那个女人将扇子在胖女人的肩膀上轻轻一磕，搔首弄姿地说道。艾瑞斯的目光拨开一层层污言秽语，却再也找不到那双澄澈而温暖的眼睛。他发狂似的回想着，他穿过人群走向她的时候，她还没来得及盖上面纱。插着白玉的发髻笼罩在红色的纸伞之下，素白色的长裙覆盖着乌黑的骏马，一双吊钟花似的浅色小鞋子靠拢着挂在侧鞍上。她策马离去，却回转头留下令人难以忘怀的一瞥。

傍晚，姜半夏拎着小药箱独自来到了少女的家中，少女的家中空无一人。姜半夏帮少女在伤口和淤青上涂抹了药膏，还为她熬制了一些补充气血的草药，并特意在里面添加了一点点从国内带来的鹿角膏。少女皱着眉头，一言不发，任由姜半夏照顾她。姜半夏握着她的手，用英语轻柔地问她：“你知道自己怀孕了吗？已经三个多月了。”少女摇了摇头，绷紧了嘴唇，带着怨气说：“我没怀孕，你诊断错了。”姜半夏望着她两颊上微微凸起的小雀斑和稍显鼓胀的胸乳，沉默了一下，耐心地说：“我不会告诉别人的，但是你需要医生的帮助。”

小半年之后，少女提前分娩了一个苍白瘦弱的死婴。然后她把那个可怜的死婴悄悄地埋在了戈壁滩里。土狗在半夜把婴孩掏了出来，撕咬得只剩下了骨架和一点粘着头皮的头发。姜半夏愤怒而哀伤地找到少女，责备她的残忍。那个少女不肯承认自己私通，她疯癫地到处哭喊，说自己遭到了土著人的凌辱。除了艾瑞斯，几乎所有的欧洲人都因为对土著人的愤怒而沸腾了。

他们一直缺乏一个公正的借口，让他们可以像任意猎杀野兔一样消灭土著人，而少女的遭遇终于让白种人陷入这场期盼已久的狂欢之中。他们在上帝的视角中，对毫不知情的土著人做了一场最严酷的审判。那个埋葬了死婴的少女，逐渐被塑造成了悲情的圣女贞德，被人们簇拥着进行一场场声泪俱下的控诉。针对土著人的疯狂报复行动不断地上演着。无论性别和年龄，任何种群的土著人都被无情地猎杀，和那些曾经漫山遍野的野兔一样几近灭绝。

1920年12月，澳洲。

艾瑞斯从约克叔叔接手的那家杂货店出来，腋下夹着一个像雨后的羊肚菌一样胀得满满的大麻袋。他的旧衬衫有些过于紧了，勒得他有些喘不上气，以至于他不得不将领口的扣子悄悄地解开了两个，露出高耸的锁骨间一小片被晒成淡棕色的光洁胸膛。几场暴雨过后，沙漠上竟然开满了一丛丛艳丽的小野花，它们的叶茎都有些发灰青色，仿佛鸽子脖颈上那簇泛着夜色的翎羽。而那些倔强的小花朵也都生得很不安分，有的花萼举着三顶雏鸡一样嫩黄的花瓣，上面仿佛描画着饿得发昏的小狐狸。

有的花瓣生得结结实实，像婴儿藕节一样的小胳膊小腿那般在风中挥舞着、踢蹬着，似乎在哭泣“送婴鹈鹕”的失职。还有些容颜娇媚的、像披着天鹅绒的矜持少女，聚在一起摇着羽扇轻笑。艾瑞斯不禁想起一个人，或者说他更加抑制不住地想见一见那个让他朝思暮想的人。他夹着大麻袋，有些费劲地弯下身子，采着那些看上去更美丽娇弱的野花。这些花丛在广阔的天地里各自放肆地伸展着腰肢，如小憩的猫儿一样懒洋洋地等待着采撷。

艾瑞斯不知不觉便走出去了很远，他不断地眨着那双被汗水刺痛的眼睛，微笑着低头看着怀里那一小捧最艳丽明媚的花朵，心里默念着：“她一定会很喜欢这些花的，若是把这些花摆在她的床头，她每天睁开眼就能看到了！”踏着由硕大的云影和其间漏下的万缕阳光而交织铺就的泥泞小路，艾瑞斯像一只勤劳的小工蚁一样，夹着大麻袋举着野花正往家走，老远就听见一声拉长的颇有几分轻佻的口哨。他擦了擦汗水覆盖的眼睛，看见一丛乱蓬蓬的红头发雀跃着冲他跑来。艾瑞斯将那捧野花揣在怀里，才把靠近领口的两枚扣子系好，那团燃烧的火焰便撞在了他的胸口上。

“嗨，艾瑞斯！雷奥那个老家伙又让你来买这么多东西！我看他除了酒瓶什么都扛不动！”红头发迪克扬着嗓门一面说，一面将艾瑞斯腋下的大麻袋夺过去背在自己肩膀上。为了让他那金灿灿的雀斑和白闪闪的门牙可以同时挤在一张瘦削的脸庞上，他的眉毛主动地离开了他。眼睛和鼻子也委委屈屈地缩着身子，尽量躲在小小的角落里。红头发迪克只穿着一条短裤，骄傲地露出鼓着肌肉的精壮身体，他亲热地勾着艾瑞斯的臂膀，有些苦恼地说道：“我说好兄弟，我想和你聊聊，你和其他人不一样，我觉得只有你能明白我的意思。”

艾瑞斯微笑着打量红头发迪克，他看见迪克的脸上浮着一层罕见的红晕，便若有所悟地点了点头，笑得颇有些深味地说道：“好吧，兄弟，和我来谈谈你的‘意思’吧！”红头发迪克见艾瑞斯的微笑里有几分促狭，便有些不好意思地一面拿眼睛四处乱瞟，一面蹭着脚底的泥低声回道："这个鬼地方苍蝇可真多！我每次说完话都觉得吃饱了！好吧，你是个聪明人，我喜欢上了一个姑娘，可是她好像对我没什么意思。"红头发迪克说完，便求助似的一直盯着艾瑞斯看。艾瑞斯有些心不在焉，他藏在胸前的野花刺得他又疼又痒。他只想赶紧把红头发迪克打发走，然后将花献给她。"哦，她是谁呢？你不是一向最会钓姑娘了吗？怎么这一次没有办法了？"艾瑞斯顺着迪克的话问道。

红头发迪克苦着脸，带着恼意嘟囔："瑞秋，就是那个瘦高的英国小妞，那么厚的棕色头发总是披在屁股上的那个瑞秋。你知道的，她是个安静的好姑娘，不喜欢油腔滑调的那一套，再说她也听不懂德国话。"本来心不在焉的艾瑞斯听了，吃惊地睁圆了眼睛，难以置信地反问："你喜欢那个姑娘？你不是以前一直嘲弄她刻板，像个老修女吗？她确实不错，很秀美，走路总夹着书，很有些不列颠人的傲慢。"红头发迪克见艾瑞斯也很欣赏自己心目中的小美人，兴奋地在他肩膀上打了一拳，得意扬扬地接着说："是呀，是个傲慢的小妞。她翘着的小鼻子和棕色的大眼睛，漂亮极了！你知道，其他年轻的女孩子，都有些轻浮，我从来没有对她们认真过。你说我是不是应该请她吃饭，还是给她送花？"

艾瑞斯听到送花，脸上的笑意便有些不自然。他掩饰地蹭了蹭鼻子，清着嗓子一本正经地说："是，我觉得送花很不错。你坚持送一段，她不要也没关系。等她肯接下的时候，你再请她吃饭。"红头发迪克眼睛亮亮的，有几分崇拜地对着艾瑞斯说："你可真行呀，艾瑞斯兄弟！我觉得这个法子不错！只要我每天都送，她迟早会答应我的！就这么着！嘿，你就等着我的好消息吧！对了，你也有喜欢的人了吧？跟我说说，她是谁呢？"艾瑞斯甜蜜地笑了笑，脑海里浮现出她的模样，他轻轻地、坚决地说道："有，圣母。"

红头发迪克哄然大笑，用拳头擂捶着艾瑞斯略显单薄的肩膀。他嘲弄地笑骂："你这个狡猾的人！我知道你爱圣母，我是问你爱哪个女人？别说没有，鬼才信呢！"艾瑞斯依然甜蜜地、沉静地回答："告诉你了，我爱的那个女人是圣母。她是我心目中最美的女人，我会用我的生命去爱她。"红头发迪克见艾瑞斯脸上浮现出近乎神圣的决绝，有些发蒙。他嘟嘟哝哝地劝道："我说，亲爱的艾瑞斯，我知道你是个虔诚的人。但是，我觉得你还是应该去喜欢一个活生生的姑娘。"

红头发迪克咧着大嘴傻笑着继续说："一个有着软乎乎的胸脯和红艳艳的嘴唇的姑娘。"艾瑞斯淡淡地笑着看着迪克，他的眼神几乎是悲悯的，而他的笑容则带着几许凄楚："我爱她，只爱她。我知道她不可能和我在一起，可是我永远都爱她。"红头发迪克被他忽然变得苍白的面孔震慑住了。他摇了摇头，嬉皮笑脸地逗弄着艾瑞斯："那可不一样，总有一天你会明白的，我的好兄弟。"艾瑞斯若有所思地轻轻一笑，说："确实不一样，总有一天你会明白的。"他的眼睛里落满了晚霞的色彩，仿佛最优美圣洁的女人身上那件最轻盈绚丽的绣衣。

艾瑞斯终于把红头发迪克应付走之后，他小心翼翼地从怀里掏出那一捧小野花，怜惜地仔细反复打量着。万幸的是，虽然蹭掉了些叶子和花瓣，那捧小野花依然生机勃勃，每一朵都因蘸满了晚霞而娇艳欲滴。艾瑞斯耐心地将一些不太像样的枝叶摘掉，又将上面的浮土吹了吹。一想到她或许会用那两瓣儿芳唇去亲吻它们，那芳唇柔嫩得仿佛初绽的百合花苞，纹路比新生蛉翅上的还要纤细，嫣红得好似冰雪覆盖的小河里水草间那条摇曳多姿的小小红鲤。

想到这里，艾瑞斯那片曾被野花紧紧地依偎过的胸膛便燃烧起来。仿佛那吻即将落在那里，像飘落在春风里的桃花瓣，或是细雨中零落的被斜阳染红的羽毛。艾瑞斯来到她的门前，将野花摆在一旁。他起身端详了下，又怕风将野花吹乱，便搬来几块石头将花茎压住。他留恋地向她的门里望了望，便依依不舍地拖着那个沉重的大麻袋转身离开了。在即将走到家门口的时候，艾瑞斯忽然想到，若是她的先生看到那捧野花或许会心生不快，甚至引起猜忌，便懊悔地在心里狠狠地暗骂自己。

他将那袋沉甸甸的东西一抛，飞快地向她的家跑去。在快到她家的路上，艾瑞斯迎面碰到了一起散步的姜半夏和她的先生。艾瑞斯鼓起勇气迎上去，在心中默念着一旦她的先生发火时，他将勇敢地说出那些话，那些可以维护她清白名誉的话，那些向她的先生坦白忏悔的话。然而他们看上去并没有任何不快，她的脸上甚至还带着淡淡的纯真笑容。她冲着他颔首示意，而她的丈夫则走上来和艾瑞斯握手，甚至揉了揉他的头发。他们一边向艾瑞斯表达着感谢，一边继续慢慢地走在浅红色的小径上。他们的背影默契得仿佛一对叠颈共眠、展翅齐飞的天鹅。

艾瑞斯满腔的话语一下子都融化了，化作汗水打湿了被野花划伤的胸膛。他不知道自己是怎么和他们夫妇辞别的，只记得自己飞跑在回家的路上。他的脸上湿漉漉的，不知是汗水还是泪水。当他快到家的时候，雷奥叔叔已经板着脸站在门口等着他了。雷奥叔叔指着背后的大麻袋，狠狠地扇了艾瑞斯一个耳光。艾瑞斯完全听不懂也听不见雷奥叔叔的雷霆震怒，他的脑海里一直晃动着她焕发着幸福神采的面庞和她丈夫那彬彬有礼的、毫无戒心的温和表情。

姜半夏从那个少女家里离开，她有些犹豫自己的选择。那个少女又一次怀孕了，她绝望地找到了姜半夏，希望可以悄无声息地流掉这个孩子。姜半夏看着她微微隆起的小腹，质问她孩子到底是谁的，那个少女只是掩面哭泣。姜半夏想起那些惨死的土著人，她为少女配了安胎药，并叮嘱她坚持服用。当姜半夏离开的时候，那个少女面色苍白地躺在床上，双手紧紧地捂着肚子，脸上似乎还带有一丝决绝的笑意。

姜半夏抬头望着天空中迅速涌动翻滚的乌云，那些乌云堆积成一座座悬浮的小山。那些小山冲撞着、融合着，最后一束阳光将一道道金线洒向一处缓坡，在乌云绛紫色的投影中绽放出一朵荒芜里的金蔷薇。而暴雨骤然而至，疾速地冲撞着地面，将地表滚烫的一层沙石激得陡然腾起一层热浪。汹涌的风暴卷起万千雨柱，皮鞭似的抽打在身上，空谷里回响着暴风骤雨的嘶鸣。然而那朵硕大的金蔷薇里的雨声则要微弱得多，薄薄的金雾均匀地洒在水幕里，明媚而圣洁。

起伏的色彩在雨水的冲刷下显得愈发浓郁，仿佛流淌的红河，时而如湍急的险滩，时而如平缓的静水，绛紫的夜色缓缓地坠入其间，一点一点地晕染开，雨水忽然在这时候收了。几乎是一刹那，天幕被群星点燃，一轮朦胧的淡月幽静地孤悬着，月光铺满了浓墨重彩的戈壁滩。仿佛有人将旧时光的针脚轻轻地挑开，让历史的孔隙重新透出些微的光亮。

姜半夏忽然觉得时间回溯，她站在离开岛屿的商船上，回望着那些密密麻麻的十字架。那些粗糙的、单薄的十字架下面有她依然带着体温的两个小小的胎儿，未曾谋面的两个初具人形的胚芽。她忽然跪倒在大雨里，痛哭流涕。她知道自己的灵魂从那天开始，就被撕开了两道深深的豁口，无法被缝补，也无法被救赎。她痛恨钱默之，因为他的自私、猜疑与胆怯，她失去了女人生命中最宝贵的馈赠；她痛恨那个少女，她是那样地藐视生命，无论是孩子的、自己的，还是土著人的。

姜半夏湿淋淋地回到家里，钱默之正在生闷气。姜半夏坚持在散步后，独自去看望那个“淫荡”的少女，钱默之一个人在家百无聊赖、浮想联翩。他望着姜半夏狼狈的样子，责问道：“怎么这么久？”姜半夏冷得直打战，她褪下湿衣服，捧着热水喝了一大杯，沉默地缩在被子里瑟瑟发抖。钱默之一边用干毛巾帮她擦头发，一边气恼地问：“怎么去了这么久？是不是路上碰上什么人了？”

姜半夏脑海里一会儿浮现出自己埋葬在海岛上的两个胎儿，一会儿浮现出那个被土狗撕碎的死婴。她愣了一会儿，悠悠地说：“我给她开的是安胎药，上次那个婴儿是白种人。”钱默之厌恶地说：“你管她死活干吗？你觉得孩子是谁的？”姜半夏摇了摇头，疲倦地说：“不知道，我最近留心观察了一下，双胞胎约那斯和迪姆一起来过，那个雷奥也来过。别的人，我不清楚。”

钱默之骂了一句脏话，准备拉上被子睡觉，忽然冷冷地说：“你以后别总一个人走夜路，被人看见了，说不清楚。”姜半夏的脸上露出了一丝苦笑，她翻过身，留给钱默之一个纤细单薄的后背。钱默之翻来覆去折腾了一会儿，忽然扳着姜半夏的肩膀凑上来。他一边起腻，一边无意地说：“最近那些土著人没动静了。”姜半夏淡淡地说：“被白种人屠杀得太厉害了，他们躲起来了。那个小男孩经常给他们通风报信。”她无声地推开了钱默之伸向睡衣里面的手，闭上眼睛沉沉地睡去。钱默之不甘心地摸索了半天，折腾出一身汗，终于闷闷不乐地睡着了。

晚饭后，艾瑞斯偷偷地舀起一勺洗衣粉吞下去，又故意把被子叠好放在一旁，光着身子瑟瑟发抖地睡觉。果然还没等到天亮，他就如愿以偿地发起了高烧，同时上吐下泻，模样十分凄惨。艾瑞斯蜷缩在床角，浑身烧得滚烫。猛然看去，仿佛裹在铁棍上还没来得及吹鼓的玻璃泡，通红瘦小、楚楚可怜。他不住地打着冷战，肠胃绞疼得似乎是被恶魔的爪子紧紧揪住再翻开捣烂一样。

他的双手因为高烧不退而开始痉挛抽搐，紧紧地攥在一起。继而双脚也开始颤抖，整个人更像是飘零在暴风雨中的独木舟，颠荡不住、岌岌可危。当她披紧外套匆匆赶过来的时候，艾瑞斯已经因为意识模糊而不断呓语。她倒了点杜松子酒，一面温声细语地安慰着他，一面小心地掰开他那绞在一起的双手和双脚，帮他按摩。直到那里的肌肉渐渐松弛下去，她又用杜松子酒耐心地替他一遍遍擦拭着额头、颈窝、腋下以及膝盖内侧。

艾瑞斯在恍恍惚惚之间，忽然就着煤油灯，看到了那张冲着自己俯下来、温柔的、恬静的、关切的面庞。那张朦胧而素雅的面庞在灯火的黄晕里渐渐地泛出光明、温暖、美好和希望。艾瑞斯心里激动极了，便痴痴地仔细看着她。她将三根纤细匀净的嫩白手指轻轻地搭在他的手腕上，忽而轻敲，忽而轻按，忽而轻抚，仿佛在向他传递什么神秘的讯息，就像那些在古老而漫长的岁月里结绳记事的女祭司曾经做过的那样。她手指上的指甲圆润光泽，修剪得极为细心，一枚枚都好像沉在水波里覆着云彩的月白石，或是花朵里微微露出的小精灵的鹅蛋脸庞。

从她那柔软芳唇里吐露出的语言，好听得像春天里第一场细雨：先是如同小提琴演奏前的试弦一样，叮叮咚咚地敲击在池塘的翡色水面上，然后水面上便盛开出一枚枚玲珑的琉璃盏。那些琉璃盏怜惜地承接着新降临的一颗颗珠玉，继而发出窃窃私语一般，充满了淡淡柔情与忧伤的夜曲来。当她开始准备布针的时候，她的手先是轻轻拂过艾瑞斯的面颊，帮他合上疲惫的双眼。然后，她又用干净的手绢蘸着清水，温柔地帮他滋润干涸的嘴唇。当她在手臂上布针的时候，艾瑞斯偷偷地睁开眼睛，正看到她秀美纤长的一截雪颈上，微微摇曳着几缕幼细胎发，仿佛寂静清晨里浸在一脉清浅溪水里的嫩芦芽。

艾瑞斯还看见，那枚如同敷着薄薄金粉的小贝壳一样小巧精致的耳朵上，藏着一颗胭脂痣。那颗痣若隐若现地伏在鬓发里，不时地随着发丝滑落而悄悄地露出来，仿佛一只卧在凤仙花枝蔓上正睡得甜香的小瓢虫。她忽然转过脸来，艾瑞斯便猝不及防地跌入了那双幽深而明亮的眼睛里。那是一双怎么样的眼睛啊，美女海伦那双海浪一样蔚蓝的双眸，也不会比这对沉睡在墨玉色松针里的瑰丽琥珀更加令人着迷！让人觉得自己仿佛是一个孤独的旅者，在穿过最痛苦而漫长的黑暗隧道后，忽而见到的最澄澈而宁静的璀璨星空。

姜半夏见艾瑞斯如此顽皮，不肯闭上眼睛休息，便将食指贴在嘴唇上，做出“嘘”的样子。她虽然假作恼意地皱着眉，眼睛里却全是熨帖的笑意。而她左边的面颊上也飞旋出一个醉人的酒靥，使得那美丽沉静的面庞竟微微地绽放出几许天真无邪的稚气来。当艾瑞斯渐渐地退了烧，夜色也如同潮汐一般从那颗浑圆、硕大的明月下渐渐地退去。黎明便如同一颗莹白的蚕茧一样渐渐地剥落开去，层层叠叠地露出彩虹一般的羽翼来，覆盖着秋日阴影下斑驳陆离的大地。

姜半夏抚了抚艾瑞斯被汗水打湿的苍白额头，又替他捋了捋匍匐在枕头上的凌乱卷发，这才收拾好银针匣子，辞别了雷奥叔叔。在艾瑞斯留恋目光的惜别下，姜半夏踏着优雅轻盈的步伐，缓缓地融入了万丈霞光之中。艾瑞斯痴痴地望着远处，悄悄地抽出藏在枕头下的手绢，细细嗅着上面淡淡的馨香。上面绣着初绽的合欢花和一行花鲫一样的小字，都美好而缥缈得好似仲夏夜的梦境。

艾瑞斯在黎明即起的时候，再一次陷入了梦境。在梦中，他看见姜半夏仿佛生活在《马可·波罗游记》里的那个时代，膝下还围绕着两个活泼可爱的稚童。那里的月色红得仿佛是一枚被晚霞浸染的落叶，徐徐地飘落在积水的空地上。月光渐渐地在沉静的倒影中洇开，仿佛一小盒细腻芬芳的口脂，正等着被那纤纤玉指蘸着，去点染那两瓣儿绛唇。而那金橘色的烟霞氤氲在积水之上，那是月光所孕育出的小精灵们，从水里跃出，正不知疲惫地跳着空溟的舞。而她正蜷坐在两轮月晕之间，似乎在借着月色缝补衣物。

她被小精灵们簇拥着，全身散发着珍珠一样柔美纯正的光芒，世界上最细腻的笔触也无法描绘她那异常纤弱娇嫩而又无比精致曼妙的身姿。艾瑞斯痴痴地守望着，几乎以为是月光女神降临人间。他不敢直视她恬静的面庞，只好屏着呼吸，生怕自己的粗鄙会惊扰到那天人合一的寂静之美。

时间的脚步也放轻了许多，将夜色均匀地覆盖在荒芜而广袤的大地之上，星辰仿若摇曳的露珠，缀满了天鹅绒一样柔软而华丽的夜空。艾瑞斯几乎可以听得见，每当微风拂过，她的几缕发丝，便轻轻地掠过她睡莲一般圣洁姣美的面颊和脖颈，撩起一缕缕静谧的幽香。他甚至还可以听见，那端丽而妍雅的中式长裙随着微风，正令人嫉妒地摩挲着她蔓草一样纤细柔嫩的小腿。

而每当她的手腕随着针脚起落，玉镯滑落手臂时，艾瑞斯总不由得担心她那花苞初绽似的肌肤，会因此而留下瘀痕。每当她将那浸在月光中的面颊侧过来，艾瑞斯总在期盼着那双美丽而神秘的眼睛，可以向他抛来含蓄而温柔的一瞥。然而他却又总是无可抑制地满面通红，紧张而羞怯地将自己那只露出尾指伤疤的手拼命往后缩，生怕她会因此而心生不快，全然忘记了自己正身处于幽深的夜色之中。艾瑞斯仔细聆听着缝衣针徘徊的声音。他渐渐地回想起那个最寒冷绝望的夜晚，她晨曦一样温软的指尖和雨丝一样缠绵的银针，在他冰冷忧伤的肌肤上，轻轻地触碰。仿若神圣而细碎的亲吻，在他不堪重负的脊背上，点燃了一盏盏希望的烛火。

艾瑞斯忽然觉得浑身滚烫，他无比渴望着那双梦魇一样的嘴唇，可以再度对着他，吐露音乐一样轻盈优雅的未知语言。在那年轻的欲望逐渐将要燃烧喷薄的时候，艾瑞斯忽然跪在了地上，双手交握，无比虔诚地感谢着上苍将他的命运指向了这里，指向了有她的地方。他一遍遍地祈祷着，祈祷着诸神的眷顾，可以像慈母宠爱最心爱的幼子一样，溺爱着她，青睐着她，守候着她。而与此同时，他也无比惭愧地请求着上帝的宽恕，宽恕他青春的悸动所带来的肉体的渴求和骚动。

正在此时，他忽然看见那两个可爱的稚童逐渐地变得透明，他们在那群小精灵的带领下，在月光下嬉戏玩耍。艾瑞斯看见姜半夏伸出双臂去拥抱那两个孩子，却从他们透明的小身体中穿了过去。他看见她一遍遍地尝试、一遍遍地失去，他看见她脸上写满了凄凉与绝望。艾瑞斯试图冲上前安慰她、帮助她，可是他和他们的世界之间仿佛隔了一道无形的屏障。

他只能眼睁睁地看着她举着两件精美的小衣裳，跪倒在地上，痛哭失声。那一群小精灵带着两个稚童向着远方飞去，她把手指刺破，用鲜血在两件小小的衣裳上面分别写下了“奇迹”与“重生”。那两个稚童留恋地回头望着姜半夏，逐渐地湮没在永恒的夜空里。艾瑞斯清楚地看见，随着那两个幼子的远离，姜半夏的胸前开始淌血，两个深深的伤口贯穿了她。她对着艾瑞斯转过脸，他从来没有看见过这样忧伤的面孔，仿佛整个世界都在她的眼前瞬间坍塌了。

艾瑞斯肿胀着半张脸，从睡梦中醒来，在一种灵魂被撕碎的苦难中，他忽然懂得了姜半夏。天气有些闷热，雷奥叔叔的呼噜声在空荡荡的石室里发出管风琴一样的嗡鸣声。艾瑞斯已经退了烧，他隐隐地听着秋雨敲击着地面的声音，浑身是汗，辗转难眠。他忽然有一种冲动，将自己对姜半夏膜拜的爱转变成供奉和牺牲，让她的脸上永远不再有那样哀愁的神情。

雷奥叔叔打着卷的呼噜声则像穿透黑夜的小火车，以一种单调的节奏重复着，将时而暴戾、时而文雅的雨声裁剪成疏密有致的段落。艾瑞斯一只手抚在胸口，那里的皮肤布满了被野花刺伤的细小伤口，被汗水浸得红肿发烫。正如他那颗沉默地藏在胸口里的，热忱圣洁，却充满了困惑、羞愧和谦卑的心。在雨水将黑夜冲刷殆尽之前，艾瑞斯和诗人但丁一样再一次陷入了层层的梦境。

新的梦境里，艾瑞斯回到了她的世界，那个十三世纪空前繁华的盛都。他孤独地穿越一座座神殿，看见在林荫之间的喷泉前静静饮水的猫，以及成群地掠过一座座城池，最终在灿烂的花千树中栖息的白头翁，也有在黯淡的人群里，红裙胜火，露出整条大腿放肆地赤着脚舞蹈的女郎。艾瑞斯失望地守住梦境，不甘心就此离去，他随着猫走过那些沉沦的圣殿，又跟着白头翁离开那些荒芜的城池，当那个女郎拎着鹿皮小鞋踮着脚从轻浮的哄笑中独自离去的时候，她的身后留下两排月牙一样湿漉漉的小脚印。

艾瑞斯狂喜地看到在那些小月牙还没完全褪去的时候，街道上徐徐飘落下一方面纱。那面纱由于才离开面庞，上面犹自带着柔和优美的弧度和清甜淡雅的气息。在黎明的金手指即将点亮晨曦的时候，艾瑞斯正要拾起面纱，去追赶那依稀的背影，雷奥叔叔的大手毫不留情地掀开了他的被子，而艾瑞斯昨夜的美梦尚未开始，就已经被今天的生活彻底冲淡了。

艾瑞斯懊恼地想："那个面纱一定是她留下来的。我认得她的气息和轮廓，那一定是她，我从童年开始，无数次梦见过《马可·波罗游记》里的那个国度，梦见过她的面纱和背影！可是为什么我要做那些愚蠢的梦呢？那只猫、那群白头翁和那个放荡的舞女，我怎么竟然会在她们身上浪费了那么多的时间！上帝啊，我多希望我可以多睡一会儿，或许我将追上她也说不定呢！我只是想单独和她说说话，哪怕就一小会儿也好！"

艾瑞斯正生着自己的闷气，忽然觉得两腿之间冰凉滑湿、黏黏答答的，特别不舒服。他将双腿错开，低头一看，发出一声绝望的低鸣。艾瑞斯一面自责地扯着自己的头发，一面痛苦地想着："上帝啊！我竟然是如此地肮脏下流！看看我都干了些什么？！还好她离开了，我若是这样和她说话，简直罪大莫及！一定是那个没有廉耻的舞女，是她诱惑了我！可是那不过是个可怜的姑娘，她又何尝真的做了什么呢？"

艾瑞斯跟在雷奥叔叔的身后，他有些精神恍惚地重复着单调的挖矿工作。直到艾瑞斯的铁钎钉穿了他苍白的掌心，和他中间的那道掌纹构成了一具滴血的十字架，他的胡思乱想都没有停止过。他惊恐地发现，即使他试图将罪责转移到舞女身上，甚至转移到猫和白头翁身上，都不能减少丝毫的罪恶。因为无论他梦到了什么，他都能从中最终找寻到她的影子。“啊！你个冒失鬼，运气真不错！小心点儿，别再凿下去了，啧啧，让我好好看看，这块儿蛋白石很可能是块值钱的火澳宝呢！”雷奥叔叔一边兴奋不已地说着，一边将呆头呆脑的艾瑞斯推到一旁。

他先是用手将澳宝上的血迹小心地擦拭掉。由于艾瑞斯的血流了不少，雷奥叔叔只得将煤油灯换到另一只手上，腾出那只原本拿着灯的手将余下的鲜血一点点地抹去。艾瑞斯端着手掌，见血已经顺着掌心的纹路渐渐洇开了，像一株从春天走向夏天的枝繁叶茂的大树，或是一条从西方涌向东方的旁系丰富的巨流。艾瑞斯激动得想双膝跪地，来感谢仁慈的主，恩赐他以救赎，用自己的血液清洗了内心的罪孽。然而他还没来得及跪倒在地，雷奥叔叔已经“扑通”一声跪在了他的前面。他一手举着那块流光溢彩的石头，一手拿起脖子上挂着的十字架，一遍遍激动地亲吻着，嘴里还喃喃自语着：“感谢上帝！感谢上帝！”

雷奥叔叔手上的血迹干涸了，在黑暗的洞穴里偶尔散发出微弱的光芒，仿佛那里也生长着价值连城的澳宝。艾瑞斯紧紧地闭上了眼睛，他用流着血的手哀伤地捂住了眼睛。在上帝所居住的那个地方，在那片深沉而耀眼的黑暗里，艾瑞斯跪倒在天堂的门前，一遍遍地为自己和雷奥叔叔虔诚地忏悔着，请求上帝宽恕他们罪恶的灵魂。他悄悄地再一次凿开了伤口，在自己的胸前不断地画着十字架，他请求上帝拯救她，从忧愁之中、从孤独之中、从苦难之中。为此，他甘愿献祭，以血、以肉、以骨、以灵魂，以一切已经拥有的和一切曾经盼望的。他愿爱与救赎可以让她历经的种种磨难湮没，最终得以幸福的重生。

自从艾瑞斯在梦境中感知到姜半夏的苦痛与哀伤，他便开始想方设法地了解她的真实生活。他在地下寻觅新矿脉的时候，被一道河流一般蜿蜒明亮的矿带指引着，一直开凿到姜半夏家的隔壁。他追随着一颗最瑰丽迷人的澳宝的踪迹，不小心凿开了姜半夏家卧室的墙壁。当他取下那颗神话一般令人沉沦的宝石的时候，他看见了属于天堂的风景。从那以后，艾瑞斯总在午夜时分，悄无声息地回到那条孤独的矿道，在那里窥视着姜半夏的生活。在羞耻与兴奋之间，他的肉体与灵魂都得到了慰藉。

在盐湖一样静谧而泛着淡粉色冷光的月色下，艾瑞斯像着了魔一样蹑手蹑脚地再一次踏入了暗道，他屏住气半跪着将眼睛紧紧地贴近了小洞。伴着摇曳的灯火，半夏面色平静地将赖在一旁揽着她肩膀的先生哄着退到床上坐好，自己端了水放到小洞前不远处的铁架子上，试了试，开始慢慢地背对着先生解头发。艾瑞斯正看得仔细，眼睛忽然被溅出来的水珠泼了进去，他舍不得揉，就含着一团朦朦胧胧的雾气不错眼珠地看。氤氲的水汽之间，半夏的头发层层叠叠地披散了下来。她半遮着素白的一小半脸庞，衬得嘴唇格外地嫣红可爱。

她大大方方地正对着艾瑞斯的方向，开始缓缓地宽衣解带，镶嵌着滚边的宽大袖口从抬起的手腕滑落，露出纤细的手臂。艾瑞斯隐隐可以看见肌肤上淡蓝色的小血管，合在一起，简直像极了书本上那种细颈修身的中国青花瓷，而白皙纤长的手则是插在里面的一株微微颔首的百合。随着百合花瓣的翕动，那件紧锁着脖颈，下摆散开的蜜色和式上衣渐渐地从她的身上剥落了，只剩下一件滚着金银丝绣边的乳白色丝绸内衣，半掩着胸乳和一小半小腹，仿佛在她的怀里，静静地尽情绽放出一朵月光百合来。

过于细弱的腰肢，带出一截收敛的曲线，完美地伏卧在内衣里面，随着呼吸起伏着斑斓的夜色。内衣上，绣着一株仿若冰玉凝成的树枝，上面似乎栖息着一只夜莺。它缄默着，嵌在一轮当空的明月中，羽毛梳理着微风的金屑。当那夜莺摇落了满身的夜色，从雪白的枝梢上掠到空中，她的肩骨和锁骨完整地从丝绸中剥落了出来；月的清辉浸润了它温润的小脑袋，两粒玛瑙似的眼珠子灵活地转动着；她的乳晕映衬在皓洁的前胸，一双焦黄的、指节突兀的大手覆盖了它们。那夜莺开始了不知是欣喜，抑或是伤悲的些微啼鸣。艾瑞斯忽然觉得自己的喉咙被人扼住，他的嗓子里逸出一声痛苦的呻吟。

姜半夏闭上了眼睛，她的脸上糅合着迷茫、隐忍和无奈，她似乎轻轻地叹了口气，转过身抱住了脸色通红的钱默之。烛火的影子影印在她光洁柔美的后背上，艾瑞斯似乎再一次看见了那两个鲜血淋漓的贯穿伤，两个孩童的身影在她的伤口附近攀爬。钱默之憔悴的身躯覆盖了她，两个孩童的身影闪躲着、抽泣着。艾瑞斯痛苦地蹲下身子。他似乎再一次看见那个披着面纱的古典女子，在月色下耐心地缝制着稚童的衣裳。然后，她用自己的鲜血在上面绣上他们的名字，绝望地目送着他们永远地离去。艾瑞斯知道，自己的灵魂也因为她曾经经受过的苦难，而感同身受、千疮百孔。

1921年3月，澳洲。

毡卷似的乌云翻滚着雷电的嘶吼，瓢泼大雨冲刷着斑驳起伏的大地，昭示着雨季的到来。接连不断的大雨以席卷一切的姿态在茫茫的天与地之间肆虐游走。而不知何时，一群从远处迁徙过来的土著人无声无息地从遥远的天际走来，毫无征兆地将自己的部落驻扎在离矿地不远的丘地。这群土著人对这片领地上曾经发生的惨剧一无所知，在盛大的祭祀仪式之后，他们平和地开启了新的生活。他们和这片土地上的所有生物维持着惊人一致的节奏，仿佛大自然的心跳和呼吸一样自然而然，有力而绵长。艾瑞斯几乎是唯一一个依然对土著人有着友善而孜孜不倦的好奇心的人，而绝大多数成年人更习惯拎着猎枪警戒地在矿地附近巡视。

那个未婚先孕的少女最终在姜半夏的悉心照料下，生下了一个白白胖胖的婴儿。他的眼睛和那对邪恶的双胞胎约那斯和迪姆一模一样，头发的颜色和卷曲却像极了雷奥叔叔。人们沉默了，将怨恨宣泄在那个无耻的少女身上，他们唾弃着、辱骂着、推搡着，一直到那个少女坠崖自尽才罢休。霍克斯老先生最终收留了那个弃婴，姜半夏夫妇、艾瑞斯和芮芮兄妹经常去照顾那个可怜的小婴儿。而雷奥叔叔、那对双胞胎约那斯和迪姆并没有感到任何的愧疚，他们只是遗憾失去了一个可以宣泄的玩偶。

对矿地上的居民来说，即使那一整年的疯狂报复行为最终渐渐落幕，在人们的心目中，土著人依然与土狗并无二般，都是惯于偷袭、令人厌恶的野生动物。此刻，艾瑞斯伏在一块巨大的岩石上面，向下津津有味地观察着两位土著年轻男子在族群长老的监督下，所进行的一场别开生面的争斗。他们似乎在一场静默的宗教仪式中产生了分歧，于是便被族群里的长老带离了人群，来到这里解决争端。

他们二人身上和脸上都绘着粗犷的白色线条，胸膛上和胳膊上都分别留着刻意打磨出来的一串串巨大疤痕，仿佛镶嵌在身体上的图腾，而那赭石色的肌肤似乎可以随时与大漠融为一体。那位长老身上绘制的图案则繁复得多，神情也更加沉穆庄严，他的额头上和腰间都系着好几沓鸟绒和树皮所做成的鲜艳装饰物。他从一棵高大茁壮的灌木上，掰下两根差不多大小的木棍递给二人，然后宣布了比赛规则，便退向一旁微笑着观望。那两名青年各持着一根木棍，在冲着对方致礼示意后，便将两根木棍抵在一起，各自用劲儿，仿佛两只顶角的羚羊一般。不一会儿，其中一名青年便有些体力不支，手中的木棍也被冲撞得歪向一侧，而另一名青年赶紧乘胜追击，将那歪倒的木棍彻底挑脱出去。

在胜负决定的一刹那，空寂的赛场上随即爆发出一阵欢快的笑声。那两名青年在长老的鼓励下，冰释前嫌地拥抱在一起，身上的花纹也随着畅快淋漓的笑声而跃动着。当他们三个人正兴高采烈地交谈着，向自己的部落走去时，一声沉闷的巨响忽然将其中一名青年掀倒在地。那名可怜的青年被子弹击穿了后脑，整个头颅似乎都像泄气的皮球一样瘪了下去，而他的生命也在这一瞬间随着浓稠的脑浆和鲜血一股脑地逸出来。

然而他的四肢还在不甘心地抽搐着，妄想着要捞回那已经挣脱了躯壳束缚的灵魂。艾瑞斯难以置信地看着大地上横死在血泊中的土著人。他循着那声枪响，愤怒地找到了半蹲在百米开外的巨石上，将身子半掩在灌木丛里的约那斯和迪姆。艾瑞斯发疯似的一边怒吼着：“住手，混蛋！你们这两个恶魔！快停下，你们这是在杀人！”一边疯狂地冲向在胜利的欢呼中再次举起猎枪的二人。

还没等另外的那两名哀恸的土著人做出任何反应，猎枪那只凶残的独眼便又瞄上了那位正在做着临时祷告的长老。显然这次嗜血成性的它比第一次“狩猎”的时候更有耐心，也更有谋略：它先是狡猾地依次击中了长老的两只脚踝，让他顺从地跪倒在血泊中。然后再放肆地在他屁股上左右拍了两下，津津有味地欣赏着他因为肉体的剧痛而扭曲颤抖的“舞姿”。最后，他颇有技巧地戏弄着将一枚子弹擦着他的耳朵送过去，落在死去青年的面孔上，激起一股血花，直射在长老埋在战栗的双手里和那张悲愤欲绝的脸上。

艾瑞斯怒吼着夺过猎枪的一瞬间，最后一枚邪恶的子弹已经挑衅般地掠过了他的肩膀，欢快得意地一路扑向长老的后心。忽然那个被突如其来的变故吓傻了的，一直呆立在一旁，哆嗦得好像秋风里的落叶的土著青年，斜着冲过来。他矫健得仿佛一只捕食的猎豹，用鼓起的胸膛，勇猛无比地从长老背后夺走了那枚灵活得好似蛇芯子一样的子弹。然后，他心满意足地倒在了长老脚下的土地里，将自己自由勇敢的灵魂完整地交托了出去。

那位部落长老双手托天，仰面哀鸣了一会儿。然后，他又拖着残破的身躯，同时将两具尸体揽抱在怀里。他一遍遍在他们的身上摩挲着，仿佛舔舐着早夭幼兽的慈祥母亲，而那低垂着的脑袋似乎在反复地哼唱着《安魂曲》。他忽然抬起头，直视着为了争夺猎枪而绞作一团厮打的艾瑞斯三人。他的面孔被死神降临时所落下的巨大阴影覆盖着，他那双眼睛里混合着痛楚、愤怒、屈辱和一种近乎悲悯的平静。

那双眼睛从艾瑞斯三人的淡漠、嘲弄和羞耻上逐一掠过，依次烙上罪恶的印迹。而起伏如巨人胸怀的大漠上也留下三排滚烫的血迹，那是长老双膝跪倒在地，挣扎着一左一右托抱着两名青年的遗体，所涂刷出的回家的轨迹。他们笃信血液是大地之神恩赐在他们体内的乳汁，正如此刻在生死交织的地平线上，那对盘旋在上空的苍鹰，是大地之神无比痛惜的眼睛。约那斯和迪姆都喝得醉醺醺的，艾瑞斯在和他们争夺猎枪的时候惹恼了脾气火暴的迪姆。他骂骂咧咧地用枪托狠狠地砸了艾瑞斯一下，又偏头啐了一口，眯着眼睛恐吓道："臭小子，你给我滚一边去，这里没你的事情，那些土著猪总是偷我们的东西，我要好好教训教训他们！"

约那斯则将愤怒的艾瑞斯半搂着拖到一边，他一面不停地打着酒嗝，一面笑着安抚道："艾瑞斯好兄弟，迪姆他喝醉了，别和他计较！我保证那两个土著人以前经常偷我们的东西。真的，这次只是给他们点教训，以后他们就不敢再招惹我们了！"艾瑞斯揉着被枪托砸得生疼的臂膀，拼命扭动着身体，试图摆脱约那斯的禁锢。他脸色沉郁极了，一双眼睛愤怒得仿佛燃烧的海。他的那种感觉忽然又降临了，断指的灵魂顺着怒火熊熊燃烧的气息攀爬依附在他的手掌上，而其他的手指则像被牵动的琴键。

艾瑞斯见迪姆再一次将猎枪对准了归途上的长老，他便忽然一个反身挥肘，将不承防备的约那斯撞得倒退了几步，然后又冲向举枪准备射击的迪姆。“砰！”的一声，随着猎枪被撞得猛然一晃，只见艾瑞斯的手臂在青烟里猛地一抖，鲜血便在约那斯和迪姆的惊呼声中静静地淌了下来。“上帝啊！你这个疯子！不要命了吗？天呢，你的手臂中弹了！”

迪姆一面发出难以置信的呼喊，一面丢下猎枪，双手抱着脑袋蹲在地上一个劲儿地哆嗦。约那斯则将艾瑞斯受伤的那只胳膊抱住，仔细检查着上面的伤。他的脸色瞬间由潮红变得苍白发青，强作镇定地对着绷紧了面孔的艾瑞斯说道：“还好，不算太严重！位置偏了，霰弹只有一小部分从你的手臂上蹭了过去。回去清理干净了，养一段就好了！我说你可真是个鲁莽的小家伙儿！不过也真够勇敢的！”

艾瑞斯一声不吭，嘴唇因为忍着痛而咬得发白。他冷冷地直视着懊悔得缩在地上的迪姆，沉默着捡起猎枪背在身后，捂着手臂一言不发地往回走。约那斯和迪姆神情复杂地对视了一眼，都不敢把猎枪抢回来，只好也紧紧地跟在后面。约那斯一路上一直谄笑着试图和艾瑞斯搭讪，而迪姆则扯着自己的头发跟在后面一个劲儿地嘟嘟囔囔。他的舌头似乎被酒精泡坏了，没有人听得清楚他到底在说什么。

回到家以后，雷奥叔叔被小半个身子都浸染着鲜血的艾瑞斯吓了一跳。他追赶上试图逃跑的迪姆和约那斯，用枪托狠狠地教训了他们兄弟俩。然后，雷奥叔叔冷哼着，拽过面色苍白的艾瑞斯，把他按在椅子上处理伤口。雷奥叔叔在战争中受过伤的鹰钩鼻子平时歪得并不明显，而此刻艾瑞斯和他隔着煤油灯面对面，正好看到那鼻子的阴影倾斜着落在他拉长的面颊上，仿佛一张拉得有气无力的弓。他扯过艾瑞斯的手臂，薄薄的嘴唇里叼着一把锋利的匕首。他的一根眉毛挑得老高，将额头上的皱纹堆成了一排险峻的山脉。他拧开杜松子酒，递给艾瑞斯。虔诚的艾瑞斯皱着眉将脸扭向一侧，将小半个固执的后脑勺留给雷奥叔叔。

雷奥叔叔也不再劝，端起酒瓶仰着脖子自己灌了一大口，然后往艾瑞斯的赤膊上一喷。接着，他又掀开灯罩将匕首在火上反复烤了烤，然后阴沉着脸挑开艾瑞斯的手臂，将霰弹的子弹片一颗颗地挖出来。随着小刀在肉里进进出出，艾瑞斯只是不住地倒吸着冷气，却依然一声不吭。雷奥叔叔将最后一颗弹丸挖出来后，便往艾瑞斯的手臂上缠着纱布。

忽然，他盯着艾瑞斯有些发僵的俊秀脸蛋哈哈大笑起来。他揉了揉艾瑞斯金棕色的短发，骄傲地大声说："我们家的小绵羊终于要长成小狮子啦！我们费力克斯家族可没有贪生怕死的胆小鬼！不过你也真够愚蠢的，竟然为了救土著人而挨枪子！你当你是在欧陆大战里保卫自己的国家吗？不过你也瞅见了，我刚才狠狠地教训了那两个小混蛋，我保证他们以后见了你都会远远地绕道走！"

艾瑞斯的眼神依然静静地隐藏在阴影里，而他被煤油灯打亮的每一处脸部线条都写满了哀伤。那些哀伤的线条随着灯火缓缓流动着，仿佛落满秋叶的河流。他望着雷奥叔叔因为兴奋而不断跳动的胡须和胡须里野心勃勃的、刀鞘一样的嘴唇，忽然觉得自己孤独极了。他孤独得仿佛是一粒永远不肯落定的尘埃，在被黑暗逐渐吞噬的世界里固执地寻找着阳光到处漂泊。

因为失血，艾瑞斯感到一阵阵的眩晕。他觉得自己的灵魂正试图从肉体中游离，向着纯真和光明在世间的化身飞去。在这种宁静的晕眩感之中，他决定为心目中最神圣的爱情写一封信札。艾瑞斯苍白的额头笼罩在煤油灯金橘色的光晕里，他的脸上浮现着一种圣洁的平静。这种平静所焕发出的光芒近乎是神圣的，将他手里紧握的笔头也镀上一层晨曦一般紫金色的薄雾。而一条细弱的脉搏似的暗流缓缓地从那薄雾之下流淌出来，带着他的心跳和呼吸。

那深蓝色的暗流凝集在泛黄的信纸上，发出“沙沙”的声响，正如蠹虫所渐渐吞噬的时光。从他的脸上忽而坠下了一颗眼泪，将暗流悄然无声地洇开。仿佛蓦然绽开的一叶浮萍，托着沉甸甸的心事，扶摇在落满秋叶的清渠之间。不知哪里吹来的一阵微风，将水面的落叶拂去，露出埋藏在盘根交错的波底那一行行字句来。

亲爱的姜半夏：

请原谅我如此地称呼您！您看我是多么地傻！我有那么多的话想和您说，现在提起笔，却又不知道该怎么和您说了！那就从第一次见到您开始吧！那时候热风将我身体所有的水分都抽空了，我像所有干枯的树枝一样，每一粒毛孔都在渴望浇灌。您忽然就那么出现了：暗红的伞、浅白的衣裙，像开满了红莲的池水，被安放在一片死寂的戈壁滩上。是啊，一片死寂。每个人都不敢呼吸，怕惊扰了您！我的指尖、我的头发，似乎在一瞬间就开始抽枝发芽。我知道，您来了，我所等待的春天来了！直到我昏倒在戈壁滩的那天，您救了我。我当时正坐在天堂的台阶上，可是我透过层层的白云，看到了您模糊的面孔。我当时就跳了下来，因为只要是您在下面，无论多高，我都会跳下来。

后来清醒的时候，您嘴角的笑意一点点荡漾起来，将眉眼都融化在笑容里。那个笑容从此就变成了一枚永不褪色的书签。我无论什么时候翻开《圣经》，都能在书页中看到您，就这么对我笑着，不知疲倦。您知道吗？我现在的笔尖一直在战栗，“沙沙”的画笔声和墙上沙砾剥落的声音叠在一起，让我不禁想起小时候躲在舞厅的桌子底下，听到的华尔兹舞曲中掺杂的鞋跟滑过地板的声音。

那时候，我的个子太矮，只能透过垂落的桌布看到一双双光滑的小腿和闪亮的舞鞋。您一定会笑我，那时候我对女人腿部紧绷的肌肉线条一点兴趣都没有。我只是不断地往嘴里塞着各种各样的蛋糕，直到我被一大块奶油糊住了嗓子。此时此刻，我依然能感觉到那种真实而甜蜜的窒息感，您将我从昏迷中唤醒的时候，我再一次真真切切地感受到了那种令人眩晕的甜蜜和幸福，甚至更加令人猝不及防，更加让我甘于为之沉沦。

后来，我开始找机会，不断地接近您，哪怕是远远地看您一眼也好。直到我无意间，开始了对您的偷窥。上帝啊！我是一个罪人，我被您的美所诱惑，对您犯下了不可宽恕的罪行！但是请您相信我，每一次当您、当您赤裸着身体的时候，我都尽量将脸扭过去。我不忍心，将您的美好亵渎，即使没有人知道我在偷窥您。您可曾在梦里迷了路？

您可曾在梦境中的某一处，被花丛掩映的小径里，遇到了等候的我？我曾经在梦里，一次次地邂逅您、与您重逢。您是那么地亲切、那么地美好、那么地纯真。请您原谅，我无法向您启齿，描述您所赐予我的梦。如果您恰巧也曾融入了我的梦园，您一定会明白我的苦衷。因为那座后花园已经被锁上了，连同里面一切的一切。所有的疯狂与眷恋、反叛与回归、所有的本真、全部的纯美，都将彻夜不眠地在那座远离社会秩序的神秘园中，不断重现。

我的眼前，即使现在，都可以看到蛛丝在闪亮的阳光里，萦绕在心形的叶子上。而和风从上面走过时，所发出的轻微的声响，像极了您弹琴的时候，指尖掠过琴弦的旋律！那涟漪一样破碎的、晶莹的微光，从叶子上坠落在和风的足迹里，迸裂开来，亮片似的荡漾着。最终蜷卧在勿忘我那星辰一样闪烁的点点紫霞之中，泯灭了。而您唇角的一抹微笑，在那泯灭之中，轻扬着、飞舞着，伴着虫鸣的欢歌！感谢命运！后来您终于允许了我和您的接近。

当您终于向我敞开了心扉，告诉我您的故事的时候，我的内心一片狂喜！我和您一样，都是可怜的人，都失去了祖国和家人的庇护。可是我和您相遇了，在万里之外的广漠里，命运的手终于慈悲地合拢了我们！我感恩，可以将那块美丽的澳宝找寻到，并交付到您的手心里。因为那仿佛是风筝的断线，将您漂泊的轨迹，和我的，无形地连到了一起！让我们在不同的岁月里，走过了相似的悲伤。

我不曾为我的坎坷经历所后悔和遗憾，因为只有相近的过往和回忆，才最能温暖人心，我也才能用自己的苦难亲近着您的！您不知道，您赐予了我多少的梦境。那些梦境是那么温暖、迷人和圣洁。我每次醒来，都痛恨自己找不到回去的路。对了，我偷偷地为您挖了一座地下教堂，就在我偷窥您的暗道里。我按照您的模样，雕了一座木像。她没有您万分之一的美丽，可是每当我面对她的时候，都和面对您一样，是没有掩饰的、忠实的、笨拙的。我将那块美丽的宝石献给了她，她是我心目中的圣母，正和您一样。我每晚都在她的面前跪下忏悔，她听见了我所有的心事，也看到了我所有的泪水。我的眼睛在遇到您的时候，像飞蛾的翅膀撞上了灯火，它们甜蜜地、痛苦地扑扇着，在灼热中燃烧成灰烬。

那灰烬一次次地积累在我的心底，堆积成荒芜的田园。而那灰烬中，还藏着一点的余热和微光。当您的脚步回响在田园的边际，就像一盏提灯，点燃了灰烬里的热忱。让我的心灵可以悄无声息地追随着您的脚步，走在漫漫的路途上。不知道哪里吹来的一粒种子，正巧落在我的心田。我把所有的心血都用来喂养她，当她成长为一株最美丽的玫瑰，我在玫瑰包裹得紧紧的花心里，看见了您！而如今，我的心血都已经消耗干净了。这株玫瑰沐浴在月光之中，自由自在，伴随着夜莺的欢唱。我不知道还有什么可以奉献给她，这可真叫人苦恼！

当每一次和您团聚的梦境结束后，我正是这种感觉！写到这里，我的笔尖再一次滞涩了。眼泪代替了墨水，在这张曾经纯洁无瑕的纸上肆意奔涌。现在，这张纸上写满了罪恶和忏悔，而在那些苍白的间隙处，躲藏在角落里的，全是我的挣扎和彷徨。一个可怜的、可恨的、卑微的，深爱着您的我，正跪在灯前，祈求着光明的指引，祈祷着救赎的降临。

昨天，在我千百次地思念着您的时候，一只蜥蜴穿破了墙皮，将额头抵在我的肩膀。您是知道的，在这个地方，孤独是夜晚唯一的伴侣。我在这个淘气的小家伙溜走之前，将它捉了起来。我不知道该把它放在哪里，最终只好用煮汤的锡锅将它倒扣在桌子上。可是第二天清晨，当我早早地爬起来，准备和新朋友打招呼的时候，我发现它僵伏在桌子上，灵巧的眼睛已经有些干瘪了，它死了。它用死亡告诉我，我自私的爱并没有带给它丝毫欢乐。临死之际，它唯一可以亲吻的，只有囚牢那冷酷的沿壁和漫无边际的黑暗。从那一刻起，我忽然知道自己一无是处。

是的，一无是处，多么冷酷的字眼！我不能带给您平静快乐的生活，甚至不懂得如何照顾您。我曾经幻想过，若是您也爱我，我就带您远走高飞，远离喧嚣和纷争！可是我什么也不会，什么都做不好，您和我在一起，注定是要辛劳和痛苦的！您的先生更懂得如何爱您，如何给予您所需要的生活。我是多么地惭愧！而您，似乎也并没有爱上我！这一切，不过是我不知廉耻的幻想罢了。

请您原谅我，或者忘记我。当我给您写这封信的时候，我已经决意离开了，从这个丑恶的尘世离开。您知道吗？其实我也是藏了私心的。我将亲手了结自己的生命，扼住命运的喉咙，并掐断这个世界的锁链！只有如此，我的灵魂才因为背弃了上帝而无法上天堂，而魔鬼也不肯收缴我薄弱的灵魂！这样我就可以一直游荡在有您的世界里，为您在心田里种下一株株的玫瑰！

而且，关于您和我的一切流言蜚语，和您所遇到的一切不公平的待遇，也都将随着我一并灰飞烟灭。就像心田的灰烬那样，倒在玫瑰的脚下。不管未来还有多少的日出月落，我的眼睛也不必再次睁开。我可以永远地做着梦，不用担心会忽然醒来，迷失在苦难的生活里。而承载着我的灵魂的粗陶罐子，在它被无情的命运砸碎的瞬间，我将充满最幸福的感恩！因为我的灵魂终于可以无拘无束地挣脱开来，缠绕在您的身侧。

就像一只看不见的小狗，听命于您的差遣。一心一意，没有任何世俗的牵绊。您千万不要为我哀伤，因为这将是我生命中最辉煌、灿烂、幸福的时刻！一想到我的灵魂，可以如约飞到您的身边，可以枕着您的呼吸，在茫茫的天地之间与您的灵魂共眠，而不必担心亵渎您高尚而纯净的肉体，这该是多么美好的时刻！而当百年之后，您的灵魂，从逐渐枯萎的肉体中游离出来的时候，我也可以在第一时间，将您揽在怀里，带着您去熟悉生命过后的世界。

那个世界是缄默的、黯淡的，却也是芬芳的。因为那一株玫瑰的气息已经萦绕了数十年的岁月。您将带着满身的光芒和雨露，点亮那个没有生命踪迹的世界，让所有干涸的灵魂在自己的田园里欢唱舞蹈。而在这百年之间，我将耐心地陪伴着您、守候着您、聆听着您。看着岁月从您的指尖慢慢地流淌，就像沙滩上的月光一样，打磨着每一粒卑微的尘埃。是啊！一粒卑微的尘埃！我是多么希望，自己是一粒卑微的尘埃。

让您生命之中所经历过的、正在经历着的，以及未来将经历的，所有的苦难和伤痛，全都倾泻在我的身体之上！让我的身体在漫长的苦难之中，可以焕发出坚忍的光辉！让您所有的泪水，都浸泡着我的灵魂！我甘愿囚禁一切，我的躯壳、我的心和我的灵魂！我宁愿长跪在珍珠里，举着双手为您祈祷。我的眼前将是无垠的洁白，正如您圣洁无瑕的心灵！

如果您从时空的荒漠里将我拾起，我奢望您可以将这一粒珍珠挂在您优美修长的颈前，因为那里住着一个可怜的爱的囚徒。他唯一的祈盼，就是可以时不时地，在空气中描摹着您的轮廓。当您沉默的时候，有他为您不眠不休地唱着歌。您知道吗？自从认识了您，我就对时间失去了概念！有时候，我希望我的一秒钟，可以无限地拉长，最好拉成三百六十五个日夜！这样当您的眼睛向我眨动的时候，我就可以在您的视野里，从从容容地活整整一年！

而这样，我也将学会在您的注视下，缓慢而认真地学习、生活，不用因为紧张而手足无措！虽然我的面前依然是昏暗的灯光，而身后回荡着幽灵一样的鼾声，可是我已经嗅到了黎明的气息。黎明像小仙女手中的魔法棒，点到哪里，哪里就染上了色彩和希望。而您的眼神，每当您的眼神降临到我干涸的肉体上的时候：我的每一粒毛孔都被浇灌了春泉，灵魂像新发的嫩芽，不断地从毛孔里冒出来，顶着光辉和晨曦，向着生命和理想，蓬勃而生。

而当您的眼神离开的时候，死亡迅速枯竭了我的躯壳。我仿佛可以听见灵魂枯萎的时候，细碎的“噼啪”声，像被手指捻碎的空豆荚。而当我在您的世界里，渐渐地成熟，渐渐地老去，渐渐地死亡，于您来说，这一刹那不过是一场短暂的伤感电影，只占用了您那么一段零碎的时间。而对我来讲，您的眼睛对着我眨了几眨，这就是我全部生命的意义所在。

因为我真实地、完整地存活在您的注目之下！您目睹了我所有的悲喜、全部的琐事。您会看到，这一切的一切，都必将是围绕着您的！我是系在您睫毛下面的傀儡，当您因为感伤而战栗着泪眼，我的生活必将充满伤悲；当您因为喜悦而绽开了眉弯，我的生活必将无比甜美。可是，另一些时候，我宁愿自己的时间，可以像脱缰的骏马，将寂寞的百年岁月，在风驰电掣中飞驰而过！我的孤独和苦闷，都将随着“嘀嗒”的钟摆声，悄然地流逝。而我的泪水还没来得及顺着面庞滑落，就已经在记忆的四季更迭里，静静地风干了。

只有在转瞬即逝的时间里，我才可以心满意足地只守着您的身影。我既没有时间去为一日三餐所烦恼，也不必为了所谓的社会使命而奔波徒劳！我的生命中，所有的亲人和朋友，都不过是匆匆过客。我不用忠于他们，也不用因为他们的离去而哀伤分神！您就是我唯一的亲人、老师、伴侣和圣母！即使那样，一旦在您的生命中，您遇到了危险或是磨难，我都将听从您的召唤，扯碎时空的帷幕，匍匐在您的脚下，心满意足地托起您所有的梦想，哪怕粉身碎骨！而如果您选择淡忘一只蝼蚁的存在，它也会用短暂的生命，为您衔来最珍贵的花蕾，让您在飞逝的瞬间，看见永恒的盛开。请您相信我心底对您的情感，那是最真挚无私的爱情！

姜半夏收到了艾瑞斯放在门口的《圣经》，那个单纯的德国少年总在门口用石头压着一束野花或者是其他什么可爱的小东西。这一次，《圣经》里夹着他所写的情书：那封情书写得非常漂亮，连信纸都是用附近的野草和灌木捣碎了做成的，里面夹杂着野蜂那纹理清晰的翅膀和纤细如丝的花瓣。姜半夏读完了信，沉思了很久，将信缝进了自己宽大的蚕丝裙摆中。没有人知道，她和钱默之刚刚又失去了一个孩子。那是一个还未成形的透明小人，只比拇指大一点点。钱默之总是怨尤地望着她，欲言又止，姜半夏已经失去了争吵的力气。她依然做饭洗衣，就像一个沉默寡言的旧时女子那样。除了不断地消瘦下去，她脸上那种莹润动人的神色也渐渐地消失殆尽。

一直到几个月之后，她偶然在打水的路上遇见了艾瑞斯。艾瑞斯手足无措地望着她，眼睛里流转着痛惜、迷恋、哀怨和痴狂。“你怎么舍得用《圣经》了？不怕玷污了神灵？”姜半夏转过脸，似笑非笑地问。她第一次发现，这个漂亮的少年似乎正在蜕变成一位真正的绅士。“怎么会呢？《圣经》里说上帝是爱，他不会介意的。”艾瑞斯笑得特别灿烂，雪白的牙齿在阳光下散发出贝壳似的光泽。姜半夏听了一怔，旋即也灿烂地笑了起来。她的一粒小虎牙嵌在下唇上，鼻子上耸起一个淡淡的可爱的“川”字。

他们两个相互对视着，孩子气地笑了一会儿。姜半夏的头发有些散了，发髻松松地坠在一侧。她抬起手才要去扶，艾瑞斯忽然冒失地将她的手攥住，焦急地喊：“可别！您这样美丽极了！就像是丛林里的新月！”姜半夏暖玉一样的手在艾瑞斯手心里一僵，刚才的欢喜表情还凝结在脸上。艾瑞斯的脸像火烧一样滚烫，却不愿将手松开。他不敢看姜半夏瞋怒的双眼。他闭紧了眼睛，把心一横，飞快地说：“我非常、非常地喜欢您，对不起，是我冒犯了！”说完，他认命似的将眼睛睁开，傻傻地等待着她的判决和惩罚。

两个人像被美杜莎注视过一样，默默无语地相对而立，直到霞光将两个小瓷人镀上薄薄的一层玫瑰金。渐渐地，艾瑞斯感觉到半夏僵硬的手指融化了，春水一样温柔地轻触着他的掌心。半夏将手轻轻地抽出来，安慰似的在艾瑞斯手背上轻轻地拍了拍，温声细语地说：“我知道，谢谢你，艾瑞斯。”她慢慢地直起身子站起来，怜悯地微笑着。她在艾瑞斯的头顶上摩挲了下，叹息着说：“你还是个孩子呢，一个可爱的傻孩子！别这么早陷入爱情，爱是痛苦的源泉。”

艾瑞斯张开嘴，才想辩白，却见她已经转身离开了。艾瑞斯呆坐了一会儿，才要回家，忽然看见远处天边昏昏沉沉的，像有千军万马奔驰而来，翻滚着厚厚的烟尘。他一下子反应过来，猛地拔腿就跑，一边跑一边扯着嗓子喊：“姜半夏，姜半夏！你在哪里?”不一会儿，一座庞大的沙山从天际拔地而起，向着艾瑞斯奔跑的方向倾倒下来。大半个世界都被沙暴抹平了，仿佛从来都没有从混沌中诞生过。混浊空旷，让人胆寒。

艾瑞斯很快就被湮没在沙暴之中。他被沙尘蒙住了喉咙，几乎快喊不出声来。他一边艰难地喘着气，一边挣扎着继续跑。强烈的暴风将他卷起来抛向半空，又丢下来。他在地上打了几个滚，爬起来，一边吐着沙子一边继续喊。后来实在喊不出来，他就张开手臂胡乱地摸索，哪怕倒在地上也不肯放弃。他的两只手不断地扒拉着身旁的一切，希望可以扯住她的裙角。天与地仿佛颠倒了似的，浑浊的、沉重的天空上到处飘荡着野草和沙砾，不断地在艾瑞斯裸露在外的脸庞上割出一道道血痕。滚烫的细沙将艾瑞斯身上所有的水分都带走了，艾瑞斯的眼睛里进满了沙子，泪水还来不及拂拭枯涸的嘴唇，便在脸颊上瞬间枯萎成灰烬。艾瑞斯的眼睛疼极了，他拼命地揉着眼睛，眼睛里沙尘暴的世界染成了一片血红。

忽然，在飞沙走石的巨响之间，艾瑞斯隐隐约约听见似乎有人在呼喊着自己的名字，还伴随着沉闷而持续的敲击声。他狠命地晃了晃脑袋，将耳朵里的沙子抖落。那声音时断时续，听不清楚，可是艾瑞斯还是惊喜万分，因为那是姜半夏在呼唤着自己！他向着敲击声传来的方向奔跑。他跑得太急了，摔得太狠，一时起不了身，就连滚带爬地跑。终于，精疲力竭的他被一双柔软的手臂揽住了。他闻到了那股熟悉的淡香，激动得浑身打着哆嗦。他嘴里竭力地发出咿咿呀呀的呼喊，却吐不出一个清晰的字眼。他在汹涌的泪水中，逐渐看见姜半夏被沙土覆盖的浅褐色脸庞。

姜半夏将他半拖半拽地拉进藏身的矿井，两个人半蹲着身子猫在拐弯的通道里。半夏将衬裙撕下一角，帮他把眼睛里和鼻孔里的沙砾轻轻地擦拭干净。艾瑞斯喜极而泣，眼泪却再也淌不出来。他紧紧地抱住了姜半夏不肯松手，通红着一双眼睛担忧地往她身上看。艾瑞斯看见她除了满身的尘土，并没有任何的外伤，这才放下心来。

姜半夏见他脸上的神情一会儿哭、一会儿笑，他笑的时候露出满嘴的黄沙，哭的时候眼睛下面挂着两道泥浆。艾瑞斯的额头被滚石擦伤了，汩汩地冒着血，混在脸上一道道的都是红色的血水，看上去格外可怜。她的心里又是辛酸又是难过，颤抖着双手抚摸着艾瑞斯的额头，流着红沙冲下的眼泪问他：“你怎么不知道就近找个矿井先躲起来？这么大的沙尘暴，会要人命的！”

艾瑞斯背过身去，将嘴里的沙子全都吐了出来，这才抹着嘴，红着脸对姜半夏说：“我怕你没地方藏，被沙土埋了，又怕你掉到洞里摔坏了。我心里着急，就没想起要躲起来。你听见我的呼喊了，对吗？”姜半夏听了，垂下头沉默了会儿，忽然抬起一双清亮的眼睛温柔地直视着艾瑞斯。她从身后拎起一个锈迹斑斑的铁桶来，泪光莹莹地说：“是呀，我听见有一个傻孩子在叫我。好在这个破桶被留在了矿井里。我就顶着它爬上去，守着井口一边喊他一边敲打，等着那傻孩子循着声音过来。”

姜半夏说完，就调皮地将破桶扣在脑袋上。她用手敲打出轻快的声音，嘴里还哼着转了调子的歌。艾瑞斯看见那破桶在姜半夏纤细的脖颈上不停地晃悠，上面的铁锈伴着节奏“扑哧哧”地往下掉。他实在忍不住，就抱着肚子沙哑着嗓子大笑。笑得厉害了，艾瑞斯额头上的伤口就抻得疼。他就故意一边鸭子似的“嘎嘎”地大笑着，一边小蛇似的“嗞嗞”地倒吸着凉气，逗得姜半夏顶着破桶也是跌坐在地上大笑不止。她的脑袋一仰，撞到墙壁上，也跟着疼得倒吸气儿。趁着艾瑞斯笑得直岔气的时候，半夏拿下了头上的破桶，满脸是泪地看着他，又悄悄地将眼泪用手抹掉了。

外面的沙尘暴愈演愈烈，滚滚黄沙不断地倒灌进来，艾瑞斯不着痕迹地挡在了姜半夏的前面。两个人笑着闹着，渐渐地都有些累了，艾瑞斯的胳膊和腿蹭破了好几处，他一边满不在乎地抹着上面沾满了沙砾的血渍，一边细心地整理着姜半夏落满沙尘的秀发。姜半夏心疼地望着一脸疲惫的艾瑞斯，让他枕在自己的腿上，哼唱着摇篮曲哄他睡觉。艾瑞斯紧紧地抓着姜半夏的手，这才昏昏沉沉地睡去了。姜半夏听着外面飞沙滚石的巨响，心里却分外镇定，也渐渐地睡着了。不知过了多久，姜半夏睁开眼睛，才发现自己正躺在艾瑞斯的胸口上，身上还盖着艾瑞斯的衬衫。而艾瑞斯穿着背心，露出满是伤痕的肩膀，歪着脑袋靠着墙壁睡得正香。熟睡中，艾瑞斯的一只手依然牢牢地挡在她的额头上，防止风沙落下来。

姜半夏怕压疼了艾瑞斯，才想起身，便被熟睡中的艾瑞斯一把拽了回去。姜半夏只好继续躺在他的胸口，睁着眼睛胡思乱想。想了一会儿，沙尘暴的声响渐渐地小了，井口慢慢地露出一小片透出光亮的天空。半夏想叫醒艾瑞斯，两个人早点儿回家，可是看着他熟睡时微笑的面孔，她又不忍心了。直到外面渐渐地传来人们的呼喊声，艾瑞斯才醒了过来，冲着半夏沉静温柔的面孔只是笑。姜半夏无奈，只好把他扶起来，帮他把汗衫穿上。艾瑞斯让姜半夏在身后休息，自己用铁桶把堵在井底的红褐色沙石挖通，然后和姜半夏两个人相互搀扶着爬出矿井。

姜半夏冲着艾瑞斯挥了挥手，迎着不远处救援队的方向走去。她转身走了几步，一回头见艾瑞斯还站在矿井边上，痴痴地盯着自己看。姜半夏心里不忍，又不愿被他看见，只好假装开心地笑了笑，转过身流着眼泪继续走。艾瑞斯见姜半夏头也不回地消失在了漫漫黄雾中，心里十分伤感，仿佛面前的黄沙是他与半夏剧终人散的帘幕。

可是细细想想，他们的故事又何尝真的开始过呢？艾瑞斯一会儿将脸埋在衬衫领子里闻着姜半夏残存的气息，一会儿将手心摊开看上面姜半夏留下的月牙似的指甲印，一会儿想着姜半夏睡觉时候微微嘟起的嘴，与轻轻地呵在自己胸口上的温热的呼吸，一会儿想着半夏离开时，眼睛里深藏的哀伤和迷惘，以及她没有说出口的别离。

回到家里的时候，艾瑞斯见雷奥叔叔好端端地睡在床上，他的心里舒了一口气。艾瑞斯看见桌子上摆着留好的饭菜，感动得鼻子发酸。就着微弱的灯光，他匆匆几口吃完，才要入睡，就听见外面响起了嘈杂的声音。艾瑞斯想着要披上衣服起来看，却一点力气都没有。他将枕头下藏着的面纱盖在自己的脸上，甜蜜而绝望地睡着了。

接下来的第二天、第三天，艾瑞斯一直没能见着姜半夏。第四天，艾瑞斯实在忍不住内心疯狂的思念，便在傍晚偷偷地潜入姜半夏家附近的废弃矿道里，将那个偷窥的小洞又捅开了。艾瑞斯一面在心里暗暗祈求着上帝和姜半夏的原谅，一面迫不及待地将一只眼睛贴到小洞上。小洞里一片漆黑，一点声音都没有，寂静黑暗的空间使得艾瑞斯耳朵里血液流动的声音越来越响。

当那血管里传来的声音简直要汇聚成一条湍急的河流的时候，艾瑞斯开始有些害怕了。他绝望地猜测着："难道他们搬家了？一定是姜半夏不愿意再见到我！上帝啊，我是个罪人，可是请您千万不要如此惩罚我！如果我见不到她，那简直比死了还要难受！"艾瑞斯半跪着守候在小洞前，一面虔诚地祈祷着，一面痛苦地等待着。

不知道过了多久，艾瑞斯的眼睛已经适应了黑暗，可以看见床板影影绰绰的轮廓了，忽然，一只细小的蜘蛛摇晃着柔软的腿脚，顺着艾瑞斯额前的卷发垂下身子来，探头探脑地钻入了漆黑的小洞。在漫无边际的黑暗和沉寂中，艾瑞斯和小蜘蛛一样，渐渐地失去了耐心，孤独地离开了。艾瑞斯揉着僵直的膝盖，许久才直起身来。在璀璨的星空下，走了一会儿，他那两条可怜的细腿才渐渐地止住了哆嗦。

艾瑞斯不断地说服自己，他只是"不小心"凿穿了姜半夏卧室的墙，然后"不小心"看见了她的生活。然后这种"不小心"却不知为什么，让他每天不由自主地趴在那儿，长久地窥视着姜半夏的一举一动，然后在愧疚和惆怅中依依不舍地离开。这种甜蜜的痛楚并没有持续太久，艾瑞斯忽然发现了一个难堪的秘密。

一次，当姜半夏出诊回来，艾瑞斯看见昏黄的灯光下，她的先生忽然猛地站起来，将姜半夏牢牢地箍在怀里。姜半夏脸上那种淡淡的笑意还没来得及收回，就被她的先生一把推倒在了床上。紧接着她的先生暴怒地指着她的脸蛋痛斥着，并将床头的一杯水泼到了她的身上。然后他不顾姜半夏的挣扎，扑在她的身上撕扯她湿漉漉的衣裙。艾瑞斯震惊地望着眼前的一切，橘红色的灯光下那些簌簌疾落的矿尘覆盖在两个人的身上，仿佛一层薄薄的白雪。姜半夏剧烈地扭动着，一声不吭。她的先生扣紧她的两只手臂，压坐在她的小腹上。那个杯子在坑坑洼洼的矿洞里滚动着，发出单调的空响。

艾瑞斯几乎无法思考，他忍无可忍地冲出去，拼命地捶打着姜半夏家的大门，没有人回应。他反身钻回矿道，不顾一切地抡起锤子和镐子，砸向那面薄薄的墙壁。随着“轰隆”的一声闷响，吓得钱默之正在用劲儿的大腿忽然一阵痉挛，他一下跪倒在姜半夏的膝盖中间，惊诧地扭过一张雪白的脸来，狼狈地望着尘土飞扬中轰然坍塌的墙壁。姜半夏在他的身下闷哼一声，一面将被子拉到下巴上，一面冷静地看着艾瑞斯。

艾瑞斯两只手里都拎着家伙，满身都是银白色的矿渣。一时间他愣在那里，不知道该说些什么。他在脑海中飞快地想，是不是需要寻找一个体面一些的借口，譬如计算错了方位，或者把矿洞挖得太深了。可是他的表情出卖了他，他脸上所有的肌肉都在痛苦地抽搐着，眼睛里蕴藏着巨大的悲伤和愤怒。他的双手因为暴力开凿而鲜血淋漓，整个人剧烈地起伏着。就像薄冰下即将爆发的火山，连表面的镇静都难以维持。

钱默之恍然大悟，他僵直地拖着痉挛的腿走过来，逼近了艾瑞斯。他一言不发地瞪着艾瑞斯，忽然挥拳打向了艾瑞斯的鼻子。然后，钱默之恶狠狠地转过脸，特意用英文对姜半夏大声吼：“你不是也看过他的全身吗？你是个女人，怎么一点廉耻都不顾，这里一半的男人都被你看光了！”艾瑞斯静静地捂着淌血的鼻子，对着姜半夏真诚地鞠了一躬。他深深地凝视了她一眼，低声说：“抱歉！夫人，我无意冒犯。”

然后对着钱默之深深地鞠了一躬，说：“对不起，我会赔偿您的墙壁。但是，请您不要再对您的妻子做这样的事情。您应该尊重她、呵护她、照顾她……她是一位伟大的女性，我们都非常景慕她。如果刚才的事情再发生一次，不，即使您还想对她再次做出这样粗暴的事情，我都将……”艾瑞斯忽然举起锤子，猛地砸向钱默之身后的墙壁。然后，他把镐子双手递给惊怒不已的钱默之，诚恳地说：“您可以现在就杀掉我，否则以后再让我发现您伤害她，我一定会加倍奉还。”

钱默之绷紧了下巴，接过镐子一下子狠狠地凿在艾瑞斯的肩膀上，然后脸色灰白地望着艾瑞斯血流如注的半边胳膊发愣。姜半夏披紧了被子，赤着脚走过来，夺下镐子，又拔下了墙壁上的锤子。她干净利落地抽了钱默之一个嘴巴，又对着艾瑞斯一双凄惶的眼睛，高高地举起了巴掌。她轻柔地叹了口气，几乎是爱抚般地落在他冰凉的脸颊上，冷冷地说：“你走吧，赶紧回家。”

艾瑞斯见钱默之颓唐地瘫坐在床角，正茫然地盯着落满矿尘的地面和依然在缓慢滚动的杯子。他忧心忡忡地凝视着姜半夏，见她散乱的秀发里露出一张惨白的面庞。艾瑞斯的手指轻颤地抬起来，几乎挨到她的耳垂，耳语似的问：“我可以吗？”姜半夏微微地点了点头，艾瑞斯深深地吸了一口气，将她垂落的发丝一点一点地拾起来，理到耳后，然后露出一个近乎天真的笑容。

姜半夏轻皱着眉头，苦笑说：“真是一个傻孩子，你快回去吧，我和我的先生会处理好这一切的。”她从鹅黄色的被子里伸出一只光洁莹润的手臂，将床头柜里的纱布和止血药拿给了艾瑞斯，轻轻地推了他一把，说：“还不走？”然后姜半夏把摔裂了的杯子捡起来，把略显干枯的野花插了进去，将缀满了猩红色小花苞的一枝顺着裂缝探出来，放在了僵坐在一旁的钱默之手里。她拎着床上湿淋淋的裙子往客厅走去，毫不留恋地带上了卧室的木门，没有人知道她的脚底正嵌着一块碎玻璃，她的背影轻盈得一如往昔。

艾瑞斯想了一会儿，蹲下来直视着钱默之。他努力地扯出一个微笑，说道：“您是她的丈夫，是她唯一的爱人。请您珍惜，不要再伤害她。您要相信，她值得拥有这个世界上最美好、最纯粹的一切。”钱默之迟滞地抬起脑袋，疑惑地望着艾瑞斯血染的臂膀和苍白的面孔，喃喃地说：“你还是个孩子呢。”艾瑞斯惊慌失措地望着满面泪痕的钱默之，望着他抱着脑袋蜷缩在瘦削的大腿上，望着他剧烈抖动的肩胛骨，艾瑞斯的心底突然涌起一层愧疚，他痴迷地望了一眼床单上微凹的痕迹，转身几乎是落荒而逃地离开了。

雷奥叔叔在迈进小镇上的赌馆前，稍微犹豫了下。他攥在手里的钱袋子沉甸甸的，里面的钱都是最近一季淘澳宝换来的。若不是艾瑞斯的母亲和妹妹在小半年前因为某些不堪的原因而死，这些钱本来有一部分是应该要寄回德国去的。可是眼下艾瑞斯还全然不知情，依然为着心中的回国梦和大学梦而卖命挖澳宝。并且，他一直将辛苦换来的钱悉数交给雷奥叔叔，希望可以接济在德国贫寒交加的母亲和妹妹。

雷奥叔叔的手指习惯性地插在那堆硬币里面，感受着上面层层叠叠的污泥和汗渍。硬币拥挤地碰在一起，发出沉闷的声响，仿佛昭示着好运的春雷。他紧紧地锁着一条眉毛，内心里残存的一丁点儿温情和愧疚使得他跛着的腿更加迟缓，而烟斗里冒出的火星也随着忽而急促、忽而沉郁的喘息而闪烁不定。

在澳洲中部耀目的阳光下，雷奥叔叔脑海里忽然闪现出许多莫名其妙的细碎片段：忽而是他的哥哥在被围攻时，最后一次擦着枪，抖着胡子发出的爽朗笑声；忽而是艾瑞斯坐在新砍的树桩上拉着旧风琴，低垂的单薄眼睑下，那双沉静而善良的眼睛；忽而是那对可怜的母女俩裹着过时的大衣在车站迎接自己时，热情地摊开的白嫩纤细的臂膀；忽而是艾瑞斯紧紧地攥着铁钎时，从他纤细修长的手指间流出的鲜红的血液。他的粗糙的面颊被回忆烫得发红，雷奥叔叔掏出衣兜里的酒瓶，狠狠地大灌了几口，这才觉得胸膛里那颗不懂事的没用东西逐渐地安分了下来。他在自己的胸前画着十字，不断地祈祷着，希望自己可以多赢几局。

他搓了搓埋在络腮胡子里滚烫的黑红脸膛，心里暗暗地寻思："我那可怜的哥哥死了，我本来打算好好照顾她们的，可是谁知道她们的命这么惨！这都是那该死的战争闹的，可不是我的错！我也不想瞒着可怜的小艾瑞斯，可是你看看他那双单纯的羊羔一样的眼睛！他还是个半大孩子呢，怎么能承受得住这样的事情呢？我这也是为了他好！他现在每天斗志昂扬的，跟个小战士一样勇敢，可是比以前那种傻傻的书呆子气强多了！我是个运气特别好的人，既然那时候能从死人堆里爬出来，现在想好好地赌一把，肯定也能赢很多钱！到赢钱的时候再告诉小艾瑞斯也不迟。若是赢得多了，我就再讨个年轻漂亮的老婆，然后就让小艾瑞斯去上大学！"

雷奥叔叔正想得过瘾，忽然觉得肩膀被人重重地拍了一把。他转过脸，看见一张毛茸茸的姜黄肥脸正翻着鼻孔，龇着满嘴歪七扭八的烂牙，冲着自己吐着醉醺醺的粗气嘲弄道："嗨，雷奥兄弟！你戳在这里干什么？是没钱进去还是输光了被轰了出来？还是你想出老千，又怕这双臭手被剁掉？你是没有我的好运气的，别做梦啦！哈哈哈！"

雷奥叔叔恶狠狠地攥住那根在自己鼻子尖前晃悠的大肥中指，往后用力一掰，在胖子的哀号声中得意地啐了一口："约克夏你个大蠢猪，别以为我不敢掰断你的腿！你不就是赢了几个臭钱吗？你等着，我肯定手气比你好得多！赶紧带着你的臭钱滚吧，趁我还没后悔的时候！"雷奥叔叔目送着约克夏飞速地扭动着肥硕的身躯，一路咒骂着跑远。他志得意满地拍了拍手掌，甩掉一切无谓的恻隐和廉耻，眯缝着眼睛大步迈进赌馆，烟斗旁偶尔溢出一两声粗俗的俚曲儿。

当雷奥叔叔披着满肩的星星，裹在浓浓的酒气里走出赌馆的时候，他的脚跛得更加厉害了。他的脖子也僵硬地耸着，撑着脑袋往一边儿歪着，烟斗也不知道哪里去了。两个年老色衰的妓女勾肩搭背地迎面走来。她们放肆地大笑着，扯低胸衣逗弄着他。她们毫无廉耻地露出松弛的乳房，乳头上耷拉着的干枯头发里散发着廉价香水那刺鼻的味道。他像轰苍蝇一样没头没脑地胡乱挥舞着手臂，试图赶走这两个可恶的臭女人，却发现自己的下身愣头愣脑地胀得厉害。雷奥叔叔的脑子像被锤子砸过一样恍惚着，他鬼使神差地走回了地下城，径直来到了永不打烊的小酒馆里。而酒馆里的侍女芮芮正将满月一样饱满的前胸堆在吧台上，正嘟着蔷薇一样的喷香脸颊擦拭着酒杯。

她那双思春猫儿一样翠绿色的眼睛本来是迷离欲睡的，却在见到雷奥叔叔的时候忽地迸出了神采。芮芮摇着酒杯，懒洋洋地诱惑着他："亲爱的雷奥叔叔，您怎么才来？喝几杯甜蜜蜜的酒吧！还有什么能比这美酒，更能让人忘掉烦恼和忧愁呢？"雷奥叔叔的眼睛里喷着欲火，他吞了几下唾沫，从内衣里掏出最后十几枚硬币，慢悠悠地在手心里来回捯着。最终，他迷恋地望着芮芮垂在裸露肩膀上蓬松柔软的金发和她挑衅似的微笑，咬咬牙低声说道："好孩子，我最亲爱的芮芮，你能让我摸摸你的胸脯和屁股吗？它们看上去美极了！我就摸几下，保证绝对不伤害你！摸几下，这些钱就全都是你的了！"

芮芮惊讶地捧着面颊，瞪圆了眼睛。她笑眯眯地噘起红嘟嘟的小嘴儿，咬着肉乎乎的下嘴唇，一脸天真地问道："您说的是真的吗？只摸几下，不伤害我？然后这些钱就都是我的了吗？"雷奥叔叔看着她故意拧着的细腰和翘起的屁股，仿佛一把上好的木吉他，正等着手指的拨动，心里便如揣了一只老鼠一般瘙痒难耐。雷奥叔叔顾不得说话，他将手里的硬币佯作潇洒往桌上一抛，其中几枚调皮得便如同跳舞的孩童一样旋转不停，发出清脆的响声。

芮芮眼馋地看着那堆硬币，皱着眉头想了想，便用滑嫩的手指在雷奥叔叔胡须上轻轻地揪了几下，眨着眼睛娇笑着央求："这可是您说的，只摸胸脯和屁股。我太害羞了，您不能看我的脸，也不能吻我。我会躲在厨房里，正对着那个递菜的小窗口，然后将胸脯露出来任您摸。”她扭了扭身子，抛了一个不太娴熟的媚眼，接着说道：“您摸几下我再站在凳子上，转过身露出屁股让您摸。”雷奥叔叔喝得太醉，他迫不及待地胡乱点着头。他将下巴支在吧台上，眼巴巴地瞅着芮芮款摆着腰肢躲进厨房。

芮芮轻轻地溜进厨房的储物柜里，一把拎起两个正在偷吃面包和咸肉的小男孩，在他们怀里各塞了一把水果硬糖，小声地威胁说：“你们两个小馋鬼，帮我一个小忙，我就不把你们交给老板，否则你们就等着屁股开花吧！”两个小男孩胡乱地抹着嘴巴，将硬糖塞进了自己的短裤里，咧着嘴冲着芮芮讨好地笑。在雷奥叔叔昏昏欲睡的时候，一股少女的肉香忽然惊醒了他所有的感官。他看见那窄小的窗口里忽然露出两团雪白细腻的软肉来，包裹在刺绣花边的胸衣里，新鲜甘美得好像凝固的羊油。

他像个溺水的人一样挣扎着，在那对白云一样的胸乳上胡乱摸索着，嘴里发出含混不清的咕噜声，仿佛一只发情的公羊。过了一会儿，他刚要把自己胡子拉碴的脸靠上去，那对鼓蓬蓬的奶油多纳圈忽地消失了。雷奥叔叔焦急地抻着脖子想探进去看，却被一对圆滚滚、肥嫩嫩的小屁股顶了出来。那小屁股骄傲地摇晃着，还低低地挂着一半儿裙子，美得仿佛大海上远远投来的探照灯，耀眼夺目。

雷奥叔叔不住地咽着口水，一双大手在那对娇嫩的“太阳花”上揉来捏去、团起放下。正当他决定厚颜无耻地将脑袋埋进那双浑圆里寻个究竟的时候，芮芮那双结实健美的手臂忽然冲了出来，将他推开，笑嘻嘻地骂：“雷奥叔叔，好了，够了！您那十几枚硬币这下可够本了吧！您若是还想得寸进尺，我可就扯开喉咙没命地叫了哦！”

雷奥叔叔即使喝醉了，也深知道芮芮是个狠角色。他沮丧地嘟囔了几句，便踉踉跄跄地走了出去。厨房里芮芮大笑着拍了拍高高撅着屁股叠在一起的两个小男孩，她晃着满头金灿灿的发卷，表扬道："你们俩可真够厉害的！那个老家伙一准儿是喝醉了，都快抱着你们的屁股乱啃了！哈哈哈！快下来吧，把我的衣服都脱下来！看在上帝的分上，瞧瞧你们这脏兮兮的样子！我这衣服可得好好洗洗才能再穿了！哈哈哈！"

十五岁正值青春的芮芮，仿佛一个即将出炉的面包，浑身鼓胀着，热气腾腾、暄软诱人。她在吧台后面翘着两只白嫩嫩、肉乎乎的小脚丫，正在专心致志地修指甲。她满不在乎地将裙子撩起来掀到膝盖上，把一条光滑紧实的小肉腿蜷着，正好压着春光外露的胸脯。她的腮边堆满了金蓬蓬的打卷儿秀发，露出微微嘟着的小红嘴唇，哼唱着俏皮的俚曲儿，打发着廖无一人的寂寞时光。

艾瑞斯进来的时候，她正偏着头摇晃着五根脚指头，认真地端详，"哎，你说都染红了好看不？"芮芮说完，冲着艾瑞斯抛出一串儿银铃般的笑声。她简直像个灵活的小鹿，一翻身便跳下吧台。她摇晃着两条长腿坐在高脚凳上，伸出两条修长白皙的手臂搂住艾瑞斯的脖子，在他苍白而棱角分明的脸蛋上结结实实地吻了一下："你彻底好啦？我的好兄弟？我可想死你啦！那个老家伙讨厌极了，怎么说也不让我们去看你！"

艾瑞斯又恨又怜地望着少女绯红的脸蛋儿，半天说不出话来。芮芮开始还是笑眯眯地望着他，后来，她看清了艾瑞斯眼里复杂的情感，便渐渐地冷下脸。芮芮扭过身子，扔出一句硬邦邦的话："你想喝酒吗？掏钱我就卖给你！如果不想喝酒，就别在这里浪费我的时间，我可忙得很呢！"艾瑞斯的脸一下子变得铁青，他扳住少女圆滚滚的肩头，逼视着那双充满了迷茫和麻木的翡翠色眼睛，严厉地说："忙？你究竟在忙什么？忙着赚那些醉鬼的钱吗？芮芮，你不能这样下去了，你这样会毁了自己的！"

芮芮冷笑着推开艾瑞斯，她一边揉着泛红的肩头，一边轻蔑地说："得了吧！你以为就你干净，不是吗？你以为就你痛恨这里，就你懂得所谓的艺术和理想吗？是啊，我们都是贪婪好色、庸俗不堪的蠢人。我们除了绞尽脑汁想活下去，更好地活下去，不会再去想别的。而你呢，你每天都在做梦！没错，从你来到这儿的第一天，你就一直在做梦！你以为我们还有别的选择吗？我们都没有家了。甭管你喜不喜欢，这里就是我们的家。只有在这里扎下根，勇敢地活下去，才有希望！你是个只会做梦的可怜虫，看在上帝的分儿上，打起精神来吧！或者远远地离开这里，或者好好地生活，别总活在一个人的世界里！”

艾瑞斯眼睛里所有的光芒都熄灭了。他静静地掏出一把澳币，摊在吧台上。他用冰凉的手指抚了抚芮芮披拂着金发的面颊，一句话也不说。他的脊背挺得笔直而寂寞，慢慢地走出酒吧。芮芮呆呆地看着那摊澳币，过了许久，才返回到吧台后面，拿着剪刀继续修指甲。她故意大声地哼着欢快的俚曲儿，唱到有趣的地方，便夸张地笑个不停。直到笑得喘不过气来，她干脆趴在膝头上，笑得浑身直哆嗦。过了一会儿，芮芮突然觉得有什么东西热乎乎地滴流到脚心。她迷迷糊糊地抬起脚丫，这才发现自己不小心剪破了一小块儿肉，就剩一点儿皮还连着。她一边儿嘟囔着“混蛋”，一边儿动手去撕。“真疼呀！”她带着哭腔抱怨，嘴里倒吸着凉气儿，眼睛里雾蒙蒙的。

芮芮紧紧地咬着嘴唇，她环抱着膝盖，任由自己的眼泪一大颗、一大颗地砸在染着鲜血的澳币上。不一会儿，她干脆由小声抽泣转为放声大哭，整个酒吧都回响着她上气不接下气的哭声。当傍晚降临的时候，在第一个客人走进来之前，芮芮已经踮着脚把所有的澳币都洗干净，小心地掖在胸衣里贴身放好了。她灌了自己几大杯啤酒，整个人焕发着异样的神采，比往常更加撩人地说：“我最亲爱的雷奥先生，您都多久不来看我啦？今天想喝几杯甜蜜蜜的酒呢?”她的手指无意识地绞着发卷，脸上的笑容就像阳光下晕开的鲜奶油。

“呃，芮芮，我只是想说，那天我喝醉了！”雷奥叔叔一边说话，一边咳嗽，仿佛他的肺里在不停地拉着风箱。他的头发比上回见到的时候稀松了一大半，整个人像被水泵抽干了养分。他将一个拴得紧紧的布袋子塞到芮芮的手心里，仓皇地快步离开酒吧，一头花白的乱发深深地埋在竖起的领子里。芮芮脸上的笑容渐渐被风吹散了，眼神像冬日的湖面一样，寂静而冷漠。她默不作声地反复用抹布擦拭着酒杯，她想继续哼那首让人忘掉烦恼的俚曲儿，却总是跑调。

她清楚得很，那个布袋里装着的肯定也是令人喜欢的澳币。可是不知道为什么，她连看都懒得看一眼。或许是那夹杂着余晖的晚风，抑或是那迟来的醉意，芮芮只觉得胸口被澳币烫得通红。她干脆一把将胸口中的钱尽数掏出来，一股脑儿都塞进布袋里，随后用粉笔在外面认认真真地写下艾瑞斯的名字，那绷紧的嘴角这才渐渐如抽丝剥茧一般展露出天真的笑颜。她忽然想起她和艾瑞斯第一次相遇的那个夕阳西沉的帝国黄昏，想起那些森林般耸立的桅杆和旗帜，想起在混乱而绝望的时候，艾瑞斯那张镀金的温柔面孔。芮芮掏出一枚硬币，认真地亲了一口，立在桌子上转了起来。她在心底默念着："正面是他现在就喜欢我，反面是他以后会喜欢我。"

1921年9月，澳洲。

矿镇的生活单调而蛮荒。钱默之开始频繁地怀疑姜半夏，越来越多的人选择邀请她去家里医治伤病。那些胡须满面的肌肉男子经常半裸着身体在镇子上晃来晃去，他们见到姜半夏的时候总是热情过度、格外殷勤。由于邮差几个月才来一次，渐渐地，那些华工也不再积极地写家书，钱默之的工作便愈发显得可有可无了。他极为憎恶戈壁上毫无遮挡的烈日炙烤，所以几乎不在白天出门。他只是沉默地坐在简陋的椅子上反复地默写着《古文观止》，间或用阴鸷痛楚的眼神凝视着越来越沉默的姜半夏。有时候姜半夏半夜醒来，便会在昏暗中看到一双毫无倦意的眼睛，正怀疑地检查着她浑身上下的肌肤。

他不酗酒，也不抽烟，甚至不和那些华工打牌。他只是认真地、审慎地研究着姜半夏，观察她每一次回家之后所显露出的微妙表情和身体上任何一处莫名的淤青或红肿。姜半夏一开始还和他絮絮地说话，与他亲昵地碰触，试图挽回夫妻之间的信赖。可是钱默之总是冷笑着，在她裸露的身体上留下厌恶的一瞥。如果姜半夏因为出诊而晚归，钱默之总会在吃饭的时候不小心磕碎了饭碗，或者是碰翻了饭菜，然后回到椅子上默写《上林赋》。逐渐地，姜半夏不再解释。她只是默默地做饭、刷碗、洗漱、看书、睡觉。两个人挤在一张狭小的床上，却仿佛两个遥远孤寂的陌生人。

矿镇上丰厚的回报终于引来了政府的关注。在镇长向市里写了第五十三封申请安装固定的储水装置之后，一队穿着制服、挎着手枪的年轻人骑着马浩浩荡荡地来到了矿场附近废弃的公路上。钱默之狼狈地站在灌木丛里，口干舌燥、头昏目眩地等待着或许会来的邮差。那些发酵的排泄物在附近的岩石下咕嘟咕嘟地冒着恶臭的泡沫，一群硕大的苍蝇一会儿落在他灰白的鼻尖上，一会儿扑到那些棕绿色的泡沫里。他的滚烫的手心里只捏着两封单薄的信，这还是他恳求那两位面皮薄一些的华工写的。钱默之的心随着依然灼热的夕阳一点一点地坠下来，一直到那庞大而嫣红的巨轮在蒸汽般扭曲的热浪里迸发出最后的烈光，终于有依稀的马蹄声从远处传来。

钱默之几乎是跳跃着走出了低矮稀疏的灌木丛。他竭力按捺着脸上那狂喜的笑容，双腿笔直地静立着。任由草帽上微微垂落的干枯草茎从他发烫的额头前掠过，他在努力地维持着一位没落文人的矜持和自尊。当那些穿着制服的剪影在夕阳里逐渐放大轮廓，钱默之的笑容一瞬间凋零了。那绝不是邮差的装扮，他在心里哀鸣。他举起两封信，透过淡棕色的信封，信纸上那优雅的行楷仿佛烙印在淡蓝色的天空上，显露出一种绛紫色的思乡深情。他把两封信小心翼翼地揣在胸前的衬衣里，面露微笑地迎接着那些风尘仆仆的陌生人。“中国佬，这个鬼地方离那个该死的地下城还有多远？”最前面的一位先生从脏兮兮的马背上俯下身毫无耐心地问。他失望地瞥着钱默之，抓着缰绳的手上戴着磨破了的长袖手套。

钱默之几乎是恭敬地注视着这些人身上深蓝色的制服，他已经很少见到这样衣着整齐的男人了。即使他们都佩戴着手枪，他们依然流露出一种来自大城市的傲慢。他耐心地告诉这几个精疲力竭的公务员，并热情地走在前面为他们领路，甚至没有问清楚他们来这里的目的。那些马上的先生打量着钱默之黑绸长裤里细瘦的双腿，用眼神和哼声传递着轻蔑的嘲弄。钱默之很乐意帮助这群看似文明一些的陌生人，他固执地认定他们是政府派来帮助镇上居民改善生活的特派员，而且即将在合理的地方修建一个大型的储水罐，或许还有一小段衔接远方的铁轨。

恭敬地等在镇长的“办公室”门外，钱默之被热浪蒸得坨红的面颊上忽然泛上一层羞涩。他期待着镇长和居民们感恩戴德地对待他，就像对待一名真正的绅士一样，感谢他所带来的饮用水和现代生活。令人尴尬万分的事情发生了，这些公务员掏出了一张长长的公告和一沓烦冗的税单，原来他们是政府派来的税务员。镇长深吸了一口气，忽然站起来猛地拍了一下桌子。那位税务员里的小头目刚要把两条浮肿的腿伸到简陋的书桌上，就被吓得浑身一颤。在镇长先生的咒骂声中，那些税务员纷纷掏出了自己的手枪。可是他们还没来得及对准身材魁梧的镇长，就被门外蜂拥而至的居民围攻了。

镇子上的男女老少都愤怒地举着枪和斧头，气势汹汹地扑上来。孩子们手里握着大石头，他们以为这是一场大型战争游戏，嬉笑着挤在一起。胆子大一些的孩子们从这些脸色萎黄的公务员手里夺下手枪，对着彼此的脑袋装腔作势地舞动着，然后被父母喝骂着撵出去。小头目舔了舔干涸的嘴唇，不甘心地争辩着，很快就被几个胖大的妇女用裙子裹着按在地上捶打。其他的税务员惊恐地对视了一眼，发疯般地钻出了人群。他们的马已经被人松开了绳索，正在滚烫的戈壁上狂奔。

那些被撕碎的公文像雪片似的飘落下来，淡粉色的晚霞格外温柔地摩挲着黛青色的远山，潮水般的欢笑声在他们的身后爆发。那些公务员里跑得慢的，一下子就被疯狂的人们剥得精光，橘红色的沙漠映衬着他们仓皇逃窜的惨白肉体。镇上所有的人都仿佛迎来了狂欢节一般，相互拥吻着，庆祝着无政府主义的胜利。只有钱默之独自一人龟缩在镇长办公室外的椅子上，捂着脑袋沮丧地呆坐着。挫败感和耻辱感压垮了他，那些男人粗鲁的话语不断地萦绕在他的耳边："你怎么从来不去挖矿？你到底是不是男人？你怎么把那些该死的牛虻招来了？你那美丽的小妻子真是太可怜了，嫁给你这样一个什么都不懂的废物。"

钱默之枯瘦的胸腔里忽然迸发出一种剧痛。他毅然决然地砸碎了镇长的玻璃橱柜，从里面拿出一盏漂亮的煤油灯。然后，他捡起地上遗落的凿子、斧头和雷管，像唐·吉诃德一样雄赳赳地跨上一匹迷路的黑马，向着黑暗笼罩的矿场骑去，胸口还孤零零地躺着两封温热的信。钱默之听着旷野里呜咽的土狼吠叫声，那些被黑暗湮没的野兽，用此起彼伏的声音勾勒着玫瑰色的山谷和赭石色的戈壁，以及那些淡紫色的神秘洞穴。被激起雄心壮志的钱默之认为自己毫无畏惧。他高昂着头颅，将草帽系在脖子上，吟哦着那些遥远的诗词歌赋。马忽然嘶鸣着跪倒在地上，在煤油灯昏暗的光影下，马蹄已经悬空跌落在幽深的矿坑边缘。钱默之差一点从马脖子上溜下去，他只觉得脸上一阵温热，眼泪毫无征兆地淌了下来。

他浑身的每一处肌肉都在痉挛，迟来的饥饿和恐惧吞噬着他。他和那匹可怜的马一起挣扎着倒在了一旁，大口地喘着粗气。雷管从他的口袋里滚出来，用了很久才落到矿坑的底部，发出雷鸣一般的巨响。在爆破引起的刹那光明中，钱默之看到那匹马的眼睛里滚落出浑浊的眼泪，那颗眼泪里真切地倒映着自己可怜而无助的样子。

钱默之真正感觉到耻辱的是，一直到后半夜，他们才被狂欢巡游的人群发现。他和那匹可怜的马绑在一起，被简单粗暴地抬了回去。他的小腿摔折了，几个健壮的妇女帮他剪开了裤腿，用木条胡乱地绑紧了。马的腿似乎也断了一根，不住地发出哀鸣。湿热的马粪顺着钱默之的大腿不断地往下滑落，那些妇人围绕着他几乎赤裸的下身，发出夸张的哄笑声。

姜半夏闻讯赶过来的时候，他正在徒劳地弓起身子擦拭腿上的马粪。剪开的裤管被钱默之牢牢地扎在了膝盖上面，只露出一截鲜血淋漓的小腿。人群忽然安静下来，几个姜半夏的病人轻轻地摘下了帽子向她表示敬意。她挺直了腰板走上前，一言不发地把钱默之背在了自己的身上，一步一步踉跄地往回走。钱默之吃不惯粗粝的西餐，近些年消瘦了许多，姜半夏却依然背得十分吃力。她用手臂艰难地护住了钱默之裸露在外的伤腿，那群起哄的妇女沉默了，其中一个年轻些的少妇将自己的披肩盖在了战栗不止的钱默之身上。

钱默之伏在姜半夏单薄的后背上，嗅着她脖颈里幽幽的紫茉莉香气，心底又是羞愧又是难堪，一时间竟然不知道应该说些什么。他只是凝视着她汗津津的胎发里那一小片月色般莹润的肌肤，以及那块优雅的、随着呼吸微微凸起的椎骨。在他昏昏沉沉贴在姜半夏身上的时候，前方忽然传来一阵骚动的声响。钱默之缓缓地抬起沉重的眼皮，朦胧中见到前面半空中飘忽的灯火，高低错落地掠过来。“先生，您怎么了？”钱默之的眼镜镜片摔碎了一只，只得眯着眼睛透过深浅不均的夜色看。他只隐隐约约地看到一个修长挺拔的身影和一群蹦跳着的孩子。

他张了张嘴，只有一声疲惫而含糊的呻吟，随着暖风被揉碎在马灯雪亮刺眼的光芒里。姜半夏的肩胛骨微微地痉挛着，她一边用手臂紧紧地箍住下滑的钱默之，一边轻描淡写地说：“腿受伤了，摔得比较厉害。”钱默之忽然觉得身子一轻，他的腿上传来一阵剧痛，还没来得及看清楚那个说话的人是谁，便再一次昏了过去。艾瑞斯将背上的钱默之往上颠了颠，微笑着从衬衫的口袋里掏出自己的手帕递给姜半夏。

姜半夏轻轻地拭了拭鬓边的薄汗，忽然闻见一种淡淡的混合着浅草与深海的独特气息。她犹豫了一下，略带歉意地望了艾瑞斯一眼，将手帕温柔地覆在钱默之干涸的伤口上。艾瑞斯的喉结痛苦地停滞了一下，一只肉嘟嘟的小手忽然牵住了姜半夏，一个稚嫩的声音在清寂中响起：“女士，您应该早些来，我们刚才在上课呢！”姜半夏惊讶地俯下身，拉着让诺问：“你们在上课？”

艾瑞斯腼腆地偷瞄了一眼姜半夏，抿了抿嘴唇，温柔地扳正了钱默之歪下肩膀的脑袋。让诺还没来得及说话，米可达笑嘻嘻地蹿起来，攀住了姜半夏的手臂，结结巴巴地争着说：“艾……艾瑞斯，艾瑞斯不让我们去广场上胡闹。他说暴力解决不了问题，我们应该多读书。”姜半夏略带困惑地望着艾瑞斯模糊成一团月光的面庞，轻声说：“你在教这群孩子读书？”

艾瑞斯点了点头，坚定地说：“是的，他们不会拼写，缺乏涵养，不懂法律，这里的环境太野蛮了，连一本像样的书都没有。我希望他们可以给自己多一些机会。”艾瑞斯顿了一下，他的眼睛里流露出期望的光芒，继续说道：“将来如果走出去，他们可以像真正的绅士、淑女一样，具备高尚的品德和坚韧的性格，拥有愿意为之付出的理想和使命，有丰富的业余爱好和精神追求。”

姜半夏微微一笑，眼睛里流光溢彩，她赞许地说：“是呀，他们在这里可以学会如何与自然斗争和共处，也可以学会如何应对复杂的暴力环境。你所给予的，正是他们所真正欠缺的。如果需要的话，我……我们也很愿意帮助你一起为他们上课。真希望他们可以亲手打造更美好的明天。”她的眼神愈发温柔，接着说道：“毕竟这个世界除了贪婪与掠夺，还应该有一些更为宝贵的东西。”钱默之忽然开始剧烈地咳嗽，姜半夏温柔地摩挲着他枯槁的背骨，泪水溢满了眼眶，自言自语似的说：“但是我更希望他们勇敢，足够适应这里。毕竟在这里生存下去并不容易。”

艾瑞斯的手背不小心碰触到姜半夏微凉的手臂，他只觉得一股温柔甜蜜的电流贯穿了自己。艾瑞斯沉默了一会儿，轻声地说：“无论什么时候，我都会毫无保留地帮助您……们的。”姜半夏微微一笑，在让诺和米可达卷曲柔软的发顶上揉了揉，说：“你们要好好学习，我最近也会来教你们读书的。”艾瑞斯深情地凝视着姜半夏，许久才移开视线。那种薰衣草一样令人沉迷的薄雾从四合的暮色中徐徐升起，将那些粗犷的远山轮廓涂抹成几抹浅浅的胭脂色。

钱默之在床上休养了两周左右，他腿上的伤口康复得十分缓慢。姜半夏不得不拿出更多的积蓄，想尽办法换取新鲜的肉骨头和蔬菜。那些微薄的诊费已经不足以负担他们两个人的日常开销了。姜半夏望着病床上不时发出痛楚呻吟的钱默之，迅速地做出了一个决定：她要下矿，和那些男人一样去挖澳宝。钱默之见姜半夏连夜将自己的法兰西长裤裁剪成她的尺寸，在清晨一丝不苟地穿上男士衬衫，把一头秀发藏在窄檐礼帽里，沿着帽檐垂下一方白纱，还把当时战场上的矮跟皮鞋翻出来套上。他在床上忍了许久，见姜半夏挎着军用水壶、背着沉重的工具箱就要出门，终于哑声叫道：“你怎么穿成这样？”

姜半夏一愣，回过头平静地说：“我想挖些澳宝回来卖钱。”钱默之急得在床上不断地拍打着床板，冷笑着说：“你？一个妇道人家抛头露面还不够吗？还要下矿和那些野男人厮混？你能挖什么澳宝，连西洋蛮妇都不肯去做那些。”姜半夏走过来坐在床尾，抚摸着钱默之的断腿，偏了偏头耐心地说：“我们的钱不够了。”钱默之苦笑地凝视着姜半夏，手臂从床沿颓唐地垂下去，半晌才说：“是我不好，是我无能，让夫人受罪了。容我想一想，总归会有办法的。”

姜半夏把床头的灯捻得亮一些，对着钱默之的脸看了看，微微一笑，说：“气色好多了，等你的伤痊愈了，再养我，我们早些回国。”钱默之默不作声地耷拉着脑袋，伸手牵着姜半夏。姜半夏任由他紧紧地握了一会儿，在他手臂上安抚地拍了拍，把手臂轻轻抽离了。钱默之坐在昏暗的灯光下，失落地目送她，直到那美少年一样笔直修长的背影逐渐地消失在一团漆黑里。

姜半夏找到了丁四贵和胖头林，向他们请教如何挖澳宝。丁四贵和胖头林听了姜半夏的想法，大吃一惊，两个人说什么也不肯让她下矿。姜半夏一声不吭，转身离去，她想直接向镇长提出开矿的申请。丁四贵和胖头林见拗不过姜半夏，便只好不情不愿地依了她。两个人一起帮她选了一处僻静的地方，以一块伏虎似的巨石为天然屏障，顺着石脉直直地挖下去。姜半夏在一旁，一会儿递汗巾，一会儿递水，帮着往上拽装满了碎石块的铁桶，只是不肯歇息。

挖了大概有十几米的样子，丁四贵和胖头林见周围裸露出越来越多的蛋白石矿带，在幽暗中闪烁着绚丽的色彩，方才觉得差不多了。他们将井底四壁清了清，本想摇绳子叫姜半夏下来看看是否满意，又觉得底下幽暗狭窄，到底不太方便，便先后攀着井壁旁竖着的滚木梯子上来了。姜半夏耐心地等候在一旁，一面再三道谢，一面递上了两条雪白的绢子和一小袋硬币。丁四贵羞得面皮紫涨，忙不迭地摆着手往一旁缩，嘴里结结巴巴地嘟囔着：“夫人，使不得，使不得。这些粗活不算个事儿，我们习惯了。倒是您身子金贵，可不该干这些。”

胖头林眼睛直勾勾地望着那袋硬币，梗着脖子咽了一大口口水，也帮衬着丁四贵说道：“夫人，您对我们向来不薄。往日里也没少接济我们，这钱我们可万万不能要！您说您这是何苦来！放着好好的夫人太太不做，偏要和我们这群大老爷们儿一样……往后您下矿井，可要多加小心！解解闷儿就罢了，别把身子使坏了！家里家外的，有我们这群粗人照应着，不会短着您的，您放一百个心！”

姜半夏把垂落在面纱外的一缕鬓发抿到耳后，淡淡地笑着说：“劳烦你们多关照钱先生了！他心气高，腿脚也不太方便，免不了给诸位添麻烦。如果哪里有得罪的地方，还请兄弟们多担待些！这些碎钱是我的体己，还望二位仁兄笑纳！”胖头林和丁四贵对视一眼，方才不再推托，神色迟疑地把钱收下了。胖头林望着罩在宽大衣袍里姜半夏纤弱婀娜的身子，一半儿懊恼一半儿怜惜地长叹了一声，劝道：“您下去可千万要多加小心！我和四贵儿轮流来帮您。矿井里不能没人搭把手，干不成活儿，还容易出事儿！”姜半夏微微一笑，点了点头。

艾瑞斯迎着天际堆砌的明黄色的积云，走在依然滚烫的荒漠上。今晚的云凝重而浑厚，仿佛遥远的古老城池无声地临空复活，而那种稀薄清澈的蓝天被暮色渲染成诡异的绛紫和妖艳的玫红。柔软的晚风带着余温将粉灰色的沙砾吹拂过凝固的赤红色戈壁，拂过那些耸立的赭石色巨岩和深邃的姜红色峡谷，也拂过一袭笼罩在湖绿色阳伞下淡灰色的纤长身影。艾瑞斯掸了掸身上白雪似的矿尘，匆匆迎上前。他惊讶地望着姜半夏战前法国绅士一般的装扮，以及微风拂过时，面纱下面风尘仆仆的容颜，心疼地抢过她背上的工具箱。

他看着姜半夏摇摇欲坠的模样，只觉得一种窒息般的痛楚。他想伸手搀扶或是将她背起来，却又不敢，只好忍着泪水痛苦地说：“您竟然下矿了？”姜半夏撩开面纱，脸庞因为灼热而浮起一层枯蔷薇般的色彩。她柔软细腻的嘴唇被晒得干裂，浓黑的睫毛上凝结着白霜似的盐粒。她满不在乎地笑了笑，说：“已经有几天了，那些华工都在帮我，并不太辛苦。我的运气特别好，收获不错。”艾瑞斯拿下自己的水壶，羞涩而渴求地说：“您喝点水吧，天气太热了。”

姜半夏犹豫了一下，才要婉拒，就见艾瑞斯指了指她挎着的军用水壶，低声说：“我帮您灌进去，好吗？”姜半夏灿笑着接过了艾瑞斯的水壶，仰起雪白纤长的脖颈把清水倒进了嘴里，然后抹了抹嘴角，大方地谢过了艾瑞斯。这时候，几团蹦蹦跳跳的小身影包围过来，缠着艾瑞斯又笑又闹。姜半夏见艾瑞斯蹲下身，大笑着托举起一个棕红色皮肤的土著小女孩，不由一愣，惊讶地说：“她也是你的学生吗？”

艾瑞斯回过头来，他的面颊上泛着浅浅的红晕，另一只手牵着另一个更小一些的土著小男孩，有些腼腆地说：“他们是我的老师。男孩子叫让姆巴，小姑娘叫古卡比达。土著人的知识太渊博了，我们侵犯了他们的圣地，他们却依然如此宽容。”姜半夏见那两个孩子毫不怯生，正和其他那些白人小孩围在一起嬉闹。不远处隐隐地传来幽幽的清唱，那是孩子们的族人在默默地守护着他们。姜半夏把小男孩抱在怀里，揉了揉他鼓鼓的小肚子，微笑着对艾瑞斯道歉：“我答应过你，要给孩子们上课的，可是我的先生腿伤还没有康复……”

艾瑞斯的脸色变得有些苍白，他把小男孩接过来放在肩膀上，在自己衬衫的侧兜里摸索了一会儿，抿紧了嘴唇掏出一沓澳元和十几枚硬币，懊恼地说：“对不起，我知道这些钱太少了，请您……”姜半夏略带惊诧地退了小半步，微笑着轻声说：“谢谢你，不过真的不用，他的腿伤快好了。你要坚持把课堂办下去……”她轻轻地叹了一口气，望了望远处群山勾勒的暮色，近乎自言自语地：“这片迷人的土地不应该沦落为文明的荒漠。”

山谷那边传来土著人隐隐的吟唱。艾瑞斯在两个孩子手里各塞了几块糖，揉了揉他们蓬乱的小脑袋。姜半夏也蹲下来，轻轻抱了抱两个散发着泥土清香的小身子。那两个孩子对着远方长长地吹了一声口哨，像两匹奔腾的小马驹一样飞快地消逝在银霜似的月光中。姜半夏起身的时候，微凉的发丝温柔地拂过艾瑞斯的小臂，在上面留下一层幸福的战栗。艾瑞斯留恋地望着姜半夏孤寂的身影，那雪白的面纱仿佛一团柔软细腻的薄雾，在秾艳的赤色烟沙里逐渐湮没。

钱默之一个人在卧室里，舍不得点灯。他用手指在疏松的墙壁上随手划拉着，从先秦到魏晋的名篇，断断续续默写了十数首，每一笔都是浓浓的乡愁。那种细沙陨落的"簌簌"声让他有一刹那的失神，仿佛故园里影壁下那几株半人高的湘竹，泪痕斑斑地斜曳在一城的烟雨里。又仿佛是自己正背对着上百的青年男女，持着粉笔在黑板上奋笔疾书，窗外偶然传来零星的枪声和骚动声，蝉衣飘落在讲台上，晃动着澄金色的微光。

姜半夏浅笑着站在床前，俯下身轻轻地捉住钱默之落在墙上的手指。她一面拧亮了灯，一面凑近了细看他的气色，笑着说："四贵儿的厨艺不错，好久没见你的脸色这么红润了。"钱默之有些不耐烦地捂着眼睛遮挡着灯光，负气地嘟囔说："这鬼地方哪里有什么厨艺？你怎么去了这么久？"他沉默了一会儿，苦笑着说："我才想明白，这五年来，原来过的都是暗无天日的日子！不是跟死鱼一样被扔在底舱里一连月余，便是和尸体一起龟缩在战壕里几个月，现在每天还不是要躺在地底下，活死人似的挨着。"

姜半夏想了想，忽然笑了，冷不丁掏出一块水果糖塞进了钱默之的嘴里，认真地说："你不说，我还真没想过，这些年竟还真的是这么过来的。"她把帽子和面纱摘下来，低垂着一头松软的秀发坐在床边，伸手去按摩钱默之僵硬的伤腿。钱默之忽然按住她的手，冷冷地盯着她的眼睛问："糖是从哪里来的？"姜半夏忍不住低声呼痛，钱默之掰开她的手掌。他见她白皙的指腹上一层晶莹血泡，掌心里还被石砾划破了几道，微微红肿着。他叹了口气，挣扎着坐直了身体，面对姜半夏深深鞠了一躬。

姜半夏一言不发地受了，提着灯转身往外走。钱默之在后面焦急地问："你这又是去哪儿?""我饿了，去做些东西吃。"她的声音依然平和淡然，落在昏黄的灯光里仿佛旧纸上洇开的墨痕。钱默之恨恨地把糖嚼得粉碎，想啐又不舍得。他只觉得那糖甜得发苦，黏腻地堵在了喉咙里。一直到深夜，两个人才疲惫地躺在床上歇息。胳膊挨着胳膊，大腿蹭着大腿。钱默之和姜半夏都没有说话，仿佛紧挨着的肌肤中间隔着千山万水。

钱默之忍了半晌，忽然摸索着爬到姜半夏的身上，扳着她的下巴深深地吻下去，不由分说地褪她的底裤。姜半夏睡到半夜，梦里忽然觉得一枚炸弹在附近落下。她被巨大的冲击力拍打在坚硬的地面上，口鼻里都是咸腥的泥土。强烈的重压感和窒息感笼罩着她。她挣扎着、呜咽着，带着恨意和惊惧醒来，只看见钱默之一双发红的眼睛正凝视着自己，而双腿间撕裂一般的疼痛正坚决地侵袭着她，一点一点地摧毁她的意志。

梦境里，德国士兵冷灰色的眼珠忽然因为前额中枪而迅速充血，跌倒在姜半夏的怀抱里。失禁的排泄物和血浆喷射在姜半夏的小腹上，他的牙齿发出生命中最后一阵咔嗒的碎响。姜半夏厌恶地试图推开德国士兵逐渐僵硬的尸体，却看见他的身后无数的德国士兵拥上来，用寒星似的枪口对准了她的脸庞。

她搂紧了那个德国人冰冷的身躯，他的脸颊挤压在她的面孔上，手臂硬邦邦地拱着她的胸。他们四肢绞缠地承受着雨点般的子弹，滚烫的脑浆熔融在她耻辱的眼泪中。姜半夏尖声高叫着，猛地捶打着那具年轻而死气沉沉的肉体。零星的子弹射中了她，她的心脏猛然收缩着，一种绝望的沉寂弥漫开来。姜半夏忽然推开了覆在身上的德国士兵，望着蓝天上战机的银翼掠过白云留下一道彩虹般绚烂的水蒸气，她在静静地等待着死亡的降临。

钱默之被半梦半醒中的姜半夏一把掀翻，他的伤腿被压在了身下，疼得直抽搐。姜半夏猛然醒来，见钱默之正强忍着怒火，抱着腿在一旁低吼着打滚。她恍惚了一会儿，渐渐地回过神。她伸出手臂想去搂他，钱默之咬着牙避开了，低声说："对不起，是我不该侵犯你，是我活该！"姜半夏扬起被泪水浸湿的面庞，黯然地说："我刚才在做噩梦，等你腿伤好彻底了，我们再……"钱默之冷哼了一声，裹紧了被子。他笔直地贴紧在墙壁上，闭上眼睛不再看姜半夏。

姜半夏默默地捡起自己的内衣，摸索着穿上。她只觉得下身一片湿泞，不禁想起方才的梦境，忍不住趴在床沿上干呕。她缓了一会儿，下床又是一番洗漱，拧了一条热毛巾给钱默之擦脸。钱默之任由姜半夏伺候着，一直等她给自己重新换了药，这才瞥了她一眼，哀伤地问："你是不是已经不想和我亲热了？我们若是有几个孩子，便不会这么寡淡地活着了。"

姜半夏想说什么，终究还是忍住了。她抬手去拧床头的灯，古旧晦暗的灯影下，她的手皎洁柔软，仿佛一轮明月里初绽的玉兰花。钱默之看着那株白玉兰花瓣翻飞，随着灯光的熄灭而旋又恢复静谧。只觉得一时间花影轻浮、暗香满室，那种戛然而止的骚动忽然又被莫名怂恿起来，不禁悄无声息地凑过去想亲她的胸。姜半夏等他肆意地啃咬了一阵，淡淡地说："我有些乏了，明天还要下矿，咱们休息吧。"钱默之喉咙一哽，又用手恨恨地捻拢了一会儿，方才搂紧了她纤细的腰肢沉沉睡去。

接连十来天，姜半夏的运气都惊人地好，几乎每天都会在矿井下找到质量上乘的澳宝。就连最苛刻狡猾的亚历山大兄弟俩都没法不承认，姜半夏简直是一个挖宝奇才。他们尽可能地压低了收购的价格，她却总有办法对付他们。仿佛在她天使般圣洁纯真的容貌下面，潜藏着一个天生的商人。矿镇上的人们都在风传，姜半夏是用东方的巫术，来驱使和奴役附近的精灵为她做事的。钱默之只有在深夜里，在姜半夏身子上苦苦地宣泄着一个男人的威风。毕竟姜半夏太擅长赚钱了，简直不像一个正统的妇道人家。

艾瑞斯和往常一样，提前两个小时下到了矿洞底下。他娴熟地将几块瑰丽迷人的澳宝有的深嵌在墙壁里，有的浅埋在脚底下。他已经摸索出了这件事的经验，知道怎么样用浮土和矿砂掩盖澳宝那夺目的光芒，更知道如何顺着矿脉，断断续续地镶嵌着或深或浅的澳宝。正当他哼着歌熟练地凿着松散的岩壁，试图将一块火焰般绚烂的黑澳宝藏进去的时候，有人对着他汗津津的脖颈轻轻地吹了一口气。艾瑞斯惊得一动，凿子一下就戳进了食指的指甲里。他茫然地举着流血的手，猛地回过头。他看见姜半夏轻叹着，握住他的手腕。她将面纱摘下来，一层层地裹在了他的手指上。

艾瑞斯低垂着脑袋，仿佛一个做错了事的孩子。他笔直地站在姜半夏的面前，过于英俊的面孔带着玫瑰色的潮红。姜半夏抬起手，将他黏湿的额发顺到一旁，轻柔地说："傻孩子，你这是干什么？以后不许了，你这样，我心里很难过……"艾瑞斯将额头耍赖似的抵在了她的手掌心里，一双紫罗兰色的眼睛里流淌着依恋与柔情，呢喃地说："我不忍心您每天那样辛苦，我看到您在枯萎，却什么也不能做，这是我唯一能为您做的事。"

姜半夏抿紧了嘴唇，狠下心避开了他灼热的目光，冷声说道："以后不许来了，你这样是施舍，不是帮助。我不能接受你这样的行为，请你以后不要再来了。"艾瑞斯哀求地望着姜半夏，望着她的锁骨从肩膀处单薄的衣衫里顶出一个小巧的浑圆，仿佛提琴的琴弓穿透凝固的空气，停驻在琴身优美的弧度之外。姜半夏瘦削而坚毅的身影触动了艾瑞斯，他只觉得心里一阵揪疼。

艾瑞斯还没来得及说话，忽然觉得脚下一颤。紧接着晃动越来越剧烈，那些松散的矿岩不断地滚落，砸向摔倒在地的艾瑞斯和姜半夏。艾瑞斯一把把姜半夏搂在怀里，弓着身子挡住她，连滚带爬地往角落里躲。姜半夏的声音在矿井坍塌的巨响中微弱地响起："抱住头，蜷起来，屏住呼吸。"艾瑞斯只觉得仿佛有上千架轰炸机正在源源不断地往下面扔炸弹，地震的冲击力和不断塌陷的矿洞将他们两个人掩埋起来。在昏厥之前，艾瑞斯只来得及从旁边抓来几块木板做支架搭在头顶和身旁，然后祈祷着把姜半夏用自己柔软的腹部尽可能包裹起来。

当那种撕扯般的剧烈摇动渐渐平息，艾瑞斯咳嗽着推开身上被压断了的木板。他轻轻地抬起身子，在黑暗和烟尘中轻声呼唤和摸索。他触到了柔软的发丝和黏湿的液体，他惊惧地低喊："姜半夏，姜半夏，您还好吗？看在上帝的分上，回答我！"姜半夏疲惫虚弱的声音终于响了起来，说："我还好，你没事吧？"艾瑞斯的声音依然战栗，他按捺着内心的恐惧问道："您有没有受伤？我好像摸到了血。"一阵窸窸窣窣的声音传来，姜半夏在自己的身上仔仔细细地摸了一遍，又将手探到了艾瑞斯的身上，焦急地说："不是我的，你还好吗？"艾瑞斯身体一僵，任由那只温软的手不断地探索和触碰。

似乎过了一个世纪，她的轻笑声终于响起："我也摸到了，不过应该是煤油。"她的手指从他的鼻尖滑过，他嗅到了煤油浓烈的气味，终于放松了一些。艾瑞斯听她的嗓音有些沙哑，便将手臂插在疏松的矿砂里掏了一会儿，终于找到他的水壶，递给了姜半夏。姜半夏喝了点儿水，感觉好一些，便坐到了艾瑞斯的身旁紧靠着他。艾瑞斯一边耐心地帮她整理着头发里的细沙，一边温声细语地安慰她。姜半夏有些焦虑地说："你说，我们的地下室会安全度过这次地震吗？"

艾瑞斯认真地说："别担心，这次地震不大。而且那些地下室都很浅，不会受到什么影响。再说里面的通道特别多，比我们这里还要安全。"姜半夏沉默了一会儿，忽然轻轻地说："谢谢你，艾瑞斯。”艾瑞斯摇了摇头，微微一笑，忽然想起她根本看不到自己的表情，便用唇语对着姜半夏的方向说：“没关系，我爱你。”两个人静静地依偎了一会儿，艾瑞斯渐渐地感觉到一种闷热和窒息，他警觉地意识到这里的氧气已经不多了。

艾瑞斯故意用一种很轻松的语调和姜半夏聊了起来，姜半夏的声音越来越疲惫和衰弱。她将小巧的脑袋搭在了他的肩膀，她几乎是呓语着低声说：“我有些困，抱歉，我想睡一会儿。”艾瑞斯焦急地搂住了姜半夏，试图让她清醒起来。姜半夏柔软芳香的身体不断地滑落，很快几乎是瘫软在他的大腿上。艾瑞斯没有办法，忽然低下头，扳住姜半夏的脸深深地吻下去，将气息渡给她。姜半夏挣扎着在他脸上打了一巴掌，由于缺氧，艾瑞斯只觉得自己仿佛被阳光晒透的羽毛拂过。

他继续不断地吻着她，吻一会儿便抬起来深吸一口气，然后狼狈地祈求：“你需要氧气，请不要生气，千万不要睡过去。”他举起水壶凑到姜半夏的嘴边，哀求地说：“一点点慢慢地咽下去，你会感觉好一些的。我宁愿被你抽死，也不想……”他没有继续往下说，姜半夏似乎缓过来一些，她听话地喝着水，安静地躺在他的怀里。艾瑞斯怕她睡过去，便开始给她讲故事。

姜半夏一会儿清醒一会儿迷糊地听着，听见那些美丽的异国往事：“断崖上长满了土耳其地毯一样厚重绵软的艳丽花朵。那些花朵一直延伸下去，坠入浅金色的沙滩里，灰蓝色海面在靠近礁石丛的地方忽然变成透明的翡翠色和温柔的澄蓝色……”“父亲站在梯子上面，哼着歌粉刷雪白的墙和油漆成黑色的门框，小心翼翼地避开装满了雏鸟的鸟巢……”“晒成金铜色的孩子们，拽着岸边老树的藤蔓，把自己抛到雾气弥漫的湖水中。他们在迸溅着金色阳光碎屑的绿色波纹中嬉闹，成百上千的战斗机从湖心掠过，甚至可以看见飞行员脸蛋上的青春痘……”

"教堂被炸毁的时候，牧师正在带领信徒们唱赞歌。那些新描了金粉的圣婴和天使彩绘穹顶被炸成了碎片，砸在那些虔诚的头顶上。管风琴在坠落的时候依然发出恢宏磅礴的余音……""他的妹妹忽然把及腰的卷发几剪刀铰短了，她那饱满的李子般的脸蛋上涂着鲜艳的胭脂，被那些辍学的未来士兵啃得乱七八糟……""她的母亲累得晕倒在一袋面粉上面。当她醒来的时候，她捧着那些落了灰的面粉绝望地哭泣，她落满白色粉末的头发和眉毛使她看上去仿佛瞬间衰老了几十岁。"艾瑞斯顿了顿，他的手指小心翼翼地穿过姜半夏沾满了矿尘的秀发，温柔至极地说："她美极了，几乎和你一样美。"

姜半夏的声音仿佛掠过黑暗的琴弦："她们一定都很想你吧？"她仿佛看见艾瑞斯的微笑，他轻声地说："应该是的，最近还没收到她们的回信。我想，她们应该是搬到城里住了。"艾瑞斯想象着母亲和妹妹穿着新买的裙子，容光焕发地打扫着新租的大房子，在仲夏的夜晚倚着钢琴唱歌的样子。想象着不久的将来，他从大学毕业，换上牧师的衣服，在有着姜半夏容貌的圣母像前面虔诚地祈祷，将战争那罪恶的余烬吹散，露出一个崭新的美好世界。他想象着，姜半夏挽起他的手臂，滑入舞池。他单膝跪下，在繁华和喧嚣中起誓："我会永远守护你，以肉体、以灵魂，永生永世。"

他的想象被温软的嘴唇和甜蜜的清水所覆盖和包裹，在他因为缺氧而昏厥之前，一个含满甘霖的吻拯救了艾瑞斯。他仿佛看见上帝身着白袍，从通往天堂的阶梯走下来，递给他一颗晶莹剔透的水果软糖。他吃下去，感觉到自己的嘴唇和舌尖正在压破浆果柔嫩的果皮。那种爆裂在灵魂深处的甜美和纯净将他的原罪冲刷干净，他在万物的赞美声中获得重生。姜半夏的脸庞在无尽的喜悦中浮现、晃动。在坠入梦境之前，他恍惚地听见焦急的呼喊声："别睡，艾瑞斯，亲爱的，别睡……"艾瑞斯挣扎着坐直了身体，让姜半夏的脑袋可以舒服地枕在他的腿上。

艾瑞斯忽然陷入了一个真实的梦境，他梦见了自己和姜半夏迷失在一个光明而灼热的地方，仿佛童年时候仲夏的后花园。在梦里，姜半夏慢慢醒转过来的时候，艾瑞斯正握着她的手，小心翼翼地往她嘴里喂水。她虚弱地笑了笑，才想撑起身子，不料胳膊一软，就又倒了下去。她被艾瑞斯接在怀里，焦虑地唤着她的名字。姜半夏见艾瑞斯嘴唇干裂着，心里不觉一软，便不禁抬起手在他流着血的唇上轻轻一抹。抹完她才惊觉自己有些轻浮，只好将满是红晕的脸转向一边，缄默地垂在阴影里。

艾瑞斯见姜半夏难得的真情流露，再也难耐内心的狂喜，将怀里的半夏紧紧地揽住。一时间他也不知道该说些什么，只是将脸凑近她泛红的雪颈，想嗅又不敢。姜半夏向后折着纤弱的颈子上，有一小片裸露在阴影之外的娇嫩肌肤，被艾瑞斯热烘烘的气息烫着，蝴蝶翅膀似的，轻颤着闪躲不止。一缕缕带着暖意的体香，仿佛蝴蝶细弱的脚足，撩勾在自己的毛孔里轻轻地搔拭，留下混着蔷薇花粉和彩翼金屑的淡淡印迹。艾瑞斯渐渐地迷失在香气之中，他忽然猛地埋下脑袋，扎在姜半夏的颈前，又是亲又是嗅，又是带着哭腔地咬。

姜半夏酥软着手，将艾瑞斯往外推。她推了一会儿，便觉得体力不支，头晕目眩得厉害。她娇弱无力地抱着手臂，挡在胸前，气喘吁吁地央求着艾瑞斯："艾瑞斯，别这样，我们不可以这样！你放开我，我快喘不上气了！"艾瑞斯才要将姜半夏碍事的手臂拨到一边，见她说话有气无力，呼吸也明显急促了许多。她的脖颈和前胸都泛着病态的潮红，艾瑞斯担心她身体真的不舒服，便恋恋不舍地抬起身子，将她平放在自己的膝盖上，用手一下一下地帮她扇着风。

姜半夏偷眼看去，见艾瑞斯脸上的神色活像一个喂不饱的小狼崽子，两只手却都规规矩矩地码在一旁。她又是害羞，又是好笑，竟想起了《聊斋志异》里婴宁初见王子服时说的那句话，不觉"扑哧”一声笑出来。她只好拿两只手背掩住脸，自责似的紧紧盖住，只露出气鼓鼓的面颊和抿着恼意的嘴角。艾瑞斯见她蜷着两只小拳头，孩子气地握在眼睛上。她的脖颈和胸前染着一两处浅浅的血痕，因为羞涩和恼怒而微微地拧着柔弱的身子，竟有一种说不出的美丽可爱，不禁看得越发痴了。

两个人静默着各怀心事，倚靠着过了一会儿。姜半夏悠悠地轻叹了口气，问艾瑞斯："你知道为什么那天，我见到你送我的那块澳宝，会那么震惊吗？"艾瑞斯想了一会儿，试探着说："因为太贵重？所以你不肯收？怕我因此而看轻了你，强迫你……"姜半夏见他想得远了，忽然"扑哧"一笑。她偏转过身去，从脖颈前的怀里拎出一根细链子。链子的那头是一大块镶着澳宝的怀表，随着转动而流光溢彩，明艳得让人不忍逼视。

姜半夏垂下脸庞，哽咽着说："这块怀表是我外婆的遗物……"艾瑞斯见她虽然是强笑着说的，眼神里却藏着深深的凄楚。他笨手笨脚地搂着姜半夏的小脑袋，紧紧地偎贴在自己的胸膛上，怜惜地用手指捋着她的秀发安慰："姜半夏，我一直觉得你有心事，如果你愿意，告诉我好吗？我会替你保守秘密的，至死不渝！"姜半夏见他说得郑重，他的嘴唇上又淌出血来，她的心里不觉就是一颤，仰起脸捧着将水喂给他。然后她又认真地帮他把嘴角擦干净，她闪亮着一双明媚的眼睛，冲着艾瑞斯笑了一笑，这才开始细细地说着自己的故事：

"我五岁以前，是在京师一个很大的院子里长大的。院子一共三进三出，有佣人们住的，有我们住的。我和爹娘住的是最里面的一圈小院，中间搭着葡萄架子和紫藤萝花，两旁堆着粗笨的金鱼缸。夏天的时候，鱼缸里面生出荷叶来，半卷着墨绿的边儿，盖在小金鱼上遮阳。荷花还来不及开，荷叶上就覆了一层细碎的藤萝花瓣，淡淡的一片紫雾拢着，一阵微风拂过，褪出一小圈老玉似的色泽来。小院的四周是洋槐树、石榴树、枣树和银杏树，一年四季总有可以观赏的景致。初春的时候，那些新发的树叶带着鹅黄的绿意，娇娇怯怯地埋在依然嘁嘁鸣叫的冬虫声里，格外惹人爱怜。

“外院的玉兰花有时候也隔着一小段粉墙探过三两枝，被琉璃盏似的繁花压得弯弯的，雪白可喜。墙上是毛笔题的诗句，有些地方让潮气沁了月色一样的黄斑，有些地方则生着茸茸的青苔。那些青苔细润仿如孩童的绒发，和花影、月光交杂在一起，斑驳鲜活、香气袭人。我爹我娘结婚的时候，两个人移来几株竹子和一树桃花，合手栽在窗根下。我还记得小时候将鼻子贴在绢纸糊的窗户上，一边看修竹的疏影娓娓地筛着细雨，一边要大声地背板桥先生的‘十载扬州作画师，长将赭墨代胭脂’。

“背完了就将爹娘的胭脂盒都倒了，换上墨汁，巴巴地等着他们回来夸赞。爹回来给娘上妆的时候，见出了蹊跷，竟忍着不说，和往常一样细细帮娘匀在面上。娘装扮完毕，认认真真地一手扶着窗台，咿咿呀呀地吊着嗓子。爹抱着我，捂住我的嘴不让笑，自己也将脸埋在我头发里，哧哧地强忍着。还是丫鬟进来的时候，破了气氛。我和爹再也忍不住，闹在一起笑成一团。娘对着镜子发现了，提着裙子追着我们满院子地打。现在想起来，笑着笑着，就会落下泪。”

许是回忆的落叶拨乱了心底的涟漪，姜半夏低垂着湿漉漉的眼睛，略略地斜着脸将一只半握的手支在微微颤抖的唇上，牙齿紧紧地抵着食指，强忍着不肯哭出声音。艾瑞斯见她摇摇欲坠地将秀美的头颅支在一杆纤细的手腕上，只觉得心都被揉碎了。他将她的手腕握在怀里，凑过去抵着她滚烫的额头，想要用温暖而细碎的吻来安慰姜半夏。他笨拙地将唇嘬起来，醉红着脸就要去碰触她柔软的粉腮，却被姜半夏偏转着雪白的颈子，躲过了。

艾瑞斯不敢再轻举妄动，便只用双手捧住姜半夏浸染了晚霞的面庞，凝视着温声说：“姜半夏，我不知道你的家庭到底发生了什么。但是我想，无论如何，我都能真切地感受到你所经历过的痛苦。因为我的父亲也已经离开了，我的父亲死于战火。他曾经在青岛工作了几年，特别热爱中国，他一直为德国人对那里所做的一切感到羞耻。但是感谢上帝，我遇到了你！在我最绝望的时候，是你像荒漠的甘泉一样拯救了我，点燃了我的生命，给予了我希望。我想我的亲人们，在天上也会为我感到高兴。因为无论以后我还将失去什么，我都不会再感到丝毫的畏惧了！我已经找到了最纯粹的美，找到了最圣洁的爱，找到了你！”

姜半夏有些迷茫地望着艾瑞斯，仿佛在分辨他言语里的真情。她轻轻地叹了一口气，像一个笨手笨脚的小母亲那样，将艾瑞斯抱在自己略显单薄的胸前。她用下巴轻轻地蹭着他乱糟糟的额发，凄楚地感叹：“你还是个孩子呢！可怜的傻孩子！以后，你会遇到一位真正值得你爱的女人，我希望，那一天可以早日到来！”

艾瑞斯隔着单薄的衣衫，一头扎在半夏柔嫩的一小对儿乳尖上。他嗅着暖烘烘的香甜气息，觉得自己仿佛回到了童年的那个夏日：他在樱桃园里攀上树去，偷偷地摘着樱桃，妹妹张开嘴，摊开裙子站在下面来回地跑着接。后来，一只尾巴上覆着露珠的小松鼠和他们交上了朋友。

它将毛茸茸的尾巴裹在艾瑞斯的手腕上，用温软的小嘴啄他手心里的樱桃，露珠在阳光下一翘一翘地闪烁着彩虹一样的光芒。再后来，艾瑞斯不小心捅破了一个马蜂窝，成群的马蜂嗡嗡地炸出来，龙卷风似的紧追着艾瑞斯和妹妹飞。艾瑞斯脱下衣服盖住妹妹，自己狂跑着跳到湖水里，世界忽然就变得无比宁静和虚幻。仿佛时间都凝结成一片片细碎的阳光，化成千千万万的水花和泡影，啪的一声微响，随风轻逝。

姜半夏似乎喜欢上了小母亲这个角色，她哼着断断续续的歌，柔嫩的小手抚在艾瑞斯平静地伏着浅黄绒发的后颈上。她的歌声像是在微风中被细雨打湿的，黏在林间小径上的淡粉色花瓣。等霁月初上的时候，远远望去，仿佛镶嵌着金线的五线谱，描绘着芬芳而宁静的音符。她哼了一会儿，又想起了什么，唇角不知不觉地翘了起来，眼睛里坠满了银星的光亮。

半夏挨个儿地弹着艾瑞斯脑袋后面的小发旋儿，孩子气地嬉笑着，接着讲下去："你的头发真软真细，像……像什么呢？像寂静的夏日里，琴弦上弹落的光线。落在石阶上，暖洋洋地融化成一大片，摸过去手心会酥痒好一会儿呢！我的外公也有这么细软的金发，不过我记事儿的时候，他的头发几乎就都是白的了。

"他每次出去遛弯儿，都要攥着我的手带我一起去玩儿。等出了门，一拐弯，家里佣人看不到了，他就把我举起来，骑在脖子上，迈着大步子招摇过市。我咯咯地一味笑，他也哈哈笑个不停。他一边笑，一边得意地耸着膀子吓唬我。街边的人们看惯了的，也跟着笑，有顽皮的就藏在人群里扯着嗓子喊：'洋骆驼又驮着小女娃出来了！'

"外公的个子特别高，背有点驼。我坐在他的脖子上，可以看到前面的人一溜儿的脑袋，有的尖，有的圆，有的挨着脖子紧紧地贴着一圈齐齐的头发，有的脑袋后面叠着三层肉褶。还有擦了头油的少妇，梗着脖颈扭来扭去地顾盼张望，苍蝇落在上面搓着脚，一不小心就滑了下来。外公人缘很好，走着走着就会遇到熟人，然后就要停下来，恭恭敬敬地和熟人说话。这时候的我，总觉得格外无聊，便将他挂在脖子上的十字架项链转来转去地玩儿，用手在磨得锃亮的十字架上按上脏兮兮的指肚印儿。

"要不然就是在他低垂着的脖子根上搔来搔去，我从外公一簇簇灰白色的短头发茬中，找出一两根金灿灿的头发。我拔下来，像孙猴儿那样拈在鼻子前，念念叨叨地吹掉，等着一堆儿外公站在我面前听我使唤。可是每次外公都缩着脖子，'哎哟'一声，抬起手假装要打我，却从来不舍得落下。每一次出门，他都给我买好多的零食，然后笑眯眯地看着我吃完。吃不完他就替我打扫掉，然后再扛起我，乐颠颠地回家。我娘说，全家就我的眉眼和外婆最像，鼻子和嘴巴又像极了我外公。所以他才对我格外地亲近，比一般的隔辈儿亲还要溺爱许多。

“可是我印象中的外婆，许是怕生了皱纹，涂着蛋清和玫瑰水的脸上没有一点表情。她总是坐在大屋的藤椅上，从一派阴沉的暮气中，探着煞白的脸蛋和笼在袖口里的一双消瘦的腕子，不声不响地监视着全家的一举一动。大屋的里间供奉着神像，在摇摇晃晃的烛影里，浮动着隐忍而愁苦的面容。看久了，就有一种神圣的苍凉，一层层地泛上来，正如屋子外秋风秋雨那萧索的淡然。娘曾说过，外婆以前不是这样的，不是干瘪的唇中间点了一抹子猩红，然后从那点子猩红里翻滚出无数遍的诵经声。

“我所记得的，是外公过世以后，外婆的样子了：她的两鬓抿得薄而紧致，额角剃得向上退进去一段，修得齐齐整整，衬着小巧的粉扑子脸，有一股正大光明的气韵。只是面容干瘪了，没了水色。她总是默默不语地伸出一根绷着青筋的手指，指着神像让我用饱蘸了核桃油的细棉布一遍遍地擦。她的手指甲都留得长长的，葱管似的戴着金镶玉的甲套。眼神也像是放凉了的陈茶，定定地搁在某个角落里，只是从不肯看我。我早晚请了安，她就将手心向我摊开。

“我拿着里面的小钥匙，踩着小凳子将锁在柜子里的奶粉拿出来。当着她用滚水合着花茶沏了，再把奶粉锁起来，把钥匙还给她，才能告辞。要不是花影在窗格子上更迭着日影，自鸣钟的指针随着布谷鸟的歌声，挪动着迟缓的脚步，我简直以为时光的衣角被她烦琐的佩饰钩住了。一切沉重的老家具都和她一起缄默地待在房间里，不停地重复着外公走后某一个毫无意义的片段。

“直到有一天，爹应酬之后，再没有回来。娘踮着脚，披着衣服在小院里数着时辰。天上惨淡的月牙畏缩着身子，嘴里呵着霜气，皱着眉毛跟在娘的身后踱着小碎步。后来，天蒙蒙亮了，娘和月牙都摔了院门出去，想是去街上寻爹。我孤零零地依着斑驳的门板，眼巴巴地等。直到惨淡的日头高高地挂起，秋风瑟瑟地打着转儿，他们也没有回来。

“等娘回来的时候，给我带回来一个油纸包儿。我埋着脑袋，从里面掏着油汪汪的炸糕吃，嘴里的桂花味儿还没散开，就听见‘扑通’一声，娘跪倒在大屋紧紧闭合着的门前。娘跪了一整夜，秋雨从后半夜开始下，我大哭着挣脱姆妈的手，跑出去拽娘，被娘一个巴掌抽倒在了泥地里。我看着娘泛青的面色，不敢再哭，被佣人们裹在怀里带回屋守着。娘的身影在窗户纸上摇摇晃晃，被凌乱的竹影罩着看不真切。

“我太小，只知道哭，哭得太久闭了气儿。我在昏迷中影影绰绰地听佣人们悄声地议论，说是什么被人下了药当了免费的兔爷，醒了之后发狂，还打死了洋人，也不知道这次能活着出来不。我对那描唇画眼、泥塑的呆兔爷没什么兴趣，也不喜欢佣人们说洋人时候的语气。那时候，在我心目中，洋人就都该是我外公那样的，像一个老小孩，遇到谁，都掏心掏肺地对人好。

“后来一直跪到第二天晌午，娘倒下了，外婆的屋门也没有开过。娘被抬回来的时候，牙关紧锁着，灌不进姜汤。我的身上都是泥点子，怕她醒了骂，就躲在炕角看。后来不知怎么，我忽然懂得了害怕，就爬过去抱住她的腿，给她搓脚。那脚冻得和冰块似的，揣在怀里冒着寒气。

“娘醒来的时候，恨恨地看着我的眼睛。过了一会儿，她才闭上眼，嘴里喃喃地说：‘真像，可真像呀！但愿心别那么狠！不给人留一点活路！’我把炉子上煨着的半拉炸糕讨好似的递给她，她接了，眼泪簌簌地滚下来，抱住我狠命地哭：‘放心，娘不会让你没了爹！

咱们仨无论是生是死都要在一处！’哭完之后，她抱着我一径走到了警察署，在那些冷漠而不怀好意的注视下，我们终于见到了爹。

“爹的样子像一个血葫芦，我被他的陌生模样吓得号啕大哭。爹赶忙转过身，强忍着悲痛，用一段诙谐的戏文哄我，他的背影依稀带着从前的俊逸。我不哭了，可是也笑不出来。娘却笑了，合着唱腔轻柔地哼。她掏出来很多的钱打发那些眼睛发绿的警察，终于他们给爹搬了把椅子。娘将我抱起来放在爹的膝盖上，打了盆热水给爹修脸，窗外小池塘被阳光照出一个明晃晃的光圈，投射在雪白的屋顶上。最后，娘站在了爹的身边，他们的肩膀紧紧依偎着，一个人搂着我一半肩膀。其中一个年轻的警察帮我们照了最后一张全家福，除了我在哭泣，爹娘都笑得格外甜蜜。”

艾瑞斯似乎中间醒来了几次，他一时分不清白天与黑夜，也分不清自己到底和姜半夏在德国、中国，还是澳洲。他们的童年回忆交错着、纠缠着、分别着、重叠着。他仿佛忘记了他们从未相爱，又仿佛在不同的时空里相恋了几个世纪。他仿佛怀抱着一个勇敢的小妇人，又仿佛珍藏着一个胆怯的小女孩。他在不断重复的梦境中成长，引领她一起拨开昨日的阴霾，将那些尘封的往事珍藏在彼此的心底，共同迎接每一枚绿叶、每一条河流都闪着金光的明天。

他们仿佛在尘封的墓穴中沉睡了千年，一直到救援的人们赶来。人们沉默地看着艾瑞斯用手臂环绕着姜半夏，矿尘和断裂的木板压在他的肩膀和脊背上；看着他在睡梦中，手里依然紧紧攥着水壶，举到姜半夏的嘴唇边上。他们仿佛两个灰白色的雕像，纠缠在一起，充满了美感，也充满了哀伤。那些矿砂在阳光下闪闪发亮，萦绕着他们难以分辨的面孔，那种永恒的幸福与静穆笼罩在他们的身旁。华工们一边骂骂咧咧地驱散了人群，一边把姜半夏小心翼翼地抬上了担架，用一件罩衣盖着，匆匆忙忙地送回了钱默之的家。她在即将到家的时候醒来，揭开了满是汗渍的罩衣，迷茫地凝视着华工们凝重的神情。她张了张嘴，暗哑的声音仿佛被塞满了破棉絮："怎么回事？"

胖头林瞪了一眼那些表情古怪的华工，挤着眼睛憨笑了几声，说："前两天地震了，您在矿井下面昏倒了，您不记得了？"姜半夏想了一会儿，忽然面露焦急地问："那艾……"胖头林用一阵猛烈的干咳截住了姜半夏的话音，然后大声地说："镇子里没人出事，有几个轻微摔伤砸伤的，还有吓得犯心脏病的。您别担心，钱先生一点事都没有，正等着您回家呢。"姜半夏无力地摆了摆脑袋，还想说什么，那件浸满了汗臭的罩衫忽然又落在了她虚弱的身体上。她抗议般地伸出一只苍白的手臂，胖头林体贴地拽上了罩衫的一角，盖住了这一抹令人惊艳的雪色。

钱默之在看到妻子的一瞬间，脸上的表情有些复杂。他强撑着一丝笑意和那些尴尬的华工寒暄，然后重重地关上了房门。一种羞辱感和恼怒感，夹杂着些许自卑的神情在他铁青色的脸孔上浮现。钱默之望着姜半夏干涸的嘴唇上开裂的血迹，阴郁地冷笑着，说："咬破了？"姜半夏有些失神，摇摇晃晃地站起身，刚要给自己倒杯水，就听见钱默之的暴喝，"我在问你话！咬破了？被那个鬼佬崽子？"姜半夏脸色变得煞白，她手指微颤地端起水杯一点点喝下去，然后淡笑着转过头，轻声说："你怎么不问问，我是怎么活下来的？我亲爱的丈夫。"

钱默之颓然地躺下去，一直到姜半夏把晚饭放在床上，他都没有再说一个字，只是呆望着洞顶默默地流着眼泪。姜半夏用温过的草药糊在钱默之冰冷僵硬的小腿上，一点点帮他按摩。她俯下身子，努力地揉搓着，因为虚弱而鼻尖冒汗。她的胸乳在单薄的衣衫里微微地晃动着，仿佛舀起的酥酪，散发着一缕缕温润芳馥的气息，或是淌在湖泊里的月光，漾起层层涟漪。他忽然涨红了脸颊，屈起那条健康的腿，猛地踹在姜半夏的胸前，咬牙切齿地说："简直是不知廉耻!”

姜半夏被踢得摔倒在地，剧烈的痛楚和耻辱从心脏迅速蔓延到全身。钱默之惊恐地趴到床沿往下看，却看见她的脸上似乎依然带着微笑。钱默之索性将床头柜上的药碗也赌气地砸到地上，姜半夏丝毫没有躲闪，任由滚烫的汤汁在她的小腹上滚落。钱默之有些懊悔地偷看姜半夏，她那双雾气蒙蒙的大眼睛完全失去了神采，手指尖泛着病态的潮红。姜半夏将碗的碎片一点一点地捡起来，拼在一起放在床头柜上，深深地瞥了一眼钱默之，转身离开了。钱默之望着她脚步虚浮的凄惨背影，忽然心痛如绞，颤声问道：“砸伤没有?烫着了吧?你莫要逞强，我……我只是一时气恼……”

姜半夏在随后的一个多月，一直和华工们，以及其他镇子上的居民们，奔波在修复那些坍塌的矿井、照顾那些轻伤的老人和孩子的工作中。她总是早出晚归，将一天的饭菜和药都留在钱默之可以轻易够到的地方。他们除了很少交流，似乎一切都很平静。艾瑞斯经常会混杂在人群里，悄悄地帮着姜半夏和其他华工们做事情，尤其那些最艰苦的重体力劳动。他从不主动说话，只是偶尔深情地凝视。

但是姜半夏所有的动作和表情都落在他的眼睛里，他绝对不会允许她有任何遇到危险的可能。他可以在任何地方、任何角度第一时间赶过来：接住她即将垂落的面纱，挡住迸溅的石块，标注遗落的废旧矿坑，或是打飞砸偏的凿子。他悄无声息、如影随行地补足她的淡水和面包；在她布针的时候端稳托盘，准确地递上草药；在她因为体力透支而昏倒之前搀扶她，仿佛一个无所不能的影子。

镇上的居民越来越欣赏这些勤奋努力的华工，当他们正在抱怨、谩骂，甚至屠杀土著人的时候，沉默寡言的黄种人已经开始认真地修半人多高的铁丝篱笆了。这些篱笆可以允许任何人种的成年人轻松地跨越，土狗或者其他野兽却无法轻易地钻过来，那些淘气的孩子也不可能继续他们的“冒险之旅”游戏。居民们看懂了华工们的用意，逐渐加入进来。他们在频繁活动的范围之内圈起篱笆，这道篱笆仿佛永无止境，一直持续了几百公里，并且还在不知疲倦地持续着。华工们有时候会遇到好奇的土著小孩子，他们会把小胖脑袋放在篱笆的木桩上面，然后把野花递给华工们。

疲惫不堪的姜半夏端着煮好的草药走到卧室，她见钱默之依然耸着背骨，面向墙壁。他的被子一半卷在腰间，一半垂在地上。姜半夏将碗放到床边，帮他将被子盖好，轻轻地推了推，柔声说："默之，起来喝药了。"默之睁着眼，冷冷地瞟着她。他冷哼着翻过身，一手抄起药碗就冲着姜半夏砸了过去，怒吼："你还知道回来？！"姜半夏躲闪不及，赶忙伸出一只手臂去挡。滚烫的药汁"哗"的一声溅到上面，疼得她猛地一哆嗦。

钱默之偷眼看过去，见她背着光站在阴影里，一声不吭。过了一会儿，姜半夏忽然将略低垂着的脑袋猛地一扬，她的发髻散着一圈金灿灿的光芒，在黑暗里显得有些刺眼。钱默之见姜半夏一言不发地走过来，忽然有些胆怯。他想将脑袋缩到被子里，又不甘心，便索性扯开被子。他拖着两条腿靠在枕头上，瞪着俯下身子和他平视的姜半夏。姜半夏的表情随着煤油灯的微光晃动着，分不清悲喜。她伸出手，轻柔地替钱默之拉上被子，转身捡起地上的碗，淡淡地说："你的腿伤一周前就已经好利索了。"

姜半夏说完，便要往外走。钱默之一愣，心里陡然一沉，他惊惶地喝问："你要去哪儿？你是我太太，我不准你走！"姜半夏一面走，一面抬起手拔下头上的发簪，往桌子上一撂。那发簪在坑洼不平的桌面上跳了几跳，弹到地上断成两截。钱默之的心跟着突突地一阵乱跳，他犹豫着从床上翻下来，双腿一软，"扑通"一声落在地上。只一会儿，姜半夏的身影已经看不见了。钱默之摇摇摆摆地追上去，紧紧地拽着姜半夏的裙摆不松手，他气喘吁吁地说："别走，半夏，我离不开你！我们生个孩子吧，生个孩子就都好了！我不怪你!”他的脚踩在断裂的簪子上面，发出咔嚓的脆响。

姜半夏转过脸来，冷静地掰开他的手指。她从围裙里掏出一个小布袋子，沉甸甸地摊在他的手心，温柔地说：“我们曾经有过孩子的，你不记得了吗?”她淡淡地笑了笑，帮钱默之擦了擦额头上的冷汗，便转身走了。月色如水，从敞开的房门蓦地倾泻进来，又悄无声息地消逝了。钱默之杵在门后，他可以听见姜半夏柔软的脚步声，一步一步地融入空寂的黑夜里，也一步一步地踩在了他的肋骨上。钱默之回到卧室，将布袋子解开，倒在床上：大大小小的澳宝仿佛凝结在露珠里的彩虹，波光流转地涌动着。他将手指插在冰凉的宝石里，眼泪悄无声息地落了下来。地上的发簪碎了一地，在莹白色的尘埃中静静地躺着。

从家里决然离开的姜半夏，望着繁星遍布的夜空和一望无垠的旷野，忽然觉得整个人陷入了漫无边际的虚无。她记不得远在大洋彼岸的过去，也看不清近在咫尺的现在，更找不到遥不可及的未来。姜半夏彻彻底底地变成了一个孤独的人，背井离乡，无亲无故。艾瑞斯看到她的时候，姜半夏正安安静静地坐在悬崖边上。她的目光平静如水地眺望着远方，脸上却布满了濡湿的眼泪，她似乎完全没有觉察到艾瑞斯的到来。他轻手轻脚地坐在她的身旁，怜惜地将外套脱下来，披在她的身上。

姜半夏依然默默地凝视着远处，一颗硕大的明月里，群山之巅的轮廓在浮云里穿梭。一只孤鹰从耸立的山峦剪影里幻化出来，修长的羽翼划破长空，在凄厉的啸声中盘旋了一会儿，又逐渐地融化在了浮云之间。“给我讲讲你的故乡吧。”姜半夏的声音忽然响起，她的声音飘浮在半空中，和发丝绞在一起，碰触着艾瑞斯的鼻尖。

艾瑞斯望着干涸的血海似的赤褐色大地和起伏的、线条粗犷的斑斓色块，仿佛那天下午残阳跌落在家乡的海面上所涌起的猩红色巨浪。艾瑞斯那天也是坐在悬崖边上，垂着双腿，将脑袋舒舒服服地枕在厚重绵密的草甸上。悬崖的一面是漫坡，鼠尾草、雏菊和野风信子的身影消失在森林的尽头，有的只是无边无际的鸢尾花和藏红花。蜜蜂舞动着透明的翅膀，仿佛一簇簇金色的迷雾，在浓郁的紫蓝色和鲜亮的嫣红色之间挥洒，留下细碎的嗡鸣。迷路的甲壳虫从艾瑞斯的手指一径攀爬到淡金色的短发里，一路留下酥麻的触感，最后摔进花瓣初绽的鸢尾花中，摇落微甜的花粉。

艾瑞斯闭上眼睛，感受温润的暖风拂过鼻尖。他在回旋的暖风中，细细地分辨着各种花草不同的香气和昆虫略带苦涩的气息。在潮水击打礁石所迸发的阵阵巨响里，他可以听到隐约的轰鸣声，不像汽笛那样高亢，也许是成群的椋鸟回巢的声音。艾瑞斯睁开眼睛，在熔融的宝石似的蓝天中，寻找着莎翁笔下披着夜光的小精灵。可是在流淌的淡蓝色波光中，只有惺忪绵软的白云在静静地游曳，落下丝丝缕缕的柔丝和草甸上飘忽不定的阴影。

艾瑞斯望向悬崖下的海岸，浅金色的沙滩蜿蜒仿若新月，散落着星罗棋布的黝黑色礁岩。靠近礁石的浅水是明亮的翡翠色，可以看见下面泛着金光的流沙和迷路的小丑鱼。而远一些湛蓝色的海面上空，则盘旋着密密麻麻的白头翁和海鸥。雏鸟的哀鸣声穿透长空，其中一些勇敢的雏鸟，绒毛还没褪尽，便从悬崖里藏着的鸟巢中纵身跃下。只有不到一半的雏鸟可以在坠落中学会飞翔，其他的雏鸟在父母期盼的目光下，不断地跌落在礁岩上，撞得粉身碎骨。

艾瑞斯有些哀伤地怅望着，那些带着余温的尸体被海浪冲刷着，很快便会消失得无影无踪，留下令人目眩的深蓝，浩瀚无垠。夕阳开始徐徐下坠，淡淡的一抹红渐渐地变得浓烈。当燃烧的落日触及海面的一瞬间，海面顿时平铺上一道夺目的艳红，浸染着蛋青色的地平线。这是艾瑞斯被震昏前所看到的最后一幕，家乡仲夏时节最司空见惯的景色。

艾瑞斯醒来的时候，他的眼睛里、耳朵里、鼻子里都堵着焦煳的泥土。灼热和疼痛包裹着他，他的肢体仿佛断落在了不同的地方。艾瑞斯颤抖着站起来，泥土夹杂着碾碎的花瓣随着他的步伐抖落。他的脑海里一片空白，在夜色中狂奔。星空俯瞰着夷为平地的村庄：教堂的尖塔已经被削平，戏院的穹顶塌陷了一半，一些房子在火光里发出"噼啪"的声响，还有一些没有完全坍塌的，只剩下残垣断壁躺在灰烬中。他的家，依稀可以看见烟囱和屋顶的轮廓，窗口没有透出灯光。艾瑞斯的心揪成了一团，突如其来的恐惧吞噬着他。

轰鸣声再次响起，比之前的还要响一些。艾瑞斯在废墟中奔跑，可以看到稀稀落落的人影在街巷和空场上晃动。哭喊声和咒骂声回荡在各个角落里，死神的长袍仿佛暗涌的潮水，在街角蔓延。它拂过那些支离破碎躺倒在地的身躯，他们衣角的亮色还没有熄灭。艾瑞斯跑回家，窗户震碎了，屋檐炸掉了一个角，风铃落在雪白的床单上，寂静中，只听得见沸水在水壶里尖锐的鸣叫。

他哆嗦着推开门，在昏暗中摸索、呼喊，回应他的只有了无生机的沉默。艾瑞斯一间一间地寻找着，房间里空无一人。"哆咪啦嗦"，钢琴的琴键猛地一阵乱响。艾瑞斯惊喜地扭过头，看见一只惊慌失措的白鸽扑棱着翅膀从钢琴的后面钻出来，顺着空缺的屋檐飞走了。艾瑞斯摸到一根蜡烛，点亮了。他推开地窖的木门走下去，一面走，一面喊，回应他的依然是黑暗和沉寂。

惶恐中的艾瑞斯产生了错觉，他真真切切地听到了母亲和妹妹的声音，温柔的耳语声，欢快的嬉笑声，鞋跟在地板上的舞蹈声。"艾瑞斯！上帝保佑！真的是你！"艾瑞斯忽然被两个温软的肉体紧紧地拥抱住了，他甚至可以嗅到母亲和妹妹身上热烘烘的香气。"我们四处找你，以为你……你闻起来像烤煳了的面包。"艾瑞斯在夜色中一点一点看清了母亲和妹妹亲切的面庞，他用濡湿的面颊紧紧地偎依着她们，沙哑着说："我爱你们！非常爱！感谢上帝！"

妹妹一面搂着他的脖子，一面咬牙切齿地咒骂：“可恶的英国佬！我要上战场！我要把炸弹扔到他们的土地上！”母亲不断地亲吻着艾瑞斯，低声祈祷：“但愿上帝保佑我们！但愿邻居们都平安！你们俩赶紧找找家里的纱布和碘酒，咱们去帮帮那些可怜的人吧！”

姜半夏望着沉浸在回忆里的艾瑞斯，她的目光里盈满了同情和爱怜。艾瑞斯一眨不眨地回望着姜半夏，那双似乎从未被风霜侵蚀的紫罗兰色眼睛仿佛在吐露千言万语。姜半夏缓缓地张开双臂，将艾瑞斯轻轻地抱在怀里。艾瑞斯的手指幸福地痉挛着，一点一点攀抚在她光洁瘦削的蝴蝶骨上，悄无声息地划过她白腻脖颈后突起的一小块颈椎，然后心满意足地将自己埋葬在冰凉的秀发深处。艾瑞斯见夜色渐浓，四野回响着夹杂着野狗吠叫的风声，而姜半夏的面庞仿若苍白脆弱的骨瓷，在黑暗中若隐若现地浮沉。

1921年12月，澳洲。

在雨季到来的时候，矿镇上发生了一件大事。鼎鼎有名的首饰工匠老乔伊在过世前，将自己的店铺和遗产都慷慨地赠送给了他的主治医生姜半夏和关门徒弟艾瑞斯。所有的人都在窃窃私语，全然忘记了老乔伊因为感染了严重的肺结核而被残忍地隔离和驱逐。只有姜半夏不顾流言蜚语，无微不至地照顾他，直到他辞世。而艾瑞斯则忠诚地守护着他们，不允许任何人尝试恐吓或者驱赶他们。

几乎所有人都以为艾瑞斯被“东方女巫”迷住了。他将老乔伊的店铺重新粉刷一新，还将后面的卧室布置得极具格调。可是一直到姜半夏搬进去住了大半个月，艾瑞斯都没有任何更进一步的意思。他只是在每天清晨，将一束野花放在她的门口，然后在午夜收工的时候，静静地站在寒风里对着紧闭的大门微笑。只有当生意上门的时候，艾瑞斯才会敲门走进去。姜半夏负责设计草图，艾瑞斯负责打磨澳宝。经由他们合作的首饰都糅合了东西方的神秘美感，并且只甄选最优质的澳宝原材，所以每一款都身价不菲。每次离开的时候，他都会把全部的心和钱留下，丝毫不为自己打算。

一直到雨季结束，姜半夏和艾瑞斯一直维持着这种微妙的亲密关系。雷奥叔叔有时候拿艾瑞斯打趣，艾瑞斯只是淡淡地笑笑不说话。所有人都感觉到，艾瑞斯的少年时光已经一去不复返了，一种沉静而稳重的魅力在他不断发育的身躯里迅速膨胀。像所有陷入热恋的美男子一样，艾瑞斯突然具备了热忱和活力、浪漫和克制、责任和勇气。

他那些微隆的肌肉和紧凑的腰臀，因为皮肤白皙而显得优雅柔和，那双紫蓝色的深邃眼眸，淡化了他逐渐耸立的眉骨和下巴轮廓，而那因为思虑过度而萦绕在嘴唇边际的细微皱纹，则给他增添了无法抗拒的忧郁和凝重。所有的女性都因为他的一举一动而神魂颠倒，而他自己对此茫然无知，依然略带谦卑而顽固地暗恋着那个“东方女巫”姜半夏。

傍晚降临的时候，姜半夏索性躺在巨石上，小心地摊开双臂。她闭上眼睛感受着微风拂动，她那晒得温热的发丝偶然掠过面颊，双颊也是滚烫的。强烈的阳光似乎可以透过眼帘，显出一片浓郁的殷红。不时有大片厚重的云投影在红底之上，仿佛故都暮秋时节，秋风起落，赤金色秋叶翻卷时，露出的绛紫色泥土。当她醒来的时候，暮气已经渲染了每一处角落。硕大的落日在云层里倾泻着万点霞光，笔直地坠入万丈深渊，一种莫名的感动忽然涌满了半夏的胸膛。

峡谷的每一处沟壑和峰峦都被巨大的画笔涂抹着、点皴着。深浅不一的色泽充盈着、流溢着，肆无忌惮挥洒着熔融的墨彩。玳瑁红、玛瑙红、猩红、樱红、豆红……那些凝固的岩石和荒漠仿佛徐徐展开的斑斓画卷，雄浑而灵动，将湍流和暗涌都赋予了永不衰竭的生命力。让亿万年的沧海桑田在每一个斜阳深处演绎着冲撞、交汇和变迁。天空此时仿佛比大地更加真实，大地浓郁的光彩也不过是天空偶然倒映在天心里的蜃境。

一种无声的壮美摄住了半夏的魂魄，大自然的华丽天生带有凛然不可侵犯的神圣风范，半夏忽然切切实实地感受到了自己内心掩藏的浓烈情感。她似乎明白了，自己在冥冥之中，循着脖颈上澳宝的足迹，渐渐地追溯到这片苍茫狂野而又缄默沉静的土地，就是为了感知和领悟一种无可言说的宿命，一种饱含着使命感的浪漫情怀，这种情感早已不知不觉地酝酿在自己的血脉之中。半夏仿佛听到了静谧中，一些细微的破碎声和从破碎中萌发出嫩芽的清音。

艾瑞斯精疲力竭地攀出矿井，将背上的铁桶卸下来拎在手里，他心不在焉地拨拉着铁桶里面的原石。那些蛋白石的断片闪烁着的釉色大多是月光一样的冷白，泛着斑斑点点的淡青或者幽蓝，转动的时候偶尔跳出一脉脉的微弱金光。那些变幻莫测的星芒也是黯淡的，都是些不太值钱的货色。远处传来一阵阵爆破的闷响，越来越多的人开始使用自制的火药，然后一桶一桶拉上去，再浪里淘金一样从炸出的碎石中甄选出合格的澳宝原石。

雷奥叔叔对这种方法嗤之以鼻，他手脚痉挛地、无法抑制地诅咒着那些使用炸药的人。艾瑞斯清楚地记得当雷奥叔叔第一次看到一管一管的自制火药时，那副瞳孔收缩、面孔僵硬的样子。而那张假面似的狭窄脸颊迅速地垮掉，显露出一种崩裂的恶毒表情，红紫色的血管似乎要把他的五官都揪出来。他恶狠狠地掰着那块敲不下来的原石，嗓子里滚出含混不清的咒骂。艾瑞斯在那一刻，忽然有些怜悯自己的叔叔，他可以清楚地看到战争的阴翳陡然地浮现在雷奥的眼睛里。他的灵魂的残骸依然被战火和硝烟燃烧着，惊惧扭曲着他生命中残存的一切价值。

艾瑞斯将这桶原石拎到收购站，他淡漠地瞅着亚历山大兄弟俩赤裸着上半身的肌肉，一块一块地挑拣着。他们一面叼着烟卷谈笑着，一面粗鲁地报着价。他们的眼睛眯缝着，谨慎地扫视着艾瑞斯的反应。这个美男子已经悄无声息地夺去了所有少女的芳心，亚历山大兄弟俩必须用更多的金钱来缝补自己千疮百孔的心灵。艾瑞斯不像其他人那样紧紧地盯着他们的一举一动，也不会和他们挥着拳头争吵，他只是专心致志地掸着衬衫领口窝着的粉白色矿尘，并不十分在意价格的高低。亚历山大兄弟对这位矿厂上唯一的“衬衫绅士”还算是手下留情，而那些有时候连短裤都懒得穿的人则没有那么幸运了，没有人可以比他们兄弟俩更擅长察言观色和精打细算。

从收购站出来，艾瑞斯望着无垠的旷野。除了星罗棋布的棕绿色簇簇灌木和寥寥数根蛀空的半截残树，平坦的红褐色土壤上偶然散落着矮小的丘陵和岩石。浓烈的金色和红色绞在一起，随着岩脉的走势起伏，时而聚起、时而散落，从蛮荒中显出一种粗犷而浓艳的美来。而掩藏在起伏之间的居民住所都谨慎而谦卑地只露出镶着大门的那一道岩石边缘，绝大多数的建筑都埋藏在死寂的荒漠之下，和错综复杂的矿道编织成一张硕大的网，而枯燥的岩居生活也在无声无息，永无止歇地纵深着、延续着。彩霞在地平线的尽头怒放，每一道艳光都流淌在碧空之上，一直奔腾到天空的另一处尽头。

他索性提着一盏马灯向着峡谷的方向走去。暮色仿佛投入池水中的蓝墨汁，一大片一大片地拓印在绵延起伏的山陵上，边缘渗出深一层浅一层的冷色，远处有三两颗淡淡的辰星在天际浮现出来，土狗的嚎叫在四野高高低低地回响。这一片丘陵并不高，也不陡峭，只是在一望无际的旷野上显得有些突兀，中间是刀削斧砍一般的峡谷，悬崖笔直而幽深，生着几蓬灰褐色的矮草，在夜风中显出几分粗粝凌乱的生机。

随着天色逐渐地暗下去，马灯前面照亮的路也越来越短，最后缩成苍白瘦长的一团，艾瑞斯的手指也在寒风中吹得有些发僵。他一步一步攀到山顶，摇曳飘忽的灯影里，艾瑞斯几乎以为自己出现了幻觉，姜半夏正躺在悬崖边。她的一只手臂搭在额头上，另一只搭在一丛枯草上，手指捻着草茎。姜半夏的眼睛睁得大大的，怅望着星辰涌现的长空，她心有灵犀地向着艾瑞斯的方向侧过脸，毫不惊讶地露出了笑容，又转过去看着星空。艾瑞斯怕灯光过于刺眼，便用手背遮挡着马灯，又看见手指上黏着煤油的黑印，便迅速抽回来背到身后，在衬衫上狠命地蹭了几蹭，再伸出来。

姜半夏将手臂垂下来，亲昵地拍了拍身旁的土地，脸上的笑容便似乎带了几分邀请的意味。艾瑞斯将马灯放到一边，学着姜半夏的样子躺在地上，手指刚巧够着姜半夏的，她的手指往回轻微地蜷了蜷，便舒舒服服地落在了艾瑞斯的手指上。艾瑞斯只觉得手心不断地冒着汗，他一点一点向前探着，将姜半夏冰凉的指尖紧紧地勾住，两个人汗津津的指腹依偎着、摩挲着、纠缠着。

不知什么时候，姜半夏坐了起来，她的手臂环抱着膝盖，身上还盖着艾瑞斯的外衣。艾瑞斯站在姜半夏的身后，他的双手僵直地、颤抖地、毫不犹豫地落在了姜半夏的肩头。有那么一瞬间，姜半夏几乎以为自己已经将头枕在了艾瑞斯的胸前，而她的手指则毫不顾忌地攀上了他的面孔。她似乎可以真真切切地感觉到他粗糙的衣领摩挲着自己颈部的肌肤，感觉到他胸口透过布料所喷薄而出的热气，感觉到他湿漉漉的打战的厚睫毛，柔软而耸立着淡金绒毛的耳垂和他冰凉潮湿的指尖，以及滚烫紧绷的掌心所传递出的青涩爱意。

她近乎贪婪地闭上眼睛，嘴唇微启，放任自己的心灵将肉体交托给艾瑞斯。可是他们的影子出卖了他们：姜半夏的头依然端端正正地保持着眺望远方的姿态，而那两只落在她肩头的手臂，仿佛倾灌了艾瑞斯全部的热忱和力量，使得他们的剪影，通身流露出一种铜铸般的神态，克制隐忍而又密不可分。

艾瑞斯把姜半夏送回到店铺的门前，微笑着凝视着那扇油漆将干未干的木门。野花的碎屑遗落在他的脚下，随着微风轻轻扬起。雷奥叔叔还没有从镇上回来，据说镇上新来了一群德国移民，大多是老少妇孺。艾瑞斯已经很久没有收到从家里寄来的信了，雷奥叔叔这次去，或许能打探到一些消息，也许有些人正是从他们的故乡逃亡到这里的。

艾瑞斯几乎将所有的钱都交给了雷奥叔叔，希望他在喝酒和赌博之余，也可以顺便和那些女人好好聊聊。这里的信息实在是太闭塞了，外面的世界似乎已经随风消逝。只有残存的一点旧日的影像提醒着这里的人们，比荒漠更广袤的世界依然矗立在远方，比这里充满生机和色彩，也比这里更充满挑战和险恶。艾瑞斯已经不指望雷奥叔叔从镇上带书回来了，他最后一次带的书，是一本翻烂了的时髦女郎画报，画报上那些女郎的敏感部位，还沾满了不明液体。

艾瑞斯回到家，将土豆和洋甘蓝用咸肉熬出的油煮了煮，用面包蘸着吃了。他翻出书读了几页，只觉得屋子里煤油灯又昏暗又刺鼻。墙壁上裸露的矿砂细碎地落在书页上，看一会儿就要用手指拂去。今天是孩子们休假的日子，艾瑞斯不用去给他们上课，那些土著小孩子已经完全融入了其他孩子之间，或者说所有的孩子都学习到了不同文化所带来的趣味和益处。他依然没有收到母亲和妹妹的来信，不知道为什么，他的心里感到隐隐不安。他索性披上衣服起床，提着煤油灯往那最空旷、高远的大峡谷上方走去。那里有无垠的星海，南十字星将瑰丽的星云点亮，在峡谷四周的暮色里投下凝固的赤焰。

艾瑞斯惊喜地看见，姜半夏正悬空坐在高耸的巨石上，俯瞰着巨流一般蜿蜒广阔的红色峡谷。两个人缄默着，细细地咀嚼着流淌在空气中丝丝缕缕的情意。半夏打破了寂静，转过脸微笑着问艾瑞斯："今天过得好吗？""还行，今天运气不错。你呢？"艾瑞斯一边说着，一边握住半夏冻得冰凉的耳朵。“还好，我甚至有点儿迷恋这份工作了。”艾瑞斯点了点头，赞许地说：“确实，我听他们说，你设计的款式已经风靡了欧洲，简直要超过老乔伊了！”

他下颌角的轮廓在月光下显得格外坚韧，嗓音也越来越磁性，带着矿工特有的一点沙哑，艾瑞斯已经完完全全地具备了一个真正男子汉的雏形。姜半夏痴迷地望着艾瑞斯赤金色睫毛下紫罗兰色的眼睛，外圈是淡蓝的虹膜，而藏在里面的瞳仁是深不见底的黑。她的心忽然怦怦地剧烈跳动着，她闭上眼睛，暗恼自己竟然像个情窦初开的小姑娘。

艾瑞斯低下头，深情地看着姜半夏。依稀的星光映衬着她莹润的面庞，那些岁月的痕迹淡得几乎看不见，却赋予她另一种难以名状的韵味。他俯下脸，深情而又羞怯地吻了吻姜半夏的脸颊，这个吻轻柔得仿佛一阵暖风。姜半夏微微一笑，有些孩子气地眨了眨眼睛。她把艾瑞斯的手从自己的耳朵上拿下来，摊在手心里，就着灯光细细地看。她一面看，一面呵着气，将上面干掉的煤油匀开，用指甲挑着画，顺着纹理画出了一棵枝叶繁茂的树。她低着头，认真地描绘着，轻声地说：“你要相信，艾瑞斯，你的未来不在这里。你的未来在更遥远、辽阔、光明的地方。”

姜半夏一边画，艾瑞斯一边痒得抽手欲躲。好容易画好了，姜半夏便锁住艾瑞斯的手腕将嘴凑近了吹。还没等吹干，艾瑞斯见姜半夏举着手臂，袖子缩在手肘上，在蓝莹莹的夜色中裸露着一截细腻的肌肤，润白可爱，心里忽然泛上一股无法言说的情愫。他一把攥住姜半夏的手腕，将掌心牢牢地扣在她的手臂内侧。然后，他慢慢将手掀开，见那树清楚地烙在上面，隐隐地透出自己手掌的纹路。

“我的命运一定会和你重叠在一起，我的未来在你在的地方。”他轻吻着姜半夏的手臂，说，“我爱你，一直深爱着你，姜半夏。”

艾瑞斯低声说道。姜半夏轻轻地叹了口气，探过身子。她揽住艾瑞斯，在他滚烫的嘴唇上深深地印上一吻。狂喜的艾瑞斯从姜半夏欣喜的眼神里捕捉到一丝茫然和忧伤。

姜半夏凝视着自己的手臂，眼神愈发温柔。她探出手来，在艾瑞斯的笑脸上轻轻地反复抚摩着。艾瑞斯温驯地闭上眼睛，任由姜半夏用手指勾勒着脸上的轮廓。姜半夏轻轻地叹了口气，伸出手臂紧紧地抱住艾瑞斯。她将滚烫的面颊贴在他的肩窝里，埋得深深的，几乎听得见艾瑞斯脖颈上跳动的脉搏。这时候，峡谷里传来一阵低沉的乐器声，还掺杂着奇特的吟唱声，由远及近地飘来。

艾瑞斯和姜半夏向下望去，峡谷下面黑漆漆的一片。星光黯淡，什么也看不真切，只有模模糊糊的几团阴影，中间还有几堆篝火，在夜风中明灭。“是土著人，他们回来了。”艾瑞斯对着姜半夏耳语，“看样子有几十人。不知道是不是以前的那一拨，他们好像在举行什么仪式。”半夏带着困意“嗯”了一声，依偎在艾瑞斯的身旁。她随意地瞅了几眼，便又靠着他打瞌睡。

艾瑞斯揽着姜半夏，一面饶有兴味地听着土著人神秘的唱曲，一面若有所思地望着峡谷上空悬挂着的星云。星云里坠满了沉甸甸的辰星，淡紫和银灰交杂在一起，仿佛辰星溅起的浪花与云雾。薄薄的红光打在上面，仿佛蒸腾的落霞。夜风愈发冷了，艾瑞斯将姜半夏紧紧地裹在怀里，姜半夏依然微微地打着冷战，他低声问道：“太晚了，外面太冷，我送你回去吧？”

姜半夏犹豫了会儿，轻轻地点了点头，她的脑袋依然扎在他的怀里。艾瑞斯见她困得可怜，便把她背了起来。他一手扶着她的腰，一手提着马灯，小心翼翼地顺着杂草丛生的小路往回走。艾瑞斯一边走，一边轻轻地哼起了歌：

我想象自己所想要的，也想象自己所喜欢的，这一切都在沉寂之中，她就这样来了。

姜半夏想起大学里的德文课上，她第一次听见这首歌的时候，正是一叶知秋的季节。她噙着泪水，情不自禁地跟着哼唱起来：

我的愿望和欲望，没有人能禁止得了，她就在那里，思想是自由的。

艾瑞斯背着姜半夏回到老乔伊的作坊门前，紧闭的绿色木门上面被姜半夏用白漆和金粉掺着蛋白石碎末画上了一朵玉光流转、花瓣初绽的合欢。而那块锈迹斑斑，写着“乔伊的澳宝工厂”的铁牌子在夜风里叮当作响，仿佛老乔伊不耐烦地敲着铁桶正在门口咒骂这个鬼地方和周遭的一切。姜半夏从艾瑞斯的后背滑下来，掏出钥匙。她站在门口犹豫了下，打开门进去了，留下一记浅吻和一声温柔至极的晚安。

艾瑞斯对着合欢花喃喃地说了一句：“晚安，我的姜半夏。”便转身离开了。他的掌心里生长着一株缀满了甜蜜与痛楚的树，沿着欲望，向着希望，在峥嵘里探求荣光，在黑暗中追逐梦想。姜半夏倒在枕头上，一会儿掏出项链上的怀表坠子怔怔地看，一会儿举着手臂迎着微弱的灯光转来转去地瞧。往事排山倒海地袭来，她轻轻地叹息：“人生忽如寄。”半夏感慨地闭上了眼睛，艾瑞斯的俊朗面庞若隐若现地浮现在半空，终于在烦冗不堪的往事浸淫中渐渐黯淡了。

第二天清晨，姜半夏在一夜繁杂的碎梦中醒来。女人们的哭声、男人们的怒骂声、火枪声、耳畔的嘈杂声却越来越清晰。恍惚中姜半夏以为自己依然身处战乱，她抓起床边的外套披上就要往外跑，跑到门前忽然见钥匙孔里插着一枝淡紫色的小野花，她仿佛看见一双隐藏着忧郁和深情的紫罗兰色眼睛正在凝视她。她渐渐地清醒过来，深吸了一口气。外面躁动的声音平息了一些，姜半夏稍作梳洗，穿好衣服走了出去，那朵小花在她的衣襟上随着微风颤动。

骄阳下，仿佛整个地下城的人们都聚集起来。男人们手里挥舞着一切可以当作武器的东西，女人们缩成一团抽泣，小孩子们被紧紧地搂在母亲的怀里。“兄弟们！我们一定要将那些野人剁成肉泥！血债血偿！把他们的小崽子放在火上烤熟！”黄胡子瓦希纳胸前绑着炸药，手里举着猎枪，站在一块巨石上怒吼。底下响起一片高亢的欢呼声，整个矿区仅有的几匹马都被约那斯和迪姆牵来了，他俩的脸上闪烁着嗜血的表情，马群在狂躁的人群外不安地打着响鼻。姜半夏听了一会儿，才明白昨晚有三个小孩子失踪了，男人们找遍了所有的矿坑，都没有发现他们的踪影。由于这两天土著人曾经驻扎过山谷，人们怀疑是土著人掠走了小孩，并很有可能在没有食物的时候把他们吃掉。毕竟在人们的心里，那个死去的少女和死婴的传说依然还没散去。

女人们犹豫的声音从暗处飘来：“会不会是土狗干的？那些木栅栏又不一定拦得住它们！我的熏肉被叼走过好几次！”姜半夏瞥眼过去，见一群小妇人低垂着头，窃窃私语。只有芮芮和她的两个酒吧小伙伴仰起脸，笑吟吟地四处张望。芮芮在人群中逮到艾瑞斯的目光，便响亮地吹了一个口哨。雷奥叔叔的匕首在她手心里变着花样翻动着，红头发迪克见自己的妹妹这么轻浮，害臊地瞪着她，冲着艾瑞斯抱歉地挑了挑眉毛。人群外零散地晃着几个看热闹的人，雷奥叔叔把帽檐压低，嘴里的烟卷在风里明灭。钱默之和其他几个中国人都没露面。艾瑞斯一脸愤愤，正和几个年轻人争执不休，他看见了姜半夏，便从人群里向外挤。

“等一下！请等一下！”喧嚣的人群忽然安静了。姜半夏顾不得许多，一面喊，一面拎着裙摆，小跑着冲进了人群。她在泛着胭脂红的晨曦里，毫不费劲地攀上巨石，和黄胡子瓦希纳迎面而立。她紧紧地抿着嘴唇，苍白的脸颊上泛着如霜的月色，纤长的身影在朝阳里仿佛一株单薄的玫瑰。由于愤怒和激动，她那平日里从容静谧的睫毛和下巴都在微微颤抖，一双微微倾斜的眼睛带着轻蔑和仇恨一一掠过那些扛着猎枪的男人。

她的目光在艾瑞斯的身上短暂地停留了一下，递给了他一个转瞬即逝的、勇敢的微笑。人群很快地失去了耐心，愤怒与傲慢将人们的阴影拉扯成变幻不定的面具。黄胡子瓦希纳愣了一下，忽然爆发出一阵狂笑："你可真是个有意思的中国小妞！怎么，和你的中国丈夫分开了，要在这里找几个新丈夫吗？"瓦希纳的话像燃烧的弹药一样，在人群中激起各种调笑的回响。不一会儿又激烈地爆发出谩骂，其中一些骁勇的男人甚至将猎枪示威地端在肩膀上。艾瑞斯愤怒不已，和几个小流氓厮打成了一团。

"绅士们，你们即将参与的是一场彻彻底底的屠杀，而不是复仇。那些土著人，他们不是兔子，不是鸸鹋，更不是土狼。他们和我们一样，是有着丰富情感的人。"姜半夏清了清嗓子，她的眼眶里蕴含着泪水，"和我们一样，他们热爱着赖以生存的土地。他们和我们一样热爱自然、热爱生命，更热爱和平。无论我们曾经对他们做了多么残忍的事情，在他们的身上，我们却从来连一丝复仇的影子也看不到。"

人群渐渐地安静下来，艾瑞斯目光灼烈地望向姜半夏。她温柔地回望着他，语调趋于平静："是的，他们没有先进的武器，你们要灭绝他们，轻而易举。然而当你们看到他们临死时的痛苦和绝望，灵魂会不会受到良心的谴责？我们知道，目前一切无端的指责，都是严重缺乏依据的。我相信你们的善良、仁慈和宽容。"人群里有些心软的，互相张望起来。女人们交头接耳地议论着，脸上有些讪讪的。芮芮的表情凝重了些，望向姜半夏的挑衅目光也变得柔软。

姜半夏见自己的话有了效果，便一鼓作气地提高了声音：“那三个走失的孩子，是我们的小天使，我和你们一样爱他们。现在最重要的，是尽最大可能在短时间之内找到他们。我相信你们是妻子的好丈夫、孩子的好父亲。那些土著人，他们和我们一样，是神明的子民，是别人的兄弟、朋友、丈夫、母亲，和父亲。如果我们还不能以友善去拥抱他们，至少可以做到不去惊扰和伤害他们。”

她以平静的语调对着瓦希纳逼近的胸膛。她的浮雕般柔和优美的脸庞，在朝阳的灼烧下渐渐地染上红晕。瓦希纳惊恐地见到愤怒的人群逐渐瓦解，他愤怒地推搡着姜半夏，拍着身上的炸药吼叫：“她是个巫师！别被她迷惑了！那些野蛮人不配生活在这里！这些支那人也不配！”人群中又渐渐沸腾起愤怒的声音：“土著人就是要吃白人小孩的！不是我们不够仁慈，他们根本就是魔鬼的后裔！”

芮芮娇声娇气地喊了一嗓子：“瓦希纳大叔，您歇歇气儿。太阳这么烈，别把您晒爆了！您上次被火药崩了眼睛，可还是这位巫师帮您治好的！小米可达、小缇娜和小比利都是机灵鬼儿。那些土著人笨手笨脚，可偷不走他们！我看咱们还是赶紧分头去找咱们的心肝宝贝吧！”瓦希纳没想到素来娇纵任性的芮芮，竟然当众拆自己的台。他恼羞成怒地骂：“你忘了你让我摸过你的胸脯了？小骚货。”红头发迪克听了瓦希纳的话，愤怒地冲上来狠狠地揍了他一拳。姜半夏惊愕地愣在一旁，忽然反手甩了瓦希纳一记响亮的耳光。只有芮芮满不在乎地哼着小曲，一把拎住要往她裙子底下钻的小胖墩让诺，笑嘻嘻地问：“乖让诺，快告诉你瓦希纳叔叔，他摸的是什么？”

小胖墩让诺揉揉塌鼻子，嬉皮笑脸地大声说：“瓦希纳叔叔最喜欢来酒馆里摸我的小肥屁股了，每次我都得撅着屁股躲在柜台的挡板后面让他摸好几把。米可达的屁股也让瓦希纳叔叔摸过，芮芮姐姐的胸脯才不舍得给他摸呢！对了，瓦希纳叔叔，您上次摸米可达的屁股还没给钱呢！”芮芮等小胖墩让诺说完，奖励地赏了他脸蛋一个香吻，然后从怀里掏出一块蛋糕塞到了他的嘴里。雷奥叔叔惊讶地抬了抬帽檐，他的脸上有一种糅合了懊恼和羞耻的表情。人群中再一次爆发出了哄笑，红头发迪克挥舞着小拳头就要冲过来揍自己的妹妹。黄胡子瓦希纳在混乱中连滚带爬地从巨岩上下来，狼狈地跑掉了。

从镇上回来的霍克思老先生在人们的搀扶下缓步走出人群。他清了清嗓子，虔诚地在自己的胸口画着十字，说：“亲爱的孩子，不是我们热爱杀戮，我们也是虔诚的人，不会乐意伤害任何人的！只是那三个天真可爱的小孩儿，我们很担心他们正在遭遇不幸。我个人非常赞同你的想法，我想我的朋友们也会同意这种更为温和的方式的。”

姜半夏微微地偏着脑袋，如释重负般地笑着，抬起一只手扶着有些松动的发髻。艾瑞斯迷恋地看着她用缎带束起的纤细腰肢和玉簪绾起的丰厚发髻。看着她整个人沐浴在银箔一样轻薄的日光里，眼神无比坚毅，自信地站在一群残暴的男人面前，用柔软而节制的德文和英语演说阻止了一场屠杀。

她冲着人群微笑着点了点头，款款地向着霍克斯老先生施了一个礼，转身走下巨岩。霍克斯老先生冲着依然有些骚动的人群摆了摆手，胸前的银质十字架闪烁着圣洁的光芒。他将两位可怜的母亲召唤到了身前，庄严地说：“主会保佑你们的！夫人们，请照顾好无助的母亲们！先生们，请组成几个小分队，按照四个方向去搜寻！在没有确凿的证据之前，我不允许任何形式的武力行为发生！愿上帝保佑你们！”

芮芮和两个女伴摇摇摆摆地走到了姜半夏面前，芮芮的手里举着一个小巧的胭脂盒，冲着姜半夏一努嘴，笑得格外灿烂，说：

“送你了！是你们国家的，我留着也没什么用处！但是你要把艾瑞斯留给我！他可是我们国家的！”芮芮说完了，将胭脂盒往她怀里潇洒地一抛，挺着饱满的胸乳转身离去了。姜半夏若有所思地凝视着她的背影，羡慕她那种不顾一切的洒脱劲儿和满溢的娇嫩青春。

艾瑞斯满含笑意地来到姜半夏身旁，他的心里满是骄傲和喜悦，同时却又有些忧心忡忡，他在心里激动地想：“上帝，她竟然讲得如此好！她的想法和我的一模一样，那些话不就是刚才我所表达的意思吗？我爱她，她的灵魂比她的肉体还要优雅高贵！”艾瑞斯激动地望向她，红头发迪克凑过来，悄悄地在他耳边笑着嘲弄说：“嘿，兄弟，我知道了，你的灵魂属于中国人，你脑子里的想法简直和这个小女人一样天真！以后我应该叫你中国人艾瑞斯了！”

当人群渐渐散去，艾瑞斯看见她脸上的那种神像一般庄严、无畏的神情也骤然褪去了，只留下月光一样漫无边际的哀伤和脆弱。她像一个困倦极了的小姑娘，略带着些委屈伫立在那里，身影被落日巨大的阴影逐渐笼罩。艾瑞斯犹豫了半晌，想迎上去说些什么。华人们姗姗来迟，他们望着马蹄留下的棕红色沙尘沉默不语。钱默之站在姜半夏的对面，哀伤地说着什么，姜半夏忽然开始饮泣。艾瑞斯才要走上前，却看见姜半夏远远地对着他摆了摆手，钱默之转过脸，恶狠狠地瞪了艾瑞斯一眼。

艾瑞斯的手从她落在地上的影子上一点点掠过，他颤抖着抚着她发髻的轮廓，却见在自己和她交融的影子中，她的剪影稀薄而纤细。整个夜晚，艾瑞斯都在想，为什么她竟然和自己那么地不同，却又那么地相同。他因为这种灵魂上偶然的碰撞而感动和困惑。他爱极了她说德语时候的腔调，爱极了她那种认真的、略带含混的、掺杂着些语病的语言。他迫切地想知道钱默之和姜半夏到底说了什么，姜半夏会不会心软而回到他的身边。艾瑞斯畏惧，他还没来得及拥有，就已经面临失去。

在床上，他轻轻地一遍遍模仿着她说的每一句话、每一个单词、每一个短句。那些语言的碎片让他的肉欲无比兴奋，甚至一次次乐此不疲地起身致敬。他深深地坚信自己和她，是被上帝灌注了同样灵魂的两个泥土做的躯壳。只是在那遥远悠久的国度，她经历了烈火的洗礼和画师的加冕，得以将纯净高尚的灵魂密不透风地珍藏在精美的瓷器里。而他，则是被遗忘在肮脏的尘世上，逐渐风干皴裂，灵魂也混入了杂质，无可避免地顺着千疮百孔的身躯一点点地流逝。

他想着她发髻上的清澈光泽和衣襟上的暗色纹理，终于有些困倦了。当第一缕阳光将发梢温柔地搭到树梢的时候，蜥蜴们在灌木和沙丘里发出细碎的声音，随后又是一片短暂的沉寂。紧接着当那些阳光绞成一股股发辫的时候，树梢上的鸟儿争先恐后地钻出被发辫不断拂动的树梢。它们开始了欢唱，向赐予它们生机的天地致敬。随后，矿地上所有的人群聚集在一起，准备开始第二天的搜救，乌云仿若沸腾的海浪，偶尔举出一大朵一大朵绚烂的霞光。一束束的阳光从乌云之间倾泻下来，像汇聚的雨的魂灵，沉默地俯瞰着曾经漫步过的荒原。

艾瑞斯站在滚烫的热风之中，仿佛在等待着什么。空气中弥漫着硫黄和草木烧焦的气味，他在翻转涌动的空气形成的气浪里，看到了一道模糊的鹅黄色身影，这道明艳的身影仿佛带着万丈的光芒。他还没来得及看清楚，红褐色的沙尘忽然铺天盖地地席卷而来，将他推倒在地，他仰面倒在了冒着灰绿色植被的荒漠里，脸上滚过一层层灼热的沙砾。

忽然，一只手摸索着，探到他的胳膊上，然后迫切地顺着他的袖子攀爬到他的面孔上。姜半夏灵巧的手指温柔地拂去他脸上的尘土，将一块温软的手帕覆在了上面。在嗅到天堂的味道的一瞬间，艾瑞斯的眼睑幸福地战栗着，滚烫的泪水无法抑制地淌了下来，一径流到了耳朵里。他仿佛回到了童年时屏息潜水的那面静谧的湖水之中，眼前是荡漾开的，白云承载着的万道金光。耳畔是天使吟唱一样的细碎的声音，淡淡的甜蜜、安宁与忧伤。

艾瑞斯的两只手迟疑地、僵硬地举起来，仿佛在祈求上苍那样，伸向半空。他的手指蜷曲着、抖动着，毅然决然地按住了那只细腻的、芬芳的手，就像扣住叛离许久的灵魂和最终皈依的宿命。他的每一根手指都仿佛被注入了新生，每一根都以膜拜的姿态轻微地触动着，反复地触动着那只手上每一寸娇嫩的花瓣似的肌肤，摩挲着上面隐藏着咒语般的纹路。他的手指最终一一地跪倒在了她的掌心里，仿佛疲惫至极的朝圣者，从冗长的孤寂最终迈入了无边的喜悦。

他舔着干涸的嘴唇，将那些苦涩的沙粒咽了下去，吐出断裂的几个字来："我真害怕，害怕你会离开我……虽然我从未真正拥有过你。半夏，可是我依然每一秒都在恐惧，恐惧失去……"回应他的，是静寂中几不可闻的一声叹息。还有沿着手背缓缓滑下去，紧紧锁住指间缝隙的她的手指。十指痴缠、指腹交摩，怜惜彼此手中那些被薄茧、伤痕和血泡所分割的肌肤。那些漫长的分离中所有些微苦难的化身，还有对印着的掌纹里刻画着昼夜思念的印记。他们的手指，贪婪地吮吸着、拥吻着，在尘埃初定的万籁俱寂里。

在搜索工作进行的第三天，人们终于在一个距离镇子中心二十公里的废弃矿洞里找到了那三个淘气的孩子。他们的身边堆满了炭火烤过的野兔和一些古怪的棕褐色面食，矿洞的周围堆满了用碎石和树枝搭成的标志。那些孩子被救上来之后告诉大家，他们翻越了铁篱笆，在"探险游戏"中不小心掉到了这里。是土著人发现了他们，不断地丢下食物。夜晚的时候，土著人还会在外面生起篝火守候他们。人们想起沿途发现的神秘符号，终于明白了是土著人一直在暗中给他们指路。

1922年3月，澳洲。

空气中湿润的铁锈似的气息越来越浓，潮湿的空气沉甸甸地压在艾瑞斯的胸口和肩头。天空中几大团厚重的蘑菇云疾速地融合着，那些巨大的倾泻在山坡上的光柱一束一束都熄灭了，将最后一缕光线藏身于无边无际的黑暗之中。涌动的海浪似的铅灰色云层和起伏的黯淡的红棕色大地在天际调和出一种混沌的色彩，那些被遥远的群山勾勒出的轮廓在这种混沌之间渐渐地消融着。

忽然，一阵野兽嚎叫似的轰鸣在黑暗中爆发，强悍的暴风袭来了。“砰！”艾瑞斯听到远处传来一声沉闷的响动。折断的树干和卷起的沙石狂暴地抽打着一切，艾瑞斯匍匐在巨石背后，他可以清晰地感觉到地面在轻微地颤动。他尾指部位残存的神经忽然受惊似的抽搐着，一种躁动不安的情绪像一股电流从那里直穿心脏。他嗅到了空气中危险的气息，那是一种混合着猛兽皮毛和新鲜血液的独特气味，他甚至可以感觉到空气中浮动的惊惧和绝望。

艾瑞斯用手背漫不经心地擦着被树枝刮破的面颊，他随手抄起一根粗壮的树干，用藏在怀里的匕首将折断的地方削成锋利的剑刃。他的心脏忽然莫名其妙地皱成一团，仿佛被一双无形的大手狠狠地攥住，剧烈的痛楚让他觉得自己忽然被抛到半空然后又被撕得粉碎。当他冷汗淋漓地挣脱这种难以名状的剧痛之后，他整个人仿佛被抽去了全部的力气，瘫倒在地上。他张着嘴猛烈地咳嗽着、呼吸着，不祥的预感铺天盖地地笼罩下来，他的脑海里反复地回荡着一个滚烫的名字：姜半夏，姜半夏。

艾瑞斯从地上爬起来，一只手紧紧地握住树干，另一只手牢牢地抓住匕首。他咬紧牙关，将煤油灯叼在嘴里，努力地分辨着风沙里的方向。一阵呜咽似的鸣叫隐隐地透过迷雾一样的暴风传来，艾瑞斯还没来得及听清楚，就被暴雨和冰雹劈头盖脸地袭击了，他的视线更加模糊了。艾瑞斯不断地抹掉眼前的雨水，来不及融化的冰雹混合在雨水里。一瞬间，艾瑞斯浸泡在冰水中的双脚失去了知觉。

艾瑞斯双膝跪倒在地，他虔诚地、卑微地闭上双眼，捂着胸口喃喃地祈祷着。当他再次睁开眼睛的时候，他从怀里掏出一把硬币，向半空抛撒。硬币落下来，其中一枚远远地跳出其他硬币所圈成的弧形，在地面上打了几个转，孤零零地躺下，女王的头像微笑地平视着艾瑞斯。艾瑞斯捡起硬币，放在唇边亲吻了下，然后揣在衬衣内侧的口袋中，紧紧地贴着心脏。在狂风暴雨的洗礼中，他向着这枚硬币所指示的方向狂奔。

他仿佛可以听见姜半夏正在迫切地呼唤着他的名字，他的一切感知都仿佛正被未知的恐惧所鞭笞。那种恐惧吞噬着他，让他失去一切理性，他全身的血液都在沸腾。他只希望自己可以在姜半夏受到任何伤害之前赶到她的身旁，保护她，为她而战，甚至牺牲。如果一旦不幸降临到姜半夏的头上，他生命的温度、奋斗的意义、灵魂的安宁，都将戛然而止，他的余生将被放逐到无边无垠的虚空当中，而他剩余的岁月，每一分每一秒都将在忏悔之中度过，反复咀嚼着孤寂和忧伤，直到生命的尽头。

艾瑞斯跌跌撞撞地跑着，野兽的气息在暴风雨中飘忽不定，他几乎是凭着本能冲向高地。一道闪电将漆黑的天空割裂，惨白的苍穹下，高地上那棵孤零零的桉树影影绰绰地矗立着，土狗的嚎叫声在雷电的轰鸣里沸腾。艾瑞斯在黑暗之神夺回失地之前的一刹那，抛下木棍，他高举着手臂，挥舞着煤油灯，冲着桉树声嘶力竭地呼喊："姜半夏，姜半夏！坚持住，我来了！"

风声中，他听不到半夏的回响，土狗群似乎也骤然陷入了缄默，煤油灯里的火焰猛地跳跃了几下，熄灭了。艾瑞斯捡起木棍，把煤油灯往怀里一揣，不断地呐喊着，他的声音在风雨里时断时续。他不顾一切地奔跑着，最后的十几步他干脆手脚并用，连滚带爬地攀上巨石的峭壁。在黑暗中，土狗的气息仿佛浓雾一般扑面而来，夹杂着土狗受到惊吓而忽然沸腾的嚎叫声。

艾瑞斯晃晃悠悠的，才要直起身子。他的小腿忽地一阵锐痛，一只土狗狠狠地叼住他，他可以感觉到一股暖流顺着裤腿流进冰冷的靴子里。艾瑞斯蹲下身子，用匕首横着划开它的喉咙，它的脑袋向后耷拉着，鲜血喷溅到艾瑞斯的脸上。土狗的牙齿依然牢牢地锁在他的腿上，将艾瑞斯再次扯倒在地上。

他用力地掰开它的嘴，艾瑞斯可以闻到它嘴里喷出来湿漉漉的腥臭。它的爪子在半空抽搐着，艾瑞斯将它的身体远远地甩出去，抛向半空。回应他的是土狗群兴奋的喘息声和撕咬声，还有世界上最美妙的声音："艾瑞斯？是你吗？"姜半夏的声音在风雨中断断续续，因为虚弱而显得格外缥缈，而艾瑞斯的呼喊被随之而来的潮水似的雷鸣淹没了。在雷鸣之前，一道闪电将一棵枯树照耀得光芒四射。倾泻的光亮中，姜半夏披散着头发，煞白的面孔鬼魅似的一闪而过。

艾瑞斯从来没有见过这样的她，在一瞬间里，他可以清晰地看到狰狞、绝望、凶狠和脆弱交替着掠过她的脸庞，留下一道道鞭笞般的痕迹，恐惧和痛楚一寸一寸地扭曲了她。死亡的阴影仿佛盘桓在她的头顶，饶有兴致地戏弄着到手的猎物。"她看上去还好，似乎没有受伤，也许她带着防身的武器，她是个勇敢的好姑娘。"艾瑞斯不断地安慰着自己，向着那棵树的方向，他怒吼着冲了过去。

一只土狗从身后一跃而起，扑到他的后背上。艾瑞斯的肩膀猛地一沉，煤油灯从怀里滚落，他狠狠地摔倒了。艾瑞斯一边带着土狗打滚，一边用匕首往背后乱刺。他可以听见耳畔土狗负伤后粗重的喘息声和锋利的牙齿撕裂他背部肌肉的声音，还有越来越近的凌乱的脚步声。艾瑞斯终于摆脱掉了那只顽强的土狗，在失血带来的眩晕里，他几乎可以嗅到她秀发里传来的阵阵素馨花似的幽香。“姜半夏在等我，我要去救她。”艾瑞斯一面想，一面摇摇摆摆地站起来，将木棍在身前抡圆了向前狂奔。有几只土狗迎面撞了上来，被木棍挑飞了。其他饥饿的土狗则一跃而起，将还在哀号着的同伴撕碎在半空。

姜半夏在黑夜中忽然见到裹成一团的几只土狗，纠缠撕咬着滚过来。一盏马灯仿佛凌空出现一般，忽高忽低地跳跃着。忽然一只土狗被远远地抛到了一旁，艾瑞斯的呼喊声伴随着一只挥舞的手臂流泻出来：“姜半夏，别怕，我在。”他的话音很快被土狗的撕咬声湮灭。一声突兀的哀号声刺破了夜空，一只土狗的脖颈被扭断了，艾瑞斯终于踩着喷血的土狗狂奔过来。姜半夏一把抓住了艾瑞斯的胳膊，将他从紧追不舍的土狗中拽了过来。她将马灯里的煤油泼溅到最后两只土狗身上，然后掏出怀里的火柴点燃了丢过去。两只土狗的脸上和背上瞬间升腾起燃烧的火焰，吠叫着滚倒在地。

艾瑞斯不顾滚烫的火苗，对着挣扎的土狗一鼓作气地戳了好几刀。温热的鲜血洒到他的脸上，最后两只土狗渐渐地停止了蠕动。姜半夏瘫软在艾瑞斯的怀里，艾瑞斯温柔地吻着她被雨水、汗水和血水浸泡的长发，将她紧紧地锢在自己的胸前。“艾瑞斯！艾瑞斯！艾瑞斯！”姜半夏嗓音沙哑地呢喃着。她难以置信地望着他，夜色中，艾瑞斯惨白的脸上布满了雨水和血水。他的嘴唇青紫，脖子和肩膀被鲜血浸得暗红。她僵直的双腿忽然一软，彻底半跪在冰冷的雨水里，伸出冰冷的双臂紧紧地环抱着他。

两个人静静地拥抱了一会儿，姜半夏忽然抬起脸，吻上了艾瑞斯的嘴唇，却惊恐地看见一只垂死的土狗正从艾瑞斯的后背扑过来。艾瑞斯感觉到了背后腥臭的气息和那种沉重的喘息声。他只来得及把姜半夏紧紧地压在了身下，任由那只土狗撕咬着他的后背和手臂，甚至头颈。直到那只土狗耗尽了最后一点力气，僵死在了艾瑞斯的背上。姜半夏抽泣着，从艾瑞斯的怀里钻出来，艾瑞斯的鲜血滴落在她的身上。他依然强撑着微笑，捂住了姜半夏的眼睛，温柔地说："别看，不要害怕，我想睡一会儿，你不要怕。"

姜半夏连拖带抱地把昏迷的艾瑞斯带回了家。她一点点褪去了艾瑞斯的衣裤，细心地清洗着伤口。在姜半夏的悉心照料下，艾瑞斯很快醒转过来，一双柔情的眼睛定定地望着姜半夏。她的面孔重新变得和玫瑰花瓣一样柔软而娇艳，一种近乎小姑娘似的羞涩和喜悦占据了她的眼睛。艾瑞斯将她揽在怀里，他真真切切地闻到了素馨花的香气。艾瑞斯颤抖着捧住姜半夏的脸庞，急迫地吻了下去。他们的眼泪流到了彼此的嘴里，滚烫而苦涩。她仰起脸，小心翼翼地吻在他的眼睛上，先是左眼，再是右眼，然后顺着鼻子滑落到嘴唇和下巴上。她的唇一点一点地被点燃，从温暖到灼热。

艾瑞斯很快就又因为失血而陷入了嗜睡的状态。当他再次醒来的时候，他清楚地望见新拓宽伸展的卧室里尘埃飞舞，像树林里不知疲倦的萤火虫，又像是夜空中令人目眩的繁星。撩开萤火虫的透明翅膀，再撩开繁星的皎洁目光，依然有些眩晕的艾瑞斯在昏暗中隐隐约约见到了床的一角。他拧了拧身子，眨着眼睛试图适应这里黯淡的光线。过了一会儿，那床的一角如藏宝图一样渐渐地在艾瑞斯的视线里摊开了，缓缓地露出她裹在被子里的诱人身躯。艾瑞斯像恺撒初次见到羊毯上的克里奥帕特拉一样，忘记了呼吸。

她带着一种纯真的慵懒，微斜着倚靠在床头上。被子里蜷着的一条长腿，使得她过于舒展的身姿平添了微妙的韵律美。她那散着的头发被一只纤细莹白的手悉数拨上去，花树纷繁似的飘落在垫着玉颈的枕头上面。这使得她整个人看上去仿佛是一位十八世纪的妙龄贵妇，鬓发蓬松地高耸着，裸着两弯浑圆小巧的肩头。她的一只手伸在被子外面，拿着一本书。每当她翻页的时候，肩头便现出一轮满月一样圆润饱满的小肩窝来，在煤油灯的影子里散着微弱的清辉。

艾瑞斯虽然看不清她的五官，却似乎能清楚地听到她匀净的呼吸。他不断地耸着鼻子，剥掉刺鼻的煤油味，专心地嗅着她呼吸里的气味。那是一种难以名状的、沁着月色的睡莲一样的幽香。而里面竟然还含着一缕缕清甜的、滴着阳光的蔷薇的芬芳。一只有些圆润稚气的、足弓纤巧的脚轻轻地搭在了床沿外侧的雕花上面，得意地晃着五个玲珑滑嫩的指头，将一朵玄铁玫瑰收拢在脚心里。那只淘气的小脚蹬开了被子，毫不羞涩地将一整条泛着象牙光泽的、纤长剔透的腿露在外面。

这一幕落在艾瑞斯的眼里，仿佛是婴孩时期的伊底帕斯正顺着充满诱惑和罪恶的河流漂向宿命。他痛苦地回想起曾经不小心挖穿了矿洞，偷窥到她曾经的丈夫是如何握住她婴孩一样童真绵软的小脚，继而探寻着那婴孩所栖居的充满了古典美的涓细河流，最终潜入了神秘莫测的源头。那时候，还是少年的艾瑞斯的呼吸渐渐急促，但是由于屏气太久，他忽然打起嗝来。艾瑞斯紧紧地扣住了嘴，努力不让打嗝的声音传出来。过了一会儿，艾瑞斯涨红了脸，窒息的感觉使得他泪流满面。艾瑞斯的视线渐渐模糊了，他和她的身影逐渐化成两个不断重叠的晕染的光圈。透过一轮轮弥漫的光影，艾瑞斯只能看到缠绕在那个中国男人后背上的妖娆长发。

姜半夏悄无声息地走过来，半跪在地上，将失神的艾瑞斯搂在了怀里，说："艾瑞斯，看着我，对，不要胡思乱想，我现在就在你的面前。我和你在一起，不信你摸摸看……"姜半夏握着艾瑞斯的手，从她的额头一点点滑下去，每滑过一处，就在他的一根手指上面亲吻一下。艾瑞斯幸福地战栗着，将十指埋在她细腻光洁的皮肤里，摸索着、摩挲着，一点点试探地触碰着她柔软芳馥的胸乳和私处。姜半夏依然吻着他的手指，艾瑞斯将伤痕累累的身躯裸露在姜半夏的身前。姜半夏一边饮泣，一边用嘴唇亲吻着那些伤痛。一直到艾瑞斯和她牢牢地结合在一起，她的眼泪依然默默地流淌着，蜿蜒在他耸动的肌肉上。

艾瑞斯一直没有收到母亲和妹妹的音讯，而雷奥叔叔每次从城里醉醺醺地回来，总是用各种各样的风言风语敷衍他。一直到有一天，雷奥叔叔因为严重酗酒和拖欠赌债而龟缩在家里，艾瑞斯终于第一次坐着马车进了城。艾瑞斯清隽典雅的相貌很快吸引了城里的风尘女子，她们纷纷从自己的阁楼里探出身子来，向他挥舞着扇子和手帕。其中一个身材圆润的金发大辫子姑娘用浓重的德国乡下口音对他说着滑稽的英语："小伙子，上来陪我喝杯酒吧，我给你半价！"艾瑞斯愣了一下神，在其他妓女打趣的嘲弄声中快步跑了上去。另一个高挑的棕色短发少妇拽住了他的胳膊，笑嘻嘻地说："你陪我跳支舞，我不要你钱，她那里都可以跑进一只大象了，哈哈哈！"

艾瑞斯顾不上和那些妓女拉扯，他把钱交给了坐在门口望风的中年男子，走进了大辫子姑娘简陋的粉红色卧室。在那个姑娘褪下劣质丝袜的同时，他声音微颤地问："请问您是来自A镇吗？"那个姑娘停下了整理胸衣的手，警戒地握住胸口里的手枪，对着艾瑞斯媚笑着问："您是警察吗？我可是合法纳税的好公民！"艾瑞斯狼狈地举起两只手，用德语诚恳地说："抱歉，女士，我无意冒犯！我也是来自A镇的，我是那个海边悬崖上的C村村民。"

那个姑娘听清了艾瑞斯的口音，一双美丽的湛蓝色眼睛里顿时涌上了迷雾般的泪水。她从一旁捡起外套，捂紧了自己的胸口，坐在床上用被单裹住了裸露的大腿，说："让您笑话了吧！我也是实在活不下去了……"艾瑞斯背过身去，等她窸窸窣窣地穿好衣服，轻声地说："我只是想向您打听一下，和您一起逃到澳洲的人里面，有没有我的母亲和妹妹?”

那个可怜的姑娘从衣服堆里好不容易找到一件旧长袍，她一面抹掉嘴唇上的劣质口红，一面把香烟盒塞到枕头下面，端坐在床脚认真地说：“您可以转回来了，先生，请您告诉我她们的姓名和外貌吧，从A镇逃出来的妇女我都认识。”艾瑞斯半蹲在她的面前，直视着她苍白的面容。他将母亲和妹妹的名字告诉了她，他的一双眼睛因为激动而燃烧着紫色的火焰。

那个姑娘忽然将手臂放在艾瑞斯的肩膀上，小声地问：“你母亲的眼睛是绿色的，而你妹妹是棕色的，对吗?”艾瑞斯握住了她的手臂，惊喜地说：“对，那就是她们！怎么，你见过她们吗？她们去哪里了?”那个姑娘忽然把脸埋在了艾瑞斯的胸口，哭泣着说：“对不起，对不起，你一定是艾瑞斯，对吧？我经常听她们提起你，你都长这么高了！”

艾瑞斯的胸口被姑娘的泪水打湿，他迟疑地扶起痛哭失声的姑娘，舌头僵硬地问：“她们怎么了？你都知道些什么?”那个姑娘颤巍巍地捂住了脸，泪水从她伤痕累累的指缝里流淌出来。她断断续续地告诉艾瑞斯，世界大战后，不断有人从大城市来到A镇物色女工，之前的几拨人都被带到了和德国没有积怨的中立国。很多人甚至邮寄了钱和照片回来，她们看上去都过得很不错。越来越多的妇女被海外的幸福生活打动了，她们纷纷带着自己的姑娘们去“应聘”。艾瑞斯的母亲最终也动了心，因为那个来物色女工的大胡子男人告诉她们，将带她们去澳洲工作。艾瑞斯的母亲和妹妹太想和艾瑞斯团聚了，她们把微薄的积蓄都贿赂给了那个苛刻的大胡子男人。

那个大胡子男人和几个负责其他地区的男人带领着艾瑞斯的母亲、妹妹，还有这位可怜的姑娘，以及其他几十位年轻貌美的妇女一起，踏上了前往澳大利亚的漫长旅程。等到轮船驶到了公海，妇女们很快被这些男人和海员强暴了，她们所有的证件都被扔到了大海里。一开始，妇女们不断地反抗，也不断地被暴打，而那些乖顺的妇女则会收获到丰盛的“晚餐”和“休息日”作为嘉奖。艾瑞斯的母亲一直很沉默，她总是默默地保护那些年轻的小姑娘，所以女孩子都很喜欢和她在一起。

后来，她们终于忍到上岸。在澳洲海关等候的时候，艾瑞斯的妹妹艾瑞佳突然跑了出来，拽住一名官员的手臂痛哭流涕，指证那些人贩子。那名官员把所有人都请到了后面，直接带走了艾瑞佳说是去录口供，后来艾瑞佳就再也没有出现过。在等待通关做体检的那些天里，艾瑞斯的母亲亲眼看见了那个大胡子男人塞给了海关的警察们一个厚厚的大信封。她一声不吭地抽出了警察的配枪，把大胡子和警察们都打伤了。她被警察击毙之前，一直在呼喊着艾瑞斯的名字，所有的姑娘都哭成了一团。从那以后，姑娘们再也没有人敢反抗了。即使来到了这里，地方上的警察依然会定期来检查她们的居留证和纳税清单，并且享受免费的服务。

那个姑娘说完话，忽然觉得艾瑞斯的胸膛在剧烈地起伏。她惊惶地抬起头，见艾瑞斯的脸色铁青，额头的青筋紧紧地绷了起来。他的鼻孔极速地翕动着，双眼通红地忍着泪水。她紧紧地搂住了艾瑞斯的脑袋，哭泣着安慰他，试图掰开他痉挛成一团的手掌。忽然，门外传来了几下敲门声，一个老妇人的声音响了起来：“小先生，您对我的宝贝甜心还满意吗？这次服务的时间还剩下十分钟……”那个姑娘娇笑着扬声说道：“妈妈您真是的，我们还没甜蜜完呢！”

她一直等到下楼梯的声音传来，才舒了一口气，对艾瑞斯说：“我们被大胡子卖给了刀疤脸，这个德国风俗街的生意特别好。那些见鬼的英国佬和澳洲人在战场上吃了德国男人的亏，就来这里把怨气加倍发泄给德国女人。你千万不要动报仇的念头，大胡子已经很久没来了。这里到处都是打手，澳洲政府根本不管德国难民的死活。”

她的手抚摸着艾瑞斯的脸颊，凄凉地说：“你要活下去，千万不要做傻事。我的一生早就完了。可是你还有希望，就算是为了你的母亲和妹妹，你都要好好活下去！”她和艾瑞斯又说了一会儿话，然后挽着他的手臂把他送到了楼下。在告别的时候，她贴着艾瑞斯的耳朵，说：“我叫雷娅，如果有时间的话，请来看看我。”

艾瑞斯不记得自己是怎么回到矿镇上的。他麻木地拖着双腿走回家，一进门，就见雷奥叔叔罕见地猫在厨房里面做饭。雷奥叔叔觍着脸笑嘻嘻地走出来，拎着酒瓶讨好地说：“你去城里了？怎么也不和我说一声，累坏了吧，赶紧坐下来吃饭。”艾瑞斯一声不吭地坐了下来，目不转睛地盯着雷奥叔叔看。雷奥叔叔心虚地干笑着，给艾瑞斯夹了一大块罐头牛肉，然后对着盘子狼吞虎咽。

艾瑞斯一动不动地看着雷奥叔叔，一直到他吃光了盘子里最后一粒青豆，忽然用拳头在饭桌上狠狠地砸了一下，喝问说：“你早就知道了，不是吗？为什么一直骗我？”雷奥叔叔顿了一下，忽然迷茫地抬起了头，一把薅住了艾瑞斯的头发，说：“我早就知道了什么？我骗你什么了？你这个没良心的兔崽子，是谁把你带到这里发财的？”

艾瑞斯恼怒地挣脱了他的手，高高地举着拳头说：“你还在骗我！她们早就过世了！所有的德国人都知道，只有我不知道！你还拿着我的钱骗我说寄给她们！我每天伺候你，给你卖命，就是为了让她们可以生活得好一些！可是你呢，你一直瞒着我、利用我，把钱都喝光了、输光了！如果我没有去城里，你还打算骗我多久?！为什么战场上死掉的不是你！”雷奥叔叔忽然从桌子底下摸出一把猎枪，对着艾瑞斯的脑门怒吼：“小兔崽子！你给我滚出去，老子不再养你了！你的行李我都给你收拾好了，就在那边，现在带上你的臭东西给我滚出去！”

艾瑞斯恼怒至极，他不要命地扑过去和雷奥叔叔扭打成了一团，那支猎枪被夺下来甩在了一旁。打到最激烈的时候，雷奥叔叔端着一锅热汤就要泼到艾瑞斯身上，被艾瑞斯躲开了。艾瑞斯抄起铁锅砸向了雷奥叔叔的脑袋，将他的额头砸破了一个大口子。雷奥叔叔倒在地上，双腿绞在一起，痛苦地呻吟着。艾瑞斯心里一软，蹲下去要帮他查看，却被他一枪打在了小腿上。艾瑞斯跪倒在地，挣扎着想站起来，血从枪口汩汩地涌出来。雷奥叔叔和他对视着，忽然紧紧地按住了艾瑞斯，拿小刀挖掉了子弹，用烧酒泼在上面，拿干净的布条包裹住了。

艾瑞斯怒视着雷奥叔叔，在处理子弹的时候忍着疼痛一声不吭。雷奥叔叔额头上的血顺着下巴淌下来。他满不在乎地抹了一把，拄着猎枪对艾瑞斯说：“她们死了，死得不太体面，所以我没打算告诉你。咱俩的钱确实都让我花了。你打得对，但是我对你有养育之恩，这一枪算是对你的教训。我是经历过生死的人，除了穷什么都不怕，除了钱什么都不认。咱们叔侄俩的情分尽了，今天我送你出这个门，你自生自灭去吧！”艾瑞斯强忍着疼痛，摇摇晃晃地站起来，一字一顿地说：“从今天起，你不再是我的叔叔了。”雷奥叔叔望着他的背影，忽然想起记忆中那个模糊的身影。他颓然地跌坐在地上，望着一片狼藉的房间发怔。

艾瑞斯眼前终于出现了一蓬衰草，他一条腿打着战，而另一条无力地翻转着拖在身后。他的指甲紧紧抠着晒得滚烫的赤褐色沙砾，仿佛沾满了干涸的血液一般。当艾瑞斯终于如愿以偿地瘫倒在衰草之间，他的睫毛里都是细沙，打磨得满眼是泪。而那泪珠里含着的都是不着边际的绵绵云朵，一株株含苞欲放地或舒展，或蜷缩在藏蓝的天幕之上。艾瑞斯的嘴唇干燥得要命，而此时此刻的天地是如此落寞，寂静得仿佛可以听见皮肤崩裂的声音。

姜半夏在肆虐的暴风雨中，在无边的黑暗中漫无目的地摸索着。她不断地呼唤着艾瑞斯的名字，四野是土狗的低嚎声和其他野兽焦躁的迁移声。雨水暴戾地冲刷着被黑夜吞噬的旷野，用混沌填补着每一处虚空。不多久，混沌又被撕裂苍穹的电闪雷鸣所燃烧殆尽。在一团被燃烧的喷薄着玫瑰色的混沌中，姜半夏终于找到了瑟缩在岩石背后的艾瑞斯。

姜半夏举着伞，将伞移到艾瑞斯的头上。在见到那双红肿的紫罗兰色眼睛的一瞬间，姜半夏忽然觉得全身的力气都被抽离了，她几乎是狼狈地跪倒在艾瑞斯面前。她的泪水"哗"地涌了出来，她用沾满滚烫眼泪的面颊，紧紧地贴着艾瑞斯冰凉苍白的面孔。她苍白的嘴唇无意识地摩挲着他濡湿的卷发，双手牢牢地抱紧了他的脑袋。艾瑞斯一动不动地任由她抱着，眼睛里雾蒙蒙的一片。哀伤似乎将他的容貌融化了，他脸上的神采仿佛褪色的胶片，只留下一层淡淡的轮廓。

过了一会儿，艾瑞斯的双臂缓缓地抬起来，猛地环住了她。他的脑袋扎进了她的怀里，发出一声漫长的呜咽。姜半夏像一个母亲那样，抱紧他，以拥吻来温暖着他，心底泛上一种无法言说的柔情。艾瑞斯静静地埋着脑袋，温柔地、执拗地拱着她的胸口，像小牛犊一样用饥渴的嘴寻觅着，直到温软香甜的乳尖被他灵巧的舌头含住。她的肉体瘫软地偎依着他的，不知不觉地蜷缩成小小的一团。她紧紧地包裹着他苍凉潮湿的心灵，两个人简直是暴风雨中发芽的一粒种子。

1922年6月，澳洲。

艾瑞斯做了一个冗长的美梦，在梦里，她走到他的面前，撩起面纱，微笑着眨着眼睛。淡粉色的清晨的雾气轻轻地托着她的衣裙，她像一只荡漾的水母一样曼妙轻盈。晶莹剔透的露珠巧妙地凝在她波浪一样的睫毛上，像德国冬日里的雾凇一般寂静华美。昨夜的星子都依然恋恋不舍地徘徊在她的眼睛里，衬得那双眼睛流光溢彩，仿若雾凇下的幼狐或是乳鹿一样纯净灵动。她的上唇微笑时，让人想起丘比特金弓的弧度，仿佛那里即将射出一道摄人魂魄的金箭，而下唇则像雾凇之间静谧的湖水里新月的倒影。

艾瑞斯有些惶惑，因为她的两泓眼波向来是有些轻微地不对称的，一泓更圆些，像晒着太阳的暖猫，一泓眼尾翘起得更长，像水草里摇曳的孔雀鱼。这种容貌虽然失去了古典艺术的对称美，却赋予了她的面庞一种时而天真、时而妩媚的特质。可是此时，她的面孔上弥漫着一种更为贞洁饱满的光辉，她的那一丝异乡人特有的哀愁几乎完全被喜悦代替，甚至连五官的轮廓都被阳光亲吻得柔软了许多，使得她看上去更像一个童真的孩童，而不是优雅的少妇。

艾瑞斯被这种奇妙而细微的变化所蛊惑，直到他的面颊被一只柔软而带着露水气息的手轻轻地触碰，他才急忙将那双痴迷的眼睛垂下，拘谨地落在她颈项与肩膀镶嵌在一起的那一抹莹白的肌肤上。她的一缕从耳畔滑脱的秀发拂着泛着粼粼波光的缎子衣衫，好像是垂在水面上逗弄着鱼儿的柳丝。那衣衫今天像春水一样涨得满满的，均匀地沾满了阳光的柳丝，随着胸口的起伏而轻轻地颤动。艾瑞斯不明白，为什么她的曲线会忽然像雨后新发的嫩蘑菇一样，拱成一柄撑得大大的、映着彩虹的伞。

姜半夏的手指仿佛一双并蒂的合欢花，落在他的手心里，她羞涩而俏皮地偏着头，眼睛含情脉脉地瞟过来，又战栗着收了回去。她柔嫩饱满的嘴唇落在了他滚烫的耳朵上，说："我怀孕了。"艾瑞斯惊讶地望着她，望着她浑身上下所有焕发着光芒的角落，他用了很久才听懂她的话语。等艾瑞斯反应过来的时候，他已经泪流满面了，他几乎跪在了她的小腹前面，想伸手，却又不敢触碰。姜半夏牵着他的手，徐徐落在她圆润的肚皮上，他蜷起手指，轻轻地敲了三下。姜半夏的脸上洋溢着慈悲和喜悦，温柔地问："听见什么了？"艾瑞斯的耳朵紧紧贴在紧绷的肚皮上，甜蜜地说："他说，会和我一起爱你、保护你、宠你……"

艾瑞斯从梦里醒来，依然在回味刚才的梦境。他只觉得浑身充满了力气，仿佛一个随时可以击破世俗中一切凶险和丑陋的斗士。又觉得满心柔软，仿佛一个仁慈的牧师，为世界上任何一朵野花的开放、一只雏鸟的诞生而虔心祈祷。他想得累了，手指上都是混着白沫的汁液，还粘着几瓣细碎的花瓣。他痴痴地凝视着花瓣上绸缎一样的色泽，忽然想到一个绝妙的设想："我爱她，这种爱和阳光一样充足，使得她的身影化作一粒蔷薇的种子，落入了我的心口。我用泪水和鲜血浇灌着这粒种子，昼夜不停，她便会在我的心里生根发芽，最终开出最美的鲜花来。她用灵魂和肉体哺育着这粒种子，不眠不休。它便会在她的怀里生长不息，最终生出最美的孩子来。天哪，我和她是一样的！我们是一样的人！这是多么奢侈的缘分啊！感谢您，我最最仁慈的主！"艾瑞斯的眼泪因为感动而盈满眼眶，苍蝇成群地在一旁惊恐不已地振动着翅膀，却不敢落到这个少年欣喜若狂的脸上。突然，一双烘面团一样温暖白嫩的小手伸过来，在艾瑞斯的脸上怜惜地轻轻擦着泪水。艾瑞斯半是惊喜半是羞惭地抬起头，见穿着紫罗兰长裙的芮芮正皱着眉担忧地望着他。艾瑞斯将脸别向一边，失望地说："是你呀！小家伙！我没事，刚才眼睛里飞进了一只该死的苍蝇，现在被我弄出来了。你去上班？要我送你吗？"

芮芮见到了他脸上那朵迅速枯萎的微笑，有些气恼。她故作高傲地拎着裙角，像蝴蝶一样半旋转着脚尖，翘着下巴撒娇似的赌气说："我自己有腿，干吗要你送？谁要担心你，瞧瞧你，哭得那么丑，真是一个爱哭包！"她跺着脚傲慢地紧走了几步，扭过脸见艾瑞斯竟然还坐在原地，像个傻子一样低垂着脑袋。她气鼓鼓地挥舞着小拳头，冲着艾瑞斯喊：“你是个白痴吗？坐在这么毒的太阳底下！赶紧回家吧，省得那个老家伙又揍你！”

她的裙子太厚重，小腿在里面闷热无比。她委屈地瞪着艾瑞斯，恨他笨头笨脑地看不见自己新裁的裙子。艾瑞斯终于愧疚地抬起头来，他像个步履蹒跚的老人一样缓慢地站起来。他把一只潮湿的手扶在她的肩膀上，仿佛刚才的狂喜已经耗尽了他的全部精力。他清了清嗓子，用温和的嗓音再一次重申：“还是我来送你去吧，这一段路也不算近，那些流氓最近还骚扰你吗？”芮芮摇了摇带着红晕的脑袋，心满意足地笑着。她将头枕着他的肩膀，把胳膊递进他的臂弯里，在艾瑞斯的陪伴下沿着洒满阳光的路向酒馆走去。

“对了，芮芮，你的那盒中国胭脂用完了吗？我想把它送给姜半夏。”走了一会儿，艾瑞斯将脸转向微眯着眼睛的芮芮，芮芮看着他含着笑意的俊朗面容，一时有些失神。艾瑞斯依然沉浸在方才那巨大的喜悦中，他所有的毛孔都在欢唱，等不及亲手为姜半夏涂上胭脂，给她讲最美的未来。芮芮听了，将手伸到怀里掏出那个精致的小瓷盒打开，犹豫了下，用指甲挑起一点涂在自己的嘴唇上，忽然鼓起勇气吻向艾瑞斯的嘴。艾瑞斯惊呆了，用手向外推着芮芮，而芮芮干脆把两只白皙的臂膀勾了过来。

她的面颊烧得通红，嘴唇紧紧地贴在艾瑞斯的嘴上，像一只羞怯而又贪婪的小蜜蜂。艾瑞斯在那两瓣柔软滚烫的嘴唇下渐渐地失去了力气，那胭脂里清甜柔媚的气息使得他失去了神志。脑海里“她”的身影渐渐地清晰起来，那个梦，那个旖旎的、幸福的梦忽然生动地呈现在了他的脑海。他不顾一切地想认真地再次品尝到“她”的味道，便痴迷地闭上了眼睛，向芮芮的唇上一次次地索取。芮芮感觉自己娇嫩的唇简直快被艾瑞斯吸咬得破皮儿了，她幸福地轻轻舔舐着艾瑞斯的舌尖。她纤细的腰肢折断了一般向后仰着，头发像随风扬起的花粉，在蓝天下蜿蜒成一道绚丽的金雾。

在睁眼的一瞬间，艾瑞斯脑海里“她”的影像和那个栩栩如生的梦境都如同泡沫一样“啪”地破灭了。他看清楚了陶醉在幸福里的芮芮，便立刻恢复了理智。他绝情地将芮芮推开，痛苦地闭上了眼睛，任凭芮芮踉跄着跌倒在地。芮芮在一声短促的惊呼之后，故作镇定地站了起来。迎着艾瑞斯愧疚的目光，她漫不经心地掸了掸裙子上的尘土，又用手狠狠地将嘴唇上的胭脂和初吻擦掉。

她的眼睛此时像熔融的翡翠，里面的羞恼潮水一样涌上来又退下去，只剩下死寂和淡漠横陈在其间。芮芮冷冷地瞟了艾瑞斯一眼，昂首挺胸地独自向前走着。她的侧脸被阳光镀上了一层辉煌的金边，仿佛她随时可以求得神的帮助，而化身成一株金色的月桂树。艾瑞斯向芮芮的背影伸出了手臂，却又缓慢地将胳膊垂下。他迟钝地靠在一块岩石上，羞愧万分地捂住脸庞，一面恼恨地擦拭着嘴唇，一面自责地胡思乱想着。

艾瑞斯后来几乎是跌到酒馆里面的，根本没有意识到一场火拼正在迸发。芮芮伤心至极地转过脸瞟了他一眼，厌恶地甩开那些黏着在她胸口和面颊的贪婪目光。艾瑞斯对正和几个酒鬼挤成一团的雷奥叔叔视而不见，直接走到吧台，恳切地低声说：“芮芮，我错了，请你原谅我。我不该……更不该把你推倒。但是你知道的，我不可以……”芮芮恶狠狠地瞪了他一眼，继续哼着歌擦拭着啤酒杯。一个满脸雀斑的意大利年轻男孩儿兴奋地围绕着芮芮转来转去，活像一个青春期的傻瓜。

突然，几个新来的意大利人和原住民推推搡搡地打了起来。这些新移民都来自西西里岛上最有渊源的两个家族，他们被澳宝开采所带来的巨大财富所吸引。但是矿镇上的利益分配已经固化了，除了意大利人，这里的每个人都遵从着这里的规则。意大利人并不像温和的华工，他们根本没法忍受不公平的环境，最近一连串的暴力事件都是由他们在背后策划的。狡猾的雷奥叔叔见厮打成一团的两伙人都开始掏家伙，便在一旁掏出匕首，趁着混乱企图去捅那些占过他便宜的英国人。

艾瑞斯被眼前混乱残忍的景象惊呆了。他走上前试图阻止那些冲动的年轻人，摊开手臂，一点点地隔开搅在一起的意大利人和英国人。那个围绕在芮芮身旁的雀斑脸忽然回过头，见他的情敌正摊开肩膀挡在自己的兄弟面前，打着手势比画什么。他以为艾瑞斯在帮助英国佬，便从坐在一旁捅黑刀的老雷奥手中夺下匕首，一下子猛扎在艾瑞斯的胸口。人群里传来芮芮凄厉的哭喊："不！不！艾瑞斯！天哪！滚开！你们这群猪！"她推开惊呆了的人们，冲到艾瑞斯身旁。艾瑞斯倒在了雷奥叔叔的怀里，他的头竭力地向后仰着，两只胳膊软软地向两侧摊开。雷奥叔叔被这惨痛的意外震惊了，他紧紧地握着艾瑞斯的一只手，将它贴在自己满是眼泪鼻涕的脸颊上。

他大声咒骂着那个瘫坐在地上的冒失鬼，有好一会儿，他的眼睛直勾勾地盯着那柄插在艾瑞斯胸口的匕首，想将它抽出来，捅进那个混蛋冒失鬼的胸膛。那柄匕首还刻着他哥哥名字的缩写，是少数没有被那场战争夺走的东西之一。雷奥叔叔从来没有想过，命运会以如此残酷的形式将艾瑞斯的生命和这柄匕首绑在一起，他的喉咙里发出一串长长的、非人的呐喊。

他的眼睛疯牛似的向外努着，在他扑过去撕碎那个冒失鬼之前，那个面色惨白的胆小鬼悄悄地从人群中爬走了。艾瑞斯的脸上有一种茫然的表情，他的眼睛转着转着就往上翻去，鲜血从胸口汩汩地冒出来，又渐渐地晕染在洗得发白的衬衫上。芮芮几乎以为自己看到了一只引吭哀鸣的白天鹅，孤独地漂泊在被秋露染得雪白的芦苇丛中，绝望地将身影投入了浸满了残阳的湖水里。她颤抖着将艾瑞斯秀美的头颅搂到自己的怀里，用自己滚烫的、痉挛的嘴唇疯狂地亲吻着。

艾瑞斯的脸色因为失血而慢慢变得苍白，而嘴唇上的血色却尚未褪去，使得他雕塑一般冰冷俊美的面庞上，呈现出一种忧伤的“白雪含着红玫瑰”的凄美。这种凄美简直就是凝结在他唇齿之间的黄昏，当胭脂一样的绯红逝去，紫罗兰似的薄暮到来，那青灰色的僧衣笼罩的夜便降临了。芮芮见艾瑞斯清澈的蓝眼睛里，缓缓地升起一层雾蒙蒙的云翳。她惊恐地用手来回地抚摸着他的眼皮，试图将那令人厌恶的死神轰走。

雷奥叔叔猛烈地用拳头不断地擂打着自己的胸口，他太阳穴上的青筋突起得老高，绝望地大张着嘴，带着血的口水顺着他的嘴角滴出来。芮芮跪坐在人群的中心，她的头发绾成粗粗的发辫垂在脚跟上。她的手上沾满了艾瑞斯的鲜血，芮芮手指颤抖地将血涂抹在艾瑞斯的眼睑上，仿佛正在进行一场神圣的祭奠仪式。英国人和意大利人都围过来，人群从一片沉寂渐渐地化为一片嘈杂。忽然有一个声音响起：“快去找医生！”雷奥叔叔拔腿就往姜半夏家的方向跑去，一种迟来的罪恶感席卷了他，他忽然想起艾瑞斯是他在这个世界上最后的亲人了。

雷奥叔叔发现姜半夏和她先生的家门大敞着。他一面呼喊着一面往里闯，却发现房间里有些凌乱，一些不值钱的东西散落在地上。他一直闯到卧室里面，却发现里面空无一人。他又跑到了厨房，摸到炉火还是温的，就追到外面到处敲其他居住在附近的华工家门。终于有一个细高挑儿、皮肤微黄的青年华工狐疑地打开了门。当那个脾气温和的年轻人终于耐心地弄清楚雷奥叔叔的问题后，他指了指遥远的公路，又学了火车和轮船的汽笛声，脸上露出一种向往的神情。雷奥叔叔绝望地望了一眼姜半夏家洞开的大门，发疯似的奔向小酒馆。

雷奥叔叔再次回到艾瑞斯身边的时候，艾瑞斯已经在弥留了。他的脸上没有痛苦和惊恐，鲜血使得那层云翳上焕发着晨曦一样的光芒，和朝阳一样的色彩。在众人惊慌失措的叫喊声中，艾瑞斯沉寂的面孔上淡淡地浮现出一抹温柔甜蜜的笑意。他感觉到自己的灵魂正在渐渐地抽离他的躯壳，他早已消逝的副指仿佛点燃的蜡烛一样滚烫。

过了一会儿，他的灵魂飘浮在半空中俯视着他，他看见自己和姜半夏在拥吻：艾瑞斯用全部的十一根手指抚摸她。他的父亲、母亲和妹妹在不远处伸出手臂，向着他微笑、哭泣。他所失去的、渴求的全部都回归到他的身边，永远不会离去。芮芮的泪水打湿了他额前的秀发，他圣洁饱满的额头像受洗时一样明亮纯净。他的鼻尖和胸口都淌尽了血，渐渐地瘪了下去，艾瑞斯的生命之火悄悄地熄灭了。

姜半夏惶惶地坐在颠簸的马车里，钱默之像一尊泥塑似的挤在她的身旁。他枯槁的手指紧紧地抓着她的衣襟，瘪着嘴仿佛一个受尽了委屈的孩子。忽然，他将一张愁容惨淡的脸孔转向姜半夏，淌着泪水哀求道："半夏，原谅我吧！这些年，是我对不住你。我怨你，因为你越来越美丽，也越来越强悍。我没法保护你，也没法让你崇敬。我一直以为自己是新男性，可以发自内心地理解你、支持你、成就你，可是我样样都做不好、做不到。我越愧疚、越恐惧，就越想控制你。"

钱默之忽然抓住了姜半夏的手，不断地扇着自己的耳光，然后将她的手掌放在自己剧烈颤抖的嘴唇上，一面吻一面痛哭。他牢牢地握着姜半夏的手腕，继续说道："我带你回国，我们重新开始。我什么都听你的，遵从你，好吗？咱们把这一切都忘记，我会好好爱你，和以前一样对你呵护备至。咱们重新买个小院，一起安安稳稳地过日子。这两张一等舱的船票是我从黑市上买来的，咱们回家吧！你依然是我最迷人、最温柔、最可爱的妻子，我永远不让你再伤心失望，好吗？"他将脑袋疲惫地枕在姜半夏的腿上，像从前那样蹭着她柔软的小腹，用双手捂着她冰冷的双膝。

姜半夏见钱默之裹着破旧的长衫，佝偻着身体蜷缩在狭小的车厢里。他脸上的表情又茫然又痛楚，姜半夏忽然觉得长久以来，内心深藏的一个美丽的肥皂泡泡终于“啪”地破灭了，而那包裹在泡泡里的甜蜜回忆也轻盈而决绝地随之飘逝了。她忽然伸出手，向钱默之脸上直直探去。

车厢里忽明忽暗，惊得他偏脸去躲。姜半夏将钱默之的眼镜摘下来，见那眼镜腿用纸紧紧地缠着，一只镜片已经磨得不像样子了。她轻轻地一叹，掏出手帕细细地擦拭。钱默之凝视着姜半夏妍雅清丽的侧颜，想起从前二人情深的时候，她时而天真、时而柔婉，才华横溢却善良至极。那时候，她对自己更是种种痴缠，他的心里不由一动，眼泪洇湿了姜半夏的大腿。

姜半夏身子一僵，不动声色地挪开了腿。她为他轻柔地戴上眼镜，恳切地望着他的眼睛说：“钱先生，请回去后换一副新眼镜吧。”钱默之一愣，忽然明白过来。他用两只胳膊撑住车厢，将她箍在怀里，绝望地说：“我不怪你生性轻浮、品行不端，你随我回去，我们离开这里。就像忘记一场混沌的梦，我……我们还像以前那样，一切都会慢慢好起来的。我知道你怪我骗你，把你药昏了带上车。可是我知道你对我还有情意，以前……以前，都是我不好，才会给别人机会。”

钱默之凝视着姜半夏，她特有的香气在昏暗的车厢里萦绕。他忽然俯下身，想去吻她，却被姜半夏一把推开。姜半夏哀伤地说：“我在你心里，已经是生性轻浮、品行不端，我又怎么可能跟内心轻贱我的人一起生活！这些年，我曾经期盼过无数次，你带我回国，也梦碎了无数次。这一场梦，我们都失去了太多，也改变了太多。钱默之，我们回不去了。”

她说完，趁着钱默之还没回过神，便从他怀里挣脱出来。姜半夏掀开厚重的帘子和车夫说："先生，烦请您停一停，我要下车。"那车夫扭过脸，以为这位娇弱的东方少妇身体不适，耐心地劝说："夫人，太晚了，这里不安全。我们得赶到大路上，再换汽车到火车站。"姜半夏从怀里掏出一小袋品相稍逊的蛋白石递过去，坚定地说："有劳您了，我自己可以走回去。麻烦您帮我送这位先生去车站，路上注意安全！"

车夫惊讶地勒住马，将煤油灯举起来，在姜半夏坚毅的脸上照了照。他瞥见那个东方男子只是直愣愣地呆坐着，心里觉得十分疑惑。姜半夏探身才要下马，钱默之一把搂住她，痛心地说："半夏，别任性！这么晚，你一个人在荒漠里太危险了！"他轻轻地拍打着姜半夏的脊背，像哄孩子一样温柔地说："你别傻了，他还是一个半大孩子，不会像我一样永远爱你、原谅你的。你一个弱女子，孤身海外，我怎么忍心，怎么放心？"

他掏出那两张崭新的船票，对着昏黄的车灯，喃喃地说："咱们一起回去吧，半夏。我等这一天，等了六年多！每一天，我都在掰着手指头数，这六年的炼狱终于结束了。"他从怀里抽出一个沉甸甸的布袋子，握着姜半夏的手伸进去，他们的手指触碰到许多润泽的蛋白石和冰冷的硬币。钱默之的脸上露出一丝天真的笑容，他的手指在布袋子里面摩挲着姜半夏的手指，悄声说道："我攒下的钱，足够咱们再买一个大点的四合院了。我答应过你的事，我以后一件件为你实现，你不要怪我，好不好？"

仿佛感觉到什么，一种从未有过的恐惧感和绝望感如潮水一般涌来。姜半夏的一双眼睛仿佛忽然被霜雪凝住一般。她的脸色煞白，只觉得自己忽然被扼住喉咙，抛进了最冰冷的海水里。一种从未有过的痛楚和恐惧将她紧紧地包裹着、碾压着。钱默之微笑的面孔变得越来越缥缈，她无助地低语："不行，我得回去！默之，这些年，你过得十分辛苦，我都懂。可是，我们回不去了，我的心里已经没有你的位置了。”钱默之忽然逼近她，眼睛下面的肌肉因为愤怒而痉挛。他摸了摸姜半夏战栗的睫毛，叹息地说：“你还是决定为了那个孩子抛弃我，不是吗?”

钱默之见她浑身战栗、失魂落魄，昏暗的夜色偶尔透过廉价的猩红色绒幔映照在她的脸上，晕染着她糅合着绮丽与凄美的神情。他的心里又是恨、又是痒、又是疼，最终，钱默之在她胳膊上拍了一拍，安慰地说：“我不怪你，等到了车站，我让车夫送你回去吧。”姜半夏的一双眼睛忽然变得雪亮，她淡淡一笑，说：“不了，剩下的路，你自己走吧！我还有自己的路要走，先失陪了。”

她最后凝望了一眼钱默之，在他青筋隆突的手臂上拍了拍，轻柔地说了句珍重。姜半夏在窗外浮动的暗影里，不断地看见艾瑞斯失血惨白的面孔，一种不祥的预感仿佛巨锤，一下一下地猛砸在她的胸腔。钱默之见她脸上浮现一层病态的娇艳红晕，仿佛回光返照一般，她的眼睛里却盈满了恐惧的泪水。她毫不犹豫地一甩头，向着旷野纵身一跃，从车厢里跳了下去。一滴热泪抛回来，甩在钱默之的眼镜上，雾蒙蒙一片寒气。

那个车夫听不懂二人争执，只觉得这位年轻妇人容颜姣美、性格刚烈，心里不由得涌起几分同情。他勒紧缰绳停下车，将备用的煤油灯和一把匕首交给姜半夏，担忧地问道：“夫人会用枪吗?”姜半夏满面泪痕，一双眼睛已经红肿起来，她仿佛听见了艾瑞斯痛苦的呻吟。见她点了点头，车夫又从马肚子下抽出一把猎枪递给她。姜半夏一把拽断了自己的项链，她把项链和怀表往车夫手里一塞，大喊：“请您将他送上船吧！”转身背起枪提着灯狂奔。车夫扯着嗓子喊：“夫人，祝您平安！我还会回来的，我是大烟枪老杰克！”

钱默之怔怔地望着窗外，他见姜半夏纤细的背影没入无边的暮色之中，方才惊觉她已远离。他才要跳下车去追，车夫一记响鞭，马车陡然一动，将欠身的钱默之猛地一颠，抛回到座位上去。钱默之只觉得身下被硌了一下，他抽手去拿，才发现姜半夏将一沓澳币留在了车厢里。钱默之双手痉挛地捧着脑袋，黯然垂泪，心里百味交集。过了一会儿，他颓然地伸手将软帘掖得紧紧的，不透一丝风，那熟悉的香气却依然一点点地流逝。

姜半夏一路沿着车辙的印迹飞奔，满月的清辉忧伤地洒满沉寂的大地。姜半夏手里的煤油灯摇摇曳曳、几欲扑灭，将她脚下扬起的小半人高的红褐色灰尘映得仿若星辰碎屑，如烟似雾、银光熠熠。姜半夏脑海中空白一片，她什么都不敢想，只觉得心中如擂鼓，鼓声震天。虽然是孤身夜奔，却仿佛如有千军万马助阵。跑了许久，姜半夏的嘴里翻起腥甜之气，心肺之间如烈火焚烧似的又烫又疼。她的脑海中不断地响起艾瑞斯深情的呼唤，心脏忽然停顿了一下，在生命静止的一瞬间，她的泪水潸然而下。

如雪的煤油灯和孤悬的满月两相辉映，在广袤无际的起伏夜色中，幽幽地生出一层迷雾般的幻境来：姜半夏忽然看见艾瑞斯悬在空中，他伸展双臂，面带微笑，仰面徐徐倒下。她焦急地飞身去救，却看见他身下是一片汪洋，越漂越远。姜半夏脚步虚浮，怎么跑，都会被海浪牵绊。而艾瑞斯的脸若隐若现地浮在水面上，忽然变成一纸相片，逐渐地泛黄褪色。他的面庞模糊不清，仿佛即将融化在海水里。她毫不迟疑地投入大海，挣扎着追逐他的相片，就像泡沫追逐沙粒，就像生命拥抱死亡。就像每一次别离，都是为了更好的相逢。

晚霞从天海交际的间隙里涌出来，不一会儿便铺满了海面。艾瑞斯忽然抬起头，冲着姜半夏微笑挥手，晚霞忽然变成一团团火焰在他身后升腾。姜半夏急得大哭，声嘶力竭地喊：“艾瑞斯，回来！危险！”艾瑞斯从海里站起来，嘴唇翕动。姜半夏看不清他的表情，只看见那一团团的火焰将他包围。他的身影一瞬间便消失不见了，只留下还未熄灭的火焰。姜半夏的心脏恢复了跳动，那是一种疯狂的悸动。她的心脏似乎正在挣脱胸腔，在另一颗心灵的召唤下，奔向永恒。

姜半夏明知自己所见非真，却依然哭得天昏地暗。正在她痛不欲生的时候，忽然觉得隐隐有呜咽声回应。她眨了眨眼睛，透过残留的幻境四处打量，看见不远处飘浮着一双双莹莹的绿光，正缓缓地围抄过来，姜半夏这才明白刚才是土狗群的嗥叫。姜半夏无心应对，她取下背上的猎枪，向着半空放了一枪。那些土狗之前吃过猎枪的苦头，听见寂静中震耳的枪响，不由得有几分胆怯，迟疑地停住了脚步。土狗群追着野兔从铁丝网下面的兔子洞里钻了很久才出来，它们饥肠辘辘，迫切地需要一场丰盛的夜宵。今晚，不知为什么那些巡逻的志愿者都没有来，土狗们爆发出兴奋的吠叫声。

姜半夏向着土狗群的方向大喊："今晚放我走吧！我发誓，一定会回来给你们送吃的！"喊完话，她也不管这些土狗是否听得懂，转身抱着猎枪就疯狂地奔跑。跑了一会儿，姜半夏回头四处张望，那些鬼火似的绿色眼睛已经不见了。她一心只想着艾瑞斯，纵使已经疲惫不堪，却依然不舍得歇息片刻。渐渐地，她在浓郁的夜色里，看见影影绰绰竖着的一排排十字架。姜半夏的心里忽然一紧，僵住了脚步，不敢靠近。在一排排十字架之间，有一个模糊的黑影静静地坐着，姜半夏先是一点一点蹭过去，到后来却又狂跑起来。那个黑影受惊地转过来，一头金发在黑暗中发出耀眼的光芒。姜半夏提着灯，一步一步迟缓地走上前，她用余光扫了一眼悲痛欲绝的芮芮，一双眼睛只盯着十字架上刻着的名字。

芮芮见姜半夏秀发蓬乱，脸色青白，愁容惨淡，鞋子也跑丢了一只。芮芮在心里叹息了一声，挪了下屁股让出位置来，悠悠地说："你去哪里了？他一直在想你，我一直在陪他。"姜半夏盯着十字架不说话，半晌才跌坐在芮芮的旁边，也不看她，只是摩挲着粗粝冰冷的十字架，绝望地说："怎么回事?"芮芮听见她声音仿佛从远处传来，每一个音节都冰冷刺骨，不禁打了一个寒战。芮芮扑到了姜半夏的怀里，号啕大哭，告诉她艾瑞斯在一场毫无意义的火拼中，被意大利人失手杀死了。

姜半夏浑身颤抖，一双手绞在一起，握得咯咯作响。她咬紧了牙关，嘴角忽然淌下血来。芮芮见了心里愈发难过，想伸手抱住她一起痛哭，却见姜半夏晃晃悠悠地直起身，忽然狠狠地将十字架拔了下来。芮芮又是恼怒，又是惊恐，一把将她推倒在地，厉声喝问："你这是干什么?！我不许你侮辱他！"姜半夏随手将嘴角的血一抹，微微一笑，温柔地说："我是来带艾瑞斯回家的。"芮芮见她的一小半脸上抹着暗红的血渍，脸上的神情充满了哀伤的甜蜜，心里有些害怕。姜半夏不再理睬她，张开双手刨着依然疏松的红沙。芮芮见她的手指不一会儿便被粗粝的沙石磨得鲜血淋漓，犹豫了会儿，便伸手帮她一起刨。

刨到最后，姜半夏用食指轻轻地触摸着薄土下坚硬的棺木，滚下热泪。鲜血混合着两个女人的泪水滴落在棺木之上，留下轻微的声响。姜半夏忽然哆嗦着嘴唇，微笑着望向芮芮，恳求地说："麻烦你，帮我看看脸上脏不脏。"她的胸中泛起万般柔情，只怕自己狼狈憔悴的样子被艾瑞斯看见。她反手拢好秀发，又将嘴角的血痕抹在了干涸苍白的嘴唇上。

芮芮见她容颜娴静、举止温柔，一点癫狂的样子也没有。她知道姜半夏心里必然是强压着巨大痛楚，便叹了口气。她举起煤油灯，在姜半夏脸上一照，哀怨地说："在他眼里，只有你。怎么会觉得你不美?"姜半夏听了，展颜一笑，将棺木上的浮土拂去。她俯下身来，嘴唇贴着棺盖，落下一个深吻，轻声慢语地呼唤道："艾瑞斯，我来接你回家了。"

说完，她和芮芮两个人一起吃力地将棺木从墓地中拖了出来。

姜半夏见那薄棺被钉子盖得严严实实，便从怀里掏出匕首，神情专注地一一撬开。芮芮屏住呼吸，瘫坐在一旁，数着钉子落地的声音。听到最后，她心里忐忑不安，不由凑过脸去。棺盖终于被徐徐地掀开，在昏沉的夜色下，艾瑞斯躺在血泊里双手交叠、握胸沉睡，一丝抱歉的笑意淡淡地挂在他的脸上。

姜半夏见艾瑞斯面色灰白，犹带浅笑，她心里响彻天际的鼓声忽然猛地一顿。来不及细看，她只觉得憋闷异常，眼前一黑，险些闭过气去。芮芮见她呕血不止，一双手紧紧地握着艾瑞斯的双手，她静谧的面孔在泪水中迸裂，却依然带着温柔的笑容，却不知自己也早已泪流满面。

两个女人伏倒在棺木旁边，恸哭不已，引得远处土狗的嚎叫声此起彼伏。姜半夏哭了一会儿，扶起芮芮，将煤油灯交给她，说："你快回去吧，我们也要回去了，谢谢你。"芮芮见姜半夏裁下衣带，将棺木紧紧地绑在背上，愣了一下，伤感地说："灯你留着吧，我认路，你照顾好他。"姜半夏望着天空，见暮色渐浅，晨曦初现，淡淡地笑了一下，说："不用了。"她又回转过脸，浅笑着吻了吻棺木，说："艾瑞斯，我们走吧。"

姜半夏艰难地背着艾瑞斯回到作坊。她推开门，见一室幽暗里，艾瑞斯清晨送来的野花，依然在瓶子里盛开。她恍惚了半晌，心里只觉得恍若隔世，泪水不知不觉又淌了下来。她将背上的棺木轻轻地放在床上，在四角点上蜡烛。姜半夏轻手轻脚地覆上去，温柔地抱着艾瑞斯，倾听着他的胸口。

她在他的怀抱里絮絮低语，甜蜜地望着他，仿佛可以穿透死亡的幽谷，看见他彷徨的灵魂。姜半夏一点点聆听着艾瑞斯沉寂的胸腔，她只听得见自己的呼吸声，和回荡在熹微晨光里灰尘舞动的微弱回响，还有花瓣缓缓绽开的噼啪声。她忽然觉得艾瑞斯并未走远，另一个世界的大门紧闭，却将钥匙遗忘在漫长的甬道里，散发着微弱的光芒。

姜半夏从床底拿出药箱，在针匣里摸出一把藏在暗格里的长针。不同于其他银针，这把纯金的细针有男子手掌一般长，针尖那一半是中空的，藏着珍稀藏药合着白犀牛角碾的细粉。她深深地吻了吻艾瑞斯，让他冰冷的嘴唇回软，又用舌尖将他的牙关撬开，掏出一粒裹着金箔的中药蜜丸以舌推送到艾瑞斯口中。

姜半夏将珍藏的一小瓶鹿活草、红参、老人参膏和龟甲胶打开，用水熬成浓汁，文火焙着。她褪下安瑞斯的衬衫找到心脏的位置，深吸一口气，将金针缓缓从穴位扎进去，觉得刺入心口了，便推动针顶的机关，一点点地推送药粉进去。艾瑞斯的致命伤口敞开着，姜半夏见他惨白的肋骨露出一小截，心疼地滚下泪来，又恨得血气上涌，手里的针不可抑制地轻微颤抖着。

姜半夏轻轻地捻着金针，又在其他穴位扎上银针，针林耸立的姿态，缄默得仿佛上帝和天使们在天堂谈判，艾瑞斯依然悄无声息。姜半夏将鹿活草的药汁熬得浓稠，一半敷在伤口上，一半嘴对嘴渡进去，等了一会儿，依然不见艾瑞斯有些微变化。姜半夏抚摸着艾瑞斯冰凉的手指，摩挲着上面的薄茧和细碎的伤痕，眼泪一小洼一小洼地积在他的手背上，艾瑞斯的面容依然平静。姜半夏想了很久，终于下了决心，将艾瑞斯的衣裤全部褪净。她用一块干净毛巾蘸着温水，一寸一寸细细地揩净，每一寸都很快又窝着滚烫的泪水。

她打开门，跪倒在阳光里，嘴里虔诚地祈祷：“吾主仁慈天主！……耶稣基督的圣意。阿门。”

姜半夏转身回到艾瑞斯身边，将匕首在烛火上烤了烤。她强忍着泪水和恐惧，将艾瑞斯的伤口挑开，找到心脏。她将手在滚水里快速一过，忍着内心焦灼般的剧痛伸进胸腔里，小心地握住心脏。姜半夏见心脏并无外伤，稍微松了一口气，一边用嘴唇紧紧裹住艾瑞斯的嘴唇。

随着手下有节奏地轻轻挤压，她的另一只手捏住艾瑞斯的鼻子，向他冰冷的嘴里渡气。不知道过了多久，姜半夏似乎感觉到艾瑞斯的心脏有一丝颤动。她惊喜地呜咽着，手下稍稍施力，直到那颗心“嘭”地反弹了起来，先是微弱凌乱的抖动，渐渐找寻到规律，终于一下一下跳动起来。而姜半夏嘴里忽然一甜，带着温度和血腥的呼吸微弱地迎过来，与她的呼吸往来相抵、缠绵悱恻。

姜半夏顾不得哭泣，将手臂抽出来，先是利索地缝合伤口。紧接着她用匕首在自己的肘部狠狠一割。见浓稠的鲜血涌出来，她欣喜地举着凑到艾瑞斯唇边，让温热的血液滴进去。待伤口刚要凝固，她就又用匕首划开，嘴里嚼着鹿茸和阿胶就着血喂给艾瑞斯。艾瑞斯依然无知无觉地躺着，仿佛沉睡在一个遥远的梦境，可是他的面孔在一点点地焕发生命的光彩。随着鲜血“滴答”的声音，姜半夏的内心越来越宁静。一种甜蜜的幸福感充溢着她，让她觉得金光璀璨、头昏目眩。她和天堂的契约已经开始生效，渐渐地，她只觉得满室馨香，自己轻盈欲飞，便含着笑意一头栽倒在艾瑞斯身旁。

姜半夏做了无数个冗长混乱的梦。但是所有的梦境里都有一个金发少年走在前面，忽然浅笑着回过脸，来牵她的手，带她穿越一层又一层乳白色的浓雾。姜半夏醒来的时候，面前的浓雾依然没有散去。她的手依然紧紧地握住艾瑞斯的，他微弱的脉搏仿佛一只乳鸽，羞怯却坚定地啄着她的掌心。姜半夏静静地聆听着，泪水一点一点滴落。沿着脉搏，她似乎可以听见血管里泉水淙淙掠过卵石的声音，带着绵绵不绝的生机。姜半夏的眼睛温柔地望着艾瑞斯依然苍白的面容，他依然在沉睡，只是嘴唇上微微泛起血色。姜半夏割开手臂，喂他喝了一会儿血，只觉得整个人似乎一会儿下坠，一会儿凌空，意识越来越模糊。

姜半夏知道自己体力不支，便挣扎着挪出门，瘫软在阳光下。灼热的阳光烘烤着她，她依然觉得如坠深渊、冰冷刺骨。一个遥远的声音以一个个破碎的音节传了过来，姜半夏张开干涸的嘴唇，气息微弱地嗫嚅着。一双柔软芳馥的手臂圈住了她，将她抱在怀里。姜半夏努力睁开被薄沙覆满的眼睛，触目仍然是一层又一层无尽的乳白色迷雾，只有一个甜蜜的声音在耳畔徘徊。

芮芮将姜半夏抱进房间，放在艾瑞斯身边。她红着眼圈摩挲着艾瑞斯的面孔，深深地吻着他的双唇。芮芮惊讶地睁大了眼睛，她似乎感觉到一丝微弱的呼吸从艾瑞斯的鼻翼里缓缓渗出来。她俯下身，轻轻地靠近艾瑞斯的胸膛，难以置信地听见管风琴一般优美壮丽的心跳声。芮芮忽然扑倒在棺木前，号啕大哭，哭了一会儿，她揉了揉眼睛，又笑嘻嘻地亲了亲姜半夏青白色的面颊。芮芮转身跑出去，不一会儿拎了一个篮子进来。她将牛奶拿出来，用小锅温热，把黑面包掰成小块泡进去，又取出一小块黄油融化了，摊鸡蛋火腿蘑菇起司饼。

芮芮做完饭，见姜半夏半睡半醒地皱着眉，手指依然紧紧地勾着艾瑞斯。她悠悠地叹了口气，端起一碗牛奶，将姜半夏抱在怀里一点点喂进去。当芮芮的手搂着姜半夏的时候，姜半夏疼得哼唧了一声，嘴唇也紧紧地抿着。芮芮低下头，瞅了瞅自己的手，试探着轻轻地掀开姜半夏的袖口。姜半夏的伤口不知什么时候撑开了，大半个手臂都是淤血的青紫色。芮芮目瞪口呆地看着一片狼藉的纤细胳膊，眼泪喷涌而出。她笨手笨脚地找到纱布，一圈一圈包扎好，将她靠在自己雪白酥嫩的前胸，又喂她吃了一碗起司饼。

芮芮照顾完姜半夏，又将牛奶顺着勺子一点点喂给艾瑞斯。她把剩下的起司饼碾碎，掺在牛奶里，一点点耐心地喂给他，胸乳因为羞怯和激动而微微发红。姜半夏醒转过来，正看到芮芮姣好丰腴的乳房映照在温煦的烛光里。她有些艳羡地望着那不加掩饰的青春肉体，忽然觉得自己憔悴苍老了许多。芮芮听见声响，面带红晕瞥了姜半夏一眼，姜半夏轻轻地牵了牵她的衣袖，嘴唇虚弱地动了动。芮芮将耳朵贴过去，勉强听见她说："别让人发现……"最后几个字微不可闻，芮芮忽然露出一个俏皮的甜笑，说："我早就把土填回去了，十字架也插好了。"

姜半夏如释重负地微微一笑，吐出一声沙哑的"谢谢"，眼睛便一直痴缠地望着艾瑞斯。芮芮替两个虚弱的人盖上被子，又烧了满满一壶热水倒了两杯放在床边。她将蜡烛芯挑了挑，才要离开，忽然觉得有些不放心。她才回转身，就见姜半夏脸上忽然笼罩着一层难以名状的光晕，将她惨淡的面容烘托得宛若一株散发着珠光的月桂树。芮芮几乎是一瞬间清醒过来，她尖叫着、哭泣着、欢笑着，两个充满爱意的女人一静一动地环绕着艾瑞斯。

艾瑞斯缓缓地睁开眼睛，微笑着低声说："你回来了。"姜半夏的手指扣紧艾瑞斯的，贴在自己滚烫的脸颊上，微笑着低声回应："你回来了。"艾瑞斯手指在姜半夏手心里拱了拱，姜半夏见他吃力地描绘着，想起他曾经用煤油在这只手的掌心里描画的情景，轻轻地说："真好。"艾瑞斯困倦得说不出话，他在心底认真地说："真好。"姜半夏忽然牵起了艾瑞斯的手，将它放在自己微微隆起的小腹上。她亲吻着艾瑞斯冰凉的耳垂，悄声说道："我怀孕了。"艾瑞斯激动地握紧了姜半夏的手，低声说："谢谢你。"

然后，艾瑞斯和姜半夏都安心地脑袋一沉，牵着手接着昏睡过去。芮芮只见两个人嘴唇翕动，却什么也听不真切。忽然，她觉得自己不小心闯入一个不属于自己的世界，那里没有声音、没有色彩、没有温度，仿佛一切都隔着厚重的玻璃墙。她有些失望，凄凉地瞟了一眼，决然地提着篮子离开了。泪水一点一点落在剧烈起伏的胸脯上，烫得她满心委屈，哭得愈发像个丢了糖果的小孩子。

接连几日，时光细细碎碎地倾泻而去。芮芮每日都来看艾瑞斯和姜半夏，姜半夏的身体逐渐好转了。而艾瑞斯依然时而清醒、时而迷糊，一天中有多半时间是在昏睡。几日之后，忽然下起了暴雨，芮芮怕两个体弱的人受寒，便炖了些牛杂汤。姜半夏喝了一大碗汤之后，忽然一脸凝重地低声问："是不是下雨了？"

芮芮点了点头，漫不经心地说："嗯，鬼天气！雨大得出奇！"姜半夏的脸色在烛光里恍惚不定，她淡淡地笑了笑，说："我出去一趟，你照顾好艾瑞斯，不要开门。"芮芮惊讶地按住她，狐疑地说："外面这么冷，你不要命了？你身体这么虚弱，出去做什么？"姜半夏不说话，只是回过头深情地望着艾瑞斯。过了半晌，她在芮芮的肩膀上轻轻地抚了抚，说："别让他担心，我一会儿就回来。"

姜半夏起身，打开药匣，翻出一个小瓷瓶。芮芮见那小瓶颜色乳青，身系红线，觉得新奇，伸手去探。姜半夏皱着眉，说："别碰，有毒！"吓得芮芮赶忙缩手。姜半夏手裹素纱，小心翼翼地打开瓶子。她用匕首蘸着乳白色的药膏，又将匕首插在鞘里，裹在大腿后面。芮芮凝神盯着她的一举一动，忽然小声说道："你一个人去？"姜半夏置若罔闻地穿好外套，背上猎枪，把头发紧紧束好。

姜半夏打开门，留下一句："不许离开！"拔腿便走。一股寒冷刺骨的风夹杂着凌乱的冰雨扑面而来，芮芮顾不上回答，赶忙用被子裹紧艾瑞斯。等她回过头来，姜半夏的身影已经消失在白茫茫的连天雨幕中。芮芮软软地跌坐在艾瑞斯身旁，喃喃自语："你要注意安全。"

姜半夏守在冒失鬼约那斯的住所不远处的巨石后静静等待，雨水不断地冲刷着猩红的大地，蜿蜒曲折的泥水仿佛狰狞的伤痕，刺痛了她的眼睛。鞭笞一般的雨声击打着隐忍的戈壁滩，沉默的灌木丛服顺地匍匐在地，刀割斧劈的地势流淌着刺骨的红溪，零落的凄艳糅碎在无垠的壮美之间。姜半夏无意识地敲打着大腿上的匕首，她仿佛一个生锈的铁人，浑身上下都是土红色的泥浆，寒冷坚硬。

在漫长的等待中，姜半夏轻轻地嗅着空气中艾瑞斯的气息，那气息是如此地纯净温暖，她不禁露出一个温柔至极的微笑。

一个披着厚重雨衣的身影刺破雨幕走了过来，姜半夏见那个人鲁莽地砸着约那斯的门，大声地喊："约那斯，你这个窝囊废！赶紧出来，你不是躲在里面喝闷酒呢吧？那个傻小子的死，不怪你，是他自己傻！他这种人，在这种地方早晚活不下去！你给我滚出来，我们还得去挖狗娘养的澳宝！你想烂死在这个鬼地方吗？我们攒够了钱，回欧洲花天酒地去！忘记这个狗娘养的地狱！"姜半夏攥紧了拳头，她仇恨地默念着他的名字"迪姆"，眼睛恨恨地盯着那扇紧闭的门。

等了许久，那扇门依然没有打开。只见迪姆恼怒地捶着门，正要转身离开，姜半夏再也按捺不住，悄无声息地溜到他的身后。她干净利落地用胳膊勒紧迪姆的脖子，用匕首割断了他的喉管，又怕他出声，将素绢深深地塞进他的嘴里。迪姆的脚狠狠地蹬着姜半夏的腿，喉咙里咕噜咕噜地冒着血泡，不一会儿就松弛下来。姜半夏忽然想起战场上尸横遍野的样子，原来杀人的记忆永远不会远离，她平生第一次感谢战争，教会了她如此简单粗暴的手段。姜半夏用枪管抵在猫眼上，脚下狠狠地踹门，约那斯隔着门不胜其烦地喊着："迪姆，你这个混蛋！我的门坏了你花钱修吗？你这个酒鬼，我不是说了不出工吗？"

姜半夏屏息站在门外，心里数着数，脚下却愈发疯狂。约那斯隔着猫眼看了半天，见门外漆黑一片，以为又是迪姆捣鬼。他气哼哼地猛地拽开门，还没来得及说话，只听"砰"的一声闷响，他的脑门被射穿了。子弹离得太近，将他的眼眶打得豁了一个大洞，眼珠流了下来。他的脑浆颤颤巍巍地哆嗦了一会儿，豆腐似的碎成一汪，缓缓地漫出来，血浆混合着碎骨喷了姜半夏一脸。姜半夏的眼睛被血浆里的碎渣磨得生疼，脸颊也黏稠发烫。她冷静地望着约那斯抽搐的手脚，不断绷紧又拱起的后背，她用枪管在他脊椎那里狠狠一戳，约那斯终于软成一摊，蜷卧在血水里一动不动。

姜半夏把迪姆的尸体也拖进来，将他和约那斯垒在一起，用煤油浇满全身。又倒退着边走边泼煤油，一直走到门口。姜半夏最后在木门上洒满煤油，点燃一大把火柴丢进去，扣紧大门转身就走。听着里面“噼啪”的燃烧声，姜半夏沉重的心情稍微平缓了一些，大地上残留的血迹早已混在泥泞的涓流中，悄然消逝。姜半夏一步一步走在暴雨里，她伶仃的身影在电闪雷鸣之间被反复拓印，落下一个个濡湿的痕迹。在雷奥叔叔的门前，姜半夏静静地伫立着，她就着雨水抹了把脸，将前襟的血污用力揉搓掉，手里捧着一束惨白的野花和一袋碎金。

雷奥打开大门的时候，见到姜半夏衣衫单薄，秀发黏在她苍白绝望的面庞上。她满面凄楚，一边战栗一边抽泣着，将花束和钱袋递给雷奥，哽咽着说：“我才赶回来，请您节哀，可以带我去艾瑞斯的……墓地看看吗？”雷奥醉醺醺地望着手里的钱袋，掂了掂，满意地点点头，闷声说：“雨太大，你先进来喝杯热茶吧。谢谢你，姜。”姜半夏低眉顺眼地跟在雷奥身后走进去，房间里酒气弥漫，只有一盏烛灯摇摇曳曳，昏暗得仿佛黑夜。姜半夏忽然惊觉雷奥一个转身就不见了，她才要抽枪，就被一管冰冷的枪筒抵住了后脑。雷奥冰冷的声音在黑暗中响起：“姜，没想到你会这么大胆，我替那个不争气的孩子谢谢你。”

姜半夏感觉到后背一轻，知道自己的猎枪被雷奥夺走了。她摸索着匕首，还没碰到，两只手就被反剪在身后。雷奥的声音透着几丝疲惫：“你别乱动，我要给你搜身，你敢乱动我就毙了你。”姜半夏冷静下来，闲聊般地说：“我以为你是酒鬼，雷奥，你怎么知道的？”雷奥傲慢地嗤笑着，说：“我是军人，姜，你身上的血腥味太重了。”雷奥搜到一半，见姜半夏浑身僵硬，仿佛强忍着巨大的耻辱。他忽然有些心软，哀伤地说：“你别动，我放你走。我欠那个孩子太多了，我哥哥绝后了。”姜半夏听见雷奥在身后泣不成声，忽然有些诧异。她被雷奥押着挪到门口丢出去，不一会儿，猎枪也被丢了出来。

姜半夏见还有一张相片飘飘悠悠地卷在风雨中，接过来却看见年轻的雷奥搂着一个英俊的中年男子站在一起。他们的前面端坐着一个腼腆温柔的妇人，她一手牵着一个噘嘴皱眉的小姑娘，一手搂住一个纤长纯净的小少年。姜半夏见那张萎黄的相片边缘已经磨损得有些模糊，心里忽然一阵狠狠地抽搐。她将照片贴着胸口放进去，紧紧挨着自己从怀抱里抽出来的那张全家福，满面凄楚地瘫坐在地上，哭得肝肠寸断。

过了一会儿，雷奥蹒跚地举着酒瓶走出来，坐在她的身边，嘟嘟囔囔地说：“他死透了吗？”姜半夏愣了一会儿，低沉地说：“约那斯和迪姆都死得透透的了，本来还有你。”雷奥忽然大笑，将酒瓶递高举过头，泼下去，又号啕大哭起来，说：“死得好！可惜我还没死。该死的死了，不该死的也死了。不死不活的还在这里行尸走肉地活着。”姜半夏站起来，举起枪托狠狠地砸在雷奥烂醉如泥的身体上，却避开了要害部位。她想起艾瑞斯曾经忍受过的一切，一面抽泣，一面数着数，两条腿因为愤怒而剧烈地打着战。

雷奥血肉模糊地瘫倒在地，忽然伸手掏出她的匕首，咧着嘴笑，声音如垂死的乌鸦。雷奥的手在半空胡乱挥舞，仿佛要刺伤姜半夏，又仿佛要扎死自己。姜半夏惊得一身冷汗，喝骂：“你不要命了？上面有剧毒！”雷奥醉得浑然不觉，嘴巴如脱水的鱼，响亮地吧唧着雨水，手臂的幅度越来越大。姜半夏硬着头皮，冲着雷奥的手掌上方开了一枪，雷奥的三节手指捏着匕首“砰”地飞了出去。雷奥目光散漫地瞅着半截手掌，鲜血淋漓的断手终于唤醒了雷奥，他猛然迸发出一声惨叫。姜半夏懊恼地捂住他的嘴，在他的脖颈上狠狠一击，雷奥终于安静地昏了过去。

姜半夏捡起匕首，将雷奥拖到床上，用绳索捆紧。她又用干净的布条帮他包扎手掌，然后瞥了眼艾瑞斯曾经居住的房间，头也不回地关上了门。姜半夏转身才要走，忽然迎面撞上一个苍老的身躯。姜半夏握紧了匕首，见霍克斯先生正严厉地盯着她。他咳嗽着，怒气冲冲地说："姜，你来干什么？"姜半夏素来尊重霍克斯先生，她平静地直视着他，坦率地说："报仇。"霍克斯先生没有想到她竟然这么直率，惊讶地愣了一会儿，说："还不快走！"姜半夏难以置信地抬起脸，目光在霍克斯先生威严的面孔上扫视。霍克斯先生转过身，自言自语地说："雷奥又不在家，不知道去哪里买酒了。一镇子的醉鬼，我得下令禁酒了。"

姜半夏呆滞地站在一旁，见霍克斯先生掏出一个大锁，利落地给雷奥的大门上锁。紧接着，他将钥匙故意丢在一旁的灌木丛中，头也不回地大步离开了。姜半夏缓过神来，捡起钥匙，向着远处的作坊一路小跑，在疾风骤雨中越跑越快。芮芮见她满面疲惫地回来，浑身冻得青紫，来不及细问便给她烧水洗澡。姜半夏洗完澡，躺在沉睡的艾瑞斯旁边，目光如水地望着他，轻柔地说："都过去了，艾瑞斯，再也不会有人伤害你。"一封信从门缝外塞进来，芮芮跑过去打开，看见上面的一行字："快点离开这里。"姜半夏见那字体虽然苍劲有力，字迹却因为仓促而显得有些凌乱。芮芮心细，发现信封里还有厚厚一沓纸币和两张通行证，姜半夏不禁在心中暗暗感谢霍克斯先生。

姜半夏体力不支，微笑着冲芮芮招招手。芮芮凑过去，听见她气息微弱的声音："我们不能待在这里了。"芮芮闻着她身上水汽迷漫的味道，只觉得温暖湿润，有一种令人沉醉的幽香。她眼眶一红，指了指艾瑞斯说："他这样子，你们能去哪儿？"姜半夏无奈地笑了笑，自言自语："是呀，能去哪儿呢？"芮芮鼓着面颊，懊恼地收拾着东西。她麻利地打了两个包裹，一个给姜半夏，一个给艾瑞斯。姜半夏疲惫地闭着眼睛，眼眶忧伤地泛着淡青，脆弱安静得仿佛沉淀在岁月里的瓷器。

芮芮收拾完东西，轻轻拍了拍姜半夏苍白的面颊，说："给我讲讲吧，今天怎么解决的？我想一想，看看咱们能去哪儿避一避。"姜半夏莞尔一笑，忽然狡黠地睁开眼睛，说："来不及了，我们得麻烦雷奥叔叔几天。"芮芮微张着嘴，有些结巴地说："去雷奥叔叔那里？艾瑞斯醒来会不高兴的。"姜半夏怜爱地凝视着沉睡的艾瑞斯，淡淡地说："他不会的，等他好一些，我们就回中国。"芮芮厌恶地眨眨眼睛，还想说些什么。姜半夏轻轻地拍了拍她白嫩的手臂，直视着她的眼睛，说："芮芮，真的很谢谢你。现在我需要你帮我，今晚趁着天黑，把艾瑞斯抬到雷奥那里。"

在天黑之前，艾瑞斯偶尔醒来一会儿，说不了几句话，喝点水就又睡了。姜半夏和芮芮照顾着艾瑞斯吃完饭，又将东西整理了一遍。姜半夏轻描淡写地讲了讲迪姆和约那斯的下场，故意没有提雷奥。芮芮听得胆战心惊，望着姜半夏平静恬淡的面孔，心里百感交集。待得夜深了，芮芮和姜半夏轻手轻脚地抬着艾瑞斯来到雷奥的家。芮芮见大门上落了锁，沮丧地嘘了口气，哀叹："这个醉鬼，不知道又去哪儿鬼混了。咱们现在怎么办？"姜半夏浅笑着，掏出一把钥匙，"啪"的一声把锁打开，推门而入。芮芮愣愣地跟在后面，惊奇地问："你怎么会有钥匙？"

走到里间，芮芮见艾瑞斯的小房间落满了灰尘，红着眼圈咒骂："该死的醉鬼，最好死在外面不要回来！"姜半夏一面往前走，一面憋着笑意地说："亲爱的，恐怕你的愿望要落空了。"芮芮还没来得及问，冷不丁见雷奥鼻青脸肿地被绑在床上，嘴里还塞着棉条。姜半夏将艾瑞斯安置在原来的房间，芮芮想起什么，忽然坐在地上大笑。她一面笑着抹眼泪，一面指着姜半夏的鼻子说："你太坏了！怎么不早点告诉我？我得把这个醉鬼的钱搜出来，他实在是太抠门了！”姜半夏一把拽起她，把锁和钥匙塞在她的裙子上，说：“芮芮，你得离开这儿，从外面落上锁，别让人发现里面有动静。”

芮芮摇摇摆摆地站起来，走到雷奥床前，先是妖娆地撩着裙子转圈，然后又弯下腰将一对活泼娇美的胸乳凑过去摇晃。她笑嘻嘻地拧着雷奥伤痕累累的脸颊，恶毒地抽了十来个嘴巴，又找出一瓶酒倒在他的脸上。她娇滴滴地歪着头，妩媚地挑着眉毛，天真地说：“雷奥叔叔，这些都是您最最喜欢的，不是吗？”她玩上了瘾，对姜半夏喊：“一瓶酒，记我账上！算我请咱们亲爱的雷奥叔叔！”姜半夏走过来，抓着雷奥的手掌看了看，说：“得换药，有些发炎了，我可不想和死人一起生活。”芮芮心不甘情不愿地噘着嘴巴，帮姜半夏给他换药，趁她不注意，偷偷掐了雷奥好几把。

艾瑞斯醒来的时候，他恍惚地看着熟悉的房间，几乎以为自己做了一场真实而冗长的梦。他闭着眼睛，一点一点回想着发生的事情，再睁开眼睛的时候，已经不再有少年的青涩和优柔。姜半夏的脚步仿佛教堂的钟声，将前尘往事一字一句地倾诉，丝丝入扣地融入心跳里。芮芮哼着歌提着一篮子馅饼走进来，姜半夏正扶着艾瑞斯绕着房间走路。芮芮兴奋地尖叫着，丢掉篮子扑上去。没有人知道隔壁的雷奥躺在床上，静静地流下激动的泪水。他的脸颊痉挛，裹着纱布的残缺手掌凭空挥舞着，抽泣得像个孩子。艾瑞斯走了会儿，微微地喘着气，他温柔地替姜半夏擦着额前的薄汗，说：“我想带你去一个地方。”

几天之后，芮芮一个人百无聊赖地跟在艾瑞斯和姜半夏的身后，夜风摩挲着沙石和灌木，温柔地低语。浩瀚的星空微妙地旋转着，在三个人身上披上清冷的银纱。三个人顺着峡谷走了许久，艾瑞斯忽然停下脚步，从怀里掏出一条丝巾，温柔地蒙住了姜半夏的眼睛。他在她柔软的双唇上轻轻一吻，牵着她一步一步地走到一块岩石前面。芮芮举着煤油灯，见那块岩石上画满了白色的线条，知道是土著人的领地，有些害怕。艾瑞斯坚定地望着她，微笑着点了点头，温和地说："别怕，芮芮，我在。"姜半夏伸出另一只手，摸索着握住芮芮，安抚地笑了笑。

三个人深深浅浅地攀上爬下，又走了一会儿，忽然觉得被一种潮湿阴凉的空气所环绕。伴随着芮芮的惊呼声，艾瑞斯轻柔地解开了姜半夏的丝巾。见到眼前的场景，姜半夏难以置信地抓着艾瑞斯的手，眼泪抑制不住地冲了出来。艾瑞斯将她揽在自己的胸前，靠得紧紧的，不断地闻着她秀发里散发的神秘香气，问："喜欢吗?"

芮芮忽然抱住手臂，蹲下去，抽抽噎噎地哭着说："太美了，我从来没见过这么美的地方。"姜半夏声音轻颤着，咬着嘴唇点着头，和艾瑞斯十指交缠，细碎摩挲。艾瑞斯忽然搂紧她，捧住姜半夏滚烫的面颊深深地吻了下去，姜半夏的"我爱你"还没来得及说出口，就被霸道地抵回去，融化在相互缠绵的舌尖上。

姜半夏有些眩晕地扶着艾瑞斯，她噙着泪水，轻叹着，巨大的洞穴将她的叹息拉得悠长而带有婉转的回响。雪白的蛋白石闪烁着变幻莫测的光芒，金沙夹杂在其间，仿佛凝固在穹幕的海滩。然而这一切都不如姜半夏面前的神龛让人震撼：一尊木刻的圣母像手捧着一颗瑰丽如万丈霞光平躺在海面的澳宝。她微微仰着头，一丝虔诚的浅笑在她圣洁的面庞上流转。她的眼神里蕴藏着悲悯和洞察，一种在时空深处静止的美萦绕着她。芮芮望着和姜半夏一般高的圣母像，心里泛起无法言说的苦涩。这尊雕像的身材和五官都巧妙地临摹了姜半夏，具有一种神秘而澄澈的东方美感，而澳宝将她的面孔照耀得别具神采，仿佛凌驾于地球外的真知。

姜半夏见神龛前面供奉着两个人藏过字谜的《圣经》和她丢弃的那些枯萎野花。还有一个摊开的厚厚本子，上面画满了她的一颦一笑、一举一动，写满了她的点点滴滴。姜半夏只觉得浑身发软，艾瑞斯拉住她的手，跪在了她和神龛的面前。姜半夏的脑海里不断响起烟花爆裂的声音，一种幸福的嗡嗡声将她的神志淹没了。她听不清楚艾瑞斯的祷告，只看得见他膝盖下因为长久跪地而凹陷的两个小坑。

她默默地流着眼泪，却又露出一种甜蜜的痴笑。芮芮站在一旁，她忽然觉得胃疼，仿佛小时候饥饿太久，看见别人吃饭时候的那种剧烈疼痛。她扁着嘴巴，委屈地按着肚子，下巴却傲慢地翘起。她很难过，真心为艾瑞斯失去自己而感到惋惜。她孩子气地想："我一定会嫁给一个真正的王子。他会给我一座金山、一座银山，还有装满了牛肉和面包的宫殿。"

芮芮闭着眼睛咬牙切齿地想着，忽然觉得一双温软纤细的臂膀紧紧地抱住了自己。她睁开眼，见姜半夏温柔地揽着她，泪眼婆娑地微笑着，说："谢谢你，芮芮。如果没有你，艾瑞斯不会复活，我也不会见证这里的奇迹。"芮芮矜持地扭了扭身子，假意不情愿地回抱着姜半夏，嘴角偷偷地扯出一个窃笑。她拍着姜半夏瘦削的肩胛骨，气鼓鼓地说："你可没赢了我，是我主动放弃艾瑞斯的，因为我值得更好的!"姜半夏含着笑，揉搓着她鼓蓬蓬的秀发，说："真是个有骨气的美人！对，芮芮，你会拥有更好的一切，一切都会更好的!"

艾瑞斯跪在地上，从怀里掏出丝绢，将圣母像上的浮尘轻轻拂去。他凝视的眼神恬谧，仿佛月光下的湖水，倒映着银色的月桂树。圣母像上的每一缕发丝、每一处衣袂上的褶皱，都是那么细腻和柔软，仿佛在芳馥的微风里轻扬。艾瑞斯熟谙每一处细微的纹理，那些小刀镌刻的痕迹，都承载着他的祈祷和思念。

姜半夏悄无声息地走过来，从背后抱住艾瑞斯。她一点点跪坐下来，手臂紧紧地圈在他的小腹上，将脸庞埋在他的颈窝里，说："艾瑞斯，我们结婚吧！在圣母像前面宣誓结为夫妻!"艾瑞斯忽然觉得自己被一阵幸福的眩晕席卷，他的手指紧紧绞着，心脏因为狂喜而躁动不安，一层异样的红晕渲染了他略显青白的面容。

艾瑞斯冷静了会儿，他的手紧紧地攥着姜半夏的手。他眼含热泪，将她的手拉到自己的胸口，然后举起自己的右手手掌，说："姜半夏，你才是我真正的女神。我要在你和圣母像面前发誓：我，艾瑞斯，一定会郑重地向你求婚，不是在这荒无人烟的大漠，而是在你最热爱的祖国。你的至亲好友将环绕在你身旁，我会为你建造一个梦想中的家园。在那里安顿我们的生活、实现你的理想，让你的灵魂可以栖息。你是我的神迹、我的福祉、我生命的源泉和命运的终点，我爱你！"姜半夏抚摸着艾瑞斯胸口上尚未痊愈的伤口，她的手臂上的伤口也在隐隐作痛。她的心里泛起一种血脉相连的甜蜜痛楚，两个人的命运因为重生而结合，又因为结合而重生。

芮芮略带惊慌的声音忽然响起："好像有人要进来。"随着越来越近的脚步声，艾瑞斯熄灭了蜡烛，将姜半夏和芮芮拉到身后，躲在角落里。不一会儿，一队土著人在首领的带领下举着火把走了进来。火光里，他们的面容神圣而严肃，妇女们带着小孩跟在后面，没有人发出一点声音。土著人的首领走到圣母像面前，做出一个奇怪的手势，一位腼腆的少女提着酒袋走上前，斟了一杯酒双手奉上。首领低声吟唱着古老的歌曲，将酒绕着圣母像洒了一圈，将自己头冠上的翎毛摘下一根放在圣母像的脚下。首领转过身，又将一个小男孩召唤到自己身前，俯下身嘱咐了一句。那个孩子点了点头，蹦蹦跳跳地跑过来，一手牵着艾瑞斯，一手牵着姜半夏，将他们拽到首领面前。

芮芮低垂着脑袋，跟在艾瑞斯和姜半夏身后，有些惊恐地缩着肩膀。她小声地嘟囔着："他们是不是要吃了我们？还是要把我们杀掉祭祀？"艾瑞斯忽然笑着牵姜半夏的手，说："这个小帅哥我们认识。"姜半夏望着小男孩纯真的双眼，也笑着对芮芮说："别怕，他们是我们的老朋友，不会伤害你的，最多是讨你过去当夫人呢！”

芮芮听出了姜半夏嗓音里的轻松，她故意目不转睛地端详着首领，假装失望地叹了口气，说：“我要嫁给一位真正的王子，这位先生好像连裤子都买不起的！”那位首领听不懂他们的对话，只是神色威仪地望着他们，忽然微微一笑，抑扬顿挫地说了一大段话。艾瑞斯茫然地摇了摇头，问姜半夏：“你猜他在说什么？”姜半夏无奈地笑了笑，说：“我怎么猜得到，但是我可以感觉到他们的善意。”

那位首领忽然绕过他们，往圣母像身后走去，伸出手掌盖在灰白的石壁上。随着一声沉闷的响声，那石壁的一侧忽然露出一条缝隙。首领将三根指头扣进缝隙旁的小孔，只听“吧嗒”一声，随着滑索的声音，石壁缓缓向后退去。一个一人多宽的石洞完整地露了出来，隐隐可以看见向下的石阶。艾瑞斯三人瞠目结舌地望着眼前发生的一切，芮芮害怕地捂着眼睛，透过指缝好奇地张望着，依偎在姜半夏身后说：“下面是什么？他们的密室吗？”姜半夏安抚地拍了拍她的手臂，说：“应该不完全是，我觉得有可能是他们的圣殿。”艾瑞斯望着深不可测的洞穴，若有所思地点了点头。

首领挥了挥手，带领着他的族人有条不紊地沿着石阶往下走。那个小男孩紧紧地牵着姜半夏和艾瑞斯跟在后面，芮芮犹豫不决地蹭着脚步东张西望。艾瑞斯回头笑了笑，说：“芮芮不用怕，我有预感，我们可能会见到让人难忘的场景。”火把的光芒一点点拉伸着脚下的石阶，这条向下的道路似乎没有尽头。芮芮越走越绝望，向后一看，只见无边无际的黑暗弥漫在身后，吓得她赶紧抓住姜半夏。在脚步声的回响中，渐渐掺杂着另一种微妙的声音，艾瑞斯悄声说：“听！”姜半夏静静地听了一会儿，小声说：“是水声，下面可能有条暗河。”芮芮一听，气得差点瘫坐在地上，小声地嘟囔：“这分明是地狱，还圣殿呢！”

随着水声越来越响亮，艾瑞斯三人只觉得越往下越潮湿寒冷，浑身的毛孔仿佛都在战栗。忽然，首领停下了脚步，族人们高举着火把，敬畏地站成一排。姜半夏透过人群的缝隙，望着首领前面一簇一簇闪亮的光波，奇妙地飘动着。她忽然醒悟过来，说："是暗河！你们看，那些是火把的倒影，是活水，还有浪呢！"

艾瑞斯沉静地说："没错，不过不只是暗河，还有独木舟。"芮芮好奇地挤过人群，凑到前面，果然看见一艘艘轻巧的独木舟相互牵引着，被系在河边突起的钟乳石上。首领一个人跳上了第一艘独木舟，其他的族人三个一组纷纷跳上后面的独木舟。那个小男孩把艾瑞斯三个人带到船上，自己蹦蹦跳跳地回到母亲的身边，也上了一艘独木舟。

首领昂首挺胸地站在船头，一手握着权杖，一手撑着桨，引领着后面的独木舟顺着水势继续漂流。随着河道越来越宽敞，水声越来越沉闷，一个巨大的洞穴在火把的映照下缓缓显露出来。艾瑞斯揽着姜半夏的肩膀，惊叹地仰望着洞顶上此起彼伏的钟乳石。那些钟乳石里夹杂着花束似的水晶柱和蔚蓝色的宝石，还有一些金光闪闪的矿石，在火把的照耀下散发着静谧璀璨的光芒，仿佛幽暗辽远的星空。独木舟在湍急的河水里穿梭，那些巨大的石群时而锋利、时而厚重，不断地擦身而过，吓得芮芮东倒西歪、惊呼不断。姜半夏伸出手，温柔地触碰着那些冰凉的石群和刺骨的河水，发出梦呓般的赞美："我觉得我们似乎来到了另一个世界，一个时间停滞的空间，这里只有永恒。"

暗河漂流持续了太久，芮芮已经丧失了惊惶躲闪的意思。她靠在姜半夏的怀里昏昏入睡，丝毫感觉不到洞穴的壮美和神秘。艾瑞斯不断地轻吻着姜半夏的秀发和面颊，还有她微凉清香的手指。姜半夏时而沉默不语，时而轻声赞叹，她已经渐渐感觉到洞穴里的生灵在巧妙地回应着自己。她的手指依然残存着小鱼轻咬的酥麻和蝙蝠翅膀掠过头顶时留下的嗡声。忽然，独木舟放缓了速度，在头船的带领下渐渐靠岸。姜半夏弹了弹芮芮滑嫩的小脸蛋，芮芮迷迷糊糊地睁开眼睛，见人们正井然有序地跳下船。她揉了揉眼睛，困惑地问："咱们这是到了哪里?"

艾瑞斯将姜半夏抱下船，又伸手扶着芮芮跳下来，他望着远处首领隐没的地方，坚定地说："圣殿。"芮芮将信将疑地跟在后面往前走，走了一小会儿，就见前面灯火通明、豁然开朗，一种温暖的橘黄色充满了整座洞穴。艾瑞斯和姜半夏牵着手，屏着呼吸走进去。他们看见首领正仰头站在一个巨大的环形广场中心，而广场的四周是圆形的阶梯，涂着淡淡的玫瑰色和浅蓝色，仿佛一个巨大的凝固星云。姜半夏忽然惊喜地轻呼："快看，他的头顶，南十字星!"艾瑞斯抬起头，见高高的穹顶上方正巧有一个天然形成的天窗，闪亮的南十字星规整地嵌在其间，而十字架的中心正好对应着土著首领的位置。

艾瑞斯轻轻地叹息："我们都以为他们野蛮，可是看来他们很早就会测算天象了。"芮芮对南十字星没兴趣，她百无聊赖地抻着脖子东张西望，惊呼着说："快看，看墙上！那是什么?!"艾瑞斯和姜半夏随着芮芮的手指望过去，见四周圆形的阶梯上都画满了壁画，有的是狩猎图，有的是夸张的生殖器，有的只是简单的线条和点状图案，有的是被解剖的动物。那些壁画有的是白色的，有的是彩色的，有的上面还有烟熏火燎的痕迹。

姜半夏看了一会儿，忽然迟疑着说："我觉得这些画，不像是一个时代的，而且也未必是同一个种族的人遗留下来的。"艾瑞斯没有说话，他正跟着其他族人模仿着首领的样子缓慢地原地转圈，他转了一圈之后，推着姜半夏和芮芮说："你们慢慢地转圈，再看!"姜半夏拉着芮芮的手，缓缓地打转，一边转一边哽咽着惊叹："天呢！太美了，我看到了流动的画卷，看到了他们的历史！他们用这种方式记载着岁月的变迁!"芮芮晕头涨脑地转了一圈，她对那些仿佛活起来的画卷一点兴趣都没有。

她百无聊赖地噘着嘴巴，见那些族人正对着一个个长短不一的木筒祭拜。那些木筒被涂抹得色彩斑斓，每一株都像古老的树一样扭曲地直立着，高低不平、错落有致，白蚁啮蚀的痕迹遍布其中。那个土著首领端坐在南十字星的下面，抱着一棵怪异的空心木头吹奏起来，发出一种低沉的呜呜声，仿佛大地和天空的合唱。那些族人坐在地上吟唱着一种奇特的古老歌谣，往小孩子们的脸上涂抹着白漆。又过了一会儿，首领站起来，带领着族人跳起了别具韵味的原始舞蹈。那些小孩子大声呼喊着，跺着脚，挥舞着手臂，做出狩猎的姿势。

艾瑞斯和姜半夏对视了一眼，缓缓地说："你觉得这里的一切像什么？"姜半夏凝视着他紫罗兰色的眼睛，轻声说："像宇宙，我们仿佛置身地球之心，感知星系的变迁和天人的呼应。你不觉得很神奇吗？"艾瑞斯抚着姜半夏微凉的黑发，压抑着内心的激动，说："不仅是神奇，你看，南十字星就是天空上的十字架，象征着爱与救赎。巧妙地运用这种方式将天空、大地、水系结为一体，他们的先祖在这里对着崇高和永恒记载和祭祀，真的太让人钦佩了！"

姜半夏忽然想起小时候背诵的一段话，用汉语轻轻地说："斗为帝车，运于中央，临制四方，分阴阳，建四时，均五行，移节度，定诸记，皆系于斗。"芮芮凑过脑袋，好奇地问："你在念叨什么？"姜半夏微笑着，摇了摇头，说："没什么，我们的家乡没有南十字星，只有北斗七星。"

艾瑞斯若有所思地说："世界上有两件东西能够深深地震撼我们的心灵：一件是我们心中的道德标准，另一件是我们头顶上的灿烂星空。"芮芮见他们二人陶醉地对着幽暗的洞顶说话，觉得十分好笑，干脆跟在小孩子们的身后学他们跳舞。艾瑞斯和姜半夏手挽着手，缓缓地观摩着岩石上的壁画，低声絮语地讨论着，不时发出会心浅笑。

过了一会儿，土著人的首领再度吹响了那个古老的乐器。这一次那个乐器发出的声音仿佛天神降临、大地撼动一般壮美雄浑，让人心生敬畏；又仿佛骇浪滔天、暗涌低回一般险峻沉郁，让人毛骨悚然；而当土著首领的气息一转，声音又仿佛直抵幽冥、对话亡灵似的哀伤凄美，让人肝肠寸断。

艾瑞斯紧紧地抱住姜半夏，他只觉得自己的心跳和呼吸都被无数根绵密的丝线系着，随着音韵的起伏牵一发而动全身，时而喜悦，时而凝重。芮芮只觉得脚步越来越飘浮，不知不觉地，她的心底忽然被一股巨大的悲伤淹没。她绝不允许自己陷入这种愚蠢的情绪之中，芮芮绷紧了下颌骨，昂首挺胸地拽了拽胸衣，在心里大喊："我是没有畏惧的！我是不会难过的！我是不会被打败的！"

一种难以名状的怒火将她饱满的双颊烧得通红。姜半夏却仿佛重回火烧西什库的夜晚，又忽然辗转到战争时期登陆海岸的瞬间，最终停留到和父母遥遥相望的梦境中无法自拔。她饮泣着将脸庞埋在艾瑞斯的肩膀，那些灼热的空气、刺骨的海水和孤寂的星空层层叠叠地包裹着她，她只有牢牢地抓住艾瑞斯，才不会窒息。

忽然，那神秘的音乐戛然而止，一种尘世的温暖带着烟火气息泛了上来，在巨大的溶洞里蒸腾。岩画上面高大的巨人俯瞰着圆心中虔诚的人们，健硕的袋鼠图案像星宿一样翻卷。那个土著小男孩牵着少女的手一步一步地走向艾瑞斯，脸上浮现着与年龄不符的沉稳和庄重。少女走到他们三个人面前，递给他们一人一片阔大的树叶卷成的酒杯，然后将浅绿色的淡酒倒在酒杯里。

芮芮闻着淡酒里面略带苦杏仁的甜涩和浆草的清新气息，只觉得心痒难耐。她看见自己酒底沉睡着一颗褐色的坚果，便新奇地扒着艾瑞斯的胳膊去看，见里面一颗同样的坚果，上面似有虫蛀，浮在上面，旋转不定。她回过头又伸着脖子望向姜半夏的，见里面的坚果略带青皮，半浮半沉，心底只觉得自己运气最好，偷笑不已。

那个小男孩跑回去牵着首领的手，大步流星地走了过来。首领打了个手势，分别对着南十字星、地面和他们的脸孔弹了弹手指，面色凝重地直视着他们的眼睛。小男孩微笑着走过来，冲着他们做出喝酒的动作。艾瑞斯和姜半夏挽着手臂喝下酒，一种掺杂着苦涩和甜蜜、微酸和灼热的特殊味道让他们觉得头昏目眩、浑身酥软。芮芮见他们的脸上浮现出一种桃红色的喜悦，瞳孔因为迷醉而变得大大的，心里一漾，伸长了雪白的脖颈，将酒一口倒入嘴里。

首领面色平静地从艾瑞斯酒杯底部倒出坚果，用手碾碎，坚果壳里面滚出一股带着霉味的暗褐色烟尘，烟尘散尽又露出一个小小的坚果。首领难以置信地摊开手掌，那颗小小的坚果在他布满白色图案的手心里滚动。他意味深长地望着艾瑞斯，重重地点了点头，将那颗坚果放在正对南十字星的祭台上。首领走到姜半夏的面前，倒出她的坚果碾碎。坚果的碎壳里接连滚出三颗果仁，其中一颗饱满的，两颗干瘪的，果仁散发着淡淡的苦杏仁芬芳。首领怜悯地望着姜半夏，将那颗饱满的果仁放在她的手心里，微笑着打着手势让她吞下去。

芮芮紧张地吞咽着口水，手指不自觉地攥着自己的裙摆。她的头依然因为醉酒而昏昏沉沉，眼前只觉得金光一片，首领的脸仿佛梦境一般飘忽不定。首领反复地碾压着她的坚果，那个坚果微微渗出淡绿色的浆液，却没有破裂。她恍恍惚惚地傻笑着，只觉得首领的每一个动作都仿佛悬浮在半空。首领将一个涂满白色圈圈点点的树叶裹着坚果牢牢拴紧，用草绳挂在芮芮的脖子上。芮芮茫然地摩挲着胸前的简陋护身符，不知为什么，她缓慢地眨了眨眼睛，忽然微笑着淌出泪来。

随着一阵浓浓的倦意袭来，艾瑞斯三人忽然不自觉地缓缓伏下身去，相互交叠着睡熟了。姜半夏强撑着最后望了一眼，见首领在南十字星的光辉下张开双臂，仰头祈祷，而他的族人们围成一圈跪倒在地。那些树立在四周的、图腾似的树干里忽然一齐发出巨大的声响，仿佛有成千上万的亡魂在唱和。

饿醒的芮芮在昏暗的光线下张望了半天，才想起自己依然身处在地下洞穴里。她挣扎着想起身，才发现自己的胳膊已经被紧紧依偎着的艾瑞斯和姜半夏垫在身下，压得牢牢的。那些土著人都不见了，无数的蝙蝠倒挂在洞穴上方，黑压压的簇拥着璀璨的南十字星。万籁俱寂中，只有水流的回响和轻微的呼吸声证明着生命的存在。

她忽然觉得有些害怕，饥饿感啮咬着她的胃。她委屈地摇晃着艾瑞斯的手臂，小声嘟囔着："艾瑞斯，醒醒，你们醒醒，我害怕！"艾瑞斯在睡梦中忽然听见一个遥远的小女孩的声音，那个声音模糊不清，仿佛从水底泛上来的泡泡，在阳光下"啪"的一声就蒸发了。艾瑞斯正置身于一个特别的银色世界，冰雪覆盖着平原和丘陵。

一层一层的银色云彩从紫蓝色的高空阶梯般地延伸下来，硕大的地球清晰地落在遥远的地平线上。在银灰色的薄雾中，姜半夏的手穿越云层，划过地球投射的绛紫色阴影，温柔地伸向他。艾瑞斯在巨大的幸福中醒来，发现自己依然紧握着幸福：姜半夏的手在他的掌心里，像将绽未绽的兰花，洁白无瑕。

艾瑞斯见姜半夏睡得深沉，有些不忍心吵醒她，正犹豫着要将她背在背上，姜半夏的眼睛带着潋滟的波光，轻轻地睁开了。艾瑞斯在一瞬间读到姜半夏梦境里所有的倦怠与忧愁，他的心狠狠地一疼。他似乎刚刚从她的前半生跋山涉水而来，见证了所有的痛楚与希冀、孤独与迷茫。芮芮娇嫩的嗓音由于饥饿和酒精，略带沙哑，她有些不耐烦地说："咱们赶紧离开这里吧！这个鬼地方真吓人！"姜半夏伸出另一只手，牢牢地牵住芮芮白嫩的手臂，淡淡地笑着说："芮芮，咱们走吧！我们送你回去。"艾瑞斯和姜半夏缠绵地对视了一眼，淡淡地说："我们也该走了。"芮芮只觉得他们的话语里有一种特别的情愫，让人有些莫名的惆怅，虽然这种伤感很快就被她那饥肠辘辘的欲望所湮没。

回到小教堂的时候，艾瑞斯见姜半夏依依不舍地摩挲着圣母像，便轻声地问："我们带她一起走吧？"姜半夏向着土著圣殿的方向深深地望了一眼，微微一笑说："不了，让她留在这里吧！我们将永远有一段珍贵的记忆和部分交融的灵魂被封印在这片大漠。"姜半夏踮起脚尖，轻轻地吻上了艾瑞斯略带干涸的嘴唇，深情地说："她见证了我们在这里的相遇、相爱、相守，就让她继续守护我们共同的重生吧。"艾瑞斯听着姜半夏天籁似的话语，心里澎湃万分。他百般疼惜地抱紧姜半夏，浑身战栗着，仿佛风餐露宿太久的旅人，依偎着温暖光明的炉火。姜半夏闭上眼睛，聆听着艾瑞斯清晰的心跳，一下一下数着，就像听见命运之神笃定的脚步。

离开洞穴的一瞬间，真实的星空仿佛击碎的琉璃盏，洒下万千的旖旎华彩和一道风云涌动的银河。芮芮怔忪着望着浩瀚无垠的天幕，感觉到一丝凉意。她回过神来，手臂紧紧地攀上了姜半夏的肩膀，苦笑着问："你们是不是该走了？"艾瑞斯望着因为紧张而紧咬嘴唇的芮芮，嘴唇动了动，有些伤感地微笑着。芮芮充满了期待的大眼睛渐渐地蒙上了一层雾气，她迟缓地转过身，提着裙子大步流星地向前走，嘴里若无其事地哼着歌。姜半夏握紧了艾瑞斯的手，艾瑞斯的心跳声带着体温，从手腕里绵绵不绝地传过来，胜过世间最美妙的情话。

芮芮带着艾瑞斯和姜半夏回到小酒馆的后厨，帮他们两个人准备了一个大包裹，又陪着艾瑞斯和姜半夏回到了小作坊取东西。芮芮见东西准备得差不多了，一屁股坐到了操作台上，晃悠着双腿。她伸手捅了捅艾瑞斯，轻声地问："你不和他打个招呼？谁知道你以后还回不回来？他要是过几年死了怎么办？”艾瑞斯见姜半夏累得脸色发白、嘴唇微紫，心疼地拥在怀里。他正小心翼翼地扶着她的脑袋，让她倚靠着小睡一会儿，听见芮芮的话，只淡淡地回了一句：“我不会再见他的。我们走了之后，你自己要多加小心。别对任何人心慈手软，看好自己的钱，别和那些浑小子交朋友。”

芮芮听见艾瑞斯的话，只想着他再也不肯回来了，她的心里泛起一阵酸涩，指甲不知不觉嵌进了掌心，却还是嬉笑着说：“半夏，把你的住址写给我，我给你们写信，真怕永远也见不到你们了呢！”姜半夏昏昏沉沉地醒来，见芮芮拼命忍着泪水，小兔子似的耸着鼻子，眼睛微微发红，心里有些不忍。她找到一张纸、一支炭笔，在一面写上国内的地址，又在另一面上飞速地勾勒出三个人的面貌。

艾瑞斯见她拿笔有些吃力，便扶着她的手腕一齐下笔。芮芮凑过脑袋，见三个人栩栩如生地围坐在纸片上，忽然感动得落下泪来，洇湿了笔触下笑容满面的自己。姜半夏屏息凝神，握紧炭笔，用瘦金体写下自己的中文名字。艾瑞斯含情脉脉地在一旁偎依着留下花体字的名字，s的尾巴故意甜腻腻地连在夏字的收笔处。芮芮歪歪扭扭地大写着自己名字的每一个字母，又掏出胭脂盒，涂了厚厚一层，噘着嘴巴将唇印牢牢圈在三个人的名字上面。

忽然有人轻轻地敲了敲窗户，芮芮破涕为笑地抹了把脸蛋，推了推艾瑞斯，说：“去看看，是不是老杰克来了？他可真是个守信用的人！”艾瑞斯推开窗子，见一杆老式烟枪正杵在窗沿上，烟圈里一个枯黄的大胡子男人咧着嘴笑着说：“夫人，我回来接您了。”姜半夏的声音温润中带着一丝沙哑，不绝如缕地荡漾在熹微的晨曦中：“谢谢您，老杰克，我和艾瑞斯马上出来。”一只圆润粉白的小手一把捏住烟枪，娇滴滴、恶狠狠地说：“老杰克，给我带什么好东西了吗？”老杰克哈哈大笑着说：“芮芮小公主，一顶最最时髦的帽子算不算？”芮芮小半张粉嫩的鼓脸蛋迎了出来，嘴唇上的胭脂红艳欲滴："算！等你回来我请你喝一杯上好的威士忌怎么样？"

姜半夏和艾瑞斯整理好行李，才要上车，芮芮突然放开嗓子大声哭了起来。她扑到艾瑞斯怀里，揪着衣襟不松手，姜半夏在一旁怜惜地望着，也不催促。老杰克轻轻地咳嗽了一声，说："夫人把这个戴上吧，上次那位先生已经平安到车站了，他再三嘱咐我把这个还给您。"姜半夏见老杰克手里躺着自己的怀表，感触万分地眨了眨眼睛，手指轻颤地接了过来。姜半夏只觉得眼前氤氲一片，怀表里泛黄的小照片边缘已经模糊了，外祖父母嘴角噙笑地望向自己，似乎有着千言万语。姜半夏暗自捧着怀表饮泣，忽然觉得手里一轻。艾瑞斯趁着她慌神，温柔地拈起怀表的项链，为她戴在白皙纤长的脖颈上。

姜半夏见艾瑞斯俊美的脸颊上印着一个淡淡的唇印，一扭脸看见芮芮正翘着鼻子骄傲地望着她，一脸迎战的神情。她便干脆利落地搂紧艾瑞斯狠狠地亲了一下嘴唇，又抱着芮芮一左一右地亲了两下，她笑嘻嘻地拽着艾瑞斯麻利地登上马车，稳稳当当地坐着。艾瑞斯见姜半夏一双眼睛略带羞涩，便怜惜地吻了吻她的眼睑，将她放在自己的腿上枕着，用一只手轻柔地捋着她的秀发。

姜半夏在迷迷糊糊中见窗外的芮芮拼命地挥舞着华丽的羽毛帽子，那羽毛在淡紫色的烟霭之中摇摇曳曳，越来越小，最后消失不见。取而代之的是漫天飞舞的晨光，以及伴随着一轮红日升腾所抛下的万丈赤练。赭红色的连绵大漠和沉睡的青褐色山谷一点一点被唤醒，那依然沉睡的小镇在变幻莫测的阴影之间逐渐褪色，黯淡得仿佛一个虚无的梦境。艾瑞斯困得厉害，却睡不沉，他用心地摩挲着姜半夏纤细的手掌，断断续续地数着上面他缺失的过往。

姜半夏的拇指下方有一道微微泛红的阴影。她曾经不以为然地告诉艾瑞斯，那是童年时候火烧西什库，她为了逃出教堂，用手去拔已经烧红的木栓落下的疤痕。顺着这一道伤疤蜿蜒而上，艾瑞斯轻轻地抚摸着她食指指腹的薄茧，那是战争时期留下的烙印。姜半夏半睡半醒地动了一下，将艾瑞斯的手指裹在自己的掌心里，清幽的呼吸匀净地透过指缝呵到艾瑞斯的肌肤上，温暖芬芳仿如荒漠里的甘露。

艾瑞斯的手指触及姜半夏掌纹里略显扭曲的印迹，想起她曾经手揽粗糙的麻绳，一担一担驮运矿石，在大漠风沙的磨砺下倔强生存。他心疼地翻开她的手掌，温柔地吻了又吻。窗外老杰克的口哨声断断续续，夹杂着低声的咒骂："那些脏鬼竟然在白天出没了，就该把那些该死的围栏修得更远一些！"艾瑞斯抬眼望去，煦日浸染的赤色大地上飘浮着白云硕大的阴影，那些熔融的浓艳色块堆砌的起伏山峦在时间的针脚下缓缓地挪动着。

在山谷和灌木丛所勾勒出来的深色笔触凝滞旋转的紫褐色区域里，依稀可以看见一个个安静的土著人正伫立着，在即将消逝的土狗吠叫声中响起低沉的声音，仿佛大地和天空在每一个昼夜别离时分的呜咽。艾瑞斯的心里忽然升腾起一种眷恋的钝痛：那些在大漠里燃烧和打磨的漫漫长日，那些冷漠而又真挚的小镇居民，都伴随着那歪歪扭扭、摇摇欲坠的绵长围栏远去。广袤荒芜的烈焰大漠，无穷无尽的湛蓝云天，面目狰狞的巨蜥，热浪翻卷的浑浊空气和厚重如移动城池的黄沙，是的，正如姜半夏所说的，这里埋藏着他们共同的一小片灵魂。

伴随着一阵颠簸，睡梦中的姜半夏微微地蹙了蹙眉，迸起的沙砾随着漫天的红雾击打着车窗。姜半夏本能地抬起胳膊挡在额前，眼睛疲惫地紧闭着，睫毛轻颤着仿佛蝴蝶翕动的翅膀。艾瑞斯见她滑落的袖口里露出雪白纤弱的手臂和上面一道道愈合的伤痕，心里一震，捂着脸悄无声息地流下泪来。他忽然想起童年时候和牧师的对话，他仰着脸望着敲钟的神父，困惑地问："男人应该怎么样爱一个女人？"

牧师蹲下身子，直视着他的眼睛，说："像一个真正的男人那样，去爱惜她的身体，呵护她的梦想，陪同她的生活，保护她的生命。必要的时候，你要为了捍卫她而牺牲你所热爱的一切。让她代替你、成为你的灵魂，融合你的梦想，与她密不可分，合为一体。爱是勇敢坚韧、温柔恒久；爱是忍耐宽容、信赖慈悲。当一个真正的男人爱上一个女人，那个女人将变成一个真正的女人。"

艾瑞斯想起在他昏迷不醒的时候，他耳畔轻柔和缓的涓流声。姜半夏的鲜血仿佛荒漠甘泉，一点一滴地唤回了他即将远去的灵魂。"当一个真正的男人爱上一个真正的女人，人们的原罪被爱所救赎，生命即将延续，世世代代。"艾瑞斯低语着牧师最后的话语，在姜半夏睁开的双眼里看见虔诚的自己。

姜半夏和艾瑞斯两个人时而相拥而眠，时而窃窃私语。不知不觉间道路两侧的赭石色大漠越来越平坦，沙砾夹杂着低矮的棕绿色灌木丛棋子一般均匀地分布在趋于平整的荒漠上。偶尔会有刀斧劈砍般的平顶巨石突兀地盘踞在沿途，孤鹰在稀薄的淡蓝天际盘旋。在车辙翻开的干燥土路上，滚烫的空气中经常"轰"地扑起一团纠缠的果蝇。姜半夏一面轻抚着艾瑞斯的面庞，一面嗓子里无意识地哼着校园里的小曲儿。一转眼她就见灌木丛一闪，露出来一大片轻盈的粉，水光潋滟。

大烟枪老杰克的声音悠悠地飘来："盐湖，漂亮吧！可惜不能靠得太近，一股盐卤味儿，伤人！"艾瑞斯被老杰克的声音惊醒，透过单薄的布料，他可以清晰地感觉到姜半夏滑腻温软的大腿。他深深地嗅了嗅属于姜半夏的幽香，将那只温柔的手牵到嘴唇前面，落下绵密的碎吻。

窗外胭脂般诱人的盐湖静谧地镶嵌在干涸的荒漠上，晶莹闪亮，远处火车铁轨的身影无声地切割着蓝天与红岩之间模糊的边界。姜半夏的声音带着一丝按捺不住的欣喜："艾瑞斯，我们快到车站了。”老杰克咳嗽了几声，欢笑着说：“好孩子们，我们的旅途马上就要到达终点了！多看一眼这多情的土地吧，你们再也见不到比这里更狂野荒蛮的地方了！”

艾瑞斯见姜半夏因为天气闷热和身体虚弱，额前发丝渗出一层薄汗，怜惜地伸手拂去。他见她虽然疲惫不堪、未曾梳洗，却依然眉目如初、笑容恬静，心里又是一动，温声软语地说：“你真美，我永远也不会见到比你更美丽的人。这一生有你，我便什么遗憾也没有了。”姜半夏望着越来越近的铁轨和影影绰绰的简陋车站，忽然觉得有些心慌，她已经太久没有收到家里的来信了。艾瑞斯爱不释手地绕着姜半夏的一缕秀发，他的心底涌起一种异样的温暖。他离她的故国和家园越来越近了，那里有她的童年时光和少女时代，那里是她魂牵梦绕的源泉。

一直到坐上渡轮，听见刺耳的汽笛声，姜半夏才从浑浑噩噩恍若做梦的感觉中彻底苏醒。她忽然又想起当年离开大沽口时，人们纷纷抛下帽子惜别的悲壮景象，那被帽子覆盖的近海微微荡漾着，仿佛盛满了抛头颅洒热血的壮怀之情。艾瑞斯和姜半夏在甲板上携手而立，感受着微咸寒湿的海风吹拂，见那青可见底的碧水渐渐远逝，在驶过一道两股暗流相撞所形成的暗蓝分界线之后，便只剩下靛蓝澎湃的汪洋了。那些投箭似的海鸟所簇拥而成的白浪也渐渐稀疏了，岛屿般广阔黝黑的座头鲸忽然从船头掠起一个坚实的脊背，喷出壮观的水柱，引得甲板上的人们一阵惊叫。

姜半夏沉默着，回想起太多过往：她想着那些稍纵即逝的年轻生命，被历史的浪潮轻易地冲刷殆尽；也想着自己那些曾经笃定坚信的理想和信念，以及年少轻狂时候的誓言；最难启齿的，则是曾经深爱的、许诺相伴终身的人，也已经遗落在旧时光里，不见踪影。艾瑞斯见随着浪花从船舷两侧迸溅过来，一条银白色狭长的鱼扑向姜半夏的脸颊，他抱住姜半夏伸手一挡，小鱼便落在甲板上拼命扑腾。姜半夏依然沉浸在漫长的追忆之中，转过脸来认真地盯着艾瑞斯，说：“生命的意义到底是什么呢？”

艾瑞斯捧起小鱼抛回海里，望着永不停歇的浪潮和漫无止境的海洋，想了许久，将一个轻柔的吻落在了姜半夏晒得通红的面颊上面，说：“这是个残酷的世界，半夏，所有的生命和漫长的历史比起来，都太仓促了。我现在就在想，我们和这大海里面的小鱼有什么区别呢？一样地渺小、脆弱，为了生存而努力不懈，为了食物而相互厮杀，为了哺育后代而千辛万苦，却随时有可能因为一个小小的意外，而将性命交付到未知手里，听凭命运的喜恶而决定生杀。”姜半夏的手温柔地覆盖在艾瑞斯的手背上，在一瞬间，艾瑞斯沉沦在她洞察一切却依然温柔平和的眼神里。

姜半夏柔软的酥胸微微随着海浪起伏，艾瑞斯将她紧紧揽在自己的怀里，叹息了一声，说：“半夏，我想我生命的意义就是你，我是一个曾经死过一次的人。那些曾经愿意用生命捍卫的东西，譬如信仰，譬如真理，都微不足道。可是你在我灵魂漂泊在异世的时候，从地狱把我拉回来，就像无穷黑暗里刺破极夜的一道曙光。现在我每一毫米的肉体和每一分钟的生命，都是你重新赋予我的，我属于你，你是我生命中最有价值和意义的存在。”

姜半夏泪流满面地抱紧了艾瑞斯，两个人静静相拥了一会儿，她双手捧着艾瑞斯的脸，一字一句认真地说：“艾瑞斯，我为你做的，是因为我遵从了我的内心。我需要你，每时每刻。但是你的生命不是我赋予的，你从未放弃过宝贵的生命，恰恰相反，你用第一次生命拯救了别人卑微的性命。如果说，这是你第二次生命，艾瑞斯，我希望你赋予它更多的分量和意义。我希望你沉浸在爱里并慷慨地给予爱，保护自己并保护我，更要保护良知和真理。你已经创造了一次生命的奇迹，艾瑞斯，这个世界给予了你两次门票，我不值得其中任何一张。我只是有幸可以在一段崭新的旅途中陪伴你，长久地追随这个世界失落的光明，我们应该致力于打造一个属于新世界的创世纪。”

艾瑞斯凝神静静地聆听着姜半夏的话语，他紫罗兰一样美丽的眼睛因为激动而变得闪亮。艾瑞斯抚摸着姜半夏裸露在外的细嫩手臂，那些细碎的疤痕仿佛凝固的涓流，湿润了他的眼睛。姜半夏毫不在意地瞥了一眼，她的心底重新焕发了一种生机，想迫不及待地分享给艾瑞斯：“艾瑞斯，你想过一个更加美好的世界，应该是什么样的吗？我们应该拯救更多的无辜生命，让更多的孩子可以吃饱穿暖、受到教育，国与国之间应该友好合作、和睦相处，人们更关注科技和文化，而不是利益和娱乐，全人类应该有对未来的共同规划，并且付诸行动。我一直在想，怎么才能逐渐缩小人与人之间、国与国之间的差距，但是却让大家心甘情愿地接受差异呢？”

艾瑞斯有些震惊地望着美丽纤弱的姜半夏，她身上所迸发出来的力量使得背后的万丈阳光都黯淡了。他伸出双臂环住姜半夏，将下巴抵在她晒得发烫的秀发上，喃喃地说：“这是你向往的新世界，对吗？半夏，我答应你，我用我完整的第二次生命交给你一份特殊的答卷：我将陪伴你一起教育更多的孩子，救助更多需要帮助的人们；我将保护你和你的亲人，捍卫你的故乡和国家；我将和你一起学习文化和科技，研究制度和法律；我将和你在一起结识更多的有识之士，逐渐打破地域与种族的界限，为我们的下一代和无数人的下下一代，用共同的理念和准绳，构建一个更为光明宽容的世界。半夏，人生不过百年，我们和这大海里面的小鱼是一样的，就是以微小的生命，孕育和守护更庞大的生命群。半夏，我爱你。一个民族有一群仰望星空的人，这个民族才有希望。”

姜半夏奖励地吻了吻艾瑞斯微微肿胀的嘴唇，说：“既然我们已经踏上这条道路，那么，任何东西都不应妨碍我们沿着这条路走下去。”艾瑞斯一把抱起她，扛在肩上，低声说道：“我们两个人太势单力薄了，半夏，我们应该先为新世界养育出一群出类拔萃的少年。咱们不应该把时间浪费在冥想之中，让我们身体力行地实现人类的一小步吧！半夏，你说我们应该生几个男孩、几个女孩？我只希望他们每一个都像你一样美丽、聪慧、有志气！”姜半夏见甲板上的人哄笑着望过来，羞怯地把脸牢牢地埋在艾瑞斯的肩膀上，一时之间不知道说什么好，恨恨地轻咬了一口。

艾瑞斯迎着众人艳羡的目光，往舱门里走，还不忘用手护着姜半夏的头。艾瑞斯见她半晌没出声，有些心怯，悄声地问："怎么，你不喜欢？”姜半夏微微仰起脸，目光流转，一丝笑意从唇角溢出来。她在艾瑞斯莹白的侧脸上小啄了一下，说："荣幸之至！"一时间，艾瑞斯大理石般光洁的面颊仿佛被朝霞映照的神殿，温暖而瑰丽。两个人穿过大厅，忽然听见一段忽而湍急高亢，忽而隐忍低回的钢琴曲。琴声飘落在空旷的海面上，引起荡气回肠的波涛击打声。伴随着叹息般的尾声，艾瑞斯忍不住回头瞥了一眼，见一位头发灰白、单薄瘦削的老者正背对着弹琴。一位老妇人扶着琴盖站在一旁，正柔情似水地凝视着他。

艾瑞斯听了一会儿，肃然起敬地说："弹得真好！我从没听过如此美妙的钢琴声！"姜半夏痴痴地聆听着，那钢琴声仿佛一个睿智的老者在娓娓倾诉。倾诉一段山河破碎的哀恸时局，和激越的峥嵘岁月，以及千千万万的热血青年踏上征程，走向漫长的革命道路。姜半夏躺在床上，衣衫尽褪，胸乳之间春光荡漾，依然听着琴声隐现，撩动心弦，不禁低语："艾瑞斯，你说，Revolutionary，到底是什么意思？是该革谁的命呢？”艾瑞斯此刻只觉得眼前白雪未融、红梅乍现，忽然想起姜半夏曾教过的半句中文诗，“芳草萋萋鹦鹉洲”，不由埋首烟波里。那琴声时断时续，姜半夏身姿如美玉雕琢的大提琴，随着一拨一弄发出和弦一样曼妙的轻吟。

艾瑞斯在一声深长的叹息中，彻底融化在姜半夏的神秘园深处。他见姜半夏修长的脖颈下红晕星星点点，格外娇柔妩媚。姜半夏静静地卧在艾瑞斯身下，婉转缠绵，丝丝缕缕的阳光从窗帘缝隙里漏下来，匀净地洒在她的身上，将她每一处曲线和暗影都镶上金边，仿佛昼与夜更替时候曙光衔接的天色。寂静与喧嚣、空灵与丰盈、冷峻与温煦。姜半夏娇弱无力地扯过被子盖在艾瑞斯汗津津的脊背上，略带沙哑地说："Revolutionary，到底是什么意思呢？"

艾瑞斯有些懊恼地捻着她微肿的乳尖，略带责备地说："怎么这么不专心?！革命，希望不只是去革掉别人的性命吧。这样激进的杀戮，怎么可以换来永久的和平？革命，应该是万众一心，致力于变革改变命运。譬如通过新的秩序和制度，来相对温和与恒久地改变时运国运。"姜半夏心里一暖，不由动了几动，艾瑞斯面色红艳欲滴地说："不许淘气，怎么又来咬我?"姜半夏神色清明，有些惊讶地说："我没咬你。"艾瑞斯俯下身深深地吻了吻她香软的嘴唇，将破碎的音节舔在舌尖上递进去，说："不是这里咬的。"姜半夏眼睛里一片旖旎，呢喃着说："Revolutionary，one more time。"将交叠在艾瑞斯腰间的手臂拢紧了。

两个人肉体痴缠地酣睡了许久，直挨到黄昏时候才勉强起来，强打起精神去餐厅吃饭。他们看见那对老人相互搀扶着走进来，坐在他们斜前面的桌子上。姜半夏见他们伉俪虽然年事已高，却都穿戴得十分齐整，满头华发一丝不苟地梳着。那位老先生颤颤巍巍为夫人拉开椅子，斟上水，将桌签上的玫瑰摘下来递给她，方才轻轻落座。

那位老夫人淡施脂粉，鼻子上架着一副银白色的眼镜，身姿挺直地微笑着，十分地文雅谦和。她见姜半夏羡慕地望过来，便友善地点头致意。姜半夏平生除了自己的外祖母，再也没有见过如此优雅端严的老人，心里不由生出几分敬意，轻声对艾瑞斯说："他们的风度气派真是太好了！我们老了若是也能这样，就心满意足了!"

艾瑞斯见侍应生只给老夫妇上了两小罐罗宋汤和一篮子面包，便再也没有动静。他们二人却斯斯文文地吃着，盘子外一丁点的面包碎屑都没有，仔细地望过去，会发现二人的衣服虽然体面，却已经浆洗得有些褪色了。姜半夏和艾瑞斯吃得清淡，两个人兴致颇高地絮絮低语着，满心满眼都还是方才浓艳激荡的风流气象。直到琴声涟漪似的一圈圈荡漾开来，艾瑞斯才惊觉那位老先生又坐到了琴凳上。

艾瑞斯这次刚刚吃饱，心里也再无其他遐想，便专心致志地握着姜半夏的手听钢琴曲。艾瑞斯这次听得入神，那琴声丝丝入扣地流淌着，偶尔有些极轻微的滞。他狐疑地微皱着眉头，又听了一会儿，还是觉得有些不对，琴声精妙绝伦，却总在某一个音节处滞留些许。

艾瑞斯在姜半夏的耳畔轻轻地说了几句，姜半夏浅笑着来到老夫人的身旁，轻声细语地说："抱歉，夫人，这架钢琴音色不太准，我先生想在方便的时候调一下。"那位老夫人眼睛里闪过一丝感激，微笑着点头在老先生的身后轻轻地说了一句话。那位老先生含笑起身，微微欠身给艾瑞斯让座。艾瑞斯欠了欠身，一本正经地坐在琴凳上调琴。过了一会儿，艾瑞斯诚恳地站起来，微笑着对老先生说："先生，很抱歉，这架琴的小问题我暂时解决不了。您的琴技精湛，不知我是否有幸可以和您合奏一曲？"

那位老先生操着一口纯正的伦敦腔，笑得格外和蔼可亲，说："也是我的荣幸！这位小先生想弹奏什么曲目？"艾瑞斯深情款款地望了一眼一旁凝视着他的姜半夏，温和地说："您演奏的肖邦的《革命练习曲》，实在是太令人赞叹了！我正好和您讨教讨教。"老先生也不再赘言，和艾瑞斯四手联弹了一曲，艾瑞斯巧妙地补了老先生滞涩的地方，将一首名曲弹得珠联璧合、满室生辉。老夫人和姜半夏并肩站着，眼睛有些湿润，她望着老先生略带畸形的无名指，靠近姜半夏轻轻地说："非常感谢你和你的先生，他的手指已经无法像以前那样弹琴了。谢谢你们照顾了一个老人家的尊严。"

艾瑞斯回到了姜半夏的身边，冲着老夫人友好地笑了笑，那位老先生步履蹒跚地走过来，微笑着问："你的英语说得很不错，但是听口音好像是……？"艾瑞斯面色一僵，手指不自觉地抽搐了下，他淡淡地说："我是德国人。"姜半夏有些紧张，她已经听出来这对老夫妻是正统的英国人。那位老先生忽然露出孩子气的笑容，挽着自己太太的手臂，有些兴奋地说："三'B'的故乡，怪不得你的钢琴弹得这么好！"老夫人只是微笑地凝视着艾瑞斯，紧紧地握住了他垂在一旁的苍白手掌，说："这些年来，你一定过得很辛苦吧！难为你了！不过你找到了一位难得的好姑娘！"

艾瑞斯感恩地望着两位善良睿智的老人，心里一时感慨万千，只觉得喉头哽咽。姜半夏紧紧地依靠在他的身旁，还没来得及说话，那位老先生又将视线落在了她的身上，说："这位年轻的女士风度不凡，一定是从亚洲最大的国度来的。"姜半夏想起百年来国事蜩螗、民生多艰，国人在异乡大多备受欺凌虐杀，一时间也说不出话来。那位老夫人轻轻地抱住她，认真地说："你们拥有这个世界上最璀璨的文明，应该为此感到骄傲！我在你的身上已经看到了这种令人目眩的光彩，不要怕，孩子们，这个世界上的公平虽然会迟到，但是罪恶永远不会持久！"

姜半夏被老夫人温暖的话语感动得几乎落下泪来，她紧紧地咬着嘴唇，在老夫人带着安详的怀抱里不断地眨着眼睛。老夫人轻轻地抚摸着姜半夏隆起的小腹，欣喜地问："起名字了吗？"姜半夏羞涩地摇了摇头，艾瑞斯在一旁骄傲地挽着她，将她落在肩头的发丝温柔地撩到耳后。老夫人缓缓地蹲下身子，对着姜半夏的肚子说道："小天使，你是明天，是希望，是爱的化身！你是天父的意愿，落在地上的种子。我为你祈祷，崭新的生命将会迎来崭新的世界！"

老先生从怀里抽出一块丝巾，递给姜半夏，面色凝重地直视着艾瑞斯，说：“我们是传教士，这次的任务是前往中国，去一个饱受摧残的地方——东北，去帮助那些沦陷在日俄两国手里的苦难百姓。”“太多无辜的人被屠杀了！我们要去帮助旅顺的人民摆脱战火与贫困，从苦难中得到救助和希望！这些屠杀，是人类的耻辱！”老夫人一面激动地说着，一面抹着眼泪，她那双温良的眼睛盛满了哀伤与痛心。

姜半夏提议到甲板上散散步，她和老妇人挽着手臂，艾瑞斯搀着老先生，四个人一起在落日的余晖里清谈。老夫人的手温柔地覆在老先生布满老年斑的手背上，老先生戴着戒指的手指畸形得让人心颤。仿佛是注意到了姜半夏忧伤的目光，老夫人淡淡一笑，望着微风轻拂的平静海面，说：“索罗门已经很幸运了，士兵想抓走那些孩子，索罗门和我是不会允许的。他们就碾碎了他踩踏板的脚，又掰断了他弹琴的手指，才掰断了一根，我就扑了上去……”

老先生用充满爱意的目光望着老夫人，仿佛她依旧光艳照人，他轻轻地吻了吻老夫人的额头，说：“是黛尔冲过来救了我，还有那群勇敢的孩子。我们被驱赶到了教堂里，士兵想让我们在主的面前跪下忏悔，然后再拉到外面枪决。黛尔的头发被铰掉了，所有人的随身物品都被丢在一个大袋子里。我们的戒指也被他们摘走了，好在没有什么年轻的姑娘。没有人哭泣，黛尔带领着孩子们唱起了赞歌，有年轻的士兵心软，被踹在地上抵着后脑枪毙了。”

老夫人有些腼腆地回望着老先生，她手上的戒指在橙色的晚霞映衬下焕发着温暖的光芒，她的头倚着老先生略显佝偻的肩膀，说：“我们的运气真好！还好我们的士兵赶到了！我一直记得那个大袋子，我们所有人的东西装进去，都只装满了半个口袋，气得敌方军官的脸都绿了！”老先生顽皮地挤了挤眼睛，说：“是呀，贫穷多么宝贵，可以让敌人气得咬牙切齿。”老夫人笑出了眼泪，她摘下眼镜，用一双海水一样幽深静谧的蓝眼睛慈爱地望着艾瑞斯，问：“你的手也受过伤，是吗？”

艾瑞斯大大方方地将手伸过来，露出尾指旁惨白枯萎的伤疤，微笑着说：“我以前是六指，我的母亲帮我去掉了，她不希望我和别的孩子不一样。”那位老先生痛惜地摩挲着艾瑞斯的伤疤，有些遗憾地说：“我的孩子，那是主的馈赠，你曾经拥有一双最适合弹钢琴的手！”艾瑞斯淡淡一笑，说：“是我的母亲把馈赠还给了主，没有了天赋我依然可以努力。我现在发现了太多值得为之付出的东西，他们每一样，都比天赋更宝贵！”姜半夏紧紧地握着艾瑞斯的手，耳语道：“你最宝贵！”艾瑞斯微笑着回吻着她。

老夫人惆怅地望着海面下庞大的沙丁鱼群，自言自语：“可惜了那座教堂，已经有五百多年的历史了！”姜半夏疑惑地问：“那座教堂怎么了？”铺在海面的红霞收拢了最后一缕霓裳，夕阳火红的身体彻底地投入了冰冷的海水之中。老先生怜惜地望着单薄的黛尔，为她披上了披肩，淡漠地说：“那些敌人的士兵躲进了教堂里，后来我们的士兵烧掉了它。”艾瑞斯敞开外套将姜半夏紧紧裹在了怀里，四个人望着蓝灰色大海，一时间陷入了沉默。沙丁鱼群的巨大阴影被大鱼的身影冲散，仿佛突然之间化为了一堆齑粉，随着海浪的泡沫消逝。

艾瑞斯和姜半夏邀请两位老人在余下的行程中，和他们一起共进午餐和晚餐。在余下的行程中，两对人隔着半个世纪的兴衰成败，依然因为共同经历的辗转流离而相谈甚欢。在临别的时候，老先生将一张中国地图郑重地交给了艾瑞斯，上面标记着国际教会在不同城市的位置，以及联络人的联系方式。老先生紧紧地拥抱着艾瑞斯，在他耳边轻声地说：“去播种吧！像蒲公英一样！把爱和希望作为信仰传播下去！我祝福你们！”

第三部　伪满潜伏者

1926年3月，中国北平。

姜半夏疲惫地半靠在艾瑞斯身上，黄包车颤悠悠地穿过时而幽深、时而逼仄的胡同，一阵阵市井的气味，随着一点点温凉的风拂面而逝。艾瑞斯有些拘谨，甚至还有些不安，他不习惯让人像驴马一样驮着。而窄巷子两侧那些凉薄木讷的目光更让他觉得羞耻。他只好紧紧地贴着姜半夏的裙摆握她的手。她不错眼珠地观望着周遭的一切，脸上那一层欣喜的微光逐渐地黯淡了。随着一点点靠近故宅，姜半夏的手变得越来越冰凉。艾瑞斯只觉得她的掌心里满是冷汗，心知她近乡情怯，便将她搂在怀里，轻声安抚。

姜半夏声音有些颤抖地说："不远了，咱们这里下车吧，你陪我散散步。"她怜惜人力车师傅生活艰辛，知道他们信不过流通的纸币，便特意掏出一些碎银子悄悄塞给他。那师傅见四处没人，方才小心翼翼地收了，耸着脖子千恩万谢地拉着车跑了。艾瑞斯挽着她，替她将裙摆顺了顺，让她偎依着，两个人慢悠悠地走。胡同一侧的窗子里本来探出小半张沟壑密布的脸来，此刻故意恨恨地哼了一嗓子，顺着泼出半盆子脏水，然后"啪"的一声，重重地合上了窗子。姜半夏躲闪不及，裙子下摆溅上了些，脸上却依然神色自若，大大方方地牵上了艾瑞斯的手。

才转到胡同口，就听见里面人声鼎沸，正要往里进，忽然见到一个半大不大的姑娘弯着腰愣头愣脑地跑过来。艾瑞斯护着挺着肚子的姜半夏，被那个壮实的姑娘撞了一个趔趄，见那姑娘怀里掉下一个大蓝布包裹，滚在地上发出器物破碎的闷响。那个姑娘顾不得艾瑞斯，蹲在地上抹着眼泪把包裹紧紧抱在怀里，起来接着跑，一边跑一边提防地回头张望。姜半夏觉得那个姑娘眉眼之间有些眼熟，却一时记不起来，还没来得及细细思量，又见一个头发灰白的老人家慌慌张张地跑过来。

那个老人家从姜半夏身旁跑过去，姜半夏好心提醒了一句："老人家，您慢一点！"那个灰白臃肿的背影忽然愣了一会儿，然后慢吞吞地转过来，满脸是泪地走回来，抖了抖身上破败的棉絮，蹒跚着要给姜半夏行礼。姜半夏先是见他因为铰发辫而留下的锃亮前额，又见他一抬脸露出半是凄苦、半是狂喜的面容，她忽然潸然泪下，一把扶住了哆嗦着嘴唇说不出话的老者，唤了一声："季伯！"

老者忽然站直了身子，抬手就给自己一个响亮的嘴巴，自责地说："我对不起老爷，家里让人占据了，留下的东西还让我自己个儿养的白眼狼给偷了！小姐这些年来，可辛苦您了！"姜半夏听了季伯的话，身子微微地晃了一下，强撑着安慰季伯，脸色却又苍白了几分。艾瑞斯见那老者腿脚似乎有些不便，便上前搀扶。季伯见艾瑞斯生得俊雅斯文，有些像老爷年轻时候，不禁悲从中来，抬起袖子抹着眼泪。

季伯望着姜半夏隆起的腹部，有些吃惊。他转了转眼珠，不好意思地往一旁看着。季伯长叹了一口气，引着姜半夏和艾瑞斯往旧府邸走，走到一半，就听见喧喧嚷嚷的人语沸腾。季伯急得直跳脚，连声喊着："糟糕！"顾不得礼数，拽着姜半夏和艾瑞斯就往前跑。只见府邸被人群围裹得严严实实，有个学生模样的少年从屋檐往下攀爬，拽着五色旗就往人群里跳。许多学生模样的挥舞着青天白日满地红的旗子，扯着白惨惨的标语喊着口号，正和堵着大门举着枪的北洋军队对峙。

忽然，门缝一闪，一个军官模样的年轻人往外传了张条子，就又关上了门。姜半夏从人群里挤过去，见大门的牌匾和两侧的对联早已经摘了去，还没来得及细看，就又被人潮挤到了一旁。人群里有人高亢地喊：“快去天安门！李大钊先生和徐校长都在示威大会呢！”有伶俐的就抄着棍棒推推搡搡地往天安门胡同跑，姜半夏被人群冲撞得头昏目眩，又被拖着的棍棒打了小腿，差点儿摔倒在地。大门忽然“唰”的一声开了，冲出了一群荷枪实弹的军人，撵着人潮一路追赶。

艾瑞斯一把抱住面若金纸的姜半夏，季伯嗫嚅着，没主意地原地打着转儿，期期艾艾地说：“您要是不嫌弃，要不先去我家里避避？城里正闹学生呢，这次动静太大，恐怕得出事儿！唉！都是我家对不住您，春芽儿那个死丫头，把老爷太太留下的东西偷了去卖，说是支援革命！她和我一样，大字不识的，懂什么是革命？”姜半夏捂着自己的肚子，扶着艾瑞斯静了一会儿，沉声说：“我想去看看，季伯您先回家里好好歇息。东西再贵重也不打紧的，人命要紧。您别责怪春芽儿，年轻人有理想是好事儿，但是要嘱咐她注意安全。我这里还有一些银两，您先拿去吧！”

季伯感动得膝盖一软，差点跪在地上。他连连摆手，又是作揖又是打拱的，只说：“您的钱我可万万不能要，这些年您在外面漂着，一准儿吃了不少苦！看您平平安安的，也不枉老奴日日夜夜地祷告。大少爷和二少爷都时常不短地派人接济，您别惦记着！老奴带着家里的，现在住在羊肉胡同，门前的石墩子少了一块，支了个早点铺子。您千万得来家里歇歇脚，豆娘总念叨您，知道您回来了，就得包素馅饺子候着！”姜半夏顾不得和季伯细聊，领着艾瑞斯脚不点地地往天安门赶。

赶到天安门的时候，广场上已经聚集了好几千人，乌压压地分成几大方阵，其中青年军人联合会和北京大学的队伍最为壮大。艾瑞斯从来没有见过如此壮观的场面，拽着姜半夏的胳膊悄声问："这是在做什么？"姜半夏含笑拍了拍他手臂，说："回去我慢慢讲给你。"艾瑞斯也不再多问，静静地望着晨光照耀的金色琉璃瓦和镀上金光的汉白玉石桥，以及朱红色城墙里绵延不绝的巍峨建筑群。他的心底泛起一种真切的敬畏，《马可·波罗游记》里那如梦如幻的皇家气派从他的旧梦里拖曳而出，凝结在澄澈的蓝天之下，艾瑞斯几乎被眼前的壮观景致感动得热泪盈眶。

许多北京民众从四面八方拥过来，学生们向民众散发着传单，忽然熙熙攘攘的人群安静了，有人交头接耳地说："徐校长没赶过来，临时决定让外交代表团的团书记王一飞先生主持。"姜半夏见身畔一张张洋溢着爱国之情的年轻面孔，心里感动万分。她抬眼四处张望，见人群如奔涌的浪潮，无边无际、声势浩大，将素日里空阔平坦的广场湮没得不留一丝缝隙。"先生说的什么？我听不清楚。"姜半夏身旁一个戴着眼镜的青年戳着挨着的年轻人问。"我也听不清楚。"那个年轻人跟着前面的队伍，振臂高呼："打倒帝国主义""驱逐八国公使"……

姜半夏拿着传单，见上面写着：

> 通电全国一致反对八国通牒，驱逐八国公使，废除一切不平等条约，撤退外国军舰，电告国民军为反对帝国主义侵略而战。

只觉得满腔热血已经沸腾，她纤细的身躯在初春的微风中摇曳，一种按捺不住的喜悦充斥着她的内心，她摇晃着艾瑞斯的胳膊，说："国家有救了！中国不会亡！"艾瑞斯见她的脸蛋冻得通红，怜惜地用手掌替她温着。忽然人群又是一阵躁动，有人在队伍里面喊："代表团动员大家上街游行！大家跟紧了！"

姜半夏和艾瑞斯手牵着手，跟着队伍挥舞着旗帜一面呐喊一面游行，一些人狐疑地打量着艾瑞斯，艾瑞斯友好地指着胸口说：“我爱中国！”不知不觉中，姜半夏和艾瑞斯跟着队伍徒步走了好几里路，一直走到了段祺瑞的政府国务院门口的空地上。游行的队伍忽然变得有些凝重，只见国务院的大门口布满了全副武装的卫队。一个青年领袖举着决议走上前，要求面交执政段祺瑞，被一个军官模样的人断然拒绝了，游行的人群顿时沸腾起来。姜半夏听见几声轻微的声响，知道卫兵们已经拉上了枪栓，焦急地大喊：“不好，要开枪了！大家快跑！”

姜半夏的话音刚落，只听尖锐的枪声在前面炸了开来，有人带着哭腔喊：“有几个女同学倒下去了！”“李大钊先生负伤了！”艾瑞斯抱紧了姜半夏，被裹挟在人群里，跌跌撞撞地往外跑。枪声和棒击声伴着惨叫声和痛骂声在身后此起彼伏，流弹砸在地上，跳了几跳，漫无章法地往人群里钻。跑到半路，突然又听见几声尖锐的枪响跟得近了，艾瑞斯将半夏推到街边的小巷子里，用身体掩护着她，又怕她受惊，上前替她捂着耳朵。接连又是一阵鞭炮似的枪声，几个头上裹着敢死队布条的年轻人跌跌撞撞地跑进了巷子里，嘴里嚷嚷着：“执政党杀人啦！”

姜半夏见其中一个年轻人背上还背着一个浑身是血的，便问：“伤在哪里了？我是医生，让我看看！”那个年轻人见艾瑞斯和姜半夏生得文弱，便放下戒备，愤愤地说：“青天白日地污蔑人，非说民众闹事儿，武力攻打政府要地！我同学被流弹打在了大腿上，失血太多，已经昏过去了！”姜半夏和艾瑞斯帮着把伤者抱下来靠墙放好，将伤口附近的布料撕开仔细地看，见子弹擦着大腿动脉斜扎进去，埋在里面，便稍微松了一口气。

她一面从衬裙里撕下一条，紧紧地勒在大腿根部，一面低声说：“我先给他止血，大动脉没事，别担心，赶紧送去医院！”她从行李里翻出医药箱，在伤口上撒了药粉，想了一下，又嘱咐说：“抄小道往教会医院送，我怕政府军搜查公立医院和私人医馆。”那个年轻人背起伤者，道了声谢，就要往巷子深处钻。姜半夏忽然拉住他的袖口，问：“方才到底有没有人先对卫队动手？”那个年轻人脸上青红不定，低声说：“看样子像是奉系的士兵混进来了，有几个人不听王先生的，拿着燃烧弹和棍棒……”他吞下后半截话，叹了一口气，转身离开了。

艾瑞斯和姜半夏胆战心惊地穿小巷绕胡同走了半晌，忽然又见浩浩荡荡的一群年轻人，举着标语，喊着口号，义愤填膺地往前走。姜半夏一把拽住一个圆脸短发的稚气少女，焦急地问：“这又是往哪里去?！铁狮子胡同那儿方才伤人了，你们不知道?”那个少女怒容满面地跟着众人喊了声口号：“拒绝八国通牒！拒绝做亡国奴！”她捋了捋额前的碎发，对姜半夏说：“段老贼竟敢杀人！我们是不怕死的！我们要去外交部继续抗议！”姜半夏皱着眉，未经思索便说：“未必是段总理，他是个清廉爱国的好官，或许是有人趁火打劫，制造内乱……”

她的话音刚落，几个年轻人发现了一头金发的艾瑞斯，一面破口大骂洋贼可恨，一面捡起地上的石头丢过来。那个少女怒视着姜半夏，大喊：“她替段贼说话！还和洋鬼子在一起！她肚子里还怀着洋鬼子的孽种！”姜半夏将艾瑞斯往巷子深处一塞，挥舞着手臂大喊：“同学们快回家去！政府军既然已经开过枪，就不会对你们手软！你们不要白白流血牺牲！”一个瘦小的少年从队伍里跳过来，狠命一推，将姜半夏推倒在地，嘴里骂骂咧咧地拽着短发少女走了。那个短发少女连连回头，目光似乎带着几分不忍。

姜半夏淌着眼泪，艾瑞斯以为她摔坏了，便抱着她在身上细细查看。姜半夏摇了摇头，笨拙地站起来，忧心忡忡地说：“你不明白的，这些孩子是去送死！咱们快点赶过去救人吧！”她四下张望着，见边上有一个破草帽，便捡起来紧紧扣在艾瑞斯头上，帽檐向下掩着大半张脸。又将艾瑞斯身上的外套扯下来，滚在地上的泥里弄得灰扑扑的。艾瑞斯茫然地任由姜半夏摆弄，姜半夏见艾瑞斯狼狈地挓着手，饶是满腹愁肠，也被逗得“扑哧”笑出声来。笑完了，又是悠长的一声叹息，说：“我不该带你回来的。”

艾瑞斯和姜半夏沿途遇见不少惊慌失措的年轻人，还有些工人打扮的，正喊叫着四散而逃，任何一点动静就吓得众人嘶喊着“卧倒”往泥地里趴。有些轻伤的扶着同伴“哎哟”着，伤重的被附近的街坊百姓用门板和独轮车推着一路淌着血。姜半夏一面寻着伤势严重的帮忙紧急处理，一面温声细语地劝那些义愤填膺的群众，忙得焦头烂额。艾瑞斯跟在姜半夏身边一面保护着她，一面帮她照顾伤员，忽然见到那个黄包车师傅满身大汗地拉着几个伤员往前跑。

那黄包车师傅一错身，见姜半夏正半跪在泥地里给人包扎，咧着嘴唤了一声“大菩萨”，就把车一靠伏下来要磕头。艾瑞斯一弯腰扶他，草帽就顺着汗湿的头发滚落在地，还没等车夫起身，几个靠得近的民众又惊又怒地喊：“洋贼！洋贼！”艾瑞斯不知被谁从后心里狠狠踹了一脚，勾起旧伤，往前一跌昏了过去。只听见漆黑的世界里姜半夏撕心裂肺的呼喊，他伸出手想安慰，却浑身瘫软，如坠泥沼。

艾瑞斯醒来的时候，被阳光刺得睁不开眼，只觉得阳光里缓缓露出一张熟悉的面庞，光晕笼罩在她浅笑的容颜上，仿佛在她柔和静谧的五官上拂上面纱。艾瑞斯顾不得说话，姜半夏的肚子依然高高地隆起着。他摸了摸姜半夏鼓胀的肚子，又拉着她的胳膊褪下袖子反复地看，见她并没有新的外伤，这才安心了，手指无赖地紧紧钩着她的手。姜半夏只好用另一只手拿着手巾蘸温水给他擦拭，又扶着他的脖颈喂他喝水。姜半夏还没来得及说话，就听见一声脆响，一扭脸就见豆娘将一盘饺子摔在了地上。

豆娘抹着眼泪说："小格格，您都这么大了，这些年您都是怎么过的？"艾瑞斯帮着捡起饺子，季伯一撩门帘走进来，一边埋怨一边将饺子端去重新煮。姜半夏笑了一下，冲着厢房努了努嘴，说："我去看看春芽儿。"豆娘撇了撇嘴，有些羞愧地说："丫头不懂事儿，您甭给她脸儿！"姜半夏拉了拉豆娘粗糙的大手，说："您放心。"她从季伯手里接过饺子，向着厢房走去。豆娘在后面一连声地喊："这饺子特意煮给您的！您可真是……"

姜半夏敲了敲门，听里面没动静，干脆端着饺子走了进去。屋子里热烘烘的，也没开窗。春芽儿见她进来，赶忙将毛巾被拽起来盖住脸，朝里翻身不搭理姜半夏。姜半夏抿嘴一笑，不客气地往床沿一坐，说："饺子真香！吃不？你不吃我自己吃了。"春芽儿一声不吭地捂着脸，过了一会儿憋得难受，干脆坐起来，气鼓鼓地说："你烦不烦？找个洋鬼子还特意跑过来碍眼！"姜半夏把饺子放在一旁，帮春芽儿把枕头垫在腰后面，认真地说："你想不想上学？"

春芽儿脸上流露出几分神往，夹杂着一丝恼怒，她把毛巾被一摔，说："连家门都不让我出，生怕我和那些学生一起闹事儿！再说，我们不像你，家里没钱怎么上学？"姜半夏偏着头看了看春芽儿，忽然莞尔一笑，说："你铰了头发，已经很像女学生了。我和我先生可以帮你补习语文、历史、数学和英语，你要是真肯下苦功，明年我和燕大的教授们说一声，让你破格参加考试！但是你必须凭自己努力考上。"春芽儿欣喜地凑过来，眼睛一眨不眨地望着姜半夏，说："真的吗？"

姜半夏在她白嫩嫩的小指头上一钩，说："真得不能再真！我这里还有些碎银子，兑换成法币足够你的学费和生活费。但是有一样，你以后长本事了要还我。怎么样，有信心吗？"春芽儿握住姜半夏水葱儿似的手指，兴奋地摇了摇，说："有信心！谢谢半夏姐！你这次回国，要回来多久？给我讲讲海外的事儿吧。"姜半夏和她一边吃着饺子，一边聊着天儿，一直聊到了黄昏时候。姜半夏着迷地望着染得昏红的窗纸印着摇曳的花影，恍然间觉得自己回到了童年。她摸了摸冰凉的窗台，叹了口气，对着落漆的窗棂喃喃低语，回应她的是鸣虫的低语和拂过枝叶的微风。

1928年夏，北平六国饭店附近。

姜半夏转过脸，才见紫藤花下从香雾里施施然走出两个人。其中一个戴着时髦的米色钟形帽，穿着淡黄色绉纱散摆裙，肩上懒洋洋披着珍珠流苏云肩，走近了才看见发卷俏皮地缀在前额，鬓发自两腮用啫喱膏推得蓬松，高高地耸上去。只见那一双伸入两鬓的细眉轻蹙，从檀红色的嘴唇里逸出一声法语："小妹!"姜半夏被一双雪白的小手握着肩膀，一痕丰隆的雪胸几乎抵在了她的怀表上，她被香水的味道熏得有些头昏，迟疑了会儿才唤了一声："二姐!"

董采撷微斜着玲珑的下巴，俏皮地斜睨着一桌的男士们，甜蜜地望着手里挽着的俊秀青年，大大方方地介绍说："这位是肃亲王的……"她用戴着蕾丝手套的手指捂着嘴轻笑了一声，说："这位是金奂卿先生。"那位青年冷笑着脱下礼帽，轻轻点了点头，一双犀利的眼睛忽然直直地望向姜半夏。姜半夏冷眼望过去，见那位青年虽然戴着礼帽，别着金笔的马甲里穿着印度绸的汗衫，将下角高高地掖进法兰绒的西裤，十分潇洒帅气，面容却生得粉白肉嫩，也不见喉结。

姜半夏心知这是一位时髦的少女，刻意打扮成倜傥少年的样子，只是这位少女的眼神未免太过于冰冷狠毒了。她不以为然地转离了视线，将一只白嫩纤细的手伸在桌子下，轻轻地牵着艾瑞斯的手。艾瑞斯嗑了小半碗瓜子仁，从手心里痒酥酥地递过去，冲着姜半夏灿笑地眨了眨眼睛，露出一口雪白的牙齿。那个少年打扮的人冷眼旁观着，忽然品咂出一层层的兴味来。

金奂卿见惯了东洋和西方的美人，从小又和贵族的子女们走得亲近，从来不缺群芳环绕的氛围，亦觉得自己抛却了女人的身份，从而更加可以欣赏旁人的美来。可是姜半夏却和她所见识过的所有美人不同。她固然是极美的，无论是阳光下的销魂一瞥，还是花影里缄默的身姿，她都美得晃眼，让人一时间分辨不出是哪一种美来。

只有坐在一旁，细细地端详，从不同的角度审视地看，才能发现她的独特的韵致：她和她的其他兄弟姐妹一样，遗传了西洋人高挑纤长的骨骼和满族人细腻光洁的肌肤。她的骨骼与肌肉之间比例比其他人更恰到好处，仿佛纤瘦版的希腊女神，肩膀和腰部尤其典雅，没有东方人的扁塌和拖沉。她的额头和下巴既饱满又克制，鼻子略带突起的骨节，显得有些刚毅。她那修长优雅地落在石桌上的胳膊和长裙下交叠的双腿，无一不显现着美人在骨的端严空灵之美。

她的眉毛极黑又浓艳，瞳仁却是云烟氤氲的烟茶色，一圈漆黑的浓密睫毛仿佛湖畔的森林。眼睛的轮廓是余韵悠长的凤眼，眼头却回勾得圆润敞亮，天真和深邃两种气质被完美地中和在一起，她简直像一个活了几百年的女孩子。她的皮相和骨相一样无可挑剔，连同那过于白皙单薄的皮肤，泛着红晕的双颊，以及若隐若现的笑靥和微露的虎牙。她的姐姐也有颠倒众生的皮相，可是那种皮相太妩媚太娇嫩了，反而容易让人感觉到轻薄。

姜半夏则不然，她虽然只是娴静地端坐在那里，她那过于沉静苍凉的眼神和嘴角刻画的细微纹路，都说明她见识过太多的生死和离别。那一种从心底散发着的凛然之气从从容容地环绕着她，她是无所畏惧的那种人，面相上看就少了一些世俗之中欢喜的脂粉气息和那种惹人怜爱的畏怯女子态度。她的眼光是那样温柔，那样睥睨，她周身的那种气派和气度，让人看不清她穿的什么，仿佛她在时光里是静止的。

董采撷一一和兄长们打了招呼，这才亲亲热热地傍着姜半夏坐下，好奇地打量着姜半夏和艾瑞斯。她上上下下地打量了一遍，见他们二人虽然生得极为漂亮文雅，衣着却未免过于简单老旧，心里便觉得一凉。她悠悠地叹了一口气，轻声说："这么多年未见，连你都有些见老了。"姜半夏不以为然，淡淡一笑说："是呀，鼎新都两岁多了，倒是姐姐风采不减当年。"金奂卿含着笑意的眼神又是一瞥，脚尖在桌子底下清清浅浅地碰了一下，姜半夏笑得和煦如熏风，用尖底的鞋跟在那漆皮鞋面上一蹑而过。

一桌的男人们都有些微醺，有一句没一句地搭着话，前院里咿咿呀呀的戏文声响随着花瓣儿簌簌地飘过月亮门。大表哥拈着一串葡萄，也不吃，一颗一颗捻下来，细细地剥了皮，不一会儿便攒了一碗。他把碗搁在一旁独自斟着酒，紧闭的眼角似乎含着泪。金奂卿端起酒杯，站起来和他的酒杯碰了一碰，说："您夫人的事情，我略有耳闻，还请您节哀顺变。不知您下一步有何打算？我这次回国……"

大表哥忽然将一双眼睛睁开，眼神仿若利剑，他冷哼了一声，说："季悠子是一个深明大义的女人，她以一己之身换取我宗室的名节，唤醒时局动荡之中我一介武夫保家卫国的本分，如今……""阿玛！""爸爸！"随着两声清脆的童音，两个穿着燕尾服的小小孩童跌跌撞撞地跑过月亮门。一个大一些的猴子似的攀到了董尚武的怀里，另一个矮一些的着急地绕在桌子下面拖着大腿。

金奂卿眼睛一亮，惊讶地问："这二位公子中哪位是我大和民族的遗孤？"董尚武任凭大儿子揪着胸前的徽章把玩，伸手一捞又把小儿子捉到了膝盖上。小儿子爬来爬去，才要去够腰侧别着的佩枪，董尚武一把抽出来拍在石桌上，说："两个都是我中华民族的子民，我董尚武的血脉！"又在小儿子淘气撅着的小屁股上捏了一把，笑着呵斥道："稚子胡闹！再不识得规矩，当爹的就要教训你了！"那胖小子一双大眼睛十分机灵，撒娇地扑在哥哥后背上，只

“咯咯”地欢笑。

金奂卿淡淡一笑，才要说话，就闻见一阵清幽的檀香。一个细软清冷的声音在她身后响起：“怎么又唤阿玛？为娘不是告诉过你，你是满人，更是中国人，要时时刻刻以此为自豪，以此为警醒。”那个妇人往前踱了几步，躬身将董尚武膝上的小儿子接过去抱着，又在嬉皮笑脸的大儿子脑门上轻轻一点，责备说：“可都记得了？”姜半夏见她穿着淡青色的夹袄，匀细的脖颈上挂着佛珠，一笑眼角便泛上柔和的细纹，心里一酸，起身叫道：“嫂嫂！”

那个妇人望了望姜半夏，含着笑说：“妹妹长这么高了！小时候的美人坯子，现在清减了几分，眉目倒是愈发疏朗俊逸了！”她深深地看了一眼碗里的葡萄，将董尚武手上的酒杯轻轻拿下，哀叹了一声，说：“你的伤才好一些，要注意身体！和兄弟们聚会，怎么还穿着军装？我先带着孩子们下去了。”董尚武垂着眼睑，僵直地端坐着，半晌才“嗯”了一声。倒是一旁的董弘明哈哈大笑着，说：“嫂嫂不用心急，今天我们只谈家事，不打仗！您看还是我听话，穿着便装就来了。”

那个妇人抱着孩子正要走，听了董弘明的话又折返回来，嘴角含着笑，眼睛里却是冰冷的。她扫了一眼金奂卿，倒了一杯酒端给董弘明，说：“你们是亲兄弟，上山可以打虎，下海可以捉鳖。兄弟之间只打架，不打仗，我操心什么？外敌在前的时候，难不成你们兄弟之间还要分出个伯仲？”董弘明站起来，深深鞠了一躬，肃然说道：“嫂嫂教训得极是！”那个妇人浅笑着，牵着两个打闹不停的孩子走了。董尚武突然将一张胡楂密布的脸转过来，对一袭长衫、低头思虑的董思文说：“怎么听不见你唱曲了？”

董思文抬起一张莹润修长的面孔，将金丝眼镜轻轻一推，露出一双温雅的细长凤眼，说：“想听什么？”他的表情纯真极了，从怀里掏出一把修长布满泪痕的湘妃竹箫，在金镶玉的箫首轻轻一吹。姜半夏正听着董采撷贴着耳朵和她讲："大表哥因为娶了日本夫人，被朝廷里的人告密，说他里通外国，找了一个女间谍。那个日本夫人不知道从哪里听说，就一声不响地自杀了，她临死前还不忘给大表哥留下一碗去皮葡萄解暑，又把孩子托给了山上静修的大夫人。"忽然听见幽婉清远的箫声，心里不禁生出许多难以言说的情愫。

董弘明听了一会儿，手在大腿上漫不经心地拍着，目光沉郁地投向渐渐阴暗的天空。不一会儿，雨丝风片轻轻柔柔地牵扯着，仿佛层层剥落的云影，润湿了轻薄浅淡的春光。漫天的繁花似锦烘托着黛青色的远山，影影绰绰地模糊在了烟雨空蒙之间。董弘明突然冲着董思文淡淡地说："你的曲子里怎么尽是阴柔的靡靡之音？来一段《爱国歌》！振奋人心！"

他不等董思文起调，大声哼唱起来：

泱泱哉！吾中华。最大洲中最大国，廿二行省为一家。物产腴沃甲大地，天府雄国言非夸。君不见，英日区区三岛尚崛起，况乃堂裔吾中华。结我团体，振我精神，二十世纪新世界，雄飞宇内畴与伦。可爱哉！吾国民。可爱哉！吾国民。

芸芸哉！吾种族……

董尚武、董采撷和姜半夏相视一笑，他们自幼便时常合唱这首曲子，不由得迎着调子跟唱：

黄帝之胄尽神明，浸昌浸炽遍大陆。纵横万里皆兄弟，一脉同胞古相属。君不见，地球万国户口谁最多？四百兆众吾种族。结我团体，振我精神，二十世纪新世界，雄飞宇内畴与伦。可爱哉！我国民。可爱哉！我国民。

彬彬哉！吾文明。五千余岁历史古，光焰相续何绳绳。圣作贤述代继起，浸濯沉黑扬光晶……

金奂卿目光森冷地望着冒雨高歌的五兄妹，她语带戾气地轻声说道："莫要忘了你们是满人！不过是一个深受皇恩的南蛮子罢了，倒值得你们这般推崇备至！若不是他们一群猢狲胡闹，大清朝怎么会……"董思文白皙的面皮涨得通红，他放下手中的箫，起身掸了掸身上的落花，有些结巴地说："此言差矣！如若没有任公，就不会有维新变法，李中堂就不会振兴实业、发展水师、环球访问……也不会有后来的三民主义和五四运动……"

金奂卿冷冷一笑，说："那又怎样？那个南蛮子还不是最终逃亡日本？李鸿章最后不是还输给了伊藤博文？孙文也不过是仰仗着日本扶持。你不知道那句'驱除鞑虏、恢复中华'是谁说的？你口中的革命者们颠覆了我们大清王朝四百年的基业！害得我们满人颠沛流离、国破家亡！"

金奂卿长嘘了一口气，接着说："难道你们身上流的不是老祖宗的血?！难道你不记得庆亲王到监狱里探望汪精卫时候说的话：'我们满人没治理好国家，不过，你们也不一定强到哪里。'现在军阀混战、列强割据已经二十余年，倒不如把政权收回来，真正实现大清帝国的'明治维新'！"

董思文一气之下，结巴得愈发厉害，只得将笛子狠狠地拍在石桌上，碎成几段。董采撷见了，吓得偷偷地扯金奂卿的袖子，恨不得掩住她的口。董弘明忽然将石桌上的手枪夺过去，一跃而起抵在金奂卿的太阳穴上，怒极反笑地说："我道是什么人！原来是小日本豢养的一条哈巴狗！别往自己脸上贴金，说自己是满人，我们满人没有你这样卖国求荣的贼子！就算是一条狗，也知道不咬自己的旧主人！”

金奂卿脸色一白，忽然微微一笑，仰着脸儿微眯着眼，伸出舌尖舔着雨滴，说：“庆亲王那句话，真让人心有戚戚哉！可巧的是，前一段段合肥在北大的追思会上潸然泪下、负疚下跪，眼下又狼狈下台、告老还乡，也有人传出话来，说：‘混在众人里，挥挥拳头、喊喊爱国，总是简单的，现在的一腔热血，只怕是因为没有切实地品尝到权力的滋味罢了。’”

她的手指白嫩得几乎透明，轻轻地推开了额前的枪管，接着又说：“倒是李中堂虽然面部中弹，却依然坚持步行下轿，怕有辱国威，为国家省下一亿两纹银；又忍辱负重、甘负骂名地斡旋了那么久，最终晚节不保，替庆亲王签署了《马关条约》，回国后众人皆骂老贼该杀，却没人记得他逐字逐句地力争条款，尽最大可能地保全了朝廷的利益。他一生风光无两，带领举国上下励精图治，各国无不称颂，最终年逾古稀吐血而亡。”

说到这里，她哽咽着，眼睛里放出夺目的光芒，近乎诚恳地望着董思文说：“那些写檄文、喊口号的革命者，就真的比他爱国？比他奉献大？谁的功劳可以盖过他？耻辱可以胜过他？我要做的，便是巾帼里的李中堂。哪怕世人辱我、伤我、恨我、杀我，我也要卧薪尝胆、力挽狂澜，光复大清，把满人的天下还给满人。哪怕需要卖身求荣、认贼作父，我也只当作是曲线救国！”

姜半夏坐在一旁，她冷笑着才要说话，见董尚武已经站起来，扬手欲打，忽然见到金奂卿眼神一冷，从马甲里掏出一把金光闪闪的袖珍手枪。众人还没来得及反应，只听见“啪、啪”两声脆响，董尚武毫发无损地端起枪，直对着金奂卿的脑袋。金奂卿淡淡一笑，董尚武身后的草丛里忽然发出几声呻吟，刚刚反应过来的董采撷尖叫着，一头扎进姜半夏怀里。

董思文从草丛里揪出两个一身褴褛的人，一个头发前面剃的脑门已经长出了寸长的茸毛，后面披散着半长不短的头发，另一个汉人打扮，打着赤膊。两个人一个伤在小腿，一个伤在屁股，唯唯诺诺地趴在地上，忍着痛一个劲哀求。金奂卿大步流星地走过去，踢了踢其中的一个，问："你是满人?"那个人捂着屁股，把脸埋得低低的，说："是，是镶黄旗的。"

金奂卿一脚踹在伤口上，踝了踝，骂道："混蛋！满人不可以做鸡鸣狗盗之徒！下次遇见你，把你脑袋崩了！"另一个人爬过来抱住金奂卿的小腿，大喊："我不是满人，我不是满人！您饶了我吧，我再也不敢了！"金奂卿厌恶地掏枪在他手臂上补了一枪，见他大叫一声，从小腿上出溜下去，赶忙掏出手绢掸了掸自己的腿。

巡警从月亮门穿过来，金奂卿缓缓地放下枪，环视了一下四周，用一种倦怠平静的声音说："我是肃亲王府的十四格格，我在替国家肃清乱贼……"隔着月亮门挤着十余个看热闹的人，中间忽然跪下两个前朝打扮的老者，痛哭流涕地高呼着。金奂卿徐徐抬了抬手臂，深深地望了一眼目光中满是厌恶的姜半夏，微微一笑，大步流星地被巡警们押走了。

董采撷忽然觉得有人抓着自己的脚，她惊恐地尖叫着，拼命地甩着自己的小腿。一只小巧的鞋子一径甩到对面，被董尚武捉在手里，低声喝问："你发什么疯?!"董采撷将脑袋从姜半夏怀里探出来，眼睛依然紧闭着，带着哭腔说："是不是杀死了人？有鬼，有鬼在抓我的脚!"姜半夏俯下身，见桌子下原本一蓬野草，被董采撷惊慌地踢得狠了，反而缠在脚踝上，越挣扎束缚得越紧。

姜半夏从桌上拿起一把餐刀，割断野草，将董采撷的手指从眼睛上扒开，温柔地哄着说："哪有什么死人？是野草罢了。你睁眼看看，别害怕，有两个穷苦的人想偷些东西，被金奂卿打伤了而已。"董采撷嗅着空气中湿润的新雨气息，分辨着草茎折断的苦涩香气和略带铁锈味的血腥味。那血腥的味道极淡，仿佛湖水里的一点墨，丝丝缕缕地飘着。

她一点点地睁开眼睛，见巡警正在抬那两个小贼过月亮门，长长的血迹黏稠地拖在地上，雨不疾不徐地下着，把鲜血一点点晕开，染红了倒伏在地上的青草和落叶。董采撷接过鞋子弯腰正要穿，眼角的余光里正巧看见那个被子弹打断了的手臂，正血淋淋地从担架上拖垂下来，痛苦地抽搐着，她的鞋子就怎么也踩不进去了。

董弘明向巡警们下了命令，又亲自把金奂卿的枪缴了，金光灿灿地揣进前襟里。董尚武的眼皮猛地一跳，手指痉挛地贴着石桌捏紧了冰冷的手枪。董思文摆弄着破碎的笛身，冲着面色沉静的艾瑞斯友善地笑了笑。姜半夏望着凌空翻卷的墨云，黑压压地堆下来，惊涛骇浪般地发出声响。她贴着董采撷的耳朵，温柔安慰着，脸上的表情却愈发沉重了。

晚上吃过了饭，姜半夏和艾瑞斯搂着宝贝儿子鼎新，挤在一张圈椅里，一张张地翻着近些年的旧报纸，姜半夏拣那些重要的轻声细语地念着。艾瑞斯一手亲亲密密地搂着她和儿子，一手腾出来把历史事件和关键人物誊录整理下来。鼎新将小脸蛋偎贴在姜半夏的大腿上，安安静静地趴着，一双小脚时不时地蹬着艾瑞斯。

雨下得愈发大了，沉闷的雷声似乎要把四合的夜色震出几道裂痕，夜风从紧闭的窗户缝隙里渗进来，带着一丝肃杀的寒气。董采撷闯进来的时候，虽然撑着伞，浑身上下还是被风雨裹袭得狼狈不堪。她冷白着一张脸，强笑着和艾瑞斯打了个招呼，便软绵绵地瘫坐在椅子上。艾瑞斯抱起酣睡的鼎新，避让进了卧室。姜半夏赶忙用干毛巾给湿漉漉的董采撷擦干净头发和身体，把自己的衣服给她换上，又从暖壶里倒出一杯滚烫的热水让她喝下去。

董采撷上下牙关不听话地哆嗦着，嘴唇被冻得青紫，灌下几大杯热水，这才缓了过来。她两只手紧紧地捏着姜半夏的胳膊，期期艾艾地说："我刚去看了金奂卿，你是不知道，她一个女人被关在那种地方！怎么受得了，她那么瘦弱的一个人，那么爱干净！那些个臭男人哪有什么好的？再多挨几天，她说不定就会被……"

姜半夏沉默地望着董采撷，见她一脸单纯的惶恐，忽然无奈地叹了一口气，说："你是来要赎金的？"董采撷忽然流下两行清泪，结结巴巴地说："要是以前，我怎么会沦落到这般田地，手里一点钱都拿不出来……你不要笑话我，我也是实在没法子了，我的丈夫，你名义上的姐夫，已经在巴黎和女秘书公然同居了。"

姜半夏见她哭得悲切，只好掏出自己的手绢替她揩脸，她的眼睛落在一旁的报纸上，心仿佛结了一层薄薄的冰凌子，感觉不到采撷的悲伤。姜半夏想着自己才离开多少年，国家竟然发生了这么多事情，简直像一个冷漠的局外人了。她绝不允许自己再这样糊涂下去，要积极地参与到国家的兴亡之中，要让报纸上那些国仇家恨逐渐淡去，要让后世可以拥有一个属于中国人自己的清平盛世。她自言自语："没想到这些年，变化这样地大。"

董采撷听见她的话，眼睛忽然一亮，仿佛遇到了知己一般，她攥紧了手绢，恨恨地说："可不是！你说他那样的穷出身！若不是当年我父亲接济了他，他怎么会有今天！那些年口口声声说爱我，把我带到巴黎，这才多久，就又爱上了别人！那个女人你是没见过，裙子那样地短，不过是借了工作之便……可怜我一个人在家里辛辛苦苦带两个孩子！我知道父亲过世了，国家也软弱，我没有什么可以仰仗的，也没有什么退路，我忍气吞声，总想着他会念旧情……我不肯离婚！他就断了我的钱，还不让我见孩子们！"

姜半夏见她的肩膀激动地哆嗦着，眼睛里燃烧着仇恨和哀怨，想出言安慰，却又不知道说什么好，最后只能紧紧地抱着她。董采撷的声调忽然变得柔和而甜蜜，她将脸偎贴在姜半夏的脖颈上，细声细气地说："我知道你们都讨厌金奂卿，讨厌她不男不女，讨厌她装腔作势。可是只有她不嫌弃我，只有她肯对我好，她送我漂亮的衣服，给我买首饰，让我体体面面地生活，和那些没结婚的贵族小姐一样。”

董采撷的手指温柔地捋着姜半夏柔软的胎发，像小时候那样摩挲着她柔软的后颈，略带苍凉地说：“她和我惺惺相惜，都是体面尊贵的出身，都被人排挤，我心疼她。她有什么错？当初去日本的时候才五六岁。你是知道的，我们这些中国人，在海外，总是会被欺负的。她告诉过我，别人越是欺负你，盼你死，越要嚣张地活，活得比他们都好，把他们的命捏在手心里。哪怕再艰难，也要树立一个念想，我和她都是心死过一次的人，我一定要救她！”

姜半夏从董采撷怀里抽出身，一声不发地站在椅子旁。董采撷见她的面孔隐没在逆光的黑暗里，整个人的身影又挺拔又冷漠，忽然有些心虚。姜半夏深深地吸了一口气，淡淡地说：“我不会救她，她有她的日本主子去救她。你要记住，我们不是讨厌她不男不女，更不是讨厌她装腔作势，我们讨厌的是，她是一条随时有可能反咬中国的毒蛇！”

姜半夏见董采撷眼神里充满了脆弱和不解，她叹了口气，接着说：“我希望你可以明白，一个女人的尊严和底气，不是她的父亲或者她的国家带给她的，而是她自己作为一个独立的人，如何捍卫自己的性命和理想，如何选择自己的先生，如何教育自己的子女，而不是沦为商品被挑选和抛弃。你为什么从来不问自己，应该如何捍卫自己的父辈和祖国？如何让那些欺侮你和你同胞的人付出代价？”

董采撷的眼睛忽然黯淡下去，她整个人在椅子上委顿下来，嗫嚅了许久，悠悠地说：“我不是你，我不懂得这许多。我只想做一个纯粹的女子，有人爱，有人疼，有人愿意陪我过安稳日子。如果能光鲜亮丽，那自然是最好的；如果不能，也不要风餐露宿，担惊受怕。我怕穷、怕苦、怕血、怕平庸。我生得这么美，心地又善良，出身也好，还会这么多外语，难道不应该幸福吗？咱们家为了培养咱们几个，花费了多少钱，不就是为了让我们可以不用忍受战乱，不用和那些底层人争抢吗？”

姜半夏失望地俯看着董采撷凌乱潮湿的发丝，她强忍着心中的愤怒，蹲下身抚摸着董采撷冰凉的膝盖，说：“二姐，你还记得小时候外公外婆怎么教育我们的吗？外公说，他们倾尽一生，是为了让我们可以在更高更远的层面观察和分析这个世界，是为了让我们足够强大可以捍卫自由和真理，是为了让我们可以有选择生活方式的权利，是为了让我们可以心无旁骛地追随自己的理想，是为了让我们可以拥有效力于社会和民族的本领，为了让我们尽早得知自己的使命，并一辈子忠诚于她。”

董采撷倦怠地望着姜半夏，她惊恐地拽了拽姜半夏的衣襟，一种迟来的巨大耻辱感涌上心头。她一个字也说不出来，只好呜咽着把脸埋在姜半夏摊开的手掌上。姜半夏无奈地拍了拍董采撷的面颊，说：“二姐，你只是太疲惫了，好好在我这里休息一段吧。换换心情，也许你会发现你的生活里有比活得漂亮、活得体面更重要的事情。”

董采撷抬起纤细的眉毛，下巴因为哀伤而轻微颤抖，说：“我不是疲惫，我是老了……前些天，我才拔掉一根白发。一个女人最宝贵的青春已经远去了，我的孩子们也不在身边，这样的生活哪里还有一丝温柔？”她幽怨地望着梳妆台上的镜子，将凌乱的头发往额上推了推，从提包里掏出一支口红，细细地涂上了，这才露出一丝笑意。

董采撷偏着脸，任由一对儿翡翠耳坠在镜子里俏皮地晃动着，将玲珑的下巴映得莹润动人，这才满意地接着说：“对了，金奂卿让我告诉你，说咱们家兄弟有的仁厚，有的忠勇，有的聪慧，但是没有人是一条心的，每个人都有自己的想法和立场，这就和我们的国家和国民一样。但是你不一样，你看上去既仁慈又聪明、既勇敢又单纯，她想有机会好好和你认识一下，或许你会改变你的看法。”

姜半夏冷笑着哼了一声，将镜子放倒，把茶杯往桌子上一蹾，说：“二姐，我没想到，咱们姐俩这么些年没见，你大半夜地来看我，竟是来做说客的。你头脑单纯，容易被人蛊惑，我不怪你。但是你不能置民族大义于不顾，不能犯这样的大糊涂！不要再多说了，你身子骨虚，又淋了大雨，早点休息吧，我帮你把床铺了。”董采撷讷讷地跟在姜半夏身后进了卧室，想说什么又不敢，只得糊里糊涂地躺在了床上，望着天花板一会儿发呆，一会儿叹气。

艾瑞斯从卧室出来，抱着被子半倚靠着墙壁坐在椅子上，让姜半夏抱着鼎新，和董采撷一起睡在卧室。姜半夏靠在窗前，望着幽暗里瓢泼的大雨，一只手握在艾瑞斯的怀里，幽幽地叹了一口气，说：“我一直在想，人生的极致是什么？刚才和二姐说话，我才渐渐地明白了，人生的极致不过是：生逢其时，死得其所；不为名相，便为良医。”

艾瑞斯将她纤细的腰肢一揽，让她偎倒在自己的怀里。他闻着她秀发深处的幽香，将那微微蹙起的眉头用手指抚平了，顺着眉眼、鼻子、下巴和微露的贝齿细细密密地吻下去，每吻一处，便说一句：“你愿意做名相，我便帮你；你愿意做良医，我也帮你。我只愿意你做你自己，一辈子不要留下太多遗憾。姜半夏，我爱的是你，一个有着旺盛生命力的、勇敢鲜活的、灵魂丰盈有香气的你。”

董采撷睡得轻浅，她听着夜阑人静里潇潇的雨声，望着身旁姜半夏和鼎新熟睡的容颜，忽然悲从中来，抽泣着抱着自己娇小的膝盖。姜半夏迷迷糊糊地醒过来，见董采撷的影子缩成小小的一团，可怜兮兮地抽动着。鼎新揉着眼睛，跌跌撞撞地爬起来，扑到董采撷怀里叫“姨姨”，董采撷见姜半夏睁开眼睛望向自己，有些不好意思地笑了一下，说："我做噩梦了，吵到了你们，对不起。你抱着孩子继续睡吧，反正我也睡不着。要不你让他回来陪着你，我去客厅里静静。"她将鼎新紧紧地搂着，嘴里哼着摇篮曲，在他白胖的小肉脸上亲了又亲。

姜半夏将睡熟的鼎新放到床上，将董采撷搂在怀里，安抚地轻拍着她的后背，说："别怕，天很快就亮了，你要是睡不着，我就陪你说话吧。就像咱俩小时候那样，盖着被子，两个人说悄悄话。"董采撷想了想，轻声地问："那个人，他多大了？是什么出身？你和他怎么认识的？你和那个书呆子终于分开了，真好，他怎么配得上你！那时候，我们都替你不值，我们家的小仙女，怎么会愿意嫁给那样平凡无奇的人？"

姜半夏淡淡一笑，把自己离开中国后发生的事情大致讲了一遍，略去了那些最惨痛伤心的。提到艾瑞斯的时候，她的眼睛亮晶晶的，仿佛一个十六岁的少女。董采撷心疼地点了点姜半夏的脑门，咬牙切齿地说："傻丫头！一个人闷声不响地吃了那许多苦，受了那么多惊吓！那个书呆子竟敢那样对你，让他不得好死！"董采撷望着撅着小屁股、趴在枕头上流口水的鼎新，忽然笑着说："鼎新这个小宝贝，长得太可爱了！简直像个洋娃娃！钱默之要是看见他，一定气死！"

董采撷见姜半夏满不在乎地笑了笑，又在她的腰上捏了一把，恨恨地说："傻姑娘，这个艾瑞斯年纪太小，长得太漂亮，又没有工作，出身也不体面，你小心以后人财两空！"姜半夏忽然惊讶地瞪大了眼睛，微张着嘴，过了一会儿才大笑着扑倒在被子上。董采撷见她一副没心没肺的傻样子，心里又是艳羡又是担忧。不一会儿，干脆和她挤作一处，伸手探进里衣呵她的痒。鼎新在一旁，半睡半醒地举起胖乎乎的小粉腿，嘬着自己的脚丫甜笑。

第二天清晨，董采撷见艾瑞斯半靠在圈椅上，睡得沉静，心里十分不好意思。她在心底叹了一口气，想：“姐妹俩都没出息！见皮相好的青年男子，便什么都忘了。只盼我妹妹可以精明一些，把财政大权紧紧握在手里吧！”姜半夏走出来，柔软的头发慵懒地披散着，粉白的脸上有一种纯净安详的神情，看上去仿佛还是那个和姐姐嬉闹的二八少女。

董采撷握了她的手，两个人走出房门，姜半夏伸出手将董采撷脸上的枕印揉了揉，笑着说：“这是使了多大劲儿才睡成这样！姐姐，你要是短期内不太忙，就留下来陪我吧，正好医馆也缺人手。”董采撷微微摇了摇头，说：“我晕血的，那些事我做不来。你别管我了，倒是你自己，这么些年过得太辛苦！他年纪这么小，怎么养得起你和鼎新！”鼎新已经醒了，正自己举着一碗牛奶坐在凳子上喝。他的腿还够不着地面，一边喝奶，一边将光着的脚丫晃来晃去。鼎新望着董采撷，咧着挂满了牛奶的小嘴笑了起来，将两只肉嘟嘟的小手挥舞着，喊：“姨姨抱抱！”

“我也不用谁养。他很刻苦，一面做着圣约瑟教堂的执事，一面自修了清华学堂的科学和历史，还总帮我打理医馆。我们毕竟才刚刚回国……”董采撷将鼎新抱过来，放在自己的腿上，一勺一勺地喂他吃泡在奶里的点心。她恨恨地戳了戳姜半夏的额头，说：“傻姑娘！你哥哥那里认识多少青年才俊！哪里就会短了你的吃穿……”她眼圈忽然一红，接着说：“你非要和我一样吃了亏，才肯罢休。我们家虽然是大厦将倾，也好歹有些根基，踮踮脚还是可以够得上那些权贵人家的，你总是这样不肯争气！”

“他存了心思要帮咱们的国家和人民的。我们想从拯救国民的健康和思想入手，所以想做医疗和教育。政治我又不喜欢，那些权贵人家谈论的是社稷，最终贪图的是江山，真一打仗，就跑到了国外去，我看不惯。”姜半夏浅浅一笑，忽然举起胳膊，露出上面的伤疤，说，“我也没真当自己是女人，我能打仗，也会写文章，我想做绝大多数男人都做不到的事情。他懂我，也愿意成全我、帮助我，我们的灵魂特别近。用不了多久，我就会仰视他。”

董采撷背转身，抹着眼泪，颤声说：“你什么都会，什么都能，你还要男人做什么！你是我妹妹，我怕你冷、怕你饿、怕没有人疼爱你。现在还要怕你再上战场犯傻！”她忽然转过来，一把拽出姜半夏领口里的怀表，忧伤地说：“你还嫌咱们家死的人不够吗？小时候你抓周，我在旁边看着，看你爬到外婆膝头抓她的怀表，对着上面的澳宝咯咯地笑，外公说你小名就叫澳宝吧。谁想到你这一路，真的又是去欧洲，又是挖澳宝。这怀表是外公外婆的定情信物，现在传给了你，你得平安传给下一辈。”

姜半夏嬉笑着摇晃着鼎新藕节似的小手臂，说：“好，好，好，现在有了小澳宝，天天黏着你喊姨姨。”董采撷扑哧一声笑出来，捏着她的腰说：“什么话都敢说，也不害臊！我走了，你别惦记我，过些日子我会回来看你的。等小澳宝再长大一些，我带他去法国见小哥哥小姐姐去。唉！也不知道那两个小宝贝过得好不好，是胖了还是瘦了……那个狠心的混账男人！”姜半夏凝视着她的眼睛，说：“我会想办法帮你把他们争取回来的，你别怕。”

董采撷的眼睛里泛起了一层水雾，脸上忽然露出几分扭捏的表情。她望着鼎新一头棕黑色的卷发、一双毛茸茸的藏蓝色大眼睛和挺直白皙的小鼻子，忽然叹了一口气，说道：“有件事，我一直犹豫着要不要和你说。鼎新都这么大了，按理说，我应该把这件事埋在肚子里，永远不告诉你的。”鼎新忽然捂住耳朵，甜笑着露出一个深深的酒窝，将小脑袋扎在姜半夏的胸前，说道：“姨姨讲讲，新儿不偷听。”

董采撷拉住姜半夏的手，说道：“钱默之找过我，他给我留下了三千多块大洋和一封信。说是让你用钱买个小的医馆，也是了却他一桩心事。他还给林大夫家里送过钱，林大夫没肯收，我估计她见你和艾瑞斯过得这么好，没告诉你。我把钱替你存上海银行里了，信我也给存在保管箱里了，下次我给你带过来？”姜半夏听了董采撷的话，愣在一旁，半晌说不出话。鼎新从她的怀里钻出来，将蛋糕一样香喷喷、软乎乎的脸蛋贴在董采撷涂了胭脂的脸颊上，撒娇地说：“姨姨，亲亲。”

董采撷使劲地嘬了鼎新红扑扑的小胖脸蛋，然后懊恼地摇了摇姜半夏的手，低声说：“我不该提他的，都怪我藏不住心事儿。这样吧，我回去之后把钱汇给你，你自己留着当私房钱。那封信我就不给你了，省得你闹心。”姜半夏的声音轻飘飘地说道：“他离开燕大和报社了？”

董采撷咬着牙，又说：“他离开北平了，说是要回老家赎罪。他和我提过在海外的生活，这是他罪有应得，你别心疼他。”姜半夏茫然地抬起脸，重复道：“赎罪？”董采撷撇了撇嘴，不耐烦地说：“说是回去办学堂，教女童们读书、自立，为社会培养优秀的现代女性，为家庭培养独立的优秀母亲。”她压低了声音，小声地说：“他可能和革命党走得近，脸上的表情神神道道的。”姜半夏淡淡一笑，怅然地说：“希望他过得好，我不适合他。那钱我不要，你要是有他的联系方式，帮我把钱还给他吧，他也要重新生活。”

姐妹俩在院子里又说了一会儿话，董采撷才依依不舍地挥了挥手，留下一个光鲜靓丽的背影。姜半夏望了一会儿，对着阳光打开怀表，然后又小心翼翼地贴着胸口放了回去。鼎新一手抱着姜半夏的腿，一手去够怀表落在花丛里的光斑。一进屋，姜半夏看见艾瑞斯系着围裙，正坐在餐桌前微笑着等她和鼎新。姜半夏走上前，紧紧地抱住艾瑞斯，将钱默之的事告诉了艾瑞斯。

艾瑞斯听见姜半夏声音里“嗡嗡”的鼻音，他在她泛红的眼睛上面亲了亲，笑着说道：“钱先生是爱你的，我以后不怨他欺负你了。他真是一个磊落大气的君子，我很钦佩他。不过，咱们不能收下他的钱，他的钱以后要养活他的妻子和孩子。我的钱，要养活我的半夏和鼎新。半夏，我一定会送你一个特别的新婚礼物，让你的心底不再有遗憾。”艾瑞斯从桌子上舀起一块铺着红酒雪梨片的鸡蛋布丁，喂到姜半夏的嘴里，说道：“尝尝好吃吗？我新学会的。”

两个人抱着鼎新，一家三口甜甜蜜蜜地吃了早饭。他们俩将鼎新送到邻居家，携着手正要一同出去，就听好像有人在敲门。艾瑞斯以为是送《晨报》的，把院门打开，就见一个七八岁的小男孩从他身旁“哧溜”一声滑过去，跑到了姜半夏的身旁。小男孩怀里捧着一个八宝嵌的漆雕礼盒，仰着脸儿问：“你是姜半夏？”

姜半夏茫然地点了点头，小男孩吸溜一下滑到嘴边的鼻涕，把礼盒往姜半夏怀里一扔，举着袖子抹了抹脸就又往外跑。跑到了艾瑞斯身边，他的小手往艾瑞斯裤兜里一掏，掏出一把铜圆，揣在裤裆里就想冲出去。艾瑞斯一把举起小男孩，小男孩在半空里蹬着腿儿哭喊：“那是我的辛苦跑腿费，我尿裤子了，你别掏我裤裆！”艾瑞斯又气又笑，还没来得及说话，就被小男孩一脑袋撞在了胸口。他疼得一松手，小男孩泥鳅似的哧溜下去，跑远了。

姜半夏打开礼盒，怔怔地望着里面，脸上的神色有些惊诧。艾瑞斯收回往外跑的长腿，转身回到姜半夏的身边，接过了礼盒瞥了一眼。艾瑞斯迎着暖融融的阳光，见一枚有些黯淡的金镶玉扳指正躺在礼盒里，他低声问了句：“嵌澳宝的？”姜半夏“嗯”了一声，将扳指取了出来，对着阳光往戒指里面照着看，有极小的三个字：“李莲英”。艾瑞斯见那扳指做工极为精细巧妙，戒面上金镶玉里端端正正地嵌着一块珍稀的黑澳宝，心底忽而生出几分亲切，他喃喃地说：“倒是和你我有缘，谁送的？”

姜半夏摇了摇头，见那戒面右边有一个极小的暗扣，便小心翼翼地伸手去解。戒面顺着手劲儿往左一掀，露出里面光秃秃一个小小的暗箱。艾瑞斯见暗箱里残留着腐蚀的印迹，便捉了姜半夏的手握在怀里，接过了扳指，小心地嘱咐："别乱摸，怕有毒！"他的手探进礼盒摸索了一会儿，又弹开一个小抽屉，里面躺着一张叠得工工整整的纸。姜半夏打开一看，见一行龙飞凤舞的大字："我庭小草复萌发，无限天地行将绿。"下角盖着篆书"诚之"的朱砂印章。里面夹着一张黑白的小照，飘飘悠悠地落在沾满露水的紫丁香下，照片上一个头戴瓜皮帽，身穿长袍马褂的秀气青年正面露微笑地回望着姜半夏。

艾瑞斯捡起照片，惊讶地说："这不是那天那个……那个被抓起来的金奂卿吗？"姜半夏一双眼睛只盯着那行不羁的书法，淡淡地说："嗯，复萌发……行将绿……她是不肯死心，势必要恢复大清了。"艾瑞斯凑过来见那字写得颇有气势，又问："这是诗词？"姜半夏放下了纸，俯身拈起照片，漫不经心地擦拭掉上面的露水，说："是日本人的俳句，她的意思是要借日本人的手，恢复满清的朝廷。"艾瑞斯对满清和朝廷一知半解，他对着阳光转着扳指，见那澳宝流光溢彩，有些眼熟，便将手顺着姜半夏的颈窝里一路摸进去。

姜半夏一愣，挨着艾瑞斯的小半边脸羞得红晕满腮，刚要说话，见艾瑞斯一只手里掂着怀表，一只手里捏着扳指，正目光澄澈地直视自己，说："你看，像不像是一块澳宝对剖成两块的？"姜半夏仔细地端详了一会儿，叹了口气，说："是一块。以前外公和我说过，当时欧洲的使者向康熙帝进贡了一大块罕见的黑澳宝，可惜传到乾隆皇帝的时候，把中间磕掉了一小块。后来被宫里手最巧的工匠一分为二，一块做了扳指，一块做了怀表。光绪帝在我外公和外婆大婚的时候把怀表赐给了他们，慈禧手里的那个扳指留给了李莲英。"

艾瑞斯听得入神，又问："李莲英是谁？"姜半夏只觉得另一半面庞也有些发烫，嘀咕着说："是个大太监……"艾瑞斯有些疑惑，接着问："金奂卿为什么要把太……监的东西送给你？你姐姐把怀表的故事告诉她了？”姜半夏望着小照上金奂卿一双漆黑的眼睛，喃喃地说：“我猜，她的意思是……把去势之人的戒指送给我，让我明白，我不过是个没有势力的人，要戒掉指手画脚。这一双澳宝本来一母同胞，我和她都有满人的血统，应该同心同契……”艾瑞斯听得一头雾水，忽然想起什么，把怀表盖一揭，搂着姜半夏亲了一口，说：“亲爱的，我们迟到了……”

姜半夏“呀”了一声，赶紧把相片、信和扳指收在礼盒里，回到里屋藏好了，跑出来牵着艾瑞斯的手一起往外走。艾瑞斯一边锁上院门，一边漫不经心地问：“那些东西要还回去吗？”姜半夏若有所思地说：“不了，她应该是被日本人救走了，估计要回日本，咱们找不到她的。这份大礼咱们暂且收下，说不准哪天还会用得上，她起的心思太大，不会善罢甘休。”艾瑞斯似懂非懂地听着，淡淡一笑，在姜半夏的手背上轻轻地拍了拍，说：“我永远不会让任何人伤害你的，也没有人可以强迫你做任何事。半夏，你喜欢怎么样，我们便怎么样，我都陪着你。”

艾瑞斯把姜半夏送到了医馆，见她回过身，阳光透过树影均匀地洒在她淡笑的面孔上，他的心没来由地慢了一拍，有一种岁月静好的幸福。碧蓝的天被胡同曲折错落的瓦片裁得别有风致，蒿草毛茸茸地摇曳着。她的背后是乌漆的门板，虽然有几分斑驳破败的样子，却被夜雨冲刷得格外清亮。她的脚旁是一小洼积水，映照着一小片窈窕娴雅的身姿。她和在澳洲的时候不一样了，有一种水润的充盈使得她整个人鲜活起来，仿佛笼着水汽和霞光，而周身散发的清凌冷峻的气质也柔软了几分，带着温暖而甜蜜的气息。

艾瑞斯下班回到家，见院子外停着一辆黑色的轿车，司机是个有几分眼熟的光头青年。他快步往院子里走，听见姜半夏和两个妇人的声音此起彼伏。一掀帘就见热茶的清气里，一个着浅灰夹袄的妇人背对着坐在那儿，左手旁陪坐着一个年轻一些的妇人，小半张瓜子脸俏生生地含着笑。姜半夏端坐在书桌前的椅子上，鼎新拿着玩具在她的脚下跑来跑去。

妇人们围绕在鼎新旁边逗弄他，姜半夏的脸上露出幸福的笑容。她见艾瑞斯回来了，抿嘴儿笑着迎过来接他手里的外套，浅黄软缎面的旗袍随着走动轻盈地流淌着。那个背身的妇人一转脸，见了艾瑞斯便起身客客气气地打了个招呼，陪坐的那个俏丽少妇跟着站了起来，温温柔柔地问了好。

艾瑞斯愣了一下，这才认出这位面容可亲的妇人，便恭恭敬敬地鞠了一躬，用有些生硬的中文说："大嫂您好。"又有些疑惑地转向了那个甜俏的少妇。姜半夏的手挽在他的手臂上，才要介绍，那个少妇笑嘻嘻地伸出一只白嫩的小手，偏着头端详着艾瑞斯，甜丝丝地说："我是弘明的妻子，幸会！叫我密斯董就可以。"艾瑞斯微微一笑，欠了欠身，称呼了一声："密斯董。"密斯董见艾瑞斯年纪轻轻，却一脸古板，欠缺那种电影里公子哥儿的绅士风度，在心里暗骂一声："洋土鳖，乡下人。"脸上却是一片春风，将手不着痕迹地举起茶杯噙了一口。

艾瑞斯见一屋女眷在说笑，才要找个托词躲到里屋，就听姜半夏的声音软绵绵、酥麻麻地飘进耳朵里，说："嫂子们是来做媒的。"艾瑞斯见她脸上按捺着笑意，眼角眉梢都是风情，更为疑惑地问："做煤？家里做煤干什么，天又不冷……"姜半夏的声音低低的，小鸟似的啄着他单薄的粉红耳垂，说："你愿意正式嫁给我吗？"艾瑞斯脑子里咣当一响，又像是教堂的钟鸣，又像是暗夜的礼花，炸得他晕头转向、满眼金光。他紧紧地攥着姜半夏的手，只觉得浑身的血都涌上来，堵在喉咙里发不出声音。他急得一双眼睛水光潋滟，恨不得把整个灵魂都拎出来给世界看，告诉世间万物他属于她。

姜半夏见艾瑞斯一副神不守舍的样子，索性大大方方地和嫂子们谈论起了自己的婚事，偶尔一回神，见艾瑞斯笑得像一个又漂亮又幸福的小傻子，便也跟着傻笑一阵。两个妇道人家叨扰了一会儿，见一屋子素白无物，倒衬得她们送来的几箱子彩礼庄重得突兀，心里便各自生出一番感慨来。大嫂之前一直在近郊山上潜心吃斋念佛，后来因为那个日本小妾的遗腹子没人照应，只好稀里糊涂回到了公馆里，单独砌了一小间禅堂算是和其他人划清了界限。她内心仁善，见姜半夏出落得罕见地标致，放眼京城再也没有敢称第一的人物，然而却在婚嫁之事上颇为糊涂，还没结婚便生出了孩子，她难免生出几番惺惺相惜的心肠，私下里规劝董尚武长兄为父，将她体面地嫁给艾瑞斯。

密斯董真名叫顾娇艳，原先还有个更为响亮的艺名，叫顾芳菲。她唱大鼓唱到十五六岁就遇到了董弘明，不清不楚地跟着一路随军，南下北上辗转了四五年，把大房太太熬死了这才扶上了位。她生得又野又美，自幼在大杂院长大，最忌恨穷人。跟着董弘明征战学了些社交的体面话，最怕别人识破她那凄苦的出身。前些天深居简出的大嫂特意上门来邀请她出面，她才算真正在董家体会到了扬眉吐气的快感。没想到来到这么一个孤零零的小院儿，姜半夏左右连一个伺候的身边人都没有，还要独自拉扯一个洋崽子。她难免生出一种深切的鄙夷，只觉得董家男儿样样好，两个女人却都混得极为不堪，和破落洋人绞成一团。

两个妇道人家一个真真切切、一个敷敷衍衍地谈了一会儿，见姜半夏眉目间已经生出倦意，这才功德圆满地牵着她的手，摇了摇，亲亲热热地告辞了，也没顾得上在一起吃晚饭。艾瑞斯和姜半夏牵着走路摇摇晃晃的鼎新，将两位嫂子送出院门。院外一个丫鬟、一个勤务兵早就恭恭敬敬地微屈着身子在等了，密斯董心满意足地让丫鬟扶着，在勤务兵的护送下来到车前，和司机一起给大嫂开门，脖子左扭右转地欣赏着巷子里出入的邻居们惊讶艳羡的目光。

艾瑞斯学着中国人的做派，拱了拱手，一直目送着她们绝尘而去。姜半夏搂着鼎新，亲密地挨着他站着。她见他换了一身月白风清的竹布长袍，头发长了些，规规矩矩拢在后面，竟然有些东方人的神韵，不觉嘴角露出一丝满意的浅笑。艾瑞斯和姜半夏将牵着鼎新的手臂举起来，鼎新在他们中间高兴地荡着秋千，一面荡，一面咯咯地笑。艾瑞斯冲着邻里街坊微微一笑，搀扶着姜半夏纤细的腰肢一转身进了院子。木门吱呀呀地合上，只有紫丁香和梨花的香气淡淡地漫出来。

姜半夏打开彩礼的箱子，见是一箱新做的旗袍和一箱新打的首饰，旗袍多为绸缎和真丝的，颜色秾丽，一碰便呲呲啦啦地响。只有几件素淡一些的日常家居服，不是那么花团锦簇、喇叭袖管还滚着宽边，多为一些简洁大方的图案，剪裁也更为贴身，颇有些文明新衣的姿态。首饰都是赤灿灿的黄金和红翡绿翠的珠宝，光艳逼人。姜半夏心想这一定不是大嫂的主意，大户人家出身不会这么眼馋，要堆砌这些个富贵东西来体现身份。艾瑞斯捧着邮差送来的大礼盒走进来，正瞧见姜半夏裸着白白嫩嫩的小脚，站在小山似的花红柳绿中央，披散着如水的长发神气活现地问他："嫁给我，这些就都归你……"

艾瑞斯忽然觉得饥渴难耐，他二话不说地跨过去，将姜半夏拦腰抱起，穷凶极恶地丢到床上扑上去。姜半夏小声地惊呼："鼎新刚睡着，动作轻一点儿。"艾瑞斯俯下身体，严丝合缝地盖满了姜半夏，从里到外舔舐撕咬得干干净净。艾瑞斯吃饱了，这才恢复一脸的斯文，打了水给姜半夏细细密密地擦拭，最后把沾了灰尘的小脚丫捧在怀里抹干净亲了亲。

姜半夏倦怠地瘫软在艾瑞斯的怀里，眼神惺忪地望着窗外飘雪似的梨树，忽然幽怨地瞥了艾瑞斯一眼，委屈地说："我饿……"

鼎新忽然也醒了，“哇”的一声哭了出来，扒着姜半夏衣襟大喊：“饿，小肚肚饿！”艾瑞斯恋恋不舍地吻了吻姜半夏香软的嘴唇，又在鼎新的小屁股上轻轻地拍了拍，他利索地穿上衣服，神清气爽地出门到附近的干净馆子里叫了两个菜和一盒子新做的点心。回来的时候，艾瑞斯见那个大礼盒系着宽大的粉红绸带，正孤零零地撂在地上。

姜半夏在床上打开礼盒，见里面是几件格外时髦和洋气的名贵西洋礼服、几件珍珠配饰和两瓶香水，底下还附着董思文的亲笔信，洋洋洒洒地写着英文贺词，心里忽然生出一种迟来的亲情温暖。艾瑞斯凑在一旁，在她柔情似水的湿润眼睛上吸吮了一会儿，忽然就着单薄的一点月光单膝跪下。姜半夏有些惊讶，伸手去扶他，他却像铸铁一样一动不动。

姜半夏端坐稳了，一只手在他肩膀上扶着，端严了神色，问：“这是怎么了？”艾瑞斯的嘴唇在银箔似的月色里翕动，仿佛一小朵玫瑰的花苞，他握住姜半夏并拢的膝盖，说：“姜半夏，谢谢你的家人，但是我是你的男人，我们的婚礼由我来安排策划好吗？我会给你一场盛大庄严的婚礼和一段让人们仰视羡慕的，也让你的家人安心的婚姻。我绝不允许你仓促而简陋地和我苟活在一起。”

姜半夏在那玫瑰花苞上重重地吻了下去，艾瑞斯身段似乎更高挑了，肌肉和骨骼的比例恰到好处地舒展着，面容却依然是一个过分漂亮的少年。姜半夏眷恋地望着他，几乎是有些心疼地想：“他才不到三十岁，却总想着肩负起一切，我哪里在意那些烦冗的东西，他却要替我一样样地安顿周全……”

想到这里，姜半夏把艾瑞斯拉到怀里，万般珍惜地抱着他的脑袋，轻笑了一声，将他温驯的金发故意揉乱，说：“有你陪我一生一世，足够了。从前我总觉得闷，觉得生活琐碎、生命冗长，可是现在都不一样了。我们的灵魂在一起，变得更强韧了，我想积极地参与到生活中去，体味那些况味，也想让生命变得掷地有声、精彩绚烂，这一切是你带给我的，艾瑞斯。”

艾瑞斯静静地聆听着姜半夏梦呓似的耳语，那耳语低沉而略带磁性，有一种夜浪冲刷金沙的温柔。她的呼吸里带着淡果浆酒的甜醇与微辛，心跳隔着柔软的乳房抵过来，轻柔地敲打在艾瑞斯的肋骨上，她说：“我们一起生生死死地走到今天，还要走得更远……想想看吧，多么奇妙的历程！最令人迷醉的是，无论我们多么努力地设计着未来，明天却总是带给我们不同的人生。我总在想，以后的人们，会有什么样的生活，会不会走得更远、更快，有着更为广阔的天地和更为美好的生活。这个世界会变成什么样子，科学已经改变了我们这么多，它是否具备更大的力量改变未来的人类历史？艾瑞斯，我们的后辈，他们该是多么幸运！可是这一切都在，也都不在我们的双手里，我们唯有更加努力……”

艾瑞斯捉住姜半夏顽皮的双手，合拢握在两个人之间，先是仰起脸来吻了吻姜半夏柔软的嘴唇，又伏下来一根一根亲吻她的手指。他的声音在她的指缝之间萦绕：“半夏，每一根手指代表十年，我在每一根手指上都许下了誓言：我会永远在你身边，陪伴你、照顾你、疼爱你，更重要的是，”他把自己骨节分明的修长手指逐一覆盖在她的上面，继续说，“我把我全部的生命都用来保护你、成就你，替你承受和分担人世间所有的艰辛和危险。”他凝视着自己尾指旁边的白色疤痕，说：“这里原本还有一个十年，可是你比我年长一些，我很庆幸斩断了它，把它还给了上帝，这样我就可以陪你一起慢慢走到生命尽头了。半夏，这里全部的十年都属于你，你可以夺走，也可以赋予它们更宝贵的含义。我爱你。”

一天傍晚，林大夫拖着疲惫的身躯刚回到家，就听见几下敲门声。她怕是有病人急症求诊，赶忙小跑着过去把院门打开。林大夫刚把院门拉开，就看见艾瑞斯两只手满满地拎着东西，鼎新骑在他的肩头，姜半夏站在一旁扶着鼎新，一家三口站在门外冲着她微笑。林大夫赶忙握住鼎新摇晃着的小白腿，说道："乖孙孙，小心摔着！林姥姥抱你去吃蛋糕好不好？"姜半夏一边和艾瑞斯一起问林大夫好，一边笑着把鼎新抱下来，说道："小男子汉，自己走，给我们带路好不好？"

林大夫欣喜地牵着鼎新肉嘟嘟的小胖手，鼎新在前面蹦蹦跳跳地走着。一进屋，艾瑞斯便将点心匣子、请柬、礼服、厚旗袍和皮氅送给林大夫，姜半夏一面拉着林大夫试皮氅，一面搂着她的膀子撒娇，请林大夫以义母的身份，出席自己和艾瑞斯的婚礼。林大夫被她磨得没办法，她脱下皮氅，绷着脸上的笑意，说道："热烘烘的，现在这天气，非让我穿什么皮氅！你去厨房做晚饭吧，我和艾瑞斯聊几句。鼎新乖，到院子里玩一会儿吧！"

鼎新将一杯热茶端在手里，颤颤巍巍地递给林大夫，大声地说："林姥姥，请喝茶！"林大夫赶忙接过茶放在桌子上，将他搂在怀里又是亲又是揉。姜半夏站起来，笑着对鼎新说道："鼎新，陪妈妈去厨房做饭好不好？"鼎新听了，高兴地挣开林大夫的怀抱，颠着小脚丫跑过来说道："我去帮妈妈做饭，爸爸陪着林姥姥喝茶说话！"林大夫再也绷不住，被鼎新逗得哈哈大笑，看向艾瑞斯的眼神也温柔了几分。

等姜半夏和鼎新出了门，林大夫便端起茶杯，一面吹着漂在上面的茶叶，一面皱着眉头问道："艾先生，您现在在哪里任职？"艾瑞斯将身体向前倾，两只手臂支在桌子上，十指诚恳地交握着，笑着将在海上结识异国老夫妻教友的故事简单地说了。他一面给林大夫续上茶水，一面接着说道："我按照地图上的标记，找到了西什库大教堂，现在在里面兼任见习神父。"林大夫脸上忽然浮现出一种难以名状的神情，她的嘴角露出一丝笑意，冲着艾瑞斯鼓励地点了点头。

艾瑞斯顿了一下，接着说道：“德国使馆那边，我刚刚拿到了签证官的聘书。”他有些不好意思地低下头，继续说道：“工资目前只能拿到八成，等六个月之后转正了，就可以拿全薪了。”林大夫喝了口茶，将点心向着艾瑞斯的方向推了推，又问：“你今后有什么打算？”艾瑞斯谢过了林大夫，笑着拈起一块点心，接着说道：“我今天来，是想向您请教一件事的。”林大夫狐疑地瞟了他一眼，“嗯？”了一声。

艾瑞斯微微一笑，从怀里掏出一沓文稿和一封亲笔信，交给林大夫。林大夫接过来，才看了一眼就惊住了：那些文稿都是详细记录中国妇女因为落后的生育方式，如何失去健康、流产甚至死亡的，上面还附有一些血淋淋的接生器具的照片，和饱受野蛮接生折磨的妇女照片，十三四岁女童抱着自己的孩子的照片，以及死婴的照片。那封亲笔信是一封回信，收件人是艾瑞斯，落款却是赫赫有名的H夫人。

林大夫拿起信读了一会儿，将信紧紧地握在手里，问艾瑞斯道：“她们真的愿意为兴建现代化妇产幼儿医院而奔走呼吁？这件事可不容易！下一步你想怎么办？”她苦笑了一下，敲了敲照片又说：“这些文稿要是见了报，外国人对中医的歧视和误解可就更大了！”艾瑞斯微微向着林大夫的方向欠着身子，认真地说：“这就是我来请教您的目的。我来到中国以后，从您和姜半夏身上，感受到了中医的神奇魅力。所以，我在信里的提议是打造一座中西医结合的妇产幼儿医院，将两种医学的优势集中起来。”

艾瑞斯给林大夫续上热茶，接着说道：“我想采访您，将中医在妇产幼儿方面的理论和案例也放在文稿中。您是当今国内最著名、最有威望的女中医，如果您可以站出来，利用媒体积极地传播中医……”林大夫笑着打断他，说道：“少给我吃迷魂药！艾先生，中国确实非常需要一座现代化的妇产幼儿医院，尤其是科学严谨的剖腹产，可以大幅度降低产妇和婴儿的死亡率。这也是我和姜半夏这么多年的期望！”

林大夫往窗外看了一眼，问道：“她知道了吗？”艾瑞斯摇了摇头，说道：“没打算告诉她。我想把这座医院当作聘礼，送给姜半夏。”林大夫亲手拈起一块点心，递给艾瑞斯，大笑着说：“这个礼物太用心了！只是，政府那边，你有把握吗？”艾瑞斯咬了一口点心，说道：“谢谢！我现在主要是拉拢各派教会，他们的政治家和大财阀都标榜自己是虔诚的信徒。那对儿海上遇到的老夫妻，是国际宗教名流，影响力很大。我在等他们的回信儿。”

林大夫沉吟了一下，又说：“东交民巷那边儿，你也可以争取争取。得一边捧、一边施压，咱们政府到时候肯定高调揽功，火候到了，你就省心了。”艾瑞斯在一旁认真地听了，频频地点头称是。他站起身，将热水壶里的水倒入茶壶，虚心地说：“您说得很是！我之前在六国饭店做过几次即席演讲，一些海外政要和咱们的政府官员都对此事表示了支持和兴趣。”

林大夫见艾瑞斯用虔诚的眼神注视着自己，满意地笑了一下，继续说道：“女大学生、女眷和那些女明星也是值得做工作的，可别小看她们，尤其是她们的父亲、丈夫或者……”她有些尴尬地顿了一下，接着说道：“或者，男朋友，你知道的，现在这个社会，女性的社交圈比以前要复杂一些……”林大夫的脸有些发红，她干脆撂下茶杯，直接说道：“枕边风，该吹也得吹。现在不是最流行什么夫人外交吗？”

艾瑞斯正要告诉她，自己刚托人送了刘喜奎一套珍稀的火澳宝金首饰，忽然见门帘一动，鼎新两只手里抓着几个虾仁藕盒，蹦蹦跳跳地跑过来。他跑到林大夫膝下，将一个虾仁藕盒举起来，口齿不清地嚷道：“林姥姥吃藕盒！”姜半夏紧跟在后面，小心翼翼地端着一个铜火锅往餐桌前走。艾瑞斯心疼地赶忙接过来，小声埋怨道："怎么不叫我？烫着手怎么办？院子里路那么滑。"姜半夏见林大夫在一旁抿着嘴笑，有些不好意思，将额前的一缕头发撩到耳后，温柔地说道："还没点火呢，不烫。厨房里还有几盘菜，你去端过来吧。"

林大夫凑到火锅前面，见里面是几大朵金黄的菊花，惊讶地说："这季节，菊花都下来了？"姜半夏笑着将桌布抻平，说道："可不是，今年的菊花开得早。想着您爱吃，赶紧买过来，咱们尝尝鲜。"林大夫往窗外望了一眼，拉着姜半夏的手，眼睛里有些湿润，说道："艾先生很不错，我放心一些了。鼎新这么小，你们俩回国没多久，样样需要钱。我这里替你存了一些，给你当嫁妆，风风光光地嫁人，别委屈自己！"

姜半夏还没来得及说话，艾瑞斯便端着一个木托盘走了进来。鼎新跑过去，努力地踮起脚看，托盘比他的头顶还高。鼎新歪着脑袋想了一下，大声地说："爸爸，我来帮您拿吧！"说完，就张开肉乎乎的手臂，想去接那个托盘。林大夫和姜半夏被鼎新人小鬼大的样子逗得哈哈大笑，艾瑞斯将托盘挪到一旁，笑着说道："小馋猫，等你再长大一点儿吧！去把碗筷拿过来码好，好吗？"

林大夫笑着责备说："鼎新才多大，你们就让他干活儿？"姜半夏解下围裙，笑着说："我们约定好了，只有完成自己的职责，才可以吃饭。对吗，鼎新？"鼎新重重地点了点头，"嗯"了一声，欢快地跑去拿碗筷和汤勺。艾瑞斯将托盘里薄如蝉翼的鱼片、色泽鲜红的羊肉瓜条、炸成金黄的腐竹卷和一大盆白菜心端到桌子上，向门外看了一眼，笑着对姜半夏说："鼎新又在伸着脑袋看小鸟呢！"

林大夫随口说道："小孩子都喜欢小动物。"姜半夏帮着艾瑞斯点上木炭，白皙的脸庞被火光映得微红，仿佛涂上了一层薄釉，说道："上次鼎新问我，小鸟为什么要飞。我告诉他，是为了自由的天空。艾瑞斯却告诉他，小鸟每天飞来飞去很辛苦，有时候还会赶上大风和暴雨。但是，为了照顾其他的家庭成员，小鸟从来都不会停止飞翔。”艾瑞斯笑着望向她，接着说道：“对，从那以后，这个孩子就喜欢看天上的小鸟。”林大夫往院子里看了一眼，见鼎新正仰着小脸，努力地张开手臂，学着飞鸟的样子舞动着。

转眼到了冬天，艾瑞斯和姜半夏的婚礼定在了新历12月29日，就定在圣约瑟堂举办，之后到六国饭店宴请下宾客。婚礼前一天，两个人因着前一段写请柬写得手腕子疼，姜半夏特意缝制了两个装着炒热粗盐的布袋子，垫在手臂下面烘着，两个人衣衫不整地靠着说话。窗外的梨树一夜之间堆满了厚厚的积雪，仿佛春天猝不及防地来了。莹润的碎屑随着微风飘坠，偶尔发出细花枝压断的轻响，雪花烟霞似的贴着雪白的地回旋。院外忽然响起喜气洋洋的鸣笛声，不一会儿就见大嫂带着密斯董和采撷三个人桃红柳绿地进来了。

往日灰扑扑的大嫂也做了头发，身上换了一件米色的开司米长大衣，一对儿珍珠耳坠子明晃晃地扑棱着。密斯董续了齐刷刷的刘海，绾了光溜溜的发髻，系着火红的披风从脖子盖到脚面，一双鹿皮镶毛的小靴子俏生生地露出来两个尖窄的头来。采撷却是有了姐姐的样子，穿得格外含蓄，一头半长的卷发束起来用帽子压着，通身的格子西装外面套了件硬朗的皮风衣，手里的东西堆得老高，遮住了脸，却没遮住笑声。

三个女人重重地咳嗽了声，又在窗户上敲了一下，这才大剌剌地闯了进去。姜半夏和艾瑞斯已然收拾利索了，正一个烧水倒茶，一个端着点心请她们坐。艾瑞斯的中文经过了将近一年的学习，已经颇为娴熟，只是舌头有些发硬，措辞却是文雅精准。密斯董往案几上瞟了一眼，忽然俯身和采撷耳语了一句，两个人窃笑着看艾瑞斯和姜半夏。艾瑞斯顺着她们目光一瞥，见装着粗盐的布袋子一个做成老鼠的样子，一个做成猫的样子，正亲亲热热地叠在一起，上面四只眼睛还是鼎新描画的，不禁也跟着笑了。

大嫂见房间里里外外都布置得颇有些新房的样子，又添置了不少家具，虽然外头落着雪，屋子里却是暖香袭人，收拾得中西合璧很有风采。她矜持地抿嘴笑了笑，拍了拍姜半夏的手表示满意和赞许，看着艾瑞斯的眼神也终于带了些仰视。密斯董从随身的香包里掏出一沓新剪的窗花和喜字，又翻出一小瓶糨糊，张罗着和采撷一道捏着小刷子一张一张涂上，让瘦高的艾瑞斯四下里都贴满了。

董采撷带来的东西摊满了一书桌，她挑挑拣拣地挨个翻给姜半夏看，显摆似的举起华丽的婚纱和头饰，甚至还有绢花和蕾丝做的手捧花，大声地炫耀："这是英国皇室御用的设计师亲手做出来的，我巴巴地等了半年才取到。你摸摸，多软、多滑、多轻！还不是那种僵硬的惨白，多柔和的淡杏色，穿上最衬你的，肩头镂空露出那么一点点的肌肤，多洋气！"鼎新忽然从卧室里跑出来，他惊讶地望着满屋子的漂亮礼物，欢笑着追着艾瑞斯，和他一起贴窗花。

密斯董眼馋地跑过来看那件婚纱，抡着手不敢摸，怕糨糊蹭上去，眼珠子却已经巴巴地粘了上去。有那么一瞬间，她回想起自己都没举办过婚礼，天刚擦黑自己就贱兮兮地骑着小毛驴跟着警卫员从旁门里进去了。密斯董并不是一个多愁善感的人，她很知足眼下的生活，锦衣玉食、洋楼香车，只需要看一个人的脸子行事。现如今，她的颧骨和下巴都被丰润的嫩肉包裹住了，一张脸粉面含春比前些年更娇美稚嫩，眼睛里也少了那些凄苦和凌厉，彻彻底底摆脱了低贱的狐媚子相。

密斯董冲着窗外一努嘴，欢天喜地地喊："快抬进来！"只见两个小兵打扮的人呼着热气抬着两坛子酒走到门口停住了，旁边的梨树随着他们的脚步颤巍巍地落下梨花似的雪片子。密斯董挑着帘子让士兵们把酒抬到客厅里，笑嘻嘻地说："这是托人从南方乡下收的，据说是酒窖子里最老的，得有一百多年的老黄酒。你们两个喝了，百年好合、长长久久。”说到百年好合的时候，她不自觉带出来一声唱腔，尾音悠长地落在了久上，自己有些不好意思地捂着嘴笑。采撷见风头被抢了去，有些不甘心，一面把手捧花上面压歪的花瓣用手抹平，一面轻轻哼了一声：“黄酒有什么好的，明天宴席上，什么样的名贵洋酒没有？两个大泥坛子上得了什么台面……”

两个人正要拌嘴，院门外又响起了鸣笛的声音，大嫂将脸转向艾瑞斯，笑得合不拢嘴，说：“是那几个浑小子来接你了，照规矩，今天你和姜半夏不能在一起，明天再来接亲吧！放心，我们几个陪着她，明天肯定还给你一个艳光四射的新娘子！”艾瑞斯不情不愿地被扯走，一步三回头地往窗子里看，见姜半夏稳稳当当地坐着，只留给他一个乌亮秀气的后脑勺。鼎新追到院子里，犹豫了一下，又张开手臂往屋子里跑。大嫂将鼎新搂在怀里，有些担忧地问姜半夏：“到时候，鼎新怎么办？”姜半夏在鼎新明亮饱满的脑门上亲了一口，大声地说：“鼎新是我们的证婚人！”

第二天，车子拐到胡同口忽然停下，艾瑞斯从前面的高头骏马上风度翩翩地走下来，一头钻进车里。姜半夏的眼睛被真丝手帕蒙着，任由他牵下了车，艾瑞斯俯下身背起了姜半夏，惹得她小声惊呼了一下。董采撷带着鼎新和一个女童跟在身后，小心翼翼地提着海浪般洁白柔软的婚纱裙摆，一路撒着花瓣和糖果。艾瑞斯背着姜半夏，感受她柔软的面颊偎贴着自己的脖颈，感受着她的发丝轻轻地拂过自己的嘴唇，感受着她柔软的乳房和自己坚硬的肩胛骨紧密相连。他被她芳香纯净的气息所笼罩，仿佛深陷在一个无比曼妙的梦境中。

当姜半夏被艾瑞斯轻柔地放下来，他的手指缓慢地摘下真丝手帕，姜半夏见到艾瑞斯的身后是一个巨大的布帏。董尚武、董思文和董弘明含笑一字排开站在前面，董思文冲着她神秘地眨了眨眼睛。艾瑞斯牵起她的手，将她带到布帏的前面，递给她一把带着大红绸花的剪刀。姜半夏这才发现布帏用红色的绸带系在一根根木柱上，只要用剪刀剪开绸带就会落下。她有些迟疑地望着艾瑞斯，艾瑞斯握住她的手，和她一起剪开第一根绸带。当绸带全部剪开的时候，布帏缓缓落下，姜半夏震惊地望着眼前，眼眶里渐渐地盈满了泪水。

艾瑞斯单膝跪倒在地，从怀里掏出一个厚厚的大信封，郑重地交给姜半夏，说："这是房契、执照和所有的工商税务手续清单。亲爱的，姜氏爱慈妇幼医院就交给你了。谢谢你嫁给我，这是我的第一份聘礼。"姜半夏颤抖地接过信封，幸福的眼泪忽然涌了出来，她刚要扶起艾瑞斯，董采撷在身后俏皮地说："让他多跪一会儿，没事的，你先参观参观，看看满不满意。"姜半夏狠狠心，"嗯"了一声，往前走了几步，又心疼地跑回来，把艾瑞斯搀扶起来。艾瑞斯让鼎新坐在自己的肩头，和姜半夏两个人手挽着手，一起往医院里走，鞭炮声和喝彩声在身后震天动地地响起来。

原先的小医馆已经不见了踪影，短短半年的时间，就在医馆的旧址上拓宽了大半条街，按照西洋医院的规格搭建了一所米白色维多利亚式的建筑，上面顺着走势加盖了赤金色的琉璃瓦飞檐，又在墙壁外镶了暗红色的通天圆木柱子，甚至还在里面结合了中式的亭台楼榭做了一个颇有苏杭意境的小花园。艾瑞斯挽着震惊不已的姜半夏一路给她细细讲解，姜半夏迟迟说不出话，每看一处便感动得想落泪。姜半夏泪眼婆娑地低声问艾瑞斯："你哪里筹来的钱？我这边怎么一点动静都没有？"

艾瑞斯怜爱地吻了吻她的眼睛，悄声地说："有教会筹来的钱，也有美国投资商的钱，还有我自己赚来的不少钱。政府为了盖一座真正属于中国人自己的妇幼医院，也是世界上第一家中西医合璧的医院，也给我们投了钱，还帮我们拿下了附近的土地。"姜半夏抿了抿嘴唇，趁四下无人，忽然狠狠地吻了艾瑞斯嘴唇一下，说：

“这么大的事情，竟然一直瞒着我……”

艾瑞斯猛地抱紧了姜半夏，喃喃地说：“我恨不得让你融化在我的身体里，或者一小口一小口地吃掉你。可是我更想把所有的一切给你，给你最想要的、做你最想做的、成为你最想成为的。我不知道该怎么爱你……”“谢谢……谢谢你，艾瑞斯……你是我今生今世最美好最宝贵的礼物。”姜半夏的手指温柔地穿过艾瑞斯厚厚的金色卷发，深情地摩挲着他。眼泪从她的嘴唇渡到他的嘴唇里，又从他的嘴唇里落在她的手指上。

艾瑞斯见姜半夏的高跟鞋陷在草地里，有些狼狈，便干脆将她紧紧地抱在怀里护着一直走到小花园。艾瑞斯在亭子里放下姜半夏，指着外面小小的苗圃问：“猜猜看，里面都种了什么？”姜半夏想了想，低声问他：“中草药材？”艾瑞斯低声笑着，在她醺红的面庞上宠爱地吻了吻，说：“真香……是半夏和鸢尾花，以后我想种满医院，一半是你，一半是我，象征着爱与希望。我们一起用爱与希望来孕育和拯救更多的生命，无论贫富贵贱，无论国籍肤色，我们救赎肉体，也唤醒灵魂……亲爱的，这是我们所有心愿的种子，我陪你一起让梦想发芽。”

1929年，中国北平。

姜半夏和艾瑞斯握着手坐在后面的车里，见董尚武披着军大衣，大步流星地被手下簇拥着往月台里走，大嫂和奶妈子一个人抱着个孩子跟在后面送行。两个人才要下车，忽然听见一声枪响，姜半夏想往外冲，却被艾瑞斯牢牢地压在了身下。姜半夏昏头涨脑地扒拉开艾瑞斯，推开车门就往月台跑。她仿佛听不见声音一般，只觉得身边乱七八糟全是腿，有往里的，更多的都是往外逃命的。只有艾瑞斯拽着她的胳膊把她按在大衣里，叹息了一声裹挟着往前跑。跑到人堆前面，姜半夏忽然不跑了，她一小步一小步地挤进去，见大嫂扑在董尚武身上痛哭，脚下缓缓地淌过一小摊血。

她镇静地走过去，蹲下身，和穿着白衣服的医生护士挨着，声音飘悠悠地说："让一让，我是医生……"她低下头，正迎面见董尚武睁开了眼睛，虚弱地冲她笑了一笑，僵硬地虚抬了下手臂，说："我没事，帮我处理下，我要自己走出去，外面媒体多。"姜半夏被他微弱的气息几乎震下泪来，医生转过脸，对着姜半夏严肃地说："大腿贯穿伤，险些伤着动脉，万幸……"他的手扳住董尚武，严厉地劝诫："您不能动，小心大出血！我们要把您抬上车送医院，请您配合下！"大嫂忽然从董尚武的胸口前扬起一张惨白的脸，说："半夏，你帮着医生们把伤口堵住，给他打点止痛的，我扶着他往外走。"

姜半夏恍惚了一下，不自觉地"嗯"了一声，医生还要怒斥，忽然觉得腰间被冰冷的一个枪管抵住了，原来是董尚武的副官，"麻烦您了，医生！"姜半夏提线木偶似的帮着医生和护士处理伤口，小护士一扭头见到凶神恶煞的副官，吓得眼泪鼻涕一直流。董尚武走出火车站的时候，早有媒体的长枪短炮惊讶地戳过来，大街上的群众也被吸引过来，只惊叹董上将福大命大造化大，没有让刺客得手。董尚武强撑着，将大半个身子的力量都靠在大嫂和姜半夏身上，背后由艾瑞斯和副官扶着，匆匆发表了一番讲话，就悄无声息地遁回到车站里准备上车。

姜半夏见董尚武高大魁梧，还戴着礼帽，而身边的人大抵都是平民或者士兵的打扮，忽然心思一动，把他的帽子摘下来往月台下面一丢，正要褪他身上的美式军衣，忽然又听见一声近距离的尖锐枪响。在电光石火之间，姜半夏嗅到一丝冰冷的腥气，她的心底浮上了一层悲切的哀伤。艾瑞斯强拖着把她带到柱子后面，又去拖大嫂和两个孩子。刺客不止一个，在月台上就和部下们交了火，密集的火线将车站弄得乌烟瘴气。副官掩护着董尚武瘫坐在售票处的亭子里，他的手枪刚才被挤掉了，董尚武的伤口也撑开了。等到火线稀稀落落下去，刺客已经不见了踪影。姜半夏在艾瑞斯的身下又抓又咬，艾瑞斯不吭声地捂着她，听着她困兽似的哀鸣。

等艾瑞斯确认安全之后，姜半夏一身新娘子的旗袍都已经揉烂了。她蓬着头发花着妆，一步一颤地走向售票亭，那里又聚满了人，见她走过来，稍微让开了一条缝。姜半夏深吸一口气，把门打开，两具温热的肉体滚落出来，血腥味紧接着喷涌而出。她从地上捡起来一块手绢，凄凄惨惨地咧着嘴，说："脸怎么这么脏，也不知道擦。"

她把董尚武歪在膀子上的头扶正，用手绢一点点擦拭着，一颗子弹被人抵着后脑打进去，又从眼眶里钻出来，眼珠落在鼻梁上，嘴巴还在血污的面孔中傻里傻气地张着。董尚武的身上还有好几处枪伤，后背被打烂了，鲜血濡湿了马甲，和副官的血染成了一处。副官的致命伤是在肺部，两只手鸡爪子一般痉挛着抠着门闩，身子高高地躬着，想堵住刺客。可是门被子弹射透了，窗户也碎了，打死两个人不过是一瞬间的事，他们没地方躲闪。姜半夏给董尚武擦了许久，见血擦拭干净后，露出弹孔，心里想："血都流干了……"

大嫂抱着两个孩子没有往前，她见艾瑞斯抱着董尚武的身体走出来，就知道这次是死彻底了。她的心忽然就空了，脑海里过电影似的想起了很多前尘往事，要不是两个孩子撑着，她也不想活了，连个可以怨恨的人都没有了。她瘫在车里浑浑噩噩地回到公馆，两个只来得及知道害怕，还不懂得生死的小孩子早已赖在她的怀里酣睡。下人们还没收到噩耗，满面春风地迎上来。他们见大太太脸色铁青、嘴唇苍白，几乎是提着两个孩子滞重地迈下车。司机在一旁提着一个孤零零的礼帽，沉默着摸索出烟来抽，一边抽一边剧烈地打着摆子。

大太太飘忽忽地走进了客厅，见灯火辉煌地挂着一张半面墙大的合影，袁世凯、段祺瑞和自己的先生站在人群中间，正意气风发地谈笑，背后是站着仪仗兵的紫禁城。而孩子们的小像摆在下面的玄关上，搂着脖子腻成一团。早先还有一张大家族的合照，那个日本女人穿着和服，刚刚怀孕还没显怀。日本女人的脑袋偏向了自己的先生，留她在一旁冷冰冰地斜视着。这张全家福中，只有她神色不豫，照出来不好看，被她藏起来了。

她的思绪胡乱地飘荡着，忽然落在了沙发旁的茶几上，一杯热气腾腾的茶模糊了她的视线。她喝红茶，他喝绿茶，每次回家都会有两杯略烫的茶水候着。以前只觉得稀松寻常，她后知后觉地想："得告诉春红，以后只备一杯红茶就可以了。"下人们进来的时候，大太太手里捏着佛珠，身子歪倒在了沙发上。她的嘴角流出长长的口津，和冰冷的泪水混作一摊，在前胸形成一块深色的水渍。

大太太做了一个冗长的梦，梦里董尚武正在书桌前擦拭他的佩刀，刀身雪亮地映着他的脸。她从身后走上前，把绿茶端给他，怯生生地问："又要去打仗了？"他躬下身又去擦自己的皮鞋，擦得锃亮，气定神闲地说："嗯，可能要打个把月，你别担心，我哪次不是全须全尾的？"大太太忽然见什么东西掉在了地板上，骨碌碌转着滑到桌子底下。董尚武焦急地探进大半个身子伸手去够，大太太见他辛苦，也弯下腰帮忙胡乱地摸。董尚武有些急躁地说："捡到了，你别碰，我自己来。"大太太见他手里紧紧攥着什么，董尚武闭着眼睛长吁了一口气，把她推开了。

大太太本本分分地站在身后，眼见他的背影仰起脸，抬手往脸上塞，塞了半天塞不进去。她忍不住地凑过来，想帮他，见董尚武张着鲜血淋漓的手掌，空着一个眼洞子望着她，可怜巴巴地说："怎么装不上去？"她忍着难过，帮他一起往眼眶里按，按好了他转了下眼睛，眼睛还是鲜活的，她满心欢喜地笑了。墙上的自鸣钟跃出两个跳芭蕾舞的小人，一边转圈一边敲鼓，董尚武"啪"一声站起来，自言自语："时间到了，得走了。"大太太手里举着茶杯，颤巍巍地跟着他说："喝一杯再走吧……"董尚武一转脸，眼珠子又掉了下来，他满面愧疚地说："可能走不了了，眼睛看不大清楚。"

大太太忽然崩溃了，她坐在地板上痛哭流涕，哭了一会儿忽然觉得醒过来躺在家里的床上。董尚武站在窗前系扣子，一张脸上眼睛是眼睛，鼻子是鼻子，生得十分好看。大太太忽然柔肠百转地凑过来拦腰抱住他，哼哼着不肯松手，董尚武有些无奈地搂住她，问："这是怎么了，大早上起来哭成这样？别抱了，我浑身热得都是汗。"大太太摸着他后背黏答答的，也有些纳闷，赔着笑脸说："我倒觉得冷，现在寒冬腊月的，你热什么？"董尚武好脾气地转过身去，对着窗户伸胳膊抻腰，说："又要打仗了，等以后太平了，我们一起去趟欧洲，这些年我也没好好陪过你。"大太太正要打趣他转了性，忽然见他的后背全是鲜血，汩汩地冒着。董尚武惨淡地笑了笑，说："对不住了。"

等大太太再一次醒来，她就变得谨慎多了，见一屋子影影绰绰都是人，只是没有董尚武。她张开嘴才要说话，忽然发现舌头变得有些木，语句破碎含糊地滚出来。她定了定神，告诉自己一定还是在梦里，反而踏踏实实地又闭上了眼睛。姜半夏将嘴唇凑到她的耳朵边，轻轻地说："大嫂，别睡了，你有些中风，不严重，要强迫自己醒过来。"大太太掀起沉甸甸的眼皮，终于醒转过来，望着姜半夏苍白的嘴唇，翕动着嘴唇。姜半夏把耳朵贴上去，才听懂她说："对不住了。"姜半夏以为她是为自己的婚礼感到抱歉，不禁潸然泪下，紧紧地握着她的手。

董思文和董采撷一个从西南、一个从上海赶回来，身上的衣着都有些单薄，又因为哭得厉害而满面浮肿，红着眼圈抹着眼泪瑟缩着立在一旁。门外忽然嘈杂起来，有人大惊小怪地喊："这里是医院，不能带枪……"艾瑞斯知道病房门口荷枪实弹守着段祺瑞的亲兵，心里并不怎么担忧，只是手握在门把上，谨慎地顺着窗户往外望了一眼，却见董弘明穿着奉系的军装红脸关公似的和守卫对峙。他拉了下门，露出一小条缝隙，冲着董弘明挥了挥手，又和两名如临大敌的亲兵打了个招呼："是将军的弟弟，来看望大嫂的，自己人。"

董弘明顶着一头落雪走进来，眉毛和睫毛上都结了霜，泪痕在冻得紫红的脸膛上留下一条条浅薄的薄冰，看上去像是衰老了几十岁。密斯董腆着孕肚本来正倚在墙壁上打盹儿，忽然觉得一阵冷风。她睁开眼睛，愣了半晌，瑟缩着挪着步子走过来，仰起脸给董弘明掸肩头的残雪，直到肩章清清楚楚地露出来。董弘明冲她仓促地点了点头，忽然对着病床上的大嫂直挺挺地跪了下去，左右开弓地扇自己巴掌。密斯董吓得往后一跳，看明白了又红着脸儿想往上凑，被董采撷悄无声息地拽住了。姜半夏的耳朵贴在大嫂的嘴唇上，认认真真地做着传声筒："你往前过来一点儿。"董弘明跪着两条腿往前蹭，姜半夏认认真真地摇了摇脑袋，说："不是你，是你夫人。"

密斯董捧着肚子小心翼翼地挨到床边，大嫂忽然颤巍巍地伸出一只手，抚摸着她圆滚滚的肚子，脸上挂着慈悲的泪与笑。密斯董在一旁赔着笑，笑了一下又觉得不对，赶忙又赔着抹眼泪。大嫂的眼睛从孕肚上挪到董弘明的身上，一层薄泪盈上了眼眶，只是一言不发定定地看着他。董弘明直愣愣地望着那个尖尖圆圆的小肚皮，他似乎看到了那个小肚皮上突出一个小轮廓，忽然又缩回去了。

一种陌生的慈爱在他的血脉里游走，姜半夏的声音略带沙哑地响起："要善待董家的孩子们。"董弘明忽然懂得了大嫂的意思，他一把拖过密斯董，把她按在地上跪好，嘶哑地喊："跟嫂子发誓，我们会把春明和雪涛两个孩子带好，让他们有大出息。比对自家孩子还要好，拼了命地对他们好，好到我们老死。"密斯董感受着肚子里孩子翻跟头似的乱搅，心里生出一种朦胧的悲切。她笨拙地伏身要给大嫂磕头，董采撷从背后搀住了她，说："你身子重，要多加小心，嫂子明白你的心意的。"

姜半夏的侧脸掩盖在乌压压的长发下面，只有一个鼻尖苍白地露出来，平添了几分鬼魅的气息。她叹了口气，又用大嫂的口气孤零零地说："退役吧。"董弘明怔在原地，他的一双手忽然变得惨白，畏寒似的哆嗦起来，一张脸深深地埋在领口里。等他再抬头的时候，几乎像是要把脖子挣断那样猛地昂起脸。他的嗓子像被沸水滚了，哀楚地望着病床喉咙里"咯咯"响了两声，然后拼命地磕头，脑袋撞在地板上"咚咚"响。董思文战战兢兢地望过去，见姜半夏和大嫂的影子叠在一起，纹丝不动的连表情都隐了去。

一直到额头上磕出了血，姜半夏才走过来扶起了他，大太太这才肯在床上歪了歪头，舒舒服服地睡着了。董弘明和密斯董相互搀扶着往外走，姜半夏跟着蹑手蹑脚地走出来，拽了拽他的袖子，问："查出是谁干的了吗？"董弘明迟缓地摇了摇头，姜半夏的手抬起来，帮他擦了擦额头上的血印子，叹了口气，说："如果再查不出来，就别往深里查了，算在日本人身上吧。他们最近作孽太多了，杀他们总比我们自己窝里斗痛快些。"董弘明嗫嚅了一会儿，皱着眉头说："无论谁干的，我都亲手杀了他，你放心。"

姜半夏在密斯董的肚皮上摸了摸，幽怨地说："你不懂，我只剩下担心你了，大哥去都去了，何必再搭上你。大嫂还在生别扭气，毕竟你们兄弟俩吃两家军队的饭，若不是他这次……我们是真怕你们迟早互相残杀。"董弘明觉得脸上又是血又是汗，格外狼狈，便抬手胡乱抹了一把，僵硬地说："我也想答应大嫂，她过门的时候我才多大？里里外外都是她照应着我。可是这是大义，就这一件事我不能听她的，我现在归顺了北伐军，大哥要不是出事，早晚也会归顺。都是一家人，想的都是男儿保家卫国，统一了才能一致对外。”

姜半夏点了点头，“嗯”了一声，说：“国民党和共产党看上去倒是一心为国的，只怕统一之后又要打起内战。”董弘明见她神色憔悴，有些心疼，温和地说：“那是上面的事情，轮不到我，我就是一杆枪。天下大势分久必合、合久必分，你也别想那么远。”姜半夏听了，深以为然地点了点头，留下一句：“小心路滑，快回去吧。”便转身往病房里走。董弘明正对着走廊里的窗户，不禁往外看了一眼，忽然远处一亮，“啪”的一声轻响，他跑回去拽住了艾瑞斯，低声地说：“有枪声。”

艾瑞斯抬起眼睛，见大太太醒了，正在姜半夏的臂弯里冲着窗外笑，窗外“啪啪啪啪”密集地响了起来，一丛丛一簇簇的烟花在半空绽放，还夹杂着人们的欢笑声，还有绵长而恢宏的钟声。董采撷欢喜地把脑袋抵在玻璃上，还嫌不够，又推开窗子，拉着董思文一起指指点点地往外看。过新历年的人越来越多，医院里的一些小护士也干脆跑到了院子里，蹦蹦跳跳地堆着雪人，艾瑞斯握住董弘明冰冷的大手，微微一笑，说：“新年好。”董弘明摇了摇他的手，只觉得他的手过于白皙柔软，心里有些不快，但是一眼看见姜半夏含着笑意的神情，只好咧嘴笑了一下，说：“我不过新历的。”

他往窗外一瞥，正瞅见一个魁梧高大的男子，戴着礼帽气宇轩昂地走着。他的心口狠狠地一疼，暗暗地想：“走得那么急，你当初赶着帮段合肥‘三造共和’，赶着收拾外蒙，现在还赶着投胎？投胎也好，投胎做个豪杰好汉，我在疆场上等着你。”姜半夏望着烟花，蓦然地想起了大哥董尚武写给孙中山先生的挽联：

百年之政，孰若民先，曷居乎一言而兴，一言而丧；

十稔以还，使无公在，正不知几人称帝，几人称王。

艾瑞斯绕到她的身后，用手去勾她的腰，姜半夏只觉得小腹一暖，忽然想起了两个人这就算是新婚了。

1929年，中国广州。

转眼间，姜氏爱慈妇幼医院里的药圃已是春色满园，粉紫色的辛夷花和鹅黄色的连翘花交相呼应，米黄色的绣球丁香散发着浓烈的芬芳。姜半夏刚从手术室出来，绿色的手术服上喷溅了不少鲜血。她刚为大出血的产妇献了血，正用右手的食指和中指按压着左臂臂弯内的针眼，棉制口罩的上面，露出汗淋淋的小半张面孔，眉眼之间全是笑意。她一边拉下口罩，一边向守在手术室门口的家属们道喜："恭喜！是龙凤胎，母子平安。母亲刚刚大出血，需要留院观察。"

姜半夏的脸颊被口罩勒出了两道深深的红印儿，嘴唇因为长时间没有喝水而干涸皴裂。她回头看了一眼手术室里虚弱的产妇，继续叮嘱道："一会儿要先看望产妇，再看孩子。产妇顺产转剖腹产，折腾了一整夜，受了不少罪！家属们要多关心照顾她。"几个小护士推着移动病床从旁边路过，姜半夏顺手帮产妇把被子往身子底下掖了掖，产妇从被单下面伸出一只蜡黄的手臂，牵着她的手摇了摇，浮肿的脸上淌着两行清泪，虚弱地说："太谢谢您了，姜院长！要不是您，我和孩子就都没了。"

姜半夏看了一眼挂在墙壁上的时钟，发现已经是晌午了，她一面在心里盘算着下午的工作，一面步履匆匆地走在淡绿色的走廊上。姜半夏拖着疲惫的身体，回到院长办公室，这才发现手术服已经被汗水湿透了。她刚要换衣服，就听见有人敲门。姜半夏手里捏着手术帽打开门，看见艾瑞斯一手拎着竹编大漆食盒，一手捧着一盆冷紫色的兰草站在门外。姜半夏欣喜地接过兰草，惊呼道："见血清！哪里找到的？"

艾瑞斯一面将食盒放到桌子上打开，一面笑着说道："我托人从福建买来的，买的时候还没有花苞，这一路下来，花都开满了。"他将锦袋里的筷子、餐勺拿出来，一面敲着食盒，一面说道："快洗手吃饭吧！今天上午的手术怎么样？"姜半夏一面捧着花盆细细观赏，一面凑上前在艾瑞斯的脸颊上吻了一下，说道："挺顺利的，是今年第一对龙凤胎！对了，你怎么中午就过来了？"艾瑞斯将花盆接过去放到阳台上，他把姜半夏拉到脸盆架子旁，一面替她褪下手套，一面压低嗓门眨了眨眼睛，神秘地说："我还给你带了一份礼物。"

姜半夏在他身上摸了一遍，笑着问："你藏哪里了？是什么礼物？"艾瑞斯将暖水瓶里的热水倒入脸盆，试了试，然后将姜半夏的手按进去，温柔地搓洗。他一面和姜半夏一起在盆子里洗手，一面向着胸口点了点下巴颏，忍着笑意说道："在我衬衣口袋里，一会儿你自己拿吧。"姜半夏乖乖地擦干净手，从艾瑞斯怀里掏出一封信。她反复地看着信封上寄件人的落款，难以置信地抬起脸，惊呼道："H夫人？她怎么会给我写信？"艾瑞斯将她揽在怀里，一面给她的手抹上雪花膏，一面一本正经地说道："我也不知道，应该是仰慕我们姜氏爱慈妇幼医院的院长吧！"

姜半夏靠在艾瑞斯的胸前，屏着呼吸将信拆开，信封里露出一封手写的信纸和一张烫金的邀请卡。姜半夏咬着嘴唇看完了信，忽然扭过脸去找艾瑞斯的嘴唇。艾瑞斯深情地回吻着姜半夏，两个人紧紧地抱在一起。艾瑞斯怜爱地撩开黏湿在姜半夏额前的长发，轻声地说："信上说的什么？"姜半夏握住艾瑞斯的手，微笑着说道："密斯莲问你好呢！她要我去广州，作为客座讲师给女青年们上课。讲什么是新时代的女性，什么是事业女性和妇女的权益……"

艾瑞斯深情地凝视着日渐消瘦的姜半夏，犹豫了一下，说道："太好了！她真的很欣赏你！不过，你最近太辛苦了，如果还要去广州上课，我怕你身体吃不消。”姜半夏沉吟了一会儿，说道：“主要是工作太忙，脱不开身。医院的工作可以暂时交给林院长和丽莎副院长，她们一中一西，一个可以负责中医内科，一个可以负责西医外科。”艾瑞斯点了点头，笑着说道：“等你安排好了，我送你去。”

姜半夏摇了摇头，说道：“你还要上课，还要工作，不能耽误。我去一趟广州，先了解一下情况。也好当面拜谢密斯莲，感谢她和密斯沐当初帮忙兴建姜氏爱慈妇幼医院的恩情。”她舔了舔嘴唇，笑着说道：“你送我去车站吧！等回来的时候，你去车站接我。我记得二哥要带着二嫂去广州履职，咱们下班后去他们家里一趟，问问他们什么时候动身。”艾瑞斯笑着抱紧了姜半夏，在她的脸上恋恋不舍地亲了又亲，嘴里含糊地说道：“到时候我和鼎新一起去车站送你！赶紧吃饭吧，亲爱的公主！刚买的桂花乳酪，再过一会儿就散了。”

姜半夏跟随二哥二嫂，从北京前门火车站乘坐平津列车到天津。第二天再乘津浦列车到南京浦口，第三天从浦口坐轮船渡过长江，第四天从南京火车站换乘沪宁列车抵达上海，最后才坐船从上海到了广州。二嫂新铰了文明头，薄施脂粉，穿着素淡的青竹布倒大袖短袄和阴丹士林阔腿裤，外面只罩一件方领黑马甲。她的面庞透着秀气的木兰白，轻言慢语地端坐着，手上时常握着一本《中华女子国文教科书》，倒像是一位刚毕业的女学生。董弘明难得换上了长衫马褂，在一旁耐心地指导着她，只是双手总是端方正直地放在叉开的双腿上，眉眼之间不时透露出狠戾的神气。

船才刚刚停稳，就有一男一女两个年轻人走上来客客气气地请他们。男青年身着中山装，脖子上却戴着一个小小的银质十字架。女青年也是一件蓝竹布褂，束着黑布短裙将过膝盖，两条光腿用白布长袜裹着，头上绾了双圆髻，脸蛋上架着一副无框眼镜。两个青年叽叽喳喳地簇拥着董弘明和两位女眷辗转来到了国立中山大学的怀士堂。怀士堂似乎刚刚举办完活动，座椅上依然散落着宣传单，几个女学生正在忙碌着收拾横幅标语，粉白的脸孔上全都洋溢着喜悦的激情。

董弘明三人被让到了后台，坐在休息室里喝茶，坐了一会儿，就见两位素服戴孝的妇女并肩快步走来。其中一位略显丰腴的妇女搀扶着另一位娇小玲珑的女士，并不时和她朗声高谈。董弘明赶忙起身相迎，姜半夏和二嫂也恭恭敬敬地欠了欠身子。到了近前，姜半夏才看清楚两位妇女的容貌，心里不免十分惊喜，二嫂却已经激动地握紧了手帕，将半个身子依在了姜半夏的身上，轻呼："是S夫人、H夫人！"姜半夏一面行礼，一面细细地端详着两位当代最杰出的女性。

她见S夫人虽然面带病容，有些苍白憔悴，容颜却是罕有地端丽妍雅，骨秀肌丰，肌肤白皙如瓷，让人不敢直视。H夫人虽然身材矮小，五官并不出众，神态却有一种凛然不可侵犯的霸气，握手的时候温暖有力，使得姜半夏不由得更生出了几分景慕之意。H夫人望了姜半夏半晌，忽然在S夫人的小臂上轻轻一拍，说："这般样貌气度，真是难得一见！您倒是又挖掘了一个好人才！"S夫人微微一笑，先是大加颂扬了一番董弘明在北伐中的杰出贡献，又勉励了勤勉好学的密斯董，嘱咐H夫人为她准备一些女子学堂的教材，这才双手伸出来，紧紧地握住了姜半夏的手，用热忱的目光直视着她。

姜半夏只觉得她的手冰凉纤细，不由得轻轻地搭了搭她的脉，S夫人淡淡一笑，毫不在意地说："不妨事，前些日有些发烧而已。您的医院办得真好，救助了许多的贫苦妇女和她们的孩子。我听说您曾经参与过一战？"姜半夏有些羞惭地垂下头，说："我也只不过是众多为医院服务的工作者之一，并没有什么特别的。还有太多的妇女儿童需要现代医疗的帮助，她们的家庭往往贫困而愚昧。我在一战中是华工的翻译，也参与过战场上的医疗救助工作。”H夫人在一旁朗声说道：“中国需要更多现代化的大型医院，尤其是妇幼医院。每年都有大量的妇女婴儿因为难产而死，我们失去的，是国家的下一代。”

S夫人轻轻地咳嗽了一阵，不好意思地用英文道了歉，接着H夫人的话说道：“中国的妇女们是最最勤劳质朴的，也是最最具有牺牲奉献精神的，可惜也是全世界妇女中最饱受不公和迫害的。千百年来，妇女作为男人的附庸品，只是男人们取乐做伴、生儿育女的工具，不仅要操持老少，还要忍辱负重地伺候男人，甚至允许自己的男人三妻四妾。一个社会里，如果没有伟大的母亲，怎么会有伟大的孩子？一个国家里，如果一半的人口都没有基本的权利和尊严，那么这个国家怎么会平等均衡地发展？我们女性的力量，被严重地低估了。但是我们不是要学习欧美女性那样，靠暴力换取人权，而是应该用知识武装自己，赢得应有的影响力。”

S夫人的声音温和而不失力度，脸庞上焕发出一种光明的神采。姜半夏听着这番铿锵话语，不禁心生认同，频频点头。H夫人在一旁冷眼观望，见她虽然有所触动，面色庄重，却依然保持着平和沉静的神情，不像一般女子那样慷慨激昂，不禁又在内心里赞许了一番。H夫人端起茶杯抿了一口，接着说道：“S夫人一向主张女性应拥有公民资格、选举权、财产所有权、社会地位等，并且应该在政治、司法、教育和经济领域争取属于自己的位置，她近来正在筹划成立政治训练班，主要目的是‘根据现在之背景，国民党之主义，着手训练政治领袖’，最终推广为一批拥有世界眼光、有解决政治问题能力的新妇女。”

S夫人拿出一封委任书，递给姜半夏，殷切地说：“请你不要见怪，我们派人仔细地调查过你，也派人观察过很长一段日子，你和你的先生都在为中国做着最朴素的善事，而你的家族也辈出英才豪杰。我希望你可以接受我们的聘任，作为我们训练班的客座教授，为党、为国、为民做一名女讲师，帮助万万千千的妇女战胜贫穷和愚昧，和好男儿一起并肩作战，实现三民主义的新中国，在新世界中赢得其他大国的联盟。”姜半夏惊讶地望着委任书，问道：“您为何如此信任我？”

H夫人把茶杯往桌子上一撂，蘸着茶水在桌子上写了个一字，说：“你是知道的，中国的女子教育，是从教会开始的，现代医疗，也是托生于此，所以你的身份格外符合我们的需求，可以帮助我们获得先进的素材和资源，并且通过同根同源的宗教理念争取友国的支持，我们不仅仅要联苏、联共、联全世界的工农，也要争取与宗教国家的联合。”

她见姜半夏颦眉不语，在一的上面又添加了一横，说：“我们翻过了你在学校的档案，你通晓英文、法文和德语，国文功底也十分扎实，还兼修了艺术与历史。这样的综合型人才，在中产阶级的家庭里虽然不算罕见，但是你同时具备极为深厚的中西医理论，并且有着极为丰富的实战经验。我们希望我们的课堂不仅仅有务虚的文化课，更要有务实的实业课，可以切实地服务于新社会，参与到国民基础设施的建设中去。”

姜半夏帮S夫人和H夫人续上茶，一双眼睛只在委任书上来回地看，嘴角已是噙了几分笑意。S夫人咬破手指，在委任书的下角按下一个血红的指印，微笑着问：“您可是对薪酬不满意？”姜半夏摇了摇脑袋，说：“怎么敢要薪酬！您如此信任我，委我无功之身如此重任，我只怕自己薄识浅志……”H夫人大笑着打断了姜半夏的话，在桌上又添了一横，说：“你在战场上救死扶伤、舍生忘死数余载，又在荒漠矿地里艰苦开拓、勉励拼搏若干年，有胆有识、有勇有谋，归来之后更是潜心办医、精诚爱民。你历经磨难却从未负国，定能够与我们共同奋战，完成革命，肩负起天下兴亡。”

姜半夏泪盈于睫，起身离席，对着S夫人和H夫人深深地鞠了一躬，将自己的手指咬破，在委任书上用血写了一行字：“肝胆相照，鞠躬尽瘁。”也按了一个朱红的指纹，将委任状还给S夫人，含着笑说：“不仅不要薪酬，我还会将医院盈余的部分捐赠出来，请您妥善处理。”H夫人将杯子里的残茶一饮而尽，一只手挽着S夫人，一只手挽着姜半夏，大笑着说：“都是女中豪杰，我何其有幸！唯有献出一腔热血和毕生钱财，以慰先生们之英灵，革命！革命！革命！”

S夫人和姜半夏对视一笑，说道：“你还有医院要兼顾，不必全职，每个月里抽出来一周授课即可，届时会有运送物资的军机接送，以免往返奔波浪费时日。”密斯董忽然咬紧了银牙，上前行了一个大礼，期期艾艾地说：“可否请夫人们收下我作为学生？我自知读书少，见识浅，出身也不体面，做不了正经学生，可否缴纳学费旁听？”姜半夏搀住她，用手帕替她拭去泪水，温声宽慰说：“你有如此的见地和志气，自然做得了学生，夫人们肯定愿意收下你。我虽然名为老师，其实也要和你一起，多学多问，你素来聪慧伶俐，我免不了到时候还要请教你。”

一直不发一言的董弘明突然站了起来，抽出一沓纸币，交给夫人，说：“你只管好好学习，我也要留下来在政府军里任职。”H夫人望着董弘明，感慨地说：“你们此番南下，真是雪中送炭！我们未来，要引领新的气象不断地北上，随着春风化雨，一起在神州大地上开花结果。那时候的中国，将会是多么地美好、和平、壮丽！”S夫人微微地颔首，说：“作为军人，您的天职是服从；作为将领，您的重任是辅佐；作为革命者，您的使命是抉择。我希望您可以坚守自己的选择，辅佐我们的党，效忠于军队和国家，守卫我们的国土和国民。”

1932年1月，中国长春。

姜半夏枕着艾瑞斯的手臂睡得正沉，带有俄国血统的女列车员走到他们的身旁，弯下腰用生硬的中文查票。艾瑞斯收回望向窗外的目光，将食指贴在嘴唇上，微笑着做了一个“嘘”的表情。他轻轻地掏出两张一等座的车票，递给了列车员，然后再一次将目光投向苍茫一片的林海雪原。自从收到索罗门老先生和他夫人黛尔女士从长春德勒撒教堂寄来的邀请函，艾瑞斯的心里便总觉得隐隐不安，一种莫名的恐惧似乎正在逐渐地逼近。

列车刚一靠站，一队日本警察便冲了进来。他们和头等车厢里的日本侨民打了招呼，直接来到了一等车厢，逐一核查乘客的证件。那名列车员脸色发白地站在一旁，绞着手指低垂着发髻厚重的脑袋。雪色在烈日的照耀下，射出青白色的光芒，其中一名警察队长摘下她的制服帽，列车员深棕色的秀发在日光下散发着金红的暖色。警察队长用手推搡着她丰满高挺的胸部，厌恶地咒骂着，列车员哭泣地抱住自己的胸口，其他的警察则爆发出大声的哄笑。

姜半夏被混乱的声响吵醒了，她憎恶地瞪着那些日本警察，手指紧紧地掐着座椅，努力地压抑着自己的愤怒。艾瑞斯紧紧地搂住姜半夏，不动声色地观望着。他把邀请函、自己和姜半夏的证件牢牢地握在手里，眼角的余光打量着窗外接站的人群。日本警察走到了艾瑞斯和姜半夏的身边，队长冷冷地盯着金发碧眼的艾瑞斯，用别扭的俄语问道：“俄国猪？”其他警察刚刚揩完女列车员的油，纷纷用猥亵的眼神扫视着风采绰约的姜半夏。

艾瑞斯听不懂警察队长的话，他直接将证件和邀请函递了过去，眼睛里流露出一丝轻蔑。警察队长仔细地核对了手里的证件，脸上浮现出一种敷衍的客套。他对着艾瑞斯勉强地笑了一下，将艾瑞斯夹在邀请函里的一沓现金放进制服衣兜。他不耐烦地冲着身后蠢蠢欲动的警察们挥了挥手，继续往前走去。艾瑞斯冷笑着，低声对姜半夏说道："日本人在中国的地盘上越来越嚣张，看来是要有大动作了。"姜半夏点了点头，强忍着恶心说道："车里车外全是日本人，明目张胆地欺负中国人。好在有邀请函，否则……"

姜半夏望着蜷缩在角落里默默流泪的列车员，心中又是恼怒又是怜惜。她皱紧了眉头，忽然站起身，走过去将自己的手绢递给了她。列车员抬起一双蕴满泪水的藏蓝色大眼睛，嘴唇颤抖的小声说道："谢谢您，夫人！"她惊惶地张望着，见那些日本警察已经走远了，哆哆嗦嗦地戴好了帽子，接着说道："我是中俄混血，以前是政府里的打字员。现在，有俄罗斯血统的人只能做服务工作了。您简直难以想象，好多女孩子，都……"

她用手指小心地抹着眼泪，尽量不去蹭脸上的妆容。姜半夏轻轻地抱了她一下，小声地说："躲他们远一点儿，实在不行，就离开吧！"列车员抿紧了嘴唇，重重地点了点头，说道："我肯定会走的，越快越好。这日子真让人受够了！您是来探亲的吗？千万要小心，日本人可能要推翻政府，到时候可就没人管得了他们了！您早点儿回去吧，日本人杀人放火、侮辱女人，什么都做得出来！"她小声饮泣着，脸庞因为羞愤而涨得通红。

姜半夏在她手里塞了一个小字条，贴着她的耳朵悄声说："我们会住在德勒撒教堂里，你不要怕，有事一定要去那里找我们。我先生是德国人，日本人暂时应该不会找我们的麻烦。"艾瑞斯走上前，微笑着对列车员点了点头，一手搂住了姜半夏的腰，一手拎着行李箱说道："亲爱的，我们该下车了。"透过车窗，艾瑞斯没有在接站的人群中找到索罗门夫妇。一群挥舞着日本国旗的日本侨民笑容满面地挤在月台上，簇拥着陆续下车的头等车厢乘客。姜半夏握紧了艾瑞斯的手，轻声地问："黛尔夫人他们在哪里？"

呼啸的风卷着残雪从打开的车门外灌了进来，姜半夏和艾瑞斯眯着眼睛适应了一会儿，才跟着拥挤的人潮下了列车。车厢里看见的肃穆萧索的景色生动起来，阳光照耀着冰封的江面，连绵起伏的雾凇林静默地矗立着，随着呼啸的风掀起铺天盖地的雪雾。凛冽的寒风抽打在裸露在外的面庞上，姜半夏只觉得一瞬间两腮就冻得僵硬。艾瑞斯褪下厚重冰凉的手套，将一双温暖的手掌捂在姜半夏的面颊上。

两个人迎着风步履蹒跚地走出月台，一辆小轿车悄无声息地摇下了车窗，董采撷一身旗人贵妇的打扮，笑嘻嘻地叫住了他们。姜半夏稍微有些惊讶，这次来长春，她有意没有提前知会宽城子里的亲友旧识，这时候见了董采撷，肯定是日本人有意为之，不外乎是为了警告她一言一行都在他们的掌控之中。艾瑞斯将半夏往怀里拽了拽，用大衣罩着，望着她宽慰地眨了眨眼睛。姜半夏见他眉宇之间绵密地落了一层薄雪，睫毛上也晶莹地结了一层冰霜，不禁十分心疼，一面抬手轻拂，一面含笑问候了董采撷。四周的旅客渐渐散去，只有日本兵们在小轿车的附近守着。

董采撷这才姗姗然地下了车，从银白色的狐裘里伸出一只小羊皮手套包裹的纤纤玉手，挽住了冻得发青的姜半夏，瞥了一眼一旁衣着朴素的艾瑞斯，亲亲热热地说："妹妹，我等你半天了，赶紧上车吧。"姜半夏往四处望了望，才要婉言回绝，董采撷捂着嘴轻笑了一声，嗔怪地说："今天接你们的只有我，再没其他的人了，别看了。"姜半夏揉了揉发酸的面颊，苦笑了一下，拉着艾瑞斯上了车。董采撷一路心不在焉地搭着话，眼睛却总焦急地望向窗外，手里无意识地捏紧了喷着香水的丝织手绢。

艾瑞斯的脸色有些冷峻，他坐直了身体，用低沉的声音说道："二姐太客气了！我们这次过来，是去拜访老朋友的，就不给您添麻烦了。还请您在合适的地方放我们下车，我们自行安排。"他顿了一下，语气缓和了一些，将两只手肘放在大腿上，凑到董采撷的座位后面，诚恳地说：“我们和朋友们聚完了，过两天就来看望二姐。”董采撷轻笑了一声，说道：“真是越来越见外了！我知道你们是来参加主显日庆典的，索罗门神父邀请你们的事儿，我早就知道了！这不还有三天呢吗？你们来了，不先到姐姐家住下，哪有去外面住的道理？”

姜半夏握住艾瑞斯的手，摇了摇头，示意他不用再提了。她疲惫地靠在艾瑞斯的肩膀上，耳语着说：“姐姐倒不像是专程来接我们的。”艾瑞斯一面回握着姜半夏的手，低低地“嗯”了一声，一面专心致志地擦拭着她发丝上融化的雪水。董采撷忽然扭过脸来，微笑着说：“鼎新没有跟着你们过来吗？”姜半夏含糊地回答道：“他还要上学。”董采撷又冲着艾瑞斯笑了一笑，说：“你看上去，倒比上一次见的时候更稳重些了，会是个好父亲的。”面目平庸的司机从后视镜里瞥了一眼，淡漠地收回了视线。

小轿车一脚油门穿过了闹市，行驶在笔直的郊外大道上，熙攘的臃肿人群和沉重的店家幌子逐渐被一望无垠的林海雪原取替。董采撷留恋地回头望向后车窗，喃喃自语：“楼都建起来了，真比巴黎还气派。也不知道哪家学校最好。”姜半夏轻叹了一声，将手覆盖在董采撷绞在一起的手指上，问：“麒儿和馨儿的飞机几点到？”董采撷愣了一下，莞尔一笑，说：“到底让你猜到了，本来还想吓唬你一会儿的。中午十二点十五分的飞机，我想让他们见见你这个未曾谋面的小姨。”

姜半夏怜惜地望着董采撷浓妆下略带凄惶和兴奋的面孔，悠悠地说：“安麒快上小学了吧？宁馨……”“可不是，麒儿已经五岁半了，馨儿下个月24日的生日，比她哥哥小两岁半。离开的时候她还像个小猫崽子似的，眼睛还没睁开，算起来，今天她也是第一次见我。”董采撷笑着说了一半，忽然眼睛里涌上泪来，她俯身倒在膝盖上，不住地抽泣着。姜半夏只好紧紧地搂住她，不断地小声安抚。哭了好一会儿，董采撷这才抬起一张哭花了妆的脸来，强笑着对艾瑞斯说抱歉，姜半夏接过艾瑞斯手里的手绢，让董采撷擤鼻子。艾瑞斯同情地望着董采撷凄艳憔悴的脸，安慰了她几句，眼角的余光里看见一串荷枪实弹的军车擦着车窗呼啸而过。

小轿车在带铁丝网的围墙前停下，两个卫兵走过来核对证件。其中一名士兵贴着窗户往车里扫视了一番，恶狠狠地瞪了艾瑞斯一眼，冲另一名点了点头，岗哨前的士兵们这才搬走了路障，抬起栏杆，挥手示意小轿车通过。小轿车又在戒备森严的道路上行驶了好一会儿，车前的视野忽然开阔了，可以望见远处的跑道和飞机。艾瑞斯和姜半夏正要细看，小轿车忽然在前面一拐弯，驶向了一栋砖红色的洋楼。下车的时候，两个戎装打扮的日本年轻女子迎上来，将双膝发软的董采撷搀扶下来，另外两个日本兵板着脸孔走在姜半夏和艾瑞斯身旁。

三个人被恭送到一间中西合璧的客房里，日本人便都一言不发地退了出去，董采撷听见门“哒”的一声反锁了，不禁身上一激灵。她在房间里踱了一会儿步，拢了拢凌乱的发鬓，怨尤地说：“连杯茶都没有，冷冷清清的，也没个窗户，大白天点个灯，怪瘆人的。”姜半夏和艾瑞斯旅途劳顿，此刻也懒得说话，眯着眼倚靠着丝绒沙发小歇。董采撷干脆一个人守着自鸣钟枯坐，不错眼珠地盯着钟摆，过了一会儿忽然轻笑一声，说：“快十一点了，一会儿布谷鸟就该出来报时了，报两次，就能见着麒儿和馨儿了！”

一直等到了十一点四十分，只听见门外高跟鞋“噔噔”的声音越来越近。门锁轻轻一转，一个盛妆和服的美貌妇女端着托盘，满面笑容地走了进来。姜半夏在艾瑞斯温暖的怀抱里醒来，正看见董采撷端坐着和美貌妇女说话。那个妇女将脸转向了姜半夏，热情地媚笑着，亲切地问候道：“睡醒了？起来喝点热茶吧！我有事来晚了，招待不周，请多多见谅！”艾瑞斯见银制托盘里不仅有清茶和酥皮点心，还有红茶、炼乳和方糖，另有一小碗姜半夏最喜欢的杏仁奶糕，上面甚至还点缀着新鲜的并蒂樱桃。他索性大大方方地端起了杏仁奶糕递给姜半夏，淡淡一笑，说："多谢十四格格的周到款待。"美貌妇人浅浅一笑，鞠了一躬，略带歉意地皱着眉说："我还有事，您慢用！"说完就挪着小碎步倒退着出去了。

自鸣钟的布谷鸟从笼子里弹出来，清悦地叫了十二声，董采撷从座位上弹起来，在一旁眉飞色舞地数着，拽着姜半夏的手臂，问："你听！你听，什么声音？"姜半夏凝神静听，除了自鸣钟的嘀嗒声，只有一片漫长的清寂。董采撷惊喜地摇着姜半夏的手臂，说："你听见轰鸣声没有，你有没有觉得墙壁在震？飞机快要降落了。"艾瑞斯迈开大步走过来，认真地听了一会儿，含着笑微弓下身，温和地说："我听力好，飞机应该还有一会儿，姐姐坐下来吃些点心，休息会儿，等飞机近了，我告诉你。"姜半夏搂着董采撷的肩膀并排坐下，艾瑞斯气定神闲地跷着腿，和声和气地陪着她们俩聊天。

一直等到了十二点半，还是一点动静都没有，董采撷忽然跑向房门，使劲地拍着，尖声地喊："有人吗？飞机怎么还没到？快来人！"她拍了一会儿，声音渐渐地低了下去，慢慢地贴着冰冷的木门委顿下去，冲着环抱着她的姜半夏惨然一笑，细声说："他们都不肯来告诉我，我就只能在这里傻等，算了，已经等了这么多年了，也不在乎这一时半会儿了。"艾瑞斯屈着一条长腿蹲下来，目光平视着董采撷，伸出一只手扶起了她，说："耐心一点儿，让半夏帮你敷敷脸，孩子们见到这么温柔美丽的妈妈，一定会特别骄傲的。"董采撷羞愧地垂下头，自责地说："是呢，我这样狼狈，会吓着麒儿和馨儿的。"姜半夏赞许地望着艾瑞斯，艾瑞斯偷偷冲她挤了挤眼睛，露出一个宽慰的笑容。

姜半夏将帕子倒了些热水给董采撷净面，又拿出自己的雪花膏，给她细细地抹上。她自己鲜少用脂粉香水，只有一盒花瓣蜜露熬制的顶级胭脂，刚要蘸在手心里化开，董采撷握住她的手腕，急急地问：“有香粉吗？我得扑上一些，要不显得皮肤发黄。”艾瑞斯在一旁含笑着端详了一会儿，说：“姐姐气色很好，比方才化妆了反倒显得年轻了许多。”姜半夏在她两腮拍了一点胭脂，逗趣地说：“麒儿和馨儿一会儿是要抱着你亲的，要是吃一嘴香粉就该哭闹了。”董采撷这才安静下来，乖乖坐着让姜半夏用篦子给她拢头，眼睛却一眨不眨地盯着自鸣钟看。

水晶吊灯的柔光从顶上打下来，合着万千尘埃徐徐地涌动，被胡桃木昏黄的颜色熏得有些酥软，缓缓飘落在娴静的姐妹身上。董采撷褪了狐裘披风，里面穿了一身暖杏色的缎底旗袍，大挽袖镶了十八道滚边，外面用玉色毛领的坎肩罩着。原先的烫短发蓄长了，梳了短短的两把头，用金镶玉的扁方压着，纤细的耳廓上三只翡翠耳环纹丝不动地垂着。她的脸不比之前圆润丰美，嘴唇的颜色也有些发白，反而显得柔美娇弱，一双水雾迷漫的泪眼茫然地半垂着。

姜半夏站在她的身后，两只骨瓷似的细白手腕从深孔雀蓝的半旧丝绒旗袍里探出来，纤长的手指如水般在董采撷寒鸦似的乌发里掠过，暗纹提花掐金线的紧窄腰身因为手臂的动作而隐隐流光溢彩。她的英式驼色窄檐毡帽搁在意式旧羊绒大衣上面，下面盖着藏青色的宽大羊毛围巾。温柔的时光静静地倒退着，董采撷疲惫地蜷缩着身体，将额头抵在妹妹的小腹上，和她絮絮低语。回忆如同投入石子的幽潭，一圈一圈在她们的身畔荡漾着，仿佛当年的少女和女童，对坐在小院的回廊上，在绵密的紫丁香花雨里，凑着脑袋嬉笑着说悄悄话。

一直到下午两点，门外的脚步声终于再次响起。雅子满身寒气地走进来，欣赏地望着姜半夏的纤长背影，只觉得满室的辉煌，都不及她周身的气度雍容。艾瑞斯悠闲地半靠着沙发，端着茶杯，从升腾的雾气里和雅子对视了一会儿，方才慢条斯理地站起来，揽着姜半夏的腰转过了身，双双冲着雅子微微点了点头。董采撷欣喜地迎上前，拉住雅子的手，殷殷地问："怎么样？麒儿和馨儿呢？"雅子一身戎装，从茶几上端起姜半夏的残茶喝了一大口，微微侧身拍了拍巴掌，两个秘书打扮的日本少妇抱着孩子走了进来。

董采撷刚想冲上去抱，只见小一些的女孩子惊得把脸埋在少妇的肩膀上，只露出艳丽的桃粉色和服。男孩子头戴日式军官帽，从腰上扎着的皮带里掏出一把小木枪，嘴里"突突突"地叫嚷着，对着董采撷一阵扫射。董采撷大惊失色，呆呆地望着麒儿严肃的小脸，忽然捂着胸口往后倒下去，嘴里夸张地喊着："打中了，打中了，麒儿枪法太准了，妈妈要被打死了。"姜半夏扶住她，见她满面的泪痕，却强自挂着几分微笑，讨好似的站在一旁，拿着点心哄害羞的馨儿。雅子大笑着拍了拍小男孩的肩膀，用日语夸赞了一句，指着董采撷说："叫额娘。"

雅子将粉雕玉砌的小姑娘从少妇的怀里接过来，塞进董采撷的怀里，淡淡地说："馨儿长得像你，特别漂亮，眼神却更像半夏，清冷而妩媚。他们的父亲前一段因为嫖妓染了梅毒，横死在了小诊所里，我帮你把他们的抚养权夺回来了。"董采撷知道前夫的死有些蹊跷，解恨之余，对雅子更加敬畏。她把手腕上的老玉镯子撸下来，又解下了脖子上的南海珍珠项链，雅子灿烂地笑了笑，把首饰推了回去，说："咱们满人贵族的血脉不能流失，我对这些不感兴趣，你还是给孩子们留着吧！我会找人好好辅导麒儿和馨儿的，让他们日后成为满洲的栋梁。"

艾瑞斯大步流星地走上前，微笑着向麒儿张开了臂膀，麟儿怔怔地看着他，忽然伸出肉嘟嘟的胳膊甜笑着环抱住了他的脖子。董采撷揩了揩眼睛，对雅子幽怨地说："他爸爸的头发也是金棕色的……"雅子严厉地瞪了一眼董采撷，淡漠地说："他们的爸爸死了，死得非常耻辱，我们应该帮助他们忘记他。”董采撷想起了雅子的身世，心里咯噔一下，赶紧别过脸去摩挲麒儿桃子一样柔嫩的面颊。艾瑞斯把麒儿放在地板上，俯下身子，将一只手庄严地搭在他的肩膀上，对董采撷说道：“请你帮我翻译一下，我想和这个小男子汉说几句话。”

雅子在一旁冷眼看过去，见艾瑞斯脸庞的骨骼比以前鲜明立体了一些，浓密的剑眉在高耸的眉骨上威严地压下来，紫罗兰色的眼睛阴郁地凝视着，嘴唇坚毅地抿紧了，一道深邃的下巴沟在他白皙的面孔上投下了优美的阴影。他的肩膀和胸膛的线条和轮廓也更加清晰浑厚，仿若一只成年猎豹，充满了克制隐忍和蓄势待发，她不得不承认，那个美丽的少年已经成长为一名刚毅果敢、优雅从容的男人了，比以前更有魅力，也更加不容轻视。艾瑞斯望着麒儿，用略带沙哑的磁性嗓音缓缓地说：“安麒你好，我是你的小姨父艾瑞斯。虽然我们是第一次见面，但是我相信你是一名真正的绅士。”

麒儿听了董采撷的翻译，对着面前的男人郑重地点了点头，艾瑞斯温和地笑了笑，将麒儿的肩膀拢住，接着说道：“你知道一名真正的绅士，除了勇敢，还应该具备什么样的美德吗？”麒儿奶声奶气地用法语说道：“穿好衣服和鞋袜，不乱丢垃圾，自己擤鼻涕……”董采撷强忍着笑，翻译给艾瑞斯听，艾瑞斯、姜半夏和雅子都忍不住笑了出来。麒儿费劲地仰着脸，不耐烦地望着众人，把两只手背在身后，皱紧了小眉头。

艾瑞斯干脆把麒儿举到沙发上，蹲下来仰视着他，认真地说：“一个绅士应该具备八样美德：谦恭，正直，怜悯，英勇，公正，牺牲，荣誉，灵魂。这些美德听上去很难，不是吗？其实，一个绅士只需要做两件事情：一件是捍卫，要时刻保护自己的家人、民族、真理和领土；另一件事是宽容，要允许别人自由行动或判断，耐心而毫无偏见地容忍与自己的观点或公认的观点不一致的意见。”雅子在一旁冷笑着说：“神父，你不觉得对一个五岁半的孩子来说，你所讲的一切太深奥了吗？”艾瑞斯淡淡一笑，说：“这是家人之间的对话，也是绅士之间的交流，你说呢，麒儿？”麒儿似懂非懂地点了点头，表情非常郑重，将小小的身体信赖地靠近了艾瑞斯。

艾瑞斯自然地摘下了麒儿脑袋上带着徽章的军帽，抛在了一旁的沙发上，将自己脖子上的领带解下来给麒儿系上，接着说：“一名真正的绅士，不是拥有夺取别人性命的权力，而是拥有保护弱者的能力，尤其要保护这个世界上真心爱护你的人们，比如你的母亲。她非常辛苦地生下你和妹妹，每一天都在想念你们，她非常、非常地爱你们。你要宽容她，给她时间去爱护你们，也要学会去爱护她。在这里，你有四位最亲密的家人，你的母亲、你的小姨、你的妹妹和我，我们都会用全部的生命爱护你，捍卫你，帮助你成长为一名真正的绅士。”麒儿仿佛想起了儿时母亲对自己的种种宠爱呵护，忽然哭泣着扑向了一旁的董采撷。

姜半夏甜蜜地凝视着艾瑞斯，艾瑞斯旁若无人地低下头在她的嘴唇上轻轻啄了一口，然后轻蔑地瞟了一眼神色凝重的雅子。雅子冷漠地望着沙发上的军帽，从地板上捡起玩具手枪，眯起一只眼睛对着麒儿和馨儿举起来，嘴里玩笑似的“啪啪”两声，冷笑着掸了掸手，一言不发地走掉了。董采撷吓得浑身一阵哆嗦，哀怨地看了艾瑞斯一眼，手臂痉挛着搂紧了怀里的孩子们，恨不得剖开肚子把两个宝贝疙瘩塞回去，便不用整天都提心吊胆的，怕再一次失去他们。姜半夏走过来，把董采撷轻轻地环抱住，嘴里不断地安慰着。艾瑞斯在身后不断地轻吻着姜半夏的发丝，对着她和董采撷低声说：“有我在，不用怕。”董采撷哀伤地摇了摇脑袋，眼睛里泛起了泪花。

午夜时分，董采撷将两个孩子哄睡了，依在床边低着疲惫的脸庞痴痴地望着他们。姜半夏和她分在了一个套间，她攥着董采撷的手拉到了自己的卧室，两个人对坐在床上闲话。姜半夏埋怨地推着董采撷雪白的臂膀，说："和你说过多少次，千万别来。你这一来，雅子一定会大张旗鼓地宣传，说是咱们家特意来支持'满洲建国'的，你让兄长怎么继续干革命？你来了，让故去的大哥颜面何存？你不知道他是被日本特务暗杀的？还有……"董采撷冷冷地甩开了姜半夏的手，打断了她的话，声嘶力竭地说："你是不是满人？你不希望'复国'？我和两个孩子，你从来不闻不问，现在雅子把他们找回来，你还好意思质问我？"

姜半夏还没来得及开口，董采撷一把捂住了她的嘴，贴着她的耳朵悄声说："小心有窃听器。"董采撷用微不可闻的声音说道："我的两个孩子都被当成了人质，我有什么办法？我难道不知道孩子的父亲是怎么死的？我敢让两个孩子流落法国？就算她不动手，两个没有父亲的'杂种'，在法国怎么活下来？我已经什么都没有了，脸面也不要了，我这一生委曲求全，满盘皆输。你不要管我，我不会帮日本人做事的。你没有孩子在他们手里，无牵无挂，千万不要学我。艾瑞斯是个好男人，你们一起放开手脚做事情吧，无论做什么，我都装作不知道。"

第二天清晨，姜半夏才起床，就见客厅里摆放着热气腾腾的早点和一份早报。等董采撷一手牵着麒儿，一手抱着馨儿从卧室里走出来的时候，姜半夏正用手撑着太阳穴，蹙眉闭目地坐在沙发上，膝盖上还摊着报纸。董采撷帮她收拾着撂在一旁的冷茶和腿上的报纸，漫不经心地扫了一眼，紧接着难以置信地睁大了眼睛。姜半夏脸色苍白地望着她，哑着嗓子，疲惫地说："她动作真快，国际新闻已经刊登出来了。"董采撷面色煞白，嘴唇发灰，身子抖动着，强作镇静地说："我会发出公告，断绝所有的亲属关系。"姜半夏苦笑了一下，说："没用的，新闻里说我也来了，咱们都是特意来恭迎废帝登基的。”

董采撷看完报纸，忽然觉得如坠冰窟，眼前一片漆黑，赶忙软瘫在姜半夏怀里，哆嗦着双手往嘴里倒砂糖。只听见门外一阵喧哗，伴随着一阵由远及近的脚步声，客厅的门忽然开了。艾瑞斯和雅子都是一身潇洒的西式便装：艾瑞斯穿着浅米色高领羊毛套头衫，戴了一副玳瑁方框眼镜；雅子在长袖汗衫外面套了蓝灰色格子的羊绒马甲，手臂上搭着翻毛皮夹克，一头俏丽张扬的短发没有抹发蜡。麒儿搂着馨儿正在沙发上玩耍，见了艾瑞斯，忽然指着艾瑞斯空荡荡的领口说了一句法语。

董采撷又喝下一大杯温的蜂蜜水，静静地闭着眼睛休息了一会儿，觉得缓过来一些。她颤颤巍巍地站起来，一面拘谨地偷瞥着雅子，一面对着艾瑞斯虚弱地微笑着说："领带，他说领带。"艾瑞斯迈开一双大长腿，走到麒儿面前，微微欠了欠身子，和他郑重地握了握手，问候道："早上好，小绅士。"麒儿全身上下都是董采撷缝制的长袍马褂，浅棕色的卷发从镶嵌着蓝宝石的瓜皮小帽四边翘出来，领带不伦不类地垂到了膝盖上。馨儿"咯咯"笑着在麒儿身旁摇摇摆摆地转圈，她已经换成了满族小格格的装扮，正扑闪着一双蜂蜜色的大眼睛，好奇地望着艾瑞斯。

艾瑞斯把馨儿架在肩头，坐到姜半夏的身边，微笑着牵起她的手深吻了一下，说："亲爱的，昨晚休息得好吗？"雅子在一旁紧锁着眉毛灌下了一大杯苦咖啡，冲着艾瑞斯倒转着空空的杯底，不情愿地说："你跑赢了，我愿赌服输。"姜半夏见艾瑞斯额头上一层晶莹的薄汗，温柔地用纸巾帮他擦拭。艾瑞斯轻轻地握着她的手腕，自然地放在自己的大腿上，随意地说："我们晨跑的时候碰到了，雅子邀请我和她比赛，我不小心跑得太快了。"

雅子满不在乎地笑了笑，说："输的人喝一大杯黑咖啡，赢的人亲吻最美丽的女士，可惜这里的路修得并不好。"艾瑞斯一面瞄着报纸上的新闻，一面淡淡地说："路太窄。"雅子直勾勾地盯着艾瑞斯的面孔，希望捕捉到他一瞬间表情上微妙的变化。艾瑞斯一面细细地翻看着报纸上所有的内容，一面慢条斯理地品尝着早餐，姜半夏把馨儿从他的肩头抱下来，馨儿穿着软底绣鞋，像一只鹅黄色的小雏鸭，跌跌撞撞地向着麒儿跑过去。

艾瑞斯两条长腿随性地微张着，神态自若地将一只胳膊搭在姜半夏的椅背上。姜半夏剥开手里的橘子，和艾瑞斯一人一瓣儿亲昵地吃着，随手就把橘子皮和橘子核丢在报纸上。雅子故意对着董采撷大声地谈论着"满洲国"的筹备事宜，炫耀着"满洲国"即将到来的辉煌。董采撷尴尬地扭转了脸庞，声音细若蚊蚋。馨儿依偎在她的月牙白锦织琵琶襟大褂上，翘着腿把鞋子和布袜甩下去，专心致志地啃着粉嘟嘟的小脚丫。忽然，一声脆响惊得董采撷两肩猛地一耸，却是姜半夏浅笑盈盈地把刀叉拍在了桌子上，低声喝问："金奂卿，你到底想把我们软禁到什么时候？"

雅子从姜半夏面前拿起一个苹果，神色慵懒地掏出一把精美的小刀，对着麒儿和馨儿招了招手，蹲在他们的面前削起了苹果。门外响起了急促的敲门声，雅子打开门，把苹果皮塞到了一脸警觉的士兵手里，又把门轻轻地合上了。雅子满面笑容，耐心地把切好的苹果块用刀尖挑着，喂给两个孩子吃，吓得董采撷一脸惶恐。艾瑞斯严肃地按住了她的手，告诫地说："永远不要用你的刀指着妇女和儿童。"

雅子冷笑了一声，说："孩子们应该尽早学会臣服，这样他们就会得到香甜的苹果，而不是冰冷的刀刃。"她又将灼热的目光转向了冷若冰霜的姜半夏，说："我在款待你们，不要让我失望。等登基顺利典成之后，你们会拿到新政府的聘书，光荣地去教堂赴任。"她笑嘻嘻地瞟着姜半夏，"咔嚓咔嚓"地啃着苹果，接着说道："你们来了就不用想着走。我把你们请过来，是让你们接管教堂的。半夏，你若是愿意，还可以到这边的日满医院任职。”姜半夏瞪了她一眼，冷冷地说：“不愿意。”

忽然，一股骚热的味道在空气中弥漫。雅子捂着鼻子惊恐地发现，自己脚下新买的法兰西鹿皮雪地靴，正浸泡在一汪淡黄色的、热腾腾的不明液体中。姜半夏被逗得伏在桌子上笑得后背抖动，董采撷赤红着面庞把麒儿拽过来打他的小屁股，艾瑞斯递过来一沓纸巾，怜悯地望着手足无措的雅子，嘲弄地说：“文明遇上文明，野蛮碰撞野蛮。”

随后的日子里，雅子变得越来越忙，鲜有时间出现。艾瑞斯单独住在离洋楼数百米的士兵宿舍里，正对着停机坪的窗口被木板钉着封死了，只在铁门上开了一个小窗。那些矮小的日本兵见到他的时候，总是不怀好意地大声说笑着，有些士兵半夜喝得醉醺醺的，会三三两两在他的门外叫嚣挑衅。有一次艾瑞斯忍无可忍地揍了一个试图对着小窗尿尿的日本兵，还把他的犯罪工具收缴了。

在董采撷百无聊赖、牢骚漫天的时候，雅子会突然派人送几张话剧票或者电影票过来。每当董采撷浑身发痒，想偷偷摸摸地带着孩子们出去看戏的时候，姜半夏就会堵在门口，掏出一本书，抱着两个孩子讲故事，一直挨到错过了时间。她们住的是家属楼，平时只有一些低等官员的女眷和工作人员，可以借阅图书，也可以游泳打球，甚至可以从楼下的小酒馆里点餐。姜半夏不愿意和那些日本女人相处，董采撷却羡慕那些衣着鲜丽、打扮娇妍的年轻女性，在心底对不苟言笑、回避社交的姜半夏颇有微词。

临到春节，雅子忽然派人送了几套华丽的舞裙和昂贵的皮草，邀请她们带着麒儿和馨儿盛装出席除夕夜的晚宴和舞会。烫金的邀请函被董采撷牢牢地捏在微汗的手心里，她摇晃着脑袋忽然沮丧地说：“头发都一个来月没打理了，半长不短的，跟鹌鹑尾巴似的。”姜半夏在一旁气急反笑，一面恨得直拧着董采撷的胳膊，一面让怀里的馨儿用手指臊她的面皮，对着董采撷的耳朵悄声说："你还知道自己像鹌鹑？要是真去了，就是连脸面都不要了，给敌人捧场谄媚，为奸人粉饰太平，不嫌丢人？麒儿和馨儿才几岁，让你带着跑过去巴巴地认贼作父，给点甜头就由着人家作贱？"

董采撷脸上一阵红、一阵白，突然扯下耳朵上的玉坠子往桌子上一拍，站起来抽泣着恨声说："这也不许，那也不许，罢了，我明天就去山上当姑子去！跳个舞而已，哪里就扯上民族大义、国家兴亡了，我一个妇道人家管得了什么？你心里有怨气，外面那么多日本兵，你去打、去骂呀！我不拦着你，你也别拦着我！"麒儿一把抱住董采撷的大腿，用肉嘟嘟的小脸蛋贴得紧紧的，用夹杂着法语的中文央求说："妈妈不要和姨姨吵架，日本人长得矮，咱们不和他们跳舞，麒儿陪你跳。"馨儿听了，觉得有趣，赶忙跑过来抱住另一条小腿，嘟着小嘴巴说："馨儿也要跳，和妈妈跳舞。"

姜半夏被两个孩子的童言稚语逗得笑出声来，蹲下来抱着麒儿和馨儿亲了又亲，温柔地说："麒儿和馨儿说得对！咱们自己跳舞，不和矮冬瓜们跳，今晚妈妈和姨姨陪你们一起过年！"董采撷两条腿被孩子们肉乎乎、暖融融的小手依赖地抱着，心里早就化成了一摊蜜水。她佯作生气，嗔怪地戳了姜半夏脑门一下，噘着嘴巴强忍着笑，冷哼了一声，脸上却是一片春光灿烂。

两个小妇人不一会儿就开始张罗起来，她们向看守她们的日本妇人索要了笔墨纸砚和大红宣纸，又要了一些面粉、调料和白菜。那个日本妇人虽然心里不满，却因为先前雅子的吩咐，不情不愿地满足了。姜半夏带着两个孩子忙着写春联、裁福字，董采撷在一旁哼着歌转着圈准备着四个人过年的喜庆服装。

一直忙到两个孩子赖在沙发上不肯起来，姜半夏将两只沾满了面粉的手作势要往他们的脸蛋上抹，逗得两个孩子打着滚欢笑。董采撷和姜半夏和好了面，把白菜心和姜末剁得碎碎的，用香油和盐调了做成馅儿，教两个孩子包饺子，然后还用剩下的面捏了十二生肖。董采撷把两个孩子打扮得漂漂亮亮、喜气洋洋，最后和姜半夏一起用胭脂在小脑门上各自点了一下，又用水晕开了涂脸蛋和嘴唇。到了下午，姜半夏强拽着董采撷回绝了前来接她们参加晚宴的女司机，将舞裙和皮草也退了回去。

董采撷用目光恋恋不舍地抚摸着油光水滑的貂皮大衣，鼓着腮坐在沙发里生了一会儿闷气。姜半夏不言不语地拽着麒儿在宣纸上画了一只涂脂抹粉的噘嘴小猪，让馨儿举着给董采撷看，董采撷气得夺过毛笔就在姜半夏的脸上画络腮胡子。馨儿和麒儿在一旁有样学样，一会儿趴着画乌龟，一会儿对着画小鸭。四个人热热闹闹吃完了一顿热气腾腾的素饺子，又认认真真地祭拜了先祖和英烈，董采撷和姜半夏敲打着银餐具伴奏，哼唱着一首首舞曲，带着两个孩子一起跳舞。一直闹到了下半夜，两大二小累得气喘吁吁地跌坐在地板上，两个孩子直接滚在了怀里睡觉。

雅子进到卧室的时候，已经是凌晨了。她喝了不少酒，脚下轻飘飘的，直接坐在了姜半夏的床上，借着月光望着她酣睡的侧颜。姜半夏的脸上还有未擦净的墨渍，衬得粉面莹润，天真圣洁。雅子一面忍着笑，一面掏出自己的丝绢为她轻轻擦拭，姜半夏忽然睁开一双清冷的眼睛，用手紧紧握住了雅子的手腕。雅子微微一哂，索性身子一歪靠在了姜半夏腿上，说："真不可爱。我今天很高兴，顺便来看看你。春节过了，'满洲国'就该正式成立了。"

姜半夏坐起来，冷冷地问："你怎么进来的？"雅子一身华丽的金色舞裙，短发烫成了时兴的贴额波浪卷，脸颊被酒气熏染得酽红，大大方方地拍着姜半夏的被子说："我有钥匙呀。"姜半夏见她难得身着女装，显得纤细娇弱，面容妩媚，眉眼间忽然有了些少女的味道，不禁心里替她哀叹，说："你……"

还没等姜半夏说完，雅子轻轻捂住了她的嘴，哀哀地说："嘘，我知道你要说什么，今夜我喝多了，让我说会儿醉话吧！”姜半夏心里一软，轻轻地点了点头。雅子垂下脸，若有所思地捶着酸胀的小腿，说：“跳了半夜的舞，脚疼死了，我有一个不好的消息要告诉你。”姜半夏盯着她微微上扬的眼尾，警惕地说：“什么？”雅子忽然抬起头，一双眼睛亮晶晶地直视着姜半夏，说：“邀请你们来长春的老夫妻俩死了。”

她见姜半夏瞪圆了眼睛，正要发怒，赶忙死死地按住了她的手，说：“嘶，手好凉！你别这么看着我，我害怕。真不是我干的，我也是才收到的消息。人和船一起在公海上没的，说是遇到了风暴。他们俩和国际共产组织有紧密联系，得罪的人不少，现在死了也没掀起什么动静。你们是应他们邀请来的，日本人早就暗中对你们开展了调查，我把你们请到这里，也是保护你。现在教堂里已经肃清干净了，等建了国，我就护送你们搬过去。”

雅子满不在乎地卷着睡裙的下摆，雪白的胸口因为前倾而泻出一大片白腻的春光。她将脸蛋依偎在姜半夏冰冷的秀发上，嘟嘟囔囔地说：“我知道，你想鼎新了！他才八岁，你舍不得离开他太久。你别担心，我可以安排人去北平接他，然后送他去最好的学校读书，一路保送到军官学院。”姜半夏挪开身子，恼怒地扬起巴掌，厉声说道：“你还想把鼎新接过来，让他做亡国奴？林大夫会照顾好他的，你要是敢打鼎新的主意，我就和你拼命！”雅子嬉皮笑脸地握住姜半夏的手臂，往自己的身上比画，哀求说：“你别生气，我也是为了讨好你，让你在满洲里开开心心的。”

姜半夏沉默了一会儿，逼视着雅子，冷冷地说：“你还想说什么？”雅子叹了一口气，说：“我今天又见着宫里那位了，看她的样子，怕是活不了多久了。可惜鲜花似的人物……”姜半夏在报纸上见过婉容的小照，听雅子这样说，心里又是一沉，她面色缓和了一些，温声问道：“她怎么了？”雅子托着腮，盯着地板上银霜似的月色，说：“我把她带过来了，还让她当皇后。可是溥仪之前被文绣公开离婚打了脸面，把满腔的怨气撒在了没有退路的婉容身上，把她一个人丢在天津的张园里。她父亲摆明了不让她离婚，对她不管不顾。她没了势力，被下人们作践，染了一身病，还吸大烟。”

姜半夏想起婉容秀美的容颜和袅娜的体态，还有她那一身的才华和气度，不禁惋惜地叹道：“她才多大年纪，一辈子就这么被毁了。拿一个弱女子反复当傀儡，有用就拎过来，没用就抛之一旁！若她和文绣一样反倒解脱了。”雅子摇了摇脑袋，冷哼一声：“她原来是个单纯软弱的人，被混蛋父亲巴巴地送到废帝的怀抱里，到现在还指望着她的头衔可以换来全家族的一时荣宠。她死了又怎么样？死了也是皇后，不耽搁家里升官发财，不过是个小女儿罢了。”

姜半夏忽然想起什么，目光温软地落在雅子俊雅清瘦的面容上，说：“你还记恨你父亲？”雅子忽然甜甜一笑，娇嗔着说：“我有两个父亲，你问的是哪个？恨？我哪有什么资格恨？我和麒儿一般大的时候，父亲就把我送给了义父，母亲在离别的时候除了教育我要牢记光复满清，什么关心的话语都没有。我就像一个孤儿一样远渡重洋，一句日文都不会说，所有的人都在私下里笑话我，同学们也总欺负我。我发奋学习，比所有人成绩都好，可是最后，我还是被最信赖的人亲手毁掉了。”

姜半夏见她眼睛里莹光隐现，才要看清，雅子顺势枕在了她的肩膀上，说：“作为幼童，我从小失去了父母的关爱；作为女性，我还没成熟，就失去了童贞；作为满人，我还未记事，就失去了大清。你说，我这样的人，比婉容还不如的一个人，该怎么活下去？所以我告诉我自己，如果注定一生不能赢得爱和敬重，那么我就要让所有的人都畏惧我、忌惮我。我心疼婉容，却要亲手把她送到阎王殿；我恨我的父亲们，却要按照他们的意愿而生活；我是前清的弃民，却要将全部的生命奉献给‘满洲国’。这就是我的命。”

姜半夏推开了雅子，披着睡衣跳下了床，她才要说话，忽然眼前一亮，就见董采撷手里攥着灯绳，目瞪口呆地望着自己。雅子索性钻到了姜半夏的被窝里，深深地嗅了一口，笑嘻嘻地说："真香，真暖。采撷姐姐要不要一起进来？"董采撷站在那里，来也不是，走也不是，过了半晌忽然僵笑了一声，说："我去陪孩子们睡了，馨儿总爱起夜。"姜半夏气冲冲地把雅子扯下了床，把她掼到窗台上，怒极反笑地说："你觉得天下人都负了你，所以你就心甘情愿为利用你的人卖命？你不怕年纪轻轻就横死？'满洲国'是日本人为了帮助满人复兴，你也信？国土沦丧、生灵涂炭，你就是千古罪人！"

雅子顺势懒洋洋地倚靠在窗台上，用手捋了捋额前的波浪卷，媚笑着对着姜半夏吹了口气，说："你真以为我天真？我都知道！可是你知道吗？我这种人，如果连被利用的价值都没有了，就只能卑贱地等死了。我活着，有一天算一天，就要飞扬跋扈、率性而为，多恨我的人，也要咬着牙当面给我道声贺。要是有一天，变天了，我就利索地死，图个清静。"姜半夏恨恨地望着她，望了一会儿，忽然笑了一下，说："路都是自己走的，既然你知道后果，我也就不多说了。我倦了，你离开吧。"

忽然，麒儿拉开灯，不管不顾地跑了进来，哭着扑到了姜半夏怀里，指着脑门说："福星掉了，福星掉了。"姜半夏对着灯光端详了一下，见麒儿额头上的朱砂点被蹭掉了。她哑然失笑，披上衣服走到客厅里，拿起毛笔蘸着朱砂给麒儿重新重重地点上了。雅子在一旁似笑非笑地看着，姜半夏对着她一努嘴儿，说："你站好了，我也给你点上。"雅子愣了下神，乖乖地仰着脸蛋凑过来。姜半夏在她眉心中间轻轻地点了一下，喃喃低语："你太年轻了，有些错误真的不能犯，过了今夜，如果你还执意孤行，我们就是敌人了。"雅子望着窗外白雪皑皑的地平线上，那糅合着紫气和青云的橙红色曙光，微微一笑地说："新年到了，半夏。"

1934年正月十六凌晨，睡梦中的姜半夏等人被强制请进了林肯车里，在薄雾弥漫的夜色中驶向了南郊。路过大和旅馆的时候，姜半夏深深地望了一眼飘扬着黄底五色旗和日章旗的西洋建筑。董采撷怯生生地拉着她的手，有些兴奋地说："你看，金奂卿的婚礼就是在这里举办的！"姜半夏心里想着近年来的"长春会议"和《日满议定书》，心里痉挛似的痛苦翻滚着。沙俄和日本在短短的三十年中，让东北人民经历了"海兰泡惨案""江东六十四屯大惨案"和"柳条湖事件"，眼前看似歌舞升平的小世界，仿佛灌注在万千骸骨之上的幻影之城。

1934年正月，伪满洲国新京。

长谷隆一拎着两个点心盒子，带着自己的副官正满面含笑站在门外，见艾瑞斯神父满手颜料，地上堆满了新扎的花灯，便诚诚恳恳地打了个立正，深深鞠了一躬。副官怀里抱着小山似的年货，紧跟着一鞠躬，年货摇摇欲坠，从后面探出小半张严肃的瘦长脸来。一群孩子听见门铃，早就扑通扑通跑下楼梯，缠着长谷隆一要礼物。年纪最小的双花和苏木一个攀脖子，一个勾胳膊，吊在副官身上不肯下来，长谷隆一一把撕开一个点心盒子，将点着青红花的酥皮点心塞到他们嘴里，逗得几个孩子又笑又闹。姜半夏从满地的花灯里抬起脸，慢慢起身，淡淡一笑算是打了招呼。

长谷隆一见她衣着淡雅，素眉俊目，一手握笔，一手舒展着褶皱的衣襟，面色凛然，自有一番别样的风流态度，不禁呼吸一窒。他冲着副官一挥手，副官便将怀里的礼盒都堆在了桌子上，孩子们嘴里塞着点心，又冲过来，不管不顾地扯开了所有的盒子，见其中几个盒子里都装着花花绿绿的和果子，便将手里的点心往怀里一揣，腾出手去抓最好看的和果子。双花一眼便看上了里面镶着樱花的水信玄饼，又怕那娇娇嫩嫩、水晶般晶莹剔透的点心禁不起自己折腾，正在犹豫的工夫，青皮双手撑着桌沿，弓着腰，噘着嘴，对着水信玄饼起劲儿一吸，那朵樱花便“嗖”的一声，落入他沾满点心渣的小嘴里，双花“哇”的一声便哭了出来。

艾瑞斯神父大步走过来，一手拎着青皮的脖领子，一手将颜料抹在他笑嘻嘻的小脸上，笑骂：“就你机灵！不许欺负妹妹，快给双花妹妹赔不是！”姜半夏把双花举起来，抱在怀里，将手里的画笔递给她，温柔地哄着说：“双花不哭，我们自己在花灯上多画几朵，看他还敢不敢偷吃！”青皮见双花端坐在姜半夏怀里，一板一眼地拿着笔，在花灯上有模有样地画着桃花和梅花，睫毛上还凝着泪珠，小嘴也不高兴地噘着，他有些过意不去，从盒子里选了一个顶着金箔，色如彩虹的夏手毬递给双花。

长谷隆一见没人理睬自己，并不觉得被冷落，自顾自地走到钢琴前弹了起来。艾瑞斯神父见他琴艺不俗，便有些好奇，长谷隆一一面弹，一面苦笑着说：“我的父亲是芝浦制作所株式会社的工程师，他和我的母亲一共有九个孩子，只有我学习最差，在五一游行之后，他被捕了，母亲要求我们发誓永远不从政、不从军，可是我们最终都没有听她的话。我来新京的第二年，便收到了她病故的噩耗，她死的时候，家里一个人都没有。”

长谷隆一怅惘地望着黑白分明的键盘，自言自语：“最早接到她消息的三姐，当时正在台北帝国大学任教，她在大学里为母亲栽种了一棵晚樱，我前些日子收到了她的照片，樱花开得真美呀！母亲的亲笔信比她的死讯来得还要晚几个月，她在信里给我们每个人都夹了一束樱花和一张全家福，落款的日期离她过世的日子只差了两个星期，她说她很想念我们，希望我们都可以平安地回到家乡陪伴她。”长谷隆一低垂着脑袋沉默了一会儿，手底下一遍又一遍重复着同样的旋律，接着说：“艾瑞斯神父，其实我不会弹钢琴，这首歌是我母亲经常哼唱给我们听的，我特意学会了这首歌，就是在这座小教堂里，所以我和你们真的很有缘。”

艾瑞斯望着长谷隆一挽起的袖口下已经变淡的疤痕，淡淡地说：“教会你弹奏这首歌的神父已经被你们驱逐出境了，这种缘分还是少一些为好。你不属于这个国家，这里没有人会欢迎你们的。”长谷隆一微微一笑，友善地看着艾瑞斯说道：“神父，你也不属于这个国家，你觉得他们会真的欢迎你吗？‘满洲国’属于我们，你小的时候有没有挨过饿？这里的苹果又大又甜，大米也特别好吃，我们来到这里，以后我们的孩子就再也不会挨饿了，这里的孩子也不会再挨饿。你不觉得这样的明天才是美好的吗？”姜半夏的声音冷冷地响起：“我先生说的这个国家，是中国，中国只有东北，没有‘满洲国’。如果你们的孩子还想依赖霸占别人的东西而不挨饿，那么他们身上的弹孔一定会比你的更多。”

长谷隆一并不争辩，他让副官从怀里掏出一堆小玩具，分发给一旁嬉戏的孩子们，那些栩栩如生的炮弹和枪支引起了男孩子们的兴趣，木莲拉着丁香远远地看着，丁香手里拎着新做好的走马灯，灯影映在楼梯旁的淡绿色墙壁上，浅浅的仿佛碧海泛起的微波。双花蹭到长谷隆一身旁，拽着衣襟咿咿呀呀地笑，长谷隆一一把将她抱上膝盖，弹着她的小辫子逗弄她：“双花想不想看魔术？”

双花一双胖出深涡的小手捋着长谷隆一的胡子，小胖腿晃悠着踹着长谷隆一的军靴。长谷隆一一手搂住双花，一手从衬衣里掏出一个素格小手绢，抻开摊在双花的掌心里，然后卷起来，捏起来叠成一只鹤，在双花头上绕了三圈，打开后发现素格小手绢上用日语和满语写着：“民族协和”。双花觉得长谷隆一的戏法格外无趣，便要往地板上跳，长谷隆一假装大叫一声，动作夸张地指着双花的小辫子。双花伸手一抓，发现里面插着一个小木棍，上面还绑着一小张纸，打开后才发现是一小面日本国旗。

木莲和丁香在一旁看了，撇了撇嘴，她们牵着手跑到艾瑞斯神父身边，帮他一起抄写灯谜，见他有不会写的字，便善意地笑着小声告诉他。木莲比丁香年龄略长一些，见艾瑞斯神父一双紫罗兰色的眼睛温和地望向她，便背着手有些羞涩地退到丁香身后，丁香兀自不觉，手持毛笔端端正正地炫耀着漂亮的小楷，她的字最像姜半夏，笔锋之间的滞涩已经褪去。跑马灯在她脚下随着起承转合孤零零地旋转着，门外巷口的风忽然起来了，跑马灯里的螳螂钳住了聒噪不止的秋蝉，惶惶然不知身后黄雀正从摇曳的花影里探出尖尖的喙子。门外的风又长了一些，副官垂着眉眼立在一旁，斜阳洒下的余晖将金红色的光芒从彩色花窗细细筛下来，缓缓地流淌在微尘舞动的晚风中，发出风铃、鸟语和碎叶交杂的声响。

长谷隆一的十指依然在琴键上翻飞拂动，他的手指纤长，带着军人不常见的苍白，薄茧之间并没有吸烟熏黄的痕迹，几乎可以媲美艾瑞斯雕塑般优美哀伤的双手。他的眼角余光追随着姜半夏，她的脸暖暖地映照在彩窗斑斓的倒影之间，带着一种神圣而静谧的朦胧，秀发倾泻，坐姿端严，仿佛缠绕着藤蔓的佛像。

他有些轻视艾瑞斯，没有经过战火洗礼的小白脸是不配和真正的美人同床共枕的，只有自己这种具有艺术家气质的年轻将领才可以坐拥江山美人。长谷隆一十分耐心地弹奏着钢琴，他清楚地听见姜半夏带领着孩子们在背一首著名的古诗，那些玩具被孩子们散落在地板上，逼真的枪炮和微型军队被毫无章法地丢弃一旁。长谷隆一愈发觉得中国人软弱不堪，多么雄浑的诗词也无法拯救这个衰败的民族，只有大和民族的尚武精神才可以赢得这个属于强者的世界。

风声掠过钢琴曲的回响，扬起孩子们稚嫩的声音：

天地有正气，杂然赋流形。下则为河岳，上则为日星。

于人曰浩然，沛乎塞苍冥。皇路当清夷，含和吐明庭。

时穷节乃见，一一垂丹青。在齐太史简，在晋董狐笔。
在秦张良椎，在汉苏武节。为严将军头，为嵇侍中血。
为张睢阳齿，为颜常山舌。或为辽东帽，清操厉冰雪。
或为出师表，鬼神泣壮烈。或为渡江楫，慷慨吞胡羯。
或为击贼笏，逆竖头破裂。是气所磅礴，凛烈万古存。
当其贯日月，生死安足论！地维赖以立，天柱赖以尊。
三纲实系命，道义为之根。嗟予遘阳九，隶也实不力。
楚囚缨其冠，传车送穷北。鼎镬甘如饴，求之不可得。
阴房阒鬼火，春院闷天黑。牛骥同一皂，鸡栖凤凰食。
一朝蒙雾露，分作沟中瘠。如此再寒暑，百沴自辟易。
哀哉沮洳场，为我安乐国。岂有他缪巧，阴阳不能贼？
顾此耿耿在，仰视浮云白。悠悠我心悲，苍天曷有极！
哲人日已远，典刑在夙昔。风檐展书读，古道照颜色。

青皮忽然闻见一丝霸道的油脂香气，若有若无地搅在尘土的气息之间，他耸动着鼻子，那丝香气渐渐鲜明起来。青皮兴奋地捅捅身边的松音，小声地说：“哎，你闻闻，老廖家的馆子准是又开张了！他家的罐焖小牛肉谁都学不来，就着这肉香味，我能多吃两碗饭！”松音鄙视地瞥了他一眼，结结巴巴地嘲笑他：“说……说得跟你吃过似的！我三……三岁的时候就跟着我……我娘下遍了方圆十……十里的馆子！”

青皮不知深浅地反驳他说：“那统共才吃过几天？白姆姆说你不到五岁就让邻居给送过来了，送来的时候还不是也瘦得跟小猴子似的。”松音的脸色一下子暗淡下去，青皮没心没肺地伸着脖子往门外瞅，见几个身姿妖娆的白俄姑娘披着貂皮大衣正在斜对面的餐厅门口搔首弄姿，瞅了会儿忽然问松音：“哎，法夏那小混蛋怎么还没回来？”松音垮着肩膀，耷拉着眼皮不肯理他。他娘比那些白俄姑娘还好看，身上还没那些腥膻的骚气，听街坊们说她跟着一个大人物去了上海，松音一直在等她风风光光地回来，坐着小轿车接他。

“砰！”“砰！”伴着两声脆响，艾瑞斯神父的墨笔在纸上猛然一跳，墨水蓦地飞溅，一个红色的气球忽悠悠撞过来，气球轻飘飘地拂过去，一股浓浓的血腥味在墨香里弥漫。短暂的寂静之后，孩子们惊恐的哭叫声忽然掀开来，艾瑞斯神父这才看见门口蹦蹦跳跳地滚着五光十色的大气球，姜半夏在气球中央抱着一个软绵绵的小身体撕心裂肺地呼唤着：“法夏！坚持住！别睡过去！”艾瑞斯神父回过头，见长谷隆一站在钢琴前，右胳膊平举着，手里的手枪静静地冒着一缕青烟，他的脸色煞白，怔忪的神情逐渐被懊悔所替代，艾瑞斯神父冲上去夺他的枪，长谷隆一委顿地松下了胳膊，手枪在地板上滑了出去，副官的枪口干脆利落地抵在了艾瑞斯神父的太阳穴上，门外“哗啦”一下子拥进来十几个全副武装的宪兵，陆续又有几个气球被踩爆了，发出“砰！砰！砰！”的响声，仿佛在重演着那一瞬间的命运。

青皮只觉得头皮都被吓炸了，法夏的手里还紧紧攥着一根长线，一个孤零零的蓝气球裹着漂亮的黄丝带正摇曳在淡紫色的薄暮里，姜半夏抱着法夏热乎乎的身体，他的面颊被打穿了一个小洞，血从后脑汩汩地冒出来，一小块浸在鲜血里的头皮独自躺在地板上，头发丝打着暗红色的绺，雪白的脑浆顺着姜半夏的手指涌下来，热气腾腾地混在小牛肉的香气里，青皮“哇”的一声吐在了松音的怀里，松音木呆呆地戳着，蓝气球从他的衣襟边上蹭过去，吓得他一个趔趄瘫坐在地板上，他想扶着站起来，满地的血，他蹬着腿往后退，血仿佛追着他推过来，他恍惚着抓住了墙壁，这才一点点站稳了，青皮被松音摔在血泊里，哭得岔了声。

姜半夏抱着法夏，感觉到他的生命已经悄然流逝，小小的身体逐渐变得寒冷僵硬，她挺直了身子，迎面走到长谷隆一面前，将法夏塞到他的怀里，狠狠地扇了他几个嘴巴。长谷隆一一动不动，喝住了拉动枪栓的副官和宪兵队，法夏的眼睛还没完全闭上，天真的笑容在他嵌着弹孔的脸蛋上浮动。长谷隆一轻轻地合上了法夏的眼睛，感受着那双大眼睛在薄薄的眼睑下乖巧安眠的样子，他送给法夏的哨子在锁骨之间微微滚动着，有那么一瞬间，长谷隆一觉得自己仿佛枪毙了童年的自己。

长谷隆一摩挲着孩子细嫩的颈部肌肤，他手臂上裸露的弹痕和法夏面颊上新鲜的弹孔交相辉映，什么熟悉的东西仿佛被时空绞碎了。他一点点掰开法夏微青的手指，将气球的长线从孩子的手掌里取下来，缠绕在自己的手腕上，把法夏幼小的身子放在钢琴上，深深地鞠了一躬，在钢琴的余音中缓缓向外走去。艾瑞斯神父从副官的禁锢中挣脱出来，追上长谷隆一，迎面就是一拳，长谷隆一和他扭打成一团，宪兵队端着枪围绕成一个圈，指着艾瑞斯神父，艾瑞斯神父在重重围攻下打得更欢了。

姜半夏穿过人群，将地板上的头皮捡起来，又悄无声息地走回去，坐在钢琴凳上，凝视着法夏，她的胸前沾满了鲜血，凝重的慈悲从她的面容上一点点荡漾开来。双花响亮的哭声引起了楼上育婴室此起彼伏的哭声，丁香和木莲紧紧搂在一起抽泣，厨娘米娜拎着一桶肉汤从走廊走来，她的耳背比前些日子更厉害了。

透过傍晚昏暗的余晖，她远远看见钢琴上横躺着一个孩子，几个鲜艳的大气球散落了一地，其中一个差点绊了她一个跟头，她好脾气地笑了笑，嘟囔着绕开了气球，瞧了瞧桶里摇摇晃晃的肉汤，忽然看见钢琴下面的地板上淌着一大片湿漉漉的水迹。米娜将桶放下，颤颤巍巍地掏出围巾里的抹布，走到钢琴前缓缓地蹲下身子，一声凄厉的尖叫忽然响起，育婴室的哭声吓得一顿，很快便更加沸腾起来。门外忽然响起了鞭炮声和车马声，斜对面的餐馆门外挂着两挂小鞭，噼里啪啦地砸在傍晚的鸟喧中，白俄舞女的调笑声渐渐高了起来，穿过五颜六色的气球拱桥，带着劣质脂粉和面包烘焙的香气撩人地荡进了教堂。

1934年6月，伪满洲国新京。

康斯坦茨挽着稻田纪夫的手臂缓缓步入教堂的时候，做礼拜的人们都垂下眼不敢看，只觉得在“噔噔”的鞋跟声中有一种极致的妩媚随着香风丝丝入扣地吹到骨头缝里。松音捧着布施袋从她的座位旁路过，见她一只丰腴的手套着墨绿色的丝手套，露出白玉兰似的手指，指甲尖捏着一沓“满洲国”银圆轻巧地塞进布施袋。康斯坦茨又不由分说把手伸进稻田纪夫的军装里，贴着胸口掏出厚厚一沓千元纸币，在松音微微战栗的手臂上轻轻一拍，丢进布施袋。她轻笑着，拦住稻田纪夫恼怒的臂膀，从发鬓里抽出一枝鹅黄色的山茶花插在他胸前的制服口袋里，手指飞速地掠过他绷得紧紧的下颌。稻田纪夫嗅着山茶花那带着体温的香气，只觉得浑身酥软熨帖，下巴又痒又麻，不禁乖乖地把手放在康斯坦茨的一汪澄碧似的真丝裙摆上，偷偷揉搓。

松音不敢再偷看，急着往前走，脚下却紧张地一趔趄，扶着桌角又瞥见一条浑圆纤细的小腿正被一双短粗的军裤紧紧夹着，脚踝像一枚漂亮的小白贝壳无力地挣扎着。松音从没见过这么艳丽的景致，手中的布施袋“啪嗒”一声滑了下去。一只厚重的军靴恼怒地跺在松音伸向地板的手上，一声重重的哼声落在他的耳朵里，松音畏缩地抽直了身子。一只带着馨香的细瘦手臂伸到康斯坦茨的胸前，姜半夏温软的声音荡漾开来：“有劳了，夫人。”康斯坦茨微微一笑，用手护住胸口，优雅地弯下腰捡起布施袋递给姜半夏，一双琥珀色的大眼睛在松音脸上流连地转了一圈，用有些生硬的汉语说道：“抱歉！”松音嗫嚅着半缩在姜半夏身后，见那条凝脂似的小腿从容地落在自己的另一条大腿上，而稻田纪夫的两条腿正尴尬地大张着。

康斯坦茨第二次来教堂的时候是一个人，艾瑞斯神父风尘仆仆走进来的时候，正好看到一身素黑的她半跪在阳光里祷告，彩窗的斑斓色块拖曳在她的身影上，游离变幻，她没有化妆，大半截雕塑般完美的侧脸从黑暗中生长出来，白得晃眼。姜半夏在一旁随意披着一件半旧的浅驼色开司米披肩，半绾着一头秀发看书，丁香和木莲偎依着她的膝盖。

艾瑞斯只觉得她静静坐在那里，韵致优美得无法言说，衬得康斯坦茨那惊人的美貌有些突兀和浓艳。艾瑞斯神父心里一疼，觉得该给姜半夏买几身新衣服了，正在心里盘算着近期皮货出手后的利润，康斯坦茨忽然抬起脸，一双哀怨的蜜色眼睛直直地盯着正在擦钢琴的米娜。她站起来，膝盖轻微地战栗着，径直走到钢琴前，从心口掏出一朵烈焰一般的山茶花放在上面，然后坐在琴凳上默默地伸出手，反复地摩挲着琴键。康斯坦茨忽然剧烈地咳嗽起来，姜半夏倒了杯热茶递给她，关切地问："你还好吗？"康斯坦茨勉强笑了笑，说："钢琴很漂亮。"

康斯坦茨在随后的一周都没有再来，松音从报纸上看到她随着稻田纪夫一路南下，和各国使节、教会交谈甚欢，她裸露的小腿在黑白色的报纸上显得格外鲜明。又过了一段，忽然来了几个日本士兵，客客气气地排着队走进来，一个翻译礼貌地问艾瑞斯："稻田先生想把您的钢琴买下来，请您开个价钱。"艾瑞斯飞快地瞟了一眼地板，一个日本士兵的刺刀漫不经心地刺在缝隙里，米娜拖着抹布擦过来，把水桶里的脏水溅得到处都是，那个士兵脸色阴沉地抽起刺刀往一旁侧了侧身。

姜半夏专注地弹着琴，带着孩子们唱赞美诗，她的脸上浮现着浅浅的笑容，仿佛没有听见日本兵的到来。艾瑞斯神父静静地聆听着赞美诗，过了好一会儿才对着翻译微笑地说：“这架钢琴年头太久了，里面的琴槌都是我亲手重做的，我的夫人非常喜欢它。”翻译掏出手帕擦了擦额头，有些尴尬地杵在一旁，干笑着说：“稻田先生特意叮嘱我，一定要开出您满意的价格，还请您割爱。”姜半夏仿佛来了兴致，接连弹了几首长曲，孩子们的歌声仿佛圣洁的小鸽子在教堂的穹顶盘旋。

翻译一张脸青红不定，咬了咬牙，拽出一个厚信封塞给聚精会神打拍子的艾瑞斯神父，对日本兵挥了挥手，冲着艾瑞斯深深鞠了一躬说：“多有得罪了！”便指挥着那些士兵去抬钢琴。姜半夏慢悠悠地站起来，对着翻译从容地欠了欠身，淡然一笑说：“请稍等一下。”她转身从一旁的桌子上拿起一个沉甸甸的芦苇纸包递给艾瑞斯神父，艾瑞斯神父将纸包交给翻译，翻译低头一看，上面还附着一张方子，顶头是法夏和贝母，有些疑惑地望着姜半夏。姜半夏嫣然一笑，说：“康斯坦茨小姐咳嗽得厉害，我给她开了一服药，烦请你代转，愿主与她同在。”

翻译见姜半夏的名字签在处方上，松了一口气，小心翼翼地拎在手里，指挥着士兵们抬钢琴。一群孩子默不作声在旁边看着，木莲见丁香扁着嘴巴要哭，便抬手捂住她的眼睛搂在怀里。翻译有些愧疚地垂着脑袋，姜半夏款款走过来，递过一沓干净的丝巾，温柔地说：“有劳诸位了！这架钢琴你们抬的时候要垫上丝布，要不容易跑音，没到琴房之前千万不要落地，仔细磕了漆。”艾瑞斯神父见日本士兵走远了，转身回来揽住姜半夏，见米娜挪着身子，正心疼地用蜡涂抹着地板上钢琴落下的压痕，他轻笑着对姜半夏耳语着什么，姜半夏将手蜷缩在他的掌心里，笑得分外柔软。

康斯坦茨服了姜半夏的咳嗽药，没过几日便来上门拜谢，和姜半夏独处了很久，似乎十分投缘。之后便总在清净无人的时候来教堂默默祈祷，却不怎么参加弥撒和礼拜，每周的布施却总会托人送过来。稻田纪夫似乎越来越宠幸康斯坦茨，带着她出席各种重要的活动，松音见小报上写康斯坦茨是意大利贵族后裔，又曾经是上海滩赫赫有名的交际花，心里不知怎么涌起一种浓浓的怨恨，每次听见她的脚步声近了便躲起来不肯出来。

有一次小弥撒之后，青皮端着圣饼和面包正往外接济穷苦人，听见有几个阔太太在远去的人群里叽叽喳喳讨论，说康斯坦茨一身白净皮肤需要不同国家的男人用牛奶和红酒每晚伺候她沐浴，才出落得高挑冷艳，身段非常，便有样学样地跑回来和男孩子们说。松音正帮着艾瑞斯神父整理皮货，抄写账目，不言不语冲过去按住青皮狠狠地揍，揍完了又一个人躲到阁楼上趴在地板上呜呜地哭，艾瑞斯神父走上去的时候见满地都是撕碎的报纸，便轻手轻脚地一张张展开，用糨糊小心粘好，在他小脑瓜上轻轻弹了一下，悄悄退了出去。晚上吃饭的时候，青皮鼻青脸肿地嘟囔着站起来给松音道歉，姜半夏在他俩的盘子里都重重地放了一大勺肉羹。

转眼近了初秋，窗外的树叶微微泛了黄，忙于军务的长谷隆一忽然抬起头，见窗台上几只圆滚滚的麻雀争着啄掉下的果实，他微微一笑，自言自语："施米亦为过，群雉皆相争。"起身披上风衣抄起手枪就往外走，副官在门外候着，见他出来就要跟，他不耐烦地摆摆手，一个人大步流星不一会儿就走到了教堂外。街道两旁的樱树才移植过来没多久，秋风中显得有些羸弱，日本枫已经在云底流溢了几抹凄美的酡红，参天的白桦树和橡树擎着硕大的伞冠，在台阶上无声地移动着厚重的阴影。

长谷隆一凝神望着教堂清灰色的双塔顶端矗立的镀金神像，他喜欢纵深感和层次感浓郁的欧式哥特建筑，也喜欢色彩瑰丽、纤浓适度的拜占庭风。长谷隆一温情地摩挲着余晖里温润的青砖，心里满足地想："征服一座城市，与其说是征服臣民，不如说是征服它的文化和历史。"

青皮手里捏着钱，牵着丁香正兴冲冲往外跑，见长谷隆一兴致勃勃地走进大门，吓得一激灵，将丁香护在身后，扯着嗓子才要大喊，松音小跑着过来，拖过去狠狠瞪了一眼，欠了欠身，说："长谷先生好，请容我进去知会一声。"长谷隆一并不责怪，心情大好地走上前拨弄了一下丁香的头绳，青皮捂着丁香的头，揽在怀里，想瞪，又只好撇了撇嘴，挤出一个委屈的笑。

不一会儿松音稳稳当当从甬道走回来，将长谷隆一迎了进去，冷不丁和康斯坦茨打了个照面。长谷隆一冲着神态倦怠的康斯坦茨深深鞠了一躬，康斯坦茨紧紧揣着一个木盒子，冷冷地瞟了他一眼，拖着长长的黑纱在随身侍卫的保护下翩然走下台阶，留下一个傲慢的背影和一袭冷艳的香气。长谷隆一心里轻蔑地笑了一声，掸了掸缭绕的香水味，见姜半夏远远地侧身坐着，浑身笼罩着昏黄的灯光，柔软沉静得好像一轮明月。

长谷隆一静静地合上眼睛，不知为什么，他只有来到这里才有片刻的宁静，那些童年的旧梦仿佛淅淅沥沥的秋雨，让他无处可遁，却又沉迷其中。他睁开眼，一时间有些恍惚，分不清圣母和姜半夏的身影，同样悲悯的神情和娴静的仪态，稍逊丰泽的容颜和飘逸的气韵。长谷隆一见艾瑞斯神父不在，心里暗喜，料想他定是去走私皮货了，便一厢情愿臆想着姜半夏和自己软语温存的样子。

可惜姜半夏腿上搭着一件半旧的长衫，手里拈着长针正在缝补，眼神专注，唇角含笑。一群少年郎在一旁虎视眈眈瞪着长谷隆一，女孩子们却远远躲在了一边，手指脚趾都拼命往衣服里缩，长谷隆一见姜半夏故意当着自己给艾瑞斯神父补衣服，心里有些不快，又有些怨恨她所托非人，把日子过得这么辛苦。他心里烦闷，听窗外忽然飘来一阵夜雨，在彩窗上幽怨地轻敲，便走到钢琴前坐下。

刚一上手，长谷隆一就觉得琴键有些生涩，脚下踏板也显得有些僵硬，他仔细看了看琴漆，嫌弃地皱了皱眉，狐疑地望着姜半夏。姜半夏举起长衫，对着灯光照了照，眼底的柔情似水，长谷隆一只觉得忽然失去了兴致，将琴盖重重地一合。只听“啪嗒”一声闷响，紧接着又听见“哇”的一声。长谷隆一手扶在枪柄上，愠怒地望过去，见双花跌在地板上，正委屈地哭鼻子。

长谷隆一见地板上缓缓淌了一摊淡黄的水渍，不禁哑然失笑，几个女孩子跑过来一把抱起她，带着双花“噔噔”往楼上跑去换衣服。姜半夏漫不经心地走过来，轻手轻脚地擦着地板，背影似乎有意无意地挡着长谷隆一视线。长谷隆一忽然想到什么，几步跨过去，蹲下来仔细地看，未干的水渍一点点快速地往下渗，姜半夏轻微一皱眉，才要张口，长谷隆一忽然按住她的手，低声喝问：“下面是什么?!”

姜半夏挣脱他的手，轻轻撩了撩额前的碎发，扬声对着围成一圈的孩子们温柔地说：“孩子们先上楼等我，一会儿吃晚饭的时候我会叫你们的，乖，别担心，我和长谷先生说几句话。”长谷隆一掀了掀眼皮，还要说什么，姜半夏冷冷地直视着他，说：“楼上只有孩子和姆妈，不放心的话，一会儿我带你上去。”长谷隆一捏住她细白的手腕，稍一用力，见姜半夏脸色一变，微微一笑说：“不必了，我知道你不会骗我的。”他不紧不慢地掏出手绢，用另一只手将水渍擦干净，沿着地板的缝隙摸索了几遍，掏出匕首沿着滴水的地方试探地一撬，见没有打开，便掰着姜半夏的手腕温和地说：“劳驾夫人了!”姜半夏见米娜端着铁桶一脸焦急正要冲过来，心里一急，高声说：“米娜姆姆，孩子们都在楼上呢，您陪他们玩一会儿吧!”

长谷隆一将手枪掏出来，摆在眼前，手指在姜半夏微红的手腕上摩挲着，眼睛里露出一种惋惜的神情，说：“我不希望再有任何意外了，不要和我玩把戏，我没什么耐心的，半夏。”姜半夏淡淡一笑，索性就着姿势坐在地板上，她的头发垂落在胸前，发丝的馨香漫不经心地笼罩着长谷隆一，说：“我一介女流，至于劳烦长谷先生如此对待吗？”

长谷隆一见她既慵懒又清冷，自有一番别样的妩媚，心里一动，手下便松了几分。姜半夏神态安详地摸到一处木板，稍微推了推，又摸到另一处轻轻一按，几块地板弹了起来，她顺着露出的缝隙用力一揭，一整块地板就被推到了一旁，露出一处暗道。长谷隆一后悔没有带副官，一把拽住姜半夏拉进怀里，耳厮鬓磨般地在腰上搔了几搔，见她沉静如海的面庞上终于有了几分羞恼，这才撒了手，用枪轻轻抵住，姜半夏只觉得腰间一凉，脸上反而愈发淡漠了。

长谷隆一押着她，让姜半夏举着灯，一步一步往下走，走到下面却是豁然开朗，姜半夏轻车熟路地摸着墙壁沿着四角点亮蜡烛，长谷隆一只觉得眼前一片辉煌，被震惊得久久说不出话来：地下室可以容纳几十个人同时坐下，四壁都是书架，还有很多散落的书砌成高矮不一的书墙书垛，地上整整齐齐码着坐垫，一小块黑板支在前面，上面还留着隐隐的粉笔痕迹。长谷隆一细细地打量着，渐渐觉得凛然起敬，抵在姜半夏腰间的手枪也慢慢收了起来。他从右边的书垛里抽出一本《宋词赏析》，温和地问：“夫人可否将这本书借我？”姜半夏看了他半晌，垂下眼睑，“嗯”了一声。长谷隆一随手找了一个坐垫，一边翻着书，一边拽着姜半夏的衣袖，看一眼书，看一眼她，心里生出浓浓的敬意和欣喜。

等长谷隆一和姜半夏一前一后走上来，姜半夏深深地望着他，迟疑着才要开口，长谷隆一一把将书塞进怀里，浅笑着说：“夫人不必担心，这个是我们之间的小秘密，我不会告诉任何人的。只是我有一个不情之请，夫人要允许我随时下去读书。”姜半夏坦然地迎着长谷隆一的目光，浅浅一笑，说：“孩子们不能没有文化课，这个图书馆长谷先生来之前最好和我预约一下，我怕吓着孩子们。”

长谷隆一笑了笑，不再答复，眼睛瞟了一眼钢琴，面露不快地说：“过几天我送一架好的来，这架你们先将就着用。我不喜欢没有文化没有骨气的木偶，请你帮我多培养一些值得我钦佩的对手，我拭目以待。暴力征服只是一时的，我愿意真正用文化驯服你们的子孙后代，让华夏民族的文脉和大和民族的精神真正融合。”

姜半夏听见钢琴，想起了法夏，她的眼神一冷，说了句：“请长谷先生保持一个客人的自觉，慢走不送。”转身就往楼上走，撇下长谷隆一怔怔地站在门口。长谷隆一推门正要走，忽然卷着秋风迎面撞上一个人。姜半夏听见响动，一扭脸见艾瑞斯神父一脸寒意地看着长谷隆一。长谷隆一见姜半夏几乎小跑着扑过来，一脸笑意地望着艾瑞斯神父。她接过他手里的大衣和皮箱，两个人完全无视长谷隆一的存在，目光甜蜜地交织着。

长谷隆一从一旁见姜半夏的耳朵微微发红，心里十分不快，他从两个人中间硬穿过去，故意微笑着对姜半夏说：“我会谨记和夫人的约定，我们之间的秘密不会告诉任何人的。”艾瑞斯神父颇有风度地一手拉住门把，做了一个请的姿势，一手亲昵地揽过姜半夏的腰，和她细细碎碎地说着话。姜半夏眼睛里流光溢彩，用手轻掸着薄呢子大衣上的碎雨，长谷隆一自觉无趣，冷哼一声，悻悻地匆匆离开。姜半夏只觉得浑身瘫软，后背被冷汗浸得濡湿，她吻了吻艾瑞斯，心有余悸地说：“他发现了地下图书室，没发现书架后面的暗道。”艾瑞斯在她的脖颈上轻轻啄了一下，笑得格外迷人，说：“别担心，我回来了，把一切交给我吧。”

待得雨渐渐停了，夜色四合，艾瑞斯一把抱起姜半夏走进卧室，两个人腻在一起在小浴缸里洗澡。艾瑞斯一手护着姜半夏的眼睛，一手给她轻缓地用瑞士露丝养发液揉搓着头发，姜半夏将两只脚丫伸在艾瑞斯的大腿下面，淘气地一蜷一张，两只手蘸着泡沫在艾瑞斯身上一寸寸地涂抹，涂一会儿，又将嘴唇凑过去，把泡沫吹散，露出艾瑞斯微微泛红的小麦色肌肤。姜半夏一寸寸地撩着水给艾瑞斯冲洗，洗了一会儿，忽然有些感慨，那个曾经的少年已经蜕变成一个真正的男子汉了，自己在不知不觉中习惯了向他撒娇，依赖他的照顾和疼爱，甚至需要他的保护。

艾瑞斯见姜半夏浓密的黑发里夹杂着一根刺眼的白发，心里一疼，在她略显单薄的肩膀上深深地烙下一个潮湿的吻。姜半夏就势赖在艾瑞斯的怀里，舒服地闭上眼睛，胸乳紧紧地偎依着他的胸膛。艾瑞斯把姜半夏圈在怀里，下巴颏儿摩挲着她湿漉漉的头发，闷闷地说："亲爱的，你想要几个孩子？"姜半夏感受着艾瑞斯喉结紧张地滚动，心里一暖，用手指缠绵地抚摸着艾瑞斯跳动的颈动脉，忽然抬起脸，用唇覆盖着艾瑞斯的嘴，艾瑞斯只觉两瓣娇艳欲滴里芬芳甜美，脑海里"轰"地炸起漫天烟火，只觉得头昏目眩，意乱神迷，将姜半夏从水里捞起来就往床上抱。

艾瑞斯身子才压下去，又怕姜半夏受凉，跳起来用毛巾给姜半夏擦着头发。姜半夏扭来扭去不肯浪费时间，艾瑞斯假意生气，用手在她腰上一掐，姜半夏猛地倒吸一口凉气。艾瑞斯俯下身子，见她腰侧一块明显的淤青，又是心疼又是恼怒。他想起长谷隆一曾经将枪口抵在这里，又觉得十分后怕，便对着印迹轻柔地落下一连串绵密的吻。

吻了好一会儿，艾瑞斯将头埋在姜半夏的小腹上，认认真真地说："我永远不会允许任何人再伤害你，不会允许再有人让你做不快乐的事情，所有你不喜欢的人，伤害过你的人，我都会一一为你扫清，为你报仇。半夏，我要你无忧无虑、平平安安地和我在一起。"姜半夏怔怔地听着，只觉得小腹又暖又湿，知是艾瑞斯的眼泪熨帖在上面。她温柔地坐起来，伸出双臂紧紧地抱住艾瑞斯的脑袋，一点点将艾瑞斯裹在自己的体内，乳尖挤着耳垂，眼泪静静地淌了下来。刺破黑暗，寻找光明的路径中，艾瑞斯隐约听见姜半夏的呢喃："小兔子，快回家吧！"

松音睡得昏昏沉沉，恍惚间嗅到丝丝缕缕甜腻腻的香气，他睁开眼，见一袭浓艳的红正伴着"噔噔"的声音飘忽而至。松音又惊又怕，挣扎着起身，那袭红衣忽然层层叠叠地蒙住了他的面孔。他被压在温软滑腻的香气之中，忘记呼喊，只一双手伸出去胡乱探寻。伴着一声冷笑，松音脸上的红绡被一只纤细修长的手指勾去，暗红的指甲从他的鼻翼轻轻划过。松音在红雾缭绕的黑暗里，见到康斯坦茨站在红绡之上，不着寸缕。她的浓密黑发披散下来，融进夜色里，看不清是步步靠近还是渐渐远离。松音只见黑、白、红三色随着她的身影变幻莫测，仿佛三股香风缠绵交合，在她微微翕合的唇畔腿间翻卷飘扬。

松音忽然觉得口干舌燥，那红绡仿佛熊熊烈火，沿着她的小腿一路烧过来，顺着自己的双腿一路攀爬。松音紧张地低头望下去，却见那火焰变成康斯坦茨的黑发，鬈曲微凉，丰厚浓密。康斯坦茨的黑发落在松音单薄的胸口，又化身为康斯坦茨绵软馨香的手掌，蜷着纤长的手指，一下一下轻轻地撩拨着。松音傻笑着嚷："好痒痒的！"康斯坦茨妖冶地一笑，松音只觉得蔻丹凋落，一小丛火焰顺着胸口烧向咽喉。松音焦急地哭出声来，康斯坦茨轻蔑地笑了笑，俯身用唇亲吻着，将那些火焰一小口一小口噙着，卷在舌头上舔得干干净净。

松音鬼使神差一般凑过去，想偷吃康斯坦茨舌头上花骨朵一样的火苗，康斯坦茨飞扬的发丝忽然变成万千毒蛇，抽打缠绕着他，伸出细碎的芯子在他战栗的身体上肆意游走。松音惊觉自己赤身露体，伸出手臂紧紧抱住自己，那芯信子无处游窜，汇聚成一只巨大的河蚌，一个猛子钻到松音的两股之间，在松音的尖叫声中紧紧地吞噬包裹着他。康斯坦茨一双令人迷醉的眼眸里倒映着松音手足无措的样子，她叹息着紧紧抱住浑身燥热的少年。松音忽然觉得自己无比放松，仿佛在碧波荡漾之间漂游，无拘无束，无痛无惧。星空下烟花灿烂，纯净而神秘，天地之间回响着康斯坦茨神秘的耳语。

松音忽然觉得烟花的声响有些刺耳，身下的海水也有些黏腻冰冷，他不情不愿地睁开眼，适应了好一会儿，才想起自己是在保育室的大床板上。青皮的脚丫子正落在松音的肚子上，伴随着一阵吧唧嘴的声音，青皮的脚趾幸福地抽动着，气得松音把他的脚丫子狠狠一掀，青皮翻了个身，大腿满不在乎地搭向另一边的床沿。松音想起床板上自己原本和法夏挤成一团，一起半夜醒来捉弄青皮的片段，便不知不觉淌下泪来，又觉得男孩子哭哭啼啼不好，便用手背狠狠地擦。

松音擦着脸，依然觉得屁股下面又冷又湿，脑子里“轰”的一声，心想不会是尿床了吧？他小心翼翼抬起屁股，用手一摸，对着稀薄的月光照着看，只见手心里米浆似的一摊，却不像是尿液，松音气鼓鼓地一巴掌抽在青皮撅着的屁股蛋上，恶狠狠地拎着青皮的耳朵低吼：“你把生鸡蛋搁我被子里了?!”青皮睡得黑甜，梦里抱着烧鸡正啃到了屁股，满嘴的热油糊着，呓怔着醒过来，见松音逆光坐着，吓了一跳，半晌才嘟嘟囔囔地说：“大半夜的不睡觉，你打我屁股干吗?”

松音一手的冰凉，厌恶得要命，才要抹到青皮的脸上，忽然听见窗外一声尖锐的猫叫，那声猫叫长得离奇，凄凄厉厉绵延不绝，伴随着隐约的白光，窗上的玻璃一阵轻微的抖动。青皮吓得一缩脖子，拽着松音的手低声说：“是不是女鬼?”松音想起刚才的梦境，也有几分害怕，窗外的猫叫声忽然变得细密了，隐隐还夹杂着狗吠，白光掩映在窗外的树冠里，仿若鬼魅。青皮探身想去够灯绳，松音忽然想起什么，一把按住他，轻声说：“别开灯！你别戳在这儿，小心灯打过来照见!”

松音哆哆嗦嗦地够着窗台往外看，见楼下的小路上跑来十几个日本兵，手里还牵着狼狗，其中一只狼狗仿佛嗅到了松音的恐惧，抬着硕大的脑袋望着松音，咧着满嘴的尖牙咆哮。松音“扑通”一声跌坐在床板上，大口地喘着气，青皮没头没脑地凑过来，伸出一个黏糊糊的巴掌，笑嘻嘻地说：“恭喜！你是爷们儿了！”松音紧紧地攥着被角，强忍着战栗，对青皮说：“日本人在抓人呢！刚才是枪响，你别出声，小心冷弹！”青皮吓得一只手晃晃悠悠，上下牙一阵打架，整个人缩在被子里捂住脑袋，从被子里闷声地说：“快睡吧！睡醒了就没事了！”

松音脑海里回荡着“恭喜，你是爷们儿了”！他摸着自己的嘴唇，仿佛康斯坦茨的甜腻芳软的味道还凝结在那儿，而那缠绵悱恻的耳语仿佛也在鼓励着他。松音冷静下来，扒着窗沿往下看，心里替日本兵要抓的人捏一把冷汗。日本兵沿着街道来来回回地搜寻，没头苍蝇似的在附近几条街巷里跑来跑去，到后来，几条狼狗也累得吐着舌头呜咽，松音悄无声息地打开窗子，冲着下面啐了一大口，冷笑着看日本兵恼羞成怒的蠢样。

忽然，一只狼狗仿佛听见了什么，直直地蹿起来，两只爪子在半空乱挠，嘴里狠狠地嚎叫着。松音吓了一跳，往窗子下面一缩，听了一会儿，又探出半个脑袋偷看。牵着狼狗的日本兵松了手中的绳索，那只狼狗恶狠狠地扑到紧挨着窗棂的大树上，张牙舞爪地往上爬，一边爬一边往下掉，日本兵明白过来，几个人围拢着树干，竖着枪管一阵乱射。松音往树冠里望去，树冠里一片昏暗，忽然有一个低沉的声音传过来：“东西在树上，交给雁归，小兄弟！”

松音还没回过神来，只见树冠猛烈地摇晃着，一个身影“扑通”一声掉了下去，几只狼狗扑过去撕咬着，那个身影一声不吭，缩成一团，仿佛抱着求死的心。日本兵见差不多了，喝止了狼狗，将那个血糊的人形连铲带撮地抬起来，塞进巷口一辆军车里，呼啸而去。松音望着微风中摇曳的树叶，心里抽筋似的疼，月光如霜，霜下却是鲜红的血海。

松音怔怔地望着天花板，天花板上一会儿是康斯坦茨妖娆的身姿，一会儿是树冠里跳下来的血人。不知为什么，最终是法夏举着气球向他“咯咯”跑过来，不小心气球爆了。法夏瘪着嘴哭，松音抱住他给他擦眼泪，安慰他说：“我们再买几个大的，法夏不哭。”法夏抽泣着，忽然转过身去，委屈地说：“破了！买不到的！”松音望着法夏脑后的血洞，忽然想起他已经不在了，眼泪汩汩地冒出来。他一拳捶在墙上，心里深深扎根的恐惧忽然松动了，露出深埋的仇恨。

松音挨到后半夜，扒着窗口向外看，夜色在黎明的召唤下，渐渐褪色，繁星的光彩一点点磨灭在天际，街头巷尾的灯晕里，五色旗和膏药旗的色彩浓艳欲滴。见四下无人，松音心惊胆战地跪在阳台上，伸出手臂够了半天，又伸出一条腿去踩近的树枝。树枝在冷风里冻得酥脆，随着松音脚下用力一点，“咔嚓”一声断成两截，树叶簌簌扑落，他的身子一晃，险些坠下楼去。松音哆哆嗦嗦地委顿在窗台上，呆望着跌在地上摔得一颤的树枝，腿肚子一阵抽搐。青皮睡眼惺忪地钻出被子，一把将他拽下窗台，小声呵斥：“你这是吃怔了?”

松音不说话，一双眼睛怔怔地望着窗外的树冠，忽然转过脸，咬牙切齿地说：“帮我把法夏的床板撤下来，快！动作轻点儿！”青皮迷迷瞪瞪地张着嘴，愣了下，干干脆脆地应了一声。两个人站在法夏的床前，青皮揉着眼皮，垂着脑袋，攥着法夏的床单抽噎。松音拉着青皮，默默地鞠了三个躬，这才撤掉床垫，两人抽出床板，顺着窗台搭出去，松音在心底念叨着：“法夏兄弟，你要保佑我，我日后一定为你报仇！”床板在单薄的夜色里延伸，一径续到树冠深处的树杈上。青皮按照松音的吩咐，紧紧地按住架在窗台上的一头。松音站上去，轻轻晃了晃，见床板那头依然稳稳地落在树冠里，便一步一步向窗外走去。

松音一步一步走在冷风中，床板有些薄，走到中间便觉得像踩着豆腐，颤颤巍巍的。青皮提心吊胆地看着，见松音的脚步越来越飘，吓得手里一紧，将一根木刺牢牢地握进掌心里。青皮吃疼，手下一抖，眼瞅着松音就要迈进树冠的阴影里，却被晃得身子一摇，趴在了床板上。青皮吓得差点叫出声来，好在松音稳了稳脚步，索性跪着继续前行。青皮见树冠抖了抖，将松音吞进了浓墨似的树影里，心里稍微松了口气。

松音摸索了半天，什么都没摸到，一脸沮丧地坐在床板上晃悠两条腿发呆。忽然一阵雏鸟的哀鸣打断了他的思绪，他跪在床板上往鸟窝的方向爬了一会儿，不小心失去了平衡。在他跌落的一瞬间，艾瑞斯披着长袍张开双臂在树下稳稳地接住了他。松音见自己把神父艾瑞斯压坐在地上，他差点叫出声来，赶忙捂住了自己的嘴巴。神父艾瑞斯从草地上站起来，在松音蓬乱的脑袋上狠狠一揉，不顾松音的挣扎将他扛起来丢回教堂。

松音趴在门镜前不甘心地往外看，见神父撩起了长袍爬上了树，从鸟巢里仿佛掏出了什么揣在怀里。松音还要继续看下去，姜半夏突然出现在他的身边。她牵着松音的手把他带到了厨房，将一块蒸得喷香的肉糕塞到了他的嘴巴里。等松音吃饱了的时候，神父艾瑞斯已经微笑着开始带领孩子们做餐前祷告了。松音想张口问，却见姜半夏将食指竖在嘴唇中间，冲着自己眨了眨眼睛。他深吸了一口气，捅了捅睡眼惺忪的青皮，说："你刚才看见了吗?"青皮歪歪斜斜地站着，晃悠着脑袋迷迷糊糊地说："看见什么了？你掉下去被神父抱回来了呗。"松音还想再问，就见神父艾瑞斯深深地望了自己一眼，摇了摇头，他的小脑袋瓜里仿佛明白了什么，终于闭紧了嘴巴。

1935年3月25日，初春，苏满边境线。

艾瑞斯裹紧了身上的棉大衣，警惕地坐在货车的副座打量着苏满边境线。司机双手紧紧地握着方向盘，忧心忡忡地轻踩着油门，对望着窗外大雪满山的艾瑞斯抱怨地说："先生，咱们得停一会儿，我还得下去清清雪。"艾瑞斯将怀里的暖瓶递给司机，笑着说："先喝口热茶暖暖身子，我陪你一起下去。"两个人刚把挡泥板上的冰雪铲掉了，就听见不远处传来刺耳的喇叭声。艾瑞斯站直了身体，见铅灰色的公路尽头朦朦胧胧地射过来两束淡黄色的灯光。司机把手里的铲子往雪地里猛地一扎，艾瑞斯一把按住他往怀里掏的手，低声说："先看看情况再说。"

铅灰色的天空忽然又零星飘起了碎雪，一辆警车穿过白茫茫的风雪，晃晃悠悠地停在了前面。一个小警察气喘吁吁地跑过来，高声问："车子坏了吗？需要帮忙吗？"司机殷勤地迎过去，点头哈腰地说："没事儿，没事儿，轮胎上都是冰，跑不动，这不得多下来清清。"那个小警察忽然看见了艾瑞斯棉帽下露出的金棕色的头发，狐疑地打量着他，问道："苏联人？"后面又跟过来两个年轻的警察，凑过来掀脏兮兮的帆布。司机从怀里掏出一盒烟，挨个递给警察们，指着艾瑞斯说道："传教士，神父，好人。"

艾瑞斯微微躬下身，掏出自己脖子上的十字架，微笑着说："愿上帝保佑你们。"小警察皱着眉，推开了司机的香烟，忽然一把扯开了绑在帆布上的绳索。另外两个警察望着里面堆积成山的黑熊皮、豹子皮和狐狸皮，倒吸了一口气，伸手戳着艾瑞斯的十字架笑骂："什么狗屁神父！不过是个走私贩子！装得倒挺像！思明，赶紧再翻翻，看看下面还藏着什么好货！"那个司机趁着众人不注意，蹑手蹑脚地拉开驾驶座的车门，还没来得及动手，就觉得肩膀上一沉。他谄媚地笑着，举着一杆旧烟枪扭过脸颤声说："长官，我烟瘾上来了，不抽难受。"

他身后站着一个身姿笔挺的青年警官，将一只戴着黑皮手套的手臂牢牢地搭在司机的肩上，正板着脸孔冷冷地望着他。那个青年警官将司机拽到一旁，厌恶地瞥了一眼车座子上黝黑发亮的油污和散落在座子下面的鸡骨头渣子，猛地扣上了车门，把司机用手铐拴在了把手上。青年警官大步流星地走到了那几个小警察的前面，吓得他们噤若寒蝉地往后退了一步，邀功似的举着几盒鱼子酱罐头，说道："章警尉，里面装的都是磺胺，还有一些吗啡，估摸着至少得有几十盒。都用皮货盖着，要不是兄弟们搜得仔细……"

章警尉转过身，逼视着神态自若的艾瑞斯，半晌才冷冷地问道："药准备往哪儿运？你们什么背景，这些货正经途径都不好弄。"艾瑞斯微微一笑，从怀里掏出一个传教士的证件，恭恭敬敬地说："长官，您知道，好多教会医院都没有抗生素和止痛药了。现在天气太冷，那些生病的人要是没有药，尤其老弱妇孺，很难熬过这个冬天。"章警尉忽然露出一丝笑意，问："听你口音，不太像是苏联人。"艾瑞斯指着证件上的名字，认真地说："我是德国人，这是我的姓名和籍贯。"

章警尉接过艾瑞斯的证件，扫了一眼，神色一凛，把他拉到一旁惊讶地问："你姓费力克斯？你今年多大了？"艾瑞斯愕然地望着这个古怪的年轻人，见他的眼睛里似乎正压抑着一种莫名的狂喜。艾瑞斯指了指自己证件上那栏出生年月，苦笑着刚要说话，章警尉忽然在刺骨的冷风中做出了一个疯狂的举动，他一把摘掉了自己的棉帽，凑近了艾瑞斯，低声说："迈尔先生是您的什么人？"

艾瑞斯见章警尉的头发被精心地修剪成了一个传统的发型：脑门中间留了一撮翘起的发尖，两边修出延伸到耳垂的鬓角。艾瑞斯的眼睛里忽然泛上了一层淡紫色的薄雾，他透过迅速结冰的金棕色睫毛认真地看着章警尉，忽然用德语说道："保罗先生，您还有新版的《马可·波罗游记》吗？"章警尉强忍着上前拥抱艾瑞斯的冲动，艾瑞斯细心地掸落章警尉满头满肩的冰雪，将帽子小心翼翼地盖在他冒着热气的脑袋上面，轻声说："我的父亲在欧洲战争中阵亡了。我在他邮寄回来的合影中看见过您。"

章警尉的眼睛里流露出一种糅合着哀伤和关切的神情，压低了嗓音，说道："不要再往前了，日本人最近查苏维埃红军查得太紧。苏联政府刚把铁路卖给'满洲国'，现在所有的边境线都被日军封锁了。"艾瑞斯面露焦急，才要说话，章警尉摆了摆手，继续说："我不清楚你是青的还是红的，苏联的还是德国的，你也不用告诉我，我会亲自'押送'你们过关卡。"艾瑞斯郑重地点了点头，"嗯"了一声，跟在章警尉的身后一脸沮丧地往回走。

那些小警察正围在车门旁边推推搡搡地逗弄着那个可怜的司机，那个司机拖着一脸的鼻涕和眼泪，晃荡着沉甸甸的手铐打躬作揖，正连声哀求他们，让他抽一口大烟。章警尉耷拉着脸，抬起脚轻踹在一个小个子警察的后背上，笑骂："兔崽子们，又不干正经事，都给我麻利点，站好了！"另一个脸庞白净的瘦高个警察赶忙凑过来，笑着问："章警尉，您看，这一车货，咱们怎么办？"

章警尉忽然转身，冲着几个小警察笑了笑，说："兄弟们最近辛苦了，这批货，就不充公了，免得便宜了小日本。咱们到了局里，把皮货分了，药都给人家留下，都是送医院给咱们老百姓看病用的，咱得有良心。"那个小个子警察揉着后背嘟囔着说："都是洋人，说得好听。从我太爷那辈子起，白俄人也打咱们东北，小日本也打，这要不是青岛离得远，当时德国人估摸着也得早晚打过来，一群绿豆眼王八羔子，谁知道都安的什么心。"

另一个眉毛稀疏、一脸浅白麻子的小警察在他屁股上拍了一下，说："有皮货分还不知足，就欠给你扔雪地里喂狼。"那个小个子警察也不恼，笑嘻嘻地回嘴说："你有三房媳妇轮着睡，怎么还不得一人一件？要不皮货我匀你两件，媳妇儿你借我睡一个？"章警尉走过来重重地咳嗽了声，对着小个子警察后脑勺一推。几个小警察眼见要得了大好处，也不再胡闹，对那个司机也温柔了几分，替他解开了手铐还喂了几口大烟。

章警尉和一个亲信小警察在警车里亲自“押送”着艾瑞斯，另外两个小警察一个坐在副驾一个坐在司机后面，两辆车一前一后打着大灯上了路。铅灰色的天空转瞬间又阴沉了些许，雪从飘零的碎屑忽然变成了簌簌疾坠的鹅毛。章警尉屈起手指在亲信的肩膀上点了点，沉声叮嘱道：“一会儿遇到日本兵机灵点儿，想办法让后面的货车混过去。”艾瑞斯拧紧了眉毛，状似随意地问：“这里的关卡什么时候设的？”那个亲信冷笑一声，憎恶地说：“毛子这个两面三刀的，那边和国民党刚签完互不侵犯，这边又把铁路都卖给了日满。这关卡刚刚设了没几天，日本人就怕那些苏共流窜到咱们这儿闹事，听说毛子的贵族里竟然还有支持东北流亡军的，偷偷往境内输送军火。”

忽然一阵猛烈的风雪迎面袭来，警车被刮得差点儿滚下悬崖。那个亲信握着方向盘一头的冷汗，忍不住破口大骂：“老天也跟着作妖！什么混蛋世道！”章警尉一脑门官司，被颠簸得格外反胃，正闭着眼睛假寐，冷冷地吐出两个字：“闭嘴。”艾瑞斯满腹心事，反倒不觉得聒噪，深一句浅一句地套亲信的话，想借机会摸一摸日本政府最近的动静。章警尉睁开眼睛，深深地看了他一眼，扭过脸望着窗外一片混沌的苍茫天地。

还没驶到关卡，远远地就看见几束大灯交织着射过来，风声里传来一阵隐约的犬吠。章警尉在艾瑞斯的手臂上安抚地拍了一下，微笑着耳语说：“别担心。”亲信逐渐收了油门，老远就摇开车窗举着一杆黄灿灿的“满洲国”国旗大声喊：“我们是警察！自己人！”犬吠的声音越来越高，偶尔还夹杂着日语的咒骂声，那几束大灯定定地照着，影影绰绰可以看见几个日本兵站在关卡的前面。艾瑞斯在车里静静地坐着，见那个亲信车还没停稳，就跳了下去，嬉皮笑脸地用日语和几个日本兵打着招呼。

日本兵见是警署的车，脸上浮现出几分轻松的神情。他们接过小警察手里几本袒胸露乳的西洋画册和一沓国圆，又装腔作势地检查了牌照和通行证，便和货车上下来的两个小警察嬉笑起来。两个小警察拉着其中一个年纪大一些的日本兵看了一眼货车，不由分说从后车厢里拽出十来件名贵的皮货，往几个日本兵怀里一塞。又从货车司机那儿搜罗了几瓶上好的伏特加，打开了请日本兵们暖身子。几个小警察伺候完了日本兵，热气腾腾地跑回车里，等着日本兵们拉开关卡就要一脚油门踩过去。

这时候，简陋的岗亭里忽然摇摇晃晃地走出来一个胡子拉碴的日本兵，那些狼狗见了他，哼唧了几声就都耷拉着耳朵蹲了下去。他眼神阴冷地扫视了一圈那几个醉醺醺的日本兵，掏出手枪推子弹上膛，冲着大货车的车厢走去。艾瑞斯坐在警车的后座上忽然觉得心里一坠，他在章警尉的腰上狠掐了一把，顾不得其他，耳语说："车厢底下还有东西，不能让日本人搜出来！"

章警尉猛地拉开门跳下车，眼角瞥见那个货车司机正一脸铁青地点燃了烟枪，双手微颤地往车厢后面凑。他一把打掉了烟枪，嘴里骂骂咧咧地说："挡着长官的道儿了，不长眼的玩意儿，还抽！"那个司机愣住了，才要扑上前，就被艾瑞斯锢住腰往外拽着，劝道："老王，别为了一口烟生气，命要紧！"他一边劝，一边悄声对司机说："警尉信得过，先别轻举妄动。"那个司机这时候才颓然倒地，缩成一团号哭，爬到烟枪那里心满意足地抱着。

章警尉一把扯开了帆布，一件件往雪地里丢皮货，丢了几件之后忽然觉得不对，当着日本兵的面把一件皮货翻来覆去地看，然后从狼头里掏出了一小块黄金。那个日本兵眼睛一亮，然后随手甩了艾瑞斯一个嘴巴，艾瑞斯咬着嘴唇忍住了。日本兵招呼着其他人欢天喜地地抢走了所有的皮货，留下滚落的鱼子酱和列巴面包，终于咧着嘴笑了。他色眯眯地摸了一把艾瑞斯泛着红晕的面庞，下流地哼着小曲儿，终于挥了挥手，让警车和货车过去了。

亲信忍了一会儿，终于忍不住，问艾瑞斯："神父，你们到底藏了多少金子？"章警尉和艾瑞斯对视一笑，都没有说话，两个人的手掌交握着，在彼此的手心里写字。艾瑞斯先写："谢谢你的私房钱和救命之恩。"章警尉也跟着写："你们的车改装过，底盘里藏的什么？"艾瑞斯淡然一笑，写下了一组古怪的数字和字母："C3H5N3O9"。然后贴着章警尉大惊失色的脸颊说："老王用硅藻土处理过了，别担心。"章警尉定定地看着他，忽然一笑，轻轻地说："那点儿黄金花得太值了。"

艾瑞斯望着冰雪覆盖的远山，忽然温柔地笑了，对章警尉说："那里的春天是什么样的？"章警尉一愣，忽然大笑起来，说道："还能什么样儿？树都有六七十米高，阳光透不进去。满地的大蘑菇，里面都是傻狍子和云豹。等开春儿，我拉您打猎去！晚上用红蘑菇炖野鸡，把野猪肉片成薄片用酸菜一汆。那滋味儿，甭提了！"他忽然想起什么，眼睛里泛上一层薄薄的冰凌，说道："您的父亲特别爱打猎，我打出的第一枪就是他教我的。"

在冰雪萧索的世界里，艾瑞斯想起了父亲，想起了自己童年时所栖息过的那一片茂密的原始森林。也想起了姜半夏曾经描述过的，位于法国海岛深处的那座黝黑、苍郁、潮湿，遍布着百米高难以环抱的榉树、云杉和椴树的神秘林带。那些大树长满了黄褐色的苔藓和浓绿色的藤萝，半米深的腐烂树叶和柔软黏稠的泥土孕育着成千上万的生命：微小的红色林蚊从金色的大天牛后背上鱼贯而过；蠕动的绒蛾幼虫藏身在那些深邃的树皮沟壑之间；那些巨大的冠状蕈子每一分钟都在生长，野牛的族群沉重的蹄子上沾满了成熟的孢子；放哨的猿猴猛烈地摇晃着树枝，发出尖锐的警告声，野猪和麋鹿仓皇而逃；美丽的云雀在坍塌的树干上面跳着求偶的舞蹈，小溪从树干的下面淙淙流过。

那些亿万年形成的壮美景观，在战争的第一个星期，就几乎被摧毁殆尽了，只留下烤焦的尸体和漆黑的木炭。艾瑞斯轻蔑地回头看了一眼那个简陋的哨卡，他绝不会允许战火继续蔓延，不允许任何人以文明的名义，去掠夺和毁灭这个世界原本的美好。他在章警尉的肩膀上轻轻地拍了拍，说："我的父亲只教会我一件事，那就是永远不要轻易开第一枪，因为没有人知道最后一枚子弹会在哪里终结。现在日本人开了第一枪……"章警尉摸着被帽檐压扁的发鬓，大笑着说："最后一枚子弹在哪里终结，咱们说了算！"

1936年9月30日，中秋，伪满洲国新京。

长谷隆一刚刚从审讯室出来，哀号声在他的身后响起，他皱着眉，厌倦地擦拭着手指，回到他钟爱的钢琴前。长谷隆一并不负责刑罚和拷打，他只使用一种相对温和而长久的方式审讯，他有的是耐心，也有的是时间，更有的是负责随后实施酷刑的执行者。长谷隆一憎恶自己的工作，每天除了睡眠的六个小时，他都在不断地说服自己要尽忠职守，做一个合格的完美工具，而不是一个情感丰沛的软弱者。

中秋夜，稻田纪夫邀请长谷隆一去菊子居酒屋喝酒。依然是菊子忙碌着温酒和准备饭团子，她今天穿着传统的五家纹黑留袖，发髻上插着一束小小的蝴蝶花，脸上依然挂着温暖的笑容。菊子已经不年轻了，她的鼻梁和眼角都有一些细碎的纹路，却因为笑容温婉而显得格外贤淑。手下的两名年幼的艺妓，一位演奏着三味线，一位演奏着尺八。一位背对着，身材过于丰满高挑的艺妓正一板一眼地跳着艺妓舞。她的和服过于华美，身姿过于娇媚，转过脸来的时候是一种令人记忆深刻的瑰丽冷艳，她原来是康斯坦茨。

稻田纪夫熟练地跪坐在料理台前，他享受着烹饪的快感，因为他坚信只有一个真正的男人把自己的体温和体味糅合到料理之中，才可以在食用的时候灵肉合一。寸把长的活鱼从木桶里捉上来，直接握在手里从腮到尾穿上了木签，巧妙地扭曲成一个漂亮的鱼跃造型，然后放在炙热的火箅上翻烤，欣赏那些小鱼不断挣扎、喘息，然后眼睁睁看着自己的腹部开始流油焦黄，直到上桌，眼睛依然是湿润明亮的。这一道酒菜只有他烤得最为曼妙可口，因为他真切地把握着小鱼的恐惧感，让它们的肌肉长久保持着活力。

菊子宠溺地望着稻田纪夫汗津津的认真模样，仿佛在看一个长不大的男孩子，她的手里不断地团着梅子饭团，然后递给稻田纪夫去烤。康斯坦茨只依然傲慢地俯瞰着，眼神依然冰冷坚硬，只有酒红色的嘴唇极具女人味地微微弯着，在嘴角留下两道细细的纹路。长谷隆一确实不喜欢康斯坦茨，并不仅仅因为她美丽得无遮无拦，具有强烈的侵略性，更因为她对男人毫不掩饰自己的厌恶，也不肯取悦或者屈从，而这一切不可爱的因素，恰恰是最吸引稻田纪夫的。长谷隆一在心底断言，稻田纪夫一定会死在这个意大利女人的手里。

稻田纪夫不喜欢口感单一的清酒，他更迷恋红酒配传统料理。尤其是倒卧在菊子的膝盖上，将脑袋枕着康斯坦茨的胸乳，望着障子外面浑圆饱满的明月，他才觉得人生充实而甜蜜。长谷隆一眼睛里的明月是蒙着白无垢的新婚少女，在无边的清寂里展露明媚的容颜。他想着两三年后局势稳定了，自己一定会赢得姜半夏的爱情，那时候他会亲手为她选三件最奢侈的古董和服，让她像月夜一样皎洁端丽、古雅幽静。政是会越来越稳定，那时候的他则会赢得人心、尊重和爱情。

稻田纪夫从康斯坦茨的胸前抬起头，眯着眼睛盯着长谷隆一，忽然笑了起来，招呼菊子去端棋盘。长谷隆一的围棋下得并不太好，稻田纪夫却是“满洲国”里公认的棋王。他很耐心地教授长谷隆一，在棋局里，他们是均等的，并不用分尊卑长幼。稻田纪夫下了一会儿，见长谷隆一疲于应对的沮丧样子，不禁有些哑然失笑，他拿起一颗棋子敲了敲长谷隆一的额头，说：“你知道我为什么一直逼着你学习围棋吗?”长谷隆一在心里腹诽：“还不是因为你需要有人陪你下棋。”

他的脸上恭恭敬敬，有些天真地问：“为什么?”稻田纪夫望着被月光洒满的乳白色障子，神情忽然有些凝重，说：“因为越来越多的中国人只肯学习象棋了。”长谷隆一因为喝了太多清酒，有些头昏，迷茫地望着稻田纪夫，像小傻子一样微微张着嘴笑。稻田纪夫从菊子的裙裾中间捞起酒杯，喝了一口红酒，叹了一口气，说：“围棋是中国人发明的，上有天地之象，次有帝王之治，中有五霸之权，下有战国之事，览其得失，古今略备。”

长谷隆一困惑地摇了摇脑袋，烤饭团里青梅的酸涩依然充斥着肠胃，他开始怀念那贫瘠却弥漫着清甜稻谷香气的故乡。稻田纪夫精心地码着棋子，他的前额光秃而油亮，智慧地隆起两大块骨头，说话时，两块额骨升上去，狭长的眼睛也挑了起来，他继续说：“围棋讲究的是全局发展，零和博弈，不计较一子一眼的得失。象棋却是讲究长驱直入，斩将夺帅，势险而节短。我们在一步步地蚕食着中国，他们却没有意识到，依然因为保全住其他的城池而沾沾自喜，以为我们索取的不过是一个独立的藩国。原来的帝王术，却因为没有龙，而失去了屠龙刀的价值，可悲呀!”

长谷隆一终于迟钝地领悟到稻田纪夫的用意，他揩了揩脖颈里的冷汗，盯着棋局沉重地寻觅着更多的生机，神态局促地问：“还请稻田桑开悟!”稻田纪夫满意地掌控着黑与白的进退攻守，鼻尖嗅着两位女性身体里散发出的暖融融的香气，笑嘻嘻地说道：“中华民族和大和民族原先并没有区别，我们都有同样的祖先。可是他们不断地容忍不同的劣等民族污染他们的血统，从元朝到清朝，数百年来一直臣服在外夷的统治下，宁死不屈的都已经牺牲殆尽了，剩下的都是些苟活贪图享乐的下等人和他们的子孙。”

长谷隆一想起了伟大的唐朝、宋朝和明朝，想辩解几句，却又咽了回去。即使是在百年前，当欧美各国开始欺凌亚洲的时候，第一个屈服谄媚、夹道迎接的也是日本，并因此而换来了明治维新和所谓的多边外交。而倨傲刚愎的中国，在面临同样局面的时候，选择了全面宣战，最终全面投降，既没有推翻自己的王朝，也没能获得利益的结盟。稻田纪夫把酒杯底下的红酒渣对着月光晃了晃，倒进了自己的嘴里，醺然欲醉的幸福感笼罩着他。

他接着一面下棋一面说：“在日清战争开战前，我们的经济状况并不乐观，但是却果敢地借了大笔的外债。你知道为什么吗？因为我们根本不打算还。债主们怕失去欠款和利息而决心帮助我们作战，支援了先进的武器装备和各种物资，我们不出所料地打赢了。中国虽然国库充盈，却因为战败而支付了天价赔款，弱国无外交，最终引来的只有更多掠食者对资源和领土的瓜分。而我们，则会利用‘满洲国’作为大本营，这里有数不清的粮食和矿产，还有属于我们自己的交通枢纽、企业和银行，我们用金融和军事，不断地发展壮大自己，麻痹中国政府和其他国家，一步步蚕食亚洲、欧洲和美洲。多点布局、相互牵制，最终操控世界格局。”

长谷隆一惊讶地皱紧了眉头，不假思索地说：“中国太大了，我们只有一点点人，怎么可能全部吞下？”稻田纪夫微微一笑，胸有成竹地拈起棋子，说道：“长谷君还是一个单纯的青年啊！你来告诉我，中国总共分成几种人？”长谷隆一用手撑着脸，无意识地揉搓着，修剪得当的椭圆指甲掐进了面颊，说：“老年人、青壮年、少年、儿童、女人、有钱人、穷人。”稻田纪夫拍了拍手掌，说：“很好！你说得没错。但是这样的区分，并不能帮助我们真正赢得这个国家。依我看来，应该区分为稀少的有权有势的贵族、为数不多的有钱的乡绅和企业家、很多的劳动者和农民、不断死亡的老人和不断出生的孩子，以及无穷无尽的女人。”

长谷隆一痛苦地望着棋盘，他不畏惧失败，他只是畏惧无知，他已经嗅到了死亡的气息，却完全看不清死神从哪里降临。稻田纪夫大笑着，递给他一只烤鱼，那只鱼生命力格外顽强，嘴巴还在张合，眼神却空洞而绝望。稻田纪夫把玩着棋子，微微一笑，继续说道：“在中国，真正有权有势的贵族又分为满人遗老遗少和汉人的革命者精英以及军阀。满人已经没有独立抗争的能力，他们只是一个符号，我们不需要考虑他们。军阀手握兵权，割据一方，拥兵自重，却因为珍惜自己的士兵而不肯全面投入战斗，同时他们势均力敌、互不相让，最容易陷入内战之中相互消耗。”

稻田纪夫舒服地摩挲着康斯坦茨，兴致勃勃地说：“乡绅和企业家都是白手起家，辛辛苦苦攒下的真金白银，最怕战争动荡，他们最知道战争是暂时的，只有财富才是持久的保全之道，所以最为贪生怕死、趋利避害。劳动者和农民一无军火装备、二无隔夜粮草，只要不是被厚重的赋税逼死，就根本不在乎谁是统治者，最怕的是官逼民反，他们和革命者绞作一团，形成一种流动的势力。

“老人们，就让他们安静地死去吧，越早越好，带着一个民族残存的自尊和记忆，深深地埋葬在坟墓里。我们要培养的是那些一无所知的孩童，把他们塑造成我们的公民，让他们心甘情愿地服务我们，和那些元朝清朝里汉人学子一样，不要给予他们天生的尊贵，而是屈服和努力之后，赏赐给他们作为高等奴隶的地位和待遇，以华制华。”

长谷隆一耷拉着眼皮，虚心地请教说：“那些女人呢？”稻田纪夫吩咐了菊子一句，两个年幼的艺妓便开始缓慢而优雅地褪去了衣服。他眼神凛冽地审视着，说道：“这两个孩子一个是朝鲜人，一个是台湾人。对待女人的办法就是让她们成为我们大和民族的女人，为我们生下尽可能多的孩子，让她们的血液里自始至终流动着我们的血统。如果一代人因为是异族，而对我们充满了憎恨，那么糅合了我们血统的第二代、第三代，你让他们如何去恨他们的父辈？女人不会怨恨自己的丈夫，孩子不会以自己的父亲为耻辱，所以我们要不懈地征服他们的女人，而最终女人们必将成为权力和财富的战利品。

“帮助那些老顽固去死，然后养育他们的子孙，让他们的子孙去日本学习深造，然后回到中国为我们效忠。让天生的贵族被架空，让有钱人因为合作而保留财富并且纳税。分裂那些军阀，让他们相互猜忌，将军火分别出售给他们，然后故意利用媒体发布亲近他们的信息，让他们失去民心。斩尽杀绝那些革命者，然后让工人和农民吃到半饱，用吃喝嫖赌来麻痹他们，掏空他们的钱财和身体。用武力镇压反抗的人们，用娱乐和文明使他们丧失血性。我们要尽可能多地占有女性，尤其是那些生殖能力旺盛的，然后不断地繁衍。”

长谷隆一因为满盘皆输而垂头丧气，稻田纪夫的脸因为胜利而红光满面，他一个一个地数着棋子，用木签挑逗着长谷隆一洁白修长的手指，说：“我们要把中国当作一只雄鹰，然后熬干它的意志，让它为了一点残羹而拼死卖命。这只雄鹰最终会帮助我们猎兔、打狼，而我们的目标却是最终征服猎豹和猛虎。”

稻田纪夫长叹了一声，推开了棋盘，站起来踱步说：“现在我们有些走得太快了，镇压了过多的工人和农民，这样会把他们逼到革命者那里去。如果当一个民族统一了思想理论，并且统一了仇恨，他们就有了可怕的凝聚力，那时候我们就会陷入困境。我们要用下围棋的谋略和心态，做长线计划，准备真正的全面综合对抗。我真希望天皇可以听见我的话。”长谷隆一深深地跪拜在席子上，冷汗不断地冒出来，他只觉得自己被狠狠地敲打了一番，那种浑浑噩噩的感觉一下子烟消云散了。

长谷隆一的额头被席子压出了一道道红印，稻田纪夫让菊子帮他轻轻地按摩，菊子夫人俏皮地捏起一块饭团黏在了红印上。稻田纪夫慈悲地望着他，说："你觉得惭愧和恐惧，为什么？"长谷隆一战栗着，轻轻地说："因为失败了。"稻田纪夫拉着他的手，站到门外，对着月亮说："你只是因为一局棋的输赢，而感到了畏惧。永远不要害怕失败，因为世界比棋盘要大太多太多。纵线为空间，横线为时间，都在不断地延伸着，一个角落、一段时间的失败都不足为奇。战争是短暂的，治理才是永久的。这个世界上，没有永恒的失败，只有暂时的未成功。"

长谷隆一望着手背上的伤疤，月光依然缄默地漫洒着清辉，天地间只听得见树叶沙沙地响。"你的心里不要有顾虑，要把这里当成自己的故国。日本只是生育你的一块地方，而这里将是你养育后世子孙的疆土。只有当我们发自内心热爱这片土地，比中国人百倍千倍地呵护它，才会真的用生命去捍卫它，用全部的热忱去建造它。疆土和女人一样，从不属于任何人，只属于真正的强者，我希望长谷君可以从今夜开始，摒弃那些陈旧的想法，真心地爱上这里，这是大和民族的发祥地，也是我们最终的归宿。让我们的文化成为这里的文化，让中国人的历史逐渐被遗忘吧。"

1936年11月初，伪满洲国新京。

长谷隆一渐渐地觉得自己找到了在"满洲国"的蜜月期，他开始渐渐地运用怀柔政策释放那些思想尚未确定的青年人，但是限制他们出境。那些年轻人被长久地关押，却没有审讯。对于这些没有武装力量的雏鸡，长谷隆一一直好吃好喝地伺候着，不闻不问地撂小半年。这些年轻人的心却没有一时半刻的放松，毕竟隔壁就是审讯室，血腥味和哀号声不免总要传过来。

他们后来还要负责帮助清洗审讯室，除了不可以读书看报，中午的时候还可以去小花园里走一走。他们被释放的时候，每个人都肥白干净，还发放了衣物，也往家里和学校里大张旗鼓地派送了一些现金。学校和组织果断地放弃了他们，还有他们当初的同学和恋人，他们就算不屈服，也只有温驯地混日子了。

新的秩序渐渐地形成了，一种近乎祥和的氛围笼罩在“满洲国”的城市里。中产阶级和贵族家庭的人们恢复了对生活的热爱，银行、商场、舞场、酒店……生活需要继续，人们需要交际，做生意、联姻亲、捐官爵，甚至子女出国上大学，都需要在这些销金窟里谈拢。日本人来的时候几乎没有战争，一开始的耻辱已经慢慢地磨灭了。反正大家依然是中国人，往来的也都是中国人自己的利益，变化是有的，譬如说赋税被抬高了四倍还不止，还有那些被日企垄断的行业。但是这些转变都是潜移默化的，他们选择蒙上眼睛看不见。

那些身强力壮的底层青壮年都被圈起来了，“满洲国”有大量的矿场要挖、铁路需要修、工厂要建。还要提防白俄，从清朝末年，与其说日本人和中国人争抢的满洲，不如说是打败了白俄落下的。上好的耕地要留给日本开拓团，而对待那些偏远地区的中国农民则采用了集团部落的方式进行隔离管理。那里的事情不属于长谷隆一的管辖范围，他爱莫能助，他对那种近乎直白的野蛮粗暴感到羞耻，在长谷隆一看来，只有把管理艺术发挥到极致，才可以拥有统治者的快感。

稻田纪夫下令不要苛刻严酷地对待那些中国人，因为他们数量巨大，抵抗的力量也会越来越大，他要辅佐的是一个逐渐成型的王朝，而不是一群挤破脑袋的暴发户。但是日本人内心深处都有恐惧感，更有彻底征服的欲望，朝鲜和台湾已经是先例，多死一些人并不可怕，只要他们死得悄无声息，死得干脆利落。稻田纪夫渐渐地感觉到一种力不从心，那种迫切需要发起战争的狂热已经在日本的国土上掀起巨浪，而“满洲国”作为战略储备基地，拥有着太少的不间断物资和太多的潜在敌人。

新京的冬天比道中还要冷二十度，长谷隆一照例从雪窟窿似的教堂里走出来，冻得瑟瑟发抖。他在教堂里不肯穿大衣和制服，怕引起姜半夏的反感。已经过了晚饭的时候，谁也没有出声挽留，长谷隆一并没有生气，他在乎的不是一餐一饭的些微暖意，而是那种发自心底的眷恋。那种眷恋不是宠物狗一样的依赖，更不是没见过世面的村女的崇拜，所以需要他一点点滴水穿石地培养，至少她已经不会再撵他出来了。

艾瑞斯似乎仍然奔波在走私贩卖皮货上，但是他那样的懦弱青年，是不会和任何党派串通的，长谷隆一认定艾瑞斯只是那种小市民养家糊口地贪财。这种小市民气是在长谷隆一的默许下，甚至纵容里发酵的，他希望他的对手庸俗不堪、视财如命，这样像姜半夏这样孤高傲物的标格，便会和艾瑞斯渐行渐远，而逐渐感悟到长谷隆一这样有为才俊的妙处来。有一些足够的权势和派头，一些充满了粉色泡泡的未来，还有一些神秘的不确定性，长谷隆一知晓女人的心，她们憧憬的是拯救她们于水火，不让她们沦落在柴米之间，同时还体贴专一的爱人。长谷隆一不近女色，他问心无愧，而这一点，在哪个国度都是稀罕的品德。

稻田纪夫特意邀请长谷隆一去新开的意大利餐厅共进晚餐，这也是他们自蜜月期以来经常的惯例，不谈公务，晚餐后一起去菊子的居酒屋下棋，一直到后半夜。一进到意大利餐厅里，穿西服的侍应生便迎上来，先是客套地笑着带到座位上，一旁殷勤地帮他们铺上了餐巾，倒了水。等他们点了菜，侍应生又去一旁擦拭着水晶酒杯和银制餐具。稻田纪夫的脸正好侧对着那个侍应生，见他忽然冲着长谷隆一露出来熟稔的微笑，长谷隆一却没有看见。

稻田纪夫装作没发现，滔滔不绝地谈着话，长谷隆一津津有味地倾听。一直吃到了第二道菜，侍应生端着水走过来，微笑着给稻田纪夫倒上，又对着长谷隆一低声地说：“今天的牛排特别为您做的全熟，您尝尝？”长谷隆一惊诧地问：“我第一次来，你是不是认错人了？”稻田纪夫在一旁伸着脖子看，脸上笑眯眯的。侍应生的脸淡淡地一红，小声地说：“抱歉！先生，我认错人了。”长谷隆一无所谓地摇了摇脑袋，说：“我喜欢七分熟的，谢谢！”稻田纪夫在一旁哈哈地笑，挤了挤眼睛，说：“他们新开张的总是这样，不过是为了拉近乎。”

两个人在小提琴的乐曲中近乎完美地享用完了一顿丰盛的晚餐，长谷隆一吃得一身微汗，畅快极了，不禁和着乐曲的节拍用手指在桌子上轻轻地敲打着。稻田纪夫按住了长谷隆一的手，拿着钱包去买单。他肥硕的身躯在制服里一扭一扭，肚子耸起来，脸上的神态却是威严庄重的。那个侍应生赶过去，稻田纪夫随意地问：“长谷先生向我推荐的你们，说‘满洲国’再也没有比你们更正宗的意大利餐厅了。”那个侍应生愣了一下，飞速地瞥了一眼长谷隆一的方向，说：“那位先生？抱歉，我刚才认错了人！您的朋友应该是第一次来。”稻田纪夫笑嘻嘻回到桌子上，望着窗外说：“多么美的夜景！你看白马入芦花、银碗里盛雪。”

稻田纪夫在半个月后，忽然想起了意大利餐厅。或许是因为康斯坦茨身上令人迷恋的温暖甜蜜的气息，或许是因为雪夜的满月分外地美丽而惆怅，或许是他刚刚接收到天皇的手谕。他望着膝上康斯坦茨的黑色秀发，丰密而冰冷，倒映着灯的微光。康斯坦茨衣着不整地酣睡在自己的脚下，像一只美丽的猎豹，一条腿裸露着，修长皎洁，仿佛江面上的月光。

稻田纪夫低下头，那种令他醉心的香气暖融融地扑上来，仿佛无数柔软的手指，都精确地呵他的痒。他的手臂结结实实地压在她的胸上，属于西方贵族的胸乳有着中世纪油画里的质感，似永远不会凋谢的蔷薇花蕾和永不消融的皑皑白雪。他把手从手谕上拿下来，战争又要开始了，“满洲国”军需库的作用很快就要发挥了。他肥胖的手温柔地抚摸着康斯坦茨，她那饱满圣洁的额头、舒展的眉宇和微微噘起的厚嘴唇。

这是一个什么样的女人！当她熟睡的时候，她百合花一样肉感娇嫩的手指、淡蓝色的眼睑、乖顺的浓密睫毛都像一个安琪儿。而当她醒来的一瞬间，那种孩童的迷茫天真很快转变为一种瑰丽冷艳的成熟。眼珠大而深邃，嘴唇的纹路坚毅而略带生气，眉毛生动地绞在一起，灯光在她微转动的颈项上照出纤细娇嫩的金色茸毛。她狂野的黑发和矜持的略带驼峰的鼻梁，她小巧精致的脚踝和野马一样修长的小腿肌肉，她丰腴柔软的大腿……当她起身时，她的衣衫随着脚步而剥落，她那恬不知耻的纯真！

稻田纪夫几乎要跪下来，向康斯坦茨求婚了，郑重地、庄严地、稚气地求婚。他忘记了被抛弃在故乡的那位乡下夫人和三个傻里傻气的小眼睛孩子。日本的乡下夫人都是千篇一律的，结婚前什么也不懂的孩子气到结婚后忽然死气沉沉的老太太，仿佛都是在一瞬间完成的。他依稀记得那张模糊的雪白色扁平面庞，细细的眉眼，总是傻笑的薄嘴唇。稻田纪夫一直希望有一位尊贵的夫人，可以常伴左右，有着欧洲的贵族身份，谈吐举止优雅得体。然后一起生几个活泼泼的小男孩，大眼睛卷头发，从小便是俊朗的小绅士。

他不会抛弃乡下夫人和孩子们，因为他经常寄钱回去，偶尔也有“满洲国”的照片，还会鼓励孩子们考上军官学校。当他接到任命书的时候，他几乎是激动地逃离了乡村，雀跃得没有带着家眷来到“满洲国”。他觉得他摆脱了一种命运，一种凄苦惨淡的、被冷饭团和稻草地包裹着的漫长岁月。如今战争又要开始了，一个男人的尊严和身份都是在不断的斗争中夺取的，他毫无畏惧。当整个东亚都变成日本帝国的囊中之物的时候，他已经和新夫人带着孩子们过上更好的日子了，那时候康斯坦茨会全心全意地疼爱他的。

“这里太冷了，我不喜欢。”康斯坦茨磁性慵懒的嗓音响起来，稻田纪夫忽然惊觉自己已经向她求了婚，而她不出意外地婉拒了。稻田纪夫并没有心灰意冷，他黯然低头，沉默了一会儿，说：“战争要起来了，我们会先占领华北，我们可以移居到那里。如果你还不喜欢，我们继续南下。”康斯坦茨冷冷地笑了，眼睛妩媚地瞟着他，说：“跟着侵略者的足迹，去寻找乐园净土。”稻田纪夫并不生气，他乐呵呵地套上了外套，又帮康斯坦茨穿上衣服和貂皮，美丽的女人有资格任性。

再次步入意大利餐厅的时候，稻田纪夫侧过脸笑着问：“意大利最美的地方是哪里？”康斯坦茨的脸上终于有了一丝温柔的笑意，说：“西西里岛。”上次那个侍应生正忙着接待一桌贵客，另一位年长一些的侍应生周到地服侍着稻田纪夫和康斯坦茨。几乎所有人都侧目，对着康斯坦茨微笑。稻田纪夫骄傲地挺起胸，红光满面地迈步到桌子前，亲手为康斯坦茨拉开椅子。康斯坦茨没有看菜单，她用意大利语点了一桌子的菜，那位年长的侍应生特意为她端上了蜡烛和鲜花。

稻田纪夫在康斯坦茨的指导下，认真地品尝着意大利的菜肴，汤汁溅洒的时候，康斯坦茨终于绽露了笑颜。两个人各怀心事地吃着饭，偶尔举着杯喝下葡萄酒，小提琴的乐曲在身旁流转。吃完了饭，康斯坦茨神气地拿起钱夹，冲着稻田纪夫抛了个媚眼，说：“我请你吃我的家乡菜吧！”稻田纪夫大笑着，在她面颊上吻了吻，年长的侍应生走过来，微笑着说：“夫人，您的账单已经签在会员卡上了。”

稻田纪夫夺过会员卡，上面的起始日期是在和长谷隆一吃饭之前，会员卡的持有者一栏只有字母S先生。康斯坦茨的脸先是通红，转而变得苍白，她站起身，冷冰冰地望着稻田纪夫，说："怎么，我连和朋友吃饭的权利都没有吗？"稻田纪夫不小心捏碎了玻璃杯，青紫的脸庞泛着绝望的银灰，他怔怔地瘫坐下去，说："你没有任何权利，除了嫁给我。"康斯坦茨笑得格外瑰丽，她举起鲜花抛到稻田纪夫的肚子上，丢下一句："我没有自由，却依然拥有自我。谢谢你的晚餐。"康斯坦茨几步走向了飘舞的雪花里。

稻田纪夫精神涣散地走到了菊子的居酒屋，菊子服侍着他宽衣洗澡，他忽然号啕大哭，像一个丢掉了糖果的小男孩。第二天清晨，稻田纪夫昏昏沉沉地来到了办公室，长谷隆一已经在门外恭候了。稻田纪夫接过了长谷隆一手中的军事地图，摊开来假意认真地看，眼睛却偷偷瞥向了长谷隆一。长谷隆一生得十分俊美，身子相比一般日本人更为颀长，更难得的是，他没有赘肉，年纪轻轻，还没有妻子。稻田纪夫对着地图忽然出了一身冷汗，一个念头猛然闪现："如果这个年轻人，这个实际上手握兵权的年轻人反叛我，我将失去什么？康斯坦茨只不过是小小的战利品，他肯定有更大的野心，他现在围棋已经下得精妙多了。"

长谷隆一见稻田纪夫额头上忽然冒出许多汗珠，赶忙掏出一块手绢凑上前。稻田纪夫惊得一把打下他的手，缓了缓神，忽然笑嘻嘻地说："长谷桑，不要弄脏了手帕，坐下来，我们好好谈谈吧。"长谷隆一含着笑，坐在了稻田纪夫的面前。稻田纪夫的笑几乎是兴高采烈的，长谷隆一只得跟着傻笑了一阵。在迈出办公室的时候，长谷隆一莫名其妙地荣升了，他不再负责新京治安和警务，反而提升了一级，只需要负责文化和商务的闲职。长谷隆一试图拒绝稻田纪夫的提携，他不擅长应酬，也没有盘根错节的关系网，没有了军队和警察局，他几乎什么都不会。

稻田纪夫冷眼躲在暗处观察了几个月，长谷隆一和康斯坦茨并没有交集，除了在教堂里。当他们不可避免地在稻田纪夫身边碰面的时候，两个人的脸上明明白白地刻画着厌恶，稻田纪夫开始怀疑自己是不是太多心了。长谷隆一是一个非常优秀的军官，但是文化和商务部门的节奏不适合他，他把自己遁入了教堂里。那些数不清的酒会、商会、舞会、庆典依然由稻田纪夫主持着，长谷隆一只需要到场点头鼓掌、喝酒鞠躬。稻田纪夫第三次求婚的时候，康斯坦茨竟然答应了，条件是必须让她随军征战，他们的婚礼定在了来年开春。

稻田纪夫发现自己的军事密件被动过的时候，他只怀疑两个人，可是康斯坦茨是意大利人，她没有必要。那些被收编的军队依然对长谷隆一心存感激，这些事情瞒不过稻田纪夫的眼睛，他很畏惧在战场上腹背受敌。当他开始一点点换掉那些士兵的时候，还有一件奇怪的事情发生。裁缝店的小伙计来送清洗干净的制服，稻田纪夫正走到楼道的拐角，那个小伙计被长谷隆一的卫兵扇了一个嘴巴，骂道："笨蛋！连衣服都洗不好！你没看到口袋里还是黑的吗?"那个小伙计日文不太好，捂着脸点头哈腰，稻田纪夫走过去，翻开了制服上的衣兜。那里有浅浅的焦灼痕迹，长谷隆一的枪一般都插在口袋里。稻田纪夫很久没有听到长谷隆一开枪的传闻了，他现在只负责文化和商务。

稻田纪夫对长谷隆一的怀疑爆发在了11月26日上午，他本来正一手拿着《反共产国际协定》的电报，一手摩挲着康斯坦茨和服下面裸露的肌肤，心满意足地哼着歌曲。长谷隆一进来的时候，稻田纪夫已经和康斯坦茨喝得醉醺醺，正搂抱着在地毯上赤着脚跳舞。稻田纪夫迷蒙着一双醉眼，只觉得长谷隆一局促不安的样子仿佛在掩饰什么，他故意抱起康斯坦茨旋转，让她华丽的和服下摆重重地扫过书桌，碰掉了一沓堆在最上面的机密文件。长谷隆一本能地跑上前捡起那些散落的纸张，不小心瞥见一些熟悉的名字。

他的目光稍微多停留了一会儿，露出惊诧和惋惜的矛盾神情。稻田纪夫的眼神变得更加冰冷，长谷隆一掩饰地挪开了视线，却正好看见康斯坦茨撩开了空荡荡的和服，跨坐在办公桌上，一面仰起雪白的脖颈被稻田纪夫亲吻，一面哀伤地望着长谷隆一。稻田纪夫忽然想起最近康斯坦茨总是喜欢穿雪白色和天青色的内衣，既不是她以前推崇的秾丽，也不是稻田纪夫所痴迷的冷艳。

那种柔和浅淡的颜色和过于稳重保守的款式，或许只有长谷隆一才最迷恋。稻田纪夫厌恶地喝退了长谷隆一，不知为什么，他庆幸自己捏造的这份机密文件，不仅仅是那些他所怀疑的人名单。他决心利用这个机会，肃清身边肆意生长的温和派系，同时扫除潜在的“情敌”。稻田纪夫已经对美色力不从心了，可是随之而来的，则是变本加厉的权力掌控欲。

稻田纪夫果然在教堂钟楼的窗前找到了长谷隆一，他的一条腿已经跨到了外延的一点砖台上。稻田纪夫相信这个年轻人只是来给那份捏造的名单上他熟识的人报信，依然不肯相信长谷隆一竟然通了白俄和抗联。可是那些截获的秘信、那些死去的中国人临死殷切的一瞥，还有他藏在枕头下的一缕黑色鬈发，以及刻着俄文的勋章和中文的暗语电报……长谷隆一要夺去属于自己的一切，权力、名誉、爱情，甚至生命。

有一瞬间，稻田纪夫忽然后悔把长谷隆一逼到绝境，他痛心疾首地说：“不要再跑了，下面都是我的部队。我会把你遣送回国，以贪污的名义，你不会死。我把你看成我的得意门生，长谷桑。”长谷隆一满面的泪水，他忽然跪下来，抱着头不断地呜咽，喊着：“我没有通敌，我是清白的，有人陷害我……”稻田纪夫有些迟疑，他心软了，这个青年是他一手栽培的，他并没有确凿的证据，或许他应该给他一线生机，给他证明自己的机会，或者将功补过被送上即将爆发的战役前线，毕竟此刻的帝国需要鲜活的生命。

长谷隆一抬起头，忽然脸色冰冷，在他掏出枪的一瞬间，稻田纪夫的枪也响起了。几乎同时的两声枪响，长谷隆一从窗台栽了出去，而稻田纪夫身后也倒下了一个黑衣服的杀手。稻田纪夫在黑衣服的杀手静脉上摸了一下，见他已经死了，面罩下是一张陌生的年轻面孔。他悔恨地冲下了钟楼，长谷隆一的脸埋在雪地里，迸溅出的鲜血已经冻结了，他的手臂和腿都摔断了，脖子扭曲着，肺部中弹的弹孔从后背透出来一个汩汩冒血的大洞。

康斯坦茨彻夜地弹着钢琴，一大束气球被她系在了窗户上，一小块颅骨被绑在气球线上面。艾瑞斯和姜半夏，一起在后院草坪的小十字架上堆满了鲜花和气球。他们将一小袋花泥悄无声息地盖在了凝固的血迹上面，那是长谷隆一系在脖子上的故土，摔下来的时候，那个蓝白相间的小锦囊落在了他的面前。那个黑衣人的尸体被日本宪兵队拖走了，他过于年轻的面孔被镌刻在地下图书馆藏在书架后面的墙壁上面，每天夜里艾瑞斯和姜半夏都会带着孩子们对着那面墙祈祷和默哀。

1937年2月4日，小年夜，恰逢立春，伪满洲国新京。

艾瑞斯坚持每天到海边写生，他细致地描绘了海边每一处礁石的曲线和海浪在海面上起落的巅峰与低谷，还有那一条孤独的栈道与落日之间的夹角，以苛刻的、完美的科学比例刻画下所有的细节和微妙的变迁。那些湍急的暗流和平缓的沙滩，那些偶然路过的桅杆和远处停息的舰队，以及随着季节更替而产生巨大落差的潮汐。那回溯的庞大鱼群和迁徙的候鸟所坚持的轨迹，还有那些驻扎在岛屿上的兵营的精确位置，以及他们作息和交接的时间规律。

那些运输船每隔一周就会登岛，无论是在海岸还是在岛屿上面，都有着数量惊人的士兵彻夜不眠地巡逻。而海滩上的灯塔投下巨大的光柱不知疲惫地扫视着宁静的海面，一些饥不择食跑到海边捕鱼的棕熊被当作试图跨过海域的危险分子射杀了，它们笨重的、毛茸茸的身躯被绞绳粗暴地隔断，被潜伏在海底的掠食者无情地吞噬，留下残肢或者完整的胫骨冲刷到岛屿下方礁石林立的浅滩上，或者被日本兵割开肚腹，将完整的熊皮做成御寒的大衣。

艾瑞斯一直在耐心地等待，除了维系教堂的日常生活，定期走私皮草和一心一意地宠爱姜半夏，他将绝大多数有限的闲暇时光都托付给了枯燥的写生，无论风和日丽还是雷霆万钧。一直等到了入冬，澎湃的海面开始逐渐地从岸边封冻，艾瑞斯的画作里一丝不苟地呈现着大自然衍变的伟大历程。

第一天清晨醒来，黎明的曙光依然在遥远的海天交接的地方溶出一道柔软的澄光，那些堆砌的厚重的白云被映照得仿佛将熄未熄的炉火。碧蓝的天空漫无边际地笼罩着，海面被狭窄的橄榄状岛屿、绵长的海湾、突兀的悬崖以及笔直无依的木栈道，巧妙地切割成蔚蓝色，还有那些凝固的冰浪所形成的壮观的银白色大陆，以及还未被冰雪塑造的蜿蜒静淌的海水。

仿佛沙皇油画里那种海潮，静穆而庄严，依然可以看见生命奔腾不息的痕迹。一层莹白的落雪轻盈地覆盖在厚重的景色之上，糅合了那些锋利的线条和对比鲜明的色彩。而这种奇妙的景象只持续了一天，第二天艾瑞斯还没来得及支开画架，就迷失在一种难以言说的悲凉与缄默里。惨淡的红晕似的旭日一大半掩盖在浅灰色的乌云之中，那些软弱无力的稀薄的紫光和氤氲的青气，浅浅地涂满了冰封的天际线。盔甲一样被冰雪雕塑的海浪依旧保持着喷薄的气势，而白银色的海面仿佛时光尽头的荒原，凝结着波浪流逝的纹路和折断的桅杆。

艾瑞斯知道，自己等待的时刻终于来到了，他缓缓地描绘着眼前的景象，任由黯淡的日光朦胧地勾勒着连绵不断的远山和雾凇里排列成群的红楸树。在夜晚降临的时候，他独自来到了悬崖边上，在腰间系上绳索往下爬。当他跌落在地的时候，尖锐的礁石穿过蓬松的积雪割破了他的脚底。为了防止留下血迹，他把积雪塞到了鞋里，两只鞋的外面都裹上布条。他抬起手表，辨识着月光下的指针，心里默数着。探照灯的光束果然笔直地扫射过来，他将身体龟缩在礁石的后面。趁着探照灯转移的瞬间，他一跃而起，跳到了冰封的海面上，被冻结的浪花绊倒了。

一双手臂扶起了他，艾瑞斯举起匕首，才发现稀薄的月华之间，姜半夏的脸庞温润如玉。艾瑞斯还没来得及说话，姜半夏轻轻地抱住了他说："不要丢下我，我知道你要上岛，那里有你的联络员。"艾瑞斯沉默了一下，深深地吻着姜半夏的嘴唇，拉起她冰凉的小手放在掌心里。两个人磕磕绊绊地向着岛屿的方向前行。沉重的积雪和光滑的冰面使得他们的行走格外艰难，他们还必须每隔十五分钟便就近匍匐在礁石之间，或者栈桥的下面。姜半夏觉得自己逐渐地失去了知觉，即使艾瑞斯用身体覆盖着她，她依然变得疲惫软弱。

他们需要坚持不懈地行走将近十公里，日本兵每隔一公里便凿开冰面，靠近冰窟的冰面微微摇晃着，可以听见海浪在冰块下面拍击的声响和气泡不断上涌的声音。姜半夏渐渐地出现了幻觉，她仿佛回到了巨大的甲板上面。在她滑落到冰孔里的一瞬间，她毫无挣扎，只是抬起头痴迷地望着浮现在浩瀚星空之间的银河，刺破天际、光芒万丈。艾瑞斯一把抱住了她，海水只来得及浸泡她的双腿。

艾瑞斯把自己的棉裤换给姜半夏，把她背在了自己的后背上，继续向着逐渐融合在无边夜色中的岛屿前行。姜半夏从短暂的昏迷中醒来，她挣扎着跃下艾瑞斯的后背，发现他的单裤在海风中不断地鼓起。雪屑和冰晶被海风扬起，从探照灯的光柱里徐徐落下。他们来不及欣赏这种柔美的奇观，赶忙扑倒在冰面之上，用积雪覆盖着身体。瑰丽的星空清晰地显示着银河之外的璀璨星云，艾瑞斯和姜半夏已经可以看到岛屿附近的礁石堆。艾瑞斯紧紧地搂住姜半夏，他知道姜半夏可能已经撑不住了。姜半夏开始不断地说着话，鼓励自己不会再次陷入昏迷。

她滔滔不绝地讲述着，譬如第一次在大海上看见满月，那样笔直耀目的光芒，是如何在起伏不定的海面上形成了金色的阶梯。譬如她第一次听外公讲《山海经》里的奇兽是如何真实地生活在遥远的非洲。譬如她第一次看到艾瑞斯的时候，她差点以为自己救起的德国少年兵在澳洲复活了。艾瑞斯听着她凌乱的叙述，不断地鼓舞着她，一会儿半背着，一会儿半抱着，礁石堆已经近在咫尺了。他把姜半夏的脚小心翼翼地放在了平缓的大礁石上面，在她的面颊上重重地亲吻了一下，说："亲爱的，我们到了。上面依然会有执勤的士兵，你跟在我的后面，不要害怕。"

艾瑞斯带着姜半夏寻找到一处最为陡峭的悬崖，岗哨眺望不到这里，士兵们也不愿意靠得太近。姜半夏有些疑惑，悬崖并不太高，但是在靠近崖顶的地方往外折出一大块，难以攀登。艾瑞斯冲着姜半夏眨了眨眼睛，示意她仔细地触摸着悬崖的岩壁，在杂草丛生的地方已经被小心翼翼地凿出了简陋的阶梯。艾瑞斯将绳索系在自己和姜半夏的腰间，迅速地推移着附近的积雪，聚拢成一大片天然的缓冲垫。他高高地托举着姜半夏，让她先往上爬，自己在下面保护着。那些阶梯设计得非常巧妙，艾瑞斯在身后不断地提醒她往哪边攀爬。

姜半夏终于精疲力竭地倒在悬崖上面的雪地里，艾瑞斯爬上来，将自己的大衣包裹在她的身上。他们谨慎地匍匐在积雪里，按照联络员描绘的地图一点点挪近。有一次，巡逻的士兵差一点踩住艾瑞斯的手指，然后擦着姜半夏的头顶转身离开了。他们赶到联络员家里的时候，午夜的钟声已经敲响。两个冰雪覆盖的、满身泥泞的人甚至无法伸手握住温暖的水杯。联络员把岛屿上兵营的地图和其他重要的机密文件交给了他们，还有一些御寒防风的衣物。艾瑞斯和姜半夏拖着沉重冰冷的身躯，再一次走进了风雪交加的夜晚，他们需要在破晓之前赶回对岸。

1938年春，伪满洲国新京。

姜半夏帮几个女孩子耐心地梳着发辫，忽然听见一连声的“小姨”，她抬起脸，见麒儿挪着一双小胖腿，正张着手臂冲着自己扑过来。她才把他搂在怀里，又看见馨儿牵着董采撷的手，娇怯地走上前，对着自己腼腆地笑了一下，羡慕地望着女孩子们油黑发亮的长辫子。董采撷弯下腰，将温软的手贴在姜半夏的脸上，娇嗔地说：“刚给她烫了巴黎最时尚的头发，哭了一下午，见了你，这才有了笑模样。”

姜半夏蹲下来，一手搂着一个孩子，在他们粉嫩的小脸蛋上各自亲了一口，淡淡地责备道：“她这么小，你给她烫什么头！”董采撷摘下帽子，轻轻地抖了抖喷着香水的秀发，满不在乎地说：“雅子也是这么说，你俩可真默契！”姜半夏冷下脸来，默不作声地擦拭着董采撷踩脏的地板。董采撷自己觉得无趣，便故意挺了挺肚子，凑上前，放软了身段说道：“我怀孕了。”

姜半夏惊诧地望着董采撷依然平坦的小腹，说道：“是那个日本人的？”董采撷面带红晕地抿嘴笑了笑，悄声说：“可不是，这才结婚多久，就怀孕了……雅子在电话里直夸高桥君厉害呢！”姜半夏恼怒地站起来，深吸了一口气，痛心地说：“你竟然还给日本人生孩子！”

“怒らないでください（不要生气）！”馨儿依偎在姜半夏的怀里，撒娇地说。姜半夏震惊地低下头，迟疑地抱紧了馨儿，问道：“你刚才说什么，馨儿？”馨儿见小姨的脸色瞬间变得惨白，有些害怕，往后退了一小步，用中文嗫嚅道：“请不要生气！”姜半夏俯下身，眼泪落在馨儿鼓蓬蓬的卷发里，认真地说："宝贝馨儿，小姨爱你，但是你要记住，你是中国人的孩子……"

董采撷拽着姜半夏的手臂，生气地嘟囔道："你又犯什么痴，哪所学校现在不教日文？你难为两个孩子有什么用？他们被学校撵出来怎么办？"姜半夏恨恨地瞪着董采撷，说："撵出来正好！我接着！我在这里教他们，堂堂正正做人！"董采撷气极反笑，冷哼着说："你？你接着？你知不知道最近多少教堂都被烧毁了，多少神父和修女都被轰走了?！要不是雅子护着，你还能在这里吃大米饭，教中国话?！"

姜半夏瞟了董采撷一眼，忽然淡淡一笑，问："你又来当说客？雅子又在打什么鬼主意？"董采撷并不理睬她，一个人翩然转到钢琴前，手里捏起一张照片笑着说："这个小姑娘长得真好看！从澳大利亚寄来的吧？怎么旁边还站着两个中国人？"姜半夏望着董采撷手里的照片，温柔地笑了一下，自言自语："芮芮出落成大美女了！四贵竟然娶了一个白人姑娘！"董采撷嫉妒地望着黑白影像中，那个长卷发、酥胸微露的少女，惆怅地回想着自己曾经娇美的容颜，嘴里轻哼一声，把照片还给了姜半夏。

姜半夏的手指轻轻地拂过照片中沟壑遍布的棕红色大地，若有所思地凝视着霍克斯老先生手里牵着的孩子、高傲地骑着黑骏马的芮芮，以及搂着白人妻子、咧着嘴大笑的丁四贵和脖子上驮着土著小孩的胖头林。胖头林和丁四贵中间特意留出了一大块空当，空当里被人用画笔画出了艾瑞斯和姜半夏的轮廓。芮芮潦草稚嫩的签名题在了涨满浮云的天空上，烈日的光芒洒满了幽深的峡谷。姜半夏忽然心里一动，想起一个人，她的小腹一阵痉挛，额头上冒出了一阵冷汗。

董采撷皱了皱眉头，扶着姜半夏坐了下来，关切地问："来月事了？你从小便这样，每次疼得厉害。我去给你煮些姜糖水，你靠在窗台那儿晒晒太阳。”她嘀嘀咕咕地褪下姜半夏的长袜，将她一双冰凉的小腿揣在自己的怀里，将掌心凑在嘴边呵暖了，像小时候那样摩挲着姜半夏的肚子。姜半夏忍了一会儿，轻声地说：“谢谢！”

董采撷寒着脸，责备道：“那个臭小子又去进皮货了？白俄的姑娘那么便宜，你可别让他沾染上了！早提醒你，让你管钱，你就是不听！”姜半夏也不辩解，只浅笑着望向窗外被阳光浸染的碧树，那些灵动的光斑在葱翠的树叶上跳跃着，不时地抖落一阵金风。

董采撷犹豫了一会儿，在姜半夏的肩膀上轻轻一捏，问道：“对了，你和钱默之，没联系了吗？”姜半夏惊讶地看着她，愣了一会儿，说：“怎么了？”董采撷叹了口气，说：“我倒是前几天碰到他了。他过得似乎不太好，我想着你和他现在毕竟离婚了，也不知道该不该和你提。”姜半夏脸色惨白地捂着肚子，气息微弱地问：“到底怎么了？”董采撷一边帮她揉捏着，一边咬了咬牙，说道：“我们路过关口，见他和一个怀孕的妇人在排队。后来可能是钱给得不够，那个孕妇被推搡到地上，被踢得满地打滚。钱默之冲过去打，他一个文人怎么打得过，钱和衣服都被搜罗光了。”

她审慎地观察着姜半夏的脸色，见她抿紧了嘴唇，脸上阴晴不定，接着小心翼翼地说：“两个人披着一块破棉被缩在那里，可怜得很！我让高桥君出面解决了，我没露面，怕他尴尬。他还戴着那副眼镜，镜片和眼镜腿都缠着胶布，一副穷酸样。”姜半夏垂下脸，沉默了一会儿，忽然真挚地握住了董采撷的双手，说道：“谢谢！”董采撷扑哧一笑，在姜半夏的头发上抚了一把，说道：“傻丫头！你今天怎么就会说谢谢！”姜半夏沉思着反问道：“不过，这个光景，他们忽然入关干什么？日本人现在太猖獗，多少人想跑还跑不过来。”

“小姨，小姨！”馨儿端着一杯冒着热气的姜糖水跑过来，董采撷赶忙伸手去接，嘴里埋怨道："你这孩子，慌里慌张的，小心溅出来！"姜半夏谢过了馨儿，抱着杯子正小口地喝着，董采撷突然神秘地戳了戳她的小腹，悄声说："他是不是，还忘不了你？"姜半夏缓慢地摇了摇头，淡淡地说："都过去了。"董采撷点了点头，说："也是，管他做什么！对了，雅子她最近要过来一段时间。"姜半夏警觉地侧转过身，问道："她又来做什么？！"董采撷小心翼翼地观察着她的神情，有些心虚地说："我怎么知道？她又不会和我说，她总嫌弃我脑子笨。"姜半夏点了点头，厌倦地说："你不是笨，是太精明！"董采撷不以为然地撇了撇嘴，她的小腹突然跳动了几下。董采撷甜蜜地想，如果是个男孩子，高桥君一定会把她喜欢的那个小洋房买下来。

姜半夏看见钱默之的时候，钱默之正坐在街灯下的长凳上。雨水浸湿了他的长衫，他凝视着姜半夏，缓缓地站了起来，手里滑稽地拈着一顶破礼帽。姜半夏把伞让到他的头顶上，轻轻地说："进去坐一会儿吧，外面冷。"钱默之尴尬地笑了一下，问道："我走累了，随意坐一会儿，顺便看看你们的教堂。"刚要走，他的双腿一阵酸胀发麻，钱默之不由得咧着嘴"嘶"了一声。姜半夏随意地问了一句："孩子们说你来了好几天了，总呆坐在这里，你是不是遇到什么事儿了？"钱默之撑着伞，大半个身子淋在外面，掩饰地揉着那条伤腿，沉默不语。

钱默之细细地打量着教堂里的一切，姜半夏特意带着他参观了藏在地下的图书馆和教室。钱默之忽然起了兴致，他用手小心翼翼地推着断腿的眼镜，问姜半夏："我可以在这里给孩子们即兴上一堂课吗？"姜半夏愣了一下，见他磨花了的镜片里，隐隐地露出期望的光芒，便微笑着答应了。钱默之有些紧张地踱着步子，将课本捏在手里皱着眉头沉思。孩子们走下来的时候，他清癯的脸正微微地仰着，眉头也舒展开了，一抹自信的笑容挂在他胡楂遍布的嘴角上。他干脆席地而坐，招呼孩子们围绕在他的身边，姜半夏坐在后面的角落里，静静地望向他。

一瞬间，钱默之仿佛回到了燕京大学的课堂里，他先是滔滔不绝地讲起了甲午海战，又义愤填膺地说到了“九一八”事变和卢沟桥事变，突然，他从怀里掏出一束棕褐色的干花，上面还系着一个布条，用鲜血写着：“决不投降！”钱默之颤抖地抚摸着那个布条，眼泪夺眶而出。他将那束花递给了坐在近旁的孩子们，悲切不已地说：“这是淞沪会战的时候，中国空军第五飞行大队最后一名飞行员，在击毙了五名日本士兵之后，举枪自尽，这是他临终抛下来的。”他摘下眼镜，闭紧了双目，咬着牙继续说道：“这束沾满了鲜血的鲜花，被一个十五岁的小士兵捡到了。他在自己胸前绑满了炸药，日军的战车轧过来，他……他的身子都被碾碎了，和日军的战车绞在一起。这束花被炸飞了，落在一旁的废墟里。”

钱默之忽然低下头，双手紧紧地捂住了脸，他的身体剧烈地抖动着，泪水不停地从指缝里满溢出来。孩子们抱成一团哭泣，姜半夏把他们搂在怀里，滚烫的泪珠落在了他们的脑袋上。钱默之蹒跚地站起来，把那束干花温柔地揣进怀里，戴上眼镜，转身在黑板上奋笔疾书：“一寸河山一寸血，中国人永远不投降！”他对着孩子们深深地鞠了一躬，大声地喊：“中华民族的明天，拜托了！请永远不要忘记这堂课！三十万个和你们一样的好孩子，都死在了上海……”钱默之哽咽地抬起头，长久地凝视着姜半夏，微微地颔了颔首。他捡起那顶湿漉漉的礼帽扣在头上，冲着孩子们摆了摆手，说道：“再见吧！孩子们！”

姜半夏望着他微瘸的腿和瘦削的背影，忽然有些心酸。钱默之的身影顿了一下，往回稍微偏了一下头，便一点点地消失在楼梯的拐角处，只留下滞重的脚步声。姜半夏擦干了脸上的泪水，捡起课本，将掉落下来的干花花瓣夹在扉页里，深深地吸了一口气，沉声说道："同学们，我们继续上课。"丝丝缕缕的花香，夹杂着淡淡的血腥气，萦绕在每个人的心头，经久不散。

1938年夏末，新京。

姜半夏再次见到钱默之的时候，是在日本人举办的民族融合舞蹈大会上。当一群日本少女和朝鲜少女在台上表演友谊舞的时候，背景板那边忽然蹿出来一棵怪模怪样的"树"。那棵"树"滑稽地跑来跑去，仿佛一个谐剧里的小丑，故意做出各种夸张的动作。所有的人都愣住了，台下的日本人率先大笑着鼓起掌，其他人纷纷跟着拍起了巴掌。那棵"树"点头哈腰地站在舞台的前面，又抱成一团在台上滚来滚去。一直到那棵"树"连滚带爬地凑到日本人的面前，掏出匕首扎向日本军官，那些狂笑着的人们才反应过来。

那棵"树"被卫兵们按在地上，无数的子弹射穿了他，发出沉闷的声响。那个人拖着浓稠的血泊挣扎着往前爬，他的头套滚落下来，钱默之满脸是血地扭过头，望向远处的姜半夏，满足地闭上了眼睛。那个日本军官嘶吼着："这个支那猪！他扎偏了！"他狠狠地从腋下拔出了匕首，把钱默之的脖子慢慢地割断了，拎起他的脑袋丢在地上。

钱默之的眼镜掉在一旁，孤零零地顺着剧场的斜坡滑落，发出破碎的微光。艾瑞斯紧紧地捂着姜半夏的嘴巴，将她的脑袋牢牢地按在自己的怀里。忽然，一个孕妇攥住了姜半夏的胳膊，半跪在他们的身旁，低声说："这是他让我交给你们的。"

艾瑞斯接过孕妇手里的东西，见是一束被血浸染的干花，上面还系着一个破旧的布条，写着："决不投降！"姜半夏强忍着泪水，颤抖着将那束花藏在怀里。她回握住孕妇被冷汗濡湿的双手，痛楚万分地望向那棵孤独的"树"。那棵"树"被卫兵们拖走了，只留下满眼猩红色的鲜血，艾瑞斯趁着混乱冲下去，捡起了那副眼镜，他搀扶着姜半夏和孕妇，裹在惊恐的人潮里，三个人伤心欲绝地向剧院外面走去。

几个刚刚睡醒的观众见人们都在往外走，以为演出结束了，稀稀落落地鼓起了掌。姜半夏只觉得那束花在胸口燃烧，她仿佛听见钱默之一瘸一拐的脚步声，在突兀的掌声里回响，一点点地走近，又渐渐地走远。姜半夏将手放在那个孕妇的肚子上，一只小脚仿佛感觉到了她的抚摸，有力地踹着孕妇的肚皮回应她。艾瑞斯把那副眼镜轻轻地放进了她的手心，泪水终于从姜半夏的眼睛里喷涌而出。

1940年初春，新京郊外。

当抗日战争在中国全面爆发之后，稻田纪夫开始疯狂地猎杀一切被怀疑的对象，甚至包含一些势单力薄的外国人，艾瑞斯和姜半夏都在他的重点搜查名单上面。在将近一年的逃亡生涯中，康斯坦茨通过意大利大使馆和德国大使馆无数次帮助他们平安地躲开稻田纪夫的追捕和暗杀。

姜半夏在刚刚得知武汉空战胜利的好消息时，同时确定了自己已经怀孕两个月的喜讯。这是自从获知南京大屠杀惨案以来，艾瑞斯和姜半夏最为欣喜的一天。辗转难眠的姜半夏，最终决定在午夜降临的时候，起床坐到那个坑坑洼洼的小木椅上，蜷缩在一张老旧的书桌前提起笔，给自己腹中的胎儿写第一封信。

姜半夏忽然丢下笔，有些害羞地捧住自己滚烫的面颊。她凝视着艾瑞斯，低声说："我已经四十多岁了，在乡下，比我小的女人，很多都当上奶奶了。"艾瑞斯爱抚着她冰冷的头发，将嘴唇贴在她光洁饱满的额头上，说道："你看上去只有二三十岁。我们在一起这些年，我都老了，你却越来越美。"

姜半夏和艾瑞斯十指交叉，放在温软的小腹上，说道："鼎新都上中学了，你说，他能接受这么小的弟弟或妹妹吗？”艾瑞斯将台灯捻亮，深情地望着姜半夏，说道：“我们这么相爱，鼎新一定会很自豪的。无论是弟弟还是妹妹，他都会和我一样，一起疼爱你们。”艾瑞斯指着后面的衣柜，强忍着笑意，说道：“你给鼎新缝制了上百件衣服了，现在还堆着一摞子没寄过去。每次放假，鼎新过来，你都要偷偷地哭。下次咱们抱着他的弟弟/妹妹去接他，你可不要再哭了。”

姜半夏幸福地笑着，重新将钢笔在墨水里蘸了一下，写道：

当我提笔写这封信的时候，我用了很久才从激动和担忧的情绪中渐渐平静下来。你的到来虽然是我和你父亲期许已久的，却依然有些太仓促。当我从自己的脉搏里，摸到你微弱但是活泼的脉搏的时候，我真切地感觉到你已走进了我的生命里，也走进了我和你父亲的生活中。

你在梦田之间听到我和你父亲的召唤，将我们的骨血和灵肉相熔融。What is life？生命，既是斧头也是雕塑，既是征服者也是被征服者。你以胚芽的形态深深地扎根在我的体内，在四季的轮回中静静地生长，食我所食、饮我所饮，却逐渐拥有只属于你自己的身体和心灵。而当你脱离我的时候，即使你身无旁物，茫然无知，你我之间的纽带和束缚也将被割断，这是你生命中的第一次独立。

在那个时候，你也将收获这个世界所给予你的第一份珍贵礼物——作为一个天择的勇敢者而来到这个世间，拥有属于自己的生命和人格。无论我和你的父亲有多么爱你，多么乐意为你无私地付出、奉献，甚至牺牲，从你生命起始的那一刻起，我和你的父亲都清楚地知道，无论有多么不舍，你都将既不属于我，也不属于他。你的人生是一条超越我们梦想的漫漫长路，我们无法预知，也无权干预，唯有倾其所有助你一臂之力。让你在十数载成长的时光中，可以拥有无忧无虑的童年，给予你尽可能的机会，让你在青少年时期，博学而强识、体健尤善思、行远可多谋、广器养宽心，思我所未曾思、忧我所无从忧、行我所不敢行、创我所难以创。

刚才“啪”的一声轻响，是窗外的厚雪压断了泛青的椴树枝，我的笔因为心的悸动在信纸上甩下了几滴墨点，当你看到这封信的时候，你可能会偷笑妈妈的胆小。是呀，浩瀚无垠的星空下，广袤无际的雪林中，缄默无声的冬夜里，炉火烧得正旺，散发着松香的温暖气息，我在你父亲的陪伴下，给我挚爱的孩子写信，这么祥和喜悦的事情，为什么会因为一声微渺的动静而胆战心惊？很抱歉地告诉你，迎接你的世界，并不是只有宁静与美好，还有纷飞的战火和无尽的忧伤，而这一切并不会因为你的到来，而心存善意，有所不同。

在美丽的武汉，为了保卫自己的城市和人民，五名勇敢优秀的年轻人，牺牲了自己过于年轻的生命；在我们的首都南京，两周前刚刚结束了一场人类近代史无前例的大屠杀；邻居的小女儿因为营养不良和瘟疫而夭亡，她的母亲哭瞎了眼睛，奶奶因为偷藏大米被踹折了腿骨；邻村的壮丁都被抓去修铁路，他们只有少量的粗粮果腹，稍有怠慢便会被鞭笞喝骂，体弱多病的人会被直接活埋。而在这个世界其他的国家和角落，无数的生命正时刻面临着炮火和硝烟的摧残和灭绝。

新京拥有美丽的建筑和宽阔的街道，喧闹的餐馆和顶尖的银行，然而这一切都属于日本人，我们在自己的土地上，不敢承认自己的国家，屈从于敌人的奴役和驯化，丧失说母语，学文化，知晓历史和真相的权利，以末等公民的身份苟活乱世；我们的祖国领土割据、军乱四起、硝烟不断、政权更迭、灾荒不断、民不聊生。而放眼疆域之外，四海之间，天地虽广却屡见狼烟：种族之间因肤色相异、信仰不同而彼此残杀；国家之间为扩充国境、掠夺资源财富而入侵别国。战争、贫穷和疾病仿佛三姐妹，将生命、尊严和温情一并夺去。

我和你的父亲年龄相合，生不满百，却饱经战乱和分别，流离失所，所托非人，随波逐流，颠沛辗转，被命运驱逐遗弃。直到相遇，才恍然悔悟，生于乱世而不自知，一无所长而不自觉，只懂一味逃避忍让，期待厄运终结，因为失去而哭泣恐惧，却未曾深思因由，亦不曾勉励变革，幸而身陷其中，虽几欲垂死，然志存高远，方能猛然觉醒，善良人在追求中纵然迷惘，却终将意识到有一条正途。

只有每天重新争取自由和生存的人，才配拥有享受二者的权利！所以，当你的第一声啼哭响起的时候，“骰子已经掷下”，你将面临这个世界上最直观的一切，我来，我看见，我征服。“借由真理的力量，于我有生之年，我将征服万物。”当你第一次在我和你父亲的眼睛里看到自己，你的自我意识已经觉醒；当你第一次自己寻找母亲的胸乳的时候，你的自主能力已经萌芽；当你第一次摇摆着站在卧室门槛上，选择前行还是后退的时候，你的自由思想已经开创。

在你成长的时候，作为你的父母，我们会教导你在黑暗中寻找光明，在炮火中分辨音乐，在饥寒交迫的时候阅读书籍，在寒冬里发觉自然之美，在贪婪的都市中追求艺术与人文。然而这一切都远远不够，我们希望并将竭力养育你、帮助你、保护你，使你可以尽快地渡过脆弱的成长历程，自律、自立、自强，可以用强健的体魄和智慧的头脑来迎接烈日与严冬、暴风和雷雨、生存或死亡，最终用信仰和知识不断地武装自己，捍卫自己的生存权利、自己所爱之人的生命尊严、良善之人所栖之地的安宁祥和，捍卫有生之年的新时代。

"再多些光！"让光明更多一些光明吧，子孙后世的新世界拥有"伟大的复兴"！而在这一崎岖坎坷的道路上，你必将遭遇困境，也必将面临挑战，你将怀疑真理和信念，也必将心存胆怯贪图愉悦，当你屈服的时候，甘心平庸，那些困境和挑战依然会如期降临，剥夺并压榨你最后的价值，最终将你粉身碎骨，碾压在历史的尘埃之中，空为沙砾；当你奋争的时候，卓尔不群，那些困境和挑战将磨砺你的筋骨和意志，提升你的耐力和毅力，最终你将获得重生，书写和塑造属于自己的历史，成为丰碑。我愿你，有志、有识、有恒，不忧、不惑、不惧。

关于友谊

亲爱的孩子，我正坐在一张陈旧的木桌前给你写信，这张桌子上刻着古老的维京人航海图，墨水和烛蜡封缄了岁月镌刻在樱桃木上的痕迹。当钢笔在信纸上沙沙作响的时候，我可以闻见那种淡淡的烟尘气息。烟斗里的火星融合着裹着脂粉的泪水一层层叠加在这张不起眼的书桌上，我的掌心亲吻着那些遗留的温度。我不知道当你读到这封信的时候，会不会有一张张陌生而亲切的面孔浮现，他们写过的那些文字会不会交融在这封家书之中，承载着过往的智慧和思念。

当你小的时候，我和你的父亲会抱着你，爬到这张小小的书桌上。你的小手小脚稳稳地落在一个古老而崭新的世界，抚摸着那些陆地和海洋，感知历史的沧桑。当你仰起脸，透过这扇小小的木窗，你会看到漫天的星辰，看到那些和我们一样孤独而明亮的星球，那些属于过去的光芒洒落在你——一个属于未来的孩子身上，他们在为你引航。

这时候的你，还不会说话，但是你已经学会了聆听和表达，这张小小的木桌是你的第一个玩伴，你要和桌子上的地图做朋友，要和那些在书桌上读过的书、写过的字做朋友，要和窗外的宇宙和脚下的大地做朋友，他们会讲述很多无声的故事，你会听到那些穿越时空的对话。这张小木桌虽然不起眼，但是它肩负过荣耀与梦想、理智与情感、诗意和远方，一位亲切的朋友将它转赠给我和你的父亲，这是一份象征着契约的馈赠，我们将传承并捍卫着共同的信仰和梦想，坚守着一幅无形的疆土。这是你的父辈对友谊的阐释：“友谊之光像磷火，当四周漆黑之际最为显露。”

亲爱的孩子，当你逐渐长大，你会觉得孤单，会渴求玩伴，你将害怕被喧闹所抛弃。每当你迫切希望挤入一个社交圈的时候，我和你的父亲希望你牢记：友谊是培养人的感情的学校。我们所以需要友谊，并不是想用它打发时间，而是要在他人身上，在自己的身上培养美德。

当我们甄选朋友的时候，我们应该挑选那些具备绅士的品格、骑士的精神、士大夫的担当和责任的人。因为和这样的人交朋友，意味着你也将成为这样的人，你们乐于共同学习、共同开创、共同致力于变革。你们将用才能和野心驰骋在新的世界之上，束紧法律和道德的缰绳，遏制那些欺凌和霸权。你们当为种子，即使生于微末、长于荒野、相距遥远，也将为冰雪覆盖的严冬赋予春意和生机。

亲爱的孩子，不用吝啬你的择友空间，国籍、肤色、年龄、贫富、领域、特长、性别都不应该影响你对他们的尊重和亲疏，只有打碎界限和框架，用真诚、付出、帮助，去珍视对方珍视的，保护对方保护的，给予对方渴求的，改变对方困窘的，你才可以收获更多的知识和阅历，分享更多的梦想和奇遇，才能彼此为臂膀，弥补彼此的不足，才可以共同支撑起一个群策群力、依托理想和才能而共建共享的乌托邦。你们应致力于不断在相互理解、相互扶持、相互奉献、相互竞争的协作关系中突破和前进，致力于在各自的领域中做出巨大的贡献，拥有杰出的成就。

最终共同协作，在一定程度上影响世界格局的变迁和人类文明史的推动。你们不仅要互利互惠，更要相互制约：你们之间的友谊是在静脉和动脉中循环的健康血液，它需要健全的人格、高贵的品德和无私的精神，肌体的正常功能靠它维持，但它绝不应脱轨，就像血不能流出脉管一样，一旦这三种核心品质有受到污染的危险，污染者必将被清除，以免肌体衰竭。如果你们苦于没有途径，那么请谨记下面的话：民主此刻正和精密科学一起走向新生，而民主又需要用精密科学来加以充实，这一点无须由我们进行论证。克·阿基米里亚泽夫——一位著名的科学家，极为正直的人——整个一生都坚持不懈地断言：未来属于科学和民主，这是一个伟大的真理。而我则深信：民主只有和科学携手并行，才会有未来。

关于爱情

亲爱的孩子，当你逐渐对美好的异性萌发好感，充满欣赏却不敢触碰的时候；当你羞涩地转过身，眼神却依然落在对方身上的时候；当你恋恋不舍地离开甜品橱窗，手攥着新买的电影票却迟迟不敢开口的时候，你已经第一次体会到恋爱的感觉。随着肉体的不断成熟，我们对于雄浑和柔美有着天生的崇拜和眷恋，大自然所赋予我们的爱欲将找寻它的旅程；人生和孤独，繁忙和喧闹只能带来片刻的慰藉，我们的灵魂渴求栖息在永恒的居所。

“毫无经验的初恋是迷人的，但经得起考验的爱情是无价的。”当你爱慕一个人的时候，不要爱慕他华丽的外表和甜美的语言，不要爱慕他殷勤的问候和贵重的礼物，不要爱慕他手中的权力和脚下的黄金；而要爱慕一个人的才能、志向、胸襟、气魄和胆识，他身处困窘和荣华中的淡然，对待弱小和不公的慈悲和智慧，以及应对强权和险恶的尊严与勇气。

我们或许会因为很多细节和小事感觉到爱意，也会把很多美好的邂逅当作命中注定的重逢。然而那些贯穿在生命中的喜欢、冲动、怜惜、敬重都并不能代表我们找寻到了挚爱，因为挚爱包含了这一切，却远远超越了它们，挚爱蕴藏了人类所有美好的情感和品德：爱是谦逊、宽容、奉献，爱是缄默、珍视、呵护，爱是滋养、妥协、成就……爱是无止境的付出和不停歇的进取；爱是两个相似的天性在无限感觉中的和谐的交融。

当你们可以在漫长岁月的浸淫中，依然选择坚守；面临各种困苦磨难，仍然觉得甘之如饴；断然拒绝生命中各种各样的诱惑而不心生间隙，你们将真切地感悟到一种让灵魂持久战栗的喜悦。亲爱的孩子，我和你的父亲祝愿你和未来的眷侣：一见钟情、两情相悦、三观一致、情趣相通、志同道合、共同进步、相互包容、化繁从简、相思相守、荣辱与共。

关于生命的意义

亲爱的孩子，当你视学习为乐趣，在这个世界上贪婪地寻找美、欣赏美、创造美，当你的品质和才华为你赢得朋友的尊敬和亲近，当你的真诚和专注为你赢得一位终身伴侣，你将具备智慧、友谊和爱情，获得被所有人渴求的幸福生活。然而，这一切并不能带给你生命最厚重的分量，你的人生依然苍白乏味，因为在万物之中、时间之上，唯一可以打破空间的概念的，是一件最为特别和宝贵的东西，那就是你此生的意义。“生活在这个世界而不知其义，如同徜徉于一个伟大的图书馆而不碰书籍。”当你饱览群书、游历世界的时候，如果没有生命的意义，你将如同盲人，历经一生而毫无焦点；当你因为财富和权力被众人知晓和簇拥的时候，如果没有生命的意义，你将如同庸碌的蝼蚁，在熙熙攘攘的社会里奔波而毫无价值。

只有你反复地思考、寻觅，设定了自己的人生意义，并且毫不动摇为之付出一切的时候：你生命的滴漏才有回响；你的前路才有方向；你所有的苦难才有回报。每个人的生命都有其独特的意义：有一些如同青草，存在是为了延续生命的不息；有一些如同雨露，降临是为了在荒漠播撒甘霖。每一份生命的意义都没有贵贱，都值得尊重，没有任何人的生命意义可以凌驾于他人，没有任何人应该依靠剥削或者掠夺他人价值来充盈自己的生命意义，我和你的父亲无权为你的生命定义，但是我们希望它是正直的、宽容的、善良的、光明的、深远的，“每个人必须为自己的人生寻找意义、赋予意义、设定意义，无论是一个皇帝还是一个乞丐，无论是一个贵族还是一介贱民。”我们真切地盼望，我们的孩子可以“心中明月当空无丝云，照尽浮屠世间黑暗”。

“这个世界唯有两样东西让我们的心灵感到深深的震撼，一是我们头顶上灿烂的星空，一是我们内心崇高的道德法则。”而你内心崇高的道德法则来源于你赋予自己的使命，你生命的意义，“如果竭尽自己最大努力仍然还是一无所得，所剩下的只是善良意志，它诚如沉睡的宝石一样，自身就发射着耀目的光芒，自身之内就具有价值”。

关于离别

亲爱的孩子，如果说生命是一株枝繁叶茂、破石凌云的大树，我们希望你可以从很早的时候就习惯，并且欣然接受每一次落叶归根和繁花辞树的宿命。因为新的生命，会在过往的离去中汲取养分、孕育诞生。而所有的离别，无论多么卑微和渺小，多么悄无声息，都将在新生的黎明之前，留下璀璨不灭的印痕。我们恢宏跌宕的历史画卷，每一处细微的笔触，都是由许许多多或精彩或暗淡的曾经所凝聚，而每一天、每一分、每一秒，在浩瀚星空下的无数角落，那些笔触都在永不停息地绘制着。

因为我们从诞生便会拥有，因为拥有便会失去，我们在人生的任何阶段都将直面离别故土、辞别至亲、失去挚爱、挥别青春、告别世界的悲伤，而这一切的来临都有可能是随机而无序的，我们无处躲藏。有时候，我们会怨恨命运的不公、痛恨世界的残忍，因为它们毫不犹豫、毫无征兆地剥夺了我们最珍视的东西。亲爱的孩子，不要害怕，茂盛的生命必将拥有丰沛的情感，而离别的悲伤有时候使人格外敏锐。

当你可以敏锐地捕捉到今生所有的喜悦和哀伤，你的情感的水源必将追随着起伏的命运，汇聚成海，滋养着你生命的大树和无数生长在同一时代、同一大地的生命。你应“无畏者心无畏惧”：存在是永恒的，因为许多法则保护了生命的宝藏，而宇宙从这些宝藏中汲取了美。“你必坚固，无所惧怕。你必忘记你的苦楚，就是想起也如流过去的水一样。你在世的日子，要比正午更明，虽有黑暗，仍像早晨。”

在这封信的结尾，亲爱的孩子，请允许你的父母真情流露。无论我们在信中尝试用多么理智的方式和你交流，请你一定要相信，如果可以，我们对你都将毫无原则地妥协，来换取你生命中的一次次欢笑；当你遭遇不幸的时候，哪怕带给你的伤痛只有一分，我们也将感同身受，甚至百倍千倍地感受着你的痛楚；你的降临，不仅让我们反思和回望自己走过的人生旅程，更让我们在抚育你之前，深刻地意识到我们自己的不足和无知，让我们因为肩负起一个新生命的明天，而拥有更多的责任和义务；我们的重生因你而开启，是你为我们带来生命的另一重意义。

将两份人生的智慧和经验毫无保留地融合在一起，浇铸在共同创造的新生之中，为了保护和捍卫这一充满未知的结晶而不断提升自己，充实自己，忠诚于自己的家庭，作为你仅供参考的样本雏形，我和你的父亲将以更苛刻的准则要求自己：以拼搏的精神和顽强的意志打造我们共同的生活，在危险和困境之中保留健全的人格和优良的品质。

我们将共同呵护你逐渐成形的梦想，并尽可能地为你提供安稳的生活环境和发展平台，给你提供充满无数可能的机遇；亲爱的孩子，即使这个世界依然会有各种各样的困境和危机，我们坚信：有虔诚的信仰、高深的智慧、伟大的胸怀的男人和女人，世界在他们的面前是渺小的。最后，今生今世，为父为母，我们荣幸之至，也倍感惶恐：我们将在和你共同拥有的岁月中，不断拷问自己的灵魂，你选择将人生的起点交托给我们，我们是否真的可以帮助你确认终点的目标和沿途的风景，并且扫清你奔赴前程的障碍?

一个人将左右一个家庭的命脉，一个家庭将带动一个家族的兴衰，一个家族将关乎一个民族的荣辱，一个民族将撼动一个种群的兴亡，而一个种群将影响一个世界的格局。所以，亲爱的孩子，不要轻视你为自己谱写的乐章，因为它或许会奏响一个世纪的命运之声："世界上真正的大业，都是在别人认为不可能的情况下完成的；在人类一步步从过去走向未来的过程中，不可能的事，一件还没有。"

在我们心目中，你是最弥足珍贵的宝石，蕴藏了我们世界中全部的真、善、美；你是两段生命在风霜雨雪的磨砺下，所托生的奇迹之花；你是我们的沙里天国，我们在朝圣的征途上再度点燃生命之火……我们为你虔诚祈祷，希望你此生康健睿智、风平浪静、家业兴旺，我们自私地期盼人世间所有的幸运都降临在你的生命里，我们奢望上苍所有不公平的馈赠都属于你，我们希望哪怕你既不雄浑柔美，也不英勇伟大，却可以得到这个宇宙中所有的眷顾和荣耀。

最后，当你在心底抱怨这封信晦涩难懂的时候，请你“去读书吧”！这封信里引用的是不同国度、不同语言、不同年代和不同领域的谏言，我们用来和你恳谈的目的，不是为了炫耀所谓的知识，而是为了告诉你，这个世界足够广阔，不要因为一时的仇恨而蒙蔽双眼，而选择忽略一个民族最精粹的学识和经验，只有掌握了别人的优点，才能找寻到对方的缺点，并且预判对方的动机，最终才能用实力扭转历史的拐点。有为者巍然看定四周，这世界对他几曾沉默。去读书吧！去热爱吧！去奋争吧！去创造吧！去主宰吧！愿你今生，无求于人，无愧于心。更美好的明天属于你，这是我们最殷切的祝福！

姜半夏和艾瑞斯给未出世的孩子写完了信，正要熄灯休息，忽然听见寂静中一阵车轮碾压雪地的声音。艾瑞斯望向窗外，正见两束雪亮的车灯笔直地打过来，两个黑衣人和几个宪兵跳下车开始砸门。艾瑞斯镇定地穿好衣服，让姜半夏躲在卧室里不要出来，一把将门拉开了。寒气一下子涌进来，黑衣人被裹在冷风中，静静地打量着艾瑞斯身后的房间。艾瑞斯挡着黑衣人的目光，冷冷地责问：“三更半夜私入民宅，你们想干什么?!”

其中一个黑衣人微微一笑，让宪兵们往后退了几步，客客气气地说：“神父误会了，我们最近抓到了几个抗联的乱匪，其中有一位是您教堂的信徒，稻田将军希望请您马上到宪兵队，协助我们了解一些情况。对了，您的夫人呢?”艾瑞斯指了指桌子上德国大使馆和罗马教会颁发的荣誉证书和外交赦免令，冷笑一声，说：“你们的手真是越伸越长了。”他从容地披上外套说：“她有事出去了。”提到“她”这个字的时候，艾瑞斯脸上的线条忽然在一瞬间柔软了，他留恋地瞥了一眼小书桌，不动声色地拿起带着姜半夏余温的钢笔揣在衬衫里。

黑衣人瞥了一眼桌子上冒着热气的牛奶，狐疑地笑了笑，艾瑞斯端起茶杯，对着淡淡的唇印从容地一饮而尽，不由分说地拉灭了台灯说："走吧。"忽然听见卧室门一响，姜半夏换了一身外出的便装，面若寒霜地走出来，挽住了艾瑞斯的胳膊。她仰着脸望向艾瑞斯，露出一个甜蜜温暖的笑容，说："走吧。"艾瑞斯还想再劝，姜半夏朝门外包围着的宪兵队瞟了一眼，深深地凝视着艾瑞斯，淡淡一笑说："我陪你。"艾瑞斯将她紧紧地裹在怀里，轻轻嗅着她的秀发，轻声说："别怕。"

艾瑞斯和姜半夏一路缄默着来到了宪兵司令部，黑衣人把两个人带到了一间空荡荡的房间里，就退了出去。在一片幽寂之中，两个人孤零零地坐着，远处隐隐飘来凄厉的惨叫声。姜半夏忧心忡忡地倚靠着艾瑞斯，低声问："你说，他们抓的是谁？"艾瑞斯握着姜半夏的手安抚地摩挲着，说："不清楚，他们未必真的有证据。这次也是为了震慑我们。"姜半夏叹了口气，哀伤地望着惨白的电灯，心里为教友默默地祷告。两个人等了许久，都不见有人进来，姜半夏疲惫不堪地躺在艾瑞斯的大腿上，忍着小腹的不适睡着了。艾瑞斯把大衣脱下来盖在姜半夏的身上，长久地凝视着她微皱的眉头和依然平坦的小腹。

一直到远处的惨叫声逐渐消逝在无边的暮色中，艾瑞斯和姜半夏依然被关在灯光雪亮的房间里，无人问津。黑衣人再次进来的时候，姜半夏依然在艾瑞斯的怀里安睡。艾瑞斯抬了下眼皮，严厉地瞥了一眼黑衣人，做了一个"嘘"的动作，温柔地把姜半夏放在长凳上，盖上外套，跟着黑衣人大步流星地走进了朔风残雪里。"不要伤害她。"艾瑞斯的声音有些嘶哑，他的手指裸露在寒风里被冻得生疼。黑衣人若无其事地笑了笑，说："不会的，您放心，就是请您帮我们个小忙，那个小兄弟实在是不太配合。”

艾瑞斯跟着黑衣人径直走到了刑讯室外的审讯室，只见一个单薄的人低垂着脑袋瑟缩在凳子上，头发湿淋淋的，披着一件厚西服，血水顺着裤管滴答滴答地淌着，在脚下形成一结着薄冰的小血泊。艾瑞斯转身怒视着黑衣人，还没来得及呵斥，就听见一声低微的呻吟。艾瑞斯回过头，正好看见一张灰败枯槁的细瘦面孔：眼睛淤青红肿，只露出一点缝隙，脸上鞭痕密布，嘴唇红肿外翻。对着艾瑞斯勉强扯出一丝微笑。艾瑞斯走过去，半蹲着把他轻轻揽在怀里，轻声呼唤：“云卿。”

纪云卿安详地闭着眼睛，微声说：“对不起，添麻烦了。”黑衣人走过来，把艾瑞斯强按在一张空椅子上。艾瑞斯端起一杯水递给纪云卿，他淡淡地说：“抱歉，手抬不起来了。”艾瑞斯痛心地望着他红肿扭曲的手指和露出白骨的小臂，接过了水杯一小口一小口地喂着纪云卿。黑衣人在一旁耐心地说：“纪四公子不知道被什么人唆使，不仅在学校里散播反政府的言论，还组织同学、教友暗中加入抗联组织。而且，我们高度怀疑，他还参与过策划暗杀日本人。”

黑衣人惋惜地叹了口气，接着说：“他还太年轻，家境优渥，不应该因为这种愚蠢的政治错误失去生命。您帮我问问他，到底是什么人发展的他，他的联络人都有谁。我们看在纪公的面子上，一定不日将纪四公子‘完璧归赵’。”艾瑞斯怒视着黑衣人，搀扶着纪云卿冷冷地说：“这就是你说的‘完璧’？”黑衣人细细地打量了一下纪云卿，笑嘻嘻地说：“都是些皮肉伤，看着吓人，其实没什么大事儿。我们负责医治，您夫人不是也擅长医术吗？”

艾瑞斯直视着黑衣人，冷冷地说：“我以我的名誉和性命保证，这位教友在我们教会很多年了，他非常地善良，甚至软弱，他从来没有伤害过人，不可能做出你所说的那些事情。”黑衣人没有说话，从身上掏出一沓信，一张一张铺开了摊在桌子上。艾瑞斯逐一看下去，见信都是从纪公府送来的，落款是血书的纪鹤年，纪云卿的老父。

黑衣人轻叹了口气，说："纪老对政府忠心耿耿，谁想到……可怜天下父母心，前些天纪老四处奔走，天天求见，我才相信真有一夜白头的。"纪云卿置若罔闻地耷拉着脑袋，盯着自己脚下的薄冰发呆，说："慢点儿……"黑衣人大喜，凑上前说："四公子，您想明白了？"纪云卿苦笑着哑声说："劳驾，让一下，别伤着它。"黑衣人和艾瑞斯低下头，才看见一只小耗子顺着纪云卿冰筒似的裤管哧溜着爬下来，差点被黑衣人踩到。

艾瑞斯弯下腰，把小耗子举起来给纪云卿看，说："你放心。"纪云卿的眼睛被血霜糊住了，艾瑞斯掏出手绢蘸着杯子里的温水轻轻给他擦拭。纪云卿倒吸着凉气，强忍着痛楚说："神父，别碰我，脏。请带着我一起做个祷告吧。"艾瑞斯深吸了一口气，哽咽着说："忍着点，我帮你净净面。"纪云卿微微一笑，说："无妨，总归是要埋在雪地里的，干净。"黑衣人面无表情地退了一步，从手腕上摘下一块手表递给艾瑞斯，淡漠地说："判决书已经下了，清晨六点行刑，您还有一点时间独处。神父，纪四公子的性命就握在您的手心里了。"

艾瑞斯看到手表上的时间已经是凌晨四点二十五分，他痛惜地贴着纪云卿的耳朵说："想办法拖延一两天，教会发现我和夫人失踪，一定会最终找到这里来，到时候担保你出去。"纪云卿腼腆地摇了摇头，说："不必了，神父，我们开始吧。"艾瑞斯半跪着握紧他的双手，将自己脖子上的十字架摘下来放在他的手心里，低声诵读："天主，我们因纪云卿即将骤然离去，而聚集在你台前。天主，我们深信世间任何不幸和患难，都不会改变你拯救人类和深爱世人的计划。求你帮助我们信赖你上智的安排。"

他哽咽了一下，清了清嗓子，继续诵读："正如基督的十字架是屈辱和悲哀的标志，也是你德能与光荣的象征……因我们的主耶稣基督，你的圣子，他和你及圣神，是唯一天主，永生永王。”

纪云卿小声地抽泣着，艾瑞斯轻轻地吻了吻他的额头，轻轻地拥抱着他。纪云卿渐渐地平息下来，低声问：“神父，几点了?”艾瑞斯举起手表，犹豫了一霎，说：“快五点了。”纪云卿疲惫地笑了笑，说：“我睡一会儿，到点了您叫我。”艾瑞斯“嗯”了一声，握着他的手说：“不要怕，一切有我。”纪云卿头往艾瑞斯怀里一偏，不一会儿就响起了轻微的鼾声，夹杂着痛苦的呻吟声。艾瑞斯僵直地半跪着，无声地淌着泪水，小耗子怕冷，蜷缩在纪云卿的肩窝里依偎着。

黑衣人再进来的时候，不禁愣了一下，纪云卿披着艾瑞斯的衣服，干干净净地靠在艾瑞斯肩上，睡得十分安稳。艾瑞斯穿着单薄的毛背心，举起手表，脸色阴郁得吓人，小声地说：“还差十分钟，让他睡。”黑衣人想了一下，点头一乐，坐在了一旁。过了一会儿，艾瑞斯轻轻地摩挲着纪云卿的头顶，温柔地在他耳边低语：“云卿，云卿。”纪云卿缓缓睁开肿得核桃似的眼睛，露出纯净的笑容，说：“时辰到了，你听。”艾瑞斯和黑衣人认真地听了一会儿，似乎有群鸟的鸣叫声在远处渐渐沸腾起来。那种风穿过山谷、掠过林海和雪原所发出的海浪般的呼啸声，低沉地回响着。

黑衣人摆了摆手，几个宪兵冲上来把纪云卿捆绑起来，纪云卿肩头的小耗子吓得哧溜一声跳了下去，一转眼就跑掉了。艾瑞斯也被几个宪兵半押送着往外走，和纪云卿一起被推搡上了同一辆车。透过车窗，纪云卿贪婪地望着晨光熹微中，狭窄的街道上睡眼惺忪的行人、三三两两支起的早点铺子和从树梢上惊起而没入朝霞的群鸟。车子最终驶入了薄雾弥漫的荒郊，停在了一片空地上。纪云卿走下来，踩着皑皑的白雪，看着环绕的雾凇里初升的旭日，一直走到了一个新挖的大坑前面。大坑里已经面朝下倒着几个人，冻得发青的尸体交叠着，附近的树林里微微摆动着它们落满雪的头颅。

纪云卿笑了笑，低声地说："此地甚好。"一排宪兵端着枪瞄准了他。黑衣人点燃一根烟走上来，问："四公子，要不您再想想？"纪云卿努力地想了想，说："您往前走两步，我手不方便。"黑衣人把烟塞到他的嘴里，摸了摸纪云卿雪白的脖颈，叹息地说："可惜了一副好皮囊。"纪云卿闭着眼睛，深吸了一口烟，望着艾瑞斯咧嘴一笑。艾瑞斯噙着泪水，深深地点了点头，轻声地祷告着。

黑衣人忽然从怀里掏出了一张报纸，举着给纪云卿看。纪云卿扫了一眼，见是父亲刊登的和自己断绝关系的公告，不禁微微一笑，对黑衣人说："谢谢，我安心了。"黑衣人面色微霁，说："一会儿您父亲也将出席稻田将军举办的宴请。""恕我缺席了。"纪云卿痴痴地望向远处黛青色的山岚和天际的一抹绯红，轻轻地说："来吧。"随着黑衣人一挥手，刺耳的枪声响了起来，纪云卿单薄的身躯仿佛跳舞一样扭动跳跃着，烟从嘴里掉了下来。他软塌塌地趴倒在雪地里。

枪声停了下来，纪云卿的身体一直在轻轻地抽搐着，双腿拖在汪满鲜血的雪地里。艾瑞斯挣脱宪兵跑过去，抱紧了他的身体，他的头微微地抬起来，茫然地看了一眼，又垂了下来，十字架被子弹钉进了他的身体里。黑衣人走上前，抵着他的后脑补开了一枪，枪机卡住了，他飞快地修好，又补了一枪。纪云卿的身体重重地压在了艾瑞斯的怀抱里，子弹洞穿了他的头颅，从紧闭的牙关里射出来，擦着艾瑞斯的耳朵掠过去了。支离破碎的纪云卿被剥光了衣服，抛进了大坑里。艾瑞斯怔怔地望着坑里那些疮痍满目的尸体，忽然转过身，狠狠地扑在黑衣人的身上厮打，试图夺下他手中的枪。

宪兵们扑过来，用枪托重重地敲着艾瑞斯的后脑和脊背，黑衣人喝止了拉动枪栓的宪兵，转身站起来，在被按在地上的艾瑞斯脸上狠狠地抽了几巴掌，笑嘻嘻地说："您最好冷静一点，别以为稻田将军不敢杀了您，您夫人还在等着您呢。”艾瑞斯颓然地垂下了手臂，眼睛通红地怒视着他，手里紧紧地攥着纪云卿布满了弹痕和血渍的大衣。黑衣人捡起了地上的烟头，点燃了报纸丢到了纪云卿冒着热气的尸体上。最后一下枪托的重击让艾瑞斯眼前一黑，昏了过去。

艾瑞斯再次醒来的时候，康斯坦茨正陪着姜半夏守在他的身旁。姜半夏心痛地抚摸着他肿胀的面孔和结痂的耳朵，康斯坦茨雪白的面孔探过来，轻声说：“别担心，我一直都在半夏身边，很抱歉，我没能救出纪四公子。”艾瑞斯紧紧地抱住姜半夏，使劲儿嗅着她温暖甘甜的气息，忍住泪水，哽咽地说：“你没事就好。”他摇摇晃晃地站直了身体，牢牢地牵着姜半夏的手，对康斯坦茨欠了欠身，说：“谢谢你，我们什么时候可以回去？”

康斯坦茨忧伤地裹紧了身上的丝绒斗篷，小声说：“他们连夜搜查了你们的家和教堂，不过没有搜到什么。”艾瑞斯焦急地问：“孩子们都还好吗？”“孩子们只是受了一些惊吓。今天各国公使都被邀请来参加庆祝日军陆战队攻占上海的宴会，意大利的大使和参赞希望晚一些去育婴堂看望‘满洲国’的孤儿们。”

康斯坦茨搂着姜半夏耳语说：“请原谅，半夏，是我让稻田纪夫邀请的。我看见了密报，稻田纪夫要除掉艾瑞斯，日本需要削弱其他国家的国际威望和势力范围。今晚，他们为了争取意大利的支持，不敢轻易对你们下手。”姜半夏悄无声息地拉着艾瑞斯冰冷的手掌放在自己温暖的小腹上，滚烫的嘴唇掠过艾瑞斯的面颊，说：“别担心，我和孩子们都很好，有意大利大使馆的邀请，稻田纪夫短期内不会为难咱们的。”艾瑞斯望着姜半夏憔悴的面容，脑海中不断浮现纪云卿支离破碎的样子。

康斯坦茨望着他煞白的面容和恍惚的神情，一脸哀伤地凑过来，用微不可闻的声音说：“神父，我可以为你做什么？”艾瑞斯转过脸，汗津津的鬓角里几根白发在阳光下清晰可见，他低下头，把姜半夏紧紧地按在胸口上，捂住了她的耳朵，对着康斯坦茨的耳朵低声说了句话。姜半夏感受着艾瑞斯胸口剧烈的起伏和手指轻微的战栗，心里的苦涩忽然融化了，顺着全身的血脉流向了悸动的小腹。

康斯坦茨神情凝重地点了点头，在自己的胸前画了一个十字。艾瑞斯轻轻地吻着姜半夏头顶微凉的发丝，一颗眼泪从眼角滑落，康斯坦茨犹豫了一下，轻声地问："你怎么办？"艾瑞斯淡淡一笑，说："我要留下来保护孩子们，他们需要爱，需要信仰，需要自己的国家。"姜半夏只觉得自己和艾瑞斯的心跳声逐渐地合二为一，小腹也暖融融地倚靠着他的，一根微弱的琴弦正在她肉体和灵魂的深处发出轻微的共鸣。

姜半夏第一次醒来的时候，她以为自己在做梦，一位漂亮的空姐正从她的身上挪走成堆的礼盒和散落的圣诞节彩灯。她还没来得及说话，那位温柔的空姐就微微一笑，掏出一支针管利落地扎进了她的静脉。姜半夏第二次醒来的时候，一位矮小白净的大婶儿正在窗前的椅子上打着毛衣。姜半夏想说话，却觉得嘴里又苦又干，发不出声音。大婶儿扭过脸儿，腼腆地笑了笑，把毛衣往姜半夏的床上一撂，一面用上海话呼喊着一面小跑着出去了。

随着一阵急促的上楼梯声，姜半夏浑身瘫软地撑着头往门外看，只见一个高挑俊美的黑发白人女子微笑着走了进来，大婶儿端着一托盘茶水和点心跟在后面。那位白人女子弯下腰，握着姜半夏的手腕，用僵硬的汉语温柔地说："半夏你好，这里是上海的意大利大使馆。我叫华伦蒂娜，我的表妹康斯坦茨拜托我们照顾你一段时间，你在这里很安全。我知道你一定感觉非常眩晕，还有一些恶心无力，我们安全输送你时，用了一些镇定药品，这些药品会被逐渐全部代谢，请不要担心。"

姜半夏沉思了一会儿，微笑着问："还有其他人吗？"华伦蒂娜摇了摇头，说："没了，我听说康斯坦茨过一段会来这里和你会合。"姜半夏神情有些黯淡，华伦蒂娜以为她的药物反应还没有完全散去，叮嘱了那位大婶儿几句，就先离开了。大婶儿用上海话热情地招待着姜半夏，姜半夏心里一堆疑惑，也知道问大婶儿没有用，只歪在枕头上自顾自地皱眉寻思着。大婶儿唠叨了一会儿，就又噔噔地跑下了楼。

姜半夏望着窗外绿意依然的街道，被尖顶塔楼装饰的雾蒙蒙天际，以及仿佛悬挂在半空的繁忙码头，圣诞火鸡和松饼的香气掺杂在焦煤的呛鼻气味中，她在心底拼凑着之前的蛛丝马迹，试图弄清楚自己来到上海的目的。即使药物依然使得她暂时丧失了部分短期的记忆，她心里依然有些发慌，因为她本能地感觉到一种未知的危险正在侵袭遥远的新京，逼近她灵魂唯一的软肋——艾瑞斯。一些镜头碎片在她的脑海中无序地飘浮着，那种令人窒息的压迫感，冗长的车轮声，还有飞机马达的轰鸣声。

一直到傍晚用过晚餐，华伦蒂娜才把一个大包裹交给姜半夏。姜半夏凝视着包裹上的熟悉字迹，只觉得一颗心似乎马上就要冲破胸膛，小腹里也有一阵轻微的绞痛。华伦蒂娜俯下身，在她的小腹上轻轻地抚摸了一下，微笑着说："宝贝很坚强。"姜半夏低垂着眼帘，淡笑着致谢，手指却不断地摩挲着包裹上的笔迹，那些笔迹因为书写仓促而晕染成一小朵蓝色的云。华伦蒂娜挤了挤眼睛，指着大包裹神秘地笑着说："运送它，可比运送你难多了，赶紧打开看看吧。"

姜半夏等华伦蒂娜离开，谨慎地反锁了房门，坐在床上小心翼翼地拆开大包裹。厚厚的一沓照片、几个微型胶卷、一个日记本，还有一封信。姜半夏闻见了艾瑞斯身上那种特有的阳光下紫罗兰的气息，以及那种微妙的显影水和蓝墨水的混合味道。姜半夏双手颤抖地握着相片，一瞬间潸然泪下。在第一张照片上，高大颓败的城墙下，几个日本兵笑嘻嘻地围绕着祖孙两个人。爷爷被迫跪在地上，一个日本兵用刺刀贯穿了他的胸口，那个孙子被另一个日本兵抱着，号啕大哭，手里被塞了一把糖果。照片的背后，艾瑞斯用英语和德文写道：

> 小男孩想买糖果，他在日本人的课堂里只能学习日语，下课后便得意扬扬地向自己的爷爷炫耀。爷爷教育他要说中国话，附近的日本兵听了，让这个老人给孙子跪下，用刺刀杀死了他，奖励了孩子一大把日本的水果糖。

姜半夏用枕巾捂着被泪水打湿的脸颊，手指痉挛地翻看着一张张见证‘满洲国’百姓苦难的照片。其中一张照片上面一个枯瘦矮小的老奶奶被几个日本兵堵在车厢里，正磕头作揖。她怀里的小孙女似乎生病了，地上都是白花花的呕吐物。背面依然是艾瑞斯用双语写的一小段介绍：

> 姥姥带外孙女去城里看病，出门前偷偷给孩子吃了一小口日本人不让东北人吃的米饭。外孙女晕车吐出了米粒，被日本兵发现了。姥姥被当成了经济犯狠狠揍了一顿，带走了。小孙女被剥光了丢下了列车，外面是呼啸的暴风雪，那一天为零下三十四度。

姜半夏紧紧地攥着被单，只觉得牙齿在不停地打战，下巴剧烈地痉挛着。她闭紧了眼睛，平复了一会儿，忍着难以抑制的恶心和小腹的钝痛继续翻看着照片。每一张照片都那么残忍，姜半夏只觉得自己正在经历一场场真实的屠戮，即使透过那些略带模糊、边缘残缺的照片，依然使人身临其境、冷汗淋漓。在一张照片中，瘦骨嶙峋的矿工们下身裹着褴褛的布片坐在空地上，他们的手里举着雪白的大馒头，脸上的表情却是惊恐万状的。从身上的累累伤痕和一些爆发的疱疹可以看出来，他们年轻的身体遭受了太多的虐待。其中一个年长的矿工瘫在地上，他的眼睛直勾勾地望着远方。一群和善的日本兵在一旁举着酒杯，笑嘻嘻地拍着那些矿工的肩膀。

在这张照片的后面，艾瑞斯写道：

> 工程结束了，日本兵第一次给了这些饥饿、劳累和传染病幸存者一顿饱餐。这些人中最小的只有十四岁，最大的已经四十九岁。他们每天工作二十个小时以上，只有一顿发霉的窝头和盐水汤。照片中这个半身瘫痪的人第二天醒来的时候，其他的矿工们都已经被馒头毒死了。他把自己的大半个馒头让给了年龄最小的矿工，侥幸活了下来，从万人坑里一路爬到了附近的老乡家里。

姜半夏翻到最后一张照片，看见在一间土坯房子里，几个日本兵正哈哈大笑地掀开被子，几个少女几乎都是赤身裸体地紧紧搂抱在一起。只有第一个年纪大一些的女孩子身上穿着粮食口袋改成的裙子，后面几个妹妹都紧紧地互相贴着，她们的头发又短又乱，脸上都抹满了锅灰。艾瑞斯的字迹颤抖着，写道：

> 她们的父母已经在屋外被刺死了，这些是被关在人圈里的村民。她们没有钱，也买不到布料，孩子只好躲在床上，有外人的时候轮流穿那件布口袋。这些女孩子把头发剃掉，脸上涂满了肮脏的泥巴和锅灰，却依然被日本兵们轮奸了。

姜半夏忽然倒在床上，用枕头紧紧压着嘴巴抽泣，她觉得所有的内脏都搅成了一团，愧疚、憎恶、愤怒、愤恨、恐惧、哀伤……几十张照片和那些各种各样的情绪在她的脑海里翻滚，让她的灵魂饱受煎熬。过了一会儿，她挣扎着爬起来，找出艾瑞斯的亲笔信贴在了胸口。

她需要艾瑞斯的慰藉，需要他的力量。打开信封，一张速写滑落出来，简单的线条勾勒了一个女性纤细的胴体，半掩在被子下面。她的头发披散着，有一大半都落在了一个赤裸的男性胸膛之上。他们的脚趾在被子下面亲密地叠在一起，男性的手掌温柔地覆盖着女性的柔软小手，那只小手仿佛正抚摸着他的心脏。一个娇小的婴儿躺在了他们的中间，枕着母亲的长发，圆滚滚的脸颊信赖地紧贴着她的侧脸，把肥白的两只小腿搁在父亲的肚子上。

姜半夏小心翼翼地伸出手指，想去触摸速写上面的人像，却又怕把画蹭脏了。她只好反复地摩挲着纸上空白的地方，一点点靠近那些温软生动的线条。那些充满了柔情和忧伤的阴影，那些细致入微的表情和毛发，那些纯净无邪的姿态和无比信赖的神情。姜半夏泪流满面，却又破涕为笑，那个婴儿的眼睛像自己，鼻子像自己，嘴巴像自己，甚至手指在熟睡时候蜷缩的角度，也和自己的一模一样。艾瑞斯只在他的卷发上留了一点点私心，一点点属于他的痕迹。药物的副作用忽然又开始发作，她只觉得一阵天旋地转，趴在床沿干呕了半天，脑袋里响起了嗡嗡的轰鸣声，一些奇特的幻觉逐渐吞噬了她。她似乎听见成千上万的亡魂在她耳边窃窃私语，又似乎看见无数的恶魔戴着人的面具在世间肆虐。

第二天清晨，姆妈进来打扫房间的时候，姜半夏忽然放下手里的荠菜汤圆，冲着她嫣然一笑，恳请她带一点蜡笔或者水粉来。姆妈下楼的时候，姜半夏认真地擦干净手指，将长发松松地绾起，坐在暖融融的阳光里读信：

亲爱的半夏，当你读到这封信的时候，我们应该已是相隔千里。可是当我提笔写信的时候，你恍若依然在我的枕边。枕头上微微凹陷的地方还留着你的几根秀发，你清甜沉静的呼吸依然萦绕在我的耳边，我的胸膛依然因为你的触碰而微微发烫。我们的被子里面依然藏着你微微起伏的轮廓，还有你转身的时候，纤细平坦的小腹从我手臂中间滑过的娇嫩触感。

现在的你是什么样子呢？是像一个纯洁的小姑娘，赤着脚蜷缩在被子里，环抱着圆润小巧的膝盖，微微皱着眉头，嘴唇无意识地摩挲着曲起的食指？还是像一位东方的古典贵族那样，后背笔直，跪坐在床上，十个玲珑剔透的小脚趾花骨朵似的藏在饱满的臀部下面，长发和着泪水垂落在摊开的信笺上？或者更像是遗落在丛林里的小仙女那样，慵懒地趴在沐浴着阳光的枕头上面，纤细的手指托在圣洁的面庞上，眼神宁静而哀伤，修长笔直的双腿无力地搭在堆起的被子上。当你离开我，我的身边依然有成百上千你的身影陪伴，我甚至可以听见你窸窣的脚步声，仿佛穿透岁月的风铃。

你一定在责怪我为什么一声不响地把你送走吧？亲爱的半夏，我清晰地记得我们在一起的最后一个夜晚：你牵着我的手指，神秘地抚摸着你温暖滑腻的小腹，你微微开启的嘴唇上面忽然绽放的精妙纹路和那一句美妙无比的话语。一直到你按捺着狂喜给我们未出世的孩子写信的时候，我的心都在失控地跳跃，我的每一根血管都好像在沸腾。我简直难以相信，新的生命，属于我们共同血脉的生命，一个完全自由和独立的灵魂，又在悄无声息地孕育。当我深吻你的时候，我在你的呼吸中品尝到一种略带苦涩的甘甜，仿佛正在昭示我们那种必将历经苦厄所诞生的希望。这种直觉很快就实现了，日本宪兵队在深夜敲开了我们的大门。

无论我如何假装镇定，当我目睹纪家四公子，那个纯良勇敢的少年被疯狂虐待、被肆意屠杀的时候，我的内心充满了恐惧和愤怒。我真的不知道，如果当你的性命和尊严受到威胁甚至摧残的时候，我是否可以坚守一颗公正正直的心，是否可以做出最正确的选择。我发现，如果你置身于危险之中，我可能会不顾一切，抛弃性命，甚至背叛灵魂。

亲爱的半夏，你是温暖、是希望、是永恒，也是即将焕发新生的宇宙，我绝不允许任何不好的事情发生在你身上。所以我恳请康斯坦茨把你送走，她的家族赢得了政权，稻田希望迎娶她，借以换来意大利政府的支持。她无私地帮助了我们，也让我可以终于安下心来，去做最正确的事情。

亲爱的半夏，抱歉让你看到这些血淋淋的照片，这些照片有一些是我用微型照相机偷拍的，有一些是我花钱买回来的，还有一些是其他一些传教士和国际记者偷偷采集的。这些照片真实地记载了日本人在东北犯下的滔天罪行，我希望你可以安全地藏身在使馆区，然后通过各国大使馆、国际媒体和宗教团体将这些照片公布于众。这是我们没有硝烟的战场，我需要你代替我去揭露真相，需要你充满智慧和勇气，用这种方式来捍卫同胞的性命和尊严。

亲爱的半夏，当我追随你一同来到这片遥远而神秘的大陆，我感觉自己在逐渐回归，回归到童年时候最渴望、最憧憬的那种文化和生活。即使这种深厚的文化被亵渎、侮辱和轻视，它依然深深地扎根在那些士大夫和爱国人士的一言一行里，那些前仆后继的勇者、那些看似文弱的书生，都在不断地灌注着日益衰老的传统，以血、以骨、以性命和名誉。而这种淳朴温和的生活自身，这种和自然完美地融合的节奏和方式，这种丝毫不愿妨碍别人，包容、隐忍、谦逊的生活态度，即使被自私贪婪的西方社会所荼毒、所掠夺、所侵犯，却依然维系着最后的傲慢和自尊。

我目睹了当枪炮来袭的时候，那些士兵排队慷慨赴死的“愚蠢与忠诚”，也目睹了当侵略者们一次次屠城之后，那些复仇的种子在民间不断地生根发芽。我一次次地见证了你的成长，你拯救的那成百上千的性命和诞生的数以百计的婴儿，也见证了你在面对更多生命被践踏、凌辱，更多婴儿挣扎着终结生命历程的时候，所流露的绝望与悲愤。

我无法容忍，无法容忍这个黑白颠倒的世界，当侵略者被大肆歌颂，当刽子手被奖励财富与荣耀，当和平因为利益的争夺而被摧毁，当家园因为富饶而被侵占，当人们因为战争带来的兴旺而狂热，当灵魂因为城池沦陷被扭曲和奴役，当所谓的“文明”用枪炮和毒品征服“愚昧”，当“贵族”和“王朝”用革命和战争把平民送上战场……

亲爱的半夏，我需要向你坦白，我在学校里结识了一些真正的君子和绅士，他们不仅帮我指明了学习的方向，还为我讲解了这个世界上正在以及将要发生的事情。我利用学习的机会和教会的身份，接触了一些国际党派和政治家，还学会了用走私皮毛来帮助私下促成一些对我们有利的军火交易。

很抱歉，我不能在这封信里向你透露更多，虽然你是我在这个世界上唯一的挚友、亲人和所爱，我依然需要保守秘密，但是请你相信，我现在所做的一切和未来将做的一切，都是为了这个世界上千千万万的家庭可以不再经历战乱和贫穷，民族之间不再因为“差异”和“仇恨”而相互屠杀，国家之间不再因为“权力”和“利益”而煽动战争。我们之间，请你守护世人脆弱的肉体，而我将呵护他们灵魂的纯净。

亲爱的半夏，我的妻子，我未来孩子的母亲，我最亲密的灵魂伴侣，这个世界正在经历一场巨变。在世界战争之后，一些国家品尝到了赢得战争所换来的巨额财富，科技的井喷式发展，人们沉沦于糜烂的娱乐之中。而另一些国家从充满了优越感的侵略者忽然沦落为苟延残喘的战败国，国民因为苛刻的惩罚和制约而民不聊生，他们内心的傲慢和仇恨正在疯狂地滋生，所有人都在等待着一个契机，一个可以扭转局面的狂热机遇。我们都清楚地知道，日本不仅意图占领整个中国，还贪婪地觊觎着更多的疆土和资源。

这个不断骚动的世界因为这些野心家而发生比上次世界大战更为恐怖的事情。我的祖国，我的耻辱，我的苦难——德国，正在发动另一场颠覆命运的战争。或许除了日本、德国，甚至还有其他国家也将和他们结盟，发动新一轮世界战争，换取新的政治金融局面。而那些中立国，尤其那些不声不响贩卖军火而暴富的新生国家，都会保持观望态度。

我希望你将照片，还有微型胶卷里记载的一些日本军方资料和军事地图尽可能地传送到中国政府和国际媒体，让中国政府可以破解日本的阴谋，同时赢得国际舆论的支持和友好派系的联盟。我们需要敌人的敌人变成我们的朋友，只有面临共同的恐惧，拥有共同的利益，才能结成牢固的友谊。目前，只有上海的公共租界和法租界是沦陷区里的孤岛，我不清楚这种“安全”可以持续多久，请原谅我不能在你身边保护你。如果你感觉到任何危险，一定要第一时间寻求意大利总领馆和德国总领馆的庇护。

亲爱的半夏，当康斯坦茨将你从我身边悄无声息转移出去的时候，我只能继续在我们的教堂里面演奏阿贝鸠尼琴，你曾说过你最喜欢听四弦古典大提琴的音色，我和孩子们用钢琴、管风琴为阿贝鸠尼琴伴奏。我的肉体被禁锢在日本人的面前，屈服在他们营造的“庆典”之中，灵魂却已然飞跃穹顶，躺在你的身畔，呼吸着你的呼吸，在你所有的梦境中穿越、驻足。我需要你做的第一件事，是永远保护并且照顾好自己和腹中的孩子。我相信你的勇敢、缜密和冷静，所以我需要你从容不迫地分析现今的局面，寻找到最恰当的机会，为我们争取未来的亲密盟友。

姜半夏紧紧地咬着嘴唇，泪眼婆娑地握着信。教堂的钟声忽然在窗外响起，一群海鸥从教堂的尖顶掠起，穿过五彩斑斓的哥特式彩窗，落在那些飘满雪的窗台上。她轻轻地亲吻着信纸，亲吻着艾瑞斯手掌摩挲过的每一个角落和那些轻微褶皱的泪痕。她把信轻轻地放在自己的小腹上，合上眼睛想念艾瑞斯，想起他那介于少年与男人之间的美好身体和纯净无瑕的圣洁心灵，那盛满阳光的有力肩窝和修剪得整齐优雅的指甲，远山一样隆起的眉骨和那淡红色的兔子形的臀部胎记。

信上深情的话语依然在继续：

亲爱的半夏，不要担心我。我会平安地回到你的身旁，把你和我们的孩子一起接回家。我不会错过你的第一次分娩，也不会错过孩子的第一声啼哭。我用我的全部生命向你发誓，我爱你，我生命的每一分一秒都忠于你、属于你，皈依于你。你是我生命中最慷慨的馈赠，也是命运对我最大的眷顾，我的世界曾经是一片黑暗和孤寂，我曾经厌恶冗长的岁月和伴随之间的痛楚与羞辱，直到你的降临。我是你塑造的生命，也是你赋予的内涵，我的人生因你而焕然一新，你是我永无止息的宿命。

亲爱的半夏，即使是如此短暂的分别，我依然感受到了巨大的失衡。你我挂在门后的外套紧紧依偎着，两只牙刷上残留着彼此的气息。每当半夜我口渴的时候，你去为我倒温水，冰凉的小脚经常溜进我的鞋子里，仿佛两条雪白的小鱼躲在船舱里。每天清晨，你都会用剃刀为我整理鬓角，刮净胡须，然后用绵密细碎的吻抚平微红的肌肤。做饭的间隙，你会坐在我的膝盖上晃悠着纤细的小腿，将第一口煮熟的饭菜随手喂给我吃。你的血液和我的融为一体，我在沉寂的死亡之中感知你的触碰和救赎。

那些生命微薄的孔隙，指甲缝隙、骨骼关节、皮肤毛孔，都能感觉到离别所带来的一部分生命的抽离，那是一种冰冷刺骨的痛楚。最终，你温润的手背从我的卷发里滑落，那种属于你的独特韵致渐渐地消逝在云端，我的心脏已然绝望地悸动着，仿若初次相见，不敢奢求却又无法放弃执念。亲爱的半夏，这仅仅是一次短暂的别离，岁月的针脚会谨慎地缝补我们的缺失，我们的魂魄只会纠缠得更加紧密。我绝不会让你品尝到一丝一毫失去挚爱的忧伤，更不会让你陷入无边无际的孤独与畏惧。

亲爱的半夏，我会在第一时间结束我的使命，带着满身的风雨来到你的面前，陪伴你、照顾你、守护你，为你奉献一切，为你成为一切，为你改变一切。一直到岁月的尽头，我们和孩子们一起，一直到拥有我们所期许的那个美丽新世界。我会慢慢和你一起，让圣洁的白发和睿智的皱纹丰盈我们的余生。当炉火将熄的时候，我会牵住你的手，为你披上婚纱，画上妆容，为你写诗，和你相拥而眠，一起沉睡，不再醒来。我们谦卑的身影、烦冗的琐碎和黯然的传说，都将毫无保留地沉寂在历史的碎片之中。就像春天的花泥、夏天的新雨、秋天的落叶、冬天的冰雪，融化在复苏的大地，无声无息、永不停歇地孕育着新生。

姆妈傍晚的时候，端着一杯热牛奶和两块蟹壳黄走进来，见姜半夏站在阳台前面望着残阳涂满海湾的赤金色港口，她单薄的身影在淡紫色的薄暮里伫立。上海的雪下到一半就已经化了，濡湿的空气一小团一小团仿佛细碎的绵雨，在路灯下面轻盈地飞舞，姆妈赶忙走上前关紧了敞开的窗户，怕湿冷的空气伤了姜半夏的身体。她用上海话小声地嘟囔着，一扭脸却看见书桌上晾着一张才上了水粉的画，一床被子下面，是一个美丽的黑发的女子和一个金发紫眼的男人，还有一个金色紫眼的小婴儿，三个人看上去都光着身子。她捂着眼睛，心里想着有伤风化，手指缝却舍不得合得太紧了。姜半夏回过神来，端着热牛奶，目光温柔地落在画纸上面，凝神微笑着说："是不是很像他？"

1941年冬，上海。

康斯坦茨见到姜半夏的时候，她正披着睡袍坐在窗台上向外眺望，身影融入了上海冬日的乳白色晨曦。姜半夏心事重重地望着不远处犹太教堂上，六芒星所映照出的淡金色光芒。犹太人开的咖啡馆已经开始营业，侍应生一面殷勤地擦拭着“欢迎日本人”的牌子，一面胆怯地望着远处德国总领馆外飘扬的纳粹军旗。两个工部局的印度巡捕骑着马，吆喝着卖早点的小商贩和蹲在信筒后面打瞌睡的报童。穿着格子裙和长袜的英国卫兵和头戴钢盔的日军陆战队士兵隔着封锁线同时动作夸张地换岗。租界里布满了难民们的帐篷，青灰色的炊烟从简陋的晾衣杆中间袅袅升起，江面上澄金色的薄雾随着晨风散去，码头和渡船上已经挤满了逃亡的难民，倾斜的轮船在尖锐的汽笛声中摇摇欲坠。

康斯坦茨从背后抱住了姜半夏，将苍白的面颊枕在姜半夏冰凉的肩膀上，轻轻地说：“是我，我来陪你了，半夏。”姜半夏微微一颤，转过脸来，声音有些沙哑地说：“谢谢你，康斯坦茨。有他的消息吗?”康斯坦茨才发现，她消瘦的面庞濡湿在泪水中，一双手祈祷般的绞在一起，微微地战栗。康斯坦茨抿了抿嘴唇，目光有些闪烁，她握住姜半夏的手，安慰地说：“还没有，不过没有消息就是最好的消息。我让意大利大使和稻田纪夫交涉过了，他们不敢把艾瑞斯怎么样的。”姜半夏转过身，猛地抬起头，坚定地说：“我要回去救他。帮我回到满洲，康斯坦茨。”康斯坦茨叹了口气，对着窗外扬了扬下巴，忧伤地说：“我们回不去了，半夏，这里也要沦陷了。”

姜半夏愣了一下，眼神更加黯淡，错愕地问：“这么快？日本人的野心太大了……你和稻田纪夫，彻底了断了？我担心他会继续骚扰你……你要多加小心。康斯坦茨，我很犹豫，我觉得自己变得特别懦弱和优柔寡断……”康斯坦茨摇了摇头，淡淡一笑，说：“我没事，半夏，我已经恢复了意大利贵族的身份，稻田纪夫不敢得罪意大利人。”她摩挲着姜半夏的手指，温柔地说：“你是我见过的最勇敢的女人，半夏。我明白你的感受，你太爱艾瑞斯了，不能承受任何强加在他身上的厄运。你不是懦弱，你只是一个需要丈夫的妻子。不要责备自己，半夏，这一切不是你的错。”

姜半夏痛楚地闭上眼睛，疲惫地说：“不是的，我明白我应该按照艾瑞斯说的做，把日本人的罪行公之于众，我应该把他交给我的这些东西交给政府和各国领馆……我应该……”姜半夏顿了一下，哽咽地说：“可是我不敢，我怕日本人恼羞成怒，加害艾瑞斯。我一直在犹豫，不知道该怎么办，我多希望，那个留在满洲里的人是我！现在，我躲在这里，像一个绝症病人，除了祈祷，什么都做不了。教会的人为了保护我，根本不让我出去……”康斯坦茨担忧地望着她，忽然像一位慈爱的母亲一样，将姜半夏搂在怀里，轻轻地拍着她瘦骨嶙峋的脊背安抚她，说：“别怕，我在，别怕。艾瑞斯不会有事的，他顶多受到一些惊吓。你冷静下来，我们一起商量，好吗?”姜半夏缩在她的怀里饮泣，拼命地点着头，康斯坦茨的手探到她温暖的小腹上，轻声说：“最重要的是，我们要保护好这个孩子，不是吗?”

姜半夏的手挽在艾瑞斯的臂弯里，两个人正在医院的后花园里散步。忽然听见远处一阵巨响，艾瑞斯的身影忽然模糊起来，融入一片火光当中。姜半夏从睡梦中惊醒，秀发被冷汗黏湿在额头上，她只觉得整个房间在暗夜里映照得通红，抬起头，看到窗外的港口已经被连天的炮火照得恍若白日。犹自沉浸在噩梦中的姜半夏还未来得及反应，她的房门就被撞开了。康斯坦茨披着惨白的睡袍冲进来，拽着她的手就往楼下的储藏室跑。“刚收到消息，日军偷袭了珍珠港，现在正在同时进攻上海、天津和北京的公共租界。”

康斯坦茨一边跑，一边气喘吁吁地说。姜半夏愣了一下，反问道：“美国的珍珠港？现在港口情况怎么样了?”康斯坦茨紧了紧肩头滑落的睡袍，恨恨地说：“英美的驻军马上就要抵御不住了，日本人估计是蓄谋已久了……”她有些尴尬地叹了一口气，半是自嘲半是安抚地说道："好在意大利和日本是盟友，他们不会打过来的。你不要担心，我不会让任何人伤害你的……"两颗炮弹落入附近的街巷，在轰隆的爆炸声中，一小片难民营和一幢英式洋楼被瞬间吞噬在火海中。姜半夏回想起火烧西什库教堂的那个夜晚，脚下一滑，摔在了楼梯拐角处。

姜半夏瘫坐在地上，脸上隐约有泪痕。康斯坦茨顾不得问，一把抄起姜半夏的裙底望过去，见那下面干干净净这才放下心。姜半夏摇了摇脑袋，挤出一丝微笑，低声说："没事的。"康斯坦茨扶起小腹微隆的姜半夏，顺手拉灭了走廊的灯，愤愤地说："日军的炮弹是瞎了吗？到处乱窜！你要多加小心，今晚的混战太激烈了，难免误射。"姜半夏心神不宁地"嗯"了一声，她的小腹剧烈地痉挛着，绞痛使得她浑身冰冷、绵软无力，她难以抑制地思念起艾瑞斯，泪水瞬间濡湿了她滚烫的面颊。

难熬的一夜终于过去了，姜半夏一直半靠着墙壁忍受着小腹的阵痛。一些附近的英美邻居在后半夜哀求着躲了进来，他们的面孔上写满了惶恐与迷茫。一个年轻的母亲揉着发麻的大腿跌跌撞撞地走向储藏间紧闭的铁门，她的两个孩子刚刚睡醒，在憋闷和阴暗中哭闹不止。神父用生硬的英文喝止了她，站起来亲自打开了门。姜半夏和康斯坦茨无声地对视一眼，忐忑地等待着。守在收音机旁的男人忽然猛地捶着墙壁，懊恼地揪着自己的头发，其中一个面色发灰的美国人举起颤抖的手指，在胸前绝望地画着十字，喃喃地说："英美的舰队全部放弃了抵抗，投降了。日本兵已经……已经进来了。"

随着一阵沉默，神父裹着一身冰冷的雾气回来了。他的脸上浮现出一种难以描述的表情，有些尴尬地说："进攻停止了，日军全面接手了公共租界。他们宣布英美为敌对国，正在全面开展搜查行动……"那个面色发灰的美国人忽然俯下身，呕吐起来，挤成一团的人们纷纷往旁边避让。那个年轻的母亲跪下去抱住了神父的小腿，凄哀地说：“我们还能回家吗？我丈夫回国探亲还没有回来，我们全部的家当都在这儿了。”神父托起她的胳膊，同情地看了看那两个搂在一起的孩童，无奈地说：“我不确定你们现在回去是否安全，没有人知道日本人下一步会做什么。日本的军队急需各种物资，他们的战线铺得非常广，眼下还是性命最宝贵，家里的东西……”他欲言又止地望了望一张张渴求的面孔，干咳了一声，转而说道：“家里的东西或许是安全的，我们要虔诚地祷告，祈求上帝的保佑。”

1941年冬，中国上海。

随着隆冬第一场的大雪，日本人全面接管了上海，将上海市正式更名为大道市，可是人们私下里更习惯叫它“大盗市”。日军占领上海租界后，宣布英国、美国、荷兰、比利时、加拿大、澳大利亚、新西兰、巴拿马、古巴、南非等十六个国家和地区的侨民为“敌国侨民”，关闭了英国、美国、荷兰等驻沪领事馆，封存了其无线电设备，将领事馆人员收容集中管理。同时，对“敌国”的银行、企业以“军管理”的名义进行侵占。所有年满十三周岁的“敌国侨民”必须佩戴代表本国字母的袖章，随时接受日本人的监管和搜查。只有德国、意大利作为日本的盟友，法国租界因为维希政府投降了德国，没有被日军攻占。

康斯坦茨和姜半夏有些局促地坐在德国领事馆里，那些高高的台阶将她们折磨得筋疲力竭。康斯坦茨和姜半夏都已经年逾四十，被岁月磨砺得疲惫不堪。往昔的美貌虽然逐渐在消逝，挺拔的体态和优雅的气质依然使得她们具备卓越的女性魅力。刚才，一个雀斑脸的警卫一直盯着康斯坦茨高耸的胸部傻笑，小腹隆起的姜半夏婉拒了他看似善意的搀扶。一个面颊狭长、灰色眼睛的纳粹军官面无表情地走了进来，坐在纳粹军旗下的办公桌前。康斯坦茨深吸一口气，僵硬地微笑着，将德国商人辛德勒的介绍信递给了他。

那个军官居高临下地凝视着她们，修长的手指轻轻地叩着咖啡杯。康斯坦茨飞快地瞟了一眼姜半夏，姜半夏清了清嗓子，才要说话，那个军官忽然展颜一笑。他的目光里流露出一丝善意的捉弄，诚恳地向前微微俯身，低声说："你们好，美丽的姑娘们！别害怕，我和辛德勒是非常好的朋友。他已经私下把你们委托的事情告诉我了。"

康斯坦茨长嘘了一口气，放松地将一条腿搭在另一条上面，将手伸向了自己的坤包。军官从抽屉里拿出一沓照片，摊在桌子上，说道："你们看看，要找的人在不在上面。他是我们德意志的子民，我一定会尽力协助你们的。"姜半夏的呼吸有些急促，她脚步虚浮地走上前，一边道谢一边焦急地翻看那些照片。康斯坦茨将涂着猩红色指甲油的手覆盖在军官的小臂上，将一根金条悄无声息地放在他的臂弯中。那个军官严肃地望着她，把金条推了回去，悄声地说："请不要侮辱我的人格，女士。"康斯坦茨羞愧地咬了咬嘴唇，默默地凑到姜半夏的身边一起看那些照片。

军官用目光捕捉着她们面孔不断浮现的表情变化，期待着她们从照片里找到那个叫艾瑞斯的年轻神父。失落清晰地浮现在康斯坦茨和姜半夏的脸上，康斯坦茨不甘心地反复翻看着几张过于模糊的照片，小声地祈祷着，姜半夏苦笑着拦住了她，说道："都不是他，如果他在照片里，哪怕只露出一个衣角，我都会感觉到的。"军官的声音打破了片刻的沉寂，说道："不要担心，女士们！我会让满洲的朋友们继续寻找的。他们和日本人的关系都不错，一旦有消息，一定立刻通知您！"

姜半夏指着一张照片上在车站排成一队的枯瘦青年，若有所思地问："日本兵要押送他们去哪儿？这些年轻人为什么会被捆起来？”康斯坦茨仔细地识别着照片上那一张张面孔，皱着眉头说：“好像有欧洲人，也有中国人。不过他们看上去很不好，似乎被毒打过。”那个军官拈起那张照片，看了一会儿，忽然站起来，背对着她们，语调沉重地说：“这些人都是反对日本政府的，日本人将把他们当作实验品送到一个特殊的部队里……”康斯坦茨没发现一旁的姜半夏脸色越来越惨白，追问道：“把他们当实验品是什么意思？”那个军官停顿了一下，继续说：“日本人和德国人在合作，做人体研究，然后分享实验的成果。这些人会被活着解剖或者速冻，或者放到真空罐里，或者做细菌和病毒的人体实验……”

姜半夏悄无声息地瘫软在地，康斯坦茨扶起嘴唇灰白的她，回到椅子上坐下，然后愤怒地说：“这太无耻了！简直是恶魔！我简直无法想象，任何人类会做出如此惨无人道的事情！”那位军官叫人送上了两杯热牛奶，姜半夏强忍着不断翻涌的肠胃，喝了一小口，对着康斯坦茨露出一丝勉强的微笑。那位军官似乎被康斯坦茨的话刺激了，他痛苦地攥紧了拳头，小声快速地说：“是的，恶魔！我常常在想，我们到底置身在一个什么样的世界里！你们知道吗？我以前是一名医生，可是纳粹却把我送到了集中营工作。直到现在，我依然可以闻见自己身上骨灰的气味，那些犹太人的灰烬让方圆几十里的蓝天消失不见。我的每一个毛孔都浸满了那种可怕的尘埃，我不得不捂住口鼻、闭紧眼睛，将自己裹在厚重的军衣里。”

他走到康斯坦茨和姜半夏的面前，忽然撸起了袖子，露出狰狞可怖的伤疤。他的手臂仿佛被腐蚀过，满是表皮溃烂、肌肉萎缩的痕迹。康斯坦茨惊叫了一声，赶紧捂住自己的嘴巴，歉疚地说：“对不起，我的反应太过分了！”军官无所谓地摇了摇头，沉重地说道：“这是我自己弄的，用的炭疽病毒。我申请从犹太人的集中营中离开，被派往秘密关押波兰人的集中营做军医。我眼睁睁地看着那些可怜的妇女和小孩被用作低温极限实验、骨骼移植实验、疟疾感染实验……这些实验都是不用麻醉的。那些墙壁上绝望的抓痕、半夜里凄厉的求饶声、堆成小山的赤裸尸体……”他苦笑着，闭上眼睛，忧伤地说，“我故意感染了炭疽病毒，这是我唯一可以离开那里的方式。”

离开的时候，康斯坦茨小心地搀扶着姜半夏下台阶。姜半夏的样子过于虚弱，那个雀斑脸跑上前帮着康斯坦茨把她扶上车。康斯坦茨还没来得及道谢，就听见一声粗鲁的暴喝：“停下来！站在那儿别动！”她和姜半夏被吓得浑身冰冷，僵硬地站在车门旁。她们看见另一个警卫飞快地跑到马路对面，像提一条咸鱼一样拎着一个干瘦的老人跑了回来。他松开那个老人的领口，把他狠狠地掼在结冰的雪地上，恶狠狠地咒骂：“你这个肮脏的犹太猪！谁让你走到这里来的！”那个老人似乎听不懂他的话，躺在冰冷的雪地上不断哆嗦着。

警卫把他拽起来，一拳打在老人又高又大的灰色鼻子上，让他背对自己双膝跪地。老人的鼻骨歪向一侧，鼻血顺着下巴滴落在雪地上。他温驯地耷拉着脑袋，任凭警卫将冰冷的枪管抵在他骨节凸起的脖颈上。随着扣动扳机的声音，雀斑脸在一旁吓得捂住了耳朵。幸运的是，子弹没有射出来。老人迷茫地回过头，然后又呆滞地转过去，只有冻得通红的耳朵微微地颤动。警卫冷笑着，这次把枪抵在了老人头发稀薄的后脑上，老人的嘴唇翕动着，鼻血仿佛两道血红的冰凌，康斯坦茨在一旁哭喊：“他不是犹太人！住手！”姜半夏紧紧地护住肚子，忽然挡在老人的前面，用德语大声地说：“你家里没有老人吗？他犯了什么错？你要这样残忍地杀害他！”

雀斑脸胆怯地拽着警卫的胳膊，小心翼翼地挪开了枪口。他仰着一张略带孩子气的圆脸，凑上前低声地劝解。警卫从鼻子里冷哼一声，鄙视地瞥了一眼康斯坦茨，狞笑着说：“这只犹太猪，我从几百米以外就可以闻见他身上的臭味！”康斯坦茨上前扶住姜半夏，大声地说："他刚才在祷告！用的是英文，说的是上帝保佑我！"警卫愣了一下，大笑着把老人再一次推倒在地，厉声说："是吗？哪个犹太猪在纳粹面前会承认自己是犹太猪？一句上帝保佑就能让他蒙混过关吗?！好吧！那咱们就来看看，他到底是不是犹太猪！"

警卫笑嘻嘻地弯下腰，一把扯断了老人的裤带，将他的裤子飞快地褪到了膝盖处。康斯坦茨和姜半夏还没来得及反应过来，那个警卫突然冲着老人啐了一口，不甘心地咒骂道："快滚吧！老东西！这一次算你幸运！不要带着你那个猪鼻子到处乱跑，所有的人都会把你当犹太猪的！"他转过脸来，暧昧地凑到两个女人面前，故意大声地说："这个老东西毛儿都白了！那个废物皱巴巴的，缩得像个死虫子！不过，你们猜对了，他没有行过割礼，女士们不想过来验证一下吗?"

姜半夏和康斯坦茨顾不上和他争执，老人的后脑勺正在汩汩地淌着血。她们蹲下身子，才发现老人失禁了，裤子被粘在了满是污物的冰面上，没法提起来。雀斑脸跑过来用小刀把布料割断了，他刚想去搀扶老人，老人却突然挣脱了他，冲向了一辆疾驰的汽车。随着一声闷响，老人的身体被抛向了半空，又狠狠地砸向了几米以外的地面。康斯坦茨拉着姜半夏跌跌撞撞地跑过去，看见老人的脖子已经折断了，两只手依然紧紧地拽着破烂不堪的裤子。

康斯坦茨紧锁着眉头，她们的车被堵在了法租界附近的一个十字路口，日本人的临时搜查站正在检查所有行人和车辆的证件。姜半夏闻着车里越来越浓的烧炭味儿，不断地干呕，她不得不摇下车窗透气。康斯坦茨愤懑地骂道："汽油限购了！大米和面粉也限购了！车可以烧木炭，那人可以吃什么？听说虹口区的那些难民都在吃观音土，已经饿死了很多人。"康斯坦茨的眼泪夺眶而出，她恶狠狠地咬着牙，砸着方向盘低声痛骂："这些狗娘养的日本人！"

姜半夏狼狈地捂住嘴，又一次忍住了呕吐。她依然沉浸在德国领事馆前发生的那一幕惨剧之中，一种莫名的恐惧和担忧让她格外地思念艾瑞斯。她在心中暗暗发誓，一定要把他平安地解救出来，无论他身在何处，正面临着怎么样严峻的困境。忽然，不远处的一阵骚动引起了康斯坦茨和姜半夏的注意。几个日本兵围着两个白人少年正在喝骂，其中一个瘦高的少年看上去十三四岁，另一个少年个子矮小，看上去只有八九岁。

一个日本兵指着那个高个少年的手臂愤怒地说着什么，康斯坦茨恍然大悟地说："那个小男孩没戴袖章，可能刚满十三岁，还没来得及向那些畜生报备。"姜半夏忧心忡忡地说："日本人放出风来，说要把敌国侨民都统一安置到龙华区……"康斯坦茨厌恶地望着那群丑陋无比的日本兵，不耐烦地按起了喇叭。两个日本兵怒气冲冲地走上前，看见华丽的黑色轿车前插着意大利国旗，相互对视着愣了一下。其中一个日本兵用拗口的中文说道："请稍等，我们在例行检查，一切没有臂章和编号的敌人都将被彻底清理。"

康斯坦茨傲慢地嗤笑着，用流利的中文回道："清理？你们又要找借口大开杀戒、滥杀无辜了？那不过是两个小孩子，瘦得一阵风都能刮倒，这样的人你们也要惧怕？"那个日本兵虽然只听懂了一半，康斯坦茨脸上不加掩饰的轻蔑惹恼了他。他恶狠狠地敲打着车窗，凶巴巴地瞪着康斯坦茨和姜半夏，用一连串日语宣泄着自己心目中的不满。姜半夏忽然惊呼道："那个小孩是个姑娘！"康斯坦茨望过去，见那个瘦高的少年蹲在地上捂着脸，似乎正在痛哭。

日本兵手里挥舞着她的旧毡帽，得意扬扬地展示着他的战果，一头淡金色的秀发垂落在那姑娘瘦骨嶙峋的脊背上。另一个小孩冲过去抱住了她，他的帽子也被掀开了，露出一头毛茸茸的浅褐色短发卷。两个日本兵把那个哭哭啼啼的小男孩一脚踹到了一旁，起哄似的一左一右架起了那个可怜的少女。康斯坦茨和姜半夏都看见了那两个混蛋在借机肆意地揉搓少女的胸部，他们的脸上露出淫邪的笑容。姜半夏忍无可忍，才要下车，就被康斯坦茨按住了。康斯坦茨的眼睛里喷射着怒火，留下一句：“你别动，小心肚子里的孩子。在这儿乖乖地等着我。”然后就不由分说地跳下了车。

姜半夏焦急地等在车里，她听不清康斯坦茨和那群日本兵的争执，只能看见她像一个母豹子似的护在两个孩子的身前。终于，人群中冲出一个熟悉的身影，那个人夸张地举着一杆纳粹军旗，直冲到康斯坦茨和日本兵的中间。姜半夏长舒了一口气，浮肿苍白的脸上终于露出了一丝笑意，她在心底默默地说：“谢谢您，辛德勒先生！”过了一会儿，辛德勒先生和康斯坦茨带着两个孩子回到了车旁，姜半夏赶忙下车向他鞠躬致谢。辛德勒先生将两个孩子塞进了车后座，把一张纳粹免检车证放在了挡风玻璃的下面，意味深长地点了点头，挥挥手目送着康斯坦茨把车开走。

康斯坦茨把车停在了教堂的后院，忽然伏在方向盘上痛哭失声，她的情感在一瞬间崩溃了。姜半夏心里明白，她是想起了那些不堪回首的往事，那些委身于日本军官的耻辱岁月。她紧紧地抱住了康斯坦茨，温柔地擦拭着她脸上不断涌出的泪水。那两个孩子在后座上好奇地东张西望，小声用某种外语交流着。那个小姑娘从自己的怀里掏出小半个压扁了的黑麦面包，略带拘谨地放在了康斯坦茨的裙摆上。另一个小男孩不断地吞咽着口水，脸上却露出大方友善的笑容。

康斯坦茨和姜半夏牵着两个孩子往里走，两个孩子好奇地看着那群躲在教堂里面的侨民。其中一些知识分子背景的侨民正在伪造盟国侨民的证件，妇女们嬉笑着围成一圈互相把毛发染成了深色。神父尽可能地将其中一些人变成教堂的工作人员，他们只需要把一切有可能裸露在外的浅色毛发染成意大利人常见的深褐色和黑色。那个年轻的小姑娘忽然拽了拽康斯坦茨，用手指着一把搁在桌上的剪子，眼睛里露出恳求的目光。康斯坦茨愣了一下，那个小姑娘又指了指自己的头发，做了一个剪掉的手势。

康斯坦茨有些犹豫，姜半夏走过去把剪刀拿了起来。她冲着那个勇敢的小姑娘温柔地笑了笑，让她背对着自己坐在阳光下。姜半夏用手焐了一会儿冰凉的剪刀刃，然后耐心地将小姑娘的一头秀发剪短。那个小姑娘一直闭着眼睛，面无表情地端坐着。姜半夏对着小姑娘浅金色的后脑勺，忽然有几分恍惚，仿佛自己正在家里给艾瑞斯理发。康斯坦茨默默地走上前，把手绢递给了姜半夏，姜半夏这才发现自己的脸上已经满是泪水。她低下头，温柔地拂去小姑娘脸上的碎发，在她白皙的脸颊上鼓励地亲了一下。康斯坦茨也在小姑娘另一侧的脸颊上吻了一口。妇女们纷纷走上前，挨个献上温暖的拥抱，那个噙着眼泪的小姑娘终于露出了微笑。

康斯坦茨一把抱起了那个腼腆的小男孩，姜半夏牵着小姑娘的手，笑容满面地招呼着侨民们往餐厅走。那个小男孩被康斯坦茨横着夹在怀里，两只手臂兴奋地挥舞着，嘴里发出战斗机的嗡鸣声。小姑娘每走两三步，便回头看一眼，脸颊绯红地捂着嘴偷笑。侨民们因为刚刚染了头发和体毛，纷纷把衣服卷起来，露出瘦骨嶙峋的胳膊和小腿，在寒风中瑟瑟发抖。随着一阵夹卷着雪屑的冷风，焦躁的厨娘伸头一看，见一群人正不雅地张着胳膊，露出棕黑色的腋毛，相互嬉笑推搡着往里面走。她愤怒地挥舞着汤勺，搅拌着混有一点肥肉渣的稀土豆汤，嘴里嘟嘟囔囔地抱怨：“越来越多！来吃白食的越来越多！神父都只吃两顿饭了，简直是一群饿狼！”

康斯坦茨一把攥住厨娘握住汤勺的手，低声说道：“别乱说！看看这些可怜的人吧！难道你忍心看他们冻死饿死吗？看在上帝的分上！”姜半夏走上前，微微一笑，低声说：“请把我每餐的份额减去一半吧，我不太容易饿。”那个厨娘忽然捂住脸，任由眼泪从粗糙的手指缝隙里流出来，埋怨说：“这样下去，坚持不了多久了。配粮的新额度还没有申请下来，我们连土豆都快没得吃了！”她忽然拽过旁边低头捡土豆皮吃的小男孩，用汤勺在桶底搅了搅，一捞，盛了一大碗热气腾腾的土豆汤给他，继续说道："这两个孩子是新来的?"康斯坦茨咬了咬嘴唇，有些歉疚地拍了拍她的肩膀，说道："不是，我们在街上遇到的，他们遇到了些麻烦。"

姜半夏爱怜地摸了摸小姑娘的后脑勺，试探地问厨娘："等她们吃饱了，我们就送她们回家。只是……这两个孩子说的话没人听得懂。"厨娘愣了一下，瘪着嘴看向两个孩子，小男孩忽然举起了两条手臂，扑到她的怀里紧紧地抱住她。厨娘脸上寒冰似的表情一瞬间融化了，她迟疑地弯下腰，搂住了小男孩，轻轻地抚摸着他瘦骨嶙峋的脊背。

那个小姑娘静静地站在一旁，她的膝盖从磨破的长裤里露出来，上面覆盖着一大块干涸的血迹。姜半夏想起她跪趴在地上，被日本兵肆意摸索全身"搜查"的样子，不禁心疼地落下泪来。姜半夏缓缓地靠近小姑娘，将她毛茸茸的小脑袋按在了自己的胸口，轻轻地抚慰着她。

两个孩子吃饱喝足以后，安静地坐在厨房的长凳上帮忙削土豆。康斯坦茨和姜半夏帮他们洗了舒服的热水澡，又换上了干净温暖的新衣服。姜半夏帮小姑娘的膝盖敷上了药膏，满意地亲吻着她白皙娇嫩的面颊，又在她上衣的内兜里悄悄地装满了钱，用针线小心翼翼地缝上了。

后院里响起了鸣笛声，姜半夏一手牵着打扮一新的小姑娘，怀里抱着正打瞌睡的小男孩，钻上了康斯坦茨的车。康斯坦茨关心地问道："她看上去可真像个帅小伙儿！这两个孩子真俊俏！对了，问出他们到底讲哪种语言了吗?"姜半夏无奈地摇了摇头，低声说："还是问不出来。不是英语，也不是法语、意大利语、西班牙语、德语……他们的证件好像也落在了日本兵手里，希望他们的家人没有遇到麻烦。"

康斯坦茨焦躁地用手指敲打着方向盘，她转过头，苦笑着问：“那咱们送他们去哪儿呢？”姜半夏忽然露出得意的笑容，她变戏法似的拿出一张纸，说道：“这个聪明的小姑娘用染发膏画了一个简单的地图，我告诉你怎么走。”康斯坦茨惊讶地瞥了一眼姜半夏手里皱巴巴的地图，忽然哑然失笑，她冲着两个孩子翘了翘大拇指，干脆利落地一踩油门冲了出去。

车子最终停在了一个小巷深处维多利亚式的洋房前面，姜半夏和康斯坦茨刚要敲门，就见小姑娘掏出脖子上的钥匙打开了漆成乳白色的木门。姜半夏和康斯坦茨跟着两个孩子推门而入，一股淡淡的臭味扑面而来。客厅的炉火早就熄灭了，房屋里冷得像冰窖。

长长的木桌上有一大束干花插在花瓶里，墙上挂满了家庭照片和孩子们的画作。老旧的木地板被擦得格外干净，上面留下了钢琴和家具的压痕。除了那张木条拼凑的旧餐桌，屋子里什么家具都没有。姜半夏和康斯坦茨犹疑地对视了一眼，都觉得这里过于寂静。

两个孩子蹑手蹑脚地走到一间卧室里面，等了一会儿，姜半夏见一点动静都没有，便跟了进去。康斯坦茨听见一声短促的惊呼，她快步走进卧室，看见姜半夏怔怔地看着一张浸泡在雪水和浮冰里的双人床。两个孩子跪坐在床的两侧，向前依偎着一个凹陷在床里的身影。

康斯坦茨犹豫着走上前，她难以置信地看见一个青灰脸色、体形消瘦的妇人微张着嘴躺在那里，裸露在被子外的小臂上布满了暗红色的尸斑。姜半夏和康斯坦茨对视了一眼，将两个孩子半拖半抱地带离了卧室。孩子们一开始在她们的怀里愤怒地挣扎着，后来，姜半夏和康斯坦茨泪流满面的样子逐渐打动了他们，他们慢慢地瘫软在空荡荡的地板上。

姜半夏和康斯坦茨陪伴着两个孩子，一起守在那位死去的妇人身旁。直到深夜，那个小姑娘终于走出了卧室，默不作声地收拾起相册里的照片。康斯坦茨和姜半夏发现，相册里几乎都是一对夫妻带着他们的两个孩子，只是那个父亲的身影被刻意剪掉了。小男孩跟在她的身后，抽噎着蹲在地上，将那些相册里遗落的标签一张张地捡起来。

姜半夏和康斯坦茨在两个孩子的帮助下，用干净的床单包裹好他们的母亲。小姑娘忽然把那束干花抱过来揉碎了，小心翼翼地撒落在母亲金灰色的秀发里。在离开房屋之前，小男孩跑到客厅，一把扯掉了紫蓝色的天鹅绒床帘，将它郑重地披在了母亲的身上。

姜半夏和康斯坦茨神情肃穆地用床板抬着那位妇人。姜半夏最后回头看了一眼木门外斜插着的红白蓝三色旗，伤感地对康斯坦茨说道："他们是捷克斯洛伐克共和国的，可惜咱们那儿没有人会讲捷克语。这两个孩子现在是孤儿了，这幢可爱的房子估计也快被日本兵征用了，咱们得把他俩带走好好照顾。"康斯坦茨将妇人飘在寒风外的一缕秀发塞进床单里掖好，强压着怒火低声说："那群畜生！看看他们在难民区做的那些'好事'！如果这两个孩子留下来，一定会被他们欺负死的！他们已经一无所有了，既然上帝的旨意，让他们遇到了咱们，咱们就要负责到底。"

姜半夏早餐只吃了一口，便觉得底下一股暖流，小腹一阵痉挛地疼痛，仿佛久违的痛经。她顿时觉得十分恶心，便不动声色地推开盘子，静静地坐着。康斯坦茨见她额上泛着一层薄薄的冷汗，脸色有些青白，不禁担心地握住姜半夏的手，低声说："怎么了？是不是快要生了？"

姜半夏回捏了她一把，皱着眉小声说："应该是。"康斯坦茨捂住她冰冷的小手，焦急地问："我送你去医院吧。"姜半夏轻轻地摇了摇头，苦笑一声："不用，我自己就是医生，你忘了吗？"康斯坦茨有些恼怒地说："你就是心疼钱！咱们经费再紧，也不缺你生孩子的！这里条件怎么能和医院比，你身体弱……"又一阵强烈的抽痛席卷而来，姜半夏忍不住弓下腰，一边闭着眼睛调整着呼吸，一边强颜欢笑地说：“中年妇女真是可怕，唠唠叨叨的！快扶我回房间吧，我会告诉你怎么做。有你帮我，就足够了。”

回到楼上的房间里，姜半夏从柜子里翻出一个应急包交给康斯坦茨。康斯坦茨把它打开，看见里面整整齐齐地码放着消毒纱布、医用剪刀、好几条干净的毛巾、医用手套，还有两纸袋的中药材。她倒吸一口气，笑着问道：“你什么时候准备的？太专业了！我该怎么做？”

姜半夏来到她的身旁，指着摊开的包裹耐心地说：“别担心，我们还有很多时间准备。临盆的时候，我会提前麻烦你帮我烧很多很多的热水。然后我会半靠在床上，准备用力……”康斯坦茨揉了揉太阳穴，打断了她的话，无奈地问道：“我都经历过，傻姑娘，你就告诉我，那两个中药包怎么办吧？”姜半夏愣了一下，微微一笑，说道：“其中一个用红笔作记号的，是用来烧热水的。另一个是防止万一出现严重撕裂或者大出血的，是熬煮后口服的。”

康斯坦茨叹了口气，反身搂住了姜半夏，说道：“我会照顾好你的，也会照顾好孩子的，我发誓。你别怕。”姜半夏神态轻松地笑了笑，安慰地说：“我是医生，怎么会害怕。鼎新出生的时候，我指挥着艾瑞斯……”她的脸上浮现出一种陷入回忆的痛楚神情，康斯坦茨胡乱地摩挲着姜半夏的脊背，急促地说：“你接生过那么多的孩子！别担心，不会有事的。”

康斯坦茨小心翼翼地捧着姜半夏高高隆起的肚子，姜半夏望着窗外一片绿意盎然的初夏，忽然有些失神：扫米的孩子们为了争抢地上遗漏的米粒而打得头破血流，更小一些的孩子则跟着老人沿街乞讨；穿着蓝色布裙的少女们挽着客户穿梭在餐馆和酒店之间，她们是新兴的“向导”，在课堂之余应酬男子。

一元便可以陪着喝酒、吃饭和看戏。若是两厢情愿，多加二十元便可以做一天的夫妻；“敌国侨民”的男女老幼都已经被驱逐出了公共租界，在龙华和沪西的集中营里艰难求生，只剩下意大利人、德国人、法国人和犹太人在孤岛上醉生梦死……

姜半夏靠在康斯坦茨的肩膀上，轻轻地问：“你说，满洲那边，天气怎么样?”康斯坦茨在心底哀叹一声，她从书桌上捡起几张最新的照片，微笑着说：“你看，那边的草都没过膝盖了。你发现了吗？最近日本人在全球四面受敌，都不怎么往滨江平房区的特殊部队输送人了。克鲁尔先生提供的信息不会有错的，没有新闻就是最好的新闻。艾瑞斯那么聪明，他肯定把自己藏得好好的。”

姜半夏望着那几张模糊的照片，露出一丝苦笑，她的手爱怜地抚摸着自己高高隆起的腹部，自言自语似的：“你的爸爸是全世界最勇敢、善良的人，我们要一起乖乖地等着他。”她的眼泪一瞬间便濡湿了面庞，抿了抿干涸的嘴唇，贴着康斯坦茨的耳朵，坚定地说：“我一定会找到他，我要保护他。”康斯坦茨感觉到姜半夏小腹痉挛时，肚皮里的剧烈起伏，她将一杯温水端给姜半夏，说道：“我有一个预感，艾瑞斯一定会平安无恙的。对了，鼎新最近怎么样了?”

姜半夏一边大口大口地喝着水，一边忧心忡忡地说道：“最近美国那边的邮政不太稳定，这个月我才收到一封信。”康斯坦茨大笑着说道：“上次那张照片，鼎新看上去简直像个成年男人一样！靠着飞机，戴着墨镜，两条大长腿，又帅气又斯文。美国小妞都会为他争风吃醋的，他的眼睛像艾瑞斯，脸型像你，真希望他的弟弟/妹妹和他一样俊美优秀！等小宝贝生出来，我就去借相机，让鼎新看看他的小弟/小妹!”

姜半夏笨拙地挪动着脚步，从抽屉里小心翼翼地拿出一沓信。最上面的那封信，信封上画着漂亮的战斗机，在星空下散发着美丽的光芒。姜半夏的眼睛潮湿了，她将信纸和照片紧紧地贴在自己的肚皮上，轻声地说："和大哥哥打个招呼吧，宝贝儿！他一直在盼着你的到来。"康斯坦茨望着有些褪色的邮戳，半是惆怅、半是憧憬地说："鼎新会开着飞机回来的！这些年他太不容易了，一个学生跟着学校穿越了小半个中国，好在快要熬出头了。"

姜半夏的手指忧伤地划过钢笔在纸背上留下的痕迹，叹了口气，说道："当初把他留在北平上学，哪里想到会分别这么久。他那时候才这么高……"她抬起一只手，在半空中比画着，眼神格外地温柔。康斯坦茨握住她因为阵痛而被汗水黏湿的手，坚定地说："他们都会回来的，艾瑞斯和鼎新。他们都会陪在你身边，和小宝贝一起陪伴你。那时候，该死的战争就都结束了！"姜半夏仿佛听见了引擎的轰鸣声，她对着窗外的蓝天微微一笑，轻轻地点了点头。

康斯坦茨的视线忽然落在信纸上，一滴温水滴落在邮戳上，淡红色的印泥洇湿了那架飞机。她的心忽然剧烈地悸动着，一种莫名的恐惧在瞬间席卷了她。她甩了甩脑袋，想把这种不祥的预感抛在脑后。她放在姜半夏肚子上的手，忽然感觉到一阵强烈的胎动。康斯坦茨的眼里忽然涌起一层热泪，新生的力量在呼唤她，她绝不允许死神再一次走近她们。

姜半夏冷静地计算着自己阵痛的间隔时间，然后告诉康斯坦茨："至少还要四五个小时，亲爱的，你可以中午再来陪我。"康斯坦茨怅望着窗外，黄浦江在天际平铺成一道耀眼的银光，将蓝灰色的天空和繁华的都市分割成两团朦胧的巨影。她突然垂下眼睛，噙着眼泪低声说："这个世界，会好吗？"

姜半夏想起康斯坦茨在满洲永远地失去了自己的孩子法夏，心里也觉得抽疼得厉害。那个干瘪的气球依然系在楼下那架破旧的钢琴上，那个斑驳的弹片有时候会轻轻地拍击着剥落的黑漆，发出空洞的微响。康斯坦茨当时执意要把这架老钢琴偷运回来，在运输的过程中，有些琴键缺失了，一些音符永远无法被弹奏。演奏者的一部分灵魂，仿佛也随之消失了。

姜半夏腹中的孩子，突然踢了她一脚，小脚丫的印迹从薄薄的肚皮上凸显出来。康斯坦茨惆怅地摩挲着那个小脚丫的轮廓，苦笑着说："我都忘记了，做母亲的滋味是什么样子的。亲爱的，你想好小宝贝叫什么了吗？"

姜半夏将手温柔地覆盖在康斯坦茨的手背上，说道："你还年轻，小姑娘。这个世界上有成千上万的男人排着队等着和你生孩子呢！这个世界会好的，会变成一个美丽的新世界。到时候，我们都牵着自己的孩子们，骄傲地告诉他们，这个新世界，是我们用全部的生命和热忱赠予他们的。"

她顿了一下，眼睛里饱含着无限的憧憬和柔情，仿佛在注视着康斯坦茨，也仿佛穿透了她面前的一切，直视着未来，说道："我想，艾瑞斯一定会认同我的想法，这个新世界，需要两样最宝贵的东西，爱与希望。我想让我的孩子叫艾希望。"

康斯坦茨苦涩的面庞上终于露出一丝微笑，她小声地嘟囔说："等我以后再有了孩子，我会有很多的孩子，他们也许有一个父亲，也许有很多父亲。"她在自己苍白的两颊上拍了拍，用力地抿紧了略显干涸的嘴唇，然后红晕满面地转过身，翘着艳红的嘴唇，戏弄地说："等着吧，我会让他们叫鲜花、葡萄酒、火腿……"

她想了一下，接着说道："美丽的世界需要这些，不是吗？要是孩子再多一些，我就让他们自己选，在铺满了东西的长桌上爬着选。你知道的，和中国的抓周差不多。好吧，我改主意了，我希望他们叫健康、财富、幸福！你看这世界，多像一艘即将倾覆的巨轮！我希望它彻底地湮没，然后，在惊涛骇浪中，彻底地重生！"

姜半夏握紧了她的手，热泪盈眶地望着她，她在康斯坦茨的眼睛里看到了神圣的光芒。康斯坦茨弯下腰，对着姜半夏高高隆起的肚子说道："让那些罪恶和丑陋都被浪潮冲刷，让那些美德和理想在所有的大陆萌芽。小宝贝，你很快就会知道，有多少人爱你！我们都会用生命守护你，因为你代表着我们全部的爱和希望！欢迎来到这个即将黎明的世界，别畏惧黑暗，因为我们都将与你同行！"

忽然，一阵怯生生的敲门声打断了姜半夏和康斯坦茨的对话。康斯坦茨疑惑地打开门，见那个年轻的小姑娘腼腆地举着一封信，说道："姜夫人的信，从澳大利亚寄过来的。"康斯坦茨眨了眨眼睛，笑嘻嘻地说："大机灵鬼儿，你的中文可真好啊！"那个小姑娘有些不好意思地笑了一下，把信递给了她。

自从知道这两个孩子的中文比自己还要纯正，康斯坦茨就管两个孩子叫"大机灵鬼儿"和"小机灵鬼儿"了。两个孩子一直到完全打消了戒备和顾虑，才开始流露出自己会中文，让热心肠的众人大吃一惊。毕竟每个人都曾经尝试着用家乡话和他们交流过，但是他们只是一味地摇着可爱的小脑袋，拒绝和任何人说半个字。

"大机灵鬼儿"往房间里探了探脑袋，低声问："她还好吗？"康斯坦茨点了点头，欢喜地说："她很好，精神很足。我想，很快她就会生出一个健康可爱的小宝宝了！""大机灵鬼儿"犹豫了一下，舔了舔嘴唇，羞涩地说："我可以帮你一起接生。"康斯坦茨惊讶地望着她，大笑着说："你才几岁？生孩子可是成熟女人才会干的活儿！好了，宝贝儿，你会晕血的，快回去吧！"

"大机灵鬼儿"一本正经地抬起头，严肃地说："我会接生，我的小妹妹就是我帮助母亲接生的！"康斯坦茨在她柔顺的金发上揉了揉，问道："我怎么从来没听你们提起过？她多大了？现在在哪儿？""大机灵鬼儿"的眼睛一下子黯淡了，她低下头，干巴巴地说道："她刚生出来没多久，就被我母亲溺死了。"康斯坦茨震惊地望着她，不知道该说些什么。她的手僵直地落在女孩温软的短发上，眼睛里忽然蕴满了同情的泪水。

“大机灵鬼儿”突然挺直了瘦削的身板，故作坚强地说道：“这没什么，你知道的。我们处在一个非常混乱特殊的年代。我的母亲告诉我，没有雇主会继续聘用一个哺乳期的女人，她如果选择了小妹妹，我们所有人就都会饿死。再说……”她有些尴尬地瞥了瞥开翘的地板，试图用鞋底去压平它，然后深深地吸了一口气，继续说道：“我的父亲很早就离开了我们，母亲可能，可能把小妹妹当成了一个耻辱的纪念品。”

康斯坦茨叹了口气，紧紧地搂住了这个紧咬着嘴唇的小姑娘，她亲吻着小姑娘白皙的额头，喃喃地说：“宝贝，你不用这么坚强。主与你同在！如果你愿意，就哭出来吧！我会照顾你和你的弟弟，不让你们再承受一丁点儿的恐惧和委屈！”

“大机灵鬼儿”皱着眉头，想了一会儿，说道：“我哭不出来。这就是战争，我们都没办法躲避。我的母亲是个善良的人，如果不是战争，她不会做出这样的选择。”她努力地翕动着鼻翼，湛蓝的大眼睛里弥漫着薄雾。她冲着半掩的房门努了努嘴，冷静地说：“您应该回去陪伴她，她现在很脆弱。这种事情对所有女人都一样，都是漫长而痛苦的过程。等快生的时候，您一定要叫上我，我的经验或许会派上用场。”

康斯坦茨目送着女孩单薄而坚韧的背影，重重地叹了一口气，转身回到了房间。姜半夏努力地挤出一丝微笑，恳求地说：“我可能快坚持不住了，这个孩子有些着急，比我预料的，要早得多。”康斯坦茨把信丢到一旁，慌张地扶稳了姜半夏，问道：“你觉得要生了吗？现在？立刻？你得至少让我去烧点热水！”

姜半夏在她的搀扶下半躺在床上，双腿屈起来，疲倦地说：“没事的，我是医生。现在麻烦你，去准备一下吧！”康斯坦茨小跑着冲出去，在楼道里拦住了女孩，焦急地说：“好吧，宝贝儿，我们需要你。咱们需要热水、剪刀、纱布……”“大机灵鬼儿”的眼睛一亮，她将康斯坦茨往回轻轻一推，飞快地说道：“别担心，您赶紧回去陪着她，其余的我来准备。”

在其余的几个小时里，康斯坦茨晕头涨脑地遵循着“大机灵鬼儿”的指挥，一会儿喂姜半夏糖水，一会儿给女孩递剪刀，一会儿端着热水跑来跑去，一会儿举着纱布不知所措地对着鲜血……一直到孩子的头发隐约露出来，姜半夏都一声不吭，嘴里的毛巾被她咬得死死的，床栏杆被她攥得变了形。

“大机灵鬼儿”沉着地撑着姜半夏虚弱的双腿，姜半夏自己调整着呼吸和用力的节奏，康斯坦茨焦灼地挥舞着纱布，又过了许久，婴儿的脑袋终于伸了出来。“大机灵鬼儿”将细瘦的手臂往里探去，提着婴儿的肩膀小心翼翼地拉。姜半夏在昏厥之前，最后用了一次劲儿，将这个红彤彤的小家伙儿生了出来。

康斯坦茨还没来得及看清楚这个光溜溜的婴儿，“大机灵鬼儿”一把将他抱在了怀里，然后蹲坐在地上号啕大哭。她将自己的下巴抵在那个婴儿湿漉漉的胎发上面，眼泪喷涌而出，婴儿本能地攥住了她的衣领。

“大机灵鬼儿”哭了很久，可怜巴巴地问康斯坦茨：“你不觉得他特别美吗？你看他的脚指头，和玫瑰花苞一样是粉红色的！我的小妹妹刚出生的时候，小手小脚都是半透明的，像一个花园里迷路的小精灵。上帝啊！他和我的小妹妹简直一模一样！如果，如果……”

她哽咽着，在婴儿皱巴巴的小脸蛋上亲个不停，悔恨地说：“如果我可以养得起她就好了！她是那么娇小、可怜，是那么美丽！我还来不及爱她，就失去了她！上帝一个一个地带走了我深爱的人，我连道别都来不及说！这该死的战争！”

康斯坦茨一边照顾着失血过多的姜半夏，一边怜悯地望着地板上绝望哭泣的女孩。她的心灵一直都有个深洞，所以她懂得女孩的悲伤。康斯坦茨蹲下来，吻了吻女孩流泪的双眼，又吻了吻啼哭的婴儿，低声说道："上帝会把希望和爱送给我们的，只要我们坚信不移。那些失去的，都是回归；这些来临的，都是陪伴。"

她顿了一下，注视着饮泣的女孩，继续说道："你知道这个婴儿叫什么吗？他叫艾希望，是爱与希望的意思。只要有爱与希望，这个世界就不会被毁灭。宝贝儿，你很勇敢！这个世界或许不公平，但是这个世界永远都会变得更好。只要我们给予而不索求；只要我们付出不图回报。只要你信、只要你爱、只要你不放弃。"

康斯坦茨在姜半夏冷汗淋淋的脑袋下垫了一个干净的枕头，将补血的汤药一点点地喂给她。姜半夏苏醒过来，她对着地板上抱成一团的两个孩子伸了伸胳膊，"大机灵鬼儿"举着婴儿半跪在床前。姜半夏搂紧了她，也抱住了怀里的婴儿，康斯坦茨飞快地跑下楼梯，开上车子，去华春照相馆请师傅。

1942年秋，上海。

康斯坦茨和姜半夏穿着国际红十字会的白色制服，一路开车长驱直入，往龙华集中营驶去。康斯坦茨一边开着车，一边心不在焉地回想着刚才和德国军官见面的场景。不知道为什么，当那位名字中带"von"字的贵族后裔俯下身，久久地凝视着康斯坦茨的时候，她那苍白得仿若大理石的面颊竟然变得绯红。

姜半夏忽然转过脸，惊诧地问："你在哼歌吗？"康斯坦茨脸上泛着甜蜜的笑容，目光迷离地飘向远方。姜半夏若有所思地望着她，提高了声音，促狭地笑着问："这是什么歌？我从没听你唱过。"康斯坦茨惊讶地瞥了一眼姜半夏，说道："我刚才哼歌了吗？"姜半夏用戴着白手套的左手，轻柔地抚过康斯坦茨滚烫的脸庞，轻声地哼唱起来。康斯坦茨认真地听了一会儿，哑然失笑，说道：

“是皮雅芙的《玫瑰人生》，怎么样？我的嗓音还不错吧！”

康斯坦茨索性反复地吟唱着，手指在方向盘上无意识地敲打着拍子，姜半夏忽然发现她柔软的嘴唇上精心地涂着久违的口红。日夜哺乳使得姜半夏愈发地消瘦，她疲惫地倚靠在汽车的坐垫上，目光专注地望向道路两旁。经过盛家七女儿盛爱颐的百乐门，黄包车和小轿车成群地排在附近等着散了夜场的舞女们。几个白俄少女格外出挑，她们穿着紧身旗袍，早早地披上了时髦的貂皮坎肩，金色的卷发凌乱地散落着。一只红色的高跟鞋半挂在雪白的足尖，在车夫黝黑的脊背上慵懒地摇晃着。

路边的乞丐们张着手拥上前，发出凄哀的乞求声，舞女们痴笑着掏出坤包里的毛票抛向空中，然后回过脸津津有味地看那些匍匐在地上争抢的男男女女。康斯坦茨咬着嘴唇，蔑视地摇下车窗，冷冷地望向那些脂粉覆盖的年轻面庞。巡逻的日本兵将暧昧的目光一会儿落在舞女们身上，一会儿又飘进了车窗里。

姜半夏轻叹一声，淡淡地说：“人们总是会找到法子活下去的，不是吗？你看，上海沦陷才多久……”康斯坦茨冷哼一声，说道：“我倒觉得比从前更繁荣了，正如他们说的，日子总归是要继续的，羞耻心太强的人，才会觉得痛苦。”

随着柏油路渐渐地变成了土路，街道两旁的落叶越来越多，一派漫无边际的荒凉接替了喧嚣。在腾起的黄烟之间，连绵的棚户区破败不堪，黯淡得仿佛幕布上冲刷不尽的霉斑。一股混合着烧焦的落叶、发酵的排泄物和腐败垃圾的浓郁臭气透过车窗的缝隙渗了进来，康斯坦茨屏住呼吸，小声地埋怨：“上帝啊！看看这里吧，这里的人简直生活在炼狱里！”

姜半夏惆怅地皱紧了眉头，低声说道：“河南那边在闹饥荒，那里已经是国军和日军交战的战区，道路都被阻断了，国民政府没法儿赈灾。虽然闸口关闭了，还是有一些流民逃了进来。”她焦虑地啃着自己的手指，喃喃地说：“很多灾民已经易子而食了，本地的难民维持生计已经很艰难了，这样下去，灾民和难民之间恐怕会爆发大规模的内讧。”

康斯坦茨将手伸向后视镜，擦拭着粘满了尘土和飞虫的镜面，疑惑地问：“易子而食是什么？”姜半夏深吸了一口气，轻声说道：“灾民们实在是太饿了，他们把树皮都扒没了，泥土也吃薄了一层。所以，所以……”她闭上眼睛，艰难地说道：“他们把自己幼小的孩子和邻居交换，然后吃掉对方的孩子。”康斯坦茨猛地踩住了刹车，车轮在黄泥里空转了几圈，毫无征兆地停了下来。

康斯坦茨泪流满面地望着姜半夏，胸脯剧烈地起伏着。姜半夏惨白着一张脸，痛楚地闭上了眼睛，两行清泪顺着脸颊滑落。一群瘦骨嶙峋的孩子围上来，怯生生地望向车窗里。康斯坦茨轻轻地推了推姜半夏，轻声地说：“外面有好多孩子。”姜半夏睁开眼睛，看见车外聚集着许许多多脏兮兮的小孩子，有高有矮，脸上都挂着好奇友善的笑容。

姜半夏和康斯坦茨对视了一眼，两个人默默地打开了车门，来到了孩子们的中间。她们满面笑容地弯下腰，温柔地爱抚着那些灰扑扑的小脸蛋，将后座和后备厢里国际红十字会为龙华集中营准备的食品和援助物资拆开，分给孩子们。孩子们不断地吞咽着口水，眼睛直勾勾地盯着那些散发着香气的面包和罐头。饥肠辘辘的他们在大孩子的指挥下，安静地排着队，伸着小手等待着。

几个个头最矮、最瘦弱的小孩被其他孩子推到前面，提前领到了食品和物资。他们一边小声地抽泣着，一边向姜半夏和康斯坦茨鞠躬致谢。肋骨的轮廓从他们满是破洞的旧衣服里凸出来，他们瘦小的身躯像寒风中的小鸟，不断地摇晃着。康斯坦茨挨个亲吻着孩子们黑黄瘦削的面颊，她滚烫的眼泪冲刷着那些脏污皴破的脸蛋。

姜半夏的手忽然被一只冰凉的小手紧紧地攥住了，她转过脸，看见一个瘦弱的小女孩正天真地望向她，甜甜地笑着。小女孩看上去只有五六岁的样子，一头枯草似的稀疏长发胡乱地披散着。姜半夏蹲下来把小女孩搂在怀里，温和地凝视着她那双黑漆漆的大眼睛。

小女孩羡慕地看着姜半夏脖子上系着的奶油色开司米围巾和秀发上戴着的浅咖色羊绒帽，然后羞愧地垂下自己又黑又瘦的脖子，将脸埋在布袋似的衣领里。姜半夏用手指温柔地抚摸着小女孩乱蓬蓬的头发，一边哼着歌，一边耐心地将它们梳成一条细细的麻花辫。姜半夏将帽子轻轻地戴在了小女孩的脑袋上，又摘下自己的围巾披在她细瘦的肩头。

她故意大声地赞美着小女孩，小女孩抬起头，迎着其他孩子艳羡的目光，终于又露出了甜美的微笑。她依偎在姜半夏的怀里，用浓浓的乡音邀请姜半夏去她的家里做客。康斯坦茨从一旁伸出手来，一把抱起了小女孩呵她的痒，假装生气地说道："你不邀请我吗？小姑娘?"小女孩咯咯地笑着，一双青白细瘦的手臂紧紧地搂着康斯坦茨的脖子，小鸡啄米似的点着小脑袋。

小女孩骄傲地挺起了单薄的小胸脯，一左一右地牵着康斯坦茨和姜半夏，小跑着奔向不远处的窝棚。其他孩子羡慕地跟在一旁，相互推搡着，羞涩地簇拥着他们心目中的两位女神。小女孩带着康斯坦茨和姜半夏在晾晒着衣服的竹竿下穿梭，灵活地躲避着地上泥泞的水坑，在棚户区深处一个不起眼的藏蓝色布帘前停住了。

剧烈的咳嗽声透过布帘传了出来，小女孩清脆地喊了一嗓子："娘，来客人啦!"伴随着一阵窸窣的声音，一只瘦骨嶙峋的手颤巍巍地掀开了门帘。姜半夏和康斯坦茨就着微弱的光线向里面望去，看见一个瘦弱不堪的年轻妇人佝偻着身子，怀抱着一个小小的婴儿拘谨地迎了出来。

姜半夏赶忙上前搀扶住这个虚弱的妇人，康斯坦茨则将目光转向了那个发出微弱猫叫声的婴孩。小女孩一脑袋扎进了妇人的怀里，将食品和物资倒在妇人宽大的衣摆上，帽子和围巾那柔软细腻的羊绒轻轻地蹭在妇人干瘪的胸部上。妇人责备地望着小女孩，对着姜半夏和康斯坦茨露出一脸卑微的苦笑。她用喑哑的嗓音讷讷地说："对不起啊，夫人们。妞子不懂事儿，怎么能拿您的东西！"

忽然，那个婴孩急促地挥舞着干巴巴的小黄手，咧着干涸的小嘴号啕大哭。康斯坦茨难以置信地望着那个黑黄的小家伙，由于严重的营养不良，他的脸蛋皱巴巴的，仿佛一个凄哀的小老头。他萎黄的腹部伴随着风箱似的呼吸，向里深陷着，干柴似的小腿上膑骨的形状清晰可见。

康斯坦茨惊呼了一声，眼睛里再一次噙满了泪水，那个面色蜡黄的妇人麻木地拉起了衣襟，毫不遮掩地露出一对皱巴巴的乳房。她将干枣似的褐色乳头塞到婴孩大张着的小嘴里，她的胸部只剩下一层薄薄的干皮，随着乳头的牵扯而上下翕动。婴儿狠命地啮咬着乳头，徒劳地嘬吸着，委屈的泪珠从凹陷的眼窝里涌出来。

妇人重重地叹息了一声，将另一只乳头拽过来，塞进了婴儿不断抽噎的小嘴里。婴儿闭紧了眼睛，攥紧了小拳头，将两条腿缩起来，使出全身的力气吸吮了一会儿。一直吸到小脸憋得通红，他终于放弃了，无力地把乳头吐出来，脑袋一歪瘫软在妇人的臂弯里。

妇人无助地挤着自己的乳房，眼睛紧紧地盯着两个裂着无数小口子的乳头。最后，她自责地跪坐在地上，将脸埋在婴孩的襁褓里闷声抽泣。她耸起的肩胛骨剧烈地抖动着，伴随着又一阵剧烈的咳嗽，她的胸腔里发出风箱抽动的呼哧声。小女孩紧紧地抱住她的脖子，大声地哭泣着，迎着姜半夏和康斯坦茨抬起一张湿漉漉的小脸。

姜半夏深深地看了康斯坦茨一眼，康斯坦茨会意地抱起了小女孩。姜半夏轻轻地拍着妇人的脊背，低声说："我有奶，您别急，我喂他。"康斯坦茨在小女孩的额头上轻轻地吻了一下，安抚地说："别急，乖宝贝儿。阿姨会把弟弟喂得饱饱的。"那个妇人茫然地抬起头，目光在姜半夏的脸上怀疑地打转。康斯坦茨关切地望了一眼姜半夏，转过身堵住了那群孩子的视线，笑意盈盈地和他们玩耍起来。

姜半夏毫不犹豫地解开胸前的扣子，将一双白嫩丰腴的乳房大大方方地袒露出来。她接过妇人手里萎靡不振的婴儿，熟练地抱在怀里喂奶。她一边轻轻地晃动着，嘴里一边轻柔地哼唱着。婴儿嗅到了奶香，伸出小手牢牢地抓住了一侧的乳房，贪婪地凑上去吸。甘甜浓郁的乳汁喷射到他的嘴巴里，他发出几声心满意足的哼唧。

姜半夏专注地喂着奶，几缕发丝顺着白皙的面颊垂落，婴儿的另一只小手好奇地抓住发丝，无意识地晃动着。过了一会儿，姜半夏抬起脸，忽然发现那个妇人正目不转睛地盯着自己的乳房。她有些尴尬地侧过身，低声说："他叫什么名字？我的孩子也和他差不多大。"

妇人沮丧地望向自己露出脚趾的鞋面，喃喃地说："额今年才十七，咋就没奶了呢？养大妮儿那会儿，额的胸也和你的一样胀……"妇人的目光再一次痴痴地投向了姜半夏饱满皎洁的乳房，羡慕地怔望着，一股深深的挫败感萦绕着她，她的眼神里最后一点神采彻底地黯淡下去。

过了一会儿，妇人的脸上逐渐恢复了那种木然的神情，她搓弄着自己磨得发亮的衣角，认命地耷拉着脑袋，接着说道："额男人偷粮食，被打死了，丢下额和两个小娃娃。大妮儿叫春喜，八岁了。小子儿叫春旺，才不到五个月。"姜半夏轻轻地拍打着婴儿的后背，让他痛快地打出几个奶嗝，再把他放回妇人的怀里。

小春旺的手指依然紧紧地勾着姜半夏的发丝，委屈地扁着小嘴哭了起来。小脑袋顽固地偏向姜半夏的胸部，依依不舍地眨巴着眼睛。妇人的脊背忽然坍塌下去，她沮丧地摊开一双焦黄的手，满是哀伤地捂住了自己的脸。她深深地吸了一口气，仿佛下了巨大的决心一般，猛地扑到姜半夏的前面。

她狠狠地咬住嘴唇，忍住眼眶里打转的泪水，尖尖的下巴颏儿微微地颤抖着。她飞快地瞥了一眼那个饮泣的婴儿，伸出手臂牢牢地禁锢住姜半夏，大声地哀求："求求您，把俩孩子带走吧！额连自己都快养不活了！您就当街边捡的阿猫阿狗，随便给点吃的就行。俩孩子能吃苦，皮实，不给您添麻烦！跟着额早晚得饿死！"

姜半夏还没来得及说话，妇人就将额头重重地磕在地上。她跪爬着几步又扑到康斯坦茨的面前，紧紧地抱着她的腿，将脸贴在康斯坦茨的裙摆上面，狠下心不去看春喜。她凄哀地摇晃着脑袋，飞快地说道："春喜会做饭、会缝补，什么脏活累活都会干！您留下她，千万留下她吧！她是个好孩子，额不舍得卖掉她啊！"

春喜大哭着跑向她，却被妇人狠下心推开。她再一次哭着往妇人的怀里扑，妇人使出全身的力气推搡着，春喜被重重地摔在了地上。妇人从牙缝里恶狠狠地挤出一个字："滚！"她冲着地上的春喜啐了一口，忽然起身往外跌跌撞撞地跑。两个孩子的哭声此起彼伏，她的背影僵硬地顿了一下，然后再无丝毫迟疑，向着远处狂奔而去，留下野兽哀号般的哭声。

康斯坦茨在一条恶臭扑鼻的小河旁追上了妇人，妇人失神地注视着河面上不时漂过的肿胀尸体和堆积成山的排泄物，河岸上乌压压地爬满了苍蝇和臭虫。阳光在浑浊的沼气中变得惨白，泥浆一样的水流顺着起伏的垃圾场缓慢地蠕动着。康斯坦茨猛地推了妇人后背一把，妇人趔趄着差点儿跌入水里。她从惊飞的蝇群里拔出蘸满淤泥的双腿，踢开了一截腐烂一半的腿骨，冲着康斯坦茨扑过来。

两个妇人气喘吁吁地打成一团，康斯坦茨被压倒在泥泞的河堤上，脸上露出一丝笑容。妇人惊诧地松开了扳着康斯坦茨肩膀的手臂，半坐在她的腿上，皱着眉瞪着她。康斯坦茨一直在喊，妇人终于听清楚她不断重复的词语：“抗争，对！抗争！”妇人回头望了一眼河岸上散发着绿光的蝇群，咧着嘴无声地笑了，将康斯坦茨拽了起来。

一直到换上浆洗干净的白罩衫，坐上康斯坦茨驾驶的小轿车，妇人都觉得自己仿佛在做梦。她回头望了望渐渐远去的难民区，那一片无垠的灰暗正悄然地融入蓝灰色的天际。两个孩子窝在她的怀里沉沉地睡去，她拘谨地摩挲着手臂上红色的十字袖章，在心里默念着姜半夏和康斯坦茨教给她的话。

康斯坦茨将车停在难民营前，两个日本兵板着脸走过来，不耐烦地催促着康斯坦茨拿出证件。姜半夏摇下车窗，将意大利大使馆的证明信和德国领事馆的申请信递给他们。其中一个日本兵绕到后车窗，冷冷地盯着惶恐不安的妇人和两个哭闹不止的幼童。康斯坦茨眯缝着眼睛，将叼着的女士香烟递到正在审查证件的日本兵嘴里，慵懒地用日语埋怨：“长官不要吓唬妇孺，她们胆子小。现在找到任劳任怨的护士可太难了！”

日本兵忽然冲着春喜猛地做了一个凶狠的鬼脸，春喜吓得脸色煞白，张开细瘦的手臂横在妇人和弟弟前面，试图保护他们。日本兵被她逗得哈哈大笑，转过身去招呼前面的士兵放行。姜半夏回过头，轻轻地摸了摸春喜的头顶，微笑着说：“不要怕。”妇人依然将婴儿的脸按在自己的怀里，脸上浮满了懊悔和愤懑。

妇人本以为她会勇敢地迎接日本兵的挑衅，但是她做不到，恐惧已经注入她的血液。只要闻到日本兵的气味，她就会浑身战栗。车窗外土黄色的日本兵绵延不绝，刺刀的冷光和铁丝网围成的高墙散发着死亡的气息。春喜蜡黄的小脸蛋上充满了“打败”日本兵的骄傲。她把鼻子贴紧在冷冰冰的车窗上，好奇地张望，忽然低声惊呼："洋鬼子！"

戒备森严的校区里，两个日本兵围住一个正在擦皮鞋的洋人，大声调笑。其中一个人将洋人捧在手上擦拭的军靴抬起来，狠狠地踩在洋人的脸上。那个年迈体弱的洋人一下子被掀翻在地，哆嗦着苦苦哀求。另一个日本兵拍着巴掌在一旁跳来跳去，将吃剩的饭团丢在洋人身边。洋人艰难地伸出手去抓那个饭团，被压变形的半边脸正努力地挤出一丝谄媚的苦笑。

康斯坦茨认出了老人那双铅灰色的眼睛和所剩无几的姜黄色卷发。她曾经在几次无聊的宴会上见过他，那时候他是麦加利银行的大班，风光无限，到处向参加舞会的欧洲贵族们推荐自己年轻貌美的女儿。康斯坦茨毫无同情心地踩下油门，从老人紧握着饭团的手旁驶过。她依然记得当初这群人嘲弄自己国民党前夫的嘴脸，只因为他的英语带着浓浓的山东口音。

轿车悄然驶过操场上的临时木板棚，那里住满了单身汉。他们白天要出工，去矿地、工场和农庄干活，只有一些老弱病残留在简陋的工棚附近，清洁下水道、烧砖、运煤。姜半夏听见道旁传来一阵嘈杂的响动，五六个日本兵正从一扇破旧的小门里往外抬什么东西，那个东西轻飘飘的，仿佛一团蚊帐或者一沓床单。一声微弱的呻吟引起了康斯坦茨和姜半夏的警觉，其中一个日本兵疯狂地捶打着那个发出呻吟的小东西，尖锐的惨叫声在寂静的空地上响了起来。

几个正在干活的单身汉从下水道里探出身子，看了一眼，犹豫着又缩了回去。康斯坦茨猛地刹住车，和姜半夏一起冲了下去。她们终于看清了那个小东西，那是一个羸弱不堪的少女，看样子顶多十一二岁。日本兵们有的抬胳膊，有的抬腿，她的眼眶乌青，鼻子歪向一旁，满头满脸的血污。她像被屠宰的羔羊一样，被悬空摊成一个大字。少女的下半身赤裸着，鲜血汩汩地淌个不停，在地上拖成一大道血痕。

日本兵们醉醺醺地傻笑着，迟钝地提了提裤腰。其中一个日本兵认出了康斯坦茨，笑嘻嘻地挥了挥手，欠着身子礼貌地说：“こんにちは（下午好）。”少女的尖叫声再次绝望地响起，日本兵不耐烦地捂住了她的嘴，又欠了欠身子，对康斯坦茨说：“すみません（抱歉）。”

姜半夏抢过那个少女紧紧地抱在怀里，康斯坦茨强忍着泪水，用日语大声地咒骂着。她忽然转身上车，踩死油门猛地撞向日本兵们。一辆急速行驶的军官车逼停了康斯坦茨的轿车，一个日本军官跳下来，喝止了正要开枪射杀姜半夏的日本兵。日本军官大步流星地走上前，看了一眼气息微弱的少女，怒气冲冲地走向那几个日本兵。

他一边破口大骂，一边狠狠地抽了他们几十个嘴巴。那几个日本兵站得笔直，眼睛一眨不眨地迎接着长官的巴掌。日本军官摘掉手套，在少女的鼻子下面探了一下，微微摇了摇头，用僵硬的中文说道：“不行了。”他向几个日本兵打了一个手势，日本兵们如蒙大赦地小跑上前，想把奄奄一息的少女拖走。

姜半夏用大衣裹紧了少女，声嘶力竭地喊：“我是医生！带我去医务室！”车里的妇人哆嗦着跑下来，怀里抱着医疗箱。她趔趄着跪倒在地，一边小声地抽泣，一边无助地躲避着日本军官审视的目光。康斯坦茨蹲下来从医疗箱里掏出纱布和止血带递给姜半夏，低声说：“先止血吧。”

日本军官俯下身子，将两根手指按在少女惨白的颈动脉上，淡淡地说：“她马上就死了。”少女矢车菊一般的蓝眼睛向上翻去，喉咙里发出一阵咯咯的响声。日本军官耐心地抓住姜半夏的手，拿回纱布和止血带，说道：“对她，没有用了。这些要留给活着的人。”康斯坦茨忽然指向不远处冒着黑色浓烟的地方，用日语厉声喝问：

“你们要把她送到那里，焚尸灭迹，对吗？她还有一口气，就要活活烧死她，对吗？……”

日本军官忽然凑到康斯坦茨的耳畔，悄声地说：“我见过你，在新京。那时候你还年轻……”康斯坦茨抬起的胳膊无力地垂了下来，她闭上眼睛深吸了一口气，舔了舔干涸的嘴唇，说道：“她还有一口气，我们要救她。”她猛地睁开眼睛，冷冷地说：“我现在是意大利贵族，和德国军官在一起。”日本军官轻轻地吐出两个中文字：“婊子。”他冷哼了一声，不解气地继续说道：“年老色衰的婊子。”妇人正在协助姜半夏为少女止血，她徒劳地扯着纱布，试图堵住不断涌出的鲜血。

妇人惊愕地抬起头，飞快地瞥了日本军官一眼。她眼睛里的厌恶激怒了他，日本军官直视着她，露出一丝促狭的笑容，清晰地重复：“婊子。”妇人微微地哆嗦了一下，她的动作比之前更加轻柔。一种笨拙得近乎天真的神态，笼罩在她枯槁的面容之上。少女的脑袋忽然歪向一边，脖颈软软地垂着，最后的一声叹息从灰白的嘴唇里溢出来。

姜半夏正要按照《金匮要略》上面的方式按压少女的胸膛，帮助她恢复心跳。她的手刚触碰到少女的胸部，便觉得十分异样。姜半夏轻轻地掀开少女的上衣，发现她的胸乳已经被咬烂了。姜半夏悄悄地扯下少女的袖章和用以证明身份的编码，挡在即将爆发的康斯坦茨面前。

日本军官轻蔑地退后一步，用日语平淡地说道：“我只是在履行我的职责。发生这样的事情我很遗憾，我会尽量避免类似的事情发生。但是你们知道，我们身处战争，士兵们有时候比较情绪化。”康斯坦茨咬牙切齿地咒骂道：“去他娘的战争！你们都是混蛋、畜生！”她转过脸，眼泪和鼻涕结成冰凌挂在通红的面颊上，压低了声音，气急败坏地问姜半夏：“这个狗娘养的说他只是履行职责，他很遗憾，这群兔崽子只是有些情绪化！枪呢？你那把手枪呢？给我！我要结果了这群混蛋王八蛋！”

姜半夏紧紧地攥住康斯坦茨胡乱摸索的双手，目光犀利地逼视着日本军官，对康斯坦茨说道：“请用日语告诉他：我们的职责是保护无辜的平民，是救死扶伤。而他的职责是尽一切可能保证自己的士兵不滥杀无辜。战争终将结束，而且不会太久，希望他在最终的审判之前，好自为之。”

姜半夏冷冷地扫视了一圈，继续说道：“我们需要找到这个女孩的亲属，需要他严厉地惩戒这几个犯罪的士兵。今天发生的一切，我们都会如实地告诉世界，包括日本的盟友。汤本宣典先生，您不希望您的名字在全球的媒体上出现，对吗？当您宣判这几个士兵的时候，请您务必通知我们，我们将和媒体一起见证您的公正和仁慈。”她轻轻地重复着，露出一丝挑衅的微笑：“汤本宣典，汤本宣典。”

康斯坦茨翻译完姜半夏的话，高高地扬起下巴，掏出一根纤细的坤烟含在嘴唇里，轻蔑地斜视着这个矮小黝黑的汤本军官。汤本军官强忍着惊愕与恼怒，在即将拔枪的一瞬间，颓丧地停顿了一下。他从怀里取出打火机，手指微微颤抖，当着众人的面为康斯坦茨点燃香烟。他的嘴唇翕动着，发出无声的咒骂：“婊子。”康斯坦茨满不在乎地笑了一下，流着眼泪和姜半夏一起为女孩整理仪容。

妇人望着女孩那双布满淤紫的大腿和血肉模糊的下体，再也忍不住，捂住脸失声痛哭。她仿佛突然想起了什么，尖叫了一声，飞奔着跑向停在一旁的小桥车。她猛地拉开车门，看见春喜正猫着腰，把弟弟紧紧地护在怀里，瑟缩着蹲在车窗下面。妇人用满是鲜血的双手不断摩挲着两个孩子毛茸茸的小脑袋，用带着哭腔的声音叮嘱道：“娃娃，千万甭出来，俺不回来，你俩就甭动，千万藏好了，啊！”春喜嗅到了妇人身上的血腥和恐惧，她发出小猫一样的呜咽，将身子蜷缩得更紧了。姜半夏跑过来，将自己的手枪打开保险栓，放在春喜的身旁，又从前座翻出纳粹党旗盖在孩子们的身上。她亲了亲春喜冰凉的脸蛋，轻声问道："会开枪吗？用枪口对准了，拉动这里。记住，不到万不得已，不许碰它！"春喜严肃地绷紧了小脸，"嗯"了一声，用力地点了点头。

汤本军官悄无声息地走过来，把刻着自己名字的打火机递给康斯坦茨，梗着脖子，冷冰冰地说道："放心，我是一个军人，不是一个变态。今天的事情是意外，我会给你们一个交代的。把这个打火机给她，没有人敢动这两个孩子的。"康斯坦茨冷哼了一声，接过打火机，放在春喜的手心里，温柔地说："别怕，孩子。如果有人问你，你就把这个给他看。像这样，锁好车门，你们不会有事的。"

汤本军官转过身，面无表情地望着姜半夏，用中文说道："你们也该履行职责了，那边，有很多人生病。"他把手一挥，指了指不远处铁门紧闭的大礼堂，然后对着对面的工棚用日语大喊了一声："出来两个人，快！"两个瘦骨嶙峋的欧美男人只穿着破烂不堪的短裤跑出来，畏惧地耸着肩膀站在汤本军官的面前。

姜半夏和康斯坦茨都注意到他们满是冻疮的小腿，因为过度瘦削而凸起的膝盖和光着的青紫色脚板。汤本军官匆匆地看了一眼那个死去的少女，大声用日语吩咐道："把她，抬回去！放好！"那两个人疑惑地对视了一眼，犹犹豫豫地摆动着双腿。对于地上躺着的少女，他们已经司空见惯了。汤本军官怪异的举动使得他们愈发惶恐，一丝讨好似的笑容尴尬地凝固在他们皴裂的颧骨上。

姜半夏将少女的身体收拢，摆成安睡的姿势，又将自己的大衣盖在她的身上。康斯坦茨狠狠地瞪了那两个人一眼，作出一个恐吓的手势，然后吻了吻少女冰凉的嘴唇。姜半夏别有深意地望了汤本军官一眼，回到车里取下药箱和物资，转身向着大礼堂的方向走去。一阵寒风掠过，天空中飘起了深灰色的雪屑，空气中弥漫着尸体焚烧的焦煳气味。康斯坦茨和妇人跟在后面，厌恶地抖落着身上沾染的薄雪。

透过锈迹斑斑的雕花铁门望进去，一座灰白色、破败不堪的礼堂寂静地横在小路的尽头。汤本军官示意手下将铁门打开，然后对着姜半夏和康斯坦茨说道：“你们直接进去，他们会在这里等着。”姜半夏的脸冻得绯红，迟疑了一下，问道：“瘟疫?”汤本军官轻蔑地摇了摇头，说道：“不是，什么病人都有。”康斯坦茨牵起妇人冰冷的手，安抚地笑了一下，低声说道：“没事的，我们去看看病人。”

姜半夏轻轻地推开礼堂的大门，此起彼伏的呻吟声顿时倾泻而出。惨淡的余晖夹杂着灰色的雪粒，照射着幽暗的礼堂大厅，到处弥漫着秽臭腥臊的气味。姜半夏她们适应了一会儿，才看清大厅里至少有上百的病人，大多是妇女和儿童。一些人倚靠在墙壁上，半睁着眼睛发呆，另一些人则毫无生机地委顿在地板上。

其中一个小男孩歪歪扭扭地爬过来，胆怯地抱住了姜半夏的腿，抬起一张长满红色透明水疱的小脸，用生硬的日语讨好地打招呼：“你好。”他的眼神里流露出畏惧和卑微，嘴角尽可能地咧着。干瘪的脸颊因为剧烈的瘙痒不断地抽搐，眼泪汪汪地重复着：“你好。”姜半夏微笑着蹲在他的面前，将他扶起来，仔细地察看他的水疱。

康斯坦茨小声地问：“传染病?”姜半夏摇了摇头，说：“只是普通的水痘，加上严重的营养不良。”康斯坦茨皱着眉头环视着大厅，低声咒骂：“皱巴巴的，简直像一只难产的小猴子！很多儿童都感染了水痘，其他人看上去情况也挺糟糕，有些人在剧烈地打摆子。看看这群可怜的人吧，瘦得简直分不清男女了！”

姜半夏温柔地抱着小男孩，将自己冰凉的额头抵在他滚烫的额头上面。小男孩通红的面颊和紫色的嘴唇说明他正在饱受高烧的折磨。妇人在一旁焦急地搓着手，一些胆大的孩子好奇地围拢过来，眼巴巴地望着她们身旁的药箱和供给袋，不断地吞咽着口水。

姜半夏保持着温柔耐心的笑容，逐一为孩子们做简单的检查。她的眼角在微笑的时候微微簇起几丝皱纹，孩子们很快就信赖起这位优雅迷人的中年美妇。她贴近康斯坦茨的耳朵，压低了声音说道：“我们的准备远远不够。这里的情况比告诉我们的要复杂太多。咱们只有少量的磺胺类粉和一点止痛药，藏起来的盘尼西林被日本兵没收了。很多使馆捐赠的药品已经过期了，注射器和绑带都是战场上淘汰下来的二手货。”

康斯坦茨一边用手指弹着装药粉的瓶子，将板结的粉块敲散，一边沮丧地抖落着残留着血痂的纱布。姜半夏竭力地踮着脚尖在拥挤的病人之间穿梭，在连绵不绝的呻吟声中夹杂着不同语言的哀求。妇人笨拙地拎着药箱跟在姜半夏和康斯坦茨的身后，学着她们的样子躬下身翻看昏迷病人的眼皮，或者抻平他们吞下的舌头。

咣当一声清脆的声响吓得孩子们捂住耳朵伏在地板上，妇人尴尬地举着一只脚站在一个打翻的铁桶旁边，混合着粪便的浓稠尿液淌了一地。一只迟钝的手摸索着移走旁边的瓷碗，又把掉在污水里的铁勺拎出来。那只手焦黄枯瘦，仿佛一只冻僵的鸡爪子，麻木地举起碎成布条的裙摆擦拭着勺子。

妇人强忍着干呕，跳到一旁的一小片空地上，目瞪口呆地凝视着地板上一团一团随风飘舞的落发。许多病人的头发都被铰得极短，紧贴着头皮，防止跳蚤的蔓延。那些失去生命的毛发纠缠在一起，铺成了一层颜色杂糅、柔软干燥的骇人毛毯，一块新鲜脱落的溃烂腐肉裹在里面，一群米粒似的蛆虫不断地钻出来绕进去。

康斯坦茨将手臂搭在了妇人的腰上，扳直了她塌陷委顿的身体，严肃地说：“坚强点，别慌里慌张的！我们需要帮手！”姜半夏将脸偏过来，镇静地指着人群说：“有三个危重的病人，我们需要在二十四小时之内将他们带出去送到医院。孩子们得的大多只是水痘，成人里有一例腹泻不止的，现在还没法准确判断。有两个病人从夏天得疟疾，直到现在还反反复复。”

她停了一下，将视线落在了药箱上，舔了舔干涸的嘴唇，继续说道：“我负责那些需要注射和补液的病人。康斯坦茨，你和春喜她娘一起给那些生了褥疮和有外伤的人清洗包扎。记住，一定先照顾情况严重的人，我们的物资严重缺乏。”康斯坦茨点了点头，急匆匆地拽着妇人的胳膊开始工作。墙壁上布满了指甲的划痕，凌乱的字母反复地叠加在一起，其中三组棕褐色的血痕尤其触目惊心：“Why?!”

姜半夏终于将最后一点药液推到了病人的静脉里，口服药也早已发放一空。她累得直冒冷汗，头昏目眩地倚靠在柱子上。姜半夏从怀里掏出那个写着少女编号的袖章，回想着刚才看过的病人们的编号，深吸了一口气，向着一个蹲在地上无聊地比着手影的男孩走去。她蹲在男孩的身旁，摸了摸他参差不齐的发茬，将袖章轻轻地摊在自己的掌心里。

男孩抬了下眼皮，继续摆弄着细弱苍白的手指，嘴里小声地嘟囔着。姜半夏将耳朵凑过去，试图听懂他的语言。男孩猛地推开姜半夏，将袖章夺过去踩在脚下狠命地跺着。姜半夏跌倒在地，惊诧地望着恼羞成怒的男孩。他有一双酷似少女的蓝眼睛和同样线条柔和的下颌。康斯坦茨跑过来扶起姜半夏，一位棕色眼睛的少妇凑过来，欲言又止地望着她们。

姜半夏握住少妇的手，用鼓励的目光看着她。少妇抿了抿嘴唇，用生硬的英语说道：“他们是爱沙尼亚人，是一对孤儿。这个袖章是他姐姐的，叫尼娅。他叫勒文，刚才他说……”她艰难地咽了一口唾沫，躲避着男孩怨毒的眼神，继续说道：“他说，那个婊子又跑出去了？别拿她的脏东西碰我！她这个陪日本人睡觉的婊子！”

少妇满面通红地抿紧了嘴，仿佛为刚才的话语感到难堪。她垂下苍白的脸蛋，低声说："尼娅是个好女孩，她卖身给日本人是为了给弟弟换取食物。况且，她也是被逼无奈，这种情况并不罕见。你知道的，勒文这个年纪的男孩子，需要足够的食物来长身体。他以前的身体太弱了，差点儿饿死……"

康斯坦茨安慰地拍了拍少妇瘦骨嶙峋的脊背，少妇的眼眶里涌满了泪水，发狂般地尖叫道："她被轮奸了无数次，最后只能选择卖身。她死了对吗？和其他那些小姑娘一样，被玩死了对吗？我们有选择吗？！上帝啊，为什么？！她死了，你们看到那个烟囱了吗？他们不得不定期清理，因为尸体的油脂总是堵塞在里面……"

少妇的脸突然涨得紫红，她语无伦次地呼喊着、号哭着，一会儿用英语，一会儿用爱沙尼亚语。男孩仿佛突然惊醒，他发出一声撕心裂肺的怒吼，将袖章绑在自己的脑门上，摇摇晃晃地支起两只瘦骨伶仃的腿，握紧了拳头往外跑。姜半夏一把搂住了他，任由他在怀里又踢又踹。男孩一口咬在姜半夏的胳膊上，发出野兽一般的咆哮，一直到鲜血渗出毛衣，才转成令人毛骨悚然的呜咽。

一直埋头干活的妇人忽然跳起来，用尽力气抡起巴掌，使劲地抽在男孩的脸上。她手舞足蹈地比画着，试图说明到底发生了什么。康斯坦茨将妇人泪痕遍布的脸蛋塞到自己的怀里，又将男孩从姜半夏的怀里拽了出来。男孩的泪水终于从眼眶里滚落下来，他紧紧地握住那枚袖章，放在唇边反复地吻着。姜半夏对着少妇说道："非常抱歉，我们来晚了！尼娅的遗体我已经托人照料了，我想下次来的时候给她安排一个小仪式。请您将我的话转达给勒文，告诉他要勇敢地活下去，不要辜负尼娅付出的尊严和生命。"

少妇抬起一双哀伤的泪眼，无助地摊开双手说道："我们的尊严都已经不值一文了，又有什么办法呢？我会尽量照顾好勒文的，只要我活着，就一定会陪着他。尼娅的情况还会发生，这里几乎每天都会死人。请您告诉我，还值得等下去吗？外面的世界现在还好吗？”康斯坦茨在一旁怒气冲冲地说：“日本人很快就完蛋了！我们会利用德国大使馆和意大利大使馆与他们交涉，绝不允许尼娅的事情再发生！”姜半夏坚定地点头微笑，将男孩因为激动而痉挛的身体再一次抱在怀里。

少妇旁边的一个老者忽然噘起嘴唇吹起了轻快的口哨，他的眼睛被白内障遮蔽得严严实实，十只手指残缺不全，在裸露的大腿上欢乐地敲打着节拍。少妇苦笑着敲了敲自己的脑袋，说道：“老米西盖尔在欧战中身负重伤，落下残疾，逃亡到中国，又被关在了这里。他的脑子不太好使了，也好，他什么都记不得了……”

老米西盖尔忽然停下口哨，将失神的眼睛转向姜半夏，露出一个谜一般的微笑，用一种童真的声音轻轻地哼唱了一句。少妇苦笑着搓了搓发青的脸颊，用英语说道：“他唱的是立陶宛民谣，我只能听懂大意，是说：傻瓜去打仗……胆小鬼在观望……聪明人发国难财。”他发出一阵剧烈的咳嗽，胸腔里的声音仿佛撕破的风箱。老米西盖尔将手臂高举过头顶，晃悠着两条萎缩的小腿，脸上浮现着天真的笑容，继续吹起了口哨。灰色的雪花随着一阵寒风吹落在他灰白的发梢上，好像欧洲盛夏的树林里，浮在树冠之上的花粉云。

姜半夏不得不用抽签的方式，分配仅有的食品和生活用品。在一阵绝望的争抢和骚乱之中，她滑稽地踩在一只倒扣的铁桶上，随手抄起两只铁锅敲打起来。人群在谩骂和厮打之中渐渐地安静下来，一个抢到面包的女孩抽泣着大张着嘴巴，她的下巴被人暴力地掰开了，无法合上，一团干面包卡在她的喉咙里。她的脸上淌着痛苦的泪水，眼神里却冒着欣喜的火焰。

姜半夏三人终于从大礼堂精疲力竭地走出来，两名日本兵举着喷壶不由分说地对着她们狂喷消毒水。她们顾不得和日本兵交涉，披着满头满身的薄冰，一步一滑地跑向轿车。妇人在车门外狠狠地摔了一跤，她连滚带爬地冲进车里，心惊胆战地将纳粹旗帜掀开。

春喜弓着腰，将弟弟紧贴在胸口，两个孩子睡得小脸红扑扑的，格外香甜。那把点四五的手枪紧紧地抓在春喜的手里，枪口依然牢牢地顶在车门内侧的扶手上。

车厢里一片沉寂：春喜睁大眼睛面无表情地望着浅灰色的落雪，她的手指因为长时间保持抓握的姿势而痉挛；车里一片沉寂，姜半夏把饿得使劲啃着手指的春旺揽在怀里喂奶，妇人一面揉着春喜的手指，一面拍打着春旺的后背，她的嘴唇不停地嚅动着，反复温习着清洗包扎和注射的步骤。康斯坦茨烦躁地点起一支烟，将车驶向集中营的大门。

汤本军官从大门旁边的岗亭里走了出来，他谨慎地站在三米开外的地方，用日语问康斯坦茨："下次可以再带一些盘尼西林吗？还有止血带。"康斯坦茨望了姜半夏一眼，将汤本军官的话翻译给她。姜半夏直视着汤本军官冷漠的双眼，对康斯坦茨说道："明天我们还要来一趟，会开一辆大车，带走那些危重的病人。"汤本军官翻了翻眼皮，厌恶地扯下康斯坦茨嘴里的香烟，丢到雪地里，重复道："盘尼西林和止血带，不然不让你们进。"

姜半夏沉默了一会儿，咬着嘴唇说道："好吧！成交！我们会带走我们认为病情危重的病人，不允许任何人干扰。"汤本军官露出一丝狡猾的笑容，他举起一只手掌，坚持说道："五瓶盘尼西林和一打止血带。"康斯坦茨不情愿地点了点头，说道："明天我们要参加那个少女的葬礼。"她缓缓地摇上了车窗，汤本军官用唇语冷冰冰地吐出两个字："婊子。"

轿车驶离了集中营，康斯坦茨咬着嘴唇咒骂道："王八蛋！五瓶盘尼西林和一打止血带，他们的士兵是要死光了吗？"她扭过脸，愤怒地问姜半夏："你不会真的要给他们吧?!"姜半夏一脸倦容地靠在椅背上，干裂的嘴角扯出一丝冷笑，淡淡地说道："我们需要做一些小手脚，帮助日本兵们早日'康复'。"康斯坦茨终于露出妩媚的笑容，她冰凉的小手在方向盘上轻轻地敲打，嘴里无意识地哼唱着立陶宛的那句民谣。

姜半夏回头凝望了一眼逐渐融入夜色的集中营，说道："美国人的飞机越来越近了，日本人的好日子不会太久了。汤本怕集中营趁机发生暴乱，已经开始提前筹备了。"康斯坦茨腾出一只手拨弄着结满冰凌的秀发，问道："美国人是正义之师？"姜半夏冷笑着摇了摇头，在打着奶嗝的春旺脸上吻了吻，说道："当然不是，他们之前不是'聪明人发国难财'吗？日本人买不到他们的石油，军需逐渐跟不上战争的节奏，不得已才和美国开战。美国不得已仓促应战，中国只是他们打击日本的主战场之一。"

康斯坦茨哈哈大笑起来，她望着后视镜里一脸温柔的姜半夏，打趣道："我一直以为你是一个纯粹的理想主义者，相信正义战胜邪恶那套。"姜半夏微微一笑，将脸转向窗外漆黑的夜色，喃喃地说道："曾经是，天真愚蠢的理想者。"康斯坦茨不甘心地追问道："现在呢？宝贝，现在是什么呢？"姜半夏若有所思地沉默着，将额头抵在布满冰花的车窗上，半晌才轻笑着说道："一个无可救药的理想主义者。"康斯坦茨笑得使劲拍打着方向盘，将一头秀发甩来甩去，大声地笑着说："在咱们这个年纪，哪里还有资格当理想主义者！"

车窗外不断倒退的树影仿佛一个个孤独的行者，沉默不语地伫立在道路的两侧，它们在后退中彳亍前进，在沉默中等待爆发，直到夜色褪去，直到黎明即起。姜半夏摩挲着春喜毛茸茸的脑袋，问道："想不想吃馄饨？我请客。"春喜胆怯地瞥了妇人一眼，微微点了点头，不断地吞着唾沫。康斯坦茨慵懒地伸了伸柔软的腰肢，笑着说道："我要吃两碗。"妇人的脸上也露出了感激涕零的笑容。

一行人终于赶在宵禁前驶回城里，她们面容憔悴地围坐在馄饨摊旁，眼巴巴地盯着在锅里不断翻滚的小馄饨。报童无精打采地扬起手臂，抖着最后几张报纸，沙哑着嗓子喊道：“卖报，卖报！普天同悲，我军在滇缅痛失将领！新婚夫妻生死相隔！”姜半夏凑到煮馄饨的老板娘身前，多买了一碗。她正要掏钱把报童手里剩下的报纸都买下，偏过脸却见康斯坦茨蹲坐在地上，对着扣翻在泥里的馄饨发呆。

姜半夏赶忙跑过去扶起她，这才看见她的眼睛死死地盯着一张冻在地上的报纸。康斯坦茨用指甲在冰面上不断地刨着，将那张皱巴巴、硬邦邦的报纸抠了出来，眼泪忽然“啪嗒啪嗒”地砸在一张结婚照上。姜半夏扫见头版头条一行漆黑的大字：

身负重伤不退缩，以一敌千死疆场。谭将军命丧滇缅，新嫁娘魂断蜜月。

她倒吸了一口冷气，紧紧地抱住康斯坦茨，将她半拖半拽地挪到凳子上。康斯坦茨死气沉沉地缩成一团，将整张脸深深地埋在披散的卷发中，用颤抖的手指不断地抚摸着被泪水打湿的照片。

姜半夏望着合照上一身戎装、雄姿英发的男子，心底百味杂陈，正要安慰，却听见康斯坦茨闷声说道：“我刚才看了半天，以为那个新嫁娘是我呢，他的样子和当年结婚的时候一模一样。我连为他魂断的权利都没有了，她会带着他的骨灰回来，为他痛哭、守节，以未亡人的身份活下去。而我呢？我算什么？我失去儿子的时候，不敢相认。现在又失去了丈夫，不能相认……”

康斯坦茨抬起头，惨白的脸上忽然布满了细碎的皱纹。她的眼睛黯淡无光，干瘪的嘴角像老人一样耷拉着，那种鲜活蓬勃的肉体美一瞬间就凋零了，只剩下枯萎破碎的躯壳。姜半夏半跪在泥泞之中，怜悯地捧住康斯坦茨湿漉漉的脸庞，在她耳边不断地安慰着。康斯坦茨捧着报纸绝望地饮泣着，过了很久，终于躲在姜半夏的怀里号啕大哭起来。

姜半夏咬紧了嘴唇，强忍着即将夺眶而出的泪水，只觉得骨头缝里灌满了凛冽的冷风。报纸褶皱处上一行小字格外触目惊心：

> 日寇穷途末路，在北方各地展开无差别大清洗，日均千人遇难。

她的手臂从康斯坦茨剧烈起伏的肩胛滑落，无力地垂坠在地上残留的油墨印迹上。她的心脏几乎快要从胸腔里蹦出来，埋藏在心底的那个名字不住地翻腾，在雪地上、夜空中、路人行色匆匆的身影之间时隐时现。

妇人捡起地上的馄饨，耐心地吹去浮土喂给春喜，一丝满足的笑意挂在娘俩的脸上。春喜突然惊喜地抬起头，指着天际的一抹炫目的亮色说道："流星！"远处传来一阵隐隐的闷响，报童跳着脚欢呼雀跃，高喊："打起来了，打起来了！噢噢噢！"姜半夏和康斯坦茨神色凄惶地转过脸，看见一张由密集光束交织成的巨网悬挂在遥远的地平线上。

康斯坦茨疑惑地问："空袭？"姜半夏点了点头，梦呓般地说道："嗯，应该是美军和国军在袭击驻守郊区的日军部队。"康斯坦茨小心翼翼地问："鼎新不会在上面呢吧？"姜半夏露出一丝温柔的浅笑，说道："不，他还没毕业。不过，下一次，一定会在天上看见他。"康斯坦茨抬起头，仰望着天空，探照灯雪白的灯光照在她的脖颈上，显出岁月的纹路。她的视线最后一次扫过报纸，那个新娘的祭文是一句凄凉无限的古诗："君埋泉下泥销骨，我寄人间雪满头。"康斯坦茨将报纸小心翼翼地撕开，只留下新郎的小照，从领口塞进去，贴在胸口，绝望地说："一切都结束了。"姜半夏再次将那个名字深深地拓印在脑海中，喃喃低语："不，一切才刚刚开始……”

1944年9月，北平。

北平的秋天，秋风里的柿子树孤零零地挂着三两颗泛青的红柿子。透过稀疏的枝丫，蘸饱了云影的蓝天清冷冷地散发着霜气。一个惨白兼着墨黑的沙燕儿风筝陡然从高空中斜着坠了下来。百花深处胡同那些高矮错落的灰青色瓦檐，依旧安安静静地垂着手贴墙而立。任凭那沙燕儿软塌塌的身子钩住了檐角，就着一蓬衰草饧着眼半倚着。

胡同里晃出一个纤细清俊的人影来，细腰身挑着半旧的烟青色香芸纱旗袍，像一柄半拢半放的桐油纸伞，悠悠地透着氤氲的水汽。她疾步迎出来，身姿轻盈得好似细雨中摇曳的蓼花和青萍。待得人走得近了，才发现她虽是清媚的秀骨，面皮儿却不是润白的，而是那种褪了色的古画那种匀着淡淡青黄的苍白。她匀密的发脚、雅致的五官，都拢在秋色一样略带黯淡的沉默里。她的腋下夹着一份报纸，可以依稀看见“全州失陷”的黑色大幅头条。

虽是个美人，却少了些许生气，眼神也是静谧的，像肃杀的飘着落叶的未名湖。她乌黑的瞳仁里是一个挓着手迎面跌跌撞撞跑来的小男孩，毛茸茸的头发在阳光下闪着金光。她弯下腰肢搂住小男孩，神色方才带了些鲜活的喜悦。小男孩一只手里攥着断了的风筝线，一只手举着一枝开得正好的玉簪花，笑着递给她。她抿着嘴，眼睫向着斜下方含笑一瞥，摘下一枝含苞的插在发鬓上，面颊微微地泛着浅浅的红晕。小男孩仰着脸儿亲那红霞初上的面庞，澄澈的大眼睛在阳光下仿佛镶了一圈金边的墨玉。

她的神情忽而就有些恍惚了，只管不错眼珠地看着小男孩，又用略显瘦削的手指在他嘟着腮的粉脸上轻轻地抚着。过了一会儿，她才转过神来，一手揽着小男孩，一手柳枝似的扬起，舒展着身子要去够那在寒风中瑟瑟发抖的风筝。早有那刚在胡同口卸下客人的人力车脚夫，颠着精壮的身子奔过来帮忙，风筝够下来的时候，人力车的铃铛还在兀自叮当不停。

带着热腾腾微馊的汗味儿，脚夫有些莽撞地凑了过来，正闻见孩童的奶香气、玉簪花的清香气和一缕缕掺着苦意的药香气。在那缭绕着药香的少妇身上，虽然不见半点凄苦的神色，却见她浑身上下透着一股子失去生机的了无趣味的倦怠之色。仿佛她的魂魄早已经混在了药香里，丝丝缕缕地飘散着渐渐远去了。

“夫人，您的风筝让草叶子刮破了点儿，得用糨糊抹上才能放，要不还没飞起来就让风撕了。”脚夫话音才落，见那夫人生得虽美，却是笼着病气，又见她愁容惨淡，双颊绯红，心想莫不是害了痨病？脚底下便急着向后撤了两步，却不想雨后湿滑，蹚在烂泥里，一个趔趄便向后仰着脚栽去。

幸好那小公子眼疾手快，拽了一把，脚夫悻悻地才要道谢，却见那小公子迅速地将手撤了回去，紧紧地缩在袖笼里，背在身后。脚夫暗自寻思定是嫌弃自己腌臜，一张层层叠叠地堆笑着的老面上不免添了几分尴尬，搓着大手讷讷不语。那夫人淡淡笑着，谢过脚夫，将小男孩背后的手拉出来，轻轻地罩在手心里牵着。

又唤他将另一只手递过来，握了握脚夫的，脚夫听那童稚的嗓音一本正经地感谢着自己，心里不禁暖暖地一荡，又见那夫人向自己欠了欠身子，轻飘飘地施了个礼，这才袅袅婷婷地怀抱着风筝，牵着儿子走了。也不知哪里飘来的一朵云，扯了些绵绵的雨丝，胡同那头便有人迎过来，撑着洇红的纸伞擎在母子俩的头上。

脚夫红着脸，呆愣愣地痴望着，见人影从雨幕中淡淡地散去，方才回过神来。想起那小公子手心温软细嫩，手掌却似乎有些异样，仿佛指头多了一些，到底是怎么不同，却也说不清楚。他胡思乱想着，就往回走，一抬头，才发现自己的人力车不见了，便如同被雷轰了一般，跌坐在雨水里，扯着嗓子号。忽然又想起刚才那个小公子一头金棕色的卷发，心里不禁有些气恼，果然遇见了杂种，就是要倒背字的。

康斯坦茨裹紧了身上的软银缎夹袄，一面埋怨着姜半夏不爱惜身子，一面牵着男童的小手儿。男童的风筝被风拽得趔趄了一下，他扭过脸，见胡同转角的地方有一个又高又瘦的身影，正淋着雨呆站着望过来。小男孩犹豫了一下，才要叫，就见那个身影一闪，消失在连天的雨幕中了。

接连几天，康斯坦茨总觉得有人探头探脑地往院子里看，每回走出去，却又什么也见不到。晌午的时候，她忍不住在饭桌上和姜半夏嘀咕了几句，姜半夏正搂着艾希望的手忽然一松，撂下了筷子就往胡同口跑。姜半夏在逼仄的胡同之间毫无章法地奔跑着，晃眼的阳光里只有三三两两的行人和砖缝里飘摇的野草。她跑了许久，扶着墙一个劲儿地喘息，阳光空洞洞地照过来，瓦檐里的小猫正淘气地追逐着落在屋顶歇息的麻雀，老杨树的叶子堆着厚重的浓绿，一树一树地闪着金光。姜半夏愣了半晌，石板上未干的水洼里没有一丝涟漪，她只得失落地拖着脚步往回走。

姜半夏走到家门口，忽然看见艾希望对着一个地方恋恋不舍地摆着小手，一架子弹壳做的小飞机挂在他的脖子上，飞机的舷窗是一小块晶莹璀璨的澳宝。姜半夏跌跌撞撞地往那个地方狂奔，艾希望在身后也挪着小胖腿飞快地跟着跑。忽然，艾希望的号哭声响了起来，姜半夏回头一看，见艾希望结结实实地摔了一跤，将额头磕在了一块落马石上。姜半夏才要往回跑，忽然身边蹿出一道影子，跑到了艾希望的身旁抱起了他。姜半夏冲了上去，一把攥住那个人的手臂，却发现只攥住了一只空空荡荡的袖子。她惊恐地抬起头，看见一个枯瘦的中年男子，头发和胡子蓬乱，正用一只紫罗兰色的眼睛哀伤地望着她。

康斯坦茨打开门，忽然看见艾希望骑在一个瘦高的欧洲男人脖子上，那个男人衣衫褴褛，形容枯槁，一只手臂被姜半夏紧紧地搂在了怀里。康斯坦茨忽然泪流满面地抱紧了这个男人，撕心裂肺地喊："艾瑞斯！是艾瑞斯！"艾瑞斯略带苦涩地笑了笑，声音暗哑地说："请原谅我不能双手拥抱你了，康斯坦茨。"康斯坦茨悲痛欲绝地望着他，痛哭失声地抚摸着他凹陷的灰色脸庞和那只干瘪枯败的眼窝，哭喊："他们对你做了什么？上帝啊！"

姜半夏忍住泪水，微笑着亲吻着艾瑞斯的面颊，对康斯坦茨说："我就知道他回来了，他看上去帅极了，不是吗？我先带他去洗个澡，休息休息。"艾瑞斯捉住艾希望光溜溜的小短腿儿，放在嘴边亲了亲，说："对，我们先去一起洗个澡。我的小宝贝都摔脏了。"他忽然抬起头，脸上露出焦急的神色，问道："鼎新从中缅边境回来了吗？"

姜半夏摇了摇头，一脸愁容地指着身后的书桌说道："没呢，最近来的信也少了。"艾瑞斯叹了口气，抱紧了姜半夏，说道："西南战事紧啊！亲爱的，别担心。我许过愿，只要你和孩子们都平安，我愿意放弃生命，放弃一切！"姜半夏哭倒在艾瑞斯的怀里，两只手无力地攥着他的衣领，低声哀求道："你们都不要有事！我的心都被你们揉碎了。"艾瑞斯的目光从书桌上，移到墙壁上，家里到处都是自己和鼎新的照片，满满地摆在桌子上、挂在墙上。艾希望忽然指着墙上鼎新的戎装照，对艾瑞斯说道："这是我哥哥，艾鼎新。"

夜晚，姜半夏和艾瑞斯搂在一起亲密地说了会儿话，然后便恋恋不舍地拉着手睡着了。艾瑞斯梦见自己被绑在一架银白色的钢琴面前，稻田纪夫把他的两只手摊在钢琴的琴键上，从C调的哆开始一字排开。一名宪兵在一旁举着盛满了冰块的银制托盘，另一名宪兵手里握着生了锈的铁钳。稻田纪夫坐在艾瑞斯的身旁，温柔地摩挲着他的手指，喃喃低语：“多么完美的一双手，我从没听过弹得比你更好的钢琴家，可惜了！”艾瑞斯微微一笑，他紫罗兰色的眼睛里一片沉寂。稻田纪夫近乎慈爱地凝视着他的眼睛，低语着：“如果我的长子活着，他应该和你一般大了。你是几月出生的？”

稻田纪夫抚摸着艾瑞斯肩头凸起的锁骨，悠悠地说：“我的长子死于饥荒，死的时候浑身的骨头都戳出来了，肚子鼓胀着，眼睛一眨不眨地望着我。我不忍心埋葬他，睡在他的身边，直到有一天，我听见他的肚子在响，小小的胸膛似乎在起伏。我惊喜地抱起他，他闻上去特别地臭，可是我不在乎，我凑过去亲他的脸蛋。忽然，成百上千的苍蝇忽然从他的眼睛里和肚子里‘轰’地飞出来，我才彻底知道，他死了。”

艾瑞斯的眼睛轻微地颤动了几下，稻田纪夫摸了摸自己的眼角，摊开手指给艾瑞斯看，说：“你看，这就是时光，我以为我会一直哭下去，可是渐渐地，我淡忘了这个孩子。后来我又有了好几个孩子，可是从他们出生，我就记不清楚他们。后来来到这里，我才明白，这才是我毕生所追求的生活。我想起了那些孩子，他们以后也会来这里，拥有和我一样的生活，甚至更好。没有人会记得他们出身卑贱贫寒，他们将拥有贵族的称号和至高无上的权力，拥有漫长而尊贵的生命。”

艾瑞斯厌倦地眨了眨眼睛，稻田纪夫给自己倒了一杯酒，从旁边的托盘里捏起几块冰放了进去，一饮而尽，说：“你是一个外国人，一个虔诚的西洋信徒，一个爱情至上的小丈夫，我一直以为我们不会是敌人。可是你为什么要帮助我的未婚妻离开我？为什么要做一个炸毁公共设施的暴徒？为什么要支援那些反动分子？你让我失去了爱情和婚姻，还要动摇我的统治，让我差一点就失去人生最宝贵的一切，你不知道我肯定会报复吗？”

艾瑞斯终于露出了一丝微笑，他望了一眼那个端着托盘的宪兵，叹息了一声：“真年轻啊！”然后闭上了眼睛，疲惫地说：“你一开始就是错的，你自己再清楚不过了。我知道你会报复，但是有一样你没有想过，你所伤害的、荼毒的、强迫的，他们也最终会选择报复。我的国家曾经犯过同样的错误，同时也很快受到了惨重的惩罚，即使那些没有参与战争的无辜的妇女和儿童。”稻田纪夫望着艾瑞斯惨白的面孔，心里忽然有些触动，他静静地望着酒杯里融化的冰块，沉默了一会儿，忽然说：“我们绝不会给予敌人机会报复的，弱者没有资格和强者抗衡。”

艾瑞斯想起最后一次亲吻姜半夏的时候，她落下的发丝缠绕在他的牙齿上，她已经陷入了昏睡，嘴唇冰凉甜蜜。艾瑞斯望着她渐渐地陷入层层叠叠的礼盒里，露出的空隙被鲜花和糖果掩埋，他把那根长发紧紧地裹在自己的右手的食指上，紧挨着婚戒。稻田纪夫望着艾瑞斯柔软下来的面孔，忽然有些焦躁，继续说道：“你不了解中国，他们温驯地被蒙古人和金人各自统治了几百年，现在不过是换成了我们。用不了几十年，他们就会发自内心地归顺和屈服，我们会做得比蒙古人和满族人更好，远远胜过对待朝鲜和台湾。”

艾瑞斯睁开了眼睛，微微一笑，说：“强盗永远是强盗，况且你们的格局和心胸太小了，这里不适合你们。”稻田纪夫站起来，倒了一杯酒，问艾瑞斯：“来一杯吗？纪念我们曾经的友谊。”艾瑞斯摇了摇头，那些冰块破碎的声音使他有些失神。稻田纪夫将酒杯反过来，倒在地上，叹了一口气说：“留他半条命吧。”他站起来，像一个指挥家那样张开了手臂，高唱了一声哆，那个宪兵走上前，用钳子使劲夹了一会儿，才在艾瑞斯的惨叫声中夹断了右手的拇指。

在稻田纪夫“哆咪咪”的咏唱中，艾瑞斯陷入一种似梦非梦的昏迷中，他仿佛回到了童年：母亲哭泣着把他多余的尾指放在木桩上面，用菜刀剁掉，她抱紧了痛哭的艾瑞斯，告诉他，从此以后，他就和其他的孩子一样了。过了一会儿，艾瑞斯仿佛又回到了姜半夏的怀抱，她用嘴唇轻轻地吻着他惨白色的伤疤，告诉他，他注定与众不同，不必为此而羞愧。一桶冰水泼在了艾瑞斯的身上，艾瑞斯睁开眼睛，见血水流淌在黑白相间的琴键上。自己的右手已经只剩下光秃秃的手掌了，五根手指苍白地躺在冰桶里，骨茬上银白色的神经依然在痛楚地抽搐。他张了张嘴，想捡起桶里的戒指和发丝，却又无奈地笑了一下，放弃了。

稻田纪夫抱着他苍白的手臂，温柔地说："多么漂亮的胳膊，这些金色的可爱的小汗毛！现在你可以告诉我，都有谁参与了这次计划吗？"艾瑞斯微笑着摇了摇头，在心底祈求着姜半夏的原谅。稻田纪夫焦躁地命令人砍掉了他的手臂，然后亲自为艾瑞斯进行了仔细的包扎。艾瑞斯毫无留恋地望着冰桶里多出的手臂，眼前浮现出自己与姜半夏在甲板上不停共舞的场景，那样柔和的月光，那样澎湃的海浪。稻田纪夫望着他一双沉浸在回忆和梦境里的紫罗兰色眼眸，忽然萌生出强烈的嫉妒。他让一名宪兵从自己的餐桌上取来一只银勺，然后伸到炉火里烧红，一点一点地伸进了艾瑞斯的右眼里，艾瑞斯惨叫着再次昏迷了过去。

稻田纪夫耐心地等待着艾瑞斯醒来，他拍了拍艾瑞斯失血的面颊，轻柔地说："还能弹琴吗？"艾瑞斯咧了咧干涸撕裂的嘴角，他感觉到自己同时失去了一些脚趾，缓慢地点了点头。稻田纪夫松开了他被缚的左手和双脚，艾瑞斯用左手温柔地拂去了琴键上凝固的血渍，用残缺的脚掌踩着踏板，闭上了唯一的眼睛，开始演奏《革命》。琴声断断续续地响起，越来越连贯，越来越宏大，稻田纪夫沉醉地靠在琴架上，挥舞着肥胖的上半身伴奏。

艾瑞斯睁开了眼睛，目光如滚烫的火焰，稻田纪夫微笑着，说："我不会再伤害你了，你是个天才！你怕不怕，我把你的夫人变得和你一样？你失去了右眼、右手和右脚的全部脚趾，而她会失去左眼、左手、左脚的全部脚趾……"

艾瑞斯疯狂地弓起了被绑的后背，发出野兽一样的嘶吼，他竭力地挣扎着，用头顶疯狂地撞击着稻田纪夫，琴凳和铁链一起挣脱了地面。宪兵们冲上来，用枪托重重地砸着艾瑞斯，稻田纪夫一把接过冰桶，把里面的残肢和眼球一个一个当着艾瑞斯丢尽了炉火里面。艾瑞斯忽然笑了，嘴里发出“砰！砰！砰！”的声音，稻田纪夫忽然涌起了冷汗，他想起了之前那一场场爆炸，那些炸断的铁路，变成了废墟的弹药库和自己险些乘坐的飞机。

秀发的馨香让艾瑞斯从恐怖的噩梦中醒来，他转过头，见姜半夏正枕着自己的胸膛酣睡，发丝铺满了自己的肩膀。他笑了笑，心里想，不过是一场可怕的梦。姜半夏在睡梦中微微呻吟了一声，艾瑞斯才要伸出手臂搂紧她，才发现自己真的失去了一条胳膊。他伸出左手，摸向自己的眼眶，才举到一半就颓然放下了。艾瑞斯把脸埋在了姜半夏的秀发里，再一次陷入了深沉的梦境。

康斯坦茨睡不着觉，一个人走到院子里抽烟，她忽然瞥见姜半夏披着睡衣坐在门槛上，抱紧了膝盖低头痛哭。姜半夏怕吵醒了艾瑞斯和艾希望，除了剧烈抖动的肩膀和打湿的秀发，她几乎没有发出一点动静。康斯坦茨想走上前安抚，却又停下了脚步，让姜半夏可以一个人痛痛快快地哭泣。

姜半夏哭了许久，艾希望的哭声忽然响了起来。她抹干了眼泪转身抱起了艾希望，艾希望醒过来，抱紧了姜半夏，嘟嘟囔囔地说：“妈妈！我想吃奶！”姜半夏怔忪地愣了一下，哑然失笑地说：“你是大孩子了，都快上学了，不能再吃奶了。”艾希望号啕大哭起来，揪着姜半夏的衣领不肯松手。身后忽然传来一句温柔的话语：“再让孩子吃一次吧，最后一次。我都没见过他吃奶的样子。”

艾瑞斯站在了姜半夏的身后，一只手臂紧紧地搂着她的小腹，姜半夏轻轻地拽着他的手臂，让他靠在自己的怀里，腾出半个身子，用洁白如玉的胸乳紧贴着他汗津津的额头。姜半夏在他毛茸茸新剪的发茬上轻轻地吻了吻，将另一只嫣红甜蜜的乳头喂给了艾瑞斯。姜半夏一只手轻轻地拍着艾希望柔软光滑的后背，一只手轻轻地抚摸着艾瑞斯嶙峋的脊背，嘴里轻轻地哼唱着歌曲。她的眼睛里还盈着泪，嘴角却挂着甜蜜安详的微笑。远处的炮火点燃了苍茫的暮色，康斯坦茨的香烟将熄未熄地闪耀着，破晓的曙光从黛青色的雾气中一点点弥漫开来，一座寂静的古老城市正在逐渐地苏醒。

随着地球的缓缓转动，那些依旧浸淫在黑暗之中的陆地和海洋逐渐从沉沦中苏醒。诺曼底战役的阴影依然笼罩着纳粹旗覆盖下的德国，人们在恐慌中等待着最终的审判。数以千计的战斗机在城市的上空盘旋低回，那些银色的机翼从教堂和戏院的中间穿过。广场上的大喇叭里依然播放着元首的呐喊，衰弱的老人们在领取黑面包的长队里悄然死去。光明已经逐渐靠近了亚欧大陆上的最后一片阴翳，黎明正在迎接诞生前最后的阵痛。

澳大利亚腹地的荒漠上，越来越多的居民走出了戈壁，登上了郁郁葱葱的新几内亚岛屿。人们不再为了财富而相互残杀，他们将并肩为荣耀与和平而战斗。太阳仿佛金色的战车，披着闪亮的铠甲点燃了寂静的赤褐色沙漠与群山，以及斑斓起伏的峡谷与荒原。那些土著人持着长矛眺望着远方，向着古老神话中的海洋致敬。光明终将在漫长的海岸线上崛起，它宽容地赦免了舰队和潜艇，驱散了炮火与硝烟。那些金橙色的海浪翻涌着，翡翠般的岛屿被镀上了绚丽的霞光。那些被日本军队玷污的深绿色的平静海面和珍珠白的柔软长滩，都将在阳光的洗礼下回归宁静。

在被湮没的旧世界里，成千上万的海鸥从不同的角落里飞起。它们承载着先辈们的理想和希望，在被光明接管的新世界里，唤醒了沉睡中的万物。那些缄默的、哀伤的、卑微的、罪恶的生命，都终将在爱与救赎里重生。即使黑暗永远不会消逝，但是每一朵浪花和每一颗沙砾中，都依然珍藏着昨日的光辉。它们在等待着每一次光明的到来，为更加辉煌的明天积蓄着光芒。

现在，海鸥们落在停息的战火之间，凝视着那丑陋的战争所投射在千百万生命中的阴影，用尖锐的红喙雕刻着被遗忘在岁月灰烬里的箴言：

当华美的叶片落尽，
生命的脉络才历历可寻。

番外

1997年7月28日，澳洲。

无垠的赭红色戈壁滩在扭曲蒸腾的热浪里隐现。在大型施工机械的轰鸣声中，隐约传来工人们的惊呼：“我的上帝！快看！地下的教堂！”探照灯的光柱透过尘封已久的甬道，逐渐将厚重的沙雾剥离开来，显露出一间狭小简陋的教堂。这座教堂既没有镶嵌彩绘的穹顶，也没有五彩斑斓的玻璃窗，更没有华丽恢宏的管风琴。它有的只是一个用岩石凿出的十字架，一具面孔柔和纯净的木雕圣母像和圣母怀里一颗足以让全世界屏住呼吸的璀璨澳宝。

当光柱与其相遇的时候，澳宝刹那间焕发出令人目眩的色彩。一束光将那隐忍而悲悯的面庞点燃，使得她的面颊和嘴唇都丰盈润泽起来，仿佛晨光曦微中，含在露珠里初绽的玫瑰。“我的天哪，我的天哪！”那些工人完全被眼前的稀世珍宝所折服，他们兴奋地打着哆嗦，颤抖着想去抚摸那颗澳宝，眼睛里浮现出无法掩饰的贪婪。

“嗨，你们看，这圣母还戴着镯子！噢不，我敢打赌，这圣母才是独一无二的，绝不逊于这块石头！你们看她的脸，是多么美！多么典雅！却又多么真实！”在一阵掠夺的嘈杂声过后，这间教堂只剩下一个十字架，孤零零地矗立着。而这十字架面前有一对深深的凹陷，依稀可以看到一个单薄的背影穿越时空，静静地跪伏在这里。他谦卑地面向十字架，将忏悔和渴望的姿态化为永恒。

1997年7月28日，德国。

傍晚，老雷奥沦陷在和岁月一样凌乱而缄默的皱纹里，仿佛在风浪中随波逐流了几个世纪的朽木，残存着一丝即将消失殆尽的生命气息。最后的一缕阳光踟蹰地落在一只红脚海鸥上。它睁着一双浑圆的眼睛，偏着小脑袋，任由稀薄的花影追逐着时针，从它的翎羽上掠过。雪白的两颊上，留下人心一样忽而天真、忽而世故的表情。

老雷奥不错眼珠地盯着这只海鸥。它同那些海浪里诞生的同伴们一样，是塞壬的使者。当这些精灵为你衔来橄榄枝，带来久违的陆地的消息，你仿佛听见最美的歌喉，在轻声地反复呼唤着你的灵魂。护士走进来，拧开电视。她小心翼翼地将面包塞入涂着红唇的嘴里，揉着和医生偷情时扭到的腰肢，时而从面包屑里溢出一两声回味的娇笑。

忽然，那位日复一日躺在病床上，静静地等待死神降临的老人的喉咙里，发出了支离破碎的声音。那些带着余温的音节含混不清，夹杂在间断的咳嗽声中，和电视里挖掘机的轰鸣声交织在一起。仿佛他的灵魂碎片正从咽喉里提前溢出来，试图从尘封中找寻往事和瑰宝的踪迹。电视里澳洲中部的戈壁滩上，有一座荒废的城池。它半埋在地下，堆积着价值连城的澳宝和悄无声息的旧时光。

挖掘机下渐渐地呈现出一座简陋的地下教堂，里面是一座孤零零的圣母像，面孔和身段都散发着东方人神秘内敛的意韵。她的脚下不远处有两个半圆的凹陷，那是虔诚的信徒，用日复一日的跪姿所雕刻出的永恒烙印。而让人们真正发自内心赞叹的，则是圣母双手捧着的，一颗璀璨无比的澳宝。

欲望的欢呼声，如同鸽群四起。“B……”老人的声线湮没在其中，如同绷紧的琴弦。它随着命运的琴弓起落，而发出了最后一声咏叹，旋即戛然而止。而寄生在他躯壳中的生命，也随着这一声咏叹决然离去。只留下一双不肯落下帷幕的眼睛，盛满了尘世的浑浊和迟到的忏悔。

女护士扶着腰，缓缓地走过来。她见老人的鼻尖已经灰暗地塌了下去，面孔上呈现出慷慨的死神所赐予的寂静和安宁。她一面迭声呼喊着："雷奥先生，雷奥先生，您能听见我说话吗?"一面伸手去试他的鼻息，然后尖叫着冲出去找医生。海鸥从窗台上踱着步走下来，在他的枕边不知疲惫地欢唱着。它凝视着这张被衰老和罪恶侵蚀的脸，将一朵凋谢的蔷薇放在他颓然垂落的手臂上。它从容地衔走了老雷奥的宿命，留下他独自一人，面对着即将被沉寂唤醒的黑夜。

1997年7月28日，中国。

一只海鸥从西什库教堂的乳白色锯齿状尖塔纵身掠下。三百余年过去了，天使加百列的铜塑依然手持长枪，悲悯而戒备地俯瞰着不断变迁的都城。

一双清澈美丽的眼睛，正透过嵌满彩色波斯玻璃的玫瑰花窗，羡慕地望着海鸥饱蘸露珠的翅膀在天空中划过的痕迹。这双眼睛的主人依依不舍地抱着一本相册，踩着吱吱作响的木板楼梯一蹦一跳地往下走。一位慈眉善目的老人坐在一旁冲着她招手，笑着说："宛童，不许淘气！陪奶奶去园子里转转吧。"宛童脆生生地应了一声，将相册小心翼翼地夹在胳膊里，搀扶着老人慢悠悠地往园子里走去。

阳光晒得头发暖融融的，脸颊旁的木槿花发出幽幽的香气。宛童抬起白嫩的小手，去摸海棠花桃心似的绿叶。老人指着一处新砌的矮墙悠悠地说："宛童，你看那儿。"小女孩儿正热情地和绿叶背后的红色瓢虫打着招呼，她扭过头，看了一眼那矮墙上面新攀的嫩绿色藤蔓，天真地问：“爬山虎，奶奶？”老人笑了，在她毛茸茸的小脑袋上摩挲了一会儿，慈爱地说：“那儿原本没有墙。从那儿有一条小路穿过去，再绕过几条胡同，就是姜氏爱慈妇幼医院了。你妈妈和你，都是在那儿出生的。”宛童依偎在老人的膝盖上，老人端坐在石凳上，悠悠地望着矮墙出神。

过了一会儿，她接着说：“宛童，把相册打开。”宛童听话地摊开了相册，老人颤颤巍巍地伸出手指翻动着，视线终于停顿在一张染色的大幅照片上。她微笑地凝视着照片，眼睛里蕴满了泪水，轻声说：“三十年过去了，我都老得不成样子了，您还这么年轻。”宛童天真地枕着相册，小嘴儿耐心地吹着不断飘落在上面的丁香花瓣儿。相册上露出几个模糊的身影，其中有两个身影挨得格外近。个子高一些的是一位金色头发、五官深邃的中年男人。他穿着黑色的袍子，将一位高挑纤细的旗袍女子紧紧地搂在怀里。宛童指着那位外国人好奇地问：“他为什么闭着一只眼睛照相？他的另外一只手呢？”

几个大学生模样的年轻人追逐嬉笑着跑过来，见到老人赶忙收住了脚步，恭恭敬敬地鞠躬，齐声喊：“校长好！”老人站起来，欠了欠身，慈爱地说：“同学们好！”其中一个文弱的女学生走上前，感激地说：“校长，谢谢您！您捐助的几所希望小学，我们想用您的名字命名。就叫春芽小学，您看可以吗？”老人笑了笑，摆了摆手，指着相册上的旗袍女子说：“你们谢谢她吧！她在1967年去世之前，和她的先生一起无私地捐出了姜氏爱慈妇幼医院和所有的私人财产。也是她赞助我上的大学，走上了革命道路。”她落寞地凝视着照片上的人像，哀伤地说：“我答应过她，有能力的时候，一定会把钱还给她。一晃几十年过去了，我想，这才是回馈她最好的方式。”

其他几个大学生凑上前，充满了敬意地望着照片，惊叹地说：“那个年代还有这么俊美的人！比那些上海滩的影星还漂亮有风度！我们班好多同学都是在姜氏爱慈妇幼医院出生的！从楼上往下看，总能看见巨大的心形花坛，种满了半夏和蓝色鸢尾花。她的先生还健在吗？”老人望着相册中那位目光坚定、充满笑意的中年男子，潸然泪下，泪水将零落的花瓣儿粘在了照片上。她摇了摇头，淡淡地说：“他绝不会提前离开，更不会让她在另一个世界等待。”

那些大学生都不再说话，缄默地围绕在老人的身边。过了一会儿，那个女大学生犹豫着问：“值得吗？您说，他们最后后悔吗？”老人握住了她的手，温柔地说：“这个园子在庚子年间就被烧毁过一次，三十年前又被烧毁了。可是你们看，无论多么荒芜的废墟，只要有树的根和花的种子，就会再一次焕发新生。现在，这里的花听说比庚子年间还要多，还旺盛。”女大学生微笑着，和老人牵着手从花影里走出来。宛童走上前牵着女大学生的另一只手，她小小的影子重叠在老人和女大学生的身影里面，背后是满城的绿树成荫、繁花似锦。

那只海鸥曾经穿过光明与黑暗，穿过喧嚣与寂静，穿过繁星与大海。它曾经无数次地停驻在荒芜与繁荣更替的指针之上，也曾经无数次地踟蹰在光荣与耻辱交错的圣柱之间，还曾经无数次地徘徊在生命与死亡更迭的琴弦之中。它将那些罪恶的灵魂收集在自己的羽翼，埋葬于历史的残垣之下，也将那些圣洁的灵魂托举在自己的头顶，供奉于未来的基石之上。

现在，它落在相册残留在石凳上的余温中，凝视着那些烫金的字体所拓印在石板上的阴影，用朱砂一般的脚趾一点一点临摹着那句被遗忘在时光里的箴言：

当华美的叶片落尽，
生命的脉络才历历可寻。

（完）

后记

当人类仰望星空的时候，他们看到的是几百万光年以前的光彩。然而，在这个星球上，总有一群人，他们坚守着最古老的美德，勇敢、善良、正直和无私，他们选择在灾难降临的前夕吹响口哨，在灾难爆发的时候燃烧生命。他们用牺牲唤醒灾难之中大多数人的良知，散发出无数微弱的光芒，汇聚成千万束人类的星光，在永恒之中闪耀，点亮后世的暗夜。他们的生命走出了时间，在黑暗和光明的更迭中守护着人类的命运。每一百年，上帝都会掷下骰子，让人类决定自己的命运。如果绝大多数人选择人性的沉沦，那么这个世界将被丑陋湮没。如果绝大多数人选择人性的觉醒，那么这个世界将在希望里重生。新世纪的骰子依然在转动，时代的尘埃还没有落定。我们每一个人，都面临着时代的巨大拐点，都是命运的发起者和承受者。在一百年以后，我们依然坚信，我们都将是历史长河中的船灯，是宇宙里不灭的星辰。审视历史中的惨烈与荒谬，更要直面现实里的悲情和魔幻。在历史与现实重叠的无数镜像中，人类的科技在不断地进步，死神的枷锁并没有囚禁人们为生活而付出的努力。在被灾难禁锢的时代里，人性的温情逐渐融化了枷锁上的寒冰，让人们在死神面前拥抱自由和生命。百年之后，人类的科技在不断地飞跃，人类文明的地平线已经上升到新的历史刻度。在与野蛮的斗争里，枪响之后没有赢家，每一次惨胜都只是战争的终止协议，一直到下一次悲剧降临。只有褒奖那些真正崇高的灵魂，这个世界才会与自己和解，才会在灾难降临之后，展现出空前的凝聚力。让我们将世界归还给平凡，因为真正的伟大，是让所有平凡的人都生活得幸福。野蛮和贪婪永远不会终结，但是人类会在反思中不断地进步。我们祈祷，下个一百年，世界会更美好。

程荫

2024年6月